EOSIEN

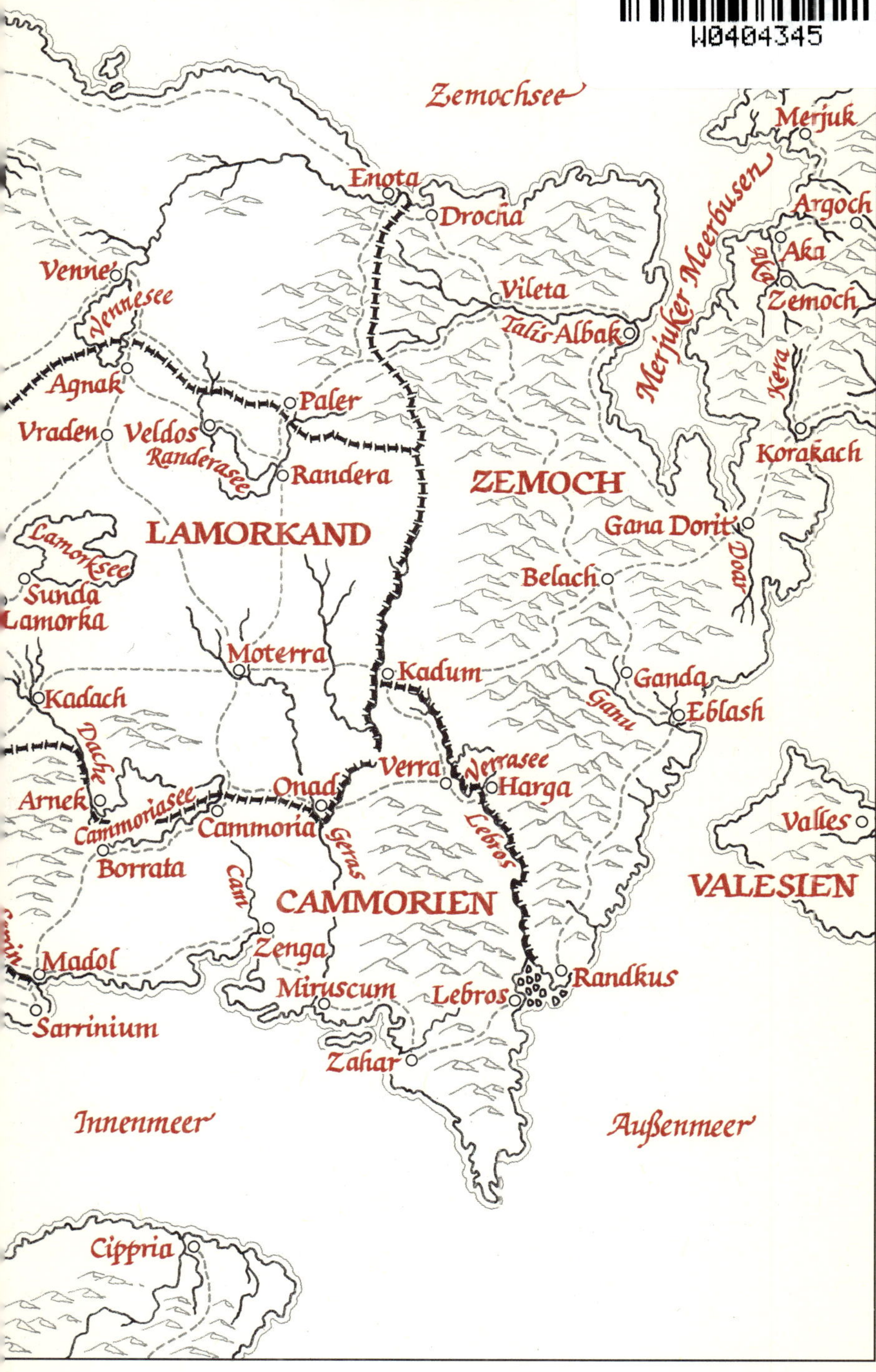
Zemochsee
Merjuk
Merjuker Meerbusen
Argoch
Aka
Aka
Zemoch
Enota
Drochia
Vileta
Talis
Albak
Venne
Vennesee
Agnak
Paler
Vraden
Veldos
Randerasee
Randera
Kera
Korakach
ZEMOCH
LAMORKAND
Lamorksee
Gana Dorit
Doar
Belach
Sunda
Lamorka
Moterra
Kadum
Ganda
Gan
Eblash
Kadach
Dache
Verra
Verrasee
Harga
Arnek
Onad
Cammoriasee
Cammoria
Geras
Lebros
Valles
Borrata
VALESIEN
Cam
CAMMORIEN
Zenga
Madol
Randkus
Miruscum
Lebros
Sarrinium
Zahar
Innenmeer
Außenmeer
Cippria

David Eddings

DAS LEUCHTENDE VOLK

DIE TAMULI-TRILOGIE
Band 2

David Eddings

DAS LEUCHTENDE VOLK

ROMAN

Aus dem
Amerikanischen
von
Lore Straßl

GUSTAV LÜBBE
VERLAG

Titel der Originalausgabe: The Shining Ones
Originalverlag: Ballantine Books, a division of Random House, Inc.,
New York / Random House of Canada Limited, Toronto

Aus dem Amerikanischen von Lore Straßl
Redaktionelle Bearbeitung: Wolfgang Neuhaus
Einbandentwurf und Illustrationen: Axel Bertram, Berlin
Umschlagentwurf unter
Verwendung eines Gemäldes von Albert Belasco,
Herbst, Kunstverlag Reich's British Art, Baden-Baden
Satz: Kremerdruck GmbH, Lindlar
Gesetzt aus der 10 Punkt ITC Berkeley Oldstyle
der Linotype-Hell AG, Eschborn/Ts.
Druck und Einband:
Franz Spiegel Buch GmbH, Ulm

Printed in Germany
ISBN 3-7857-0834-3

1 3 2

Für Papa
Den leeren Platz in unseren Herzen
werden unsere wundervollen Erinnerungen füllen.
Du warst ein guter Golfer und ein
verdammt guter Billardspieler.
Du wirst uns fehlen.

INHALT

Prolog

Auszug
aus dem dritten Kapitel von
Die Cyrga Affäre: Eine Untersuchung der kürzlichen Krise.

Zusammengestellt
von der Fakultät für Zeitgeschichte
der Universität von Matherion.

Eine Zusammenstellung wie diese ist das Werk vieler Gelehrter und gibt aus diesem Grunde zwangsläufig unterschiedliche Meinungen wieder. Der Verfasser des vorliegenden Teiles dieser Untersuchung hat zwar außerordentliche Hochachtung vor seinem berühmten Kollegen, der dem vorherigen Kapitel sein Wissen und seine Weisheit angedeihen ließ, doch muß der Leser klar darauf hingewiesen werden, daß meine Interpretation der Vorgänge sich von der meines Kollegen unterscheidet, soweit es einige Ereignisse betrifft, die vor kurzem stattgefunden haben. Vor allem bin ich *ganz und gar nicht* der Meinung, daß die Intervention durch die Beauftragten der Kirche von Chyrellos völlig selbstlos war.

Ich schließe mich meinem Kollegen jedoch an, was seine Bewunderung und Hochachtung für Zalasta von Styrikum betrifft. Was dieser getreue Staatsmann für das Imperium getan hat, kann gar nicht genug gewürdigt werden. So kam es auch, daß Seiner Majestät Regierung Rat bei Zalasta suchte, als sie sich der vollen Bedeutung der Cyrga-Affäre bewußt wurde. Trotz unserer Bewunderung für diesen überragenden Bürger Styrikums müssen wir indes erwähnen, daß der Edelmut Zalastas dermaßen groß ist, daß er mitunter die weniger schätzenswerten Eigenschaften anderer übersieht. Aus diesem Grunde gab es in gewissen Kreisen Seiner Majestät Regierung ernste Zweifel, als Zalasta darauf drängte, bei unserer Suche nach einer Lösung des Problems, das sich rapide zu einer Krise zuspitzte, unsere Aufmerksamkeit über die Grenzen Tamulis hinweg zu richten. Sein Vorschlag, sich an den pandionischen Ritter Sperber zu wenden, da dieser am besten geeignet sei, die Situation zu beruhigen, gab Anlaß zur Besorgnis unter den eher konservativen Mitgliedern des Imperialen Rates. Auch wenn die überragenden militärischen Fähigkeiten dieses Mannes außer Frage stehen, so muß doch bedacht werden, daß er einem der militanten Orden der Kirche von Chyrellos angehört, und kluge Männer neigen zur Vorsicht, wenn sie es mit dieser Institution zu tun bekommen.

Es geschah während des Zweiten Zemochischen Krieges zwischen den Ordensrittern der Kirche von Chyrellos und den Vasallen Othas von Zemoch, daß Ritter Sperber Zalastas Aufmerksamkeit auf sich gezogen hatte. Doch nicht einmal Zalasta, dessen Weisheit legendär ist, vermag uns genau zu schildern, was in der Stadt Zemoch bei jener schicksalhaften Auseinandersetzung Sperbers mit Otha und dem zemochischen Gott Azash vorgefallen ist. Zwar gibt es gewisse Hinweise darauf, daß Ritter Sperber bei diesem Kampf einen uralten Talisman benutzt hat, der als »der Bhelliom« bekannt ist, doch kein namhafter Gelehrter konnte Näheres über diesen Talisman oder seine Eigenschaften in Erfahrung bringen. Doch wie Ritter Sperber diese erstaunliche Tat auch vollbracht haben mag – *dieser* erstaunliche Erfolg ist der Grund dafür, daß Seiner Majestät Regierung sich im Anfangsstadium der Cyrga-Affäre ein wenig unüberlegt an diesen pandionischen Ritter gewandt hat – trotz ernster Bedenken einiger hochgeachteter Minister, die durchaus zu Recht darauf hinwiesen, daß ein Bündnis zwischen dem Imperium und der Kirche von Chyrellos ernste Gefahren bergen mochte. Bedauerlicherweise hat die von Außenminister Oscagne geführte Fraktion derzeit das Ohr des Kaisers, und unser Premierminister, Pondia Subat, sah sich außerstande, die Regierung davor zu bewahren, einen potentiell gefährlichen Kurs einzuschlagen.

Außenminister Oscagne höchstpersönlich führte die Mission zum Sitz der Elenischen Kirche in Chyrellos, wo er Erzprälat Dolmant um Ritter Sperbers Unterstützung zur Behebung der Krise ersuchte. Zwar würde niemand Oscagnes diplomatisches Geschick anzweifeln, doch wurden seine politischen Ansichten in einigen Kreisen sehr in Frage gestellt, und es ist weithin bekannt, daß Oscagne und der Premierminister bereits mehrere heftige Meinungsverschiedenheiten hatten.

Die Politik des eosischen Kontinents ist mangels Zentralregierung undurchschaubar. Die Kirche von Chyrellos vertritt häufig andere Standpunkte als die Monarchen der verschiedenen elenischen Königreiche. Als Ordensritter stünde Sperber normalerweise unter dem Befehl des Erzprälaten Dolmant; da er jedoch Prinzgemahl der Königin von Elenien ist (und deshalb auch auf sie zu hören hat), scheint die Zuständigkeit des Kirchenfürsten doch ein wenig in Frage gestellt zu sein. Gerade in dieser Beziehung konnte Außenminister Oscagne seine diplomatische Virtuosität beweisen. Erzprälat Dolmant erkannte, daß es in dieser Angelegenheit gleichgelagerte Interessen mit dem Imperium gab, während Königin Ehlana keineswegs davon überzeugt war. Die Königin von Elenien ist jung, und ihre Gefühle trüben mitunter ihre Urteilsfähigkeit. Als sie die Notwendigkeit einer längeren Trennung von ihrem Gemahl als nicht erforderlich erachtete, gelang Außenminister Oscagne eine brillante Lösung dieses Problems, indem er Sperber den Vorschlag machte, seine Reise zum daresischen Kontinent als Staatsbesuch Königin Ehlanas am kaiserlichen Hof zu Matherion zu tarnen. Als Prinzgemahl sei es selbstverständlich, meinte Oscagne, daß Sperber seine Gemahlin begleite, wodurch seine Anwesenheit erklärt wäre. Dieser Vorschlag besänftigte Sperbers Königin, und sie erklärte sich einverstanden.

In Begleitung einer Eskorte von einhundert Ordensrittern und diversen Würdenträgern begab Königin Ehlana sich an Bord eines Schiffes, mit dem sie nach Salesha im Osten Zemochs fuhr. Von dort reiste die illustre Gesellschaft nordwärts nach Basne, wo sie von einem zusätzlichen Begleitschutz von Reitern aus Ostpelosien erwartete wurde. Mit dieser Verstärkung überquerten die Elenier die Grenze nach Astel in Westdaresien. Die Berichte, die wir über die Reise der Königin erhielten, weisen auffällige Unstimmigkeiten auf. Vielfach wurden wir darauf hingewiesen, daß es völlig absurd wäre, dem Wort dieser Elenier Glauben zu schenken. Doch nach reiflicher Überlegung hat der Verfasser dieser Zeilen erkannt, daß die scheinbaren Widersprüche sich leicht erklären ließen, würden jene, die den Darstellungen so heftig widersprechen, sich der kleinen Mühe unterziehen, sich mit den Unterschieden zwischen elenischen und tamulischen Kalendern vertraut zu machen. Die Königin von Elenien hat *nicht* behauptet, über den Kontinent geflogen zu sein, wie manche ihr spöttisch unterstellen wollen. Die Dauer ihrer Reise war völlig normal, wie die gelehrten Herren einsehen müßten, würden sie sich die schlichte Tatsache vor Augen führen, daß die elenische Woche länger ist als unsere!

Jedenfalls erreichte die Königin mit ihrem Gefolge Darsas, die Hauptstadt von Astel, wo König Alberen von Königin Ehlana derart verzaubert war, daß er nahe daran war, ihr seine Krone anzutragen, wie Botschafter Fontan scherzhaft berichtete. Prinz Sperber nutzte währenddessen die Gelegenheit, dem eigentlichen Zweck dieser Reise nach Tamuli nachzugehen. Er sammelte Informationen über »die Verschwörung«, wie die Elenier es mittlerweile melodramatisch bezeichneten.

In Darsas schlossen sich zwei Legionen atanische Krieger der Truppe der Königin unter dem Befehl Engessas an, des Kommandanten der Garnison von Cenae. Sie reisten durch die Steppen von Zentralastel nach Pela; dort kam es zum Zusammentreffen mit den nomadischen Peloi. Von Pela aus begaben sie sich zur styrischen Stadt Sarsos in Nordostastel.

Alle Berichte über diese Etappe enthalten jedoch eine beunruhigende Information: Der Außenminister, der entweder getäuscht wurde oder mit den Eleniern konspirierte, berichtete, daß die königliche Truppe unmittelbar im Westen von Sarsos auf *Cyrgai(!)* stieß. Dieser offensichtliche Beweis für die Absicht, Seiner Majestät Regierung zu täuschen, hat zu ernsten Zweifeln nicht nur an der Loyalität Oscagnes, sondern auch an der Aufrichtigkeit der Elenier geführt. Premierminister Subat gab zu bedenken, daß man einen derart virtuosen Politiker wie Außenminister Oscagne nicht mit normalen Maßstäben messen könne, da er manchmal zu Überreaktionen neige, wie viele hochbegabte Menschen. Außerdem, ließ der Premierminister weiter verlauten, seien Prinz Sperber und seine Begleiter schließlich *Ordensritter*, und von der Kirche von Chyrellos sei allgemein bekannt, daß sie auf dem eosischen Kontinent nicht nur eine geistige, sondern vor allem eine *politische* Macht darstelle. Ein schlimmer Verdacht regte sich in den hehren Hallen Seiner Majestät Regierung, und viele Staatsmänner bezweifelten, daß es klug wäre, die derzeitige politische Richtung beizubehalten. Einige gingen gar soweit, die Möglichkeit in Erwägung zu ziehen, die schrecklichen Vorfälle hier in Tamuli könnten *elenischen* Ursprungs sein, da sie den perfekten Vorwand für das Eindringen von Ordensrittern, den Agenten des Erzprälaten Dolmant, auf den tamulischen Kontinent bieten. Könnte es sein, fragen sie, ob diese ganze Affäre von Dolmant eingefädelt wurde, um seiner Kirche die Möglichkeit zu geben, ganz Tamuli dem Glauben des elenischen Gottes zu unterwerfen, damit die politische Kontrolle des Imperiums in die Hand des Erzprälaten falle? Es sei hier darauf hingewiesen, daß Premierminister Subat den Verfasser *höchstpersönlich* wissen ließ, daß er sich große Sorgen mache, was diese Möglichkeit betrifft.

In Sarsos schloß sich dem königlichen Gefolge Sephrenia an, Styrikerin, welche die Pandioner einstmals in den Geheimnissen von

Styrikum unterrichtete, die jetzt aber Mitglied der Tausend ist, des herrschenden Rates jener Stadt. Auch Zalasta stieß zu der Gruppe – eine Tatsache, die unsere Besorgnis, was die Motive der Elenier betraf, ein wenig schwinden ließ. Offensichtlich war es Zalastas Bemühungen zuzuschreiben, daß die Tausend ihre Hilfe versprachen, trotz des langjährigen und – wovon viele überzeugt sind – berechtigten Mißtrauens aller Styriker elenischen Beweggründen gegenüber.

Die Elenier zogen von Sarsos nach Atan. Auch dort gelang es Ehlana, den König und die Königin für sich einzunehmen. Es ist offensichtlich, daß die Persönlichkeit dieser reizenden jungen Dame von großer Überzeugungskraft ist.

Wenngleich Außenminister Oscagnes Bericht über den Zusammenstoß mit den angeblichen Cyrgai zu ernsten Zweifeln Anlaß gibt, kann es keinerlei Zweifel an der Wahrheit des Berichtes geben, der jene Geschehnisse behandelt, nachdem unsere Besucher Atana verlassen hatten. *Dieser* Bericht stammt von Zalasta; kein Regierungsmitglied mit gesundem Menschenverstand würde die Ehrlichkeit des obersten Bürgers von Styrikum in Frage stellen. In den Bergen westlich der eigentlichen Grenze nach Tamuli wurde die Truppe wieder überfallen, und Zalasta hat bestätigt, daß die Angreifer nichtmenschlich waren.

Bereits im vergangenen Jahr wurden in den atanischen Bergen mehrmals furchterregende Ungeheuer gesichtet. Allerdings haben viele Skeptiker diese Meldungen als weitere Trugerscheinungen jener Macht abgetan, die es darauf abgesehen hat, die Regierung Seiner Kaiserlichen Majestät zu stürzen. Diese ungemein täuschenden Trugbilder von Ogern, Vampiren, Werwölfen und Leuchtenden versetzen das einfache Volk Tamulis nun bereits seit mehreren Jahren in Angst und Schrecken; deshalb hatte man angenommen, auch diese Bergungeheuer seien lediglich geschickte Trugbilder. Zalasta jedoch versichert uns, daß es vermutlich die Feinde des Imperiums waren, welche diese riesigen, zottigen, ursprünglich auf der thalesischen Halbinsel Eosiens beheimateten Kreaturen veranlaßten, über das Polareis zur Nordküste Atans auszuwandern. Wieder einmal machte Ritter Sperber der hohen Meinung Ehre, die Zalasta von diesem Mann hat: Rasch entwarf er Taktiken, diese Ungeheuer in die Flucht zu schlagen.

Darauf gelangte Königin Ehlanas Truppe in das Land Tamuli und alsbald ins prächtige Matherion, wo Kaiser Sarabian sie freundlich willkommen hieß. Ungeachtet aller Einwände Premierminister Subats erlaubte man den elenischen Besuchern nahezu unbeschränkten Zugang zu Seiner Majestät. Der Königin von Elenien gelang es schnell, den Kaiser zu bezaubern, wie zuvor schon die geringeren Landesherren im Westen. Um bei einer wahrheitsgetreuen Berichterstattung zu bleiben, sehen wir uns gezwungen, nicht zu verheimlichen, daß Kaiser Sarabian seither die bedauernswerte Neigung zeigt, sich in Regierungsgeschäfte einzumischen und Entscheidungen jener zu ändern, die viel mehr als er selbst von der politischen Alltagsarbeit verstehen, die zur Führung eines so gewaltigen Reiches unerläßlich ist.

Der Premierminister hat auf den Rat des Innenministers Kolata beschlossen, Prinz Sperber dem Befehl des Ministeriums des Innern zu unterstellen. Kolata wies zu Recht darauf hin, daß Sperber, ein eosischer Elenier, unmöglich die zahllosen Kulturen Tamulis verstehen kann und deshalb Rat und Anleitung braucht, um wirksam gegen unsere Feinde vorgehen zu können. Kaiser Sarabian jedoch lehnte diese Vorgehensweise ab und erlaubte diesem Ausländer beinahe uneingeschränkte Handlungsfreiheit, um alle durch den Feind entstandenen und noch entstehende Probleme zu lösen.

Unseren Bedenken zum Trotz, was Prinz Sperber, seine Königin und seine Gefährten betrifft, müssen wir einräumen, daß ihre Anwesenheit in Matherion eine schreckliche Katastrophe verhindert hat. Zu den Gebäuden der kaiserlichen Schloßanlage zählt unter anderem die Nachbildung einer elenischen Burg, die zu dem Zweck erbaut wurde, daß elenische Würdenträger sich während ihres Besuchs bei uns zu Hause fühlen. Königin Ehlana und ihr Gefolge wurden in dieser Burg untergebracht. Die Bedeutung dieser Maßnahme wird sogleich ersichtlich.

Auf eine Art und Weise, die es noch zu ergründen gilt, wurden Ritter Sperber und seine Gefährten hier in Matherion auf eine Verschwörung aufmerksam, deren Ziel der Sturz der Regierung war. Doch statt diese Information an den Innenminister weiterzuleiten, behielten die Elenier diese Entdeckung für sich und erlaubten es den Verschwörern, ihre Pläne bis zu Ende zu verfolgen. Als sich in jener schicksalhaften Nacht ein bewaffneter Mob der kaiserlichen Schloßanlage näherte, zogen Prinz Sperber und seine Gefährten sich lediglich in ihre elenische Burg zurück und nahmen den Kaiser und die Regierung mit.

Uns Tamulern war jedoch unbekannt, daß die Architektur eines Gebäudes als Waffe benutzt werden kann. Ohne Wissen und Billigung Seiner Majestät Regierung hatten Sperbers Elenier die Burganlage auf bestimmte Weise verändert und unbemerkt Vorräte hineingeschafft, während sie heimlich jene schrecklichen Geräte bauten, mit denen die Elenier ihre Kriege führen.

Der Mob, der den Sturz der Regierung herbeiführen wollte, stürmte ungehindert in die kaiserliche Schloßanlage, sah sich jedoch einer uneinnehmbaren Burg voller entschlossener elenischer Krieger gegenüber, die zur Verteidigung ihrer Festungen gewohnheitsmäßig siedendes Pech und Feuer einsetzten. Die Greuel jener Nacht haben sich unauslöschlich in das Gedächtnis aller zivilisierten Menschen eingeprägt. Wie in Tamuli seit Menschengedenken üblich, hatten sich viele der jüngeren Söhne hoher tamulischer Familien den Rebellen angeschlossen; indes mehr aus Übermut denn irgendwelcher hochverräterischer Absichten wegen. In ähnlichen Fällen wurden solche ungestümen jugendlichen Gesetzesübertreter von den wahren Verbrechern getrennt, streng getadelt und sodann zu ihren Eltern zurückgeschickt. Aufgrund ihres Ranges und des hohen Ansehens ihrer Familie hatten sie von den Behörden wenig zu befürchten. Siedendes Pech dagegen macht keinen Unterschied in Rang und Stellung, und ein unternehmungslustiger junger Edler, der von Naphta trieft, brennt nicht weniger gut als der gemeinste Bube aus der Gosse. Zudem hatten die Elenier, kaum daß der Mob sich in der Schloßanlage befand, die Außentore geschlossen, so daß alle darinnen gefangen waren, die Schuldigen wie die Unschuldigen, und die umherreitenden Peloi fügten den Bedauernswerten weitere Abscheulichkeiten zu. Die brutale Unterdrückung des Aufstands wurde damit beendet, daß man die Außentore wieder öffnete und zwanzig Legionen Ataner einließ, jene vollkommen unzivilisierten Wilden aus den Bergen. Die Ataner metzelten ohne Ausnahme alle nieder, die ihnen im Wege standen. Viele junge Edle und liebenswerte Studenten dieser unserer Universität wurden selbst dann abgeschlachtet, wenn sie ihre Rangmarken vorwiesen, die ihnen Immunität hätten sichern müssen.

Wenngleich anständige Menschen auf dem gesamten Erdenrund diese ungezügelte Grausamkeit mit Entsetzen betrachten müssen, kommen wir nicht umhin, Ritter Sperber und seinen Gefährten zu gratulieren. Der Aufstand wurde niedergeschlagen, ja mit Stumpf und Stiel ausgerottet durch diese elenischen Wilden und die zügellosen Ataner.

Seiner Majestät Regierung hat sich in jener schrecklichen Nacht jedoch nur wenige Freunde gemacht. Obwohl die Greueltaten offensichtlich elenischen Ursprungs waren, wurde von den großen Häusern Tamulis dennoch zur Kenntnis genommen, daß Ritter Sperber auf Einladung des *Kaisers* nach Matherion gekommen war.

Um die Lage weiter zu verschlimmern, nutzten die Elenier diesen Aufstand als Vorwand, den Patriarchen Emban – einen hohen Würdenträger der elenischen Kirche und angeblich der geistige Berater Königin Ehlanas – zurück nach Chyrellos zu senden, um den Erzprälaten zu ersuchen, zur »Wiederherstellung der Ordnung« ein großes Aufgebot seiner Ordensritter nach Tamuli zu schicken.

Premierminister Subat hat dem Verfasser gegenüber zugegeben, daß seine Macht stetig schrumpft und daß er nur noch hilflos zuschauen kann, wie die Ereignisse sich schier überschlagen. Er hat dem Verfasser persönlich seine Besorgnis anvertraut, daß Außenminister Oscagne zweifellos seinen Einfluß auf den Kaiser nutze, um die Situation zu beeinflussen. Die Einladung an Ritter Sperber, nach Tamuli zu kommen, war offenbar lediglich der erste Schritt in einem größeren und tödlicheren Vorhaben. Indem er sich die derzeitigen Unruhen in Tamuli zunutze macht, hat der Außenminister den Kaiser dahingehend beeinflußt, jene Öffnung zu schaffen, die Dolmant brauchte, um das Eindringen dermaßen vieler bewaffneter Elenier auf den daresischen Kontinent zu rechtfertigen.

Der Verfasser ist überzeugt davon, daß dem Imperium die größte Gefahr in seiner langen ruhmreichen Geschichte droht. Die bereitwillige Teilnahme der Ataner an dem Massaker in der kaiserlichen Schloßanlage ist ein klarer Beweis, daß nicht einmal mehr auf ihre Loyalität Verlaß ist.

An wen können wir uns um Hilfe wenden? Wo, in aller Welt, können wir eine Streitmacht finden, welche die wilden Horden Dolmants von Chyrellos zurückwirft? Muß das Imperium in all seiner Herrlichkeit unter dem Ansturm der elenischen Zeloten fallen? Meine Brüder, ich weine um die Vergänglichkeit des Ruhmes. Die Stadt des Lichtes, das schimmernde Matherion mit seinen feurigen Kuppeln, die Heimstatt von Wahrheit und Schönheit, der Mittelpunkt der Welt, ist dem Untergang geweiht. Finsternis senkt sich herab, und gering ist die Hoffnung, daß je wieder ein Morgen erstrahlen wird.

Erster Teil

CYNESGA

1

Die Jahreszeiten wechselten, und der lange Sommer ging allmählich in den Herbst über. Ein dünner Nebel hing in den Straßen von Matherion. Der Mond war spät aufgegangen, und seine bleichen Strahlen hoben die Umrisse der opaleszierenden Türme hervor und verliehen dem zarten Nebel auf den Straßen ein weiches Licht. Die schimmernde Stadt Matherion badete die Füße in leuchtendem Dunst und hob das blasse Gesicht dem Nachthimmel entgegen.

Sperber war müde. Die Anspannung der vergangenen Woche und die gefahrvollen Ereignisse an ihrem Ende hatten ihn ausgelaugt. Aber er konnte nicht schlafen. In seinen schwarzen pandionischen Umhang gehüllt, stand er auf dem Wehrgang und blickte nachdenklich über die schimmernde Stadt. Er war müde, doch sein Verlangen, sich alles noch einmal durch den Kopf gehen zu lassen, abzuschätzen, zu erwägen und zu verstehen, war zu drängend, als daß er sich ins Bett legen und von tiefem Schlaf verwöhnen lassen wollte. Erst mußte alles geordnet sein.

»Was macht Ihr hier oben, Sperber?« fragte Khalad leise. Seine Stimme klang der seines Vaters so ähnlich, daß Sperber ruckartig den Kopf drehte, um sich zu vergewissern, daß Kurik nicht aus dem Haus der Toten wiedergekehrt war, um ihn zu rügen. Khalad war ein junger Mann mit unauffälligem Gesicht, breiten Schultern und von unverblümter Offenheit. Seine Familie diente der Sperbers bereits seit drei Generationen, und genau wie sein Vater Kurik sprach Khalad seinen Herrn für gewöhnlich ohne große Umschweife an.

»Ich konnte nicht schlafen.« Sperber zuckte die Schultern.

»Eure Gemahlin hat die halbe Garnison losgeschickt, nach Euch zu suchen.«

Sperber verzog das Gesicht. »Warum tut sie das immer?«

»Es ist Eure eigene Schuld. Ihr wißt genau, daß sie es jedesmal so macht, wenn Ihr fortgeht, ohne ihr zu sagen, wohin Ihr wollt. Ihr würdet Euch – und uns – viel Zeit und Ärger ersparen, würdet Ihr Ehlana von vornherein Bescheid geben. Ich glaube, das habe ich Euch schon mehrmals vorgeschlagen.«

»Versuch nicht, mir Vorschriften zu machen, Khalad! Du bist ja so schlimm wie dein Vater.«

»Gute Eigenschaften vererben sich manchmal. Würdet Ihr nun die Güte haben, hinunterzusteigen und Eurer Gemahlin zu versichern, daß mit Euch alles in Ordnung ist – *bevor* sie die Handwerker ruft, damit sie die Wände niederreißen?«

Sperber seufzte. »Also gut.« Er wandte sich von den Zinnen ab. »Übrigens, wir werden bald einen Ausflug machen.«

»Ach? Wohin?«

»Wir müssen etwas abholen. Uns mit den Hufschmieden unterhalten. Faran muß neu beschlagen werden. Er hat sein rechtes Vordereisen so abgewetzt, daß es dünn wie Papier ist.«

»Das ist Eure Schuld, Sperber. Würdet Ihr aufrecht im Sattel sitzen, wäre das Eisen in Ordnung.

»Mit zunehmendem Alter wird man nun mal krumm. Dir wird's auch nicht anders ergehen.«

»Wenn Ihr meint. Wann brechen wir zu diesem Ausflug auf?«

»Sobald mir eine so glaubhafte Lüge einfällt, daß meine Frau darauf verzichtet, mich zu begleiten.«

»Dann wird's wohl noch ein Weilchen dauern?« Khalad blickte über das in Mondschein getauchte Matherion. Mond und Nebel trugen dazu bei, die Stadt mit schillernden Regenbogen zu krönen. »Hübsch«, bemerkte er.

»Mehr fällt dir nicht ein? Du blickst auf die sagenhafteste Stadt der Welt und nennst sie einfach nur ›hübsch‹.«

»Ich bin kein Edelmann, Sperber, und muß mir keine blumigen Phrasen ausdenken, um andere zu beeindrucken – und mich selbst. Seht zu, daß Ihr ins Haus kommt, bevor Euch die Kälte und Feuchtigkeit auf die Lunge schlagen. Ihr krummen alten Leute seid gesundheitlich manchmal ziemlich anfällig.«

Sperber erkannte sofort, daß die bildschöne, aschblonde Königin Ehlana mehr gereizt als verärgert war. Ihm entging auch nicht, daß sie sich offenbar viel Zeit genommen hatte, sich noch anziehender zu machen. Sie trug ein Nachtgewand aus dunkelblauem Satin und hatte ihre Wangen so lange behutsam gezwickt, um ihnen glühende Röte zu verleihen. Ihr Haar war auf bezaubernde Weise zerzaust, zweifellos mit voller Absicht, aber kunstvoll. Seiner mangelnden Rücksichtnahme wegen rügte sie ihn auf eine Weise, daß Bäume vermutlich in Tränen ausgebrochen und Steine betroffen vor ihr zurückgewichen wären. Ihre Stimme durchlief sämtliche Tonarten, als sie ihm haarklein erklärte, wie sie sich fühlte. Sperber unterdrückte ein Lächeln. Ehlana gab eine gekonnte Vorstellung, wie sie so in der Mitte des blau behangenen kaiserlichen Gästegemachs stand und ihn beschimpfte. Ihre Worte drückten äußerstes Mißfallen aus, doch die geschickt gewählte Betonung sagte ihm etwas ganz anderes.

Er entschuldigte sich.

Sie weigerte sich, seine Entschuldigung anzunehmen, stürmte ins Schlafzimmer und schmetterte die Tür hinter sich zu.

»Sehr temperamentvoll«, murmelte Sephrenia. Die zierliche Frau saß in sicherem Abstand an der hinteren Seite des Gemachs, wo ihr weißes styrisches Gewand im Kerzenschein schimmerte.

»Es ist Euch also nicht entgangen?« Sperber lächelte.

»Tut sie das oft?«

»O ja! Sie genießt es. Weshalb seid Ihr so spät noch auf, kleine Mutter?«

»Aphrael wollte, daß ich mit Euch rede.«

»Warum ist sie nicht einfach gekommen und spricht selbst mit mir? Schließlich ist sie ja nicht Meilen entfernt.«

»Es ist eine formelle Angelegenheit, Sperber. In einem solchen Fall erwartet man, daß ich für Aphrael spreche.«

»Da komme ich nicht ganz mit.«

»Ihr würdet es, wenn Ihr Styriker wärt! Wir werden für eine Art Ersatz sorgen müssen, wenn wir den Bhelliom zurückholen wollen. Khalad kann die Stelle seines Vaters einnehmen, ohne daß sich ein größeres Problem ergibt. Aber daß Tynian beschlossen hat, mit Emban nach Chyrellos zurückzukehren, macht Aphrael sehr zu schaffen. Könnt Ihr ihn nicht überreden, es sich noch einmal zu überlegen?«

Sperber schüttelte den Kopf. »Ich würde es nicht einmal versuchen, Sephrenia. Ich habe nicht vor, ihn auf Lebenszeit zum Krüppel zu machen, nur weil er Aphrael fehlen könnte.«

»Ist es wirklich so schlimm mit seinem Arm?«

»Schlimm genug. Der Armbrustbolzen hat sein Schultergelenk durchbohrt. Wenn er es bewegt, heilt es vielleicht nicht mehr richtig. Und immerhin ist es sein Schwertarm.«

»Aphrael könnte das in Ordnung bringen, wie Ihr wißt.«

»Aber nicht, ohne preiszugeben, wer sie wirklich ist, und das würde ich nicht erlauben.«

»Nicht *erlauben*?«

»Fragt sie doch, ob sie die geistige Gesundheit ihrer Mutter lediglich der Zahlengleichheit wegen gefährden möchte. Nehmt jemand andern. Wenn Aphrael nichts dagegen hat, daß Khalad an Kuriks Stelle mitkommt, sollte sie gewiß jemanden finden, der Tynians Platz einnehmen kann. Warum ist ihr das überhaupt so wichtig?«

»Das würdet Ihr nicht verstehen.«

»Versucht trotzdem, es mir zu erklären. Vielleicht werdet Ihr ja staunen.«

»Ihr benehmt Euch heute nacht ziemlich merkwürdig.«

»Ich wurde soeben wüst beschimpft. Das macht mich immer merkwürdig. Warum hält Aphrael es für so wichtig, stets dieselbe Gruppe von Leuten um sich zu haben?«

»Das hat mit ihren Empfindungen zu tun. Die Anwesenheit einer bestimmten Person ist mehr als nur ihr Äußeres oder der Klang ihrer Stimme. Es hängt auch davon ab, wie sie denkt und – was vermutlich noch wichtiger ist – was sie für Aphrael empfindet. Damit umgibt sie sich. Tauscht man die Personen aus, bringt es Aphraels Empfindungen aus dem Gleichgewicht.« Sephrenia blickte ihn an. »Ihr habt kein Wort davon verstanden, nicht wahr?«

»Ganz im Gegenteil! Was ist mit Vanion? Er liebt sie genausosehr wie Tynian. Außerdem war er praktisch von Anfang an bei uns, zumindest im Geist bei uns. Und er *ist* ein Ritter!«

»Vanion? Das ist absurd, Sperber!«

»Er ist kein Tattergreis, wie Ihr wißt. Er hat in Sarsos beim Wettlauf mitgemacht. Und als wir gegen die Trolle kämpften, hat er bewiesen, daß er mit der Lanze so gut umgehen kann wie eh und je!«

»Das kommt überhaupt nicht in Frage! Ich will nichts mehr davon hören!«

Sperber ging zu ihr, umfaßte ihre Handgelenke und küßte ihr die Handflächen.

»Ich liebe Euch sehr, kleine Mutter«, versicherte er, »doch diesmal werde ich über Euren Wunsch hinwegsehen. Ihr dürft Vanion nicht für den Rest seines Leben in Watte packen, nur weil Ihr Angst habt, er könnte sich einen Finger aufschürfen. Wenn Ihr ihn Aphrael nicht als Begleiter vorschlagt, werde ich es tun!«

Sephrenia fluchte auf styrisch. »Begreift Ihr denn nicht, Sperber? Ich hätte ihn beinahe verloren!« Ihr Herz sprach aus ihren glänzenden Augen. »Ich würde sterben, wenn ihm etwas zustieße!«

»Ihm wird nichts zustoßen! Werdet Ihr nun in dieser Sache mit Aphrael sprechen, oder wollt Ihr es lieber mir überlassen?«

Wieder fluchte sie.

»Wo habt Ihr bloß diese Schimpfworte gelernt?« tadelte er. »Ist unser Problem damit gelöst? Ich bin bereits etwas spät dran, durch die Tür des Schlafgemachs zu treten.«

»Wie bitte?«

»Jetzt ist es an der Zeit für Küsse und Versöhnung. Wenn ich mich nicht irre, gibt es einen gewissen Rhythmus bei solchen Dingen. Falls ich zu lange warte, Ehlana zu besänftigen, wird sie glauben, ich liebe sie nicht mehr.«

»Wollt Ihr damit sagen, Ehlanas Verhalten heute abend war lediglich eine Einladung ins Schlafgemach?«

»Das ist ziemlich frei heraus gesprochen, aber damit hatte es auch zu tun, o ja. Manchmal bin ich etwas zu beschäftigt, meiner Frau die Aufmerksamkeit zu widmen, die ihr zusteht. So etwas läßt sie sich nur eine Zeitlang gefallen – dann hält sie mir einen Vortrag, der mich daran erinnert, daß ich sie vernachlässigt habe. Dann geht's ab ins Schlafgemach, und anschließend ist alles wieder eitel Sonnenschein.«

»Wäre es nicht einfacher, sie würde es Euch gleich offen sagen, ohne diese umständlichen Spielchen?«

»Vermutlich schon, aber das würde ihr nicht halb soviel Spaß machen. Entschuldigt Ihr mich nun?«

»Warum geht Ihr mir immer aus dem Weg, Berit-Ritter?« fragte Kaiserin Elysoun betrübt und machte einen hübschen Schmollmund.

»Eure Hoheit mißversteht mich.« Berit errötete und blickte zu Boden.

»Findet Ihr mich häßlich, Berit-Ritter?«

»Natürlich nicht, Hoheit.«

»Warum schaut Ihr mich dann nie an?«

»Es ist bei den Eleniern unziemlich, wenn ein Mann eine unbekleidete Frau anblickt.«

»Ich bin keine Elenierin, Herr Ritter. Ich bin aus Valesien, und ich bin nicht nackt. Ich habe sogar sehr viel an. Wenn Ihr mich in meine Gemächer begleitet, werde ich Euch zeigen, wie viel!«

Sperber war gerade dabei, Berit zu suchen, um ihn über ihre bevorstehende Reise zu informieren, als er um eine Ecke des zur Kapelle führenden Korridors bog und sah, daß Kaiserin Elysoun seinem jungen Freund wieder einmal aufgelauert hatte. Seit sich Kaiser Sarabians gesamte Familie sicherheitshalber in der Burg aufhielt, waren Berits Fluchtmöglichkeiten ernsthaft beschränkt, und Elysoun hatte die Situation weidlich genutzt. Die valesianische Gemahlin des Kaisers war ein braunhäutiges, fröhliches Mädchen, dessen aus der Heimat gewohnte Kleidung den Busen unbedeckt zur Schau stellte. So oft Sarabian Berit auch erklärt hatte, daß die üblichen Moralvorstellungen nicht auf Valesianer bezogen werden durften, blieb Berit doch eisern respektvoll – und keusch. Elysoun erachtete dies als Herausforderung und verfolgte den jungen Ordensritter hartnäckig und unerbittlich.

Sperber wollte seinen jungen Freund gerade ansprechen, da lächelte er und zog sich rasch um die Ecke zurück, um zu lauschen. Schließlich war er der derzeitige Hochmeister des Pandionischen Ordens, und deshalb war es seine Pflicht, sich um das Seelenheil seiner Männer zu kümmern.

»Müßt Ihr denn *immer* Elenier sein?« schmollte Elysoun.

»Ich *bin* Elenier, Hoheit.«

»Aber ihr Elenier seid so langweilig! Könnt Ihr denn nicht wenigstens für einen Nachmittag Valesianer sein? Das macht viel mehr Spaß, und es wird auch nicht sehr lange dauern – außer, Ihr wollt es.« Sie machte eine Pause, dann fragte sie ihn neugierig: »Seid Ihr wirklich noch unberührt?«

Berit wurde glühend rot.

Elysoun lachte erfreut. »Das ist ja nicht zu fassen!« rief sie. »Seid Ihr denn kein bißchen neugierig, was Ihr versäumt? Ich würde mich glücklich schätzen, Euch diese langweilige Jungfräulichkeit zu nehmen, Berit-Ritter – und es wird nicht einmal sehr weh tun.«

Sperber hatte Mitleid mit dem armen Jüngling und bog noch einmal um die Ecke. »Ah, da bist du ja, Berit! Ich habe dich überall gesucht. Es hat sich etwas Unerwartetes ergeben. Wir müssen uns sofort darum kümmern.« Er verbeugte sich vor der Kaiserin. »Kaiserliche Hoheit, ich fürchte, ich muß Euren Freund eine Zeitlang mit Beschlag belegen. Wichtige Regierungsgeschäfte, müßt Ihr wissen.«

So, wie Elysoun ihn anstarrte, war Sperber froh, daß Blicke nicht töten konnten.

»Ich bin sicher, daß Hoheit Verständnis hat.« Wieder verbeugte er sich. »Komm, Berit. Die Sache ist ernst, und wir müssen uns beeilen.« Er führte seinen jungen Freund den opaleszierenden Korridor entlang und spürte noch immer den wütenden Blick von Kaiserin Elysoun im Rücken.

Berit seufzte erleichtert. »Danke, Sperber.«

»Warum gehst du ihr nicht einfach aus dem Weg?«

»Das ist so gut wie unmöglich! Sie folgt mir auf Schritt und Tritt. Einmal sogar ins Badehaus – mitten in der Nacht. Sie sagte, sie wolle mit mir baden!«

»Berit ...«, Sperber lächelte, »als dein Hochmeister und geistiger Beistand müßte ich deine Standhaftigkeit loben, was die Ideale unseres Ordens betrifft. Doch als dein Freund will ich dir nicht verschweigen, daß Flucht die Sache nur noch schlimmer macht. Wir müssen hier in Matherion bleiben, und wenn es noch lange dauert, wird sie dich früher oder später doch einmal erwischen. Sie ist sehr hartnäckig, was das betrifft.«

»Das ist mir nicht entgangen.«

»Außerdem ist sie wirklich sehr hübsch, nicht wahr«, sagte Sperber vorsichtig. »Wieso fällt es dir so schwer, nett zu ihr zu sein?«

»Sperber!«

Der große Pandioner seufzte. »Ich habe schon befürchtet, daß du es so siehst. Hör zu, Berit. Elysoun kommt aus einer vollkommen anderen Kultur mit anderen Sitten. Für sie ist so etwas keine Sünde. Sarabian hat es ja deutlich genug gesagt, daß er dankbar wäre, wenn einige von uns seiner Frau den Gefallen tun würden. Und sie hat nun mal dich als den Glücklichen auserkoren. Es ist eine politische Notwendigkeit. Deshalb wird dir gar nichts anderes übrigbleiben, als wenigstens ein einziges Mal über deinen eigenen Schatten zu springen. Betrachte es als deine ritterliche Pflicht, wenn du dich dadurch besser fühlst. Ich kann Emban bitten, dir Absolution zu erteilen, sobald du deine Pflicht getan hast.«

Berit atmete keuchend ein.

»Du bringst uns wirklich in Verlegenheit«, rügte Sperber. »Elysoun macht Sarabian wegen dieser Geschichte das Leben zur Hölle. Er wird natürlich nicht zu dir gehen und dir *befehlen*, seiner Frau zu Gefallen zu sein, egal, wie sie ihm zusetzt, aber offensichtlich erwartet er, daß *ich* es dir klarmache.«

»Ich kann einfach nicht glauben, daß du das sagst, Sperber!«

»Mach schon, Berit, tu's einfach. Du mußt ja nicht unbedingt Spaß daran haben, wenn du es für unsittlich hältst, aber tu es. Tu's, so oft es sein muß. Nur sorg dafür, daß Elysoun dem Kaiser nicht mehr das Leben schwermacht. Es ist deine Pflicht, mein Freund. Wenn Elysoun sich ein paarmal im Schlafgemach mit dir vergnügt hat, wird sie sich sowieso wieder auf die Jagd nach einem neuen Spielgefährten machen.«

»Und wenn sie's nicht tut?«

»Darüber würde ich mir keine allzu großen Sorgen machen. Patriarch Emban kann dir eine ganze Satteltasche voller Absolutionen besorgen, falls es sich wirklich als notwendig erweisen sollte.«

Der fehlgeschlagene Aufstand hatte Kaiser Sarabian die perfekte Ausrede ermöglicht, seiner Regierung zu entfleuchen. Feigheit vortäuschend, hatte er behauptet, er fühle sich nur in Ehlanas Burg sicher – und auch nur dann, wenn der Burggraben gefüllt und die Zugbrücke hochgezogen bliebe. Seinen Ministern, die von Anfang an jeden seiner Schritte für ihn vorausgeplant hatten, war das ein Dorn im Auge.

Sich der relativen Freiheit zu erfreuen, war jedoch nicht der einzige Beweggrund Sarabians gewesen. Innenminister Kolata war während des mißglückten Coups als Verräter entlarvt worden, doch Sarabian und seine elenischen Freunde hatten den Zeitpunkt noch nicht für richtig erachtet, Kolatas Verrat öffentlich bekanntzugeben. Solange der Kaiser sich in der elenischen Burg aufhielt, war es ganz normal, daß auch Kolata sich dort aufhielt. Immerhin unterstand ihm der gesamte Polizeiapparat, und somit war der Schutz des Kaisers seine oberste Pflicht. Von Ehlanas Leuten unauffällig, aber streng überwacht, leitete der Innenminister die Polizeikräfte von der

Burg aus. Die Besprechungen mit seinen Untergebenen wirkten allerdings stets ein wenig gezwungen, da Stragen dabei jedesmal neben ihm saß und seine Rechte müßig um einen Dolchgriff lag.

Eines frühen Morgens wurde Norkan, der tamulische Botschafter am Hofe König Androls und Königin Betuanas von Atan, in die schimmernde Nachahmung eines elenischen Thronsaals in der Burg geleitet. Obwohl Norkan versuchte, sich nichts anmerken zu lassen, war doch offensichtlich, wie wenig es ihm gefiel, daß sein Kaiser nach der Mode des Westens ein pflaumenfarbenes Wams und Beinkleid trug. »Habt Ihr mir jetzt auch noch meinen Kaiser gestohlen, Königin Ehlana?« fragte er, während er sich knapp vor ihr verbeugte. Norkan war ein sehr intelligenter Mann, doch bedauerlicherweise hatte er die undiplomatische Angewohnheit, unverhohlen seine Meinung zu äußern.

»Wie könnt Ihr so etwas sagen, Exzellenz!« rügte Ehlana in beinahe perfektem Tamulisch. Genaugenommen war sie hier Herrscherin; deshalb saß sie in ihrer königlich purpurnen Robe auf dem Thron, die goldene Krone auf dem Haupt. Sie wandte sich ihrem kaiserlichen Gast zu, der es sich in lässiger Haltung in einem Sessel bequem gemacht hatte und mit Prinzessin Danaes Katze spielte, indem er auf dem opaleszierenden Boden langsam eine Schnur hin und her zog. »Habe ich Euch gestohlen, Sarabian?« fragte sie.

»Oh, ganz und gar, Ehlana«, antwortete er auf elenisch. »Ich bin Euer getreuer Leibeigener.«

»Habt ihr hier eine Schule für moderne Sprachen eröffnet, während ich fort war, Oscagne?« fragte Norkan.

»Nun ja, so könnte man fast sagen«, erwiderte der Außenminister. »Seine Majestät beherrschte die elenische Sprache jedoch bereits vor Königin Ehlanas Besuch. Unser verehrter Kaiser hat so manches vor uns geheimgehalten.«

»Darf er das? Ich dachte immer, er sollte nur so eine Art Plüschtier sein, das man bei Zeremonien und anderen festlichen Anlässen vorzeigt.«

Selbst Oscagne schluckte leicht bei diesen Worten, Sarabian dagegen brach in herzhaftes Gelächter aus. »Ihr habt mir gefehlt, Norkan«, versicherte er dem Botschafter. »Hattet Ihr schon Gelegenheit, unseren großartigen Norkan kennenzulernen, Ehlana?«

»Mir wurde eine Kostprobe seines Witzes in Atana zuteil, Sarabian.« Die Königin lachte. »Seine Bemerkungen sind meistens sehr . . unerwartet.«

»Das kann man wohl sagen.« Sarabian erhob sich lachend. Als sich das Rapier, das er umgeschnallt hatte, hinter einem Bein seines Sessels verfing, fluchte er. Der Kaiser hatte mit dem Rapier immer noch einige Schwierigkeiten. »Eine seiner unerwarteten Bemerkungen hat Norkan mal über die Schuhgröße meiner Schwester gemacht. Ich mußte ihn rasch nach Atan entsenden, damit sie ihn nicht umbringen konnte.« Er zog eine Braue hoch und musterte den Botschafter. »Ich sollte Euch wirklich befehlen, sie zu heiraten, Norkan. Dann könntet Ihr sie in Euren gemeinsamen vier Wänden nach Herzenslust beleidigen. Öffentliche Beleidigungen dagegen müssen auch öffentlich geahndet werden, wie Ihr wißt.«

»Ich fühle mich tiefer geehrt, als ich sagen kann, Kaiserliche Majestät«, entgegnete Norkan. »Die Aussicht, Euer Schwager zu werden, läßt mein Herz stillstehen.«

»Ihr mögt meine Schwester nicht«, sagte Sarabian vorwurfsvoll.

»Das habe ich nicht gesagt, Majestät. Aber ich ziehe es vor, sie aus der Ferne zu verehren – zumindest außerhalb der Reichweite ihrer Füße. Deshalb kam es nämlich zu jener bedauernswerten Bemerkung. Meine Gicht machte mir an jenem Tag Beschwerden, und Eure Schwester trat mir auf die schmerzende Zehe. Ich glaube, sie wäre ein ziemlich nettes Mädchen, wenn sie nur besser darauf achten würde, wohin sie diese Barkassen setzt, die sie als Schuhe trägt.«

»Das wäre keine im siebenten Himmel geschlossene Ehe, Sarabian.« Ehlana lächelte. »Ich habe Eure Schwester kennengelernt, und ich fürchte, die witzigen Bemerkungen seiner Exzellenz stoßen bei ihr auf taube Ohren.«

»Ihr habt vermutlich recht, meine Liebe«, pflichtete Sarabian bei. »Aber ich möchte sie trotzdem zu gern loswerden. Seit ihrer Geburt fällt sie mir auf die Nerven. – Was macht Ihr eigentlich hier in Matherion, Norkan?«

Eine der Brauen Botschafter Norkans schoß in die Höhe. »Hier hat sich wirklich allerhand verändert, nicht wahr, Oscagne? Sollen wir ihm offen sagen, was *tatsächlich* vor sich geht?«

»Kaiser Sarabian hat beschlossen, die Führung der Regierungsgeschäfte selbst zu übernehmen, mein Freund.« Oscagne seufzte wehmütig.

»Ist das nicht gegen das Gesetz?«

»Ich fürchte nein, alter Junge.«

»Würdest du meinen Rücktritt annehmen?«

»Nein, eigentlich nicht.«

»Wollt Ihr denn nicht mehr für mich arbeiten, Norkan?« fragte Sarabian.

»Ich habe nichts gegen Euch persönlich, Majestät, aber wenn Ihr Euch tatsächlich in Regierungsgeschäfte einmischt, könnte das zum Zusammenbruch des gesamten Imperiums führen.«

»Großartig, Norkan! Ich mag es, wie Ihr drauflosredet, ohne vorher zu überlegen. Seht Ihr, Ehlana? Das ist es, wovon ich Euch erzählt habe. Die Beamten meiner Regierung erwarten allesamt von mir, daß ich majestätisch lächle, alle ihre Vorschläge billige, ohne sie in Frage zu stellen, und es ganz ihnen überlasse, die Regierungsgeschäfte zu führen.«

»Wie langweilig!«

»Ihr sagt es. Aber das werde ich ändern. Jetzt, da ich einem echten Monarchen bei der Arbeit zuschauen darf, haben sich mir völlig neue Horizonte erschlossen. – Ihr habt meine Frage immer noch nicht beantwortet, Norkan! Was führt Euch zurück nach Matherion?«

»Die Ataner werden aufsässig, Majestät.«

»Ist ihre Loyalität in Frage gestellt? Wegen der Unruhen, die kürzlich stattgefunden haben?«

»Nein, Majestät, ganz im Gegenteil. Der Aufstand hat sie schrecklich wütend gemacht. Androl möchte mit einer riesigen Streitmacht losmarschieren und Matherion besetzen, um Eure Sicherheit zu gewährleisten. Das halte ich nicht für ratsam – vorsichtig ausgedrückt. Die Ataner achten nicht allzusehr auf Rang oder Stellung, wenn sie beschließen, jemanden zu töten.«

»Das ist uns nicht entgangen«, erwiderte Sarabian trocken. »Wegen der Maßnahmen, die Engessa ergriffen hat, um die Rebellion niederzuschlagen, sind von den Familien der Edelleute eine Unmenge von Protestschreiben eingegangen.«

»Ich habe mit Betuana gesprochen, Majestät«, fuhr Norkan fort. »Sie hat versprochen, ihren Gemahl kürzer an der Leine zu halten, bis ich mit Euren Anweisungen zurückkehre. Wenn ich Euch raten darf – irgend etwas Knappes, Bündiges wie ›Sitz!‹ oder ›Still!‹ wäre wohl am passendsten, wenn man Androls geistige Fähigkeiten in Betracht zieht.«

»Wie ist es Euch je gelungen, Diplomat zu werden, Norkan?«

»Ich habe mir eine Menge Lügen ausgedacht.«

»Ein Vorschlag, Majestät«, warf Tynian ein.

»Heraus damit, Ritter Tynian.«

»Wir wollen König Androl doch nicht wirklich aus der Ruhe bringen, nicht wahr? Eine Andeutung, daß er in Atana bleiben soll, um möglicherweise mit einer weit größeren Bedrohung fertig zu werden, wäre vermutlich angebrachter, als ihn ohne Abendessen zu Bett zu schicken.«

»Welch originelle Formulierung, Ritter Tynian. Also gut, Norkan, schickt Engessa.«

Norkan blinzelte.

»Was ist, Mann?« schnaubte Sarabian.

»Daran mußt du dich gewöhnen, Norkan«, erklärte ihm Oscagne. »Der Kaiser bevorzugt manchmal verbale Abkürzungen.«

»Oh, ich verstehe.« Norkan dachte darüber nach. »Dürfte ich fragen, weshalb Engessa besser geeignet ist, Eure Anweisungen zu übermitteln als ich, Majestät?«

»Weil Engessa viel schneller laufen kann als Ihr, und weil er Unsere Befehle in einer Sprache übermitteln kann, die Androl vermutlich besser versteht. Außerdem wird er bei Engessas Erscheinen eher an einen militärischen Grund glauben, und das dürfte Androl am sichersten besänftigen. Ihr könnt Betuana den wahren Grund erklären, sobald Ihr wieder zurück seid.«

»Weißt du was, Oscagne?« sagte Norkan. »Er könnte sich vielleicht doch als ziemlich brauchbar erweisen – wenn wir ihn davor bewahren können, anfangs zu viele Fehler zu machen.«

Oscagne wand sich.

Sperber tippte Vanion auf die Schulter und gab ihm einen Wink mit dem Kopf. Beide schlenderten scheinbar gleichmütig zum anderen Ende des Thronsaals. »Ich habe ein Problem, Vanion«, murmelte Sperber.

»Ach?«

»Ich habe mir den Kopf nach einer Ausrede zerbrochen, wie wir Matherion lange genug verlassen können, uns den Bhelliom zurückzuholen. Aber mir fällt nichts ein, was nicht schon ein Kind durchschauen würde. Ehlana ist nicht dumm, weißt du.«

»Das ist sie wahrhaftig nicht!«

»Aphrael will nicht recht mit der Sprache heraus, aber ich habe das starke Gefühl, sie möchte, daß wir mit demselben Schiff fahren wie Emban und Tynian. Und mir fallen keine weiteren Ausreden mehr ein, ihre Abreise zu verschieben.«

»Bittet doch Oscagne um Hilfe.« Vanion zuckte die Schultern. »Er ist Diplomat, da fällt ihm das Lügen nicht schwer.«

»Die Idee ist nicht schlecht. Nur kann ich Oscagne nicht sagen, wohin wir wollen und was wir dort beabsichtigen, nicht wahr?«

»Ihr müßt es ihm ja auch nicht sagen. Sagt ihm einfach, Ihr braucht einen glaubhaften Grund, die Stadt eine Zeitlang zu verlassen. Setzt eine ernste, undurchdringliche Miene auf und belaßt es dabei. Oscagne hat genug Erfahrung, Anzeichen offizieller Verschwiegenheit zu erkennen.«

»Natürlich! Warum bin ich nicht selbst darauf gekommen?«

»Wahrscheinlich, weil Euer Gelübde Euch dabei im Weg ist. Ich weiß, daß Ihr geschworen habt, die Wahrheit zu sagen, aber das bedeutet nicht, daß Ihr mit der *ganzen* Wahrheit herausrücken müßt. Ihr dürft ruhig einen Teil übergehen. Gewisse Dinge zu übergehen, ist das Vorrecht der Hochmeister.«

Sperber seufzte. »Wieder mal zurück auf die Schulbank. Offenbar bin ich dazu verdammt, mein Leben lang Unterricht von Euch zu bekommen – und mich dabei ganz klein zu fühlen.«

»Wozu hat man Freunde, Sperber?«

»Du willst es mir also nicht sagen?« Sperber bemühte sich, nicht vorwurfsvoll zu klingen.

»Noch nicht, jedenfalls«, antwortete Prinzessin Danae, während sie versuchte, ihrer Katze den Hut einer Puppe um den Kopf zu binden. Murr schien das gar nicht zu gefallen, doch sie ließ dieses Spielchen ihrer Herrin mit resigniertem Blick über sich ergehen.

»Warum nicht?« fragte Sperber seine Tochter und ließ sich in einen der blauen Sessel in der königlichen Suite fallen.

»Weil immer noch etwas geschehen könnte, das die Reise unnötig macht. Du wirst Bhelliom nicht finden, Vater, bis ich beschließe, daß du ihn finden *sollst*.«

»Du möchtest aber, daß wir dasselbe Schiff nehmen wie Tynian und Emban?«

»Ja.«

»Wie weit soll die Reise gehen?«

»Das spielt im Grunde keine Rolle. Für mich ist nur wichtig, daß wir gemeinsam abreisen.«

»Dann hast du gar kein bestimmtes Ziel?«

»Natürlich nicht. Ich muß nur Tynian mindestens zwei Tage dabei haben. Wir können mit dem Schiff ein paar Meilen hinausfahren, wenn du möchtest. Wir können aber auch im Kreis segeln, falls es dir lieber ist. Das ist für mich gehupft wie gesprungen.«

»Danke«, sagte er beißend.

»Nichts zu danken. Da.« Sie hob die Katze hoch. »Sieht sie mit ihrem neuen Hut nicht süß aus?«

»Goldig.«

Murr bedachte Sperber mit bösem Blick.

»Ich kann Euch leider nicht sagen, weshalb, Exzellenz«, erklärte Sperber Oscagne später, als sie zufällig allein durch einen der Korridore gingen. »Ich brauche einen glaubhaften Grund, mich mit einer Gruppe von neun oder zehn Freunden auf unbestimmte Zeit außerhalb Matherions aufzuhalten – möglicherweise ein paar Wochen. Er muß sich so plausibel anhören, daß ich meine Frau von der dringenden Notwendigkeit überzeugen kann. Aber nicht so ernst anhören, daß sie sich Sorgen macht. *Und* ich muß dasselbe Schiff wie Emban und Tynian nehmen.«

»Na schön.« Oscagne nickte. »Seid Ihr ein guter Schauspieler, Prinz Sperber?«

»Ich glaube nicht, daß jemand Geld dafür ausgeben würde, mich auf einer Bühne zu sehen.«

Oscagne überging die Bemerkung. »Ich nehme an, Ihr braucht diese Ausrede hauptsächlich für Eure Gemahlin?«

»Ja.«

»Dann wäre es sicher das Beste, wenn der Einfall, Euch irgendwohin zu schicken, von ihr selbst käme. Ich werde sie dazu bringen, daß sie Euch gewissermaßen auf einen unbedeutenden Botengang schickt. Alles Weitere ist dann Euch selbst überlassen.«

»Ich möchte wirklich sehen, wie Ihr versucht, Ehlana dazu zu bringen!«

»Verlaßt Euch ganz auf mich, alter Junge.«

»Tega?« Sarabian zog die Brauen hoch und blickte seinen Außenminister an. »Der einzige Aberglaube auf der Insel Tega besteht darin, daß man es dort als böses Omen betrachtet, den Preis für Muscheln nicht jedes Jahr zu erhöhen.«

»Sie haben es uns bisher nur deshalb nie gestanden, weil sie Angst hatten, wir würden sie auslachen, Majestät«, erwiderte Oscagne ruhig. In dem blauen Wams und dem engen Beinkleid, die Sarabian ihm zu tragen befohlen hatte, schien er sich gar nicht wohlzufühlen. Er wußte offenbar nicht, wohin mit den Händen, und schämte sich möglicherweise seiner knochigen Beine. »Ausgelacht zu werden ist das Schlimmste, das die Teganer sich vorstellen können. Sie sind die langweiligsten Leute auf der ganzen Welt.«

»Ich weiß. Gahenas, meine teganische Frau, schafft es immer wieder, daß ich sofort einschlafe – sogar, wenn wir...« Der Kaiser warf einen verstohlenen Blick auf Ehlana und beendete den Satz nicht.

»Die Teganer haben eine Kunst daraus gemacht, sich und andere zu langweilen, Majestät«, bestätigte Oscagne. »Jedenfalls gibt es eine alte teganische Legende, daß die Austernbänke von einer Nixe heimgesucht werden, die angeblich Austern mitsamt den Schalen und auch andere Muscheln ißt. Das macht den Teganern sehr zu schaffen. Außerdem verführt diese Nixe teganische Taucher, die dann während des Austausches von Zärtlichkeiten ertrinken.«

»Sind Nixen denn nicht zur Hälfte Mädchen und zur anderen Hälfte Fisch?« fragte Ulath erstaunt.

»Wenn man den Sagen glauben kann, ja«, erwiderte Oscagne.

»Und reicht die Fischhälfte nicht von der Taille abwärts?«

»Auch das geht aus den Sagen hervor.«

»Wie ist es dann möglich...« Dann erinnerte Ulath sich ebenfalls, daß Ehlana bei ihnen war. Er warf ihr einen raschen Blick zu und schwieg abrupt.

»Was wolltet Ihr sagen, Ritter Ulath?« erkundigte Ehlana sich scheinbar arglos.

»Es ... äh ... nichts Wichtiges, Majestät«, stammelte er verlegen.

»Ich hätte diese absurde Legende gar nicht zur Sprache gebracht, Majestäten«, sagte Oscagne zu Ehlana und Sarabian, »wäre es kürzlich nicht zu gewissen Ereignissen gekommen. Die Parallelen zwischen den Vampiren in Arjuna, den Leuchtenden im Süden Atans, und den Werwölfen, Ghuls und Oger in anderen Teilen des Imperiums sind ziemlich auffallend, findet ihr nicht? Ich könnte mir vorstellen, daß jemand, der sich jetzt nach Tega begibt und sich umhört, Geschichten über irgendeinen zu neuem Leben erweckten vorsintflutlichen Perlentaucher hören würde, und daß er auf einen Aufwiegler stößt, der behauptet, dieser Held und seine Nixengeliebte würden die Austern in einem Großangriff gegen Matherion führen.«

»Wie originell«, murmelte Sarabian.

»Bedaure, Majestät«, entschuldigte sich Oscagne. »Ich will damit nur darauf hinweisen, daß wir es auf Tega wahrscheinlich mit einem ziemlich unerfahrenen Aufrührer zu tun haben – doch unerfahren oder nicht, er weiß sicher eine ganze Menge über die gesamte Verschwörung. Und da unsere hiesigen Freunde nicht zulassen wollen, daß wir Kolata allzu eingehend verhören, müssen wir schauen, anderswo Näheres zu erfahren.«

»Wir lassen Kolata nicht ohne Grund vorerst ungeschoren, Exzellenz«, warf Kalten ein. »Wir haben schon zu oft erlebt, was mit Gefangenen geschieht, die kurz davor sind, den Mund aufzumachen. Kolata ist uns noch von Nutzen – aber nur, solange er heil und gesund bleibt. In kleinen unappetitlichen Brocken über die ganze Burg verstreut, dürfte er uns keine große Hilfe mehr sein.«

Oscagne schüttelte sich. »Ich verstehe, Ritter Kalten. – Wie dem auch sei, Majestät, wenn es sich ermöglichen ließe, daß einige unserer elenischen Freunde sich nach Tega begeben, um diesen Burschen aufzuspüren und mit ihm reden, ehe unser Feind ihn zerstückelt, könnte er wahrscheinlich dazu gebracht werden, uns alles zu sagen, was er weiß. Ritter Sperber hat in dieser Beziehung einen gewissen Ehrgeiz, wenn ich mich nicht irre. Er möchte gern herausfinden, ob er jemanden so sehr ausquetschen kann, daß dem Betreffenden das Blut aus den Haarspitzen läuft.«

»Ihr habt eine sehr bildhafte Vorstellung, Sperber«, bemerkte Sarabian. »Was meint Ihr, Ehlana, könntet Ihr Euren Gemahl eine Zeitlang entbehren? Wenn er und einige seiner Ritter sich nach Tega begäben und die gesamte Insel ein paar Stunden unter Wasser hielten – wer weiß, welche Informationen dann an die Oberfläche blubbern.«

»Das ist eine sehr gute Idee, Sarabian. Sperber, wie wär's, wenn du dich mit einigen unserer Freunde auf der Insel Tega umsiehst?«

»Ich würde lieber bei dir bleiben, Ehlana«, entgegnete er scheinbar widerstrebend.

»Das ist lieb von dir, Sperber, aber wir haben schließlich eine gewisse Verantwortung, nicht wahr?«

»Befiehlst du mir, dorthin zu reisen, Ehlana?«

»So darfst du es wirklich nicht auslegen, Sperber. Ich halte es lediglich für angebracht.«

»Wie meine Königin befiehlt.« Sperber seufzte tief und mühte sich nach Kräften, eine noch betrübtere Miene aufzusetzen.

2

Kaiserin Gahenas war eine teganische Dame mittleren Alters mit strengem Gesicht und schmalen Lippen. Sie trug ein schlichtes graues Gewand, bis zum Kinn zugeknöpft, und lange Handschuhe aus kratziger Wolle. Ihr Haar war so straff zu einem Knoten zurückgekämmt, daß es ihr schier die Augen aus dem Kopf zog und ihre Ohren zu beiden Seiten wie offene Scheunentore abstanden. Kaiserin Gahenas mißbilligte alles und jedes, das war von Anfang an klar. Sie war zu Sperbers Studiergemach gekommen – aber in Begleitung –, um ihm eine Beschreibung der Insel Tega zu geben. Die Kaiserin Gahenas begab sich nirgendwohin, ohne daß ihre vier Anstandsdamen dabei waren, greise Teganerinnen, die jetzt nebeneinander auf einer Holzbank hockten und wie abstoßend häßliche Wasserspeier aussahen.

Es war ein schöner Tag im Frühherbst, doch die Sonne, die warm durch die Fenster von Sperbers Studiergemach geschienen hatte, wirkte plötzlich fahl und kraftlos, als Kaiserin Gahenas mit ihren gestrengen Tugendwächterinnen eintrat.

Sie verbrachte eine Stunde damit, Sperber über das Bruttosozialprodukt ihrer Heimat zu belehren, und dies in einem Tonfall, als wollte sie nach Beendigung der Lektion eine Prüfung abhalten. Sperber mußte sich sehr beherrschen, nicht zu gähnen. Produktionsstatistiken oder Arbeitskosten interessierten ihn herzlich wenig. Was er tatsächlich von dieser henkelohrigen Kaiserin wissen wollte, waren kleine Einzelheiten über das ganz normale Alltagsleben auf der Insel, um die Briefe aufzulockern, die er bereits jetzt schrieb und die seiner Gemahlin nach und nach zugestellt werden sollten. Er wollte ihr darin über die Suche nach den teganischen Führern der Verschwörung berichten, und wie schwierig sie sich erwies.

»Äh ...«, unterbrach er Gahenas geleierten Monolog, »... das ist außerordentlich fesselnd, Hoheit, aber könnten wir vielleicht noch einmal kurz auf die Regierungsform der Insel zu sprechen kommen? Ich fürchte, das habe ich nicht so ganz verstanden.«

»Tega ist eine Republik, Prinz Sperber. Unsere Führer werden alle fünf Jahre in ihre Ämter gewählt. Das ist bereits seit fünfundzwanzig Jahrhunderten bei uns üblich.«

»Eure Führer werden nicht auf Lebenszeit gewählt?«

»Natürlich nicht! Wer möchte so eine Stellung schon auf Lebenszeit?«

»Strebt denn nie jemand nach Macht?«

»Die Regierung hat keine Macht, Prinz Sperber. Sie besteht lediglich, um die Befehle der Wählerschaft auszuführen.«

»Warum ist die Amtszeit auf fünf Jahre beschränkt?«

»Weil niemand seinen eigenen Angelegenheiten noch länger fernbleiben will.«

»Was passiert, wenn jemand wiedergewählt wird?«

»Das ist gegen das Gesetz. Niemand braucht mehr als eine Amtsperiode auf sich zu nehmen.«

»Gesetzt den Fall, jemand erweist sich in einer bestimmten Stellung als Genie. Möchtet ihr dann nicht, daß er den Posten längere Zeit behält?«

»Wir haben noch nie jemanden für so unentbehrlich befunden.«

»Mir scheint, ein solches System verlockt geradezu zur Korruption. Wenn jemand weiß, daß er nach fünf Jahren seines Amtes enthoben wird, könnte es ihn doch veranlassen, Regierungsentscheidungen zu seinen Gunsten zu beeinflussen. Ich meine, für sein Leben danach.«

»Das ist völlig unmöglich, Prinz Sperber. Unsere gewählten Beamten haben außerhalb ihrer Regierungspflichten keine Interessen. Sobald sie gewählt sind, wird alles verkauft, was sie besitzen, und das Geld ins Staatssäckel gesteckt. Erlebt die Wirtschaft während ihrer Amtszeit einen Aufschwung, machen die Betreffenden einen Gewinn; bricht sie dagegen zusammen, verlieren sie alles.«

»Das ist absurd! Keine Regierung macht je Gewinn!«

»Unsere schon«, entgegnete sie selbstgefällig. »Und es muß ein echter Profit sein. Der Steuersatz steht fest und kann nicht geändert werden. Demzufolge können unsere Regierungsmitglieder sich auch nicht bereichern, indem sie einfach die Steuern erhöhen.«

»Wer will denn einer solchen Regierung angehören?«

»Das will niemand, Prinz Sperber. Die meisten Teganer versuchen alles mögliche, um ja nicht gewählt zu werden. Die Tatsache, daß sein gesamtes Vermögen in der Staatskasse steckt, zwingt jeden Beamten, so hart zu arbeiten, wie er nur kann, um dafür zu sorgen, daß die Wirtschaft floriert. Viele haben sich für die Interessen der Republik zu Tode gearbeitet.«

»Ich glaube, auf eine so zweifelhafte Ehre würde ich verzichten.«

»Das ist völlig unmöglich, Hoheit. Sobald jemand für ein öffentliches Amt nominiert wird, steht er unter strenger Bewachung. Nach der Wahl wird er noch strenger bewacht. Die Republik sorgt unerbittlich dafür, daß niemand sich seinen Pflichten entzieht.«

»Dann ist die Republik eine gestrenge Herrin.«

»Das ist sie in der Tat, Prinz Sperber, und genauso soll es auch sein!«

Obwohl seine Gefährten bereits sehr ungeduldig waren, verschob Sperber die Abreise um zwei weitere Tage, die er damit verbrachte, im Eiltempo die Briefe an Ehlana zu verfassen. Der Verlauf der angeblichen Suche mußte überzeugend und zumindest ein bißchen interessant sein. Sperber erdachte falsche Spuren und Handlungen und ungelöste Rätsel für seinen Bericht. Er vertiefte sich immer mehr in die Entwicklung seiner Geschichte, so daß er manchmal nahe daran war, selbst alles zu glauben, was er da niederschrieb. Er wurde regelrecht stolz auf seine Leistung und begann, vielfache stilistische Änderungen vorzunehmen; er fügte hier etwas hinzu, strich dort etwas fort und formulierte einen holperigen Absatz neu, bis er die Grenze zwischen sorgfältiger Kunstfertigkeit und Pedanterie überschritt, ohne es zu merken.

»Sie sind gut genug, Sperber«, versicherte ihm Vanion, nachdem er die Briefe am Abend des zweiten Tages gelesen hatte. Vanion trug mit voller Absicht den schlichten Kittel und die schweren Reitstiefel, die Pandioner für gewöhnlich anzogen, ehe sie sich auf eine längere Reise begaben.

»Ihr haltet sie nicht für zu durchschaubar?«

»Sie sind genau richtig.«

»Vielleicht sollte ich den dritten Brief ein wenig anders formulieren. Irgendwie kommt er mir schrecklich nichtssagend vor.«

»Ihr habt ihn bereits dreimal umgeschrieben. Er ist gut genug.«

»Ich bin aber gar nicht glücklich damit, Vanion.« Sperber nahm seinem Freund den unbefriedigenden Brief aus der Hand, las ihn noch einmal durch und griff während des Lesens automatisch nach seinem Schreibstift.

Vanion aber blieb unnachgiebig und nahm Sperber den Brief wieder ab.

»Laßt mich wenigstens den letzten Absatz in Ordnung bringen«, bat Sperber.

»Nein!«

»Aber ...«

»*Nein!*« Vanion steckte den Brief an seinen Platz zurück, faltete das Päckchen und schob es unter sein Wams. »Oscagne schickt Norkan mit uns. Wir werden ihm die Briefe geben. Er kann sie Ehlana nach und nach zukommen lassen. Norkan ist schlau genug, sie so zu verteilen, daß Ehlana nicht mißtrauisch wird. Das Schiff steht jetzt schon eine ganze Woche bereit, und Emban wird ungeduldig. Wir fahren mit der Morgenebbe.«

»Ich glaube, ich weiß jetzt, was ich falsch gemacht habe«, sagte Sperber. »Ich brauche bestimmt nicht mehr als eine oder zwei Stunden, diesen dritten Brief zu ändern!«

»Nein, Sperber. Kommt überhaupt nicht in Frage!«

»Bist du sicher, daß sie schläft?« flüsterte Sperber.

»Natürlich bin ich sicher, Vater«, erwiderte Prinzessin Danae. »Das leiseste Geräusch wird sie aufwecken, das weißt du doch. Sie hört sogar, wenn eine Fliege über die Decke spaziert.«

»Nicht heute nacht. Dafür habe ich gesorgt.«

»Ich hoffe, du weißt, was du tust, Danae. Sie kennt selbst den kleinsten Kratzer an diesem Ring. Falls es auch nur den geringsten Unterschied zwischen diesem und dem neuen Ring gibt, wird sie es sofort bemerken!«

»O Vater! Du machst dir zu viele Gedanken! So etwas tue ich nicht zum erstenmal. Schließlich hat Ghwerig diese Ringe gemacht, und ich habe sogar ihn getäuscht. Ich habe sie in den Tausenden von Jahren immer wieder gestohlen. Glaub mir, Mutter wird keinen Unterschied bemerken!«

»Muß es denn wirklich sein?«

»Ja. Bhelliom würde dir gar nichts nutzen, wenn du nicht beide Ringe hast. Und du wirst ihn möglicherweise sofort benötigen, kaum daß wir ihn vom Meeresgrund geborgen haben.«

»Warum?«

Sie rollte die Augen himmelwärts und seufzte. »Weil die ganze Welt schwankt, sobald Bhelliom sich bewegt. Als du ihn nach Zemoch gebracht hast, hat die Erde die ganze Zeit wie Sülze gewackelt. Meine Familie und ich mögen es gar nicht, wenn Bhelliom sich bewegt. Es macht einige von uns regelrecht schwindelig.«

»Können unsere Feinde uns dadurch orten?«

Danae schüttelte den Kopf. »Nicht unbedingt. Aber jede Gottheit auf dieser Welt wird sofort merken, wenn Bhelliom sich in Bewegung setzt, und wir können fest damit rechnen, daß wenigstens einige von ihnen nach ihm suchen werden. Könnten wir ein andermal darüber reden?«

»Was soll ich tun?«

»An der Tür zum Schlafgemach Wache stehen. Ich habe nicht gern Zuschauer, wenn ich etwas stehle.«

»Du hörst dich genau wie Talen an.«

»Verständlich. Schließlich wurden er und ich füreinander geschaffen. Bedenke, daß die Götter das Stehlen erfunden haben.«

»Das ist doch nicht dein Ernst!«

»Aber natürlich! Wir stehlen laufend voneinander. Es ist ein Spiel. Hast du gedacht, wir säßen bloß auf Wolken herum und würden uns in Anbetung sonnen. Wir müssen *irgendwas* zu unserem Zeitvertreib tun! Du solltest es auch mal versuchen, Vater. Es macht viel Spaß.« Sie schaute sich verstohlen um, duckte sich und griff nach der Klinke der Tür zum Schlafgemach. »Halte Ausschau, Sperber. Pfeif, wenn du jemand kommen hörst.«

Am folgenden Morgen versammelten sie sich im Salon der Königssuite, um die letzten Anweisungen von Kaiser Sarabian und Königin Ehlana entgegenzunehmen. Es war natürlich nur eine reine Formsache. Alle wußten längst, was sie tun sollten. So saßen sie müßig in dem sonnigen Gemach, plauderten und ermahnten einander, vorsichtig zu sein, wie es auf der ganzen Welt üblich ist, wenn man Abschied nimmt.

Alean, Königin Ehlanas rehäugige Kammermaid, sang im Gemach nebenan. Sie hatte eine klare, liebliche Stimme, und alle im Salon verstummten, um ihr zuzuhören. »Es ist, als würde man einem Engel lauschen«, murmelte Patriarch Emban.

Kaiser Sarabian nickte. »Das Mädchen hat eine wirklich bemerkenswerte Stimme. Die Hofmusiker beneiden sie darum.«

»Sie hört sich heute morgen ein bißchen traurig an«, stellte Kalten fest, dem Tränen in den Augen schimmerten.

Sperber lächelte kaum merklich. Seit seiner frühen Jugend hatte Kalten den Maiden nachgestellt, und nur wenige hatten seinen Schmeicheleien widerstehen können. Bei Alean jedoch hatte er nichts erreicht. Sie sang jetzt nicht zu ihrem eigenen Vergnügen, sondern für einen ganz bestimmten Zuhörer, und das Lied, das über das Leid des Abschieds klagte, rührte Kalten zu Tränen. Alean sang die uralte elenische Ballade, *Mein süßer blauäugiger Liebster*, die von gebrochenen Herzen und Liebeskummer handelte. Da bemerkte Sperber, daß auch Baroneß Melidere, Ehlanas Hofdame, Kalten unauffällig beobachtete. Als ihre Augen sich trafen, zwinkerte sie ihm fast unmerklich zu. Sperber hätte am liebsten laut gelacht. Er war also nicht der einzige, der Aleans subtile List durchschaut hatte

»Du wirst mir doch schreiben, Sperber, nicht wahr?« sagte Ehlana.

»Selbstverständlich«, versprach er ihr.

»Ich kann praktisch dafür garantieren, Majestät«, warf Vanion ein. »Wenn man ihm genügend Zeit gibt, kann er großartige Briefe schreiben. Jedenfalls widmet er seiner Korrespondenz viel Mühe und viele Stunden.«

»Erzähl mir alles, Sperber!« bat die Königin.

»Das wird er ganz bestimmt, Majestät«, versicherte ihr Vanion. »Er wird Euch wahrscheinlich mehr über die Insel Tega berichten, als Ihr wirklich wissen möchtet.«

»Das ist nicht nett von Euch!« murmelte Sperber.

»Bitte seid nicht zu deutlich, wenn Ihr unsere Lage beschreibt, Eminenz«, wandte Sarabian sich nun an Emban. »Dolmant soll nicht den Eindruck gewinnen, daß mein Imperium rings um mich in die Brüche geht.«

»Aber ist es denn nicht so, Majestät?« entgegnete Emban ein wenig erstaunt. »Ich dachte, deshalb soll ich nach Chyrellos zurückeilen und die Ordensritter holen.«

»Nun ja, schon, aber laßt mir bitte wenigstens einen Rest meiner kaiserlichen Würde.«

»Dolmant ist sehr weise, Majestät«, beruhigte ihn Emban. »Er versteht die Sprache der Diplomatie.«

»Oh, *wirklich*?« Ehlanas Stimme troff von Sarkasmus.

»Darf ich auch dem Erzprälaten Eure Grüße übermitteln, Majestät?« fragte Emban die Königin.

»Natürlich. Sagt ihm, wie unendlich traurig ich bin, nicht in seiner Nähe sein zu können – vor allem deshalb, weil ich kein Auge auf ihn werfen kann. Macht ihn auch darauf aufmerksam, daß ein wenig bekanntes elenisches Gesetz unmißverständlich besagt, daß ich jede Abmachung besiegeln muß, die er während meiner Abwesenheit mit dem Grafen von Lenda trifft. Und er soll sich in jenen Teilen meines Reiches, die er sich seit meiner Abreise abgezwackt hat, nicht zu häuslich einrichten. Sobald ich nach Hause komme, hole ich sie mir wieder zurück!«

»Macht sie so was immer, Sperber?« fragte Sarabian.

»O ja, ständig, Majestät. Der Erzprälat kaut jedesmal an den Fingernägeln, wenn eines ihrer Schreiben in der Basilika eintrifft.«

»Es hält ihn jung.« Ehlana erhob sich. »Und jetzt meine Freunde, werdet ihr meinen Gemahl und mich kurz entschuldigen müssen, denn wir möchten uns noch unter vier Augen voneinander verabschieden. Komm, Sperber!« befahl sie.

»Jawohl, meine Königin.«

Der Morgennebel hatte sich aufgelöst und die Sonne schien hell, als ihr Schiff aus dem Hafen fuhr und einen Südostkurs einschlug, der es um die Südspitze der micaeischen Halbinsel und zur Insel Tega bringen würde. Das Schiff war sehr aufwendig ausgestattet, allerdings von leicht fremdartiger Bauweise. Khalad war nicht ganz damit zufrieden, er hatte einiges an der Takelung und der Neigung der Masten auszusetzen.

Gegen Mittag kam Vanion an Deck, um mit Sperber zu reden, der an der Reling lehnte und zur vorübergleitenden Küste blickte. Beide hatten ihre Rüstung abgelegt und trugen an Bord nun bequeme Reisekleidung.

»Sephrenia möchte, daß wir alle in die Hauptkajüte kommen«, erklärte der Hochmeister seinem Freund. »Es ist wieder einmal Zeit für eine dieser ebenso erstaunlichen wie überraschenden Offenbarungen, die wir alle lieben und schätzen gelernt haben. Wie wär's, wenn Ihr die anderen zusammentreibt und mit ihnen hinunterkommt?«

»Ihr seid sehr merkwürdiger Stimmung«, bemerkte Sperber. »Was ist los?«

»Sephrenia ist heute übertrieben styrisch.« Vanion zuckte die Schultern.

»Ist mir gar nicht aufgefallen.«

»Ihr wißt schon, was ich meine, Sperber – ihre geheimnisvolle Miene, ihre rätselhaften Bemerkungen und melodramatischen Pausen, ihre distanzierte Überlegenheit.«

»Habt ihr zwei euch gestritten?«

Vanion lachte. »So weit lassen wir es nie kommen, mein Freund. Es ist nur, daß wir alle unsere kleinen Schrullen und Eigenheiten haben, die den anderen manchmal ärgern. Und Sephrenia hat heute nun mal einen ihrer schrulligen Tage.«

»Ich werde ihr natürlich nicht verraten, daß Ihr das gesagt habt.«

Wieder zuckte Vanion die Schultern. »Sie weiß bereits, was ich davon halte. Wir haben es schon öfter diskutiert – ausführlich. Hin und wieder tut sie es nur, um mich zu necken. Holt die anderen, Sperber. Wir wollen ihr schließlich nicht *zu* viel Zeit geben, es noch besser einzustudieren.«

Sie versammelten sich alle in der Hauptkajüte unter Deck, einer großen Kabine, die halb Speise-, halb Aufenthaltsraum war. Sephrenia war noch nicht erschienen, und nach einigen Augenblicken verstand Sperber, was Vanion gemeint hatte. Ein vertrauter Klang ertönte aus Sephrenias Kabine.

»Flöte?« rief Talen erstaunt, und seine Stimme überschlug sich wie bei allen Jungen, die im Stimmbruch sind.

Sperber hatte sich schon gefragt, wie Aphrael das heikle Problem umgehen würde, ihre Identität zu offenbaren. Sich den anderen als Prinzessin Danae zu zeigen, wäre natürlich nicht in Frage gekommen. Bei Flöte war es etwas ganz anderes. Alle Freunde Sperbers wußten, daß Flöte Aphrael war, und dies würde zeitraubende Erklärungen ersparen.

Sperber seufzte, als ihn ein melancholischer Gedanke beschlich. Betrüblich wurde ihm bewußt, daß er keine Ahnung hatte, wie seine Tochter wirklich aussah. Das liebe Gesichtchen, das sich ihm fast so tief wie Ehlanas Antlitz eingeprägt hatte, war nur eines aus einer langen Reihe von Inkarnationen – wahrscheinlich eines von mehr als tausend.

Endlich schwang die Tür von Sephrenias Kabine auf, und die zierliche Styrikerin trat hindurch, mit einem Lächeln, das an einen Sonnenaufgang erinnerte. Sie trug ihre kleine Schwester auf den Armen.

Flöte war natürlich unverändert – unveränderlich. Sie schien keinen Tag älter als sechs zu sein – genau das gleiche Alter wie Danae. Sperber wies sogleich die Möglichkeit eines Zufalls von sich. Wenn es um Aphrael ging, gab es keine Zufälle. Sie trug denselben kurzen Leinenkittel mit Gürtel und das aus Gras geflochtene Stirnband wie an dem Tag, als sie einander zum erstenmal begegnet waren. Auf ihren nackten Füßchen waren grüne Flecken. Sie hielt eine primitive Syrinx an die bogenförmigen Lippen und blies eine schwermütige styrische Weise.

»Was für ein hübsches Kind«, bemerkte Botschafter Norkan. »Haltet Ihr es wirklich für richtig, das Mädchen auf Eure mysteriöse Mission mitzunehmen, Prinz Sperber? Die Reise könnte sich doch als gefährlich erweisen!«

»*Jetzt* nicht mehr, Exzellenz.« Ulath grinste.

Ernst setzte Sephrenia die Kindgöttin auf dem Kabinenboden ab, und Flöte fing zum süßen Spiel ihrer Syrinx zu tanzen an.

Sephrenia blickte Emban und Norkan an. »Beobachtet das Kind aufmerksam, Emban. Ihr ebenfalls, Exzellenz. Das dürfte uns stundenlange Fragen und Erklärungen ersparen.«

Flöte drehte Pirouetten durch die Kajüte. Ihre Füßchen mit den Grasflecken huschten über den Boden, ihr schwarzes Haar flog durch die Luft, und ihre Syrinx erschallte fröhlich. Diesmal sah Sperber bewußt, daß sie den Fuß auf Luft setzte. Und dann tanzte die Kindgöttin empor, als würde sie eine unsichtbare Treppe hinaufsteigen. Dabei wirbelte sie rhythmisch herum, neigte und wiegte sich. Ihre Füßchen flatterten wie Vogelschwingen, während sie in leerer Luft tanzte. Dann endeten ihre Weise und ihr Tanz, und mit einem schelmischen Lächeln machte sie mitten in der Luft einen Knicks.

Emban quollen die Augen schier aus den Höhlen, und er war halb aus seinem Stuhl gefallen. Botschafter Norkan mühte sich, seine gelassene Miene beizubehalten, doch es gelang ihm nicht ganz, und seine Hände zitterten.

Talen grinste und fing zu klatschen an. Die anderen lachten und applaudierten ebenfalls.

»O danke, ihr Lieben«, sagte Flöte süß und machte einen weiteren Knicks.

»Um Gottes willen, Sperber!« stieß Emban hervor. »Holt sie da herunter! Sie treibt mich noch in den Wahnsinn!«

Flöte lachte, warf sich dem fetten kleinen Kirchenmann im wahrsten Sinne des Wortes in die Arme und überschüttete sein bleiches, vor ihr zurückweichendes Gesicht mit Küssen. »Es macht mir so viel Spaß!« Sie kicherte vergnügt.

Emban wich noch weiter zurück.

»Seid nicht so!« rügte sie ihn. »Ich tu' Euch doch nichts. Ehrlich gesagt, liebe ich Euch sogar auf gewisse Weise.« Schalk sprach aus ihren Augen. »Hättet Ihr nicht Lust, für mich zu arbeiten, Eminenz? Ich bin bei weitem nicht so prüde wie Euer elenischer Gott. Wir könnten eine Menge Spaß miteinander haben.«

»Aphrael!« wies Sephrenia sie scharf zurecht. »Hör auf! Du weißt genau, du sollst das nicht tun!«

»Ich hab' ihn doch bloß ein bißchen gehänselt, Sephrenia. Ich würde Emban doch nicht wirklich in Versuchung führen. Der elenische Gott braucht ihn viel zu sehr!«

»Das wird Eure Theologie doch nicht allzusehr ins Wanken gebracht haben, Eminenz?« fragte Vanion. »Das kleine Mädchen auf Eurem Schoß, das glückselig versucht, Euch den blumenbestreuten Weg zur Häresie zu führen, ist die Kindgöttin Aphrael, eine der tausend jüngeren Gottheiten von Styrikum.«

»Wie soll ich mich ihr gegenüber verhalten?« fragte Emban verstört.

»Ich hätte nichts gegen ein paar Küßchen einzuwenden«, meinte Flöte.

»Das reicht!« tadelte Sephrenia sie erneut.

Das kleine Mädchen wandte sich an Norkan. »Und wie steht Ihr dieser Tatsache gegenüber, Exzellenz?«

»Skeptisch, Eure – äh ...«

»Nur Aphrael, Norkan«, bat sie.

»Das ist ungebührlich«, entgegnete er. »Ich bin Diplomat und die Seele der diplomatischen Sprache ist die förmliche Anrede. Ich glaube, seit ich zehn war, habe ich niemanden mehr beim Vornamen genannt, von Kollegen abgesehen.«

»Ihr Vorname *ist* die förmliche Anrede, Exzellenz!« erklärte Sephrenia ihm sanft.

»Also gut.« Aphrael rutschte von Embans Schoß. »Tynian und Emban reisen nach Chyrellos, um die Ordensritter zu holen. Norkan begibt sich auf die Insel Tega, um Sperber zu helfen, meine – äh – seine Gemahlin zu beschwindeln. Wir anderen machen uns auf den Weg, den Bhelliom zurückzuholen. Sperber ist offenbar der Meinung, daß er ihn brauchen wird. Ich glaube, er unterschätzt seine Fähigkeiten, aber ich mache mit – und wenn es auch nur helfen sollte, daß er aufhört zu nörgeln.«

»Sie hat mir wirklich gefehlt!« Kalten lachte. »Was hast du vor, Flöte? Willst du eine Gruppe Wale für uns satteln, damit wir zu der Küste reiten, wo wir den Bhelliom ins Meer geworfen haben?«

Flötes Augen leuchteten auf.

»Schlag dir das aus dem Kopf!« warnte Sperber.

»Spielverderber!« Sie verzog schmollend den Mund.

»Du enttäuschst mich wirklich, Sperber!« brummte Kalten. »Ich bin noch nie auf einem Wal geritten.«

»Hör mit deinem Gerede von Walen auf!« wies Sperber seinen Freund verärgert zurecht.

»Deshalb brauchst du doch nicht gleich so wütend zu werden. Was hast du gegen Wale?«

»Das ist eine rein private Angelegenheit zwischen Aphrael und mir«, knirschte Sperber. »Ich kann mich nicht oft bei ihr durchsetzen, aber wenn es um Wale geht, bin ich unerbittlich!«

Die Unterbrechung der Fahrt war schon notgedrungenermaßen kurz, denn die Ebbe setzte bereits ein, und der Kapitän machte sich wegen des unaufhaltsam sinkenden Wasserstands im Hafen Sorgen.

Sperber und seine Freunde besprachen sich kurz in der Hauptkajüte, während Khalad die Männer an Deck beaufsichtigte, die die Pferde von Bord brachten und das Gepäck ausluden. »Tut Euer Bestes, Emban, Sarathi klarzumachen, wie ernst die Lage hier wirklich ist«, beschwor ihn Vanion. »Manchmal kann er ganz schön dickköpfig sein.«

»Bestimmt freut er sich zu erfahren, was Ihr tatsächlich von ihm haltet, Vanion.« Der fette Kirchenmann grinste.

»Sagt, was Ihr wollt, Eminenz. Ich werde nie wieder nach Chyrellos kommen, also spielt es keine große Rolle. Betont, daß der Name Cyrgon immer wieder auftaucht. Vielleicht könnt Ihr ihm weismachen, daß wir nur durch Krager wissen, daß Cyrgon etwas mit der Sache zu tun hat. Und sagt ihm, wir sind andererseits absolut sicher, was die Trollgötter betrifft. Der Gedanke, daß wir es wieder mit heidnischen Göttern zu tun haben, könnte Sarathi vielleicht dazu bringen, sich von seiner Versessenheit zu befreien, was Rendor betrifft.«

»Gibt es vielleicht etwas, das Ihr mir sagen möchtet, Vanion, das ich noch *nicht* weiß?«

Vanion lachte. »Der Punkt geht an Euch. Ich mische mich da wohl wirklich in Eure Angelegenheiten, nicht wahr?«

»Na ja, ich habe irgendwo ein hübsches Wort für jemanden wie Euch gehört, Vanion. *Gschaftlhuber*. Ich versichere Euch, ich werde tun, was ich kann. Aber Ihr kennt Dolmant. Er wird sich auf seine eigenen Einschätzungen verlassen und seine eigenen Verfügungen treffen. Er wird Daresien gegen Rendor abwägen und nach eingehenden Überlegungen entscheiden, ob er ersteres oder letzteres retten will.«

»Sagt ihm, daß ich hier bei Sperber bin, Emban«, wies Flöte ihn an. »Er weiß, wer ich bin.«

»Wa-as?«

»Ihr braucht Dolmant wirklich nicht mit Glacéhandschuhen anzufassen. Er ist kein Fanatiker wie Ortzel, und er kann sich durchaus mit der Tatsache abfinden, daß seine Theologie nicht alle Fragen des Universums beantwortet. Daß ich dabei bin, hilft ihm möglicherweise, die richtige Entscheidung zu treffen. Grüßt ihn herzlich von mir. Er ist zwar manchmal ein komischer alter Kauz, aber ich habe ihn wirklich ins Herz geschlossen.«

Emban starrte sie nur sprachlos an. »Ich glaube, wenn das alles vorüber ist, werde ich in den Ruhestand gehen!«

Aphrael lächelte ihn an. »Das glaubt Ihr doch selbst nicht. Ihr könntet genausowenig in den Ruhestand gehen wie ich. Dazu macht Euch das alles viel zuviel Spaß. Außerdem brauchen wir Euch.« Sie wandte sich Tynian zu. »Überanstrengt Eure schlimme Schulter nicht! Gebt ihr Zeit, ganz auszuheilen, ehe Ihr wieder zu stürmische Bewegungen macht.«

»Jawohl, Erhabene«, antwortete Tynian, belustigt über die Art, wie sie ihm Befehle erteilte.

»Mach dich nicht über mich lustig, Tynian«, drohte sie. »Sonst könnte es durchaus sein, daß du eines Morgens mit den Füßen nach hinten aufwachst. Und jetzt gib mir einen Kuß.«

»Jawohl, Flöte.«

Sie lachte und warf sich in seine Arme, um sich ihre Küsse zu holen.

Die Gefährten gingen von Bord und blickten dem tamulischen Schiff nach, als es langsam aus dem Hafen fuhr.

»Jedenfalls haben sie sich die richtige Jahreszeit ausgesucht«, stellte Ulath fest. »Für Orkane ist es noch etwas zu früh.«

»Sehr beruhigend.« Kalten nickte und drehte sich um. »Wohin jetzt, Flöte?«

»Auf der rückwärtigen Seite der Insel wartet ein Schiff auf uns. Sobald wir die Stadt hinter uns gelassen haben, erfahrt ihr Näheres.«

Vanion übergab Norkan das Bündel Briefe, mit denen Sperber sich so viel Mühe gemacht hatte. »Wir wissen nicht, wie lange wir fort sein werden, Exzellenz. Schickt jede Woche nur einen Brief ab, sonst schöpft Ehlana Verdacht.«

Norkan nickte. »Ich kann zwischendurch auch eigene Berichte senden. Und wenn es sich als nötig erweisen sollte, werde ich mich an den Fälscher wenden, der in unserer Botschaft tätig ist. Nach einem oder zwei Tagen Übung dürfte er imstande sein, Prinz Sperbers Handschrift so gut nachzuahmen, daß er meinen Berichten zumindest ein paar Zeilen hinzufügen kann.«

Sperber blickte schockiert drein.

»Darf ich eine Frage stellen?« wandte Norkan sich an Flöte.

»Natürlich. Ich kann Euch nicht versprechen, daß ich sie beantworten werde, aber fragen dürft Ihr.«

»Gibt es die tamulischen Götter wirklich?«

»Ja.«

Norkan seufzte. »Das habe ich befürchtet. Wißt Ihr, ich habe nicht gerade ein – wie soll ich es nennen? – beispielhaftes Leben geführt.«

»Macht Euch deshalb keine Sorgen, Norkan. Eure Gottheiten nehmen sich nicht so ernst. Wir anderen Götter halten sie sogar für ein wenig frivol.« Sie hielt kurz inne. »Aber sie sind der Mittelpunkt jeder Feier.« Plötzlich kicherte sie. »Der elenische Gott kann sich so richtig über sie ärgern. Wißt Ihr, er hat kein Fünkchen Humor, und eure tamulischen Götter sind allzeit bereit, anderen Streiche zu spielen.«

Norkan schüttelte sich. »Ich glaube nicht, daß ich noch mehr davon hören möchte.« Er schaute sich um. »Darf ich euch raten, meine Freunde, die Stadt möglichst rasch zu verlassen. Eine Republik mit all ihren Beamten zu regieren bringt massenhaft Papierkram mit sich. Es gibt Fragebögen und Formulare und Genehmigungen und Lizenzen für fast alles, und das normalerweise in zehnfacher Ausführung. Niemand in der Regierung möchte wirklich eine Entscheidung über irgend etwas treffen, deshalb wandern Dokumente für gewöhnlich von Hand zu Hand und von einer Behörde zur anderen, bis sie entweder unleserlich sind oder irgendwo unauffindbar verlegt werden.«

»Wer trifft dann die endgültigen Entscheidungen?« erkundigte sich Vanion.

»Niemand.« Norkan zuckte die Schultern. »Die Teganer haben gelernt, ohne Regierung auszukommen. Jeder weiß auch so, was getan werden muß. Also füllen die Leute genügend Formulare aus, um die Bürokraten beschäftigt zu halten, und ignorieren sie dann einfach. Ich gebe es nicht gern zu, aber dieses System funktioniert offenbar recht gut.« Er lachte. »Im letzten Jahrhundert gab es mal einen berüchtigten Mörder. Er wurde schließlich festgenommen und vor Gericht gestellt. Aber er starb an Altersschwäche, ehe das Gericht sich einig wurde, ob er überhaupt als schuldig anzusehen sei.«

»Wie alt war er denn bei seiner Festnahme?« wollte Talen wissen.

»Um die dreißig, soviel ich weiß. – Aber macht euch jetzt schnell auf den Weg, meine Freunde. Ich habe den Eindruck, dieser Bursche am Hafeneingang hat jetzt eine sehr amtliche Miene aufgesetzt. Doch wenn ihr sofort aufbrecht, dürftet ihr bereits außer Sicht sein, bis er in seiner Aktentasche gekramt und die richtigen Formulare für euch gefunden hat.«

Tega war eine ordentliche, aufgeräumte Insel, die allerdings nicht gerade mit landschaftlicher Schönheit gesegnet war und auch nichts von der malerischen Einsamkeit besaß, die das Herz von Romantikern rührt.

Es gab keine nennenswerte Landwirtschaft, und die kleinen, bestellten Felder waren vermutlich nichts weiter als größere Gemüse- und Kräutergärten. Die Steinmauern, die sie einsäumten, verliefen gerade und waren allesamt gleich hoch. Die Straßen waren ebenso schnurgerade, ohne jegliche Kurven, und die Hügel waren von ein- und derselben Form und Höhe. Da ein Großteil der Inselbevölkerung vom Muschelsammeln lebte und ihrer Arbeit daher notgedrungen unter Wasser nachging, fehlte das geschäftige Treiben der sonst üblichen vielen kleinen Handwerks- und Gewerbebetriebe.

Der Eindruck von beinahe pedantischer Sauberkeit wurde jedoch durch einen offenbar allgegenwärtigen abscheulichen Geruch ziemlich beeinträchtigt.

»Was ist das für ein grauenvoller Gestank?« fragte Talen und versuchte, sich die Nase zuzuhalten.

»Verrottende Schalentiere.« Khalad zuckte die Schultern. »Offenbar verwendet man sie als Dünger.«

»Wie halten die Leute nur diesen Gestank aus?«

»Wahrscheinlich sind sie so daran gewöhnt, daß er ihnen gar nicht mehr auffällt. Sie sammeln die Muscheln, weil die Tamuler von Matherion ihnen einen guten Preis dafür bezahlen. Aber niemand kann sich ständig von Austern und sonstigen Muscheln ernähren, also müssen die Leute den Überschuß irgendwie loswerden. Anscheinend geben die Muscheln einen sehr guten Dünger ab. Ich habe noch nie so riesige Kohlköpfe gesehen.«

Talen blickte seinen Bruder nachdenklich an. »Perlen findet man doch in Austern, nicht wahr?«

»Soviel ich weiß, ja.«

»Ich frage mich, ob die Teganer irgendwas mit ihnen machen, wenn sie welche finden.«

»Diese Perlen hier sind nicht besonders wertvoll, Talen«, erklärte Flöte. »In den Gewässern um die Insel ist irgend etwas, das die Perlen schwarz werden läßt. Und wer würde schon etwas für schwarze Perlen bezahlen?« Sie ließ den Blick über die Gefährten schweifen. »Also«, sagte sie, »wir müssen ungefähr viertausendfünfhundert Meilen bis zu der Stelle segeln, wo der Bhelliom liegt.«

»*So* weit?« rief Vanion bestürzt. »Dann werden wir nicht vor dem tiefsten Winter zurück sein. Bei etwa neunzig Meilen am Tag brauchen wir allein fünfzig Tage für den Hinweg.«

»Nein«, widersprach Flöte. »In Wirklichkeit werden wir sowohl für den Hin- wie den Rückweg nur jeweils fünf Tage brauchen.«

»Unmöglich!« Ulath schüttelte den Kopf. »So schnell kann kein Schiff sein.«

»Wieviel bist du zu wetten bereit, Ritter Ulath?«

Er überlegte nur kurz. »Nicht viel. Ich möchte dich ja nicht beleidigen, indem ich meine Meinung äußere, daß du schummeln willst, aber...« Er machte eine vielsagende Geste.

»Ich nehme an, du willst wieder die Zeit beeinflussen?« fragte Sperber.

Flöte schüttelte den Kopf. »Nein, Sperber. Auch mir sind Grenzen gesetzt. Außerdem brauchen wir etwas Verläßlicheres. Das Schiff, das auf uns wartet, ist ziemlich ungewöhnlich. Es wäre keine gute Idee, wenn einer von euch unbedingt herausfinden möchte, woraus es gefertigt ist und wodurch es angetrieben wird. Ihr werdet euch auch nicht mit der Besatzung unterhalten können, weil sie eure Sprache nicht beherrscht. Wahrscheinlich würdet ihr ohnehin nicht mit den Leuten reden wollen, weil sie gar nicht menschlich sind.«

»Hexerei?« fragte Bevier mißtrauisch.

Flöte tätschelte ihm die Wange. »Ich beantworte diese Frage, sobald du eine Umschreibung für Hexerei gefunden hast, die keine persönliche Beleidigung ist, mein lieber Bevier.«

Sephrenia blickte sie argwöhnisch an. »Was hast du vor, Aphrael? Du weißt doch, daß es Regeln gibt!«

»Die andere Seite bricht die Regeln ständig, liebe Schwester«, erwiderte Aphrael von oben herab. »In die Vergangenheit zu greifen, war von Anfang an verboten.«

»Du wirst doch nicht etwa in die Zukunft greifen?« fragte Khalad. »Die Menschen erfinden ständig neue Möglichkeiten, Schiffe schneller vorwärtszubewegen. Willst du etwa ein Schiff benutzen, das noch gar nicht erfunden ist?«

»Kein schlechter Vorschlag, Khalad, aber ich wüßte nicht, wo ich mich umsehen müßte. Die Zukunft hat noch nicht stattgefunden. Wie sollte ich da wissen, wo – oder wann – ein solches Schiff zu finden wäre? Nein, ich habe mich andernorts umgesehen.«

»Was meinst du mit ›andernorts‹?«

»Es gibt mehr als nur eine Welt, Khalad.« Flöte senkte die Stimme zu einem Flüstern, als sie eines ihrer bisher wohlgehüteten Geheimnisse preisgab. Dann verzog sie das Gesichtchen. »Ihr könnt euch gar nicht vorstellen, wie schwierig die Verhandlungen waren!«

3

Ehlana und Sarabian waren zu den Zinnen des mittleren Turms emporgestiegen, scheinbar, um den Sonnenuntergang zu bewundern. Obwohl die Burg sich fest in elenischer Hand befand, gab es innerhalb ihrer Mauern immer noch genug Tamuler. Deshalb war eine gewisse Vorsicht geboten, wenn man sich unbelauscht unterhalten wollte.

»Es ist alles eine Frage der Macht und wie man damit umgeht, Sarabian«, sagte Ehlana nachdenklich. »Daß es sie gibt, ist sozusagen die Triebfeder in unserem Leben. Wir können sie entweder selbst in die Hand nehmen oder sie unbenutzt liegenlassen. Aber eines ist sicher. Falls wir uns entscheiden, die Macht nicht zu benutzen, wird es ganz sicher ein anderer tun.« Ihre Worte klangen melancholisch, und ihr bleiches junges Gesicht wirkte beinahe düster.

»Ihr seid heute aber ziemlich schwermütig, Ehlana«, bemerkte Sarabian.

»Ich mag es gar nicht, wenn Sperber nicht bei mir ist. Ich habe zu viele Jahre ohne ihn verbracht, als Aldreas ihn ins Exil geschickt hatte. Worauf ich hinaus wollte – Ihr dürft keinen Widerspruch dulden, damit Eure Leute in der Regierung deutlich verstehen, daß die Dinge sich geändert haben. Im Grunde ergreift Ihr die Macht. Das ist auch eine Art von Revolution, wißt Ihr.« Sie lächelte leicht. »Ihr seid fast zu kultiviert für einen Revolutionär, Sarabian. Seid Ihr sicher, daß Ihr die Regierung stürzen wollt?«

»Großer Gott, Ehlana, es ist schließlich *meine* Regierung, und die Macht war von Anfang an rechtmäßig mein.«

»Aber Ihr habt Euch ihrer nicht bedient. Ihr wart faul, viel zu nachgiebig, und Ihr habt sie Euch einfach entgleiten lassen. Eure Minister haben Euch die Herrschergewalt Stück um Stück gestohlen. Jetzt werdet Ihr sie ihnen entringen müssen. Niemand gibt die Macht freiwillig auf; deshalb wird Euch nichts anderes übrigbleiben, als einige Eurer Minister zu töten, um den anderen zu beweisen, daß Euch die Autorität nicht völlig abhanden gekommen ist.«

»Töten!«

»Das ist der höchste Ausdruck der Macht, Sarabian, und Eure Lage hier bedarf einer gewissen Skrupellosigkeit. Ihr werdet Blut vergießen müssen, um zu zeigen, daß Ihr es wirklich ernst meint.«

»Ich glaube, das kann ich nicht«, sagte Sarabian beunruhigt. »Oh, ich habe natürlich manchmal große Töne gespuckt und Drohungen ausgestoßen, aber wirklich den Befehl zu erteilen, jemanden zu töten, brächte ich nicht fertig.«

»Ihr müßt es wissen. Aber wenn Ihr es nicht tut, könnt Ihr Euch nicht durchsetzen, und man wird *Euch* töten!« Ehlana überlegte kurz. »Wahrscheinlich wird man Euch ohnehin töten«, fügte sie hinzu, »aber dann sterbt Ihr zumindest für etwas Bedeutsames. Und vielleicht hilft Euch das Wissen, dem Tod nicht entrinnen zu können, unangenehme Entscheidungen zu treffen. Sobald Ihr ein paarmal getötet habt, wird es Euch leichter fallen. Ich spreche aus Erfahrung, da mir fast dasselbe wie Euch zugestoßen ist. Primas Annias hatte die absolute Gewalt über meine Regierung, als ich den Thron bestieg. Also mußte ich zusehen, wie ich meine Macht von ihm zurückbekam.«

»Ihr redet offen heraus über das Töten, Ehlana. Weshalb habt Ihr Annias nicht hinrichten lassen?«

Sie lachte, daß es einem kalt über den Rücken laufen mochte. »Bestimmt nicht, weil ich es nicht *wollte*, das dürft Ihr mir glauben. Ich war nur zu schwach. Annias hatte die Krone sehr geschickt aller Amtsgewalt beraubt. Hochmeister Vanion und seine pandionischen Ritter standen mir bei, doch Annias befehligte sowohl die Armee als auch die Kirchensoldaten. Ich habe ein paar von seinen Helfershelfern getötet, doch an ihn selbst kam ich leider nicht heran. Er wußte jedoch von meiner Absicht; deshalb hat er versucht mich zu vergiften. Annias war wirklich ein sehr guter Politiker. Er wußte genau, wann es Zeit war zu töten.«

»Das hört sich ja fast so an, als hättet Ihr ihn bewundert.«

»Ich habe ihn *gehaßt*. Aber das ändert nichts daran, daß er außerordentlich begabt war.«

»Tja, ich habe noch nie jemanden getötet; deshalb kann ich mich da immer noch heraushalten.«

»Da täuscht Ihr Euch aber gewaltig. Ihr habt bereits Euren Dolch gezogen, also müßt Ihr ihn auch benutzen. Ihr habt den Aufstand niedergeschlagen und Euren Innenminister festgenommen. Das kommt einer Kriegserklärung gleich.«

»Das habt *Ihr* getan, nicht ich«, wehrte er ab.

»Ja, aber ich habe es in Eurem Namen getan; deshalb kommt es aufs selbe heraus – zumindest aus der Sicht Eurer Feinde. Ihr befindet Euch jetzt in Gefahr. Ihr habt Eure Regierung wissen lassen, daß Ihr beabsichtigt, Euch die Macht zurückzuholen, die Ihr Euch hattet entgleiten lassen. Wenn Ihr nicht zu töten beginnt – und zwar bald –, werdet Ihr diesen Monat vielleicht nicht überleben. Hättet Ihr nicht Zuflucht in dieser Burg gefunden, wärt Ihr bereits tot.«

»Ihr macht mir angst, Ehlana.«

»Weiß der Himmel, ich habe mir auch Mühe gegeben. Ob es Euch gefällt oder nicht, Sarabian, Ihr müßt jetzt handeln.« Sie schaute sich um. Die Sonne versank in den Wolkenbänken, die sich über den Bergen im Westen gebildet hatten, und ihr roter Schein spiegelte sich in den Perlmuttkuppen von Matherion. »Seht Euch Eure Stadt an, Sarabian, und denkt darüber nach, daß Politik auch Kampf bedeutet. Dann wird das Rot, das die Kuppeln befleckt, nicht mehr allein auf den Sonnenuntergang zurückzuführen sein.«

»Das reicht.« Sarabians Gesicht wirkte ungewohnt hart. »Also gut. Wie viele Personen muß ich töten, um nichts mehr befürchten zu müssen?«

»So viele Messer habt Ihr gar nicht, mein Freund. Selbst wenn Ihr jeden Bewohner Matherions niedermetzelt, wärt Ihr noch immer in Gefahr. Ihr solltet Euch lieber damit abfinden, daß für den Rest Eures Lebens ein heimtückischer Tod auf Euch lauert.« Sie lächelte ihn an. »Es ist eigentlich sehr erregend – sobald man sich daran gewöhnt hat.«

»Es ist fast so, wie wir erwartet haben, Majestät«, sagte Caalador. »Dieser Krager hat dem ollen Sperber tatsächlich die Wahrheit gesagt. Ich und Stragen haben die Burschen, die wir uns während des Coups schnappten, ordentlich in die Mangel genommen, nicht wahr, Stragen?«

Stragen bestätigte es.

Die drei hatten sich an diesem Abend in dem kleinen blauen Salon zusammengesetzt. Ehlana und Stragen hatten sich zum Abendessen feingemacht und ihren Staat anbehalten. Ehlana trug roten Samt, Stragen weißen Satin. Caalador dagegen das unauffällige Braun des Geschäftsmannes. Der kleine Salon war mehrmals sorgfältig nach Lauschern hinter den Wänden überprüft worden, und Mirtai hielt grimmig Wache vor der Tür.

»Abgesehen von Innenminister Kolata, haben wir keine bedeutende Persönlichkeit erwischt«, fuhr Caalador fort. »Unsere anderen Gefangenen wissen kaum etwas. Ich fürchte, wir haben keine Wahl.

Majestät. Wir müssen Kolata ein bißchen gröber anfassen, falls wir was von ihm erfahren wollen.«

Ehlana schüttelte den Kopf. »Ihr werdet auch aus ihm nichts herausbekommen, Caalador. Man würde ihn töten, sobald er den Mund aufmacht.«

»Das ist nicht gesagt, meine Königin«, widersprach Stragen. »Es wäre durchaus möglich, daß unsere Taktik funktioniert. Meines Erachtens weiß die andere Seite nicht, daß Kolata hier gefangengehalten wird. Schließlich erhalten seine Untergebenen ihre Befehle immer noch von ihm.«

»Wir dürfen kein Risiko eingehen, denn wir brauchen ihn«, gab Ehlana zu bedenken. »Wenn er erst einmal in Stücke gerissen ist, dürfte es ziemlich schwierig sein, ihn wieder zusammenzusetzen.«

Caalador zuckte die Schultern. »Wie Ihr meint, Majestät. Jedenfalls wird es immer offensichtlicher, daß dieser Aufstand gar nicht ernstgemeint war. Der Gegner hatte ihn lediglich inszeniert, um herauszufinden, wo unsere Stärken liegen – und unsere Schwächen. Krager und seine Freunde wußten offenbar, daß wir die Unterwelt von Matherion als unsere Augen und Ohren benutzten, und das beunruhigt mich am meisten. Tut mir leid, Stragen, aber es ist so.«

Stragen seufzte. »Es war eine so gute Idee.«

»Zuerst ja. Das Problem war nur, daß Krager davon wußte. Talen erzählte mir, daß dein Freund Platime eine ganze Meute von Bettlern, Huren und Taschendieben eingesetzt hat, um Krager ständig im Auge zu behalten. Selbst die beste Idee verliert an Wert, wenn man sie zu offensichtlich in die Tat umsetzt.«

Stragen stand auf und stiefelte, vor sich hin brummelnd, in dem kleinen Salon auf und ab. Sein weißes Satinwams schimmerte im Kerzenlicht.

»Sieht ganz so aus, als hätte ich Euch enttäuscht, meine Königin«, sagte er düster. »Ich habe mich zu sehr auf meinen Plan verlassen. Nach so einem Fehlschluß könnt Ihr Euch wirklich nicht mehr auf mein Urteilsvermögen verlassen. Ich werde Vorbereitungen treffen, nach Emsat zurückzukehren.«

»Schüttet das Kind doch nicht gleich mit dem Bade aus, Stragen!« rügte Ehlana. »Und setzt Euch wieder! Ich kann nicht denken, wenn Ihr so herumtrampelt.«

»Sie weiß wirklich, wie man jemand auf den Boden der Tatsachen zurückholt, nicht wahr, Stragen?« Caalador lachte.

Ehlana tippte sich nachdenklich mit dem Zeigefinger ans Kinn. »Wir sollten das für uns behalten. Sarabian ist schon verstört genug. Politisch ist er ein Wickelkind. Ich bemühe mich zwar, ihn so schnell wie möglich auszubilden, aber es dauert eben doch seine Zeit.« Sie verzog das Gesicht. »Immer wieder muß ich warten, damit er ein Bäuerchen machen kann.«

»Was für ein Bild!« Caalador grinste. »Was stößt ihm denn auf, Majestät?«

»Mord, hauptsächlich.« Sie zuckte die Schultern. »Er hat offenbar nicht den Mut dafür.«

Caalador blinzelte. »Den haben nur wenige.«

»Politiker können sich diese Art von Feingefühl aber nicht leisten. Also gut, wenn Krager und seine Freunde über unser Spitzelnetz Bescheid wissen, dürfte es wohl nicht mehr lange dauern, bis sie versuchen, ihre eigenen Agenten einzuschleusen.«

»Kluges Köpfchen!« sagte Caalador bewundernd.

»Ohne lebt man nicht lange. Laßt uns überlegen, meine Herren. Wir haben eine ausbaufähige Situation, die wir jedoch schnell nutzen müssen. Wie können wir das am besten?«

»Vielleicht lassen sich *echte* Verschwörer finden, statt irgendwelcher armen Teufel, die selbst hereingelegt wurden, Majestät«, murmelte Stragen nachdenklich. »Wenn sie tatsächlich jemanden einschleusen, müssen sie versuchen, ein paar von unseren Leuten auf ihre Seite zu ziehen. Denken wir uns einige glaubhafte Geschichten aus – eine für ein paar Taschendiebe, eine andere für einige Bettler oder Huren. Dann lehnen wir uns zurück und warten in Ruhe ab, wie unser Plan aufgeht. Auf diese Weise können wir die Verräter in unseren Reihen enttarnen und brauchbare Namen aus ihnen herausquetschen.«

Ehlana seufzte. »Ein *bißchen* besser sollte unser Plan schon sein«, sagte sie verdrossen.

»Wir werden uns Mühe geben, Majestät«, versprach Caalador. »Wenn Ihr nichts dagegen habt, möchte ich gern noch etwas anderem nachgehen. Wir wissen, daß Krager sich hier in Matherion ins Zeug gelegt hat. Wir wissen aber *nicht*, wie viele Informationen über unsere Methoden er an seine Freunde in anderen Reichen weitergegeben hat. Wir sollten soviel wie möglich aus diesem behelfsmäßigen Nachrichtendienst herausholen, ehe er völlig nutzlos wird. Ich werde der Unterwelt in Arjuna Bescheid geben. Ich würde gern auf die eine oder andere Weise herausfinden, ob dieser Gelehrte von der Universität über die Wahrheit gestolpert ist oder sich nur eine haltlose Theorie zusammengereimt hat. Ich glaube, eine vollständige Biographie dieses als Scarpa bekannten Burschen wäre hochinteressant für uns. Wenn schon sonst nichts dabei herauskommt, wird der Erfolg oder Mißerfolg unserer Spitzel in Arjuna uns zumindest zeigen, wieviel Krager tatsächlich über das Ausmaß unserer Mission weiß. Wenn er sie nur für örtlich begrenzt hält, ist der Schaden ja nicht allzu groß.«

»Kümmert Euch auch um die anderen«, wies Ehlana ihn an. »Seht zu, was Ihr über Baron Parok, Rebal und Säbel herausfinden könnt. Versuchen wir es auf jeden Fall bei Rebal und Säbel.«

»Wir werden alles tun, was Majestät befehlen.«

»Darüber wär' ich glücklicher als jedes Schwein im Schlamm, Caalador«, erwiderte Ehlana in tamulischem Dialekt.

Caalador konnte sich vor Lachen nicht mehr halten.

»Es liegt vermutlich am Wetterumschwung, Majestät«, meinte Baroneß Melidere. »Wir befinden uns hier direkt an der Küste, das könnte das Problem sein. Kinder sprechen auf so etwas manchmal stärker an als Erwachsene.«

»Ihr nehmt die ganze Sache zu ernst«, rügte Mirtai. »Sie braucht lediglich ein Stärkungsmittel. Sie ist nicht wirklich krank, nur ein bißchen schlapp.«

»Aber sie *schläft* die ganze Zeit«, jammerte Ehlana. »Sie schläft sogar beim Spielen ein!«

»Wahrscheinlich liegt es am Wachsen.« Die Riesin zuckte die Schultern. »Mir ist es als kleines Mädchen so ähnlich ergangen. Wachsen ist offenbar sehr anstrengend.«

Das Objekt ihrer Betrachtungen schlummerte auf einem Diwan am Fenster, und Rollo ruhte in ihren Armen, ohne daß sie ihn festhielt. Rollo hatte zwei Generationen heftiger Zuneigung überlebt. Er war an einem Bein herumgezerrt worden, man hatte auf ihm gelegen, ihn irgendwo hineingestopft, wo eigentlich gar kein Platz für ihn war, und ihn manchmal wochenlang vergessen. Dadurch, daß seine Füllung sich ein wenig verlagert hatte, erweckte sein Plüschgesicht einen leicht bekümmerten Eindruck, was Königin Ehlana als schlechtes Omen betrachtete. Als Rollo noch *ihr* Spielzeug gewesen war, hatte er nie so bekümmert ausgesehen. Murr dagegen schien ziemlich zufrieden zu sein. Ein Frauchen, das sich nicht viel bewegte, war ihr sehr recht. Solange Prinzessin Danae schlief, überlegte sie wenigstens nicht, welche lächerlichen Dinge sie mit ihrer Katze anstellen könnte. Für Murr war schon jeder Tag, an dem sie nicht in Puppenkleider gesteckt wurde, ein schöner Tag. Sie lag mit geschlossenen Augen auf der Hüfte ihrer kleinen Herrin, die Vorderpfoten unter der Brust verschränkt, und schnurrte glücklich. Solange nichts ihre Nickerchen störte, war Murr mit sich und der Welt zufrieden.

Prinzessin Danae schlummerte. Ihr Geist war jedoch viel mehr mit dem Gespräch beschäftigt, das Flöte mit Sperber und seinen Freunden auf der Insel Tega führte, als mit der Besorgnis ihrer Mutter über ihre Gesundheit hier in Matherion. Danae gähnte, kuschelte sich mit Plüschbär und Katze zusammen und sank in tiefen Schlaf.

Liebste,

wir haben Tega erreicht und werden uns die nächste Zeit in den ländlichen Gegenden umsehen. Da ich dort vermutlich nicht zum Schreiben kommen werde, möchte ich Dir jetzt rasch mitteilen, daß wir gut angekommen sind. Mach Dir bitte keine Sorgen, falls Du eine Zeitlang nichts von mir hörst. Ich weiß noch nicht, wie lange wir uns voraussichtlich unter die hiesige Bevölkerung mischen müssen.

Die anderen sind schon ungeduldig, weil sie aufbrechen wollen. Einen wirklichen Grund für diesen Brief gibt es sowieso nicht – außer daß ich Dir sagen möchte, wie sehr ich Dich liebe. Aber das ist wahrscheinlich der wichtigste Grund überhaupt, nicht wahr?

Gib Danae einen Kuß von mir.

Ich liebe Dich

Sperber

»Oh, wie lieb«, murmelte Ehlana und legte den Brief ihres Gemahls auf den Schoß. Sie saßen im blauen Salon. Die Ankunft Caaladors mit Sperbers Brief hatte eine ernste Debatte unterbrochen, bei der es darum ging, was sie mit dem Innenminister tun sollten.

Caalador, wieder in Braun gewandet und mit einem grotesken Porzellanfigürchen aus dem Arjuna des zwölften Jahrhunderts in der Hand, runzelte die Stirn. »Ich glaube, Ihr solltet die Torwachen daran erinnern, Majestät, daß sie mich einzulassen haben. Ich hatte wieder einige Schwierigkeiten mit ihnen.«

»Worum geht es?« fragte Kaiser Sarabian.

»Meister Caalador dient als mein ›Einkäufer von Antiquitäten‹«, erklärte Ehlana. »Das gibt ihm einen plausiblen Grund, zu kommen und zu gehen, ohne aufgehalten zu werden. Seit ich hier bin, habe ich bereits ein ganzes Gemach voll Krimskrams gesammelt.«

»Das bringt uns wieder zu der Angelegenheit, die wir diskutiert haben, ehe du eingetroffen bist, Caalador«, sagte Stragen. Er trug heute Schwarz – was ihm gar nicht stand, wie Ehlana insgeheim fand. Dann erhob er sich und begann, auf und ab zu gehen – eine Angewohnheit, die der Königin von Elenien mißfiel. »Das Innenministerium spielt sich auf. Da wir den Minister hier haben, kann nur einer seiner Untergebenen dahinter stecken.«

»Die vom Innenministerium haben schon immer versucht sich wichtig zu machen«, warf Oscagne ein. Der Außenminister trug auch heute westliche Kleidung, und ganz offensichtlich fühlte er sich immer noch nicht wohl darin.

»Das bestärkt mich in der Meinung, die ich Euch vorhin klarzumachen versuchte, Ehlana«, sagte Sarabian. »Seid Ihr immer noch der Ansicht, wir sollten das Innenministerium nicht auflösen?«

»So ist es«, erwiderte Ehlana. »Hier in der Burg haben wir Kolata fest in der Hand, und wir haben der Öffentlichkeit einen legitimen Grund genannt, weshalb er noch hierbleibt. Er übt sein Amt aus, aber unter unserer Kontrolle. Das ist ein gewaltiger Vorteil für uns. Wir müssen Zeit schinden, Sarabian! Wir sind hier viel zu verwundbar, bis Tynian und Emban nicht mit den Ordensrittern da sind – oder zumindest, bis alle atanischen Befehlshaber wissen, daß sie nicht mehr dem Innenministerium unterstehen. Wir wollen auf gar keinen Fall, daß die Ataner auf beiden Seiten kämpfen, falls es zu Auseinandersetzungen kommt.«

»Das hatte ich nicht bedacht«, gestand der Kaiser.

»Da seid Ihr nicht der einzige, Majestät«, sagte Oscagne leise. »Es ist durchaus möglich, daß das Innenministerium die Bekanntmachung seiner Auflösung einfach nicht beachtet. Es hat die fast uneingeschränkte Macht, wißt Ihr. Königin Ehlana hat recht. Wir können erst dagegen vorgehen, wenn wir uns der Ataner sicher sind.«

Stragen hatte sein Herumstiefeln wieder aufgenommen. »*Niemand* kann ein Ministerium unterwandern, einen so großen Teil der Regierung!« erklärte er. »Es besteht aus viel zu vielen Personen. Ein einziger ehrlicher Ordnungshüter genügt, das Komplott aufzudecken!«

»So was wie einen ehrlichen Ordnungshüter gibt es nicht, Stragen.« Caalador lachte zynisch. »Das ist ein Widerspruch in sich.«

Stragen überging die Bemerkung mit einem Schulterzucken. »Du weißt schon, wie ich es meine. Es ist ein offenes Geheimnis, daß Kolata Dreck am Stecken hat. Aber wir wissen nicht mit Sicherheit, wie weit dieser Hochverrat geht. Es könnten große Teile der Regierung darin verwickelt sein. Vielleicht sind es aber auch nur ein paar höhere Beamte des Innenministeriums.«

Caalador schüttelte den Kopf. »Letzteres ist unwahrscheinlich, Stragen. Bevor man wagen kann, Befehle zu erteilen, die wider die Staatspolitik sind, braucht man Leute, auf die man sich verlassen kann. Es muß also mehrere Mitwisser und Mitläufer geben.«

Wieder zuckte Stragen die Schultern. »Wo du recht hast, hast du recht. Es ist ziemlich sicher, daß die meisten höheren Beamten des Ministeriums an dem Komplott beteiligt sind, aber wir können unmöglich abschätzen, *wie* weit verbreitet es ist. Das herauszufinden, ist meines Erachtens vorrangig.«

»Dafür dürftest du nicht mehr als etwa zweihundert Jahre brauchen, Stragen«, brummte Caalador.

»Nicht unbedingt«, widersprach Baroneß Melidere. Sie blickte Oscagne an. »Ihr habt einmal erwähnt, daß das Innenministerium großen Wert darauf legt, alles schriftlich festzuhalten, Exzellenz.«

»Selbstverständlich, Baroneß. Das ist bei allen Regierungsstellen so. Viel Papierkram bedeutet gutbezahlte Posten für unsere Verwandten. Beim Innenministerium geht man sogar noch ein bißchen weiter. Und Polizeibeamte können nun mal nicht ohne Akten und Dossiers leben. Sie schreiben alles nieder.«

»Das dachte ich mir. Die Beamten im Innenministerium sind allesamt ausgebildete Ordnungshüter, nicht wahr?«

Oscagne nickte.

»Dann ist es ihnen doch sicher zur zweiten Natur geworden, alles niederzuschreiben und zu den Akten zu geben. Habe ich recht?«

»Wahrscheinlich. Aber ich verstehe nicht so ganz, worauf Ihr hinauswollt, Baroneß.«

»Denkt doch einmal nach, Oscagne!« rief Sarabian aufgeregt. »Ich glaube, diese wundervolle Maid hat soeben unser Problem gelöst. Irgendwo da drüben, in diesem Labyrinth von Innenministerium, gibt es eine Namensliste und einen Stapel Akten über sämtliche Überläufer und Geheimagenten des Imperiums. Wir müssen nur dafür sorgen, daß wir diese Akten in die Hand bekommen. Dann erfahren wir genau, wen wir festnehmen müssen, sobald es Zeit zum Zuschlagen ist.«

»Ihr vergeßt nur eines«, gab Ehlana zu bedenken. »Sie werden diese Akten unter Einsatz ihres Lebens verteidigen. Und ein Eingriff in ihr Archiv ist für sie gleichbedeutend mit einem Angriff auf das Ministerium.«

»Ihr versteht es, einen wieder auf den Boden der Tatsachen zurückzubringen, Ehlana«, jammerte der Kaiser.

»Vielleicht gibt es eine Möglichkeit, die Probleme zu umgehen, die Königin Ehlana angesprochen hat«, warf Melidere ein. »Gibt es hier in Matherion ein genormtes Ablagesystem, Minister Oscagne?«

»Ihr Götter, nein, Baroneß!« rief er. »Hätten wir alle das gleiche Ablagesystem, könnte jeder x-beliebige in unsere Ämter marschieren und alles finden, was er sucht. Wie sollten wir da Geheimnisse voreinander bewahren?«

»So etwas Ähnliches dachte ich mir! Also gut. Nehmen wir einmal an, Königin Ehlana erzählt dem Kaiser – ganz beiläufig –, daß ihre Regierung das Ablagesystem genormt hat, und daß in ihrem Reich die Ablage überall auf gleiche Weise gehandhabt wird. Nehmen wir weiter an, daß den Kaiser diese Idee hellauf begeisterte, wegen der Kostensenkung und so weiter. Setzen wir unsere Annahme fort, daß er eine Reichskommission mit außerordentlichen Befugnissen zur Revision der Ablagen *aller* Regierungsstellen ernennt, welche die Zweckmäßigkeit einer solchen Normierung feststellen soll.

Würde dies eine Aktenüberprüfung im Innenministerium rechtfertigen?«

»Daraus ließe sich etwas machen, meine Königin«, unterstützte Stragen Melideres Vorschlag. »Auf diese Weise könnten wir unsere wahre Absicht gut verschleiern – vor allem, wenn wir alle Ablagen gleichzeitig überprüfen ließen.«

Oscagnes Gesicht wurde kreidebleich.

»Ich möchte Euch wirklich nicht beleidigen, meine Dame«, versicherte Caalador der Baroneß, »aber was Ihr da vorschlagt, ist eine Arbeit, für die wir zwanzig Jahre bräuchten, wenn nicht mehr.«

»Das ließe sich verkürzen, Meister Caalador. Wir müßten nur Innenminister Kolata fragen.«

»Das gestatte ich nicht!« rief Ehlana scharf. »Ich will nicht, daß Hackfleisch aus ihm gemacht wird – jedenfalls nicht, solange ich ihn noch brauche.«

»Wir würden ihm keine Fragen stellen, in deren Beantwortung irgend jemand eine Verletzung von Staatsgeheimnissen sähe, Majestät«, beruhigte Melidere sie. »Wir wollen von ihm nur wissen, wie sein Ablagesystem funktioniert. Damit würde er ja nicht gleich die Verschwörung verraten, an der er beteiligt ist, nicht wahr?«

»Ich glaube, sie hat recht, Ehlana«, warf Mirtai ein. »Es muß irgendein auslösendes Moment geben – Fragen über gewisse Themen –, das unsere Feinde veranlassen könnte, Kolata zu töten. Doch wenn wir ihn über etwas so Alltägliches wie ein Ablagesystem befragen, werden sie ihn wohl nicht gleich umbringen, nicht wahr?«

»Vermutlich nicht«, pflichtete die Königin ihr bei, doch ihre Miene wirkte immer noch skeptisch.

»Das ist ja alles sehr klug ausgedacht, Baroneß«, sagte Stragen, »aber wir müßten zur Überprüfung tamulische Beamte in die verschiedenen Ministerien schicken. Wie sollen wir wissen, ob nicht einige von ihnen für die andere Seite arbeiten?«

»Das können wir nicht, Durchlaucht Stragen. Deshalb müssen wir unsere eigenen Leute – die Ordensritter – mit dieser Aufgabe betrauen.«

»Und wie sollten wir ihren Einsatz rechtfertigen?«

»Das neue Ablagesystem würde auf dem elenischen beruhen, Durchlaucht. Deshalb müssen wir zur Überprüfung der derzeitigen

Methoden Elenier in die verschiedenen Ministerien senden, um den Beamten gleich zu demonstrieren, wie sie sich auf das neue System umstellen müssen.«

»Jetzt hab' ich Euch verstanden, Baroneß!« rief Stragen triumphierend. »Das alles ist reine Phantasie. Wir *haben* gar kein neues Ablagesystem!«

»Dann erfindet eines, Durchlaucht Stragen«, riet sie ihm lächelnd.

Premierminister Subat beunruhigte der Vorschlag, den der Finanzminister ihm soeben vorgelegt hatte. Die beiden saßen allein im prunkvollen Amtsgemach des Premierministers, das fast so prächtig war wie die kaiserlichen Audienzsäle. »Ihr seid übergeschnappt, Gashon«, sagte er grob.

Finanzminister Gashon war ein blutleerer, leichenähnlicher Mann mit eingefallenen Wangen, dessen erkahlten Schädel nur ein paar vereinzelte dünne Haarbüschel zierten. »Denkt in Ruhe darüber nach, Pondia Subat«, sagte er mit seiner hohlen, rostig klingenden Stimme. »Es ist nur eine Theorie, aber sie erklärt vieles, was anderenfalls unverständlich wäre.«

»Das hätten sie nicht gewagt!« behauptete Subat abfällig.

»Ihr müßt Euch endlich von Euren Ansichten aus dem vierzehnten Jahrhundert befreien, Subat!« sagte Gashon scharf. »Ihr seid der Premierminister, nicht der Direktor eines Museums für Frühgeschichte. Die ganze Welt verändert sich. Ihr könnt nicht bloß dasitzen, in die Vergangenheit starren und hoffen, daß Ihr überlebt.«

»Ich mag Euch nicht besonders, Gashon.«

»Ihr seid mir auch nicht allzu sympathisch, Subat. Laßt es mich Euch noch einmal erklären. Und versucht, diesmal dabei wach zu bleiben.«

»Wie könnt Ihr es wagen ...!«

»Ich wage es, weil ich meinen Kopf gern auf dem Hals behalten möchte. Erstens: Die Elenier von Eosien sind ausgesprochene Barbaren. Sind wir uns wenigstens in dieser Hinsicht einig?«

»Ja.«

»Sie machten uns bisher keine großen Schwierigkeiten, weil sie viel zu sehr mit ihren Religionskriegen beschäftigt waren – *und* weil sie sich wegen Otha von Zemoch sorgen mußten. Würde es Euch sehr überraschen, wenn ich Euch erzählte, daß Otha jetzt tot ist, und daß die rendorische Rebellion so gut wie niedergeschlagen wurde?«

»Auch ich habe meine Informationsquellen, Gashon.«

»Aber habt Ihr je in Erwägung gezogen, darauf zu hören, was sie Euch berichten? Also, bevor dieser Dolmant auf den Erzprälatenthron erhoben wurde, gab es offenen Krieg auf den Straßen von Chyrellos. Meines Erachtens ist das ein deutlicher Hinweis darauf, daß Dolmant nicht überall beliebt ist. Sitzt ein Herrscher auf einem wackligen Thron, kann er seine Position am besten dadurch stärken, daß er sich eine Gefahr im Ausland ausdenkt. Und das einzige Territorium, das die Elenier des eosischen Kontinents als Ausland betrachten können, ist Daresien – das Tamulische Imperium. Das sind wir, Pondia Subat, falls Ihr es nicht bemerkt habt.«

»Das weiß ich, Gashon!«

»Ich wollte nur sichergehen. Könnt Ihr mir bis jetzt folgen?«

»Zur Sache, Gashon! Ich habe nicht den ganzen Tag Zeit!«

»Habt Ihr eine Verabredung mit dem Henker? Wie dem auch sei, die Elenier sind religiöse Fanatiker. Sie bilden sich ein, ihr Gott habe sie auserkoren, die ganze Welt zu ihrem absurden Glauben zu bekehren. Soviel ich weiß, möchten sie auch Schlangen, Spinnen und Fische bekehren. Dolmant ist ihr religiöser Führer. Wahrscheinlich würden die Elenier sogar versuchen, Gletscher und Gezeiten zu unterwerfen, würde er es ihnen befehlen. Aber Dolmant kann sich der Macht in seiner eigenen Kirche nicht mehr sicher sein. Andererseits gebietet er über riesige Horden religiöser Fanatiker. Er kann diese Leute einsetzen, um seine Gegner in der Heimat niederzuzwingen, und er kann mit ihnen den Überfall auf eine exterritoriale Macht vorbereiten. Das einfache Volk läuft jedem Agitator willig nach und läßt sich gegen die Herrschenden aufhetzen. Ist es nicht ein Zufall, daß wir ausgerechnet jetzt diesen ›Staatsbesuch‹ eines albernen Weibsbildes haben – einer Frau, die Königin von Elenien ist, wie Außenminister Oscagne behauptet? Ich hoffe, Euch ist nicht entgangen, daß nur Oscagnes Wort dafür steht. Diese sogenannte Königin hat offenbar mehr Erfahrung darin, ihre Geschäfte im Bett zu erledigen als auf einem Thron. Sie hat sich ohne Zweifel diesen Esel Alberen aus Astel hörig gemacht, und wahrscheinlich auch Androl von den Atanern.

Über ihre Abenteuer bei den Peloi und den Styrikern in Sarsos können wir nur Vermutungen anstellen. Dann lockt sie Kaiser Sarabian in ihr Schlafgemach, kaum, daß sie in Matherion eingetroffen ist. Ich wette, Ihr habt nicht gewußt, daß Sarabian und Oscagne bereits in der ersten Nacht, nachdem diese Elenierin hier angekommen war, durch die Schloßanlage zu dieser nachgebildeten elenischen Burg schlichen, oder?«

Subat wollte etwas einwenden.

Gashon ließ ihn nicht zu Wort kommen. »Ja, ich weiß, das bringt uns zu Oscagne. Ich würde sagen, alles deutet darauf hin, daß Oscagne sich auf die Seite der Elenier geschlagen hat – entweder persönlichen Vorteils wegen, oder weil auch er diesem blonden elenischen Flittchen hörig ist. Sie hatte viel Zeit, sich mit ihm zu befassen, während er in Chyrellos war.«

»Das alles sind nur Vermutungen, Gashon«, entgegnete Subat, allerdings fehlte seiner Stimme jede Überzeugungskraft.

»Ja, natürlich«, erwiderte Gashon sarkastisch. »Wie kommt man am schnellsten von Chyrellos nach Matherion?«

»Mit dem Schiff, natürlich.«

»Warum hat dieses Flittchen aus Cimmura dann den Landweg gewählt? Um die Gegend zu bewundern? Oder um sich quer durch den Kontinent zu kämpfen? Stehvermögen hat dieses Weibsstück, das muß man ihr lassen.«

»Was ist mit diesem Putschversuch, der vor kurzem stattgefunden hat, Gashon? Die Regierung wäre gestürzt worden, hätten die Elenier nicht eingegriffen.«

»Ah, ja, der berühmte Putsch! Ist es nicht erstaunlich, daß eine Gruppe Elenier, die bei ihrer Ankunft nicht ein Wort Tamulisch beherrschten, dieses schreckliche Komplott innerhalb von sechs Wochen aufdecken konnten, während die Agenten des Innenministeriums, die seit ihrer Geburt hier sind, nicht auf den geringsten Hinweis stießen? Die Elenier haben einen von ihnen erfundenen Putsch niedergeschlagen, Subat, und jetzt benutzen sie ihn als Vorwand, den Kaiser in ihrer verdammten Festung festzuhalten – und Innenminister Kolata ebenfalls. Kolata ist der einzige in der Regierung, der unseren Herrscher befreien könnte! Ich habe mich mit Teovin unterhalten, dem Leiter der Geheimpolizei. Er sagte mir, daß niemand aus dem Ministerium privat mit Kolata sprechen durfte, seit er in der Burg gefangen ist. Und *daß* unser Kollege dort gefangengehalten wird, ist offensichtlich, ebenso die Tatsache, daß die Elenier ihm die Befehle vorschreiben, die er erteilt. Dann, als wäre das nicht schon schlimm genug, sandten sie den sogenannten Kirchenmann Emban zurück nach Chyrellos. Er soll die Ordensritter hierherführen, zur ›Klärung der Krise‹, wie es heißt. Wir haben die gesamten Kräfte des Innenministeriums *und* bestausgerüstete Armeen von Atanern hinter uns, Subat. Wozu brauchen wir da die Ordensritter? Welchen Grund könnte es geben, die skrupellosesten Streitkräfte der Welt nach Tamuli zu bringen? Würde das Wort *Invasion* Euch gefallen? Genau dafür sollte dieser angebliche Putsch dienen – als Ausrede für die elenische Kirche, in Tamuli einzudringen! Und ganz offensichtlich mit dem vollen Einverständnis des Kaisers.«

»Warum sollte sich der Kaiser mit den Eleniern zusammentun, um seine eigene Regierung zu stürzen?«

»Mir fallen da mehrere Gründe ein. Vielleicht hat diese sogenannte Königin ihm mit dem Entzug ihrer Gunst gedroht? Wahrscheinlicher jedoch ist, daß sie ihn mit Märchen über die Freuden der absoluten Macht becirct. Dieser irrigen Meinung scheinen alle Elenier zu unterliegen. Ihre Herrscher tun gern so, als träfen *sie* alle Entscheidungen in ihren Reichen, statt es ihrer Regierung zu überlassen, ihnen diese Arbeit abzunehmen. Wir beide wissen, wie lächerlich *diese* Vorstellung ist. Ein König – oder in unserem Fall der Kaiser – dient nur als Symbol der Regierung, weiter nichts. Er ist ein Idol, dem das Volk Liebe und Treue entgegenbringt. Seit gut tausend Jahren wählt die Imperiumsregierung die tamulische Gemahlin des Kaisers – jene, die den Thronerben zu gebären hat – stets nach ihrer Dummheit aus. Wir brauchen keine intelligenten Kaiser, sondern gefügige. Irgendwie ist bei Sarabian etwas schiefgegangen. Wenn Ihr Euch je die Mühe gemacht hättet, ihn im Auge zu behalten, hättet Ihr bemerkt, daß er erschreckend intelligent ist. Kolata hat nicht aufgepaßt! Sarabian hätte lange vor seiner Thronbesteigung beseitigt werden müssen. Ich fürchte, unseren verehrten Kaiser verlangt es allmählich nach wirklicher Macht. Normalerweise könnten wir etwas dagegen unternehmen. Aber wir kommen nicht an ihn heran, um ihn zu töten, solange er sich in dieser verflixten Festung aufhält.«

»Ihr spinnt da eine überzeugende Geschichte, Gashon«, gestand Subat ihm zu. »Ich *wußte*, daß es ein Fehler war, diesen Barbaren Sperber zu ersuchen, nach Matherion zu kommen.«

»Das wußten wir alle, Subat. Gewiß erinnert Ihr Euch, wer unsere Bedenken als Hirngespinste abtat.«

»Oscagne!« schnaubte Subat.

»Genau! Seht Ihr, wie sich alles zusammenfügt?«

»Seid Ihr ganz allein zu diesen Schlußfolgerungen gelangt, Gashon? Für jemanden, der fast seine ganze Zeit damit verbringt, Geld zu zählen, ist das mehr als bemerkenswert.«

»Um ehrlich zu sein, es war Teovin, der Leiter der Geheimpolizei, der mich darauf aufmerksam machte und mir sehr konkrete Beweise vorlegte. Ich habe die Angelegenheit nur für Euch zusammengefaßt. Das Innenministerium hat seine Agenten überall, wie Ihr wißt. Im Imperium geschieht nichts, ohne daß ein Bericht für seine berühmten Akten darüber verfaßt würde. Nun, Pondia Subat – wie beabsichtigt unser hochverehrter Premierminister darauf zu reagieren, daß unser Kaiser – freiwillig oder unfreiwillig – keine hundert Schritt von uns entfernt gefangengehalten wird? Ihr seid das nominelle Regierungsoberhaupt, Subat. Ihr müßt diese Entscheidungen treffen. Oh, und wenn Ihr schon dabei seid, solltet Ihr vielleicht auch gleich überlegen, wie wir verhindern können, daß die Ordensritter über den Kontinent fegen, in Matherion einmarschieren, alle zwingen, vor ihrem lächerlichen Gott niederzuknien – und nebenbei die gesamte Regierung niedermetzeln.«

»Sie versuchen, uns hinzuhalten, Majestäten«, berichtete Stragen. »Kaum ist Feierabend, geleiten sie uns zur Tür, schieben uns hinaus und sperren hinter uns ab. Das Gebäude bleibt die Nacht über geschlossen. Allerdings sind nach Einbruch der Dunkelheit eine Menge Lichter zu sehen, auch solche, die sich umherbewegen. Wenn wir dann am Morgen zurückkehren, finden wir alles umgestellt vor. Die Akten wandern offenbar von Raum zu Raum, ähnlich den Zugvögeln im Herbst. Ich könnte es nicht beschwören, aber ich glaube, sie tauschen auch Wände aus. Heute vormittag sind wir auf einen Raum gestoßen, der gestern nicht dagewesen ist, wenn mich nicht alles täuscht.«

»Ich werde Engessas Ataner schicken!« versprach Sarabian finster. »Wir treiben alle hinaus und reißen das Gebäude dann Stein um Stein ab.«

»Nein!« Ehlana schüttelte den Kopf. »Wenn wir offen gegen das Innenministerium vorgehen, wird sich jeder Ordnungshüter des Imperiums irgendwo verkriechen.« Sie schürzte die Lippen. »Beginnen wir damit, auch den anderen Ministerien auf die Nerven zu gehen. Es darf nicht auffallen, daß wir uns ausschließlich auf das Innenministerium konzentrieren.«

»Wie kann man etwas noch schlimmer machen, als es bereits ist, Majestät?« fragte Oscagne geknickt. »Ihr habt ohnehin in wenigen Tagen die Arbeit von Jahrhunderten durcheinandergebracht.«

»Fällt jemandem etwas ein?« Sarabian ließ den Blick in die Runde schweifen.

»Darf ich etwas sagen, Majestät?« fragte Alean schüchtern.

»Selbstverständlich, Liebes.« Ehlana lächelte.

»Ich hoffe, ihr verzeiht mir meine Anmaßung«, entschuldigte sich Alean. »Ich kann nicht einmal lesen und weiß nicht genau, was Akten sind. Aber wenn ich recht verstanden habe, behaupten wir, die Akten in ein neues System bringen zu wollen?«

»Das machen wir den anderen weis«, bestätigte Mirtai.

»Wie ich schon sagte, ich kann nicht lesen, aber ich verstehe etwas vom Umräumen von Schränken und dergleichen. Das ist doch so ähnlich, nicht wahr?«

»In etwa«, antwortete Stragen.

»Na ja«, meinte sie, »wenn man Schränke neu einräumen will, nimmt man erst alles heraus und verteilt es auf den Boden. Dann stellt man alles auf einen Haufen, was man in der obersten Schublade haben will; dann kommt das für die zweite Schublade auf einen anderen Haufen. Und so weiter. Könnte man das nicht auch mit den Akten so machen?«

»Das ist keine schlechte Idee«, lobte Caalador. »Aber im ganzen Gebäude gibt es nicht genug Bodenfläche, daß man die Akten dort verteilen könnte.«

»Es gibt doch große Rasen um die Gebäude, nicht wahr?« Alean hielt die Augen gesenkt, während sie sprach. »Könnten wir die Akten aller Regierungsgebäude nicht einfach hinaus auf die Rasenfläche schaffen und dort verteilen? Den Leuten, die in den Gebäuden arbeiten, sagen wir einfach, daß wir die Unterlagen ordnen wollen. Dagegen können sie nichts einwenden. Und ein Rasen läßt sich über Nacht nicht zuschließen. Ebensowenig kann man unbefugt etwas wegnehmen, wenn sieben Fuß große Ataner Wache halten. Ich weiß, ich bin nur eine unwissende Kammermaid, aber so jedenfalls würde ich es tun.«

Oscagne starrte sie entsetzt an.

4

Das Erdreich an der Westseite der Insel Tega war dünn und steinig, und da es weiter landein genug fruchtbares Ackerland gab, hatten die Bürger dieser Republik sich gar nicht die Mühe gemacht, das Gebiet zu kultivieren. Dicke Sträucher raschelten im Wind, als Sperber und seine Freunde auf einem steinigen Pfad zur Küste ritten.

»Der Wind vertreibt wenigstens diesen Gestank«, bemerkte Talen dankbar.

»Du jammerst zu viel«, rügte ihn Flöte. Sie ritt mit Sephrenia, wie von dem Tag an, als sie sich den Gefährten zum erstenmal gezeigt hatte. Nun kuschelte sie sich in die Arme ihrer älteren Schwester und blickte düster grübelnd ins Leere. Plötzlich, als die Brandung der Westküste zu hören war, richtete sie sich auf. »Wir sollten eine Rast einlegen, meine Herren. Gönnen wir uns ein Abendessen und warten auf die Dunkelheit.«

»Ist das ratsam?« fragte Bevier zweifelnd. »Je weiter westlich wir gekommen sind, desto steiniger und unebener wurde der Boden. Und so, wie die Brandung sich anhört, gibt's hier ein Felsufer mit steilen Klippen. Hier ist vielleicht nicht der richtige Ort, im Dunkeln herumzutappen.«

»Ich kann euch unbeschadet zum Strand führen, Bevier«, versicherte sie ihm. »Ich möchte nicht, daß ihr dieses Schiff zu gut sehen könnt, meine Herren. Seine Bauweise hat gewisse Eigenheiten, die euch verborgen bleiben sollen. Das war eine der Bedingungen, auf die ich während der Unterhandlungen eingehen mußte.« Sie deutete zur windabgewandten Seite einer felsigen Erhebung. »Dort werden wir ein wenig geschützt sein und können ein Feuer machen. Also kommt. Ich habe einige Anweisungen für euch.«

Sie verließen den schwer erkennbaren Pfad und saßen im Schutz des Hügels ab. »Wer ist heute an der Reihe, das Essen zu kochen?« fragte Berit Ritter Ulath.

»Du«, antwortete Ulath, ohne eine Miene zu verziehen.

»Du hast doch ganz genau gewußt, daß er das sagen würde, Berit!« rügte Talen kopfschüttelnd. »Damit hast du dich praktisch freiwillig gemeldet.«

Berit zuckte die Schultern. »Irgendwann komme ich sowieso an die Reihe. Ich will es nur hinter mich bringen.«

»Na schön, meine Herren«, sagte Vanion. »Sehen wir uns nach Kleinholz um.«

Sperber unterdrückte ein Lächeln. Auch wenn Vanion noch so oft beteuerte, nicht mehr der Hochmeister zu sein, konnte er von seinem Befehlston nicht lassen.

Sie machten Feuer, und Berit kochte einen durchaus genießbaren Eintopf. Nach dem Essen saßen sie beisammen und beobachteten, wie der Abend sich allmählich niedersenkte.

»Also gut«, sagte Flöte. »Wir werden zu einer kleinen Bucht reiten. Ich möchte, daß ihr alle dicht hinter mir aufschließt, weil es sehr nebelig sein wird.«

»Es ist ein klarer Abend, Flöte!« wandte Kalten ein.

»Aber nicht mehr, wenn wir die Bucht erreichen. Ich werde dafür sorgen, daß ihr keine Gelegenheit bekommt, euch das Schiff genauer anzusehen. Das dürfte ich eigentlich gar nicht, also bringt mich bitte nicht in Schwierigkeiten.« Sie blickte Khalad streng an. »Und ich möchte, daß vor allem *du* deine Neugier zügelst.«

»Ich?«

»Du bist in dieser Beziehung für meinen Geschmack zu schlau und hast obendrein Phantasie – im Unterschied zu deinen hochwohlgeborenen Freunden, die sich keine Vorstellung von diesem Schiff machen können. Du bist aus anderem Holz. Also, stochere nicht mit deinem Messer auf den Decks herum, und versuch nicht, dich davonzustehlen, um dir ein genaues Bild zu machen. Ich möchte nicht eines Tages bei einem Besuch in Cimmura eine Nachbildung des Schiffes auf dem Fluß sehen. So, jetzt werden wir zur

Bucht hinunterreiten, an Bord gehen und uns sofort unter Deck begeben. Ihr werdet die Kajüte nicht verlassen, bis wir unser Ziel erreicht haben. Man hat uns einen bestimmten Teil des Schiffes zur Verfügung gestellt, und nur dort werden wir uns während der gesamten Reise aufhalten. Ich möchte euer Wort darauf, meine Herren.«

Sperber konnte einige Unterschiede zwischen Flöte und Danae erkennen. Flöte war herrischer, und ihr fehlte offenbar Danaes drolliger Humor. Obwohl die Kindgöttin eine deutlich umrissene Persönlichkeit hatte, besaß offenbar jede ihrer Inkarnationen besondere Eigenheiten.

Flöte blickte auf den allmählich dunkler werdenden Himmel. »Wir warten noch eine Stunde«, bestimmte sie. »Die Besatzung hat den Befehl, sich von uns fernzuhalten. Unsere Mahlzeiten werden vor der Tür abgestellt und wir werden nicht erkennen, wer es ist, die sie bringt. Der Versuch, sie zu beobachten, wäre ohnehin sinnlos.«

»Sie?« entfuhr es Ulath. »Willst du damit sagen, daß sich unter der Besatzung Frauen befinden?«

»Sie besteht nur aus Frauen. Wo sie herkommen, gibt es nicht viele Männer.«

»Frauen sind nicht kräftig genug, Segel zu heißen und zu fieren!« wandte er ein.

»Diese Frauen sind zehnmal so kräftig wie du, Ulath. Außerdem würde es ohnehin keine Rolle spielen, weil dieses Schiff keine Segel hat. Bitte hört auf, Fragen zu stellen, meine Herren! Oh, noch etwas anderes. Sobald wir unterwegs sind, wird eine Art Summen zu hören sein. Laßt euch nicht davon beunruhigen, es ist ganz normal.«

»Wie ... «, begann Ulath.

Flöte hob die Hand. »Keine weiteren Fragen, Ulath!« wies sie ihn zurecht. »Die Antworten haben dich nicht zu interessieren. Dieses Schiff wird uns schnellstmöglich von einem Ort zu einem anderen bringen. Mehr braucht ihr nicht zu wissen.«

»Aber es gibt etwas, das wir wissen *sollten*«, warf Sperber ein. »Wohin müssen wir?«

»Nach Jorsan an der Westküste von Edom. Na ja, in die Nähe jedenfalls. Es gibt einen langen Fjord, der nach Jorsan führt. Wir legen an der Mündung des Fjords an und reiten landeinwärts. Wie wär's, wenn wir uns jetzt über etwas anderes unterhalten?«

Der Nebel schien so dicht zu sein, daß man darauf gehen konnte. Den Rittern blieb nichts anderes übrig, als Sephrenia und dem schwachen Schein der Fackel blind zu folgen, während sie ein Steilufer hinab zur unsichtbaren Brandung ritten.

Auf einem Sandstrand angelangt, suchten sie sich den Weg zum Wasser. Da sahen sie andere Lichter im Nebel, verschwommene Lichter, die scheinbar unendlich weit reichten. Sie flackerten nicht und hatten auch nicht die richtige Farbe für Fackelschein.

»Großer Gott!« hauchte Ulath. »*Kein* Schiff kann so groß sein!«

»*Ulath!*« rügte Flöte scharf aus dem Nebel vor ihm.

»Entschuldige«, murmelte er.

Als sie die Uferböschung erreichten, konnten sie Dutzende Fuß entfernt lediglich etwas Großes und Dunkles tief im Wasser liegen sehen. Die ruhigen weißen Lichter ließen nur die Umrisse erkennen. Eine Rampe führte von dem Schiff zum Strand. Ch'iel, Sephrenias weißer Zelter, stieg ohne Zögern mit klappernden Hufen an Bord.

Vage, verschwommene Formen waren an Deck zu sehen. Vermummte Gestalten, die den Rittern allesamt nur bis zu den Schultern reichten, wie es schien, jedoch einen sehr stämmigen und kräftigen Eindruck machten.

»Was tun wir mit den Pferden?« fragte Vanion, nachdem alle abgesessen hatten.

»Laßt sie einfach hier«, erwiderte Flöte. »Man wird sich um sie kümmern. Und jetzt an Bord und den Niedergang hinunter. Wir können erst ablegen, wenn alle von Deck sind.«

»Die Besatzung bleibt hier oben, nicht wahr?« fragte Ulath.

»Nein. Das ist zu gefährlich.«

Sie begaben sich zu einem rechteckigen Luk im Deck und folgten einer schrägen Rampe hinunter.

»Eine Treppe würde bestimmt weniger Platz einnehmen«, bemerkte Khalad.

»Die Besatzung könnte keine Treppen steigen, Khalad«, erklärte Flöte. »Sie haben keine Beine.«

Er starrte sie entsetzt an.

»Ich sagte doch, daß sie nichtmenschlich sind.« Flöte zuckte die Schultern.

Der Gang, zu dem sie am Ende der Rampe kamen, war niedrig,

und die Ritter mußten geduckt gehen, als sie der Kindgöttin achtern folgten. Das Unterdeck war von bleich glühendem Licht erhellt, das in die Decke eingelassen und von irgend etwas geschützt war, das wie Glas aussah. Es war ein gleichmäßiges Licht, das kein bißchen flackerte. Feuer konnte nicht die Quelle dieses Lichts sein.

Die Kajüten, zu denen Flöte die Männer führte, waren jedoch auf übliche Weise mit Kerzen beleuchtet und hoch genug, daß die großen Ritter aufrecht stehen konnten. Kaum hatte Ulath die schwere Tür ihres Gefängnisses geschlossen – denn das würde es für die nächsten fünf Tage wohl sein –, als das Deck unter ihren Füßen zu vibrieren begann, begleitet von einem tiefen Summen. Sie spürten, wie der Bug des ungewöhnlichen Schiffes schwerfällig zur offenen See herumschwang. Dann schoß es vorwärts.

»Wie wird das Schiff angetrieben?« fragte Kalten. »Es bläst kein Wind!«

»Kalten!« rügte Aphrael.

»Verzeih«, murmelte er.

»Man hat uns vier Kajüten zur Verfügung gestellt«, erklärte Flöte. »In dieser hier werden wir essen. Auf die drei anderen verteilen wir uns zum Schlafen. Verstaut eure Habe, meine Herren. Dann zieht ihr euch am besten in eure Kojen zurück. Die nächsten fünf Tage wird sich nichts tun.«

Sperber und Kalten gingen in eine der Kajüten und nahmen Talen mit. Der Junge trug außer seinen eigenen auch Khalads Sattelbeutel.

»Was führt dein Bruder im Schilde?« fragte Sperber mißtrauisch.

»Er will sich ein bißchen umsehen«, antwortete Talen.

»Das hat Aphrael verboten!«

»Na und?«

Alle schwankten leicht, als das Schiff einen neuerlichen, heftigen Ruck nach vorne machte. Das Summen ging in ein pfeifendes Geräusch über, und das Schiff schien sich im Wasser zu heben, beinahe wie ein Sitzender, der aufsteht.

Kalten warf seine Sattelbeutel auf eine Koje und setzte sich daneben. »Ich verstehe das alles nicht«, brummelte er.

»Das sollst du auch nicht«, erinnerte Sperber ihn.

»Ob sie wohl irgendwas zu trinken an Bord haben? Ich könnte jetzt einen kräftigen Schluck vertragen.«

»Ich würde meine Hoffnungen nicht zu hoch schrauben. Und wer weiß, ob du überhaupt etwas trinken würdest, das nichtmenschliche Wesen gebraut haben. Es könnte seltsame Auswirkungen haben.«

Khalad kam mit verstörtem Blick in die kleine Kajüte. »Ich möchte euch nicht erschrecken«, sagte er, »aber wir bewegen uns schneller, als es das schnellste Pferd vermag.«

»Wie willst du das wissen?« fragte Talen.

»Die Vorhänge in der großen Kajüte bedecken Öffnungen, die so etwas wie Bullaugen sind. Zumindest sind sie mit Glas verschlossen. Ich habe hinausgeschaut. Es ist immer noch Nebel rundum, aber das Wasser konnte ich trotzdem sehen. Wir sind an einem treibenden Baumstamm vorbeigekommen, und er schoß an uns vorüber wie ein Armbrustbolzen. Und da ist noch etwas. Der Schiffsrumpf berührt das Wasser überhaupt nicht!«

»Wir *fliegen*?« Kalten blickte ihn ungläubig an.

Khalad schüttelte den Kopf. »Der Kiel berührt das Wasser, glaube ich. Aber das ist auch alles.«

»Ich will gar nichts davon wissen!« Kalten schüttelte sich.

»Er hat recht, Khalad«, sagte Sperber. »Aphrael hat uns gewarnt. Was du gesehen hast, gehört sicher zu den Dingen, die uns nichts angehen. Laß die Vorhänge von nun an geschlossen!«

»Seid Ihr denn nicht *einmal* ein bißchen neugierig, mein Herr und Gebieter?«

»Ich kann damit leben.«

»Ihr habt doch nichts dagegen, wenn ich mir Gedanken mache, Sperber?«

»Nein, solange du sie für dich behältst.« Sperber setzte sich auf seine Koje und zog die Stiefel aus. »Ich weiß nicht, was ihr vorhabt, aber ich werde die Anweisung befolgen und mich aufs Ohr legen. Jetzt haben wir die Chance, uns mal richtig auszuschlafen, und wir sind schon lange nicht mehr dazu gekommen. Wir wollen schließlich wachsam und bei Kräften sein, wenn wir in Jorsan ankommen.«

»Was immerhin ein Viertel des Weges rund um die Welt ist«, fügte Khalad nachdenklich hinzu, »für den wir nur fünf Tage benötigen. Ich glaube nicht, daß ich für so was geschaffen bin. Muß ich unbedingt pandionischer Ritter werden, Sperber?«

»Ja!« Sperber ließ die Stiefel auf den Boden fallen. »Willst du sonst noch etwas wissen, bevor ich einschlafe?«

Während der nächsten fünf Tage schliefen alle den größten Teil der Zeit. Sperber vermutete, daß Aphrael ihre Hand im Spiel hatte, denn Schlafende stecken ihre Nasen nicht in Geheimnisse, die sie nichts angehen.

Ihre Mahlzeiten wurden auf eigenartigen, rechteckigen Tabletts serviert, die aus einem Material bestanden, das keiner von ihnen kannte. Die Speisen beschränkten sich ausschließlich auf rohes Gemüse, und zu trinken gab es lediglich Wasser. Bei jeder Mahlzeit beschwerte sich Kalten über das Essen, aber da es sonst nichts gab, verspeiste er es trotzdem.

Am Tag vor ihrer geplanten Ankunft versammelten sie sich am Nachmittag in der größten Kajüte, die allerdings auch nicht gerade geräumig war.

»Bist du sicher?« fragte Kalten zweifelnd, als Flöte ihnen mitteilte, daß sie in zehn Stunden ihr Ziel erreichen würden.

Sie seufzte. »Ja, Kalten. Natürlich bin ich sicher.«

»Wie willst du das wissen? Du warst nicht an Deck, und du hast dich mit keinem der Seeleute unterhalten. Wir könnten doch ...« Sie blickte ihn mit nachsichtiger Geduld an, während Kalten weiterplauderte. »Oh!« murmelte er schließlich. »Ich hab' wieder mal nicht nachgedacht, fürchte ich. Tut mir leid.«

»Ich liebe dich, Kalten – trotz allem.«

Khalad räusperte sich. »Hat Dolmant nicht gesagt, daß die Edomer etwas gegen unsere Kirche haben?« fragte er Sperber.

Sperber nickte. »Wenn ich mich nicht irre, hegen sie in etwa die gleichen Gefühle für unsere Heilige Mutter wie die Rendorer.«

»Dann werden sie die Ordensritter nicht eben herzlich willkommen heißen, nehme ich an.«

»Wohl kaum.«

»Wäre es da nicht vielleicht besser, wenn wir uns als ganz normale Reisende ausgeben?«

»Ja, das sollten wir«, bestätigte Sperber.

Vanion hatte seine Karte studiert. »Wohin genau werden wir uns von Jorsan aus begeben, Aphrael?«

»Ein Stück die Küste aufwärts«, antwortete sie unbestimmt.

»Das ist nicht sehr genau.«

»Ja, ich weiß.«

Er seufzte. »Ist es denn dann wirklich notwendig, daß wir den ganzen Fjord hinauf bis zur Stadt reiten? Es wäre doch besser, am Nordufer des Fjords zu landen. Dadurch könnten wir der Stadt aus dem Weg gehen. Da die Edomer diese Vorurteile haben, halte ich es für ratsam, daß wir ihnen fernbleiben.«

»Wir müssen nach Jorsan«, entgegnete sie. »Jorsan selbst ist nicht so wichtig, aber wir werden unterwegs auf etwas sehr Wichtiges stoßen.«

»Ach? Worauf?«

»Das weiß ich nicht.«

»Du wirst dich daran gewöhnen«, versicherte Sperber seinem Freund. »Unsere kleine Göttin hat hin und wieder Ahnungen. Sie weiß keinerlei Einzelheiten, hat nur diese Ahnungen.«

»Wann werden wir landen?« erkundigte sich Ulath.

»Gegen Mitternacht.«

»Des Nachts an einer fremden Küste zu landen, könnte sich als schwierig erweisen«, gab er zu bedenken.

»Es wird keine Probleme geben!« versicherte Flöte ihm überzeugt.

»Ich soll mir deshalb keine Sorgen machen. Meinst du das?«

»Du kannst dir Sorgen machen, soviel du willst, Ulath.« Sie lächelte. »Es ist unnötig. Aber du kannst es tun, falls du dich dadurch besser fühlst.«

Dichter Nebel umgab die Gefährten, als sie wieder an Deck kamen. Es war ein alles verhüllender Nebel, und diesmal brannten keinerlei Lichter an Bord. Ihre bereits gesattelten Pferde warteten, und sie führten die Tiere die Rampe hinunter zu einem Kiesstrand.

Als sie sich zum Wasser umdrehten, war das Schiff verschwunden.

»Wo ist es hin?« rief Ulath.

Aphrael lächelte. »Es ist immer noch da.«

»Warum kann ich es dann nicht sehen?«

»Weil ich nicht *will*, daß irgend jemand es sieht. Wir sind auf dem Herweg an mehreren gewöhnlichen Schiffen vorbeigekommen.

Hätte man unseres von dort aus gesehen, gäbe es bald wilde Gerüchte in allen Seemannsschenken jeder Hafenstadt der Welt.«

»Es hat mit der Form des Kiels zu tun, nicht wahr?« sagte Khalad nachdenklich.

»*Khalad!*« rief Flöte scharf. »Hör sofort damit auf!«

»Ich werde nichts unternehmen, Flöte. Ich könnte es gar nicht, selbst wenn ich wollte. Aber diese ungeheure Schnelligkeit verdankt das Schiff gewiß dem Kiel. Ich erwähne es nur, damit du nicht den Fehler begehst, mich für so dumm zu halten, daß ich es nicht erkennen würde.«

Sie funkelte ihn an.

Er bückte sich leicht und küßte sie auf die Wange. »Ist schon gut, Flöte.« Er lächelte. »Ich liebe dich trotzdem – auch wenn du mich manchmal unterschätzt.«

»Er macht sich«, sagte Kalten zu Vanion.

Der Hang, der sich vom Kiesstrand erhob, war mit üppigem Gras bewachsen. Bis sie oben ankamen, hatte der Nebel sich bereits völlig aufgelöst. Der Mondschein warf eine breite silbrige Straße über das ruhige Wasser des Fjords.

»Auf meiner Karte ist ungefähr eine Meile landeinwärts ein Weg eingezeichnet«, erklärte Vanion. »Er führt den Fjord hinauf in die ungefähre Richtung von Jorsan.« Er blickte auf Flöte, die Khalad immer noch finster anstarrte. »Falls unsere Gebieterin nichts dagegen hat, werden wir diesen Weg nehmen.« Er blickte die Kindgöttin an.

Sie rutschte auf Sephrenias Armen ein Stück tiefer und begann an ihrem Daumen zu lutschen.

»Laß das, sonst bekommst du schiefe Zähne!«

Sie nahm den Daumen aus dem Mund und streckte Vanion die Zunge heraus.

»Sollten wir nicht zusehen, daß wir weiterkommen?« meinte Vanion.

Sie ritten durch eine breite, wellige, mit üppigem Salzgras bewachsene Wiese. Der Mond wusch alle Farbe aus, so daß das Gras, das gegen die Pferdebeine peitschte, von fahlem Grau zu sein schien, und der Wald jenseits der Wiese ein schwarzer Fleck. Mit wachsamen Augen und Ohren, die Hände nahe dem Schwertgriff, ritten sie langsam durch die mondhelle Nacht. Noch war nichts Unerfreuliches geschehen, doch die Reiter waren gut ausgebildete Kämpfer, die immer und überall mit Gefahr rechneten.

Als sie den Wald erreicht hatten, ließ Vanion anhalten.

»Wieso machen wir Rast?« erkundigte Flöte sich verärgert.

»Der Mond ist heute sehr hell«, erklärte Vanion, »da brauchen unsere Augen eine Weile, sich der Dunkelheit unter den Bäumen anzupassen. Wir wollen schließlich nicht blind dahintappen.«

»Oh.«

»Heute ist offenbar nicht Flötes Abend«, flüsterte Berit Sperber zu. »Khalad scheint sie sehr verunsichert zu haben.«

»Das kann nicht schaden. Sie wird manchmal zu selbstgefällig und bildet sich zu viel auf ihre Klugheit ein.«

»Das habe ich gehört, Sperber!« fauchte Flöte.

»Das hatte ich gehofft«, erwiderte er freundlich lächelnd.

»Warum sind heute alle so ekelhaft zu mir?« klagte sie.

»Sie wollen dich nur ein klein wenig foppen, Aphrael«, beruhigte Sephrenia das kleine Mädchen. »Ziemlich unbeholfen, natürlich, aber es sind ja Elenier, da kann man nicht mehr von ihnen erwarten.«

»Reiten wir lieber weiter, ehe das noch in Unfreundlichkeiten ausartet«, bestimmte Vanion.

Sie ritten im Schritt durch die Schatten und erreichten nach etwa einer halben Stunde einen schmalen, furchigen Weg, dem sie, nun etwas schneller reitend, in Richtung Osten folgten.

»Wie weit ist es bis Jorsan, Eminenz?« erkundigte Bevier sich nach einer Weile bei Vanion.

»Etwa hundertfünfzig Meilen.«

»Eine beachtliche Strecke.« Bevier schaute Flöte fragend an.

Sie erwiderte seinen Blick verärgert. »Was ist?«

»Ach, nichts.«

»So rede schon, Bevier!«

»Ich möchte dich um nichts auf der Welt kränken, göttliche Aphrael, aber könntest du die Reise beschleunigen, wie du es getan hast, als wir mit König Warguns Armee durch Deira zogen?«

»Nein! Wir warten darauf, daß etwas Wichtiges geschieht! Hast du das vergessen? Und ich werde nicht daran vorbeisausen, Bevier, nur damit du schneller in die Schenken von Jorsan kommst!«

»Jetzt reicht es aber wirklich!« rügte Sephrenia sie.

Da es noch früh im Herbst war, hatten sie keine Zelte mitgenommen. So breiteten sie, nachdem sie noch etwa eine Stunde geritten waren, ihre Decken auf Unterlagen aus gefallenem Laub, um ein paar Stunden zu schlafen.

Die Sonne war längst aufgegangen, als sie ihren Weg fortsetzten und bis zum Spätnachmittag den Wald durchquerten, ohne irgendwelchen Einheimischen zu begegnen.

Die Nacht über lagerten sie in einer schmalen Klamm, wo eine überhängende Felswand und ein dichtes Laubdach das Licht ihres kleinen Kochfeuers verbarg. Diesmal bereitete Ulath das Abendessen, ohne zuvor seine übliche List versucht zu haben. »Es macht nicht soviel Spaß, wenn Tynian nicht dabei ist«, erklärte er.

»Ich vermisse ihn auch«, gestand Sperber. »Irgendwie fehlen mir seine Vorschläge unterwegs.«

»Das überaus interessante Thema, wer nun das Essen kocht, wurde doch schon einmal erwähnt«, bemerkte Vanion. »Ist mir da etwas entgangen?«

»Ritter Ulath merkt sich für gewöhnlich, wer an der Reihe ist, Eminenz«, erklärte Talen. »Es ist ein sehr kompliziertes System, deshalb versteht außer ihm keiner so recht, wie es funktioniert.«

»Würde denn eine ganz einfache Liste nicht genügen?« fragte Vanion.

»Oh, sicher. Aber Ritter Ulath zieht seine Methode vor. Sie hat allerdings einige Mängel. Einmal hat Kalten eine ganze Woche lang jede Mahlzeit gekocht.«

Vanion schauderte.

An diesem Abend gab es geräucherte Hammelkoteletts, was Ulath einige böse Blicke seiner Gefährten einbrachte. Flöte und Sephrenia dagegen lobten Ulaths Kochkünste. Nach dem Essen suchten alle ihre Laubbetten auf.

Mitternacht war längst vorbei, als Talen Sperber wachrüttelte und eine Hand vor seinen Mund legte, um ihn an einem unbeabsichtigten Ausruf zu hindern. »In der Nähe der Straße haben ein paar Leute ein großes Feuer gemacht«, flüsterte Talen.

»Aus welchem Grund?«

»Sie hocken bloß da und warten offenbar auf jemanden – es sei denn, sie sind nur zum Saufen dort zusammengekommen.«

»Weck die anderen«, wies Sperber ihn an, während er seine Decken zurückwarf und nach seinem Schwert langte.

Sie krochen im Dunkeln durch den Wald und hielten am Rand einer baumstumpfübersäten Lichtung an. In ihrer Mitte loderte ein großes Feuer, um das nahezu hundert Mann saßen – ihrer Kleidung nach zum größten Teil Bauern. Ihre Gesichter waren rot vom Widerschein des Feuers und vom Inhalt der irdenen Krüge, die sie reihum gehen ließen.

»Seltsamer Ort für ein Saufgelage«, murmelte Ulath. »Für etwas so Gewöhnliches würde *ich* mich nicht so fern jeder Ortschaft in den Wald begeben.«

»Ist es das?« fragte Vanion Flöte, die in Sephrenias Armen kuschelte und unter dem dunklen Umhang ihrer Schwester kaum zu sehen war.

»Ist das was?«

»Du weißt genau, was ich meine. Ist es das, was wir sehen sollen?«

»Ich glaube schon«, antwortete sie. »Genauer weiß ich es erst, wenn alle hier sind.«

»Kommen denn noch mehr?«

Flöte nickte. »Mindestens noch einer. Die bereits hier sind, zählen nicht.«

Während sie warteten, wurden die Bauern auf der Lichtung zusehends betrunkener und lauter.

Endlich erschien ein einsamer Reiter am gegenüberliegenden Rand der Lichtung nahe der Straße. Er trug einen dunklen Umhang und einen breitkrempigen weichen Hut, den er tief ins Gesicht gezogen hatte.

»Nicht schon wieder!« stöhnte Talen. »Hat denn auf diesem Kontinent *niemand* ein bißchen Phantasie.«

»Was meinst du damit?« fragte Vanion.

»Der Bursche, den sie in Astel ›Säbel‹ nennen, trug die gleiche Maskerade, Eminenz.«

»Vielleicht ist der hier anders.«

»Ich würde meine Hoffnung nicht zu hoch schrauben.«

Der Mann auf dem Pferd ritt in den Lichtkreis des Feuers, saß ab und schob seinen Hut zurück. Er war ein großer, schlaksiger Bursche mit schmalem, pockennarbigem Gesicht und kleinen, stechenden Augen. Er stieg auf einen Baumstumpf und wartete, bis die Bauern sich um ihn versammelt hatten. »Hört, meine Freunde!« begann er mit lauter, rauher Stimme.

Das betrunkene Gebrabbel der Bauern erstarb.

»Seit unserem letzten Treffen ist viel geschehen«, fuhr der Redner fort. »Ihr werdet euch erinnern, daß wir uns auf einen letzten friedlichen Versuch geeinigt hatten, unsere Meinungsverschiedenheiten mit den Tamulern zu beheben.«

»Was hatten wir denn für eine Wahl, Rebal?« rief ein Bauer. »Nur Verrückte würden die atanische Garnison angreifen, wie gerecht ihre gute Sache auch ist!«

»Das also ist Rebal«, wisperte Kalten. »Nicht sehr beeindruckend, findet ihr nicht auch?«

»Unsere gute Sache wird durch Incetes höchstpersönlich unterstützt«, erwiderte Rebal. »Und Incetes ist den Atanern mehr als nur ebenbürtig.«

Der Mob murmelte beipflichtend.

»Ich habe gute Neuigkeiten, meine Freunde!« rief Rebal. »Unsere Gesandten hatten Erfolg. Der Kaiser selbst hat unsere Sache als gerecht anerkannt!«

Jubelrufe wurden laut.

»Ich freue mich mit euch«, fuhr Rebal fort, »aber eine neue Gefahr hat sich ergeben. Eine Gefahr, die viel ernster ist als die simple Ungerechtigkeit der korrupten tamulischen Regierung. Der Kaiser, der jetzt unser Freund ist, wurde von den verfluchten Ordensrittern gefangengenommen! Der Arm des verruchten Erzprälaten der Kirche von Chyrellos hat um die halbe Welt bis hierher gegriffen, um unseren Freund zu packen!«

»Ungeheuerlich!« brüllte ein wohlbeleibter Bauer in der Menge. Die anderen wirkten jedoch ein wenig verwirrt.

»Er ist zu schnell!« kritisierte Talen.

»Was meinst du damit?« fragte Berit.

»Diese einfachen Leute können nicht so schnell denken«, erklärte Talen. »Ich vermute, daß er während des vergangenen Jahres die Tamuler verteufelt hat – so wie Säbel droben in Astel. Sogar ein besoffener Bauer wird mißtrauisch, wenn er von der wundersamen

Bekehrung des Kaisers hört. Er macht das alles zu schnell – und zu leicht!«

»He, Rebal«, rief der dicke Bauer, »erzählt uns, wie unser Freund, der Kaiser, gefangengenommen wurde.«

»Ja, sagt es uns!« schrie ein anderer Bauer auf der gegenüberliegenden Seite der Versammelten.

»Das sind seine Helfershelfer«, sagte Talen abfällig. »Sie sollen den Lügen und Hetztiraden dieses Rebal mehr Nachdruck verleihen.«

»Sie haben es sehr schlau angestellt«, erklärte Rebal der Menge, »sehr schlau! Die Kirche von Chyrellos wird von den Teufeln aus der tiefsten Hölle geleitet. Ihre Anhänger sind Meister der Täuschung. Die Tamuler, die jetzt unsere Freunde und in ihren Augen Heiden sind, verstehen die List und Tücke dieser Häretiker von Chyrellos nicht. Ahnungslos haben sie eine Abordnung von Kirchenleuten empfangen. Unter diesen abscheulichen Ketzern, die nach Matherion reisten, befanden sich Ordensritter, die bewaffneten Knechte der Hölle. Kaum waren sie in Matherion angekommen, bemächtigten sie sich unseres teuren Freundes und Beschützers, Kaiser Sarabian, und halten ihn nun in seinem eigenen Schloß gefangen!«

»Tod den Tamulern!« rief ein stockbesoffener alter Mann mit krächzender Stimme.

Der Bauer neben ihm schlug ihm einen Prügel auf den Hinterkopf, und der Greis, der die Neuigkeiten noch nicht begriffen hatte, sackte schlaff zu Boden.

»Mobüberwachung«, erklärte Talen verächtlich. »Rebal möchte verhindern, daß hier jemand irgendwelche Fehler macht.«

Andere Bauern, offenbar weitere von Rebals hierher beorderten Helfershelfern, begannen die richtigen Schlagworte zu brüllen: »Tod den Ordensrittern!« Sie schwenkten drohend primitive Waffen, Mistgabeln, Sensen und dergleichen landwirtschaftliche Geräte, um die noch Verwirrten einzuschüchtern.

»Die Absicht dieser Ungeheuer ist klar!« brüllte Rebal über den Tumult. »Sie halten den Kaiser als Geisel, um zu verhindern, daß die Ataner das Schloß stürmen. So können sie in Ruhe ausharren, wo sie sind, bis Verstärkung eintrifft. Und diese Verstärkung, meine Freunde, sammelt sich bereits auf den Ebenen von Eosien. Die

Armeen der Häretiker sind im Anmarsch, und ihnen voraus die Ordensritter!«

Entsetzensschreie zogen durch die Reihen der Bauern.

»Auf nach Matherion!« brüllte der Bursche mit dem Prügel. »Wir befreien den Kaiser!«

Die Meute fiel in seinen Ruf ein.

Rebal hob eine Hand. »Mein Blut fließt nicht weniger heiß als eures, meine Freunde!« rief er. »Aber dürfen wir unser Zuhause und unsere Familien der Gnade der Ordensritter ausliefern? Ganz Eosien marschiert nach Matherion! Und was befindet sich zwischen dem verfluchten Eosien und dem prächtigen Matherion? Edom, meine Freunde! Unser geliebtes Heimatland steht den Ketzerhorden im Weg! Glaubt ihr, wir können Erbarmen von diesen Wilden erwarten? Wer wird unsere Frauen vor brutaler Schändung schützen, wenn wir uns aufmachen, um dem Kaiser zu Hilfe zu eilen?«

Wieder wurden Schreckensschreie laut.

Und nun kam Rebal rasch zur Sache. »Aber auch durch die Verteidigung unserer Heimat können wir dem Kaiser helfen! Die Bestien von Eosien kommen, um uns den echten Glauben zu verbieten und die wahren Gläubigen niederzumetzeln. Ich weiß nicht, wozu ihr euch entschließen werdet, aber ich verspreche euch, mein Leben für unsere geliebte Heimat und unseren heiligen Glauben einzusetzen, und falls ich das Leben verlieren sollte, werde ich die Ordensritter damit aufhalten! Diese Höllenbrut muß ihren Vormarsch unterbrechen, um mein Blut zu vergießen, und dieser Aufschub wird den Atanern die Zeit verschaffen, sich zu sammeln. Auf diese Weise verteidigen wir unser Zuhause und helfen zugleich unseren Freunden!«

Da er seine Stimme nicht heben durfte, würgte Sperber an seinen Verwünschungen.

»Was ist los mit dir?« fragte Kalten.

»Man hat uns gerade ein Hindernis in den Weg geworfen. Wenn diese Trottel auf Rebals Aufwiegelung eingehen, werden unsere Kameraden von allen vier Orden sich jeden Fußbreit Boden bis Matherion erkämpfen müssen!«

»Sie passen sich schnell einer veränderten Lage an«, bestätigte Vanion. »Zu schnell, vielleicht. Es sind dreitausend Meilen von hier nach Matherion. Entweder hat jemand ein sehr gutes Pferd, oder unser mysteriöser Freund da draußen bricht die Regeln aufs neue, um selbst das fernste Hinterland zu verständigen, was nach dem niedergeschlagenen Putsch vorgefallen ist.«

Rebal hob die Hände, um die durcheinanderbrüllende Menge zur Ruhe zu ermahnen.

»Macht ihr mit, meine Brüder?« rief er. »Wollen wir unsere Heimat und unseren Glauben verteidigen und gleichzeitig unseren Freunden helfen, den Tamulern?«

Der Mob brüllte seine Zustimmung.

»Bitten wir Incetes, uns zu helfen!« schrie der Mann mit dem Prügel.

»Incetes!« brüllte ein anderer. »Ruft Incetes!«

»Wollt ihr das wirklich, Freunde?« Rebal richtete sich hoch auf und zog seinen dunklen Umhang enger um sich.

»Ruft ihn, Rebal! Beschwört Incetes! *Er* soll uns sagen, was wir tun sollen!«

Rebals nun folgender Auftritt war wirkungsvoll und gekonnt. Er stellte sich übertrieben in Positur, hob beide Arme über den Kopf und begann mit hohler, dröhnender Stimme unverständliche kehlige Laute zu leiern.

»Ist das Styrisch?« fragte Kalten Sephrenia leise. »Für mich hört es sich nicht wie Styrisch an.«

»Es ist Geschwafel«, erwiderte sie abfällig.

Kalten runzelte die Stirn. »Ich glaube nicht, daß ich je von ihnen gehört habe«, wisperte er. »Auf welchem Erdteil leben denn die Schwafler?«

Sephrenia starrte ihn verblüfft an.

»Habe ich es falsch gesagt? Nennt man sie Schwaflier? Oder vielleicht Schwaflianer? Ich meine das Volk, das Geschwafel spricht.«

»O Kalten!« Sie lachte leise. »Ihr seid umwerfend. Darum mag ich Euch auch so.«

Rebals Stimme hatte sich zu einem Kreischen erhoben. Jetzt ließ er beide Arme heftig fallen.

Aus dem Feuer ertönte ein lauter Knall und eine gewaltige Rauchwolke stieg auf, die sich über die ganze Lichtung ausbreitete.

»Werft euch vor mir nieder und vernehmet meine Worte, ihr, die ihr hier zusammengekommen seid«, dröhnte eine ohrenbetäubende

Stimme aus dem Rauch. »Nun ist die Zeit angebrochen, tapferen Herzens entgegenzutreten dem Bösen. Mögen alle wahren Edomischmänner zu den Waffen eilen! Rüstet euch mit den ehernen Harnischen und Helmen, leget an die Armbrustschaften, und gürtet die scharfgeschliffenen Schwerter. Tötet die Feinde, die eines nur im Sinne haben, euch und eurer Lieben Leib und Leben, Hab und Gut zu rauben. Seid einig, als wäret nur ein Mann ihr mit einem Arm und einem Schwerte, und kämpfet gegen die verfluchte Kirche von Chyrellos und ihre Pfaffen. Folget mir auf die Walstatt, freisliche Recken, und die Götter werden mit euch sein.«

»Althochelenisch!« rief Bevier unwillkürlich. »Seit Tausenden von Jahren hat es niemand mehr gesprochen!«

»*Ich* würde ihm folgen, was immer es auch für eine Sprache ist«, brummte Ulath. »Er ist ein überzeugender Redner.«

Der Rauch löste sich allmählich auf und an Rebals Seite erschien ein riesenhafter, breitschultriger Mann in antiker Rüstung, der mit beiden Händen ein gewaltiges Schwert über den Kopf hielt. »Nieder mit den Feinden!« brüllte er.

5

»Sie sind jetzt alle weg«, meldete Berit, als er und Talen zu dem gut verborgenen Lager in der Klamm zurückkehrten. »Allerdings sind sie noch eine ganze Weile im Kreis herummarschiert und haben ihre Parolen gebrüllt.«

»Bis sie kein Bier mehr hatten«, fügte Talen trocken hinzu. »Da sind sie auseinandergegangen.« Er blickte Flöte an. »Und du meinst wirklich, das war von besonderer Bedeutung? Ich hielt es für ausgemachten Schwindel.«

Sie nickte heftig. »Es war von Bedeutung! Ich weiß nicht warum, aber es war sehr wichtig!«

»Wie haben sie diesen Knall und den vielen Rauch zustande gebracht?« fragte Kalten.

»Einer der Kerle neben dem Feuer hat eine Handvoll Pulver auf die Holzkohlen geworfen«, erklärte Khalad schulterzuckend. »Alle starrten auf Rebal, darum hat es niemand bemerkt.«

»Von wo ist der Kerl in der Rüstung gekommen?« wollte Ulath wissen.

»Er hatte sich in der Menge versteckt«, antwortete Talen. »Das Ganze ist wie billiger Jahrmarktzauber, mit dem man nur noch in der finstersten Provinz Eindruck schinden kann.«

»Aber der Bursche, der vorgetäuscht hat, Incetes zu sein, hielt eine mitreißende Rede«, bemerkte Ulath.

»Kein Wunder.« Bevier lächelte. »Phalactes hat sie im siebten Jahrhundert verfaßt.«

»Wer war Phalactes?« wollte Talen wissen.

»Der größte Bühnendichter der Antike. Diese mitreißende Rede ist aus *Etonicus*, einer seiner Tragödien. Dieser Bursche in der antiken Rüstung hat lediglich ein paar Worte ausgetauscht. Es ist ein klassisches Stück, das hin und wieder noch heute an Universitäten aufgeführt wird.«

»Du bist eine lebende Bibliothek, Bevier«, sagte Kalten. »Erinnerst du dich Wort für Wort an alles, was du je gelesen hast?«

Bevier lachte. »Es wäre schön, wenn ich das könnte. Ein paar Kommilitonen und ich haben während unserer Studienzeit *Etonicus* aufgeführt. Da ich die Hauptrolle spielte, mußte ich diese Rede natürlich auswendig lernen. Phalactes' Dichtungen sind wirklich mitreißend. Er war ein großer Künstler – ein Arzier natürlich.«

»Ich habe ihn nie besonders gemocht.« Flöte rümpfte die Nase. »Er war häßlich wie die Sünde, stank wie eine Senkgrube – und er war ein selbstgerechter Heuchler.«

Bevier schluckte. »Bitte, sag so etwas nicht, Aphrael. Es raubt mir alle Illusionen.«

»Worum ging es in dem Stück?« fragte Talen gespannt und mit leuchtenden Augen.

»Etonicus war der Herrscher eines mythischen Königreichs. Es lag etwa dort, wo heute Ostcammorien ist«, berichtete Bevier. »Der Sage nach zog er um des Glaubens willen gegen die Styriker in den Krieg.«

»Und was ist passiert?« fragte Talen atemlos.

»Er nahm ein böses Ende.« Bevier zuckte die Schultern. »Es ist schließlich eine Tragödie.«

»Aber ...«

»Du kannst es irgendwann einmal selbst lesen, Talen«, sagte Vanion entschlossen. »Wir haben jetzt keine Märchenstunde!«

Talen verzog unmutig das Gesicht.

Ulath lachte. »Ich wette, man könnte unseren jungen Freund hier in Bann schlagen, selbst wenn er gerade beim Stehlen ist. Man braucht nur zu sagen: ›Es war einmal...‹, und schon würde ihn nichts anderes mehr interessieren.«

»Das wirft ein völlig neues Licht auf die Geschehnisse hier in Tamuli«, sagte Vanion nachdenklich. Er blickte Flöte fragend an. »Könnte das alles ein großes Täuschungsmanöver sein?«

Sie schüttelte den Kopf. »Nein, Vanion. Bei so einigem, auf das wir gestoßen sind, war Magie im Spiel.«

»An manchem, vielleicht, aber bestimmt nicht bei allem. Wurde für die Aufwiegelung heute abend Magie eingesetzt?«

»Kein Tropfen.«

»Mißt du Magie auf diese Art?« fragte Kalten neugierig. »Gibt es sie faßweise?«

»Du meinst, wie billiger Wein?« sagte sie beißend.

»Na ja, nicht genau, aber...«

»Das war sehr wichtig«, warf Sperber ein. »Danke, Aphrael.«

»Stets zu Diensten, Herr Ritter.« Sie lächelte ihn spöttisch an.

»Hör auf!«

»Du hast mich völlig mißverstanden, Sperber!« klagte Kalten.

»Wir haben soeben herausgefunden, daß nicht *alles*, was nach Matherion berichtet wird, das Ergebnis echter Magie ist. Es ist allmählich auch ziemlich viel Augenwischerei darunter. Worauf läßt das schließen?«

Kalten zuckte die Schultern. »Daß die andere Seite faul ist.«

»Da bin ich mir nicht so sicher«, widersprach Ulath. »Sie scheuen auch vor großer Mühe nicht zurück, wenn es wichtig ist.

»Zwei«, sagte Sephrenia. »Höchstens drei.«

»Wie bitte?« fragte Ulath verwirrt.

»Seht Ihr jetzt, wie ärgerlich das ist, Ulath? Dieses Täuschungsmanöver, dessen heimliche Beobachter wir heute abend waren, läßt darauf schließen, daß die andere Seite nicht viele Leute hat, die wirklich zaubern können. Ich würde sagen, sie sind sehr dünn gesät. Was hier in Edom vorgeht – und wahrscheinlich auch in Astel und Dakonien –, ist ziemlich banal. Deshalb hält die Gegenseite es offenbar für unnötig, Magie daran zu vergeuden.«

»Ob banal oder nicht, es wird für Tynian zum ernsthaften Problem, falls er versucht, die Ordensritter durch Daresien nach Matherion zu führen«, warf Sperber ein. »Wenn Rebal das ganze Reich so aufwiegeln kann wie diese Meute heute abend, wird Tynian sich einen Weg durch eine Horde heulender Fanatiker hauen müssen. Die edomischen Bauern werden überzeugt sein, daß unsere Kameraden hierherkommen, um ihnen mit allen Mitteln unseren Glauben aufzuzwingen, und deshalb werden sie mit Sicheln und Mistgabeln hinter jedem Busch lauern.«

»Aber wir haben ihnen etwas voraus«, sagte Bevier nachdenklich. »Unsere Feinde können nicht wissen, daß wir hier in Edom sind und diese Versammlung miterlebt haben. Und selbst, wenn sie vermuten – was jedoch sehr unwahrscheinlich ist –, daß wir den Bhelliom zurückholen wollen, wüßten sie nicht, wo er ist. Demnach hätten sie keine Ahnung, wohin wir reisen. Das wissen ja nicht einmal wir!«

»Und selbst wenn sie über alles Bescheid wüßten«, fügte Khalad hinzu. »wüßten sie nicht, daß wir so schnell hierher gekommen sind. Wir sind ihnen einen Sprung voraus, meine Herren. Wenn sie sich in Edom auf billige Täuschungen verlassen, bedeutet das wahrscheinlich, daß sie hier keine Magier haben, die uns aufspüren könnten. Und wenn man uns für ganz gewöhnliche Reisende hält, können wir uns frei bewegen und dabei sehr viel Nützliches aufschnappen.«

»Wir sind hier, um den Bhelliom zu bergen, Khalad!« erinnerte Flöte ihn.

»Ja, natürlich. Aber das ist doch kein Grund, uns unterwegs den einen oder anderen kleinen Schatz entgehen zu lassen, oder?«

»Aphrael, haben wir jetzt alles gesehen und gehört, was nötig ist?« fragte Vanion.

Sie nickte.

»Ich finde, dann sollten wir zusehen, so schnell wie möglich nach Jorsan zu kommen. Wenn Khalad recht hat, und wir sind ihnen einen Sprung voraus, müssen wir diesen Vorteil nutzen. Womit könnte man dich bestechen, daß du die Reise beschleunigst, Aphrael?«

»Darüber können wir später reden, Eminenz.« Sie lächelte. »Ich bin sicher, ihr könntet mir alle irgend etwas bieten, damit ich die nötigen Schritte unternehme.«

Mit Küssen überzeugten die Gefährten die Kindgöttin und gelangten bereits spät am nächsten Tag nach Jorsan, das sich als typische elenische Hafenstadt erwies, die sich am äußersten Ende des Fjords befand. Während der Reise hatten sie über die beste Tarnung diskutiert. Beviers Vorschlag lautete, sich als Pilger auszugeben. Kalten hatte sich dafür ausgesprochen, Krawallmacher und Säufer zu spielen, die sich in den Kneipen des Hafenviertels amüsieren wollten. Talen dagegen hatte gemeint – vielleicht durch Rebals musikalischen Vortrag angeregt – es würde gewiß Spaß machen, sich als wandernde Mimen auszugeben. Als Jorsan in Sicht kam, waren die Gefährten sich noch immer nicht einig.

»Wäre es nicht ohnehin nur Zeitverschwendung?« gab Ulath zu bedenken. »Warum sollen wir uns verkleiden? Es geht doch wirklich niemanden was an, *wer* wir sind, oder? Solange wir nicht in Rüstung herumlaufen, werden die Jorsaner sich nicht einmal nach uns umdrehen. Warum also die Mühe, ihnen etwas vorzumachen?«

»Wir müssen unsere Kettenhemden tragen, Ulath«, erinnerte Berit ihn. »Wie sollen wir das begründen?«

»Überhaupt nicht. Viele Männer tragen Kettenhemden und Waffen. Das ist gar nichts Ungewöhnliches. Falls sich in der Stadt jemand als zu neugierig erweisen sollte, kann ich seine Neugier ziemlich schnell kurieren.« Er hob die Hand und ballte bedeutungsvoll die Faust.

»Du meinst, wir sollen sie bloß einschüchtern?« fragte Kalten.

»Warum nicht? Hat man uns nicht dafür ausgebildet?«

Der Gasthof war nicht gerade erste Wahl, aber er war sauber und lag nicht so nahe am Hafen, daß die Straßen von lärmenden Seeleuten überfüllt waren, die von Schenke zu Schenke taumelten. Die Schlafräume befanden sich im ersten Stock über der Gaststube; die Stallungen lagen hinter dem Haus.

»Überlaß das mir«, flüsterte Ulath Sperber zu, als sie sich dem Wirt näherten, einem Mann mit krausem Haar und langer, spitzer Nase.

»Wie du willst«, erwiderte Sperber.

»He, Ihr«, wandte Ulath sich abrupt an den Wirt. »Wir brauchen fünf Zimmer für die Nacht, Futter für zehn Pferde, und was Anständiges zu essen.«

»Das alles könnt Ihr bekommen, werter Herr«, versicherte der Wirt.

»Fein. Wieviel?«

»Äh...« Der Mann mit der spitzen Nase rieb sich das Kinn und schätzte im stillen die Kleidung und den Gesamteindruck des hünenhaften Thalesiers ab. »Eine halbe Krone, werter Herr«, antwortete er versuchsweise. Seine Preise waren offenbar sehr variabel.

Ulath machte auf dem Absatz kehrt. »Gehen wir«, sagte er zu Sperber.

»Oh, wo war ich nur mit meinen Gedanken?« Der Wirt schlug sich auf die Stirn. »Ihr sagtet *fünf* Zimmer und Futter für *zehn* Pferde, richtig? Das hab' ich doch glatt verwechselt. Für nur fünf Zimmer wäre eine halbe Krone natürlich viel zuviel! Der richtige Preis... sagen wir mal, ist zwei Silberblatt.«

»Wie schön, daß Ihr mit Eurer Rechnerei endlich fertig seid«, brummte Ulath. »Zeigt uns die Zimmer.«

»Selbstverständlich, werter Herr.« Der Wirt eilte vor ihnen die Treppe hinauf.

Sperber grinste. »Du hast ihn ja kaum zu Wort kommen lassen.«

»Ich habe noch keinen Wirt kennengelernt, der ein interessanter Gesprächspartner wäre.«

Auf dem oberen Korridor angelangt, warf Ulath einen Blick in eines der Zimmer. »Schau nach, ob du Ungeziefer siehst«, wandte er sich an Sperber.

»Aber *Herr!*« entrüstete sich der Wirt.

»Ich schlafe gern allein«, erklärte ihm Ulath. »Ungeziefer nimmt einem Platz weg und ist des Nachts immer unruhig!«

Der Wirt lachte gezwungen. »Das ist wirklich komisch, guter Herr. Das muß ich mir merken. Woher kommt Ihr, und wohin wollt Ihr?«

Ulath bedachte ihn mit einem durchdringenden, eisigen Blick. Seine blauen Augen wirkten so kalt wie der Wind in seiner nordischen Heimat, und seine Schultern spannten sich bedrohlich, als er sie unter seinem Kittel straffte.

»Äh ... spielt ja keine Rolle«, sagte der Wirt hastig. »Es geht mich auch gar nichts an, nicht wahr?«

»Wenigstens damit habt Ihr recht«, bestätigte Ulath. Er schaute sich um. »Das ist gut genug. Wir bleiben.« Er stieß Sperber mit dem Ellbogen an. »Bezahl ihn!« Dann drehte er sich um und stapfte die Treppe hinunter.

Sie übergaben ihre Pferde den Knechten und trugen ihre Sattelbeutel zu den Zimmern hinauf; dann stiegen sie wieder die Treppe hinunter, um in der Gaststube zu Abend zu essen.

Wie üblich schaufelte Kalten seinen Teller randvoll mit dampfendem Rindfleisch.

»Vielleicht sollten wir irgendwo ein zweites Rind besorgen«, meinte Berit lachend.

»Er ist zwar noch sehr jung«, sagte Kalten zu den anderen, »aber mir gefällt seine offene, ehrliche Art.« Er grinste Berit an; dann aber schwand das Grinsen allmählich, und der große blonde Pandioner wurde kreidebleich. Er starrte noch ein Weile auf das Gesicht des jungen Ritters, bis er abrupt seinen Teller von sich schob und aufstand. »Ich glaub', ich bin gar nicht hungrig, nur müde. Ich gehe zu Bett.« Er drehte sich um, durchquerte rasch die Gaststube und rannte die Treppe hinauf, wobei er immer zwei Stufen auf einmal nahm.

»Was ist denn in *den* gefahren?« fragte Ulath verwundert. »Ich hab' noch nie erlebt, daß er sein Essen stehengelassen hat.«

»Das stimmt, bei Gott!« bestätigte Bevier.

»Rede mit ihm, wenn du nach oben gehst, Sperber«, riet Vanion. »Finde heraus, ob er krank ist oder sich aus einem anderen Grund nicht wohl fühlt. Kalten läßt *nie* einen Bissen auf seinem Teller zurück.«

»Und wenn man's recht bedenkt, auch nicht auf dem Teller von jemand anderem«, fügte Talen hinzu.

Sperber aß schnell, wünschte den anderen eine gute Nacht und ging zu der Schlafkammer hinauf, um mit seinem Freund zu reden. Kalten saß auf der Bettkante, das Gesicht in den Händen vergraben.

»Was hast du?« fragte Sperber. »Fühlst du dich nicht gut?«

Kalten wandte den Kopf ab. »Laß mich in Ruhe«, sagte er heiser.

»Bestimmt nicht. Also, was ist los?«

»Spielt keine Rolle.« Der blonde Ritter zog laut die Nase hoch und wischte mit dem Handrücken über die Augen. »Komm, saufen wir uns einen an.«

»Nicht, bevor du mir gesagt hast, was dir so zu schaffen macht.«

Wieder zog Kalten die Nase hoch und schob das Kinn vor. »Es ist etwas Dummes. Du würdest mich auslachen.«

»Das solltest du besser wissen!«

»Da ist ein Mädchen, Sperber, aber sie liebt einen anderen. Bist du jetzt zufrieden?«

»Warum hast du nicht schon eher was davon gesagt?«

»Weil ich es gerade erst herausgefunden habe.«

»Ich verstehe dich nicht, Kalten. Für dich war ein Mädchen stets wie das andere. Meistens erinnerst du dich nicht einmal an ihre Namen.«

»Diesmal ist es etwas anderes. Können wir uns jetzt besaufen?«

»Woher willst du wissen, daß die Maid nicht dasselbe für dich empfindet wie du für sie?« Sperber wußte, um welches Mädchen es ging, und er war ganz sicher, daß es die Gefühle seines Freundes erwiderte.

Kalten seufzte. »Weiß Gott, es gibt so manchen, der klüger ist als ich, Sperber. Ich habe bis jetzt gebraucht, um darauf zu kommen. Aber eins sag' ich dir – wenn der Kerl ihr das Herz bricht, bring' ich ihn um, Bruder oder nicht.«

»Würdest du wenigstens *versuchen*, dich verständlich auszudrücken?«

»Sie hat mir zu verstehen gegeben, daß sie einen anderen liebt – so klar und deutlich, als hätte sie es mit Worten gesagt.«

»Alean? So was würde sie niemals tun.«

»Woher weißt du, daß es Alean war?« Der blonde Riese sprang auf. »Habt ihr euch alle hinter meinem Rücken über mich lustig gemacht?« fragte er streitsüchtig.

»Wie kannst du das nur denken! So etwas würden wir nie tun. Uns allen ist es irgendwann genauso ergangen. Du hast die Liebe nicht erfunden, mein Freund.«

»Aber alle wissen es, nicht wahr?«

»Nein. Wahrscheinlich nur ich – von Melidere abgesehen. *Ihr* entgeht nichts. Also, was soll dieser Unsinn, daß Alean einen anderen liebt?«

»Ich bin gerade selbst darauf gekommen!«

»*Worauf* bist du gekommen? Red so, daß man es auch verstehen kann, Kalten!«

»Hast du sie am Tag unserer Abreise nicht singen gehört?«

»Natürlich. Sie hat eine wunderschöne Stimme.«

»Ich rede nicht von ihrer Stimme. Ich meine das Lied, das sie gesungen hat! *Mein süßer blauäugiger Liebster!*«

»Na und?«

»Dieser süße Liebste ist Berit, Sperber! Alean liebt Berit!«

»Wie kommst du denn darauf?«

»Es ist mir vorhin aufgefallen, als wir uns zum Abendessen setzten.« Wieder vergrub Kalten das Gesicht in den Händen. »Ich hab' nie zuvor darauf geachtet. Aber als ich Berit vorhin ins Gesicht schaute, als wir uns unterhielten, da hab' ich's gesehen! Seltsam, daß es dir nicht aufgefallen ist.«

»Was aufgefallen?«

»Daß Berit blaue Augen hat.«

Sperber starrte ihn an. Er gab sich Mühe, nicht loszulachen, als er sagte: »Du hast auch blaue Augen – wenn sie nicht gerade blutunterlaufen sind.«

Kalten schüttelte störrisch den Kopf. »Berits Augen sind blauer als meine. Ich weiß, daß er es ist! Ich weiß es einfach! Gott bestraft mich für die Dummheiten, die ich früher gemacht habe. Er hat dafür gesorgt, daß ich mich in ein Mädchen verliebt habe, das einen anderen liebt! Tja, ich hoffe, er ist zufrieden. Falls Gott gewollt hat, daß ich leide, ist es ihm verdammt gut gelungen!«

»Würdest du *bitte* vernünftig sein!«

»Berit ist jünger als ich, Sperber, und sieht weiß Gott besser aus!«

»Kalten ...!«

»Du weißt doch selbst, daß jedes Mädchen ihm nachläuft wie ein Hündchen, wenn es nur auf hundert Meter in seine Nähe kommt! Sogar die Atanerinnen haben sich allesamt in ihn verliebt!«

»Kalten ...!«

»Ich *weiß*, daß es so ist. Ich weiß es einfach! Gott dreht sein Messer in meinem Herzen. Er hat dafür gesorgt, daß die einzige wahre Liebe meines Lebens sich in einen meiner Ordensbrüder verknallt.«

»Kalten ...!«

»Aber ich schwöre dir, Sperber«, fuhr der blonde Pandioner hitzig fort, »wenn er ihr weh tut, bring' ich ihn um!«

»Kalten!« brüllte Sperber ihn an.

»Was?«

Sperber seufzte. »Wie wär's, wenn wir uns einen ansaufen?«

Düster brach der nächste Morgen an. Ein steifer Wind zerfetzte die tiefhängenden Wolken und trieb sie vor sich her. Es war einer der eigenartigen Tage, an denen das trostlose Grau aus dem Fjord im Westen am Himmel dahinjagte, während es am Boden windstill blieb.

Die Gefährten brachen zeitig auf, und die Hufe ihrer Pferde klapperten über das Kopfsteinpflaster der Straßen, in denen Kaufleute mit noch schläfrigen Augen ihre Läden öffneten und ihre Ware zur Schau stellten.

Gleich außerhalb des Stadttors bog die Gruppe auf die Straße entlang der Nordküste des Fjords ab.

Als sie etwa eine Meile hinter sich hatten, beugte Vanion sich im Sattel vor.

»Wie weit müssen wir reiten?« fragte er Flöte, die wie üblich in den Armen ihrer Schwester kuschelte.

Die Kindgöttin zuckte die Schultern. »Was spielt das für eine Rolle?«

»Ich würde nur gern wissen, wie lange es dauert.«

»Was hat ›wie weit‹ mit ›wie lange‹ zu tun?«

»Es ist dasselbe, Aphrael. Zeit und Entfernung bedeuten das gleiche, wenn man reist.«

»Nicht, wenn man weiß, was man tut.«

Sperber hatte Vanion schon immer um dessen Selbstbeherrschung bewundert, doch nie so sehr wie in diesem Augenblick. Der silberbärtige Hochmeister hob nicht einmal die Stimme. »Ich möchte eigentlich nur darauf hinweisen, daß niemand von unserer Anwesenheit hier weiß. Sollten wir nicht dafür sorgen, daß es so bleibt? Ich habe wirklich nichts gegen einen guten Kampf dann und wann; aber würde es einen Zweck erfüllen, wenn wir uns jetzt den Weg durch Haufen betrunkener edomischer Bauern kämpfen müßten?«

»Du brauchst immer so lange, bis du zur Sache kommst, Vanion«, tadelte Aphrael. »Warum sagst du nicht kurz und bündig, daß ich die Dinge beschleunigen soll?«

»Ich habe nur versucht, höflich zu sein. Wir alle werden uns viel besser fühlen, wenn der Bhelliom wieder in Sperbers Hand ist. Aber es liegt an dir. Wenn du Wert darauf legst, daß der Weg von hier bis zu Bhellioms Versteck voller Blut und mit Leichen übersät ist, tun wir dir gern den Gefallen.«

»Er ist abscheulich!« beklagte Aphrael sich bei ihrer Schwester.

»Oh, das würde ich nicht sagen.«

»*Du* nicht. Du und Vanion seid manchmal streitsüchtiger als Sperber und Ehlana.«

Rasch schritt Sperber ein, denn Aphrael war nahe daran, etwas zu sagen, das sie in Gegenwart der anderen besser nicht sagte. »Wir brechen jetzt auf!« sagte er im Befehlston. »Vanion hat recht, Aphrael, und das weißt du. Falls Rebal herausfindet, daß wir hier sind, bekommen wir es mit seinen Leuten zu tun.«

»Schon gut«, gab sie plötzlich nach.

»Das ging aber schnell«, sagte Talen zu Khalad. »Ich hätte nicht gedacht, daß sie diesmal nachgibt.«

»Da hast du dich geirrt, Talen.« Aphrael grinste. »Ich freue mich nämlich schon auf die Entsetzensschreie, die von allen Bergen Daresiens widerhallen werden, wenn unsere Feinde hören, wie Anakhas Faust sich wieder um Bhelliom schließt. Lehnt euch in den Sätteln zurück, meine Herren, und überlaßt alles weitere mir.«

Sperber erwachte abrupt. Sie trotteten am Rand einer windgepeitschten Klippe entlang, gegen die sich schäumend die stürmische See warf. Sephrenia ritt an der Spitze. Sie hielt Flöte in den Armen. Die Gefährten folgten ihr. Sie hatten die Umhänge fest um sich geschlungen und stemmten sich mit unbewegter Miene dem Wind entgegen, der aufgekommen war und an ihren Gewändern zerrte.

Es gab bedeutsame Veränderungen, die völlig unerklärlich waren, doch Sperbers Verstand schien zu betäubt zu sein, als daß er sie wahrgenommen hätte. Normalerweise ritt Vanion als Beschützer dicht neben Sephrenia, doch er schien gar nicht da zu sein.

Dafür war Tynian bei ihnen. Sperber wußte mit absoluter Gewißheit, daß Tynian mindestens dreitausend Meilen von ihnen entfernt war. Aber da war er; sein breites Gesicht wirkte so hölzern wie die Gesichter der anderen, und seine rechte Schulter war so gelenkig wie eh und je.

Sperber drehte sich nicht um, wenngleich er wußte, daß noch jemand hinter ihm ritt, der ebensowenig hier sein konnte.

Ihre Pferde trotteten den gewundenen, verwitterten Weg hinauf, der dem Rand einer langen, ansteigenden Klippe zu einer Landzunge folgte, die wie ein krummer, steinerner Finger aufs Meer hinausragte. An der äußersten Spitze dieser hohen Landzunge stand ein knorriger, verkrüppelter Baum, dessen Äste der Wind peitschte.

Als die Gefährten den Baum erreichten, zügelte Sephrenia ihren Zelter, und Kurik schritt auf sie zu, um Flöte vom Pferd zu heben.

Er stellte sie auf die Füße. Als Kurik sich aufrichtete, blickte er Sperber voll ins Gesicht. Sperbers Knappe hatte sich kein bißchen verändert. Seine Züge waren zerfurcht, und sein silberdurchzogener, schwarzer Bart so borstig wie eh und je. Seine breiten Schultern waren nackt, und breite, stählerne Reifen lagen um seine Handgelenke. Ohne eine Miene zu verziehen, blinzelte er seinem Ritter zu.

»Also gut«, sagte Flöte entschlossen, »bringen wir es hinter uns, bevor zu viele meiner Anverwandten es sich anders überlegen. Ich mußte ihnen gut zureden und einige Wutanfälle vortäuschen, bis ich sie soweit hatte, daß sie zustimmten. Aber viele haben immer noch Bedenken.«

»Du brauchst ihnen nichts zu erklären, Flöte«, sagte Kurik mit rauher Stimme – einer so vertrauten Stimme, daß Sperber seine Rührung nicht unterdrücken konnte. »Sag ihnen nur, was sie tun sollen. Schließlich sind sie Ordensritter und daran gewöhnt, Befehle zu befolgen, die sie nicht verstehen.«

Aphrael lachte erfreut. »Wie weise du bist, Kurik. Also gut, meine Herren, kommt mit.« Sie führte sie an dem knorrigen Baum vorbei an den Rand des schrecklichen Abgrunds. Obwohl sie sich hoch über der Brandung befanden, klang das heftige Tosen der Wellen wie gewaltiger Donner.

»Und jetzt, meine Herren, brauche ich eure Hilfe.«

»Was sollen wir tun?« fragte Tynian.

»Bleibt stehen und bewundert mich.«

»Wa-as?« fragte Tynian.

»Bewundert mich, Tynian. Ihr könnt Beifall spenden, wenn ihr wollt, auch wenn es nicht nötig ist. Ich brauche nur eure Bewunderung – und eure Liebe, natürlich. Aber das ist ja nichts Ungewöhnliches. Ich brauche stets Liebe.« Sie lächelte die anderen geheimnisvoll an.

Dann trat sie über den Rand der Klippe hinaus.

Talen schrie entsetzt auf und sprang ihr nach.

So gleichmütig, als würde sie lediglich einen Morgenspaziergang machen, schritt die Kindgöttin durch die leere Luft. Talen dagegen fiel wie ein Stein in die Tiefe.

»Muß das sein?« rief Aphrael verärgert. Sie machte eine rasche Geste mit der Hand, und Talens Sturz endete. Mit gespreizten Armen und Beinen schwebte er mitten in der Leere. Sein Gesicht war kreidebleich, die Augen vor Entsetzen geweitet. »Würdest du dich darum kümmern, Sephrenia?« bat das kleine Mädchen. »Ich bin im Moment beschäftigt.« Dann blickte sie Talen zornig an. »Wegen dieser Sache werde ich noch ein ernstes Wort mit dir reden, junger Mann!« sagte sie, drehte sich um und schritt hinaus auf die offene See.

Sephrenia murmelte irgend etwas auf Styrisch, und ihre Finger woben den Zauber dazu. Talen erhob sich mit seltsam flatternden Bewegungen und schwang hin und her wie ein Drachen an straffer Schnur, als Sephrenia sich gegen die Schwerkraft stemmte, die Talen auf die Felsen tief unten schmettern wollte. Zurück auf dem Klippenrand, kroch Talen auf allen vieren mehrere Fuß durch das windgepeitschte Gras; dann sank er heftig zitternd zusammen.

Aphrael setzte ungerührt ihren Weg durch die Leere fort.

»Du wirst dick, Sperber«, stellte Kurik kritisch fest. »Du brauchst mehr Bewegung.«

Sperber schluckte schwer. »Möchtest du darüber reden?« fragte er seinen alten Freund mit rauher Stimme.

»Daß ich jetzt hier bin? Nein, eigentlich nicht. Du solltest jetzt lieber auf Aphrael achten.« Mit sanftem Lächeln blickte er zur Kindgöttin. »Sie setzt sich in Szene. Na ja, im Grund genommen ist sie ja auch nur ein kleines Mädchen, das ist wohl ganz natürlich.« Kurik machte eine Pause. »Wie geht es Aslade?« fragte er dann, und ein Hauch Wehmut schwang in seiner Stimme mit.

»Es ging ihr gut, als ich sie das letzte Mal sah. Sie und Elys leben jetzt gemeinsam auf deinem Hof, weißt du.«

Kurik starrte ihn verdutzt an.

»Aslade hielt es für das beste. Alle deine Söhne sind jetzt in Ausbildung, und sie hat nicht eingesehen, weshalb sie und Elys allein sein sollten. Sie kommen großartig miteinander aus.«

»Das ist ja wundervoll, Sperber!« sagte Kurik staunend. »Wirklich wundervoll! Ich hatte mich oft gefragt, was aus ihnen wird, wenn ich einmal nicht mehr bin.« Er blickte hinaus zur Kindgöttin. »Paß jetzt gut auf! Nun kommt der schwierige Teil.«

Aphrael war weit draußen über den wogenden Wellen und erstrahlte nun von innen heraus. Mit einemmal blieb sie stehen. Sie war kaum mehr als ein glühender Funke in der Ferne.

»Helft ihr, meine Herren!« befahl Sephrenia. »Gebt ihr alle eure Liebe! Sie braucht euch jetzt!«

Der feurige Funke hob sich in einem anmutigen kleinen Bogen und schoß dann durch die trübe Luft hinab zu den bleigrauen Wellen, die träge zur Felsenküste strebten. Immer tiefer tauchte sie und stieß in die See, ohne daß Wasser aufgespritzt wäre.

Sperber hielt den Atem an. Ihm schien, die Kindgöttin bliebe eine Ewigkeit unter Wasser. Schwarze Punkte erschienen vor den Augen des großen Pandioners.

»*Atme,* Sperber!« brüllte Kurik und schlug seinem Ritter mit der Faust auf die Schulter. »Du nutzt ihr nichts, wenn du umkippst!«

Sperber stieß heftig den angehaltenen Atem aus und stand keuchend am Rand des Abgrunds.

»Trottel!« brummte Kurik.

»Tut mir leid«, entschuldigte sich Sperber. Er konzentrierte sich auf das kleine Mädchen. Seine Gedanken gerieten durcheinander. Aphrael war da draußen unter diesen endlos wogenden Wellen, aber Flöte ebenfalls – und Danae. Dieser Gedanke verkrampfte ihm das Herz, und ihm wurde eiskalt.

Plötzlich schoß der Funke aus dem grauen Wasser empor. Als die Kindgöttin in die See tauchte, hatte sie in blendendem Weiß geleuchtet, doch bei ihrer Rückkehr glühte sie in strahlendem Blau. Sie war nicht allein, als sie sich wieder in die Lüfte erhob. Bhelliom war bei ihr, und die Erde schien bei seiner Wiederkehr zu erzittern.

In glühendem Blau kehrte Aphrael zu den Gefährten zurück. Sie trug die mit Gold ausgekleidete Stahlschatulle, die Sperber vor einem halben Dutzend Jahren ins Meer geworfen hatte. Aphrael ging auf Sperber zu, als sie wieder festen Boden unter den Füßen hatte, und reichte ihm die schimmernde Schatulle. »In deine Hände, Anakha, gebe ich aufs neue den Bhelliom, ob zum Guten oder Bösen«, sagte sie förmlich. Dann lächelte sie spitzbübisch. »Bemüh dich, ihn diesmal nicht wieder zu verlieren!«

6

»Er hat gut ausgesehen«, sagte Khalad mit beherrschter Stimme.

»Nimmst du das Ganze nicht ein wenig zu gleichmütig hin?« fragte Talen seinen Bruder.

»Sollte ich etwa hysterisch werden?«

»Dann hast du ihn also gesehen?«

»Offenbar.«

»Wo warst du? Ich konnte dich nirgends erblicken!«

»Hochmeister Vanion und ich standen da drüben.« Khalad deutete auf die gegenüberliegende Seite des Pfades. »Flöte sagte uns, wir sollten uns ruhig verhalten und nur zuschauen. Wir haben euch den Hang hinaufreiten sehen. – Warum bist du eigentlich von der Klippe gesprungen?«

»Ich möchte nicht darüber reden.«

Sperber achtete kaum auf die anderen. In der Schatulle, die er in der Hand hielt, konnte er Bhelliom spüren. Wie immer schien das Kleinod weder freundlich noch feindselig zu sein.

Flöte beobachtete ihn aufmerksam. »Willst du die Schatulle nicht öffnen, Anakha?«

»Warum sollte ich? Ich brauche Bhelliom jetzt doch nicht, oder?«

»Möchtest du ihn denn nicht wiedersehen?«

»Ich weiß, wie er aussieht.«

»Ruft er dich nicht?«

»Doch, aber ich achte nicht darauf. Wenn ich ihn damals herausnahm, schien alles nur komplizierter zu werden. Deshalb lasse ich ihn wo er ist, bis ich ihn wirklich brauche.« Er drehte die Schatulle, die zum größten Teil aus Gold bestand, in den Händen und betrachtete sie eingehend. Kuriks Arbeit war vorzüglich, auch wenn die Schatulle sehr schlicht war. »Wie kann ich sie überhaupt öffnen? Wenn es sein muß, meine ich. Sie hat kein Schlüsselloch.«

»Du brauchst bloß den Deckel mit einem der Ringe zu berühren.« Flöte beobachtete ihn aufmerksam.

»Mit welchem?«

»Am besten mit deinem. Im Unterschied zu Ehlanas Ring ist er an dich gewöhnt. Spürst du denn wirklich nicht eine Art ...«

»Eine Art was?«

»Sehnen deine Hände sich nicht danach, Bhelliom zu berühren?«

»Nicht besonders.«

»Jetzt verstehe ich, warum alle anderen in meiner Familie dich fürchten. Du bist so ganz und gar anders als andere!«

»Ich glaube, jeder ist auf irgendeine Weise anders als andere. Was machen wir jetzt?«

»Wir können zum Schiff zurückkehren.«

»Kannst du dich mit der Mannschaft in Verbindung setzen?«

»Ja.«

»Dann bitte sie doch, den Fjord zu überqueren und uns irgendwo auf dieser Seite wieder an Bord zu nehmen. Dann brauchen wir nicht die ganze Strecke nach Jorsan zurückzureiten und gehen zudem der Gefahr aus dem Weg, auf Rebals Fanatiker zu treffen. Inzwischen könnten einige nüchtern genug sein, um zu erkennen, daß wir keine Edomer sind.«

»Was ist mit dir, Sperber? Bist du schlecht gelaunt?«

»Um ehrlich zu sein, ärgere ich mich zur Zeit ein bißchen über dich.«

»Was habe ich denn getan?«

»Wie wär's, wenn wir jetzt nicht näher darauf eingingen?«

»Liebst du mich denn nicht mehr?« Flötes Unterlippe zitterte.

»Natürlich liebe ich dich. Aber das ändert nichts daran, daß ich im Augenblick ein bißchen böse auf dich bin. Auch Menschen, die wir lieben, ärgern uns hin und wieder.«

»Es tut mir leid«, sagte sie kleinlaut.

»Schon gut. Das gibt sich wieder. Sind wir hier jetzt fertig? Können wir aufsitzen und uns auf den Rückweg machen?«

»Gleich«, erwiderte Flöte und schien sich plötzlich an irgend etwas zu erinnern. Ihre leicht zusammengekniffenen Augen funkelten bedrohlich. »Du!« sagte sie und deutete auf Talen. »Komm her!«

Der Junge seufzte und gehorchte.

»Was hast du dir eigentlich dabei gedacht?« fragte sie streng.

»Ich – ich hatte Angst, daß du hinunterfällst.«

»*Ich* wäre nicht hinuntergefallen, du Tölpel! Daß du mir so etwas *nie* wieder tust!«

Talen hätte es ihr versprechen können. Es wäre die einfachste Lösung gewesen und hätte eine wortreiche Zurechtweisung vermieden. Aber er tat es nicht. »Nein, Flöte, ich fürchte, so geht das nicht. Ich werde jedesmal springen, wenn ich glaube, daß du dich in Gefahr befindest.« Er verzog das Gesicht. »Ich möchte, daß du weißt, daß ich nicht *völlig* vertrottelt bin. Es ist nur – ich kann nicht anders. Wenn ich sehe, daß du so etwas tust wie vorhin, handle ich, ohne darüber nachzudenken. Also tu so was nicht noch einmal, wenn ich in der Nähe bin, denn ich werde jedesmal versuchen, dich davon abzuhalten – egal, wie dumm es ist.«

»Warum?« fragte sie ihn eindringlich.

»Weil ich dich liebe, nehme ich an.« Er zuckte die Schultern.

Flöte stieß einen Freudenschrei aus und warf sich in seine Arme. »Er ist so ein *netter* Junge!« rief sie und überschüttete sein Gesicht mit Küssen.

Sie waren noch keine Meile weit gekommen, als Kalten plötzlich scharf am Zügel riß und gräßliche Verwünschungen ausstieß.

»Kalten!« wies Vanion ihn zurecht, »wir sind in Damengesellschaft!«

»Dreht Euch um, Hochmeister«, entgegnete der blonde Pandioner.

Es war die Wolke, tintenschwarz und unheilverkündend. Sie kroch wie klebriger Schleim über den Boden.

Vanion fluchte und griff nach seinem Schwert.

»Das hat keinen Sinn«, sagte Sperber, griff unter seinen Kittel und holte die Schatulle hervor. »Aber vielleicht hilft das.« Er klopfte mit dem Gold seines Ringes an den Deckel.

Nichts tat sich.

»Du mußt der Schatulle befehlen, sich zu öffnen, Sperber«, wies Flöte ihn an.

»Öffne dich!« befahl Sperber und drückte den Ring erneut an die Schatulle.

Der Deckel sprang auf, und Sperber sah den Bhelliom. Die Saphirrose war von vollkommener Schönheit und glühte tiefblau. Doch es schien, als würde sie sich dagegen sträuben, von Sperber berührt und hervorgeholt zu werden. »Wir alle wissen, wer wir sind«, sagte er zu dem Stein und seinen unfreiwilligen Insassen. »Ich werde nicht in der Trollsprache mit euch reden, denn ich weiß, daß ihr mich in jeder Sprache verstehen könnt. Beendet den Unsinn mit dieser Wolke – und zwar *sofort!* Wenn ich mich umdrehe, sollte euer kleiner Flecken privater Finsternis verschwunden sein, das rate ich euch! Es ist mir egal, wie ihr das anstellt, aber laßt diese Wolke verschwinden!«

Die Saphirrose in seiner Hand wurde plötzlich heiß und schien sich beinahe in seinen Fingern zu winden, während ein hektisches Flimmern in Rot, Grün, Orange und Violett, von weißen Streifen durchzogen, die Blütenblätter der Saphirrose aufleuchten ließen, als die darin gefangenen Trollgötter sich heftig wehrten. Bhelliom hatte sie jedoch vollkommen in der Gewalt, und das häßliche, sprunghafte Flackern wurde unterdrückt, als der Edelstein heller zu leuchten begann.

Plötzlich erfolgte ein heftiger Ruck, der Sperbers Arm bis zur Schulter durchzuckte.

»So ist's richtig!« rief Kalten und lachte.

Sperber drehte sich im Sattel und sah, daß die Wolke verschwunden war. »Was ist passiert?«

»Sie zappelte herum wie ein frischgefangener Aal...« Wieder lachte Kalten. »... Dann hat sie sich in Fetzen aufgelöst. Was hast du gesagt, Sperber? Ich konnte nichts verstehen.«

»Ich habe unserem blauen Freund und seinen Bewohnern gesagt, daß die Wolke mich geärgert hat. Und ich ließ durchblicken, daß ich sehr unangenehm werden kann, wenn ich mich ärgere.«

»Offenbar haben sie dir geglaubt.«

Flöte starrte Sperber offenen Mundes an. »Du hast alle Regeln gebrochen!« beschuldigte sie ihn.

»Das tue ich manchmal. Hin und wieder geht's schneller, wenn man die Förmlichkeiten überspringt.«

»Auf diese Weise solltest du es aber nicht tun!«

»Es hat funktioniert, oder?«

»Das ist eine Formfrage, Sperber. Genaugenommen habe ich hier das Sagen, und ich weiß nicht, *was* Bhelliom und die Trollgötter jetzt von mir denken werden!«

Sperber lachte und legte Bhelliom behutsam in die Schatulle zurück. »Gut gemacht«, lobte er ihn. Schließlich mußten sie zusammenarbeiten; da konnte ein kleines Lob dann und wann nicht schaden. Sperber schloß den Deckel. »Überlegen wir mal, meine Freunde«, wandte er sich an die Gefährten. »Was läßt sich aus diesem Vorfall schließen?«

»Auf jeden Fall, daß sie wissen, wo wir sind«, sagte Talen.

»Es könnte wieder an den Ringen liegen«, meinte Sephrenia. »So war es beim letzten Mal. Die Wolken – und die Schatten – haben sich von Anfang an auf Sperber und Ehlana konzentriert, weil sie die Ringe hatten.«

»Bhelliom ist in der Schatulle eingesperrt«, gab Sperber zu bedenken, »und die Trollgötter ebenfalls.«

»Befinden sie sich immer noch in dem Stein?« fragte Ulath.

Sperber nickte. »O ja! Ich konnte sie genau spüren, als ich Bhelliom herausnahm.« Er schaute Aphrael an und formulierte seine nächste Frage vorsichtig. Es gab immer noch einige Dinge, die nicht bekannt werden durften. »Ich habe gehört, daß eine Gottheit sich an mehreren Orten gleichzeitig aufhalten kann.« Er ließ den Satz als Frage enden.

»Das stimmt«, antwortete Aphrael.

»Trifft das auch auf die Trollgötter zu?«

Sie überlegte angestrengt. »Das weiß ich nicht mit Sicherheit«, gestand sie. »Es ist sehr kompliziert, und die Trollgötter sind ziemlich beschränkt.«

»Hält diese Schatulle sie auf dieselbe Weise gefangen wie damals in Zemoch der Beutel aus Kettengliedern?«

Aphrael schüttelte den Kopf. »Nein. Wenn sie in Gold gehüllt sind wie jetzt, wissen sie nicht, wo sie sich befinden.«

»Spielt das eine Rolle?«

»Ehe man woanders hin will, muß man erst wissen, wo man sich befindet.«

»Ich verlasse mich da auf dich.« Sperber verzog das Gesicht. »Es wäre möglich, daß wir wieder einen Fehler gemacht haben.«

»Inwiefern?« fragte Bevier.

»Weil wir keine schlüssigen Beweise haben, daß die Trollgötter mit dem Feind zusammenarbeiten. Wenn sie wirklich mit Bhelliom in dieser Schatulle gefangen sind und nicht hinaus können, wäre das unmöglich.«

»Aber es *war* doch Ghworg, den wir in den Bergen von Atan gesehen haben, oder nicht?« sagte Ulath. »Also ist zumindest er heraußen und kann sich frei bewegen.«

»Bist du sicher, Ulath? Diese Bauern am Feuer waren genauso überzeugt, daß der Riese in der antiken Rüstung Incetes war, wie du sicher noch weißt.«

»Alles deutet darauf hin, Sperber! Alles, was wir diesmal gesehen haben, ist genau wie beim letzten Mal – und damals *waren* es die Trollgötter!«

»Selbst da bin ich mir gar nicht mehr so sicher.«

»Aber *irgend etwas* muß soviel Macht über die Trolle gehabt haben, daß sie Thalesien verließen und zur Nordküste von Atan auswanderten.«

»Wie klug ist ein Troll eigentlich? Ich will nicht sagen, daß es so plump war wie der Schwindel, den Rebal mit diesen Bauern abzog, aber...« Sperber überließ es jedem selbst, den Satz zu beenden.

»Das wäre ein ziemlich kompliziertes Täuschungsmanöver, Lieber«, meinte Sephrenia.

»Aber nicht unmöglich, kleine Mutter. Ich werde diesen Gedankengang gern aufgeben, wenn Ihr mir versichert, daß meine Vermutung nicht zutreffen kann.«

»Gebt den Gedanken noch nicht auf«, murmelte die zierliche Styrikerin mit besorgtem Gesicht.

»Aphrael«, fragte Sperber, »wird die Schatulle verhindern, daß unser Freund da draußen Bhelliom aufspürt?«

Sie nickte. »Das Gold schirmt ihn ab. Er kann ihn nicht hören oder fühlen, deshalb kann er sich auch nicht nach dem Klang oder der Ausstrahlung des Bhelliom richten.«

»Und wenn ich Ehlanas Ring ebenfalls in die Schatulle lege? Würde sie den Stein auch abschirmen?«

»Ja. Aber dein eigener Ring ist unbeschirmt, und deshalb kann man feststellen, wo der sich befindet.«

»Eins nach dem anderen.« Sperber berührte mit seinem Ring den Schatullendeckel. »Öffnen!« befahl er.

Die Verriegelung klickte, und der Deckel hob sich leicht.

Sperber zog Ehlanas Ring vom Finger und legte ihn in die Schatulle. »Kümmere *du* dich eine Zeitlang um ihn«, wies er den Bhelliom an.

Vanion verzog das Gesicht. »Bitte, tu das nicht, Sperber!«

»Was?«

»So mit ihm reden. Das hört sich so an, als wäre der Stein ein lebendes Wesen.«

»Tut mir leid, Vanion. Es hilft mir ein bißchen, wenn ich Bhelliom mir so vorstelle. Er hat zweifellos seine eigene Persönlichkeit.« Er schloß die Schatulle und spürte, wie die Verriegelung einrastete.

»Äh – Flöte?« sagte Khalad ein wenig zögernd.

»Ja?«

»Ist es die Schatulle, die Bhelliom verbirgt? Oder liegt es daran, daß sie mit Gold ausgekleidet ist?«

»Es ist das Gold, Khalad. Gold besitzt irgend etwas, das Bhellioms Kraft schwächt und ihn verbirgt.«

»Und es übt dieselbe Wirkung auf Königin Ehlanas Ring aus?«

Sie nickte. »Ich kann weder etwas hören noch fühlen.« Sie streckte die Handfläche der Schatulle entgegen, die Sperber hielt. »Gar nichts«, bestätigte sie. »*Seinen* Ring dagegen kann ich spüren.«

»Er soll einen goldenen Handschuh darüber streifen«, schlug Kalten schulterzuckend vor.

»Wieviel Geld habt Ihr dabei, Ritter Kalten?« fragte Khalad. »Gold ist teuer, wißt Ihr.« Er kniff die Augen leicht zusammen und betrachtete Sperbers Ring. »Es muß nicht seine ganze Hand bedecken«, überlegte er laut, »nur den Ring selbst.«

»Ich muß schnell an ihn herankommen können, Khalad!« warnte Sperber.

»Laßt mich nur machen. Hat jemand einen Goldflorin dabei? Der hätte in etwa die richtige Größe.«

Alle öffneten ihre Beutel.

Kalten schaute sich hoffnungsvoll um; dann seufzte er und griff in seinen Beutel. »Du schuldest mir einen Goldflorin, Sperber!« Er reichte Khalad die Münze.

Sperber lächelte. »Ich stehe in deiner Schuld, Kalten.«

»Allerdings, und zwar um einen goldenen Florin. Und jetzt laß uns weiterreiten. Es wird ziemlich kühl hier draußen.«

Wind war aufgekommen. Anfangs wehte er böig, dann gleichmäßig heftig. Sie folgten dem Pfad den Hang hinunter, bis sie am oberen Rand eines langen Sandstrandes ritten, wo der Wind ihnen heulend ins Gesicht peitschte und ihre Wangen unter der salzigen Gischt brannten.

»Das ist kein gewöhnlicher Sturm!« brüllte Ulath über das Heulen des Windes. »Ich glaube, da braut sich ein Wirbelsturm zusammen.«

»Ist es nicht zu früh im Jahr für Wirbelstürme?« rief Kalten.

»In Eosien schon, aber nicht hier«, brüllte Ulath zurück.

Das Kreischen des Windes wurde lauter, und die Gefährten zogen ihre Umhänge straffer, während sie weiterritten.

»Wir sollten zusehen, daß wir Schutz vor dem Wirbelsturm finden«, rief Vanion. »Da vorn ist ein verfallener Bauernhof.« Er blinzelte durch die peitschende Gischt. »Er hat Mauern aus Stein, also dürfte er uns wenigstens ein bißchen Schutz vor dem Sturm bieten.«

Sie trieben ihre Pferde zum Galopp und erreichten die Ruine nach wenigen Minuten. Die zerfallenen Bauten waren zum großen Teil von Unkraut überwuchert, und die Fenster der dachlosen Gemäuer schienen wie blinde Augen auf sie herabzustarren. Das Wohnhaus war völlig zerfallen; deshalb saßen Sperber und die anderen auf dem Hof ab und führten ihre nervösen Pferde in eine Ruine, die offenbar einmal die Scheune gewesen war. Der Boden war mit den verrottenden Überresten des Daches übersät, und in den Ecken sammelte sich Vogelkot.

»Wie lange dauert ein Wirbelsturm normalerweise?« wollte Vanion wissen.

»Ein oder zwei Tage.« Ulath zuckte die Schultern. »Im Höchstfall drei.«

»Bei *diesem* würde ich nicht darauf wetten«, wandte Bevier ein. »Für meinen Geschmack kam er etwas zu schnell, und er zwingt uns, genau hier Schutz zu suchen. Wir sitzen hier in der Falle, ist euch das klar?«

»Er hat recht«, bestätigte Berit. »Müssen wir nicht davon ausgehen, daß jemand diesen Sturm beschworen hat, um uns aufzuhalten?«

Kalten blickte ihn unfreundlich an, was Sperber zeigte, daß Kalten noch immer mißtrauisch war, was den jungen Mann und Königin Ehlanas Kammermaid betraf.

»Ich glaube nicht, daß wir etwas zu befürchten haben«, meinte Ulath. »Sobald wir wieder an Bord des Schiffes sind, könnten wir dem Wirbelsturm entkommen.«

Aphrael schüttelte den Kopf.

»Was ist los?« fragte Ulath.

»Dieses Schiff ist nicht so gebaut, daß es einem Wirbelsturm trotzen könnte. Um ehrlich zu sein – ich habe es bereits nach Hause geschickt.«

»Ohne es uns zu sagen?« beschwerte sich Vanion.

»Es ist *meine* Entscheidung, Vanion! Bei einem solchen Wetter nutzt uns das Schiff nichts. Wir hätten nur die Besatzung unnötigerweise in Gefahr gebracht.«

»Mir kam das Schiff stark und fest vor«, wandte Ulath ein. »Seine Erbauer müssen auch stürmischen Wind in Betracht gezogen haben, als sie es entwarfen.«

Flöte schüttelte den Kopf. »Wo das Schiff herkam, gibt es keine Stürme.«

»Stürme gibt es überall, Flöte«, widersprach Ulath. »Du wirst kein Fleckchen auf dieser Erde finden, wo der Wind nicht wenigstens hin und wieder heftig bläst und ...« Er hielt inne und starrte sie an. »Von *wo* kommt das Schiff?«

»Das geht dich wirklich nichts an, Herr Ritter. Ich kann das Schiff zurückrufen, sobald der Sturm vorüber ist.«

»*Falls* er vorübergeht!« fügte Kalten hinzu. »Und es würde mich kein bißchen wundern, wenn dieser ehemalige Bauernhof von Tausenden bewaffneter Eiferer umlagert ist, sobald der Sturm wirklich aufhört.«

Alle blickten einander an.

»Ich glaube, wir sollten lieber weiterziehen, Sturm oder nicht«, riet Vanion. Er schaute Flöte an. »Kannst du immer noch ...? Ich meine, wird dieser Wind dich behindern?«

»Er wird es mir nicht leichter machen«, gestand sie düster.

»Ich möchte nicht, daß du dich überanstrengst«, sagte Sephrenia rasch.

Flöte bewegte die Hand, als würde sie etwas zur Seite streifen. »Mach dir meinetwegen keine Sorgen, Sephrenia.«

»Versuch nicht, etwas vor mir zu verbergen, junge Dame!« warnte Sephrenia. »Ich weiß genau, was dieser Wind mit dir anstellen wird!«

»Und ich weiß genau, was er unserem geheimnisvollen Freund da draußen antut, wenn er ihn mit sich herumschleppen muß. Einen Wirbelsturm huckepack zu tragen, wird *ihn* viel mehr ermüden als mich, zehn Leute auf Pferden zu befördern. Außerdem bin ich schneller als er. Man nennt mich nicht ohne Grund die flinke Göttin. Wenn ich muß, kann ich sogar schneller laufen als Talen! Wohin möchtest du, Vanion?«

Der Hochmeister blickte die anderen fragend an. »Zurück nach Jorsan?«

»Bei einem solchen Wirbelsturm ist Jorsan wahrscheinlich so gut wie jeder andere Ort«, meinte Kalten. »Und zumindest sind dort die Betten trocken.«

Ulath lächelte. »Und das Bier naß.«

»Daran habe ich allerdings auch gedacht«, gestand Kalten.

Der Wind heulte um die Hausecken, doch der Gasthof war ein festes, steinernes Gebäude, und die Fenster hatten dichte Läden. Sperber machte die Zeitverschiebung ziemlich zu schaffen, aber sie ließ sich nicht vermeiden.

Gleich nach ihrer Rückkehr ins Gasthaus hatte Sephrenia Flöte ins Bett gesteckt und ließ kein Auge von dem kleinen Mädchen.

»Sephrenia ist wirklich sehr besorgt«, berichtete Vanion. »Es gibt offenbar doch Grenzen. Flöte versucht zwar, die ganze Sache als harmlos abzutun, aber ich erkenne Erschöpfung, wenn ich sie sehe.«

»Sie wird doch nicht *sterben*?« fragte Talen erschrocken.

»Sie kann nicht sterben, Talen!« erwiderte Vanion. »Sie kann vernichtet werden, aber sie kann nicht sterben.«

»Wo ist da der Unterschied?«

»Das weiß ich auch nicht so genau«, gestand Vanion. »Ich weiß nur, daß Flöte sehr erschöpft ist. Wir hätten ihr das nicht aufbürden dürfen.« Er schaute sich auf dem Korridor vor dem Zimmer um, in dem Sephrenia sich um die müde kleine Göttin kümmerte. »Wo ist Kalten?«

»Er und Ulath sitzen unten in der Schankstube, Eminenz«, antwortete Bevier.

»Das hätte ich mir eigentlich denken können. Einer von euch sollte sie warnen. Falls sie einen Brummschädel haben, wenn wir aufbrechen, kenne ich kein Erbarmen.«

Sperber blieb vor der Zimmertür, während sich alle anderen hinunter begaben. Der Sturm schien noch stärker zu werden.

Schließlich klopfte Sperber leise an die Tür. »Dürfte ich kurz mit Flöte reden, kleine Mutter?« bat er, als seine ehemalige Lehrerin aus der Tür blickte.

»Auf gar keinen Fall!« wisperte sie. »Sie ist endlich eingeschlafen.« Sephrenia trat auf den Gang, schloß die Tür und lehnte sich schützend dagegen.

»Ich tue ihr doch nichts, Sephrenia.«

»Weder Ihr noch sonst jemand, dafür sorge ich schon!« entgegnete sie heftig. »Was wolltet Ihr sie denn fragen?«

»Ob ich Bhelliom gegen den Sturm einsetzen könnte.«

»Wahrscheinlich.«

»Soll ich's denn versuchen?«

»Wollt Ihr Jorsan zerstören und alle töten, die sich in der Stadt aufhalten?«

Sperber starrte sie an.

»Ihr wißt wohl nicht viel darüber, welche Kräfte beim Wetter im Spiel sind, oder, Sperber?«

»Doch. Glaube ich jedenfalls.«

»Da bin ich aber ganz anderer Meinung, Lieber. Wer immer diesen Wirbelsturm beschworen hat, ist sehr mächtig und weiß, was er tut. Dennoch ist dieser Sturm eine Naturgewalt. Gewiß könntet Ihr Bhelliom benutzen, ihn zu beenden; aber dann setzt Ihr die gesamte aufgestaute Kraft zur selben Zeit und am gleichen Ort frei. Nachdem der Staub sich gelegt hat, würdet Ihr nicht einmal mehr Trümmer von Jorsan finden.«

»Dann sollte ich diesen Gedanken wohl schleunigst aufgeben.«

»Allerdings. So, und jetzt geht wieder. Ich muß über Aphrael wachen.«

Sperber kam sich wie ein kleiner Junge vor, der auf sein Zimmer geschickt worden war.

Ulath kam gerade die Treppe herauf. »Hast du einen Augenblick Zeit für mich, Sperber?«

»Sicher.«

»Ich glaube, du solltest auf Kalten aufpassen.«

»Ach?«

»Er würde Berit am liebsten umbringen.«

»Ist es schlimmer geworden?«

»Du hast davon gewußt, was Kalten für die Kammermaid deiner Gemahlin empfindet?«

Sperber nickte.

»Je mehr er säuft, desto schlimmer wird es, weißt du – und während dieses Sturms kann man nichts anderes tun als trinken, essen oder schlafen. Hat Kalten mit seiner Vermutung denn recht?«

»Ach, was. Er hat sich das alles nur aus den Fingern gesogen. Das Mädchen mag ihn sehr.«

»Das hab' ich mir fast gedacht. Berit hatte schon genug Schwierigkeiten mit des Kaisers Gemahlin. Er kann keine weiteren gebrauchen. – Paßt eigentlich gar nicht zu Kalten, sich unsterblich zu verlieben.«

»Soweit ich weiß, ist es auch das erste Mal. Bisher hat er sich seine Liebchen genommen, wo sich die Gelegenheit bot.«

»Das ist am ungefährlichsten.« Ulath nickte. »Aber diesmal hat's ihn wirklich erwischt. Wir sollten tun, was wir können, um ihn und Berit voneinander fernzuhalten, bis wir wieder in Matherion sind. Dann hat Alean die Gelegenheit, die Sache in Ordnung zu bringen.«

Khalad kam den Korridor entlang auf sie zu. Er wirkte leicht verärgert.

»So geht es nicht, Sperber.« Er hielt Kaltens Goldflorin in die Höhe. »Ich könnte den Stein natürlich mühelos damit umkleiden, aber Ihr würdet vermutlich eine halbe Stunde brauchen, ihn wieder frei zu bekommen, damit Ihr den Ring benutzen könnt. Ich muß mir etwas anderes einfallen lassen. Am besten, Ihr gebt mir den Ring. Ich werde mich mit einem Goldschmied beraten müssen und brauche die genauen Maße.«

Es widerstrebte Sperber zutiefst, sich von dem Ring zu trennen. »Könntest du nicht einfach ...?«

Khalad schüttelte den Kopf. »Wofür der Goldschmied und ich uns auch entscheiden mögen – es muß auf jeden Fall angepaßt werden. Jetzt hängt es wohl davon ab, wie weit Ihr mir in dieser Beziehung traut, stimmt's?«

Sperber seufzte. »Du mußtest natürlich gerade jetzt damit kommen, nicht wahr, Khalad?«

»Je schneller, desto besser, Herr Ritter.« Sperber zog den Ring vom Finger und legte ihn in Khalads ausgestreckte Hand. »Danke.« Khalad lächelte. »Euer Vertrauen ehrt mich.«

»Gut gesagt«, murmelte Ulath.

Später, nachdem Sperber und Ulath Kalten die Treppe hinaufgeschleppt und ins Bett gelegt hatten, trafen die Gefährten sich in der Gaststube zum Abendessen. Sperber hatte den Wirt gebeten, Sephrenia das Essen aufs Zimmer zu bringen.

Bevier schaute sich um. »Wo ist Talen?«

»Er sagte, er wolle ein bißchen frische Luft schnappen«, antwortete Berit.

»Während eines Wirbelsturms?«

»Ich glaube, er kann bloß nicht mehr stillsitzen.«

»Oder er will etwas stehlen«, meinte Ulath.

In diesem Moment knallte die Tür zurück, und der Wind wehte Talen herein. Unter seinem Umhang trug er Wams und enges Beinkleid, und an der Hüfte einen Degen. Die Waffe schienen ihn nicht sonderlich zu behindern. Er drückte den Rücken gegen die Tür und mühte sich, sie ganz zu schließen. Er war naß bis auf die Haut, und Wasser strömte ihm übers Gesicht. Mit breitem Grinsen erklärte er: »Ich habe gerade ein Geheimnis gelüftet!« Lachend setzte er sich zu den anderen an den Tisch.

»Ach?« sagte Ulath.

»Wieviel wäre es euch wert, Rebals wahre Identität zu erfahren, meine Herren?«

»Wie ist dir das gelungen?« fragte Berit.

»Pures Glück. Ich wollte mich draußen nur ein wenig umsehen. Der Sturm wehte mich durch eine enge Sackgasse und drückte mich gegen eine Ladentür an ihrem Ende. Ich hielt es für das beste, hineinzugehen, um zu Atem zu kommen. Und was sehe ich als erstes? Ein bekanntes Gesicht! Unser geheimnisvoller Rebal ist ein geachteter Ladenbesitzer hier in Jorsan. Das hat er mir selber gesagt. Er sieht gar nicht so beeindruckend aus, wenn er eine Schürze trägt.«

»Ein Ladenbesitzer?« fragte Bevier ungläubig.

»Ja, wirklich, Herr Ritter – eine Stütze der Gemeinde, wenn man seinen Worten glauben darf. Er ist sogar im Stadtrat.«

»Konntest du seinen Namen erfahren?« erkundigte sich Vanion.

»Natürlich, Eminenz. Er hat sich mir vorgestellt, kaum daß der Wind mich durch die Tür geblasen hatte. Er heißt Amador. Ich habe sogar etwas bei ihm gekauft, nur damit er nicht zu reden aufhörte.«

»Womit handelt er denn?« fragte Berit.

Talen langte unter sein Wams und zog einen schmalen, ein wenig nassen und zerknitterten Stoffstreifen in kräftigem Rosa hervor. »Ist es nicht hübsch? Ich glaube, ich werde es Flöte schenken.«

»Ist das dein Ernst?« Vanion lachte. »Er handelt tatsächlich mit Seidenbändern?«

»Und ob es mein Ernst ist, Eminenz. Der Mann hier in Edom, der alle Tamuler erzittern läßt, ist Verkäufer von Seidenbändern. Könnt ihr euch das vorstellen?« fragte er die Runde. Dann lachte er schallend.

»Wie funktioniert es?« erkundigte sich Sperber tags darauf. Er drehte den Ring um und blickte auf die Unterseite.

»Es ist die Fassung eines Ringes, wie Leute sie benutzen, wenn sie Gift in Speisen oder Getränke geben wollen«, erklärte Khalad. »Ich hab' den Goldschmied gebeten, die Fassung vom Originalring zu entfernen und an Eurem zu befestigen, so, daß sie den Rubin umrahmt. Da ist eine winzige Angel an dieser Seite der Einfassung, und eine Verriegelung an der anderen. Ihr braucht bloß die Angel zu berühren – genau hier.« Er deutete auf einen winzigen Hebel, der unter der massiven Goldverzierung kaum zu sehen war. »Die Angel hat eine kleine Feder, und wenn Ihr auf den Hebel drückt, springt dieser goldene Verschluß auf.« Er berührte den Hebel, und der kleine, kuppelförmige Deckel sprang zurück und gab den Edelstein frei. »Seid Ihr *sicher*, daß es auch wirklich funktioniert, wenn Ihr Bhelliom nur mit dem Reif berührt? Wenn dieser Deckel im Weg ist, dürfte es etwas schwierig werden, mit dem Stein überhaupt irgendwas zu berühren.«

»Ja, der Reif genügt«, erwiderte Sperber. »Das ist sehr geschickt angefertigt, Khalad.«

»Danke. Ich hab' dafür gesorgt, daß der Goldschmied das Gift erst auswusch, bevor wir Euren Ring mit dem Überzug versahen.«

»Sein ursprünglicher Ring war bereits benutzt worden?«

»O ja. Ein Erbe der edomischen Edelfrau, der er gehört hatte, verkaufte ihn nach ihrem Tod an den Goldschmied. Ich vermute, daß sie viele Feinde hatte. Anfangs zumindest.« Khalad lachte. »Ich habe den Goldschmied sehr enttäuscht, fürchte ich. Er wollte unbedingt eine Zeitlang mit Eurem Ring allein sein. Der Rubin ist sehr kostbar, und da ich sicher war, daß Bhelliom nicht auf ein Stück rotes Glas ansprechen würde, ließ ich ihn keinen Moment aus den Augen. Trotzdem kann es nicht schaden, wenn Ihr Euch vergewissert, daß der Ring die Schatulle wirklich noch öffnet. Wenn nicht, gehe ich zu dem Goldschmied zurück und werde ihm einen Finger nach dem anderen absäbeln. Nachdem er erst zwei oder drei verloren hat, wird er sich bestimmt erinnern, wo er den echten Rubin versteckt hat. Es ist nämlich schwierig, so feine Arbeiten zu bewerkstelligen, wenn man nicht alle zehn Finger hat. Aber ich habe ihn von Anfang an darauf aufmerksam gemacht. Deshalb können wir vermutlich mit seiner Ehrlichkeit rechnen.«

»Du bist ein ganz schön harter Bursche!«

»Ich wollte lediglich Mißverständnisse vermeiden. Sobald wir uns vergewissert haben, daß der Ring die Schatulle noch öffnet, solltet Ihr damit zu Flöte gehen und herausfinden, ob das Gold dick genug ist, den Rubin abzuschirmen. Wenn nicht, bringe ich ihn zum Goldschmied zurück und lasse ihn so lange Gold auf den Deckel auftragen, bis der Überzug seinen Zweck erfüllt.«

»Du bist wirklich ein praktisch veranlagter Mensch, Khalad.«

»*Jemand* in unserer Gruppe muß es schließlich sein.«

»Was hast du mit Kaltens Florin gemacht?«

»Den Goldschmied bezahlt. Aber der Florin hat die Kosten bei weitem nicht gedeckt. Ihr schuldet mir noch den Rest.«

»Bis wir nach Hause kommen, werde ich wohl in jedermanns Schuld stehen.«

»Das macht nichts, Sperber.« Khalad grinste. »Wir wissen ja, daß Ihr Eure Schulden bezahlt.«

»*Das* reicht!« rief Sperber verärgert, nachdem er zwei Tage später, ehe er sich zum Frühstück setzte, einen raschen Blick aus der Tür der Gaststube geworfen hatte. »Macht euch zum Aufbruch bereit.«

»Ich kann das Schiff bei diesem Sturm nicht zurückholen, Sperber«, erklärte ihm Flöte. Sie sah noch erschöpft aus, schien sich jedoch langsam zu erholen.

»Dann müssen wir den Landweg nehmen. Wir sitzen hier wie auf dem Präsentierteller und warten nur darauf, daß unser Freund da draußen seine Streitkräfte sammelt. Wir *müssen* los!«

»Auf dem Landweg werden wir Monate bis Matherion brauchen«, gab Khalad zu bedenken. »Flöte ist noch nicht soweit bei Kräften, daß sie unsere Reise beschleunigen könnte.«

»*So* schwach bin ich nun auch wieder nicht, Khalad«, versicherte Flöte. »Ich bin bloß ein wenig müde, das ist alles.«

»Mußt du es denn allein machen?« fragte Sperber.

»Ich verstehe dich nicht ganz.«

»Wenn einer deiner Anverwandten zufällig des Weges käme, könnte er dir dann nicht helfen?«

Aphrael runzelte die Stirn.

»Sagen wir, du triffst die Entscheidungen, und er hilft dir nur mit Muskelkraft?«

»Die Idee ist nicht schlecht, Sperber«, warf Sephrenia ein, »aber es kommt nicht zufällig einer ihrer Anverwandten des Weges.«

»Das nicht, aber wir haben Bhelliom.«

»Das habe ich befürchtet!« Bevier stöhnte. »Der verfluchte Stein hat ihm den Verstand verwirrt! Jetzt hält er sich schon für einen Gott!«

»Nein, Bevier.« Sperber lächelte. »Ich bin kein Gott, aber ich habe

Zugriff zu einer Kraft, die zumindest einen gottähnlichen Zustand herstellt. Wenn ich die Ringe benutze, muß Bhelliom tun, was ich ihm befehle. Das ist nicht *genauso*, als wäre man ein Gott, aber es kommt dem ziemlich nahe. Frühstücken wir, dann könnt ihr anderen eure Sachen zusammensuchen und sie den Pferden aufpacken. Aphrael und ich werden die Einzelheiten ausarbeiten, wie es zu schaffen ist.«

7

Der Wind pfiff durch die Straßen von Jorsan und peitschte strömenden Regen vor sich her. Sperber und seine Freunde wickelten sich fest in ihre Umhänge, duckten die Köpfe vor der Kraft des Windes und stapften grimmig in die mahlenden Zähne des Wirbelsturms.

Die Gefährten ritten durch das unbewachte Stadttor ins offene Land hinaus, wo der wütende Sturm noch heftiger auf sie einschlug. Sich mit Worten zu verständigen war völlig unmöglich; deshalb deutete Sperber lediglich auf die aufgeweichte Straße, die nach Norden zu dem hundertfünfzig Meilen entfernten Korvan führte.

Als die Straße etwa eine Meile außerhalb der Stadt um einen niedrigen Hügel bog, hielt Sperber an. »Niemand kann uns jetzt sehen!« brüllte er über das Heulen des Windes hinweg. »Versuchen wir es jetzt, dann werden wir sehen, was geschieht.« Er griff unter seinem Kittel nach der Schatulle.

Berit kam von hinten herbeigaloppiert. »Reiter sind hinter uns!« rief er und wischte sich den Regen aus dem Gesicht.

»Verfolgen sie uns?« fragte Kalten.

Berit zuckte die Schultern und spreizte die Hände.

»Wie viele?« wollte Ulath wissen.

»Fünfundzwanzig bis dreißig. Ich konnte sie durch den Regen nicht deutlich sehen. Aber ich glaube, sie tragen Rüstung.«

»Gut!« knirschte Kalten. »Dilletanten zu töten, würde auch keinen Spaß machen.«

»Was meint Ihr?« wandte Sperber sich an Vanion.

»Sehen wir sie uns erst einmal an. Vielleicht sind sie überhaupt nicht an uns interessiert.«

Beide wendeten ihre Pferde und ritten etwa zweihundert Meter auf der schlammigen Straße zurück.

Die Reiter, die denselben Weg wie sie genommen hatten, kamen nun langsamer näher. Es handelte sich um primitiv aussehende Kerle, die zum größten Teil in Felle gehüllt waren und Speere mit Bronzespitzen trugen. Der vorderste hatte einen borstigen Bart und einen archaisch aussehenden Helm mit Hirschgeweih.

»Das genügt«, sagte Sperber knapp. »Es besteht kein Zweifel, daß sie uns folgen. Kehren wir zu den anderen zurück und nehmen uns dieser Burschen an.«

Erneut machten sie kehrt und ritten zu ihren Gefährten, die an der windabgewandten Seite eines kleinen Nadelwalds ein wenig Schutz gesucht hatten. »Wir sind zu lange in Jorsan geblieben«, sagte Sperber. »Das hat Rebal Zeit gegeben, Hilfe herbeizurufen. Die Männer hinter uns sind Krieger aus der Bronzezeit.«

»Wie die Lamorker, die uns vor Demos angriffen?« fragte Ulath.

»Ja«, antwortete Sperber. »Aber diese Burschen sind wohl eher Mitläufer von Incetes, nicht von Fyrchtnfles. Doch im Grunde genommen kommt es aufs gleiche heraus.«

»Konntet ihr erkennen, wer der Anführer ist?«

»Ja«, erwiderte Vanion, »der an der Spitze.«

»Das macht es leichter.«

Vanion blickte die anderen fragend an.

»Wir haben so etwas schon ein paarmal erlebt«, erklärte Sperber. »Wenn der Anführer fällt, verschwinden die anderen. Weshalb, wissen wir nicht.«

»Könnten wir uns nicht einfach zwischen den Bäumen verstecken?« fragte Sephrenia.

»Das würde ich lieber nicht«, entgegnete Vanion. »Wir wissen jetzt, wo der Feind ist. Lassen wir ihn aus den Augen, könnte er uns einkreisen und in die Defensive zwingen. Wir nehmen uns die Männer lieber jetzt und hier vor.«

»Ja, vergeuden wir keine Zeit!« warf Kalten ein. »Gehen wir's an!«

»Khalad«, wandte Sperber sich an seinen Knappen, »zieh dich mit Sephrenia und den Kindern ein Stück hinter die Bäume zurück.«

»Kinder?« protestierte Talen.

»Tu, was man dir sagt«, befahl Khalad. »Und laß dir ja nicht einfallen, mit diesem Degen angerannt zu kommen!«

Die Ritter wendeten und galoppierten die aufgeweichte Straße zurück, um ihre Verfolger zu stellen.

»Sind sie allein?« fragte Bevier. »Ich meine, kann man jemanden sehen, der die Männer möglicherweise durch Magie hierher geholt hat?«

»Das läßt sich vielleicht feststellen, sobald wir den Kerl mit dem Hirschgeweih erledigt haben«, brummte Kalten. »Wenn alle anderen verschwunden sind, bleibt der Verantwortliche allein im Regen zurück.«

»Es bringt nichts, wenn wir warten«, sagte Vanion düster. »Fangen wir an. Ich werde immer nässer.«

Die Gefährten warfen ihre Umhänge auf den Rücken, um Bewegungsfreiheit für ihre Schwerter zu haben, setzten ihre Helme auf, die an den Sattelknäufen gehangen hatten, und schnallten sich die Schilde um.

»Ich übernehm' ihn!« rief Kalten Sperber zu, nachdem er sein Pferd dicht neben Faran gezügelt hatte. Mühsam unterdrückte Wut klang aus des blonden Pandioners Stimme, und er hatte die Schultern entschlossen gestrafft.

»Los!« brüllte er und zog sein Schwert.

Sie stürmten voran.

Die Krieger aus dem neunten Jahrhundert wichen unwillkürlich zurück, als die Ordensritter in ihren Kettenhemden auf sie zudonnerten und die Hufe ihrer gewaltigen Streitrosse den Schlamm aufwirbelten, daß er in großen Klumpen durch die Luft flog.

Die Waffen der Bronzezeit und die antike Kampftaktik waren den stählernen Kettenrüstungen, den modernen Schwertern und Streitäxten nicht gewachsen, und die dürren Pferde dieser versunkenen Epoche waren kaum größer als Ponys. Die Gefährten im Rücken, schmetterte Kalten in Keilformation wie ein gewaltiger Axthieb in die Vorhut der Verfolger. Der blonde Pandioner richtete sich in den Steigbügeln auf und schwang sein Schwert in weiten, wuchtigen Hieben. Normalerweise war Kalten ein sehr geschickter Kämpfer, der auch in den gefährlichsten Situationen einen kühlen Kopf bewies. Heute jedoch war er hitzköpfig und ging oft leichtfertige Risiken ein, schlug wahllos zu und schwang sein Schwert viel heftiger, als vonnöten war. Die runden Bronzeschilde seiner Gegner vermochten seine Streiche nicht abzuwehren, während er sich den Weg zu dem Bärtigen mit dem Hirschgeweih freikämpfte. Sperber und die anderen, die von Kaltens tollkühnem Sturmangriff überrascht waren, folgten ihm und hieben alle Gegner nieder, die versuchten, ihm in den Rücken zu fallen.

Der Bärtige stieß einen archaischen Kriegsruf aus, trieb sein Pferd mit den Fersen vorwärts und schwang eine gewaltige Bronzestreitaxt.

Verächtlich fegte Kalten den Axthieb mit seinem Schild zur Seite und hieb sein Schwert mit aller Kraft herab. Die scharfe Klinge durchschnitt den hastig hochgerissenen Bronzeschild, daß die Hälfte mitsamt dem Unterarm des Bärtigen durch die Luft flog. Sofort schwang Kalten sein Schwert erneut. Diesmal schmetterte es auf den Helm mit dem Geweih und drang tief in den Schädel des Gegners. Die Wucht des Hiebes warf den Toten aus dem Sattel. Seine Krieger verschwammen und lösten sich auf wie Nebel.

Ein Berittener blieb jedoch zurück. Der schwarz vermummte Rebal fand sich plötzlich ganz allein dem Feind gegenüber. Die Krieger aus der Antike, die ihn schützend umgeben hatten, waren verschwunden.

Das blutige Schwert halb erhoben und mit Tod verkündenden Augen ritt Kalten auf ihn zu.

Rebal schrie gellend, warf sein Pferd herum und floh zurück in den Sturm, wobei er verzweifelt auf das arme Tier einschlug.

»*Kalten!*« rief Vanion, als der Pandioner sein Pferd vorantrieb, um den Fliehenden zu verfolgen. »*Halt!*«

»Aber ...«

»*Bleibt, wo Ihr seid!*«

Immer noch von seiner wilden Wut beherrscht, wollte Kalten protestieren.

»Das ist ein Befehl, Herr Ritter! Weg mit dem Schwert!«

»Jawohl, Eminenz«, brummte Kalten mürrisch und schob die blutbesudelte Waffe in die Scheide.

»Zieht die Klinge sofort wieder heraus!« brüllte Vanion. »Wischt sie ab, ehe Ihr sie einsteckt!«

»Tut mir leid, Hochmeister Vanion. Ich hab's vergessen.«

»*Vergessen?* Was heißt ›vergessen‹? Seid Ihr ein Milchwelpe? *Reinigt* das Schwert, Herr Ritter. Ich will es glänzen sehen, ehe Ihr es einsteckt!«

»Jawohl, Eminenz«, murmelte Kalten.

»Was habt Ihr gesagt?«

»Jawohl, Eminenz!« brüllte Kalten.

»So ist es schon ein bißchen besser.«

»Danke, Vanion«, murmelte Sperber.

»Mit Euch werde ich später auch noch ein Hühnchen rupfen!« fuhr Vanion ihn an. »*Ihr* seid dafür verantwortlich, daß Kalten sich um seine Ausrüstung kümmert! Ihr sollt ein Führer sein, kein Ziegenhirt!« Der Hochmeister schaute sich um. »Also gut, in Formation! Ein bißchen flotter, meine Herren! Wir sind Soldaten Gottes! Versuchen wir wenigstens, so *auszusehen*, als wüßten wir, was wir tun.«

Zwischen den Bäumen war es wenigstens ein bißchen windgeschützt. Vanion führte die Ritter durch das Gehölz zu Sephrenia, Khalad und den »Kindern«.

»Sind alle heil?« erkundigte Sephrenia sich sofort.

»Wir haben keine *sichtbaren* Wunden, kleine Mutter«, beruhigte Sperber sie.

Sie blickte ihn fragend an.

»Seine Eminenz hat seine Stimmgewalt bewiesen.« Ulath grinste. »Er war mit zweien von uns ein wenig unzufrieden, und das sagte er uns auch – sehr streng.«

»Das genügt, Herr Ritter!« wies Vanion ihn zurecht.

»Jawohl, Eminenz!«

»Habt ihr herausfinden können, wer diese Krieger aus der Vergangenheit beschworen hat?« fragte Khalad.

»Nein. Rebal war dort, doch sonst sahen wir niemanden.«

»Wie war die Schlacht?«

»Das hättest du sehen sollen, Khalad!« sagte Berit begeistert. »Ritter Kalten war einfach umwerfend!«

Kalten funkelte ihn finster an.

Sephrenia warf den beiden einen wissenden Blick zu. »Wir können uns über alles unterhalten, wenn wir den Sturm hinter uns haben. – Seid Ihr bereit, Sperber?«

»Sofort.« Er griff unter seinen Kittel, holte die Schatulle hervor und befahl ihr, sich zu öffnen. Dann zog er Ehlanas Ring über den Finger und nahm den Bhelliom heraus.

»Da!« Sephrenia hob Flöte hoch, und Sperber nahm das kleine Mädchen auf die Arme.

»Wie gehen wir es an?« fragte er.

»Sobald wir losgeritten sind, werde ich durch deine Lippen reden«, erklärte sie ihm. »Du wirst nicht verstehen, was ich sage, weil du die Sprache nicht kennst.«

»Ein styrischer Dialekt?«

»Nein, Sperber, nicht Styrisch. Es ist eine noch viel ältere Zunge. Entspann du dich nur, und überlaß alles mir. Gib mir die Schatulle. Wenn Bhelliom sich von einem Ort zum anderen bewegt, ist es, als erzittere alles. Ich glaube nicht, daß unser Freund da draußen Bhellioms Aufenthaltsort sofort wieder feststellen kann. Und wenn du ihn – und Ehlanas Ring – gleich zurück in die Schatulle legst und den Deckel über den Stein deines Rings schließt, wird er keine Ahnung haben, wo wir uns befinden. So, halt Bhelliom jetzt in beiden Händen und sag ihm, wer du bist.«

»Das dürfte er inzwischen aber wirklich wissen!«

»Erinnere ihn daran, Sperber, und sprich auf trollisch zu ihm. Machen wir es förmlich.« Sie kuschelte sich in den schützenden Kreis seiner Arme in den Kettenhemdärmeln.

Sperber hob Bhelliom so, daß die Reife beider Ringe ihn fest berührten. »Blaurose«, sagte er in Trollisch. »Ich bin Sperber-von-Elenien. Erkennst du mich?«

Das blaue Glühen, das auf seine Hände gestrahlt hatte, schien sich zu härten wie frisch geschmiedeter Stahl. Sperbers Beziehung zu Bhelliom war gestört; die Saphirrose hatte keinen Grund, ihn zu mögen.

»Sag ihm, wer du in Wahrheit bist, Sperber«, forderte Flöte ihn auf. »Sorg dafür, daß er dich auch wirklich erkennt!«

»Blaurose«, sagte Sperber aufs neue und wieder in der gräßlichen Sprache der Trolle, »ich bin Anakha, und ich trage die Ringe. Erkennst du mich?«

Bhelliom zuckte, als dieser schicksalsschwere Name fiel, während die Blütenblätter ein wenig von ihrem stahlblauen Strahlen verloren.

»Das ist wenigstens ein Anfang«, murmelte Sperber. »Und was jetzt?«

»Jetzt bin ich an der Reihe«, antwortete Aphrael. »Entspanne dich, und laß mich in deinen Geist.«

Es war ein eigenartiges Gefühl. Sperber schien es fast, als würde sein eigener Wille schweben, während die Kindgöttin sanft, ja beinahe zärtlich seinen Geist übernahm. Die Stimme, die aus Sperbers Mund kam, war merkwürdig weich, und die Sprache kam ihm auf seltsame Weise vertraut vor.

Dann schien die Welt um ihn zu verschwimmen; flüchtig sah er leuchtendes Zwielicht um sich herum. Plötzlich war wieder alles rein und klar, und die Sonne schien. Kein Regen mehr, kein Sturm, nur eine sanfte Brise.

»Wie erstaunlich!« rief Aphrael. »Ich wäre nie auch nur auf diesen *Gedanken* gekommen. – Steck Bhelliom weg, Sperber! Schnell!«

Rasch verstaute er den Edelstein und Ehlanas Ring wieder in der Schatulle und klappte auch den Deckel seines eigenen Ringes zu. Dann drehte er sich um und schaute nach Süden. Weit entfernt erstreckte sich ein sehr dunkler Streifen am Horizont. Dann blickte er wieder nach Norden und sah eine größere Stadt am Fuße des Berges, eine schöne Stadt, deren rote Ziegeldächer in der Herbstsonne schimmerten. »Ist das Korvan?«

»*Natürlich!*« Flöte warf anmutig den Kopf zurück. »Da wolltest du doch hin!«

»Wir haben es ziemlich schnell geschafft«, bemerkte Ulath grinsend.

Plötzlich lachte Sephrenia. »Wir wollten das Durchhaltevermögen unseres Freundes auf die Probe stellen. Nun werden wir herausfinden, wieviel Ausdauer er wirklich hat. Wenn er uns immer noch verfolgen will, muß er sich seinen Wirbelsturm unter die Arme klemmen und uns damit hinterherlaufen, so schnell er nur kann.«

»Oh, das macht wirklich Spaß!« Flöte klatschte begeistert die Händchen zusammen. »Ich hätte nie geglaubt, daß wir so weit springen können!«

Kalten blickte blinzelnd zur hellen Herbstsonne. »Es dürfte kurz vor Mittag sein. Wie wär's, wenn wir in die Stadt reiten und uns ein gutes Mahl gönnen? Ich hab' mir bei dem Kampf einen ziemlichen Appetit erarbeitet.«

»Keine schlechte Idee, Sperber«, meinte Vanion. »Die Dinge stehen nun ganz anders. Wir sollten überlegen, was zu tun ist, und unsere Pläne vielleicht ein wenig ändern.«

Sperber nickte. Er stubste Faran mit den Fersen in die Flanken, und sie ritten hangabwärts nach Korvan. »Du schienst überrascht zu sein«, murmelte er Flöte ins Ohr.

»Überrascht? Ich war völlig perplex!«

»Wie hat er es gemacht?«

»Ich fürchte, du würdest es nicht richtig verstehen, Vater. Erinnerst du dich, wie der Trollgott Ghnomb euch durch Nordpelosien gebracht hat?«

»Er hat gewissermaßen die Zeit erstarren lassen, nicht wahr?«

Sie nickte. »Ich habe da meine eigene Methode; aber ich bin ja auch kultivierter als Ghnomb. Bhelliom macht es auf wieder andere Weise – noch einfacher, im Grunde genommen. Ghnomb und ich sind vollkommen verschieden, aber wir sind Teil dieser Welt; deshalb ist die Gegend sehr wichtig für uns. Sie gibt uns ein Gefühl von Beständigkeit und Orientierung. Bhelliom braucht offenbar weder das eine noch das andere. Wahrscheinlich denkt er nur an einen anderen Ort, und schon ist er da!«

»Könntest du das auch schaffen?«

Flöte spitzte die Lippen. »Ich glaube nicht.« Sie seufzte. »Ich gebe es nur ungern zu, aber Bhelliom ist viel weiser als ich.«

»Aber bei weitem nicht so liebenswert.«

»Danke, mein edler Herr.«

Plötzlich fiel Sperber etwas ein. »Ist Danae in Matherion?«

»Ja, natürlich!«

»Wie geht es deiner Mutter?«

»Gut. Sie und die Diebe versuchen mit aller Macht, gewisse Dokumente in die Hand zu bekommen, die im Innenministerium versteckt sind.«

»Haben sie die Lage noch unter Kontrolle?«

»Bis jetzt, ja. Ich weiß, ich habe dich ein paarmal damit aufgezogen, aber es ist wirklich sehr schwierig, zur selben Zeit an zwei Orten zu sein. Danae schläft viel, deshalb entgeht mir vieles von dem, was dort vor sich geht. Mutter macht sich ziemliche Sorgen. Sie befürchtet, Danae könnte krank sein.«

»Ängstige sie nicht *zu* sehr.«

»Nein, Vater, bestimmt nicht.«

Sie ritten in Korvan ein und fanden ein ansprechendes Gasthaus. Auch diesmal verhandelte Ulath mit dem Wirt, der sie in ein privates Eßzimmer an der Rückseite führte, wo die Sonne durch die Fenster auf Eichentische und -bänke fiel und ihnen Glanz verlieh. »Könnt Ihr verhindern, daß mögliche Lauscher uns hören, kleine Mutter?« bat Sperber.

»Wie oft müßt Ihr mir diese Frage noch stellen, ehe Ihr die Antwort kennt?« Sie seufzte tief.

»Ich wollte nur sichergehen.«

Die Gefährten nahmen ihre Umhänge ab, legten ihre Waffen in eine Ecke und setzten sich an den Tisch.

Eine schlampige Magd mit scheelem Blick zählte auf, was die Küche an diesem Tag zu bieten hatte.

Sephrenia schüttelte bei allem den Kopf. »Sag es ihr, Vanion«, bat sie.

»Die Dame und ich – und das kleine Mädchen – nehmen Lammbraten«, erklärte er. »Wir mögen kein Schweinefleisch.«

»Der Koch hat kein Lamm gebraten«, brummelte die Magd unfreundlich.

»Dann sagt ihm, er soll gleich damit anfangen!«

»Das wird ihm nicht gefallen.«

»Es muß ihm nicht *gefallen*. Sagt ihm, wenn wir kein Lammfleisch bekommen, bringen wir unser Geld in einen anderen Gasthof. Das hätte der Wirt bestimmt nicht gern, was meint Ihr?«

Die Magd biß zornig die Zähne zusammen und stürmte aus dem Zimmer.

»*Das* ist der Vanion, wie wir ihn als Knaben kannten und liebten.« Kalten lachte. Der Kampf am Morgen hatte seine Laune merklich gebessert.

Vanion breitete seine Karte aus. »Es gibt offenbar eine größere Straße, die nach Osten führt«, erklärte er, während sein Zeigefinger der Linie über die Karte folgte. »Sie führt durch Edom und Cynesga.

Wir werden die Grenze nach Tamul bei Sarna überqueren.« Er blickte Flöte an. »Wie schnell schafft Bhelliom die Strecke diesmal?«

»Möchtest du vielleicht auch den Mond besuchen, Hochmeister Vanion?« Sie runzelte die Stirn. »Es gibt da nämlich ein Problem. Jedesmal, wenn Bhelliom irgend etwas tut, gibt er einen unverkennbaren Laut von sich. Wahrscheinlich weiß er es selbst nicht, aber dadurch verrät er gewissermaßen, wo er sich befindet. Vielleicht könnten wir ihn lehren, wie er das vermeiden und versteckt bleiben kann. Aber das dürfte ziemlich zeitraubend sein.«

»Da ist noch etwas«, warf Sephrenia ein. »Sperber hat zwar Macht über Bhelliom, aber er weiß immer noch nicht, wie er sie benutzen kann.«

»Danke«, sagte Sperber trocken.

»Tut mir leid, Lieber, aber so ist es wirklich. Jedesmal, wenn Ihr Bhelliom in die Hand genommen habt, mußten Aphrael oder ich Euch genau sagen, was zu tun ist. Wir brauchen unbedingt ein wenig Zeit! Wir müssen Bhelliom lehren, still zu sein, und wir müssen Euch beibringen, wie Ihr ihn einsetzen könnt, ohne daß jemand Euch dabei andauernd an der Hand führen muß.«

»Ich liebe Euch auch, Sephrenia.«

Sie lächelte ihn voll Zuneigung an. »Ihr haltet eine ungeheure Macht in Euren Händen, Sperber, aber sie ist von keinem sonderlichen Nutzen, wenn Ihr sie lediglich wie eine Kriegsfahne herumschwenkt. Ich finde nicht, daß wir sofort nach Matherion zurückeilen sollten. Die Geschichte, die Ihr Euch für Ehlana ausgedacht habt, wird unsere Abwesenheit für wenigstens noch zwei bis drei Wochen erklären. Natürlich wollen wir zusehen, daß wir den Fallen und Hinterhalten unserer Feinde unterwegs entgehen.« Sie überlegte. »Allerdings könnten sie sich als nützlich erweisen, zum Beispiel für Übungszwecke.«

»Sprünge«, brummte Ulath.

»Würdet Ihr den Mund halten, Ulath!« fauchte sie ihn an.

»Verzeiht, Sephrenia. Eine dumme Angewohnheit. Wenn ich über irgendwas nachgedacht habe, platze ich manchmal gleich mit der Schlußfolgerung hinaus. Die Überlegungen, die dazwischen liegen, sind meist nicht sehr interessant. Unsere Freunde da draußen haben an allen möglichen und unmöglichen Orten Unruhen angezettelt, um die Ataner quer über den Kontinent hin und her zu hetzen – hier Werwölfe, dort Vampire, hier Leuchtende, dort antike Armeen. Es scheint kein Sinn dahinter zu stecken, sieht man davon ab, daß überall gehörig Verwirrung gestiftet wird. Wir könnten es ihnen nachmachen, wißt Ihr. Sie können Bhelliom hören und spüren – vor allem, wenn er etwas sehr Lautes tut. Wenn ich es richtig verstehe, kann er in einem einzigen Augenblick unbegrenzt weit springen. Nehmen wir also mal an, Sperber möchte gern sehen, wie das Wetter in Darsas ist. Er läßt sich von Bhelliom am Schlafittchen packen und auf dem Platz vor König Alberens Schloß absetzen. Dort bleibt er etwa eine halbe Stunde – lange genug, daß die andere Seite ihn sozusagen wittern kann. Dann springt er über den Kontinent nach Beresa in Südarjuna und bleibt solange, bis die Gegner dort auf ihn aufmerksam werden. Danach hüpft er, nur so zum Spaß, nach Sarsos, dann nach Jura in Süddakonien, dann mal kurz nach Cimmura, um Platime guten Tag zu sagen – und das alles an einem einzigen Nachmittag. Auf diese Weise könnten er und Bhelliom sich aneinander gewöhnen, und wenn dann die Sonne untergeht, würde unser geheimnisvoller Freund da draußen nicht wissen, *wo* Sperber ist oder wohin er sich als nächstes begeben wird. Und das schönste ist, er könnte nicht einmal ahnen, welcher dieser kleinen Sprünge der wirklich wichtige war. Es bliebe ihm praktisch nichts anderes übrig, als Sperber zu folgen.«

»Mit dem Wirbelsturm huckepack bei jedem Schritt«, fügte Kalten hinzu. »Ulath, du bist ein Genie!«

»Ja«, pflichtete der blondzopfige Thalesier ihm bescheiden bei, »ich weiß.«

»Das gefällt mir!« lobte Vanion Ulaths Idee. »Was meinst du, Sephrenia?«

»Es würde Sperber und Bhelliom die Möglichkeit geben, einander besser kennenzulernen«, sagte sie zustimmend. »Und das ist im Grund genommen zuerst einmal das wichtigste. Je besser sie einander kennen, desto besser können sie zusammenarbeiten. Ich möchte mich entschuldigen, Ritter Ulath – platzt mit Euren Schlußfolgerungen heraus, wann immer Ihr wollt.«

»Also gut«, sagte Vanion in sachlichem Tonfall. »Wenn Sperber auf einem seiner kleinen Ausflüge unterwegs ist, werden wir anderen unsichtbar sein. Na ja, nicht wirklich unsichtbar; aber wenn Bhelliom nicht bei uns ist, kann unser Freund uns weder hören noch spüren, nicht wahr?«

»Wahrscheinlich nicht«, bestätigte Flöte. »Selbst wenn er es könnte, würde Sperber so viel Lärm machen, daß er bestimmt nicht auf euch achten wird.«

»Gut. Sagen wir, Sperber hüpft hinauf nach Darsas und rüttelt dort an allen Fenstern. Dann springt er hierher zurück, holt *uns* ab und bringt uns nach ...«, Vanion blickte überlegend auf seine Karte, »... Cyron an der cynesganischen Grenze.« Er tippte mit dem Zeigefinger auf die Karte. »Dann springt er zu verschiedenen anderen Orten und läßt dabei Bhelliom und die Ringe im Freien, damit unser Freund jedesmal weiß, wo er gerade ist. Zum Schluß gesellt er sich in Cyron wieder zu uns und sperrt Bhelliom wieder in die Schatulle. Inzwischen wird unser Freund so verwirrt sein, daß er nicht weiß, *wo* wir sind.«

»Paß gut auf, Sperber«, riet Kalten grinsend. »So *sollte* ein Hochmeister denken.«

Sperber brummte. Da fiel ihm etwas ein. »Ich möchte kurz mit dir reden, bevor wir aufbrechen.«

»Bin ich in Schwierigkeiten?«

»Noch nicht. Aber du bist auf dem besten Weg, hineinzugeraten.«

Die schlampige Magd brachte die Speisen und funkelte Vanion dabei finster an. Sperber und seine Gefährten machten sich übers Essen her. Nach dem Mahl standen sie sofort auf und gingen.

»Was hast du für ein Problem?« fragte Kalten, als er und Sperber ein Stück hinter den anderen zurückblieben.

»Hör auf, dich umbringen zu wollen!«

»Wovon redest du?«

»Stell dich nicht dümmer, als du bist, Kalten. Ich habe gesehen, was du heute morgen getan hast. Ist dir denn nicht klar, wie leicht zu durchschauen du für deine Freunde bist?«

»Und du bist schlauer, als für dich gut ist!« brummte der blonde Pandioner.

»Eine meiner schlechten Eigenschaften. Ich habe schon genug Sorgen. Verschone mich vor *dieser*.«

»Es ist die ideale Lösung.«

»Für ein nicht vorhandenes Problem, du Esel! Alean hat nur Augen für dich, seit wir Chyrellos verlassen haben. Meinst du, sie macht sich umsonst die ganze Mühe mit dir? *Dich* will sie, Kalten, nicht Berit. Wenn du mit diesem Unsinn nicht aufhörst, bringe ich dich nach Demos zurück und sorge dafür, daß du im Mutterhaus bleibst!«

»Und wie willst du das anstellen?«

»Ich habe diesen blauen Freund hier, hast du das vergessen?« Sperber tätschelte die Ausbuchtung seines Kittels. »Ich brauche dich bloß am Haar zu packen, dich in Demos abzusetzen – und ich werde zurück sein, noch bevor Vanion im Sattel sitzt.«

»Das ist nicht fair!«

»Jetzt redest du wie Talen. Ich versuche gar nicht, fair zu sein. Ich will dich nur davor bewahren, dich selbst umzubringen. Schwöre es mir!«

»Nein!«

»In dieser Jahreszeit ist es in Demos wunderschön. Es wird dir gefallen. Du kannst die ganze Zeit mit Beten zubringen.«

Kalten deckte ihn mit Verwünschungen ein.

»*Einige* Worte waren schon zutreffend, Kalten. Jetzt mußt du sie bloß noch in die richtige Reihenfolge bringen und zu dem Eid zusammenzusetzen. Glaub mir, mein Freund, du wirst uns keinen Schritt mehr begleiten, wenn du mir nicht schwörst, daß du mit diesem Unsinn aufhörst.«

»Ich schwöre«, murmelte Kalten.

»Das ist nicht gut genug. Ein bißchen förmlicher und feierlicher sollte es dabei schon zugehen. Ich möchte, daß der Eid einen bleibenden Eindruck bei dir hinterläßt. Du hast die Neigung, gewisse Dinge zu vergessen, die man dir nicht nachdrücklich klargemacht hat.«

»Soll ich vielleicht irgendwas mit meinem eigenen Blut unterzeichenen?« fragte Kalten ätzend.

»Keine schlechte Idee. Leider habe ich kein Pergament zur Hand. Dein mündlicher Eid genügt mir – einstweilen. Vielleicht überlege ich es mir später anders. Also sieh zu, daß deine Adern voll Blut sind und dein Dolch scharf ist.«

»*Sperber?*« rief Botschafter Fontan. »Was macht Ihr hier in Darsas?« Der greise tamulische Diplomat starrte den großen Pandioner erstaunt an.

»Ich komme nur zufällig vorbei, Exzellenz. Darf ich eintreten?«

»Aber selbstverständlich, mein Junge.« Fontan riß die Tür weit auf, und Sperber und Flöte betraten das mit rotem Teppich ausgelegte Studiergemach in der tamulischen Botschaft.

»Ihr seht gut aus, Königliche Hoheit.« Fontan lächelte das kleine Mädchen an. Dann betrachtete er sie näher. »Es tut mir leid«, entschuldigte er sich bei ihr. »Ich habe Euch mit Prinz Sperbers Tochter verwechselt. Ihr seht ihr sehr ähnlich.«

»Wir sind entfernte Verwandte, Exzellenz«, erklärte Flöte ihm, ohne mit der Wimper zu zucken.

»Habt Ihr Nachricht erhalten, was vor ein paar Wochen in Matherion geschehen ist, Exzellenz?« Sperber steckte den Bhelliom zurück in die Innentasche seines Kittels.

»Erst gestern«, antwortete Fontan. »Befindet sich der Kaiser in Sicherheit?«

Sperber nickte. »Meine Frau kümmert sich um ihn. – Unsere Zeit ist leider beschränkt, deshalb kann ich Euch bedauerlicherweise nicht alles erklären. Seid Ihr so weltoffen, Exzellenz, Euch mit der Vorstellung anzufreunden, daß die Styriker einige bemerkenswerte Fähigkeiten besitzen?«

Fontan lächelte. »Prinz Sperber, ein Mann meines Alters ist bereit, sich mit vielen ungewöhnlichen Begebenheiten anzufreunden. Nach dem anfänglichen Schock jeden Morgen, wenn ich nach dem Aufwachen feststelle, daß ich noch lebe, gelingt es mir, mich aufgeschlossen und vorurteilsfrei dem Tag zu widmen.«

»Gut. Meine Freunde und ich haben vor etwa einer Stunde Korvan verlassen, drunten in Edom. Sie sind nun unterwegs nach Cyron an der Grenze, während ich rasch hierherkam, um mit Euch zu reden.«

»Vor *einer Stunde*?«

»Glaubt es einfach, Exzellenz«, sagte Flöte. »Das ist eine dieser ungewöhnlichen styrischen Fähigkeiten, die Sperber meinte.«

»Ich weiß nicht, wieviel der Kurier Euch mitgeteilt hat«, fuhr Sperber fort. »Es ist jedenfalls äußerst dringend, daß alle atanischen

Garnisonskommandeure erfahren, daß dem Innenministerium nicht getraut werden darf. Minister Kolata ist ein Opportunist und arbeitet für die andere Seite.«

»Ich habe diesen Mann nie gemocht«, gestand Fontan. Er blickte Sperber forschend an. »Diese Nachricht ist aber kaum *so* welterschütternd, daß sie Euch veranlaßt haben könnte, gleich sämtliche Naturgesetze auf den Kopf zu stellen, Sperber. Was macht Ihr *wirklich* in Darsas?«

»Falsche Fährten legen, Exzellenz. Unsere Feinde verfügen über Möglichkeiten, jederzeit meinen Aufenthaltsort festzustellen. Deshalb sorge ich dafür, daß ich sie verwirre, indem ich mal in diesem, gleich darauf in einem ganz anderen Winkel des Imperiums bin. Meine Freunde und ich kehren auf dem Landweg von Korvan nach Matherion zurück, und es wäre uns lieb, wenn man uns unterwegs keine Hinterhalte legt. Mein Besuch ist nicht vertraulich, Botschafter Fontan. Tut Euch keinen Zwang an und erzählt ruhig weiter, daß ich kurz bei Euch hereingeschaut habe. Die andere Seite weiß es wahrscheinlich bereits, aber Eure Bestätigung kann nicht schaden.«

»Ich bewundere Euren Ideenreichtum, Sperber. Ihr werdet Cynesga durchqueren?«

Sperber nickte.

»Es ist ein unerfreuliches Land.«

»Es ist eine unerfreuliche Zeit. – Übrigens: Es kann nicht schaden, ein wenig herablassend zu tun, wenn Ihr jemandem erzählt, daß Ihr mich gesehen habt. Bisher hinkte unsere Seite der anderen immer ein Stück hinterher. Das hat sich vor ein paar Tagen geändert. Unser Feind, wer immer er sein mag, ist jetzt im Nachteil, und das möchte ich ihm gern so richtig unter die Nase reiben.«

»Ich werde mich darum kümmern, daß es die Plaudertaschen der Stadt rasch erfahren.« Der Greis blickte Sperber nachdenklich an. »Wie lange könnt Ihr bleiben?«

»Im Höchstfall eine Stunde.«

»Zeit genug. Wie wär's, wenn wir uns ins Schloß begeben? Ich bringe Euch in den Thronsaal, dann könnt Ihr dem König Eure Aufwartung machen – vor dem gesamten Hof. Ich finde, das ist die beste Möglichkeit, die Leute darauf aufmerksam zu machen, daß Ihr hier gewesen seid.«

Sperber grinste. »Ich kann Euren Ideenreichtum nur bewundern, Exzellenz.«

Es wurde von Mal zu Mal leichter. Anfangs war Bhelliom schrecklich begriffsstutzig, wie es schien, und Flöte mußte einschreiten und in jener Zunge zu ihm reden, welche die ursprüngliche Sprache der Götter war, wie Sperber vermutete. Doch nach und nach verstand der Stein, was man von ihm wollte. Seine Hilfe war jedoch nie ganz bereitwillig; er mußte genötigt werden. Sperber stellte fest, daß es sehr half, sich Vanions Karte vor Augen zu führen. Sobald Bhelliom begriffen hatte, daß die Karte nicht mehr war als ein Bild der Welt, hatte Sperber es leichter, ihm klarzumachen, wohin er wollte.

Damit soll nicht behauptet werden, daß es keine Mißverständnisse gab. Einmal, als Sperber sich auf Delo an der Ostküste konzentriert hatte, dachte er plötzlich unwillkürlich daran, daß dieser Name so ähnlich wie Demos klang, das sich im östlichen Mitteleosien befand. Nach der flüchtigen grauen Verschwommenheit, während der die Welt um ihn sich bewegte und veränderte, mußte Sperber feststellen, daß Flöte und er im hellen Mondschein auf Faran den Weg zu Kuriks Hof entlangritten.

»Was *machst* du?« rief Flöte heftig.

»Meine Gedanken sind kurz abgeschweift. Tut mir leid.«

»Konzentriere dich auf die Arbeit! Bhelliom reagiert auf deine Gedanken, nicht auf deine Worte! Wahrscheinlich versteht er Elenisch nicht einmal – aber wer tut das schon?«

»Sei nicht so streng!«

»Bring uns sofort zurück!«

»Jawohl, edle Dame.«

Die inzwischen vertraute, plötzlich einsetzende Beschleunigung erfolgte, und der Silberschein des Mondes wurde zu Grau, wohin das Auge reichte. Dann waren sie in strahlendem Herbstsonnenschein zurück auf der Straße ein paar Meilen außerhalb von Korvan, und ihre Gefährten starrten sie verwundert an.

»Was ist schiefgegangen?« fragte Sephrenia das kleine Mädchen.

»Unser ruhmreicher Führer hing seinen eigenen Gedanken nach«, erwiderte Flöte sarkastisch. »Wir haben einen kleinen Abstecher nach Demos gemacht.«

»Demos!« rief Vanion. »Das ist auf der anderen Seite der Welt!«

»Ja«, bestätigte Flöte. »Dort ist jetzt Nacht. Wir fanden uns auf dem Weg zu Kuriks Hof wieder. Vielleicht hat unser wackerer Kommandant sich nach Aslades Kochkünsten gesehnt.«

»Ich kann auf deinen ›ruhmreichen Führer‹ und den ›wackeren Kommandanten‹ gut verzichten!« sagte Sperber scharf.

»Dann mach deine Sache richtig!«

Es geschah ohne Vorwarnung. In der Finsternis, die plötzlich am Rand von Sperbers Blickfeld aufzuckte, war diesmal ein Hauch von Verzweiflung und qualvoller Verwirrung. Sperber überlegte gar nicht erst. »Blaurose!« befahl er und riß rasch die andere Hand hoch, um die tiefblauen Blütenblätter mit beiden Ringen zu berühren. »Zerstör dieses Ding!«

Er spürte ein flüchtiges Zucken in den Händen und hörte ein Knistern und Prasseln hinter sich.

Der Schatten, der ihnen so lange und ausdauernd gefolgt war und von dem sie anfänglich geglaubt hatten, er sei Azash, und den sie dann für die Trollgötter hielten, stieß einen gellenden Schrei aus und brabbelte in unerträglichem Schmerz. Sperber sah, wie Sephrenias Augen sich weiteten.

Der Schatten schrie. Jedoch nicht auf zemochisch oder trollisch, sondern auf styrisch.

8

»Also, Majestät, ich weiß nicht recht, ob wir wirklich Grund zum Jubeln haben. Diese Burschen vom Innenministerium haben so ziemlich alles 'tan, außer Türen und Fenster vernageln, damit wir bloß nicht an dieses gewisse Papierkramszeug rankommen, und auf einmal taucht's völlig unerwartet unter einem andern Stoß Papierkram auf, den wo ich ganz bestimmt selber schon höchstpersönlich mindestens vier- bis fünfmal danach durchstöbert hab'. Das denkt Ihr doch auch, daß da was oberfaul ist, oder?«

Kaiser Sarabian, der immer noch seine Schwierigkeiten mit Caaladors Dialekt hatte, fragte Ehlana: »Was hat er gesagt? Ich habe nicht alles verstanden.«

»Er ist mißtrauisch«, erklärte sie. »Er meint, wir hätten diese Akten plötzlich viel zu leicht gefunden. Und da muß ich ihm recht geben.«

Sie waren wieder im königlichen Salon von »Ehlanas Burg« – wie sie jetzt allgemein genannt wurde – zusammengekommen, um über die bis vor kurzem unauffindbaren Personalakten zu sprechen, die nun auf dem Tisch und dem Boden gestapelt lagen.

»Müßt Ihr die Dinge immer komplizieren, Meister Caalador?« klagte der Kaiser. Sarabian trug, wie jetzt fast immer, westliche Kleidung. Ehlana fand allerdings, daß er mit dem schwarzen Samtwams und dem perlgrauen Beinkleid keine besonders gute Wahl getroffen hatte. Der schwarze Samt ließ seine bronzefarbene Haut fahl und kränklich erscheinen.

»Ich bin berufsmäßiger Schwindler und Betrüger, Majestät«, erwiderte Caalador, diesmal ohne Dialekt. »Ich weiß, daß manchmal gerade die Dinge die größten Schwierigkeiten nach sich ziehen, die am einfachsten aussehen.«

Stragen las in einer der Akten. »Das ist ja erstaunlich!« sagte er. »Jemand im Innenministerium scheint das Geheimnis ewiger Jugend entdeckt zu haben.«

»Redet nicht in Rätseln, Stragen.« Ehlana glättete die Falten ihres blauen Morgengewands. »Sagt, was Ihr meint!«

Stragen nahm einen Bogen Papier aus einem der Ordner. »Dieses Dokument sieht aus, als hätte man es erst vergangene Woche ausgestellt – was vermutlich der Fall ist! Die Tinte ist kaum trocken.«

»Diese Akten werden immer noch benutzt, Durchlaucht«, gab Oscagne zu bedenken. »Wahrscheinlich handelt es sich bloß um ein vor kurzem abgelegtes Dokument.«

Stragen nahm ein anderes Schriftstück aus dem Ordner und reichte dem Außenminister beide Dokumente. »Fällt Euch daran etwas Ungewöhnliches auf, Exzellenz?«

Oscagne zuckte die Schultern. »Das eine ist ziemlich neu, das andere vom Alter vergilbt und die Tinte so verblaßt, daß die Schrift kaum noch zu lesen ist.«

»Stimmt«, bestätigte Stragen, »aber findet Ihr es nicht ziemlich merkwürdig, daß das Dokument mit der frischen Tinte fünf Jahre älter sein soll als das vergilbte?«

Oscagne betrachtete die beiden Papiere eingehender. »Wollt Ihr damit sagen, daß ein amtliches Dokument gefälscht wurde?« rief er. »Das wäre ein Kapitalverbrechen!«

»Laßt mich mal sehen!« bat Sarabian.

Oscagne reichte ihm die Dokumente.

»O ja!« Sarabian nickte. »Chalba! Kolata lobt ihn seit fast fünfzehn Jahren in den Himmel!« Er hielt das verdächtige Dokument in die Höhe. »Das hier ist angeblich seine Berufung ins Ministerium. Es ist weniger als eine Woche nach Kolatas Ernennung datiert.« Er blickte Stragen an. »Ihr glaubt, es wurde gegen das ursprüngliche Dokument ausgetauscht?«

»Es sieht ganz so aus, Majestät.«

Sarabian runzelte die Stirn. »Was könnte auf der echten Urkunde gestanden haben, daß man es vertuschen will?«

»Ich habe keine Ahnung, Majestät. Aber zweifellos irgend etwas, von dem wir nichts wissen sollen.« Er blätterte durch die Akte. »Dieser Chalba hat im Ministerium eine sehr schnelle und steile Karriere gemacht. Es hat den Anschein, als wäre er jedesmal befördert worden, wenn er sich auch nur umgedreht hat.«

»Das sieht sehr nach Vetternwirtschaft aus«, grübelte Oscagne laut.

Sarabian lächelte leicht. »Ja, nicht wahr? Ging der Aufstieg Eures Bruders Itagne nicht ebenso schnell vonstatten?«

Oscagne verzog das Gesicht. »Das war nicht meine Idee, Majestät. Itagne ist kein fest angestellter Beamter des Außenministeriums. Er ist sozusagen der Mann für besondere Aufgaben und erpreßt mich jedesmal, ihn zu befördern. Ich würde liebend gern darauf verzichten, Itagne zu beschäftigen, aber er macht seine Sache so hervorragend, daß ich keine andere Wahl habe. Mein jüngerer Bruder ist sehr ehrgeizig. Es würde mich nicht überraschen, wenn er es auf meinen Posten abgesehen hätte.«

»Dieses Dokument, das Stragen da gefunden hat, könnte ein Grundstein für unsere weiteren Ermittlungen sein«, sagte Caalador nachdenklich. »Wenn Kolata einer ganzen Gruppe von Freunden und Verwandten Posten im Ministerium verschafft hat, dürften diese Leute ohnehin die einzigen sein, denen er trauen kann, nicht wahr?«

»Das ist anzunehmen«, stimmte Stragen zu. »Und aus dem Datum der Ernennung können wir ersehen, wer seine Spießgesellen sind. Höchstwahrscheinlich hat er sich ihnen anvertraut, als er beschloß, sich dem Hochverrat als Steckenpferd zu widmen. Ich würde sagen, daß die Leute, deren Berufung kurz nach Kolatas Ernennung erfolgte, wahrscheinlich in diese Sache verwickelt sind.«

»Zumindest diejenigen, die noch leben«, fügte Caalador trocken hinzu. »Jemand, der das Angebot von Freunden ablehnt, sich an Hochverrat zu beteiligen, dürfte anschließend wohl keine große Lebenserwartung mehr haben.«

»Darf ich etwas sagen, Majestät?« fragte Alean schüchtern.

»Natürlich, meine Liebe.«

Das sanfte Mädchen hielt einen der Ordner in der Hand. »Verblaßt Tinte und vergilbt Papier immer, wenn sie alt werden?« fragte sie kaum hörbar.

»Ja, mein Kind«, versicherte ihr Sarabian. Er lachte. »Zur Verzweiflung der Bibliothekare.«

»Und falls in einem dieser Papierpäckchen etwas niedergeschrieben war, das die Mitarbeiter des Innenministeriums vor uns verbergen wollten ...« Sie verstummte verlegen. »Verzeiht, Majestät, ich bin nur ein unwissendes Mädchen. Ich hätte mich nicht einmischen dürfen.«

»Alean«, sagte Sarabian sanft. »*Ihr* habt vorgeschlagen, daß wir die Akten aller Ministerien aus den Regierungsgebäuden holen und auf den Rasenflächen ausbreiten. Das hat sich als großartige Idee erwiesen. Ich kann nicht für die anderen reden, aber *ich* werde auf alles hören, was Ihr sagt. Bitte, sprecht weiter.«

Alean errötete tief. »Es ist so, Majestät. Wenn ich recht verstehe, was Durchlaucht Stragen gesagt hat, wollen diese Leute Dinge verbergen, die niedergeschrieben waren. Zu diesem Zweck schrieben sie neue Papiere und tauschten sie gegen jene aus, die sie vor uns geheimhalten wollen.«

»Ja. Es hat den Anschein, als hätten sie genau das getan.«

»Nun, wenn neues Papier weiß ist und altes gelblich, würde das dann nicht bedeuten, daß *jeder* etwas zu verbergen hat, in dessen Akte weißes Papier unter das vergilbte gemischt ist?«

»Großer Gott!« stieß Stragen hervor und klatschte sich mit der Handfläche auf die Stirn. »Wie konnte ich nur so dumm sein!«

»Und ich nicht minder!« rief Caalador. »Wir müssen beide völlig vernagelt gewesen sein, daß wir nicht an die einfachste und offensichtlichste Lösung gedacht haben. Wieso sind wir nicht selber darauf gekommen?«

»Wenn ich boshaft sein wollte, *könnte* ich sagen, weil ihr Männer seid.« Baroneß Melidere lächelte süß. »Und Männer *lieben* unnötige Komplikationen. Aber da ich nicht boshaft sein möchte, werde ich es nicht sagen.« Sie bedachte die beiden Unterweltkönige mit einem schalkhaften Blick. »Ich *denke* es vielleicht, aber ich werde es nicht *sagen.*«

»Die Erklärung ist einfach, Majestät«, erwiderte Teovin ruhig. »Vielleicht seid Ihr selbst schon darauf gekommen.« Teovin, der Leiter der Geheimpolizei im Innenministerium, war ein dürrer Mann ohne besondere Merkmale. Er sah so durchschnittlich aus, daß Ehlana ihn sich gut als fast perfekten Geheimpolizisten vorstellen konnte.

»Und wie lautet diese brillante Erklärung, auf die ich vielleicht selbst schon gekommen bin?« erkundigte Sarabian sich ätzend.

Teovin hielt das vergilbte Blatt in die Höhe, das der Kaiser ihm soeben gegeben hatte. »Ihr habt darauf hingewiesen, daß die Tinte auf diesem Dokument sehr verblaßt ist. Die Informationen in unseren Akten sind für die Sicherheit des Imperiums von allergrößter Wichtigkeit, deshalb dürfen wir nicht zulassen, daß die Zeit diese Dokumente löscht. Die Akten werden ständig überprüft. Jedes Dokument, an dem man Anzeichen drohender Unleserlichkeit feststellt, wird kopiert, um die Information zu bewahren.«

»Warum wurde das Dokument in Eurer Hand dann nicht ausgetauscht, Teovin?« fragte der Kaiser. »Es ist selbst mit großer Mühe kaum noch zu entziffern!«

Teovin hüstelte. »Äh – aus finanziellen Erwägungen, Majestät«, erklärte er. »Der Finanzminister hat in diesem Jahr unseren Haushalt gekürzt. Die Mitarbeiter des Finanzministerium sind mitunter sehr merkwürdig. Sie tun immer so, als wäre es ihr eigenes Geld, das sie ausgeben.«

»Da habt Ihr allerdings recht.« Sarabian lachte. Ehlana stellte zu ihrem Erstaunen fest, daß der Kaiser die Situation sehr gut im Griff hatte. »Kanzler Gashons Hände zittern jedesmal, wenn ich davon anfange, daß die gesprungenen Fliesen im Thronsaal ersetzt werden müssen. Freut mich, daß wir einmal Gelegenheit hatten, diese Sache zu klären, mein Freund. Ich kann Euch ob Eures Pflichtbewußtseins nur loben – und ob Eurer Sorge um die Dokumente, die Euch anvertraut wurden.«

»Ich lebe, um zu dienen, Majestät«, erwiderte Teovin und fragte nach einer kurzen Pause: »Dürfte ich um eine Unterredung mit Innenminister Kolata bitten? Es gibt einige Dinge – reine Routinesachen, selbstverständlich –, auf die ich ihn hinweisen möchte.«

Sarabian lachte. »Ich fürchte, der Zeitpunkt ist sehr ungünstig, alter Junge«, entgegnete er. »Kolata würde Euch heute wenig Aufmerksamkeit schenken.«

»Ach?«

»Er hat gestern abend Fisch gegessen, der offenbar nicht mehr ganz frisch war. Schon seit Mitternacht übergibt der arme Kerl sich immer wieder und weicht kaum einen Schritt von seinem Eimer. Er spuckt sich die Seele aus dem Leib, der arme Kolata. Ich kann mich nicht entsinnen, je einen Menschen gesehen zu haben, dem so übel war.«

»Ist es etwas Ernstes, Majestät?« fragte Teovin, offenbar ehrlich besorgt.

»Oh, eigentlich nicht. Jeder hat irgendwann einmal verdorbene Nahrungsmittel gegessen. Wir alle wissen also, wie das ist. *Er* glaubt allerdings, daß er sterben wird. Vermutlich wünscht er es sich momentan sogar. Doch der Arzt, der Kolata behandelt, ist der Meinung, daß unser pflichtbewußter Innenminister morgen wieder vollkommen gesund sein wird – ein bißchen dünner vielleicht, und noch ein wenig zittrig, aber soweit erholt, daß er wieder seinen Geschäften nachgehen kann. Besucht ihn morgen vormittag. Ich kümmere mich darum, daß Ihr vorgelassen werdet.«

»Wie Majestät befehlen.«

Teovin warf sich vor dem Kaiser nieder und berührte mit der Stirn beinahe den Boden. Dann erhob er sich und verließ den Audienzsaal.

Sie warteten.

»Er ist weg«, meldete Mirtai, die an der Tür stand und ihm nachschaute. »Er ist eben auf den Schloßhof getreten.«

»Flink, nicht wahr?« bemerkte Caalador. »Er hat nicht einmal mit der Wimper gezuckt, als Majestät ihm das Dokument reichte.«

»Er war darauf vorbereitet«, meinte Stragen. »Er hatte sich seine Geschichte längst ausgedacht.«

»Seine Erklärung *ist* glaubhaft«, gab Sarabian zu bedenken.

»Natürlich, Majestät. Geheimpolizisten sind sehr erfindungsreich. Wir wissen, daß Innenminister Kolata an den Umsturzplänen beteiligt ist. Allein wäre er keine große Gefahr; deshalb steht sein ganzes Ministerium unter dem Verdacht des Hochverrats. Wir *müssen* beinahe annehmen, daß jeder Untergebene Kolatas darin verwickelt ist. Denn wie Caalador so anschaulich erklärte, widerfuhr wohl jedem, der nicht mitmachen wollte der Fenstersturz.«

»Der *was?*« fragte Melidere.

»Der Fenstersturz. Das bedeutet, aus einem Fenster geworfen zu werden – einem hohen, für gewöhnlich Denn es bringt nicht viel, wenn man jemanden bloß aus einem Fenster im Erdgeschoß stößt.«

»So etwas gibt es doch gar nicht, Stragen. Das habt Ihr Euch ausgedacht.«

»Nein, ehrlich, Baroneß. Es ist eine durchaus übliche Lösung von Problemen, wenn man der Meinung ist, man hat es mit politisch unzuverlässigen Leuten zu tun.«

»Ich glaube, wir schweifen vom Thema ab«, rügte Ehlana. »Sarabian, weshalb habt Ihr Teovin dieses Märchen von Kolata und dem verdorbenen Fisch aufgetischt?«

»Seine Untergebenen sollten besser nicht erfahren, daß wir Kolata so unter Drogen setzen, daß er die meiste Zeit in anderen Regionen schwebt. Meint Ihr nicht auch?«

»Da habt Ihr recht. Wollt Ihr Teovin morgen vormittag wirklich zu Kolata vorlassen?«

»Vielleicht ist es das beste. Wir halten Kolatas Untergebene bereits seit drei Tagen hin, und mir gehen allmählich die Ausreden aus. Wir sollten wenigstens *einen* zu Kolata lassen, ehe seine Mißarbeiter allzu argwöhnisch werden.«

»Ich weiß nicht, ob das eine so gute Idee ist, aber vielleicht habt Ihr recht. – Alean, sei so freundlich und geh in die Küche. Sag den Köchen, sie sollen Minister Kolatas Abendessen heute nicht mit den üblichen Drogen würzen.«

»Jawohl, Majestät.«

»Ihr könntet sie statt dessen anweisen, das Essen mit einem Brechmittel anzureichern«, schlug Stragen vor.

»Warum das denn?« fragte Melidere.

»Kaiser Sarabian hat dem hochgeachteten Teovin soeben erklärt, daß Kolata sich den ganzen Tag erbrochen hat. Wir möchten doch nicht, daß jemand Majestät des Lügens bezichtigt, nicht wahr? Minister Kolata sollte zumindest ein *bißchen* unwohl aussehen, wenn Teovin ihn morgen besucht. Das dürfte ein gutes Brechmittel bewirken.«

Alean kicherte.

Die königliche Prinzessin Danae saß auf einem Diwan und zog Murr ein neues Puppenkleid an. Aphrael war im Laufe der Jahrhunderte aufgefallen, daß kleine elenische Mädchen so etwas gern und häufig taten. Die Kindgöttin fand es zwar merkwürdig, aber da es offenbar schon so etwas wie eine Tradition war... »Halt doch still!« ermahnte sie ihre sich sträubende Katze. »Ich tu' dir doch nicht weh!«

Murr protestierte laut und miaute zum Gotterbarmen.

»In einem hatte Teovin recht«, sagte Stragen zu den anderen. Sie alle hatten sich erneut im königlichen Salon eingefunden, und der thalesische Unterweltkönig ergriff wieder das Wort. Danae mochte Stragen, doch daß er sich so schrecklich gern reden hörte, machte seine Gesellschaft mitunter ein wenig anstrengend. »Das Innenministerium würde eher Massenselbstmord begehen, ehe es auch nur einen Fetzen Papier vernichtet. Die Dokumente, die sie aus den Akten genommen haben, befinden sich bestimmt noch irgendwo im Gebäude. Und diese Dokumente würden uns bestimmt so manches über die Verschwörung verraten, was wir nicht einmal ahnen. Für einen Blick auf diese Akten würde ich meine Zähne hergeben!«

»Und Euer Lächeln verunstalten, Stragen?« warf Melidere ein. »Beißt Euch lieber die Zunge ab.«

»Das war natürlich nur bildlich gesprochen!«

»Stragen hat wahrscheinlich recht, Majestäten«, meinte Caalador. »Diese Originaldokumente sind vermutlich eine Goldmine. Ich würde meine Zähne zwar nicht dafür riskieren, aber ich gäbe viel darum, wenn ich sie mir näher ansehen dürfte.«

Danae verdrehte die Augen. »Elenier! Wenn es dir wirklich *so* wichtig ist, Caalador, dann schau sie dir doch an!«

»Wir wissen leider nicht, wo die Akten versteckt sind, mein kleiner Schatz.«

»*Such* sie, Caalador«, riet Danae mit übertriebener Geduld. »Du hast die ganze Nacht Zeit dazu. Jede Nacht in diesem Monat und vielleicht noch im nächsten, oder etwa nicht? Talen erzählte mir einmal, daß er keine Viertelstunde braucht, um in jedes x-beliebige Haus einzudringen. Du und Stragen habt in solchen Dingen sogar noch mehr Erfahrung; deshalb würdet ihr wahrscheinlich noch schneller sein. Ihr wollt die Dokumente ja nicht einmal stehlen, sondern nur *lesen*. Wenn ihr sie anschließend dorthin zurückgelegt, wo ihr sie gefunden habt, wird niemand auch nur ahnen, daß ihr die Akten gesehen habt.«

Die beiden Unterweltkönige blickten einander verlegen an. »Warum sind *wir* nicht auf diese Idee gekommen?«

»Ich glaube, das Thema hatten wir schon mal«, sagte Melidere. »Müssen wir es noch einmal zur Sprache bringen? – Es ist wirklich eine großartige Idee, Prinzessin. Die beiden mögen sich manchmal zwar dumm anstellen, wenn's ums *Denken* geht, aber sie sind wahrscheinlich ziemlich geschickte Einbrecher. Beide haben diesen durchtriebenen, lauernden Blick.«

»Ja, nicht wahr?« Danae setzte Murr zu Boden. »Na, sieht er nicht entzückend aus?«

Daß Murr wütend mit dem Schwanz peitschte, verdarb die Wirkung jedoch völlig.

»Der Schwanz paßt nicht so recht zum modischen Gesamteindruck, Danae.« Sarabian lächelte nachsichtig.

»Oh, dagegen kann ich etwas tun, Sarabian«, versicherte sie ihm. »Weißt du was, Murr. Wie würde es dir gefallen, wenn ich dir als modisches i-Tüpfelchen eine rosa Samtschleife an die Schwanzspitze binde? Du könntest sie nach Belieben schwenken wie einen Sonnenschirm.«

Murr hörte abrupt auf, mit dem Schwanz zu peitschen.

»Dacht' ich's mir doch, daß du mich verstehst.«

»Sollen wir uns für Euren Fechtunterricht ins Verlies begeben, Majestät?« fragte Stragen. »Caalador und ich werden heute nacht wohl zu sehr damit beschäftigt sein, uns als Einbrecher zu betätigen.«

»Nicht nur heute nacht, fürchte ich«, fügte Caalador hinzu. »Ich bin seit Jahren auf kein Dach mehr geklettert.«

»Das ist wie beim Schwimmen«, versicherte Stragen ihm. »Wenn man's einmal kann, verlernt man's nie.«

»Ich würde heute gern auf den Fechtunterricht verzichten, Durchlaucht Stragen«, sagte Sarabian. »Mir tut von gestern noch alles weh.«

»Fechten ist *nicht* wie Schwimmen, Majestät! Man muß in ständiger Übung bleiben. Wenn Ihr schon einen Degen tragt, solltet Ihr auch damit umgehen können. In einer bedrohlichen Lage könnte das Eure letzte Chance sein, Euch zu verteidigen.«

Sarabian seufzte. »Manchmal wünsche ich mir, ich hätte nie auch nur etwas von euch Eleniern gehört.«

»Weil Ehlana es mir *befohlen* hat«, erklärte Mirtai, als sie, Engessa, Kring und die beiden Unterweltkönige den von unzähligen Akten bedeckten Rasen zum Innenministerium überquerten. »Sie will sichergehen, daß ihr nicht gestört werdet.«

Stragen seufzte tief. »Mirtai, ich liebe Euch wie eine Schwester, aber Einbruch ist eine heikle Kunst.«

»Meine Liebste schafft das sehr gut, Freund Stragen«, beruhigte ihn Kring. »Ich habe einmal gesehen, wie sie durch einen Haufen trockener Blätter ging, ohne das leiseste Geräusch zu verursachen.«

»Es gefällt mir einfach nicht!« jammerte Stragen.

»Muß es auch nicht, Stragen-Einbrecher«, sagte Engessa. »Ehlana-Königin hat Mirtai-Tochter befohlen, euch zu begleiten, und das wird sie tun!«

Mirtai blickte lächelnd zu dem Ataner auf, der noch größer war als sie. »Danke, Engessa-Vater. Manchmal ist es nicht leicht, Elenier zur Einsicht zu bringen!«

»Engessa und ich werden die beiden Ritter ablösen, die jetzt Wache bei den Akten halten«, erklärte Kring. »Wir werden dicht beim Gebäude stehen. Außerdem haben wir weitere Männer in der Nähe auf Posten. Ruft, falls euch jemand da drin überrascht; dann kommen wir euch sofort zu Hilfe.«

»Das ist mir auch noch nicht passiert, daß ein ganzer Trupp Soldaten über mich wacht, während ich in ein Haus einbreche.« Caalador lachte. »Das verleiht der Sache einen ganz besonderen Reiz.«

»Das raubt ihr den ganzen Spaß«, brummte Stragen verärgert. »Der größte Reiz bei einem Einbruch ist ja die Gefahr, erwischt zu werden.«

»Einbruch habe ich nie versucht«, gestand Kring. »Das wäre bei uns Peloi auch keine echte Herausforderung, da wir ja alle in Zelten wohnen. Eine scharfe Klinge genügt, selbst durch die dickste Zeltplane zu kommen. Wenn wir ein fremdes Lager plündern wollen, schicken wir erst ein paar Männer, um die Pferde zu verjagen. Der Betroffene verfolgt die vermeintlichen Pferdediebe, und wir können das Lager ungestört ausräumen.«

»Bei einem Einbruch muß man unauffällig vorgehen, Kring«, erklärte Stragen. »Er gibt einem Gelegenheit, nachts herumzuschleichen und über Dächer zu klettern. Es macht eine Menge Spaß – und ist wirklich sehr lohnend.«

»Sei da oben auf dem Dach bloß vorsichtig, Mirtai!« mahnte Kring seine Lebensgefährtin. »Ich habe viel auf mich genommen, dich zu gewinnen, und ich möchte dich um nichts auf der Welt verlieren. Ach ja, wo wir gerade davon reden, Freund Stragen – und auch Ihr, Freund Caalador –, falls Mirtai irgend etwas zustößt, werde ich euch töten. Das ist euch doch klar, oder?«

Stragen nickte. »Wir würden es Euch sehr übelnehmen, würdet Ihr anders darüber denken.«

Mirtai strich zärtlich über den Kopf ihres Liebsten – was sie sehr oft tat, wie Stragen nicht entgangen war. Er fragte sich, ob das Gefühl bei der Berührung des geschorenen Kopfes irgend etwas mit Mirtais Entschluß zu tun hatte, den kleinen Mann zu heiraten. »Du brauchst eine Rasur«, sagte die Riesin. »Erinnere mich morgen früh daran, daß ich mich darum kümmere.«

Dann huschten Stragen, Caalador und Mirtai – alle in enganliegender schwarzer Kleidung – durch die Dunkelheit zu einer Baumgruppe dicht am Gebäude des Innenministerium. »Ihr mögt den kleinen Burschen wirklich, nicht wahr, Mirtai?« fragte Stragen leise und duckte sich unter einen Ast.

»Kring? Er ist der richtige Mann für mich.«

»Das ist eine ziemlich lauwarme Erklärung für Leidenschaft.«

»Leidenschaft ist etwas Privates. Sie sollte nicht in der Öffentlichkeit Ausdruck finden!«

»Dann empfindet Ihr wirklich Leidenschaft für ihn?«

»Ich glaube nicht, daß Euch das etwas angeht, Stragen!«

Feiner Nebel hing über den Rasen der kaiserlichen Schloßanlage. Der Herbst hatte Einzug gehalten, und jeden Abend kroch der Nebel von der Tamulischen See heran. Erst in einigen Stunden würde der Mond aufgehen. Es war die perfekte Nacht für einen Einbruch.

Caalador schnaufte heftig, als sie die Mauer erreichten, die das Innenministerium umgab. »Meine Kondition war auch schon besser«, flüsterte er.

»Ihr seid fast so schlimm wie Platime!« rügte Stragen leise, während er blinzelnd in die Höhe blickte und einen schweren Enterhaken in der Hand schwang. Dann trat er ein paar Schritte zurück, wirbelte den Haken in immer weiteren Kreisen herum, und warf ihn schließlich mit dem herabhängenden Seil in die Höhe. Der Haken flog über die Mauer, fiel nach innen und schlug mit metallischem Klirren gegen die Steine. Stragen ruckte mehrmals am Seil, damit die Spitzen sich fest einhaken konnten. Dann setzte er sich ins Gras.

»Klettern wir denn nicht hinauf?« fragte Mirtai verwundert.

»Noch nicht. Jemand könnte uns gehört haben. Wir warten, bis mögliche Aufmerksamkeit sich gelegt hat.«

»Männer, die mitten in der Nacht Wache halten müssen, sind nicht gerade versessen darauf, nachzusehen, von wo ein Geräusch kommt, Schätzchen«, erklärte Caalador. »Nach meiner Erfahrung ist für sie eine ruhige Wache eine gute Wache; also machen sie sich keine Mühe, sich umzusehen, sofern es nicht unbedingt nötig ist. Solange niemand das Haus in Brand steckt, sind sie nicht gerade von Neugier getrieben. Außerdem«, fügte er hinzu, »trinken Wachtposten meist ganz gern. Und nach einem Krug oder Beutel, oder gar zwei, hören sie für gewöhnlich nichts mehr.« Er blickte Stragen an. »Möchtest du es erst mal im Erdgeschoß versuchen, bevor wir aufs Dach klettern?«

»Nein. Erdgeschoßfenster werden immer zweimal nachgesehen, wenn ein Gebäude abgeschlossen wird. Und Wachen vertreiben sich in den einsamen Nachtstunden gern die Zeit damit, an Türklinken zu rütteln und auf tiefe Fenster zu drücken. Ich habe immer die Dachböden vorgezogen.«

»Was ist, wenn alle Dachfenster ebenfalls verriegelt sind?« fragte Mirtai.

»Dann schlagen wir eine Scheibe ein.« Stragen zuckte die Schultern. »Das Gebäude ist so hoch, daß ein zerbrochenes Dachfenster von unten schwer zu sehen ist.«

»Wir dürfen es nicht zu auffällig machen, Stragen«, warnte Caalador. »Ich hab' das Gefühl, daß wir mindestens zwei Wochen jede Nacht diesen Weg nehmen müssen. Es ist ein riesiges Gebäude!«

»Dann sollten wir jetzt wohl anfangen.« Stragen stand auf und blickte über den Rasen. Der Nebel war merklich dichter geworden. Stragen zog ein paarmal am Seil, um sich zu vergewissern, daß der Haken nicht nachgab. Dann kletterte er hinauf.

»Ihr als nächstes, Schätzchen«, forderte Caalador Mirtai leise auf.

»Warum nennt Ihr mich so?«

»Das ist meine Art, freundlich zu sein und ist nicht persönlich gemeint. Also beklagt Euch nicht bei Eurem o-beinigen Liebsten. Er ist ein netter Kerl, aber ziemlich empfindlich, wenn es um Euch geht.«

»Stimmt.« Mirtai kletterte rasch das Seil hinauf und gesellte sich zu Stragen auf dem Dach. »Was jetzt?« fragte sie.

»Sobald Caalador ebenfalls hier oben ist, klettern wir weiter und schauen uns nach offenen Dachfenstern um.«

»Werdet Ihr wieder den Haken benutzen?«

Stragen nickte.

»Einbrecher sind halbe Affen, nicht wahr?«

»Ich ziehe es vor, uns als wendig zu bezeichnen. Also, falls wir im Haus irgend jemanden sehen sollten, versuchen wir zunächst, uns zu verstecken. Falls das nicht geht, schicken wir ihn mit einem Schlag auf den Kopf in den Schlaf. Caalador hat einen Weinbeutel dabei und wird Wein über den Betreffenden schütten. Dieser Geruch dürfte seine Aussage weniger glaubwürdig machen, wenn er aufwacht und leugnet, eingeschlafen zu sein. Versucht, niemanden zu töten. Wir würden die ganze Nacht brauchen, um die Spuren zu verwischen, und müßten die Leiche obendrein mitnehmen, wenn wir uns zurückziehen. Das ist kein gewöhnlicher Einbruch, und niemand soll auch nur ahnen, daß wir hier waren.«

»Ihr wiederholt, was selbstverständlich ist, Stragen.«

»Ich habe mehr als einmal gesehen, wie Ihr reagiert, Liebes. Ich kenne Eure Instinkte. Falls Ihr nicht dagegen ankommt und jemanden töten müßt, dann versucht wenigstens, nicht allzuviel Blut zu vergießen. Ich möchte nicht mit einem Wischlappen in der Hand ertappt werden, wenn die Sonne aufgeht.«

»Weshalb seid ihr beide heute nacht so liebevoll?« fragte Mirtai.

»Ich fürchte, ich weiß nicht, was Ihr meint.«

»Seit wir aufgebrochen sind, hat Caalador mich schon mehrmals ›Schätzchen‹ genannt, und Ihr habt soeben ›Liebes‹ zu mir gesagt. Hat das eine bestimmte Bedeutung?«

Stragen lachte. »Wenn Einbrecher zusammenarbeiten, vertrauen sie einander ihr Leben an. Das schafft enge Bindungen, die für gewöhnlich halten – bis es um die Aufteilung der Beute geht.«

»Erst wenn alles geklärt ist und wir im Besitz sämtlicher Informationen sind, können wir offen gegen die Feinde des Reiches vorgehen, Sarabian«, sagte Ehlana. »Das Innenministerium weiß, daß wir irgend etwas planen, aber wir tun so, als liefe alles ganz normal. Bei der üblichen Vorgehensweise werden alle Verdächtigen festgenommen und in den Kerker geworfen, ehe man eine Verwaltungsbehörde auflöst und eine Regierungserklärung abgibt.«

»Ich verstehe natürlich, was Ihr meint.« Sie standen wieder auf der Brustwehr und blickten über die Stadt, während die Sonne aufging und sich aus dem dichten Bodennebel erhob. »Ist das nicht schön?« rief Sarabian. »Der Farbton des Nebels paßt genau zum Blaßlila der Mauern und Kuppeln!«

»Ihr habt eine wundervolle Stadt.«

»Mit einigen leider gar nicht so wundervollen Bewohnern. Was soll ich an Stelle der Polizeigewalt einsetzen, nachdem ich das Innenministerium aufgelöst habe?«

»Vermutlich müßt Ihr den Ausnahmezustand erklären.«

Sarabian zuckte zusammen. »Ich fürchte, dank der Ataner werde ich auch noch die letzten Freunde verlieren. Diese Rasse hat eine sehr vereinfachte Vorstellung von Gerechtigkeit.«

»*Wir* müssen uns ja nicht zur Wiederwahl stellen, Sarabian. Deshalb können wir auch unpopuläre Entscheidungen treffen.«

»Nur bis zu einem bestimmten Punkt«, widersprach er. »Ich muß mit den alteingesessenen Familien von Tamul zurechtkommen, die mir immer noch bitterböse Briefe wegen der Söhne und Brüder schreiben, die bei dem Putsch von den Atanern getötet oder verstümmelt wurden.«

»Aber diese Leute waren doch Hochverräter, oder nicht?«

»Nein.« Sarabian seufzte. »Wahrscheinlich nicht. Wir Tamuler verwöhnen unsere Kinder; ganz besonders die tamulischen Edelleute. Matherion ist eine politische Stadt, und wenn junge Tamuler die Universität besuchen, wird von ihnen *erwartet*, daß sie sich aktiv mit Politik beschäftigen – für gewöhnlich Politik der radikalsten Art. Name und Rang ihrer Familien schützen sie vor den Folgen allzu überschwenglichen jugendlichen Ungestüms. Als Student war ich Anarchist. Ich habe sogar mehrere Demonstrationen gegen die Regierung meines Vaters veranstaltet.« Sarabian lächelte leicht. »Normalerweise wurde ich mindestens einmal in der Woche verhaftet. Man hat mich aber nie in den Kerker geworfen, egal, wie sehr ich meinen Vater beschimpfte. Dabei habe ich mir wirklich alle Mühe gegeben! Aber den Kerker habe ich nie von innen gesehen. Die Polizei spielte da einfach nicht mit.«

Ehlana lachte. »Warum in aller Welt wolltet Ihr unbedingt in den Kerker geworfen werden?«

»Junge Tamulerinnen sind ungemein beeindruckt von politischen Märtyrern. Wäre es mir gelungen, ein paar Tage eingesperrt zu werden, hätte ich jede Menge Eroberungen machen können.«

»Ich dachte, Ihr wurdet schon als Wickelkind verheiratet. Ist es denn nicht unziemlich für einen verheirateten Mann, auch nur daran zu denken, andere Frauen zu erobern?«

»Meine erste Gemahlin und ich haben zehn Jahre lang nicht miteinander geredet, und das fing kurz nach unserer Hochzeit an. Und daß ich durch Tradition gezwungen war, acht weitere Gemahlinnen zu nehmen, machte die Vorstellung von ehelicher Treue lachhaft.« Plötzlich kam ihm ein Gedanke. »Ob Caalador wohl bereit wäre, einen Posten in meiner Regierung in Erwägung zu ziehen?«

»Keine schlechte Idee. Ich habe Platime in meine Regierung aufgenommen. Er ist in der cammorischen Unterwelt so etwas Ähnliches wie Caalador hier in Tamuli.« Ehlana blickte den Wehrgang entlang und sah, daß Mirtai zu ihnen kam. »Und? Hattet ihr Glück?« fragte sie.

»Schwer zu sagen.« Die Riesin zuckte die Schultern. »Wir gelangten ohne Schwierigkeiten hinein, fanden aber nicht, was wir suchten. Stragen und Caalador werden sich zur Universität begeben und sich dort mit einigen Leuten unterhalten.«

»Hungern und dursten sie plötzlich nach Gelehrtheit?« fragte Sarabian lachend.

»Wohl kaum, Schätzchen«, antwortete Mirtai und ahmte dabei gekonnt Caaladors Akzent nach.

Sarabian starrte sie an. »›Schätzchen‹?« fragte er ungläubig.

»Das seid Ihr doch, Sarabian«, antwortete die goldhäutige Riesin und strich ihm sanft über die Wange. »Ich habe heute nacht erfahren, daß Verschwörer, Einbrecher und andere Gauner sehr liebevoll zueinander sein sollen. Ihr habt Euch mit uns verschworen, die Polizei zu stürzen; deshalb seid Ihr jetzt gewissermaßen ein Familienmitglied. Stragen will mit einigen Gelehrten sprechen, deren Fachgebiet Architektur ist. Er vermutet, daß es im Innenministerium geheime Räume gibt, und daß die Originalbaupläne in irgendeiner Bibliothek aufbewahrt werden.« Sie bedachte den Kaiser mit einem verschmitzten Blick und ahmte aufs neue Caaladors Akzent nach, als sie sagte: »So ist die Lage, Schätzchen.«

»Seid Ihr immer noch sicher, daß Ihr Caalador in Eurer Regierung haben wollt, Sarabian?« fragte Ehlana. »Seine Redeweise scheint ansteckend zu sein. In ein oder zwei Jahren werden alle in der Schloßanlage ›Schätzchen‹ zu Euch sagen.«

»Das ist wahrscheinlich einigen *anderen* Namen vorzuziehen, mit denen man mich in letzter Zeit bedacht hat.«

9

Sperber und seine Gefährten verließen Cyron früh am nächsten Morgen und ritten ostwärts durch weite, goldene Felder reifenden Weizens. Die sanfthügelige Gegend fiel allmählich zu dem breiten Tal ab, in dem der Fluß Edek, direkt an der Grenze zwischen Edom und Cynesga, in die Pela mündete.

Sperber ritt an der Spitze, Flöte in seine Arme gekuschelt. Die Kleine war an diesem Morgen ungewöhnlich still. Nachdem sie gut zwei Stunden unterwegs waren, lehnte Sperber sich zur Seite und blickte sie an. Ihre Augen wirkten starr und leer, und ihr Gesicht war ausdruckslos. »Was ist?« fragte er.

»Nicht jetzt, Sperber!« wies sie ihn zurecht. »Ich bin beschäftigt.«

»Aphrael, wir sind gleich an der Grenze. Sollten wir nicht ...?«

»Laß mich in Ruhe!« Mit einem ärgerlichen Laut drückte sie die Stirn an seine Brust.

»Was ist los, Sperber?« Sephrenia zügelte Ch'iel neben Faran.

»Aphrael redet nicht mit mir!«

Sephrenia beugte sich vor und blickte forschend in Flötes Gesicht. »Ah!« sagte sie.

»Ah, was?«

»Laßt sie jetzt in Ruhe, Sperber. Sie ist zur Zeit woanders.«

»Die Grenze ist direkt vor uns, Sephrenia! Können wir es uns wirklich leisten, einen halben Tag damit zu vergeuden, die Cynesganer zu überreden, daß sie uns in ihr Land lassen?«

»Sieht ganz so aus, als hätten wir keine Wahl. Kommt, gebt sie mir herüber.«

Sperber hob das halb bewußtlose kleine Mädchen zu Sephrenia hinüber und legte es ihr in die Arme. »Vielleicht kann ich uns auch ohne Aphraels Hilfe unbemerkt über die Grenze bringen. Ich weiß jetzt, wie man's macht.«

»Nein, Sperber! Ihr seid noch nicht soweit, es allein zu versuchen. Ihr dürft Euch auf keinen Fall auf irgendwelche möglicherweise gefährlichen Experimente einlassen. Wir müssen das Risiko an der Grenze eingehen. Es ist unmöglich zu sagen, wie lange Aphrael anderswo beschäftigt sein wird.«

»Es ist doch nichts Schlimmes? Oder befindet Ehlana sich etwa in Gefahr?«

»Ich weiß es nicht, und ich möchte Aphrael jetzt auch nicht stören, um sie zu fragen. Danae wird sich schon um ihre Mutter kümmern. Ihr werdet Euch auf sie verlassen müssen!«

»Es ist wirklich *sehr* schwierig, wißt Ihr. Wie lange braucht man, bis man sich daran gewöhnt hat, daß es drei von ihr gibt – und daß alle drei ein- und dieselbe sind?«

Sephrenia blickte Sperber etwas verwirrt an.

»Aphrael, Flöte und Danae sind *eine* Person, aber sie können gleichzeitig an zwei verschiedenen Orten sein, oder sogar an drei – was weiß ich –, und zwei oder drei verschiedene Dinge tun.«

»Stimmt.«

»Verwundert Euch das denn kein bißchen?«

»Verwundert es Euch, daß euer elenischer Gott angeblich weiß, was jeder einzelne auf der Welt denkt? Und das gleichzeitig?«

»Hm – nein. Eigentlich nicht.«

»Wo ist dann der Unterschied?«

»Er ist Gott, Sephrenia!«

»Sie ist Göttin, Sperber!«

»Das dürfte nicht ganz das gleiche sein.«

»Ist es aber! Geht und sagt den anderen, daß wir beim Überqueren der Grenze auf uns allein gestellt sind.«

»Sie werden wissen wollen, wieso.«

»Dann lügt ihnen was vor. Gott wird Euch vergeben. Eine der Gottheiten jedenfalls.«

»Es ist einfach unmöglich, mit Euch zu reden, wenn Ihr so argumentiert!«

»Dann redet eben nicht mit mir. Zur Zeit ist es mir sowieso lieber, wenn Ihr es laßt!«

»Stimmt etwas nicht?«

»Es war ein gewaltiger Schock für mich, als Ihr die Wolke aufgelöst habt und sie auf styrisch zu fluchen begann.«

»Das ist mir nicht entgangen.« Sperber verzog das Gesicht. »Wie könnte es jemandem entgangen sein? Ich nehme an, daß es eine besondere Bedeutung hat, oder?«

»In welcher Sprache flucht *Ihr*, wenn Ihr euch die Zehe stoßt?«

»Elenisch, natürlich.«

»Eben. Es ist Eure Muttersprache. Läßt das nicht darauf schließen, daß Styrisch die Muttersprache desjenigen ist, der hinter diesem Schatten steckt?«

»Daran hatte ich gar nicht gedacht! Ihr habt gewiß recht.«

»Und genau das macht mir zu schaffen, Sperber – sehr sogar. Es deutet auf Dinge hin, mit denen ich mich nicht so leicht abfinden kann.«

»Zum Beispiel?«

»Daß ein Styriker mit unserem Feind zusammenarbeitet, und zwar einer mit gewaltigen Kräften. Dieser Schatten ist das Ergebnis eines sehr komplizierten Zaubers. Ich bezweifle, daß es mehr als acht bis zehn Perosonen in ganz Styrikum gibt, die das fertigbrächten. Und ich kenne jede einzelne von ihnen. Sie sind meine Freunde. Es schmerzt, sie verdächtigen zu müssen. Und jetzt geht, stört jemand anderen und überlaßt mich meinen Gedanken.«

Sperber zügelte Faran und wartete auf die anderen, um mit ihnen zu reden. »Es gibt eine kleine Änderung in unseren Plänen. Aphrael ist zur Zeit anderswo beschäftigt. Das bedeutet, daß wir die Grenze nicht unbemerkt überqueren können.«

»Was macht sie denn?« erkundigte sich Bevier.

»Glaub mir, Bevier, das willst du gar nicht wissen. Gerade *du* nicht.«

»Arbeitet sie wieder an einem dieser Gottesdinge?« fragte Talen.

»Talen!« wies Bevier ihn zurecht. »Das heißt Wunder, nicht Gottesdinge.«

Talen schnippte mit den Fingern. »*Das* war das Wort, das mir einfach nicht eingefallen ist.«

Vanion runzelte die Stirn. »Grenzüberquerungen sind immer zeitraubend. Und die Cynesganer sind berüchtigt, daß sie sich sehr viel Zeit mit den Formalitäten lassen. Es dauert manchmal tagelang, bis sie mit einem Bestechungsgeschenk zufriedengestellt sind.«

»Dafür gibt es Streitäxte, Hochmeister Vanion!« grollte Ulath. »Wir benutzen sie, um allerlei Ungelegenes aus dem Weg zu räumen – Unterholz, Bäume, lästige Beamte und dergleichen.«

»Auf internationale Verwicklungen sollten wir lieber verzichten, Ritter Ulath«, warnte Vanion. »Aber wir *könnten* die Dinge vielleicht ein wenig beschleunigen. Ich habe einen von Kaiser Sarabian höchstpersönlich unterzeichneten Paß. Möglicherweise hat er soviel Gewicht, daß man uns die Grenze ohne längere Verzögerung überschreiten läßt.«

Die Grenze zwischen Edom und Cynesga wurde durch die Pela gebildet, und am anderen Ende der festen Brücke über diesen Fluß erhob sich ein großes massives Blockhaus mit einer Pferdeweide dahinter.

Vanion führte die Gefährten über die Brücke bis zur Schranke auf der cynesganischen Seite, wo eine Schar Bewaffneter in eigentümlichen, wallenden Gewändern wartete.

Der kaiserliche Paß, den Vanion den Grenzwachen vorwies, verschaffte ihnen keinen sofortigen Durchgang, sondern komplizierte die Angelegenheit. »Woher soll ich wissen, daß das wirklich die Unterschrift Seiner Majestät ist?« fragte der cynesganische Hauptmann mißtrauisch. Er war ein dunkelhäutiger Mann in einem losen, schwarzweiß gestreiften Gewand und einem langen, kunstvoll um den Kopf gewickelten Stoffstreifen. Sein Tamulisch besaß einen starken Akzent.

»Was der Sache wohl näher kommt, Nachbar – wie wollt Ihr wissen, daß es *nicht* seine Unterschrift ist?« fragte Sperber auf tamulisch. »Die Ataner können sehr unfreundlich sein gegenüber Personen, die direkte Befehle des Kaisers mißachten.«

»Des Kaisers Unterschrift zu fälschen wird mit dem Tode bestraft!« sagte der Hauptmann drohend.

»Das habe ich gehört«, erwiderte Vanion. »Aber das gilt auch für Personen, die seine Befehle mißachten. Ich würde sagen, *einer* von uns ist in Schwierigkeiten.«

»Meine Männer müssen euer Gepäck nach Schmuggelgut durchsuchen!« sagte der Hauptmann von oben herab. »Ich werde mir die Sache durch den Kopf gehen lassen, während sie ihre Befehle ausführen.«

»Tut das«, sagte Sperber schroff. »Und denkt daran, daß eine falsche Entscheidung schlimme Folgen für Eure Laufbahn haben kann!«

»Wie meint Ihr das?«

»Ein Mann ohne Kopf wird selten befördert.«

»Ich habe nichts zu befürchten. Ich befolge strikt die Anweisungen meiner Regierung.«

»Und die Ataner, die Euch den Kopf abhacken werden, befolgen strikt die Anweisungen der ihren. Ich bin sicher, jeden Betroffenen wird es dann sehr beruhigen, daß alles genau nach Vorschrift verlief.« Sperber drehte dem übereifrigen Hauptmann den Rücken zu und kehrte mit Vanion zu den Gefährten zurück.

»Nun?« fragte Sephrenia.

»Des Kaisers Stimme wird in Cynesga offenbar nicht sehr laut vernommen«, erwiderte Vanion. »Unser Freund in der wallenden Robe hat ein ganzes Buch voller Vorschriften und wird sich jeder einzelnen bedienen, uns so lange wie möglich aufzuhalten.«

»Habt Ihr denn nicht versucht, ihn zu bestechen?« fragte Ulath.

»Ich habe eine entsprechende Andeutung gemacht«, Vanion zuckte die Schultern. »Aber er schien sie zu überhören.«

»Also, *das* ist ungewöhnlich«, bemerkte Kalten. »An Bestechung denkt ein Beamter immer zuerst, egal, wo auf der Welt. Das könnte darauf schließen lassen, daß dieser Hauptmann uns hinzuhalten versucht, bis Verstärkung eintrifft, meint Ihr nicht?«

»Und die ist wahrscheinlich schon unterwegs«, warf Ulath ein. »Wir sollten etwas unternehmen.«

»Das sind bloße Vermutungen, meine Herren!« rügte Sephrenia. »Es juckt euch doch nur, mit diesen Grenzwachen elenische Dinge zu tun.«

»Wolltest du die Leute hier mit elenischen Dingen überraschen, Ulath?« erkundigte sich Kalten.

»Ich habe wirkungsvollen Elenismus vorgeschlagen, ehe wir überhaupt hier waren.«

»Wir spielen nicht aus schierem Blutdurst mit dem Gedanken, kleine Mutter«, versicherte Vanion der Frau, die er liebte.

»Ach nein?«

»Noch können wir die Lage in den Griff bekommen. Aber wenn erst tausend Cynesganer aus der nächsten Garnison angeritten kommen, wird's ein bißchen problematisch.«

»Aber ...«

Vanion hob eine Hand. »Kein Aber, Sephrenia. Meine Entscheidung gilt. Na ja, eigentlich Sperbers Entscheidung, da ja er jetzt Hochmeister ist.«

»Interimshochmeister!« verbesserte Sperber.

Vanion mochte es gar nicht, wenn man ihn korrigierte. »Möchtet *Ihr* das hier übernehmen?«

»Nein. Ihr macht es schon richtig.«

»Würdet Ihr dann den Mund halten? Es ist eine militärische Entscheidung. Deshalb müssen wir dich, Sephrenia, respektvollst bitten, dein hübsches Näschen da herauszuhalten!«

Sie sagte ein sehr barsches Wort auf styrisch.

»Ich liebe dich auch«, versicherte Vanion ihr schmeichelnd. »Also gut, meine Herren, wandern wir unauffällig zu unseren Pferden hinüber. Und dann tun wir einige der von Ulath erwähnten elenischen Dinge mit den Männern, die unsere Sattelbeutel durchstöbern. Anschließend jagen wir sämtliche Pferde von der Weide und machen uns wieder auf den Weg.«

Etwa zwanzig Grenzwachen unterstanden dem Befehl des Offiziers. Ihre Hauptwaffe war offensichtlich der Speer, obwohl auch Krummsäbel von ihren Gürteln hingen, die sie über altertümlichen Rüstungen trugen.

»Entschuldigt mich einen Moment, mein Bester«, sagte Ulath freundlich zu dem Burschen, der seine Sattelbeutel durchwühlte. »Ich brauche für ein paar Minuten mein Werkzeug.« Er griff nach der Streitaxt, die vom Sattelknauf hing.

»Warum das?« fragte der Cynesganer argwöhnisch in gebrochenem Tamulisch.

»Mir ist da was im Weg.« Ulath lächelte. »Ich will es beseitigen.« Er hob die Axt vom Sattelknauf und prüfte die Schärfe ihrer Schneide mit dem Daumen. Dann schlug er den Grenzwächter mit einem Hieb nieder.

Der Kampf bei den Pferden war kurz und das Ergebnis vorhersehbar. Grenzwachen als Truppe zählen nicht gerade zu den besten Kriegern der Welt.

»Was tust du da?« brüllte Sperber Talen an, der soeben seinen Degen aus der Leiche eines Cynesganers zog.

»Stragen hat mir Unterricht erteilt«, erwiderte Talen. »Ich wollte feststellen, ob er wirklich was von Fechtkunst versteht. – Vorsicht!«

Sperber wirbelte herum, schlug den Speer eines angreifenden Grenzwächters zur Seite und hieb den Mann nieder. Er wandte sich wieder Talen zu, als der Junge gerade geschickt den Hieb eines Gegners parierte und dessen Krummsäbel zur Seite schlug. Dann stieß er geschmeidig vor, und sein Degen durchbohrte den erstaunten Cynesganer. »Gut gemacht, findet Ihr nicht?« Er grinste stolz.

»Hör auf, dich vor uns in Szene zu setzen – und brauch nicht so lange, dich nach dem Stich wieder zu fangen. Mit deinem überflüssigen Getue gibst du dir nur eine Blöße.«

»Jawohl, hochverehrter Lehrmeister.«

Das bißchen Bedenken, das es bezüglich des Kampfausgangs gegeben haben mochte, schwand, sobald die Gefährten im Sattel saßen. Der Zwischenfall endete abrupt, als das Kreischen: »Ihr seid unter Arrest!« des aufgeblasenen Hauptmanns verstummte, weil Ritter Bevier kühl seine Lochaberaxt geschwungen und dem Kopf des Hauptmanns das Fliegen gelehrt hatte.

»Legt eure Waffen nieder!« forderte Ulath die wenigen Überlebenden auf. »Ergebt euch oder sterbt!«

Zwei Wachen hatten jedoch ihre Pferde erreicht. Sie plagten sich in die Sättel und galoppierten nach Osten. Einer erstarrte und stürzte nach etwa fünfzig Metern vom Pferd, mit Berits Pfeil im Rücken. Der andere kam ein Stückchen weiter; dann aber fiel auch er nach dem melodischen Sirren von Khalads Armbrust.

»Guter Schuß«, lobte Berit.

»Es geht«, entgegnete Khalad bescheiden.

Die überlebenden Grenzwächter warfen ihre Waffen von sich.

»Ihr habt einen guten Kampf geführt, Sperber«, lobte Vanion seinen Freund.

»Ich hatte einen guten Lehrmeister. – Kalten, fessle die Burschen, und dann verjag ihre Pferde.«

»Warum ich?«

»Weil du gerade zur Stelle bist. Außerdem ist da noch die andere Sache.«

»Ich habe meinen Schwur nicht gebrochen!« protestierte Kalten.

»Nein, aber du hattest es vor!«

»Um was geht's?« wollte Vanion wissen.

»Um eine Dame, Eminenz«, erwiderte Sperber mit gespielter Herablassung. »Und Herren sprechen nicht über so etwas.«

»Was machst du?« fragte Aphrael scharf. Sie hatte den Kopf von Sephrenias Schulter gehoben und blickte Sperber mißtrauisch an.

»Es gab einige Unannehmlichkeiten an der Grenze. Wahrscheinlich folgt man uns – verfolgt uns, um genauer zu sein.«

»Kann ich dich denn nicht eine Minute allein lassen, Vater?«

»Es war mehr oder weniger unvermeidlich. Bist du fertig, was immer du getan hast?«

»Für den Augenblick, ja.«

»Edek liegt unmittelbar vor uns, und hinter uns haben wir wahrscheinlich ein ganzes Bataillon cynesganischer Soldaten. Meinst du, du kannst uns ein Stück weiterbringen?«

»Warum hast du das nicht längst schon selbst getan? Du weißt doch, wie man's macht!«

»Sephrenia hat es nicht zugelassen.«

»In kritischen Augenblicken schweift seine Aufmerksamkeit manchmal ab«, erklärte Sephrenia. »Ich wollte nicht, daß er uns auf den Mond verfrachtet.«

»Ich weiß, was du meinst«, versicherte ihr das kleine Mädchen. »Wie wär's, wenn wir direkt nach Cynestra springen, Sperber? Zwischen hier und dort liegt nichts als Wüste.«

»Ich weiß nicht recht«, sagte Sperber nachdenklich. »Sie hatten uns an der Grenze erwartet. Es sieht ganz so aus, als hätte unser Freund da draußen alles und jedes in Alarmbereitschaft versetzt, das an unserem Weg liegt. Bestimmt gibt es in Cynestra eine große Garnison, und ich möchte mich dort erst gründlich mit der Situation vertraut machen, bevor ich möglicherweise irgendwo einen Fehler begehe.«

»Ich würde sagen, das leuchtet ein.«

»Wie geht es deiner Mutter?«

»Sie hat riesigen Spaß. Die politische Lage in Matherion ist momentan ziemlich undurchschaubar. Und du weißt ja, wie sehr Mutter Politik liebt.«

»Ich freue mich, daß sie glücklich ist. Du mußt uns alles genau erzählen. Aber zuerst wollen wir Edek und unsere Verfolger hinter uns lassen. Ich mag es gar nicht, wenn jemand so dicht hinter mir ist, daß er nach meinen Fersen schnappen kann.«

»Sag den anderen, sie sollen anhalten, und hol Vanions Karte. Ich will sichergehen, daß wir diesmal am richtigen Ort ankommen.«

»*Daran* werde ich mich nie gewöhnen!« sagte Kalten schaudernd, nachdem sie hundertfünfzig Meilen Wüste in einem einzigen, verschwommenen Augenblick hinter sich gebracht hatten.

»Eure Karte ist nicht besonders genau, Vanion«, kritisierte Aphrael. »Wir wollten eigentlich zu einem Punkt auf der *anderen*

Seite dieser Felsen.« Sie zeigte auf eine zerklüftete Felsspitze, die hoch aus der Wüste aufragte.

»*Ich* habe die Karte nicht gezeichnet!« sagte Vanion in entschuldigendem Tonfall. »Sind wir etwa nicht nahe genug? Wir sind bestimmt nur wenige Meilen von dem Punkt entfernt, zu dem wir ursprünglich wollten. Also spielt es keine große Rolle.«

»Ihr hättet schon festgestellt, welche Rolle es spielt, wenn wir ein großes Gewässer entlangreiten müßten«, sagte sie ätzend. »Es ist *zu* ungenau!«

Vanion blickte über die Schulter nach Westen. »Es ist schon fast Sonnenuntergang. Wie wär's, wenn wir diese Straße jetzt verlassen und einen Lagerplatz für die Nacht suchen, um uns dann in Ruhe über dieses Problem zu unterhalten?«

Sperber lächelte. Trotz Vanions ständiger Einwände, daß er nicht mehr der Hochmeister der Pandioner sei, ergriff er ungefragt die Führung, es sei denn, ihm fielen plötzlich seine neuen Lebensumstände ein. Sperber störte es nicht besonders. Er war es gewöhnt, Befehle von Vanion entgegenzunehmen, und daß sein Freund das Kommando an sich riß, ersparte ihm die lästigen Einzelheiten, die dabei unvermeidlich waren.

Sie ritten etwa zwei Meilen in die Wüste und schlugen ihr Lager in einer kleinen Mulde hinter hoch aufragenden, verwitterten Felsblöcken auf.

Im Unterschied zur rendorischen Wüste, die zum größten Teil eine Sandfläche war, schien die cynesganische aus rostigem braunen und sonnengebackenen Kieselgeröll zu bestehen, in dem keine Spur von Leben zu entdecken war. Die Dünen Rendors verliehen der Wüste wenigstens den Anschein steter Veränderung, die cynesganische Wüste aber war völlig tot. Kahle Felsen schienen nach dem Himmel zu krallen, und die schier endlose Leere aus Kiesel und Fels wurde nur von flachen, weißgebleichten Alkalifeldern unterbrochen.

Ulath schaute sich um. »Häßlicher Ort«, brummte er. Er war an Bäume und schneebedeckte Gipfel gewöhnt.

»Schade, daß du so darüber denkst.« Kalten grinste. »Ich hatte eigentlich vor, ihn dir zu verkaufen.«

»Ich würde ihn nicht geschenkt nehmen!«

»Bedenk doch seine gute Seite. Es regnet hier nur äußerst selten.«

»Ich glaube, das ist Teil des Problems.«

»Aber es dürfte hier eine Menge jagdbares Wild geben.«

»Wirklich? Zu sehen ist aber nichts.«

»Doch. Schlangen, Eidechsen, Skorpione und dergleichen.«

»Hast du Geschmack an gebackenen Skorpionen gefunden?«

»Äh – nein, eigentlich nicht.«

»Dann würde ich auch keine Pfeile an sie vergeuden.«

»Da wir gerade vom Essen reden ...«

»Tun wir das?«

»Es ist ein Thema, das von Zeit zu Zeit zur Sprache kommen muß. Hast du eine Ahnung, wie man mit Steinen Feuer macht?«

»Nein. Im Moment wüßte ich es wirklich nicht.«

»Dann melde ich mich freiwillig, heute das Abendessen zu bereiten. Ich habe hier in der Gegend weder Reisig noch irgendwelche Zweige, ja, nicht mal trockenes Laub gesehen, also können wir auch kein Feuer machen. Aber etwas Kaltes zum Essen hat noch niemandem geschadet.«

»Feuer brauchen wir nicht unbedingt«, erklärte Vanion. »Wohl aber Wasser für die Pferde.«

»Aphrael und ich kümmern uns darum, Liebster«, versicherte Sephrenia ihm.

»Gut. Ich glaube, wir werden etwa einen Tag hierbleiben. Sperber und Aphrael werden mit Bhelliom an unserem kleinen Problem der genauen Ortsbestimmung arbeiten.« Er blickte die Kindgöttin fragend an. »Werdet ihr sehr lange brauchen?«

»Schwer zu sagen, Vanion. Wenn *ich* es tue, kann ich mich nach der Umgebung richten. Ich weiß also, wo ich bin, egal, wie schnell ich mich bewege. Bhelliom aber springt ohne Zeitverlust und irgendwelche Bezugspunkte von einem Ort zum anderen. Das ist ein völlig anderer Verlauf einer solchen Reise. Entweder müssen Sperber und ich lernen, wie Bhellioms Methode funktioniert, oder wir müssen Bhelliom beibringen, unsere Vorgehensweise zu verstehen.«

»Was ist einfacher?« fragte Kalten.

»Das weiß ich nicht. Es ist möglich, daß es keinen großen Unterschied gibt – daß beide Methoden sehr, sehr schwierig sind.« Sie blickte Vanion an. »Sind wir hier jetzt einigermaßen sicher?«

Vanion kratzte sich unter dem kurzen silbergrauen Bart. »Niemand rechnet damit, daß wir hier sind. Natürlich könnte jemand durch Zufall über uns stolpern, aber eine geplante Suche dürfte unwahrscheinlich sein. Sie wissen nicht, wo wir sind, und die Ringe sind abgeschirmt; also kann unser Freund da draußen sie nicht orten. Ich würde sagen, wir sind hier sicher.«

»Gut, das verschafft uns ein wenig Zeit. Nutzen wir sie, ein ungetrübteres Verhältnis zwischen Sperber und Bhelliom herzustellen. Momentan tut sich nichts so Wichtiges, daß einige Patzer und Fehlstarts Schaden anrichten würden. Später dagegen könnten Pannen zur Katastrophe führen.«

Sephrenia sagte am nächsten Morgen nicht, woher sie das Wasser hatte; jedenfalls war es eiskalt und schmeckte nach Schmelzwasser. Es glitzerte einladend in seinem schattigen kleinen Teich hinter einem rostfarbenen Felsblock und trug schon dadurch beachtlich zur allgemeinen Entspannung bei. Die größte Sorge von Wüstenwanderern gilt für gewöhnlich dem Wasser.

Flöte führte Sperber, Khalad und Talen ein ziemliches Stück hinaus auf eine weite Kiesfläche, um mit der Unterweisung zu beginnen.

»Hier wird's bald ziemlich heiß werden!« sagte Talen unwillig.

»Wahrscheinlich«, bestätigte das kleine Mädchen.

»Warum mußten Khalad und ich mitkommen?«

»Vanion braucht die Ritter in seiner Nähe, falls jemand zufällig über unser Lager stolpert.«

»Du hast mich nicht richtig verstanden. Warum wollt ihr zwei *überhaupt* noch jemanden dabei haben?«

»Sperber braucht Männer und Pferde, die er transportieren kann. Es sind ja keine Mehlsäcke, die er von einem Ort zum anderen befördert.« Sie blickte auf Vanions Karte. »Wollen mal sehen, ob Bhelliom uns zu dieser Oase hier oben bringen kann, Sperber.« Sie deutete auf eine Markierung auf der Karte.

»Wie sieht sie aus?« fragte er.

»Woher soll ich das wissen? Ich war noch nie dort.«

»Du willst, daß ich nur mit einem *Namen* arbeite, Aphrael? Laß uns die Methode anwenden wie damals, als wir von Jorsan nach Korvan gesprungen sind – und zu all den anderen Orten, hin und her, um die andere Seite zu verwirren. Du sagst Bhelliom, wohin wir wollen, und dann befehle ich ihm, mit uns dorthin zu springen.«

»Wir dürfen uns nicht darauf verlassen, daß ich immer bei euch sein kann, Sperber. Manchmal habe ich auch anderswo Dringendes zu tun. Deshalb versuche ich ja, dich und Bhelliom zur Zusammenarbeit auszubilden – *ohne* meine Anweisung!«

»Nur ein *Name* ist nicht viel, um sich danach zu richten.«

»Bestimmt gibt's dort Bäume, Sperber«, warf Khalad ein. »Eine Oase ist eine Art Teich. Und überall, wo es Wasser gibt, wachsen Bäume.«

»Und wahrscheinlich gibt's dort auch Häuser«, fügte Talen hinzu. »Häuser sind fast schon ein Muß, da Wasser hier in Cynesga so rar ist.«

»Laß mich die Karte sehen«, bat Sperber. Er studierte sie geraume Zeit sorgfältig. »Also gut«, sagte er schließlich. »Versuchen wir's. Dann sehen wir ja, was geschieht.« Er hob den Deckel von seinem Ring und drückte den Reif an die Schatulle. »Öffne dich!« befahl er. Dann steckte er den anderen Ring an den Finger und nahm Bhelliom heraus. »Ich bin's wieder«, sagte er zu dem Edelstein.

»Oh, das ist verrückt, Sperber!« rügte Flöte.

»Förmliche Begrüßungen dauern zu lange«, entgegnete er. »Ich könnte es schließlich mal sehr eilig haben.« Sorgfältig stellte er sich eine Oase vor – einen Teich, von einem artesischen Brunnen gespeist, mit Palmen rundum und weißen Häusern mit flachen Dächern. »Bring uns dorthin, Blaurose«, befahl er.

Die Luft wabberte, verschwamm und wurde grau. Dann klärte sich das Bild abrupt, und die Oase lag vor ihnen, genau, wie Sperber sie sich vorgestellt hatte.

»Siehst du, Sperber?« sagte Aphrael selbstgefällig. »Das war doch gar nicht schwer, oder?«

»Talen«, forderte Khalad seinen Bruder auf. »Wie wär's, wenn du zu einem der Häuser reitest und dich nach dem Namen dieser Oase erkundigst?«

»Es ist Zhubay, Khalad«, versicherte Flöte ihm. »Dorthin wollten wir, also sind wir auch da.«

»Es macht dir doch bestimmt nichts aus, wenn wir uns auf jeden Fall mal vergewissern, oder?«

Sie bedachte ihn lediglich mit einem höchst ungnädigen Blick.

Talen ritt zu den paar Häusern und kehrte wenige Minuten später zurück. »Schauen wir auf die Karte«, sagte er zu Khalad.

»Warum?« fragte Flöte. »Wir sind in Zhubay, nahe der atanischen Grenze.«

»Nein, Göttin«, widersprach der Junge und studierte mehrere Minuten die Karte. »Ah! Hier ist es!« Er zeigte mit dem Finger auf die Karte. »*Hier* sind wir – Vigayo, beinahe an der Südgrenze zwischen Cynesga und Arjuna. Ihr habt das Ziel um neunhundert Meilen verfehlt, Sperber. Ihr solltet noch ein wenig an Eurer Zielsicherheit arbeiten.«

»Woran hast du nur *gedacht*?« fragte Aphrael verärgert.

»So ziemlich an das, was Khalad ausgemalt hat – Bäume, ein Teich, weiße Häuser. Und genau das haben wir vor uns!«

»Was jetzt?« fragte Talen. »Kehren wir dorthin zurück, wo wir angefangen haben, und versuchen es noch einmal?«

Aphrael schüttelte den Kopf. »Bhelliom und die Ringe sind nicht abgeschirmt. Wir dürfen Sephrenia, Vanion und die anderen nicht in Gefahr bringen, indem wir zu oft dorthin zurückkehren. Laß mich hinunter, Sperber. Ich möchte nachdenken.«

Er stellte Aphrael auf den Boden, und sie schlenderte zum Rand der Oase, wo sie eine Zeitlang Steinchen ins Wasser warf. Sie war immer noch sehr nachdenklich, als sie zurückkehrte. Sperber hob sie wieder auf die Arme. »Und?« fragte er.

»Bring uns nach Zhubay, Sperber«, sagte sie, und diesmal klang ihre Stimme entschlossen.

»Laß mich die Karte noch einmal sehen, Khalad.«

»Nein!« wandte Aphrael ein. »Laß die Karte. Befiehl Bhelliom einfach, uns nach Zhubay zu bringen.«

»*Genau!*« Khalad schnippte mit den Fingern. »Warum haben wir nicht gleich daran gedacht?«

»Woran?« fragte Sperber verwundert.

»Versucht es.« Khalad grinste. »Ich glaube, Ihr werdet überrascht sein.«

»Wenn wir auf dem Mond landen, könnt ihr zwei euch auf etwas gefaßt machen!« drohte Sperber.

»Versuch es einfach, Sperber«, forderte Flöte ihn auf.

»Blaurose, bring uns nach Zhubay!« Es klang sehr skeptisch.

Wieder verschwamm alles um sie, und als die Luft wieder klar war, saßen sie auf ihren Pferden neben einer anderen Oase. Es gab einige unverkennbare Unterschiede zwischen dieser und der vorherigen Wüsteninsel.

»Es ist wahrscheinlich nicht nötig«, sagte Khalad zu seinem Bruder, »aber frag sicherheitshalber, wo wir sind.«

Talen ritt um die Oase herum und sprach mit einer alten Frau, die eben aus einem der Häuser getreten war. Grinsend kehrte er zurück. »Es *ist* Zhubay!«

»Wie hat Bhelliom diesen Ort gefunden, wenn er sich nur nach dem Namen richten konnte?« fragte Sperber heftig. »Vermutlich hatte er nicht einmal den Namen je zuvor gehört!«

»Aber die Leute, die hier wohnen, kennen ihn.« Khalad zuckte die Schultern. »Der Name Zhubay ist gewissermaßen ein Bestandteil ihrer Gedankengänge. Mehr hat Bhelliom nicht gebraucht, um den Ort zu finden. – So in etwa funktioniert es doch, nicht wahr, Flöte?«

»*Genau so* funktioniert es. Sperber braucht nichts weiter zu tun, als den Namen des Ortes zu sagen, zu dem er will. Bhelliom findet ihn und bringt uns dorthin.«

»Bist du sicher?« Talen hatte noch immer seine Zweifel. »Es erscheint mir zu einfach!«

»Es gibt eine Möglichkeit, genaueres herauszufinden. Bring uns nach Ahkan, Sperber.«

»Wo liegt das? In welchem Land, meine ich?«

»Ich glaube, daß brauchst du nicht zu wissen. Bring uns einfach dorthin!«

Ahkan erwies sich als ein Städtchen im Gebirge – *irgendeinem* Gebirge. Es war von dunkelgrünen Kiefern umgeben, und die nahen Berggipfel trugen Schneehauben.

»Es geht immer besser!« rief Flöte glücklich.

»Wo sind wir?« Talen schaute sich interessiert um. »Also, in Cynesga sind wir hier bestimmt nicht. Aber wo?«

»Ist das so wichtig?« Flöte zuckte die Schultern. »Auf nach Torrelta, Sperber.«

In Torrelta schneite es. Der Wind pfiff von einer bleigrauen See und peitschte einen Schneesturm vor sich her. Die offenbar aus grob behauenen Baumstämmen erbauten Häuser waren in dem wirbelnden Schnee kaum zu erkennen.

»Es gibt keine *Grenzen*!« jubelte Flöte. »Wir können *überall* hin!«

»Na gut«, sagte Sperber. »Und nach welchem *Irgendwo* sind wir hier gekommen?«

»Das spielt doch gar keine Rolle! Kehren wir zum Ausgangspunkt zurück!«

»Aber gern«, erwiderte Sperber freundlich. »Sobald du mir gesagt hast, wo wir hier sind.«

»Mir wird *kalt*, Sperber. Für einen Schneesturm bin ich nicht richtig angezogen!«

»In Cynesga ist es sonnig und warm, und dorthin kehren wir zurück – sobald du mir gesagt hast, wo wir sind.«

Sie stieß ein sehr unanständiges Wort aus. »Torrelta befindet sich an der Nordküste von Astel, Sperber. Hier ist schon fast Winter.«

In gespieltem Erstaunen blickte er sich um. »Ich glaube, du hast tatsächlich recht. Das ist ja nicht zu fassen!« Er stellte sich die kiesige Fläche vor, wo sie am vergangenen Abend ihr Lager aufgeschlagen hatten. Kurz suchte er nach einem Namen, als ihm bewußt wurde, welchen Fehler er gemacht hatte, als sie vom Lager aufgebrochen waren.

»Halte die Schatulle offen, Khalad«, wies Sperber seinen Gefährten an. »Ich werde Bhelliom und Ehlanas Ring hineinlegen, sobald wir ankommen.« Wieder stellte er sich das Lager vor. »Bring uns *dorthin*, Blaurose!« befahl er.

»Wo seid ihr gewesen?« fragte Sephrenia scharf. Sie und Vanion waren auf die Kiesebene hinausgeritten, um nach Sperber und den anderen Ausschau zu halten.

»Ach, wißt ihr«, sagte Talen ausweichend, während er sich den Schnee von den Schulter streifte. »Mal da, mal dort.«

»Gehe ich fehl in der Annahme, daß einer dieser Orte ziemlich weit entfernt war?« Vanion blickte auf den Schnee, der immer noch an den Reisenden klebte.

»Es ist wirklich erstaunlich, Sephrenia!« rief Flöte glücklich »Und *so* einfach!«

Khalad schloß die Schatulle und reichte sie Sperber, der den

Deckel über den Rubin seines Ringes klappte und die Schatulle unter seinen Kittel schob. »Wir haben allerdings anfangs einen falschen Sprung gemacht«, gestand er.

»Wie funktioniert es denn?« erkundigte Vanion sich gespannt.

»Wir überlassen alles Bhelliom.« Sperber zuckte die Schultern. »Wir haben gar keine andere Wahl! Es geht nur schief, wenn wir zu helfen versuchen.«

»Könnt ihr nicht ein bißchen genauer sein?« fragte Sephrenia.

»Sperber sieht es ziemlich richtig«, antwortete Flöte. »Er braucht Bhelliom bloß einen Namen zu nennen – den Namen *irgendeines* Ortes. Bhelliom findet diesen Ort, und dann bringt er uns dorthin.«

»*Das* ist alles?«

»Das ist alles, teure Schwester. Auf diese Weise wird es nicht einmal Sperber gelingen, Fehler zu machen.«

10

»Wir müssen da jemanden abholen – deshalb!« sagte Flöte.

»Wen?« fragte Kalten.

»Das weiß ich nicht. Ich weiß nur, daß jemand uns begleiten soll, und daß wir ihn in Cynestra abholen müssen.«

»Wieder eine deiner Ahnungen?«

»Wenn du es so nennen willst.«

»Ich finde, wir sollten uns nicht in die Stadt begeben, ehe wir die Gelegenheit hatten, uns ein Bild zu machen.« Vanion schaute von seiner Karte auf. »Unmittelbar westlich der Stadt liegt eine Ortschaft. Von dort aus könnten wir uns ein wenig umsehen.«

»Wie heißt sie?« fragte Sperber. Er öffnete die Schatulle und nahm den Ring seiner Gemahlin heraus.

Wieder hob Vanion seinen Kopf von der Karte. »Narset«, antwortete er.

»Also gut.« Sperber holte Bhelliom hervor. Er hob ihn hoch und runzelte leicht die Stirn. »Würdet Ihr mir bitte Euer Taschentuch leihen, kleine Mutter?«

»Benutzt Euer eigenes!« entgegnete Sephrenia.

»Ich habe bei der Abreise offenbar vergessen, mir eines einzustecken. Habt keine Angst, ich will mir damit nicht die Nase schneuzen. Bhelliom ist staubig, ich möchte ihn abwischen.«

Sephrenia bedachte ihn mit einem seltsamen Blick.

»Bhelliom ist mir eine große Hilfe. Ich möchte nicht, daß er mich für undankbar hält.«

»Warum sollte es Euch etwas ausmachen, was er denkt?«

»Man merkt, daß Sephrenia nie eine Truppe befehligt hat«, sagte Sperber zu Vanion. »Ihr könntet ihr bei Gelegenheit erklären, was es bedeutet, einander gegenseitige Achtung zu erweisen.«

»Falls ich dazu komme. Meint Ihr, wir könnten nach Narset springen, sobald Ihr mit Euren Putzarbeiten fertig seid?«

Sperber staubte die leuchtenden Blütenblätter der Saphirrose ab. »Na, wie gefällt dir das?«

»Ich glaube, er wird ein wenig senil«, flüsterte Kalten Ulath laut genug zu, daß alle es hören konnten.

»Bestimmt nicht«, protestierte Sperber. »Bhelliom hat ein Bewußtsein – beinahe schon eine Persönlichkeit. Natürlich könnte ich die Ringe wie Peitschen benutzen und ihn einfach antreiben. Aber seine freiwillige Hilfe ist mir lieber. Vielleicht kommt einmal der Zeitpunkt, an dem das wichtig ist.« Er gab Sephrenia ihr Taschentuch zurück. »Halt die Schatulle bereit, Khalad«, wies er seinen Knappen an. Er blickte auf Vanion. »Also dann – nach Narset?«

»Narset«, bestätigte Vanion.

»Blaurose«, sagte Sperber und nahm den Edelstein in beide Hände, »reisen wir nach Narset.«

Das Leuchten Bhellioms pulsierte und ließ flüchtig das verschwommene Zwielicht ahnen. Dann war es wieder hell und klar um sie herum.

Narset erwies sich als kleines, staubiges Dorf. Die Häuser waren bessere Lehmhütten mit flachen Dächern und angebauten Ställen, die jedoch offenbar unbenutzt waren, da die Hühner, Schweine und Ziegen frei auf der Straße herumliefen. Östlich des Dorfes war eine verhältnismäßig große Stadt zu sehen, deren Häuser als Schutz gegen die unerbittliche Wüstensonne weiß getüncht waren.

Sperber steckte Bhelliom und Ehlanas Ring weg und klappte den goldenen Deckel über seinen Rubin.

»Wir bekommen Gesellschaft!« warnte Talen.

Ein Tamuler mit fahler Gesichtshaut und in grüner Seidenrobe näherte sich mit einem Trupp bewaffneter cynesganischer Soldaten, die Ebenbilder der Grenzwachen zu sein schienen: dunkelhäutige Männer in wallenden, schwarzweißen Gewändern und kompliziert gewickelten Stoffstreifen um die Köpfe. Die Augen des Tamulers wirkten hart und finster, was er jedoch durch vorgetäuschte Liebenswürdigkeit zu vertuschen suchte. »Meine Herren Ritter«, begrüßte er sie in Elenisch mit nur leichtem Akzent. »Wir haben euch erwartet. Ich bin Kanzad, Leiter der örtlichen Abteilung des Innenministeriums. Botschafter Taubel wies mich an, euer hier zu harren, um euch willkommen zu heißen.«

»Seine Exzellenz ist zu gütig«, murmelte Vanion.

»Sämtliche Beamten des Imperiums wurden angewiesen, Euch in jeder Beziehung zu unterstützen, Ritter ...«

»Vanion.«

Kanzad mühte sich, seine Verwirrung zu verbergen. »Dann muß ich es wohl nicht ganz richtig verstanden haben. Mir wurde gesagt, daß Ritter Sperber euren Trupp führt.«

»Sperber wurde aufgehalten. Er wird sich uns später anschließen.«

»Ah.« Kanzad fing sich. »Ich fürchte, es wird eine kleine Verzögerung geben, ehe Ihr die Stadt besuchen könnt, Ritter Vanion.«

»Ach?«

Kanzad lächelte ein dünnes, humorloses Lächeln. »König Jaluah fühlt sich zur Zeit ein wenig zurückgesetzt.« Er warf einen raschen Blick auf den Trupp Cynesganer, der ein paar Schritt hinter ihm war; dann senkte er die Stimme zu einem vertraulichen Flüstern. »Offen gesagt, Ritter Vanion, die Cynesganer und dieses Pestloch, das sie ihre Heimat nennen, sind in Staatsangelegenheiten so unbedeutend, daß niemand sie ernst nimmt. Deshalb sind sie überempfindlich. Irgendein Trottel in der Botschaft hat vergessen, irgendeine alltägliche amtliche Nachricht von Matherion weiterzuleiten, und jetzt sitzt der König schmollend in seinem Schloß. Seine Speichellecker haben dafür gesorgt, daß Massen von Demonstranten die Straßen füllen. Botschafter Taubel versucht, die Wogen ohne Hilfe der atanischen Garnison zu glätten, doch im Augenblick ist die Lage auf den Straßen von Cynestra ziemlich angespannt. Seine Exzellenz hält es für das beste, daß Ihr und Eure Begleiter hier in Narset wartet, bis er Euch Bescheid gibt, daß Ihr ungehindert in die Stadt kommen könnt.«

»Wie Ihr es für richtig haltet«, murmelte Vanion höflich.

Kanzad entspannte sich sichtlich. »Dann laßt uns als erstes zusehen, daß wir aus dieser verfluchten Sonne kommen.«

Er drehte sich um und führte die Gefährten in das armselige Dorf. Gewiß standen nicht mehr als etwa zwei Dutzend Lehmhütten um einen Brunnen auf dem von der glühenden Sonne beschienenen Dorfplatz. Unwillkürlich fragte sich Sperber, ob auch hier die Frauen im Morgengrauen zum Brunnen gingen, wie er es von den Frauen aus Cippria in Rendor kannte, und ob sie sich mit der gleichen Anmut bewegten. Dann fragte er sich außerdem – ohne daß es einen besonderen Grund dafür gab – wie es Lillias wohl ergehen mochte.

Aphrael lehnte sich vom Pferd ihrer Schwester zu ihm hinüber. »Schäm dich, Sperber!« murmelte sie.

»Du hast Lillias kennengelernt«, antwortete er ohne jede Verlegenheit, »also weißt du auch, daß sie zu den Frauen gehört, die man nie vergißt, so sehr man es auch möchte.«

Das einzig robuste Gebäude im Dorf war das der örtlichen Polizei: ein bedrohlich aussehender Steinbau mit schwarzem Eisengitter vor den Fenstern. Kanzad sagte entschuldigend: »Es sieht nicht sehr einladend aus, Ritter Vanion, aber es ist das kühlste Haus in diesem Hitzeloch.«

»Sollen wir ihn gleich umbringen, damit wir es hinter uns haben?« flüsterte Bevier Sperber auf styrisch zu.

»Verschieben wir's lieber«, antwortete Sperber. »Wir müssen auf Aphraels Freund warten, wer immer das ist; also sollten wir jetzt nichts überstürzen.«

»Ich habe eine Erfrischung bereitstellen lassen«, sagte Kanzad zu Vanion. »Gehen wir doch ins Haus. Die Sonne wird immer unerträglicher.«

Die Ritter saßen ab und folgten dem Polizeibeamten in einen großen, staubigen Amtsraum. An einer Wand stand ein langer Tisch, auf dem Platten mit geschnittenen Melonen und Feigen sowie Krüge standen, die noch andere Erfrischungen versprachen. »Die Früchte und Melonen sind leider bei weitem nicht so gut wie jene, die man in

Matherion bekommt«, entschuldigte sich Kanzad, »aber die hiesigen Weine sind durchaus genießbar.«

»Wie zuvorkommend, Kanzad. Wir wissen es zu würdigen«, erwiderte Vanion, »aber wir haben erst vor kaum einer Stunde Rast gemacht und uns gestärkt.«

Ein Hauch von Verärgerung huschte über das Gesicht des Tamulers. »Tja, dann kümmere ich mich jetzt darum, daß Eure Pferde versorgt werden. Und ich schicke einen Kurier zu Botschafter Taubel, um ihm mitzuteilen, daß Ihr eingetroffen seid.« Er drehte sich um und verließ das Haus.

»Würdest du dafür sorgen, daß wir ungestört sind und nicht belauscht werden können, Liebes?« bat Vanion Sephrenia.

»Natürlich.« Sie lächelte und wob den erforderlichen Zauber.

»Eines Tages wirst du mich das lehren müssen«, sagte er.

»Damit du mich nicht mehr brauchst?« Sie lächelte. »O nein, Liebster, das kommt gar nicht in Frage.«

»Wir haben sie offenbar überrascht«, meinte Bevier. »Kanzad ist anscheinend nicht mehr dazu gekommen, sich glaubhaftere Lügen für uns auszudenken.«

»Laß es besser bleiben!« Ulath hielt Kalten zurück, als dieser nach einem Weinkrug greifen wollte. »Ein Schluck davon, und du würdest steif wie eine Planke.«

Bedauernd schob Kalten den Krug zurück. »Wahrscheinlich hast du recht.«

»Dann sind wir jetzt also Gefangene?« Talen seufzte. »Ein deprimierender Gedanke. Ich bin schon mein Leben lang ein Dieb, aber dies ist das erste Mal, daß ich eingesperrt wurde.«

»Daß diese Erfrischungen wahrscheinlich vergiftet sind, kompliziert die Dinge ein wenig«, brummte Ulath. »Ansonsten aber war Kanzad recht hilfreich. Er hat uns in das solideste Gebäude des Dorfes gelockt, aber vergessen, uns die Waffen wegzunehmen. Wir können hier die Stellung solange halten wie nötig.«

»Du bist mir schon einer, Ulath.« Bevier lachte. »Tynian hat wirklich recht. Du tust so, als könntest du Belagerungen nicht ausstehen, aber du bist immer der erste, der sich Verteidigungs- und Angriffsstrategien ausdenkt.«

»Ein echter Freund würde so etwas nicht erwähnen!«

»Ich kann für Wasser sorgen, falls es zum Schlimmsten kommen sollte«, sagte Sephrenia, »aber wir wollen nichts überstürzen.« Sie hob Flöte auf den Arm. »Weißt du inzwischen irgend etwas Näheres über den, der sich uns anschließen wird?«

Flöte schüttelte den Kopf. »Nein. Aber ich *glaube*, daß wir nicht mehr lange auf ihn warten müssen.«

»Gut. Gemütlich ist es hier nämlich nicht.«

»Ein Vorschlag, meine Herren«, sagte Berit. »Wäre es nicht ganz gut, Kanzad hier bei uns zu haben – nur als Vorsichtsmaßnahme? Falls jemand auf die Idee kommen sollte, dieses Haus zu stürmen, würde er es sich vielleicht noch einmal überlegen.«

»Du hast recht, Berit«, pflichtete Ulath ihm bei.

Doch Kanzad kehrte nicht zurück. Der Nachmittag zog sich träge dahin, und die Ritter wurden immer ungeduldiger. »Er will Zeit schinden«, sagte Kalten schließlich. »Entweder ist Verstärkung unterwegs, oder er hofft, daß wir Durst bekommen.«

»Es bleibt uns nichts übrig, als zu warten, Kalten«, sagte Flöte. »Derjenige, der sich uns anschließen wird, ist unterwegs.«

»Dann ist es so etwas wie ein Wettrennen. Wir können nur dasitzen und Wetten abschließen, wer zuerst hier ist – unser neuer Reisegefährte oder Kanzads Verstärkung.«

»Wenn du es so sehen willst – warum nicht?«

Etwa zwei Stunden nach ihrer Ankunft in Narset näherte sich auf der Straße von Cynestra ein größerer Trupp. Der Mann an der Spitze trug eine rosafarbene tamulische Robe und ritt auf einem feurigen Rappen. Die Männer hinter ihm waren Ataner.

»Auf welcher Seite stehen die Ataner?« fragte Talen.

»Das hängt davon ab, ob die hiesige Garnison die Nachricht aus Matherion erhalten hat, daß sie keine Befehle vom Innenministerium mehr befolgen darf«, antwortete Khalad.

»Es könnte sogar noch undurchschaubarer sein«, meinte Vanion. »In Matherion herrscht beinahe schon so etwas wie Feindschaft zwischen dem Innen- und dem Außenministerium. Doch Kanzads Worte lassen fast darauf schließen, daß er und Botschafter Taubel eng befreundet sind.«

»Und das könnte darauf hinweisen, daß es unseren Feinden gelungen ist, sich in Oscagnes Dienste einzuschleichen«, fügte Bevier mit besorgtem Stirnrunzeln hinzu.

»Das wird sich gleich herausstellen«, sagte Berit, der aus dem Fenster schaute. »Kanzad ist soeben hinter dem Gebäude hervorgekommen.«

Kanzads freudiges Lächeln erstarb. »Was macht *Ihr* denn hier, Itagne?« fragte er den Tamuler auf dem Rappen scharf. »Ich habe nach Botschafter Taubel geschickt!«

Der Mann in der rosa Robe zügelte sein Pferd. Seine Augen wirkten beinahe schläfrig, und sein Gesichtsausdruck war stolz und hochmütig. »Ich fürchte, der Botschafter wurde aufgehalten, alter Junge«, antwortete er mit herablassendem, ja, beinahe mit Absicht beleidigendem Tonfall in der Stimme, die sich jedoch überraschend vertraut anhörte. »Er läßt Euch allerdings grüßen.«

Kanzad mühte sich, seine Fassung zu wahren. »Was genau hält den Botschafter auf?« fragte er scharf.

Itagne drehte den Kopf ein Stück. »Ich würde sagen, die Ketten, meint Ihr nicht auch, Atana?« fragte er die junge Atanerin, die offenbar den Trupp befehligte. »Es ist verdammt schwer, mit Ketten um die Knöchel zu laufen.«

»Es *könnte* an den Ketten liegen, Itagne-Botschafter«, pflichtete das Mädchen ihm bei. »Natürlich könnten ihm auch die Gitter seines Verlieses im Weg sein.« Die üppig gebaute junge Frau blickte den tamulischen Beamten unerschrocken und ein wenig spöttisch an.

»Was geht hier vor?« brüllte Kanzad.

»Die Atana und ich sind seit meiner Ankunft sehr enge Freunde geworden, Kanzad...«, Itagne lächelte, »... aber Ehrenmänner sollten über so etwas nicht reden, nicht wahr?«

»Das habe ich nicht gemeint!« knirschte Kanzad. »Was habt Ihr mit dem Botschafter gemacht?«

»Es kam zu einigen Veränderungen in der Botschaft, alter Junge – genau wie in Eurem Amt. Ich hoffe, es macht Euch nichts aus, aber ich mußte Euer Gebäude beschlagnahmen. In der Botschaft gibt es keine Verliese – eine bedauerliche Nachlässigkeit, würde ich sagen. Jedenfalls sind Botschafter Taubel und alle Eure schmutzigen kleinen Ordnungshüter sicher in Eurem Verlies eingesperrt. Ach, übrigens, ein großes Lob, es ist wirklich ein sehr brauchbares Verlies.«

»Mit welcher Befugnis habt Ihr den Botschafter verhaftet? Ihr seid nur Untersekretär!«

»Der Schein kann *wirklich* trügen, nicht wahr? Nun, mein Bruder hat *mir* die Verantwortung für Cynestra übertragen. Meine Befugnisse sind umfassend.«

»Euer Bruder?«

»Hat es bei der Ähnlichkeit von Oscagnes Namen mit dem meinen nicht bei Euch geklingelt, alter Junge? Ich *wußte* ja, daß ihr Burschen vom Innenministerium etwas beschränkt seid, doch daß es *so* schlimm ist, habe ich nicht geahnt. Aber wir sollten zum Wesentlichen kommen, Kanzad. Es ist schrecklich heiß in der Sonne. Mein Bruder hat mich beauftragt, hier nach dem Rechten zu sehen. Ich habe mich der vollen Unterstützung und Loyalität der atanischen Garnison versichert, nicht wahr, Atana?« Er lächelte die goldhäutige Riesin an, die neben seinem Rappen stand.

»Oh, ja, ja, Itagne.« Sie rollte die Augen. »Wir würden fast *alles* für Euch tun.«

»Da hört Ihr es, Kanzad«, sagte Itagne. »Ich habe herausgefunden, daß Ihr und Taubel an einer Verschwörung beteiligt seid, deshalb habe ich Euch des Amtes enthoben. Alle diese Hübschen dienen mir als Unterstützung, und Ihr könnt gar nichts dagegen tun!«

»Ihr habt keine Befehlsgewalt über mich, Itagne!«

»So ein Pech!« Itagne seufzte. »Über Cynestra ist der Ausnahmezustand erklärt, Kanzad. Das bedeutet, daß ich hier Machtbefugnis über *jeden* und *alles* habe. Die Ataner überwachen die Ordnung auf den Straßen. Gewiß seid Ihr von ihrer Zuverlässigkeit ebenso überzeugt wie ich.« Er blickte nachdenklich in das sture Gesicht des Polizeibeamten. »Ihr versteht gar nichts, nicht wahr, alter Junge?« Er lächelte die Riesin voller Zuneigung an. »Atana, Liebste, was würdest du tun, wenn ich dich ersuchte, mit diesem lästigen Kerl ein Ende zu machen?«

»Ich würde ihn töten, Itagne.« Sie zuckte die Schultern und griff nach ihrem Schwert. »Möchtest du, daß ich ihn spalte wie einen Holzklotz? Oder ziehst du es vor, daß ich ihn um einen Kopf kürzer mache?«

»Welch liebreizendes Mädchen«, murmelte Itagne. »Laß mich kurz darüber nachdenken, Atana. Kanzad ist ein ziemlich hoher

Staatsdiener, da gibt es einige Formalitäten zu beachten.« Er wandte sich dem nun teigig-bleichen Polizeibeamten zu. »Ich bin sicher, Ihr habt inzwischen erkannt, wie die Dinge jetzt stehen, alter Junge. – Betrachtet Euch als verhaftet.«

»Wie lautet die Anschuldigung?«

»Ich bin im diplomatischen Dienst, Kanzad, und kenne mich mit diesen Unmengen von rechtlichen Begriffen wirklich nicht aus. Ich würde jedoch sagen, daß ›Hochverrat‹ genügt. So lautet jedenfalls die Anklage gegen Innenminister Kolata, und ich habe mich ihrer ebenfalls bedient, als ich Taubel festnahm. Es ist eine ziemlich eindrucksvolle Anklage, findet Ihr nicht? Ich bin sicher, es würde einen Mann Eures Standes kränken, ließe ich ihn wegen Herumtreiberei oder Spuckens auf die Straße verhaften. Atana, Liebste, sei so nett, laß diesen Verbrecher nach Cynestra bringen und in ein eigenes Verlies werfen.«

»Jawohl, Itagne-Botschafter.«

»Was für ein liebes Mädchen«, murmelte er.

»Ihr seid Eurem Bruder sehr ähnlich, Exzellenz«, versicherte Vanion dem lächelnden Itagne. »Nicht nur äußerlich, auch im Wesen.«

»Wie geht es dem alten Gauner eigentlich?«

»Gut, als wir ihn das letzte Mal sahen.« Vanion runzelte die Stirn. »Wir hätten es jedoch begrüßt, er hätte erwähnt, daß er Euch hierherzuschicken beabsichtigt.«

»So ist mein Bruder nun mal. Immer für eine Überraschung gut. Manchmal glaube ich, am liebsten möchte er Geheimnisse vor sich selbst bewahren.«

»Was genau ist hier passiert, Exzellenz?« fragte Sperber.

»Ihr müßt Ritter Sperber sein.« Itagne lächelte. »Eure Nase ist wirklich berühmt, wißt Ihr.«

»Danke«, murmelte Kalten bescheiden.

Itagne blickte ihn verblüfft an.

»Ich hab' sie ihm gebrochen, Exzellenz – als wir Kinder waren. Ich hielt es schon damals für eine gute Idee. Ritter Sperber trägt sie wie eine Auszeichnung. Ich muß gestehen, es schmerzt mich ein wenig, daß er offenbar nie auch nur daran gedacht hat, sich für den Gefallen zu bedanken, den ich ihm damit erwiesen habe.«

Itagne grinste. »Wie Ihr wahrscheinlich bereits erkannt habt, meine Herren, hat Oscagne mich nach Cynestra gesandt, um hier die Ordnung wiederherzustellen, da die Lage ziemlich eigenartig ist. Die Hierarchie in den entlegenen Winkeln des Imperiums war schon immer ein bißchen undurchsichtig. Für das Außenministerium sind die elenischen Königreiche, wie auch Valesien, Arjuna und Cynesga, im Grunde ausländische Reiche, die sich Tamul rechtmäßig unterwerfen müssen. Damit wären die Botschafter, die wir in diese Länder entsandt haben, die höchsten Autoritäten. Das Innenministerium dagegen ist seit jeher der Ansicht, daß diese Länder ein fester Teil Tamulis sind und darum ausschließlich ihm unterstehen. Deshalb betreiben Oscagne und Kolata seit Jahren eine rege Haarspalterei, was diese Frage angeht. Botschafter Taubel ist ein politischer Emporkömmling, und seine verblüffende Fähigkeit, so reibungslos mit dem Innenministerium zusammenzuarbeiten, verwunderte meinen Bruder. Aus diesem Grunde hat er mich von der Universität geholt – wo ich recht zufrieden war, in Ruhe mein Auskommen zu haben – und schickte mich hierher, getarnt als Unterstaatssekretär, damit ich versteckte Untersuchungen durchführe.« Er lachte. »Ich werde dafür sorgen, daß er es *diesmal* ebensosehr bereut wie die beiden vorherigen Male.«

»Ich fürchte, das verstehe ich nicht«, gestand Sperber.

»Es ist das dritte Mal, daß Oscagne mich aus dem Privatleben reißt, damit ich irgendwo für ihn die Kastanien aus dem Feuer hole. Ich mag es nicht, so herumgezerrt zu werden. Deshalb werde ich ihm diesmal eine Lektion erteilen. Vielleicht übernehme ich sein Amt als Außenminister. Eine Zeitlang zumindest, bis er begreift. Dann bekommt er dieses Amt zurück – falls überhaupt.«

»Seid Ihr wirklich ein so fähiger Mann, Itagne?« fragte Sephrenia.

»Aber gewiß, teure Dame. Ich bin mindestens doppelt so gut wie Oscagne – und das weiß er. Deshalb werde ich auch immer nur auf Zeit dienstverpflichtet. Wo war ich? Ach ja. Ich kam nach Cynestra, errichtete ein funktionierendes Amt und fand ziemlich rasch heraus, daß Taubel und Kanzad vom selben Teller aßen. Dann habe ich die Anweisungen abgefangen, die nach den Unruhen in Matherion von dort an Taubel geschickt wurden. Ich beschloß, ihn nicht mit dieser unangenehmen Nachricht zu belästigen. Statt dessen begab ich mich direkt zur atanischen Garnison und unterrichtete unsere riesenhaften Freunde persönlich, daß das Innenministerium nichts mehr zu sagen hatte. Sie waren sehr erfreut darüber. Aus irgendeinem Grund mögen die Ataner Polizisten überhaupt nicht. Ich glaube, es hat mit ihrer Unabhängigkeit zu tun. Wie dem auch sei – ich wollte mir gerade Kanzad und Taubel vorknöpfen, als einer meiner Spione mir eure bevorstehende Ankunft meldete. Daraufhin beschloß ich, bis zu Eurem Eintreffen zu warten, ehe ich mit dem Aufräumen begann. Ich muß schon sagen, Sperber, Ihr habt die Beamten der hiesigen Abteilung des Innenministeriums sehr beunruhigt.«

»Ach?«

»Sie rannten durchs ganze Haus und schrien: ›Sperber kommt! Sperber kommt!‹«

»Diese Wirkung hat er öfters auf seine Mitmenschen«, sagte Flöte und blickte die anderen an. »Das ist der, auf den wir gewartet haben«, erklärte sie ihnen. »Jetzt können wir aufbrechen.«

Itagne blinzelte verwirrt.

»Einen Moment noch«, sagte Sephrenia zu ihrer Schwester. »Itagne, wie hat man im Innenministerium erfahren, daß wir kommen?«

Er zuckte die Schultern. »Darum habe ich mich nicht weiter gekümmert. Alle möglichen widerlichen Leute arbeiten fürs Innenministerium. Einer hat vermutlich vier oder fünf Pferde zuschanden geritten, um die Nachricht zu überbringen.«

»Völlig unmöglich!« entgegnete Sephrenia. »Auf normale Weise kann niemand vor uns hier eingetroffen sein. Könnte es sein, daß die Nachricht von einem Styriker übermittelt wurde?«

»Es gibt keine Styriker in Cynesga, teure Dame. Der Haß zwischen Cynesganern und Styrikern ist älter als die Geschichtsschreibung.«

»Ja, ich weiß. Trotzdem glaube ich, daß Ihr Euch möglicherweise täuscht. Ich bin so gut wie sicher, daß zumindest *ein* Styriker durch Cynesga gekommen ist, kurz bevor die Mitarbeiter des Innenministeriums in Panik ausbrachen.«

»Wie kommst du denn *darauf*, kleine Mutter?« fragte Vanion.

»Ein Styriker arbeitet mit unseren Feinden zusammen«, erwiderte sie. »Er befand sich in dem Schatten, den Sperber in Edom auflöste. Auf jeden Fall schrie derjenige im Innern des Schatten auf styrisch.« Sie runzelte die Stirn. »Trotzdem verstehe ich nicht, wie er vor uns hier ankommen konnte! Vielleicht ist er ein Abtrünniger, der sich den Älteren Göttern verschrieben hat. Wir wissen nicht sehr viel über das volle Ausmaß ihrer Macht.«

»Könnte es vielleicht selbst ein Älterer Gott sein?« fragte Bevier besorgt.

»Nein«, antwortete Flöte mit Bestimmtheit. »Seitdem wir sie gestürzt haben, halten wir sie alle gefangen, in etwa auf dieselbe Weise, wie wir es mit Azash getan haben. Die Älteren Götter können sich unmöglich frei bewegen.«

»Ich fürchte, mindestens die Hälfte dieses Gesprächs verstehe ich nicht«, bemerkte Itagne. »Könntet Ihr mich nicht mit allen Euren Gefährten bekannt machen?«

»Verzeiht, Exzellenz«, entschuldigte sich Vanion. »Es war nicht unsere Absicht, geheimnisvoll zu tun. Die Dame ist Styrikerin, wie Ihr zweifellos erkannt habt. Darf ich Euch Sephrenia vorstellen, Hohepriesterin der Göttin Aphrael?«

»Der Kindgöttin?«

»Ihr wißt von ihr?« fragte Sephrenia erstaunt.

»Einige meiner styrischen Kollegen an der Universität haben diese Gottheit erwähnt. Sie sind ihr allerdings nicht gerade wohlgesonnen. Offenbar halten sie Aphrael für flatterhaft und ein wenig frivol.«

»Flatterhaft?« wandte Flöte ein. *»Frivol?«*

»Nimm's nicht persönlich«, riet Sperber ihr.

»Aber es *ist* persönlich, Sperber! Sie haben mich beleidigt! Wenn wir wieder in Matherion sind, begibst du dich zur Universität und forderst diese unverschämten Burschen zum Zweikampf! Ich will Blut sehen, Sperber! Blut!«

»Menschenopfer, Göttin?« fragte er mild. »Ist das nicht gegen deine Überzeugung?«

»Na ja ...« Sie zögerte. »Könntest du sie wenigstens übers Knie legen?«

Itagne starrte die beiden an.

»Enttäuschend, nicht wahr?« murmelte Talen.

Zu sagen, Itagnes Weltbild sei erschüttert gewesen, wäre eine gewaltige Untertreibung. Während sie nach Osten ritten, fort von Cynestra, starrte er unentwegt auf Flöte, wobei ihm die Augen schier aus den Höhlen quollen.

»Starre mich nicht so an, Itagne!« befahl sie. »Ich werde mir keinen zweiten Kopf wachsen lassen, oder Schlangen statt der Haare!«

Er schauderte und fuhr sich mit der Hand übers Gesicht. »Ich sollte dir vielleicht gestehen, daß ich nicht an dich glaube. Ich will dich damit wirklich nicht beleidigen, aber in religiösen Dingen bin ich nun mal zutiefst skeptisch.«

»Ich bin sicher, das kann ich ändern«, sagte sie mit spitzbübischem Lächeln.

»Benimm dich!« ermahnte Sephrenia sie.

»Er hat selbst gesagt, daß er nicht an Götter glaubt, Sephrenia! Das ist eine Herausforderung für mich. Außerdem mag ich ihn. Ich hatte noch nie einen tamulischen Verehrer, aber ich glaube, jetzt möchte ich einen. Itagne wäre genau der richtige.«

»Nein!«

»Ich habe dich nicht gebeten, ihn für mich zu kaufen, Sephrenia. Ich locke ihn schon selbst aus dem Gebüsch. Du hast gar nichts damit zu tun! Außerdem geht es dich nichts an, liebe Schwester, also halte dich heraus!«

»Kann man sich jemals damit abfinden?« wandte Itagne sich klagend an die anderen.

»Nein.« Kalten lachte. »Aber mit der Zeit stumpft man ab. Ich habe festgestellt, daß Trinken hilft.«

»Das ist Kaltens Lösung für alle Probleme«, erklärte Flöte und warf mit einer kleinen, ärgerlichen Bewegung den Kopf zurück. »Er versucht, den Winter mit einem Faß arzischem Rotwein zu kurieren – jedes Jahr.«

»Sind wir in diesem Teil des Imperiums jetzt fertig?« wandte Sperber sich an die Kindgöttin.

»Nein. Es muß noch etwas geschehen.« Aphrael seufzte und kuschelte sich an ihre Schwester. »Bitte, sei mir jetzt nicht böse, Sephrenia, aber ich fürchte, dir wird nicht gefallen, was noch bevorsteht. Doch es ist notwendig. Wie sehr es dir auch zu schaffen machen wird, vergiß keinen Moment, daß ich dich liebe.« Sie setzte sich auf und streckte die Hände nach Sperber aus. »Ich muß mit dir reden. Allein!«

»Geheimnisse?« fragte Talen.

»Jedes Mädchen braucht Geheimnisse, Talen. Mit der Zeit wirst du mehr darüber erfahren. – Reiten wir ein Stückchen von den anderen weg, Sperber.«

Sie entfernten sich ein paar hundert Meter von der Straße und ritten dann parallel zu den anderen. Farans Hufeisen knirschten auf dem braunen, glühendheißen Kies des Wüstenbodens.

»Wir werden zur tamulischen Grenze weiterreiten«, sagte Flöte. »Dort wird das bevorstehende Ereignis stattfinden, und ich muß euch zuvor verlassen.«

»Uns *verlassen*?« sagte er erschrocken.

»Ihr werdet eine Zeitlang auch ohne mich zurechtkommen. Ich kann nicht dabeisein, wenn dieses Ereignis stattfindet. Es ist auch eine Frage des Anstands. Ich mag vielleicht flatterhaft und frivol erscheinen, wie Itagne sagte, aber daß ich keine guten Manieren hätte, kann man mir nicht vorwerfen. An diesem Ereignis wird eine bestimmte erhabene Persönlichkeit teilhaben, und meine Anwesenheit würde sie kränken – oder vielmehr ihn, da sie männlichen Geschlechts ist. Er und ich hatten früher einige Meinungsverschiedenheiten und reden zur Zeit nicht miteinander.« Sie verzog wehmütig das Gesicht. »Es ist ziemlich lange her, daß wir ein Wort gewechselt haben«, gestand sie. »Etwa acht- oder zehntausend Jahre. Aber der Betreffende tut etwas, das ich nicht billigen kann – wobei ich allerdings gestehen muß, daß er es mir nie richtig erklärt hat. Ich kann ihn durchaus leiden, aber er ist so schrecklich hochmütig. Er tut immer so, als wären wir anderen zu dumm, als daß wir verstehen könnten, was er macht – aber *ich* verstehe es sehr gut.« Sie machte eine Handbewegung, als wolle sie etwas zur Seite wischen. »Aber das ist eine Sache zwischen ihm und mir. Kümmere dich um meine Schwester, Sperber. Sie wird Schweres durchmachen.«

»Sie wird doch nicht erkranken, oder?«

»Das wäre ihr wahrscheinlich sogar lieber.« Die Kindgöttin seufzte. »Ich wünschte, es gäbe eine Möglichkeit, ihr dies zu ersparen, aber ich sehe keine. Sephrenia muß da durch, wenn sie weiterwachsen will.«

»Aphrael, sie ist über dreihundert Jahre alt!«

»Was hat das damit zu tun? Ich bin um ein Hundertfaches älter, und *ich* wachse immer noch. Das muß Sephrenia auch. Ich habe nie versprochen, daß der Umgang mit mir leicht sein würde, Sperber. Was geschieht, wird für Sephrenia furchtbar schmerzvoll sein. Doch wenn sie es erst durchgemacht hat, wird's ihr viel bessergehen, *weil* sie es durchgemacht hat.«

»Das ergibt doch keinen Sinn!«

»Das ist auch nicht nötig, Vater. Das ist einer der Vorteile meiner Situation.«

Ihre Reise führte von Cynestra zur Grenze westlich von Sarna. Sie ritten in geruhsamen, nicht allzu anstrengenden Etappen von Oase zu Oase. Sperber hätte es nicht mit Sicherheit sagen können, doch es kam ihm so vor, als würde Aphrael auf irgend etwas warten. Sie und Vanion verbrachten viel Zeit mit dem Studium der Karte, und ihre Sprünge über den sonnengebackenen Kies von Ostcynesga wurden zusehends kürzer, während ihre Aufenthalte in den Oasen länger wurden.

Als die Gefährten sich der Grenze näherten, ließen sie sich noch mehr Zeit. Meist trotteten sie nun auf ganz gewöhnliche Weise ostwärts durch die Wüste, ohne Bhelliom zu bemühen.

»Es ist ausgesprochen schwierig, etwas Genaues zu erfahren«, sagte Itagne am Nachmittag des vierten Tages nach ihrem Aufbruch aus Cynestra. »Die meisten Erscheinungen bekamen die Wüstennomaden zu sehen. Aber sie mißtrauen der Obrigkeit zu sehr, als daß sie darüber Näheres berichtet hätten. Es gibt die üblichen wilden Gerüchte über Vampire und Werwölfe und Harpyien und dergleichen, aber ich könnte mir gut vorstellen, daß die meisten Geschichten allzu oft nachgeschenkten Weinkrügen entsprungen sind. In den cynesganischen Ämtern tut man den Großteil dieser Berichte als Phantastereien unwissender Menschen ab, die zu viel saufen und zu viel Zeit in der Sonne verbringen. Aber eines nehmen die Behörden sehr ernst: die Berichte über Erscheinungen von Leuchtenden.«

»Itagne«, sagte Kalten leicht gereizt, »seit wir nach Daresien gekommen sind, hören wir ständig von diesen ›Leuchtenden‹. Wenn wir etwas über sie wissen wollen, fangen die Leute zu zittern an, werden kreidebleich und stumm wie die Fische. Wir haben Euch jetzt hier, mitten in der Wüste, wo Ihr nicht weglaufen könnt, also verratet uns, wer – oder was – diese Leuchtenden sind!«

»Bizarr, phantastisch und ekelerregend«, entgegnete Itagne leicht schaudernd.

»Ich habe einen guten Magen! Sind es Ungeheuer? Zwölf Fuß groß und mit neun Köpfen oder dergleichen?«

»Nein. Angeblich sehen sie wie ganz normale Menschen aus.«

»Warum hat man ihnen diesen merkwürdigen Namen gegeben?« warf Berit ein.

»Wie wär's, wenn du *mich* die Fragen stellen läßt, Berit?« wies Kalten ihn grob zurecht. Offenbar hatte er immer noch seine Schwierigkeiten mit Berit.

»Verzeih, Kalten«, entschuldigte sich Berit sichtlich verwirrt und leicht gekränkt.

»Nun?« wandte Kalten sich wieder an Oscagnes Bruder. »Warum diese Bezeichnung? Wieso nennt man sie die Leuchtenden?«

»Weil sie wie Glühwürmchen glimmen, Ritter Kalten.« Itagne zuckte die Schultern.

»Das ist alles?« fragte Kalten ungläubig. »Der ganze Kontinent gerät in Panik, bloß weil ein paar Leute im Dunkeln glühen?«

»Natürlich nicht! Ihr Glimmen ist nur eine Warnung. Jeder in Tamuli weiß, daß er sich schnellstens umdrehen und um sein Leben laufen soll, wenn er jemanden auf sich zukommen sieht, der wie der Morgenstern leuchtet.«

»Und zu welch schrecklichen Untaten sollen diese Ungeheuer fähig sein?« erkundigte sich Talen. »Sind es Menschenfresser, die Leute bei lebendigem Leibe verschlingen oder sie in Stücke reißen oder so etwas?«

»Nein«, antwortete Itagne düster. »Der Sage nach bringt schon die leiseste Berührung den Tod.«

»Wie bei einer Giftschlange?« fragte Khalad.

»Viel schlimmer, junger Herr. Die Berührung der Leuchtenden läßt das Fleisch an den Knochen verrotten, wie bei der Verwesung im Grab. Aber das Opfer ist nicht tot, wenn dies geschieht. Die Schilderungen in den Sagen sind grauenvoll. Man hat uns sehr anschaulich berichtet, daß die Opfer der Leuchtenden wie erstarrt sind und vor unerträglichen Schmerzen brüllen, während ihr Gesicht und ihre Gliedmaßen sich auflösen und dahinschmelzen wie heißes Wachs.«

»Das ist wirklich ein sehr anschauliches Bild!« Ulath schüttelte sich. »Ich könnte mir vorstellen, daß es die Aufnahme normaler Beziehungen zu diesen Leuten erschwert.«

»Allerdings, Ritter Ulath.« Itagne lächelte. »Doch trotz allem gehören die Leuchtenden zu den beliebstesten Gestalten der tamulischen Literatur, was euch vielleicht Einblick in unsere ein wenig abartigen geistigen Neigungen vermittelt.«

»Sprecht Ihr von Gruselgeschichten?« fragte Talen.

»Nein. Das delphaeische Schrifttum ist viel umfassender.«

»Delphaeisch? Was heißt das?«

»Die Literatur bezeichnet die Leuchtenden nur als die Delphae«, erklärte Itagne. »Und die mythische Stadt, in der sie leben, heißt Delphaeus.«

»Ein schöner Name!«

»Das dürfte Teil des Problems sein. Tamuler neigen zur Gefühlsduselei, und der klangvolle Name Delphaeus füllt die Augen unserer unbedeutenderen Poeten mit Tränen, und ihr Hirn mit Sentimentalität. Sie sind blind für die grauenvollen Belange dieser Geschichte. Deshalb stellen sie die Delphae als einfache, naturverbundene Leute dar, die in einem völlig falschen Licht gesehen werden. Seit sieben Jahrhunderten decken sie uns mit gräßlichen Versen und schwülstigen, banalen Hirtengedichten ein. Sie verherrlichen die Delphae als romantische Hirten, die glimmend wie Glühwürmchen schwärmerisch durch die Gegend ziehen, unter den Schmerzen unerwiderter Liebe leiden und schwerfälligen Gedanken über ihre unbedeutende Religion nachhängen. Die akademische Welt betrachtet die delphaeische Literatur als eine Sammlung schlechter Witze, die man am besten so schnell wie möglich vergessen sollte.«

»Das stimmt!« rief Sephrenia ungewohnt hitzig. »Sie ist abscheulich!«

»Eure kritische Einstellung spricht für Euren guten Geschmack, teure Dame ...« Itagne lächelte. »Aber ich glaube, Eure Wortwahl tut diesem Geschreibsel noch zuviel Ehre an. *Ich* würde die delphaeische Literatur als unausgegorene Sentimentalität bezeichnen, aber ich kann sie nicht so ernst nehmen, daß ich mich darüber entrüste.«

»Delphaeische Literatur ist eine Tarnung für antistyrische Bigotterie schändlichster Art!« erklärte Sephrenia in einem Tonfall, als würde sie ein Ultimatum stellen.

Vanion schien ihr plötzlicher, heftiger Gefühlsausbruch ebenso zu verwundern wie Sperber und die anderen. Er blickte sich um, suchte offenbar nach einem Grund, das Thema zu wechseln.

»Wir haben bald Sonnenuntergang«, sagte Kalten hilfsbereit und überraschte Sperber einmal mehr durch seine Einfühlsamkeit. »Flöte«, fuhr Kalten fort, »hast du vor, uns für die Nacht wieder zu einem dieser Wasserlöcher zu führen?«

»Oase, Kalten!« verbesserte Vanion. »Sie nennen es Oase, nicht Wasserloch!«

»Meinetwegen. Sie können es nennen, wie sie wollen. Ich jedenfalls erkenne ein Wasserloch, wenn ich es sehe. – Wenn wir es auf die alterprobte Weise tun wollen, müssen wir uns so langsam nach einem Lagerplatz umschauen, und ich sehe da oben auf der Hügelkuppe im Norden eine Ruine. Sephrenia kann Wasser aus der Luft für uns quetschen, und wenn wir in dieser Ruine schlafen, steigt uns nicht die ganze Nacht der Geruch von gekochten Hunden in die Nase, wie sonst, wenn wir unser Lager in der Nähe einer der Ortschaften aufschlagen.«

Itagne lachte. »Die Cynesganer essen keine Hunde, Ritter Kalten.«

»Darauf würde ich mich nicht verlassen, ehe ich nicht die Hunde in einer Ortschaft gezählt habe – sowohl vor, wie *nach* dem Abendessen!«

»Sperber!« Khalad rüttelte seinen Ritter nicht gerade sanft wach. »Da draußen sind Leute!«

Sperber warf seine Decken zur Seite, sprang auf und griff nach seinem Schwert. »Wie viele?« fragte er leise.

»Ich habe etwa ein Dutzend gesehen. Sie schleichen zwischen den Felsblöcken unten an der Straße herum.«

»Weck die anderen.«

»Jawohl, Herr Ritter!«

»Nicht so laut, Khalad.«

Khalad bedachte ihn mit einem leicht verärgerten Blick.

»Entschuldigung.«

Die Ruine, in der sie ihr Lager aufgeschlagen hatten, war vor langer Zeit offenbar eine Festung gewesen. Die Steine waren grob behauene Quader, ohne Mörtel zusammengefügt. In ungezählten Jahrhunderten hatten Staub und Sand, vom Wind herbeigeweht, die massiven Steinblöcke an den Kanten geglättet. Sperber überquerte den ehemaligen Innenhof, ging zur eingestürzten Mauer an der Südseite der Festung und blickte hinunter zur Straße.

Im Laufe der Nacht war eine dicke Wolkenbank herangetrieben, die den Sternenhimmel verdeckte. Lautlos, die Dunkelheit verfluchend, spähte Sperber zur Straße. Da hörte er ein leises Rascheln unmittelbar von der anderen Seite der eingefallenen Mauer.

»Keine Angst, ich bin's!« flüsterte Talen.

»Wo warst du?«

»Wo schon?« Der Junge kletterte über die Trümmer zu dem großen Pandioner.

»Hast du Berit wieder mitgenommen?« fragte Sperber beißend.

»Nein. Seit Berit Kettenrüstung trägt, ist er etwas zu laut. Außerdem ist ihm für meinen Geschmack zu oft seine Rechtschaffenheit im Weg.«

»Und?« fragte Sperber. »Was ist?«

»Ihr werdet es nicht glauben, Sperber!«

»Verlaß dich nicht darauf.«

»Das da unten sind Cyrgai!«

»Bist du sicher?«

»Ich habe keinen angehalten, um ihn zu fragen, aber sie sehen genauso aus wie jene, auf die wir westlich von Sarsos gestoßen sind. Sie tragen diese komischen Helme, diese altmodischen Rüstungen und die lächerlichen kurzen Röcke.«

»Die nennt man Kilts, glaube ich.«

»Rock ist Rock, Sperber.«

»Sieht es so aus, als würden sie eine bestimmte Absicht verfolgen?«

»Ihr meint, ob sie sich zum Angriff formieren? Nein. Ich glaube, es sind lediglich Kundschafter. Sie haben weder Speere noch Schilde bei sich, und sie kriechen viel auf dem Bauch herum.«

»Reden wir mit Vanion und Sephrenia darüber.«

Sie überquerten den mit kleinen und größeren Mauertrümmern übersäten Hof der antiken Festung. »Unser junger Dieb hat wieder einmal Verbote mißachtet«, sagte Sperber zu den anderen.

»Habe ich nicht!« widersprach Talen. »Ihr habt mir nicht verboten, mir diese Leute näher anzusehen.«

»Ich habe es dir nicht verboten, weil ich gar nicht wußte, daß dort Leute sind!«

»Wenn man die Sache so sieht...«, murmelte Talen.

»Wie auch immer, unser nächtlicher Wanderer hat festgestellt, daß es sich bei den Leuten unten an der Straße um Cyrgai handelt!«

»Hat jemand von der anderen Seite wieder mal in der Vergangenheit herumgestöbert?« fragte Kalten.

»Nein.« Flöte hob plötzlich den Kopf. Dabei hatte es ausgesehen, als schliefe das kleine Mädchen tief und fest in den Armen seiner Schwester. »Die Cyrgai dort unten sind so lebendig wie ihr. Sie stammen nicht aus der Vergangenheit.«

»Unmöglich!« wandte Bevier ein. »Die Cyrgai sind seit langem ausgestorben!«

»Ach, wirklich?« Die Kindgöttin blickte ihn an. »Seltsam, daß sie es noch gar nicht bemerkt haben. Vertraut mir, meine Herren. Ich weiß, wovon ich rede. Die Cyrgai, die sich anschleichen wollen, sind aus der Jetztzeit!«

»Die Cyrgai sind vor zehntausend Jahren ausgestorben, Göttin!« sagte Itagne leicht gereizt.

»Vielleicht solltest du den Hang hinunterlaufen und sie darauf aufmerksam machen, Itagne. – Laß mich los, Sephrenia.«

Die zierliche Styrikerin blickte sie verwundert an.

Aphrael küßte ihre Schwester zärtlich; dann trat sie ein paar Schritte zur Seite. »Ich muß euch jetzt verlassen. Die Gründe sind sehr kompliziert; also werdet ihr mir einfach vertrauen müssen.«

»Und diese Cyrgai?« sagte Kalten heftig. »Wir lassen dich nicht schutzlos in die Dunkelheit ziehen!«

Die Kindgöttin lächelte. »Würde jemand es ihm bitte erklären?«

»Willst du uns in einer Gefahr wie dieser allein lassen?« rügte Ulath.

»Hast du etwa Angst um deine eigene Sicherheit, Ulath?«

»Natürlich nicht. Ich hab' gehofft, ich könnte dir ein schlechtes

Gewissen einreden, damit du bleibst, bis wir diese Burschen fertiggemacht haben.«

»Die Cyrgai werden euch nicht belästigen, Ulath«, versicherte Aphrael ihm geduldig. »Sie werden jeden Moment davonrennen.« Sie ließ den Blick über die Gefährten schweifen und seufzte. »Ich muß jetzt wirklich fort. Später werde ich mich aber wieder zu euch gesellen.«

Dann verschwand sie wie ein Spiegelbild im Wasser.

»Aphrael!« schrie Sephrenia unwillkürlich und streckte die Hand aus.

»Das ist wirklich unheimlich!« murmelte Itagne. »Hat sie das mit den Cyrgai ernst gemeint? Ist es denn überhaupt möglich, daß einige tatsächlich den Krieg gegen die Styriker überlebt haben?«

»Ich würde Aphrael nicht des Lügens verdächtigen«, warf Ulath ein. »Schon gar nicht in Sephrenias Beisein. Unsere kleine Mutter beschützt sie wie eine Löwin!«

»Das ist mir nicht entgangen«, sagte Itagne und wandte sich an Sephrenia. »Ich möchte Euch oder Eure Göttin um nichts auf der Welt beleidigen, teure Dame, aber würdet Ihr es als Kränkung empfinden, wenn wir ein paar Vorbereitungen treffen? An der Universität lehre ich unter anderem Geschichte, und die Cyrgai hatten – oder haben, wie es scheint – einen furchterregenden Ruf. Natürlich glaube ich Eurer kleinen Göttin, aber ...« Er schaute sich besorgt um.

»Sephrenia?« sagte Sperber.

»Laßt mich in Ruhe!« Aphraels plötzlicher Abschied schien sie schwer getroffen zu haben.

»Faßt Euch, Sephrenia. Aphrael mußte fort, aber sie wird ja bald wiederkommen. Ich aber brauche *sofort* eine Antwort! Kann ich Bhelliom einsetzen, um eine Barriere zu errichten, die uns die Cyrgai vom Hals hält, bis der- oder dasjenige sie vertreibt, was immer Aphrael damit meinte?«

»Ja. Aber dann würde unser Feind genau wissen, wo Ihr seid.«

»Das weiß er auch so bereits«, sagte Vanion. »Ich glaube nicht, daß diese Cyrgai durch Zufall auf uns stießen.«

»Das ist nicht von der Hand zu weisen«, pflichtete Bevier ihm bei.

»Warum sollten wir uns die Mühe machen, eine Barriere zu errichten?« fragte Kalten. »Sperber kann uns mehr als fünfzehn Meilen weiterbefördern, ehe wir nur mit den Wimpern zucken können. Ich hänge nicht so sehr an dieser Ruine, daß ich schlaflose Nächte verbringen würde, wenn ich den Sonnenaufgang nicht von hier aus bewundern darf.«

»Des Nachts habe ich es noch nie versucht«, sagte Sperber unsicher. Er blickte Sephrenia an. »Macht es überhaupt etwas aus, wenn es so dunkel ist, daß ich nichts sehen kann?«

»Woher soll ich das wissen?« klang es gereizt zurück.

»Bitte, Sephrenia!« beschwor er sie. »Ich habe ein Problem und brauche Eure Hilfe!«

»Was, in Gottes Namen, geht da vor?« rief Berit. Er zeigte nach Norden. »Seht euch das an!«

»Nebel?« sagte Ulath ungläubig. »Nebel in der *Wüste*?«

Sie starrten auf das merkwürdige Phänomen, das über die trockene Wüste auf sie zukam.

»Hochmeister Vanion, sind auf Eurer Karte irgendwelche Städte oder Ortschaften im Norden von hier?« fragte Khalad besorgt.

Vanion schüttelte den Kopf. »Nur offene Wüste.«

»Es sind aber Lichter da draußen! Sie schimmern im Nebel. Sie sind dicht am Boden, aber man kann sie genau sehen!«

»Ich habe schon öfter Lichter im Nebel gesehen«, warf Bevier ein. »Aber solche noch nie! Das ist kein Fackelschein!«

»Da hast du recht«, stimmte Ulath zu. »Ich habe noch nie Licht von dieser Farbe gesehen – und es sieht aus, als läge es auf dem Nebel, fast wie eine Decke!«

»Vermutlich ist es bloß das Lager irgendwelcher Wüstennomaden, Ritter Ulath«, meinte Itagne. »Dunst und Nebel lassen das Licht oft in seltsamen Spielarten erscheinen. In Matherion spiegelt sich Licht auf dem Perlmutt der Häuser. In manchen Nächten ist es so, als würde man in einem Regenbogen wandeln.«

»Wir werden gleich mehr wissen«, sagte Kalten. »Dieser Nebel kommt geradewegs auf uns zu und bringt das Licht mit.« Er hob das Gesicht. »Dabei weht hier nicht das geringste Lüftchen. Was geht hier vor, Sephrenia?«

Ehe sie antworten konnte, erklangen Schreckensschreie aus dem Süden, dort, wo die Straße verlief. Talen rannte über den Hof zur eingestürzten Mauer.

»Die Cyrgai laufen davon!« rief er. »Sie werfen ihre Waffen und Helme weg und rennen wie die Hasen!«

»Das gefällt mir nicht, Sperber!« sagte Kalten düster und zog sein Schwert.

Die immer dichter heranrückende Nebelbank hatte sich geteilt und floß um den Hügel herum, auf dem sich die Gefährten befanden. Der Nebel war träge und dicht, wie man ihn manchmal in Küstenstädten erlebt. Er wogte über die trockene, kahle Wüste und näherte sich unaufhaltsam und unerbittlich der Festungsruine.

»Irgendwas bewegt sich darin!« brüllte Talen von der anderen Seite der Ruine.

Anfangs waren es nur verschwommene Lichtkleckse, doch als die eigenartige Wolkenbank vor ihnen dräute, wurden die Lichtformen allmählich deutlicher. Sperber konnte nun nebelhafte Gestalten ausmachen. Was immer sie waren, sie sahen wie Menschen aus.

Plötzlich kreischte Sephrenia, wie von unbändiger Wut erfüllt. »Besudelte! Besudelte! Widerwärtiges, verderbtes, verfluchtes Pack!«

Ihre Gefährten starrten sie ob ihres unerwarteten Zornesausbruchs erschrocken an.

Die Lichter im Nebel setzten ihren unaufhaltsamen Vormarsch fort, ohne zu stocken.

»Lauft!« brüllte Itagne plötzlich. »Rennt um euer Leben! Es sind die Delphae – die Leuchtenden!«

Zweiter Teil

DELPHAEUS

11

Vielleicht lag es am Nebel. Er ließ alles verzerrt erscheinen. Es gab keine festen Umrisse, keine klar erkennbaren Gefahren. Die glimmenden Gestalten im Nebel näherten sich bedächtig, schienen mitsamt ihrem verschleiernden Nebel den kiesigen Hang zu den antiken Ruinen geradezu hinaufzuschweben. Ihre Gesichter, ja, ihre Gestalten, waren undeutlich und verschwammen, bis sie kaum mehr als glühende Flecken zu sein schienen. Vielleicht lag es am Nebel, vielleicht auch nicht. Aus welchem Grund auch immer, Sperber hatte keine Furcht.

Etwa zwanzig Meter vor der zerfallenen Mauer der Ruine hielten die Delphae an und mit ihnen ihr schimmernder Nebel, der um sie wirbelte und die Nacht mit kaltem, blassem Feuer vertrieb.

Sperbers Geist schien eigenartig losgelöst, doch seine Gedanken waren klar und scharf. »Seid gegrüßt, Nachbarn«, rief er den Gestalten im Nebel zu.

»Seid Ihr wahnsinnig?« keuchte Itagne.

»Vernichtet sie, Sperber!« zischte Sephrenia. »Benutzt den Bhelliom! Löscht sie aus!«

»Sollten wir nicht erst einmal in Erfahrung bringen, was sie von uns wollen?«

»Wie könnt Ihr bloß so ruhig sein, Mann?« fragte Itagne heftig.

»Übung, vermutlich.« Sperber zuckte die Schultern. »Nach einer Weile kommen die natürlichen Instinkte zum Vorschein. Diese Leute da draußen haben keinerlei feindselige Absichten.«

»Er hat recht, Itagne«, erklärte auch Vanion. »Man spürt es, wenn jemand die Absicht hat, zu töten. Diese Leute sind nicht gekommen, um zu kämpfen. Sie zeigen keine Furcht, aber sie suchen auch keinen Streit mit uns. Warten wir doch ab, wie es weitergeht. Seid wachsam, aber haltet euch zurück – einstweilen jedenfalls.«

»Anakha!« rief eine der glimmenden Gestalten im Nebel.

»Das ist ein guter Anfang«, murmelte Vanion. »Erkundigt Euch, was sie wollen.«

Sperber nickte und trat näher an die verwitterten Trümmer der eingestürzten Mauer. »Ihr kennt mich?« rief er auf tamulisch.

»Selbst die Steine kennen den Namen Anakha. Keiner, der je gelebt hat, gleicht Euch.« Die Sprache klang archaisch und irgendwie unpersönlich. »Wir wollen Euch kein Übel und kommen in Freundschaft.«

»Ich werde mir anhören, was Ihr zu sagen habt.« Sperber entging nicht, wie Sephrenia hinter ihm scharf Atem holte.

»Wir bieten Euch und Euren Gefährten Zuflucht an«, erklärte der Delphae im Nebel. »Ihr seid von Feinden umgeben und die Gefahr im Land der Cyrgai ist groß für Euch. Kommt nach Delphaeus, dort werden wir euch Rast und Sicherheit gewähren.«

»Euer Angebot ist großmütig, Nachbar«, antwortete Sperber, »und meine Gefährten und ich danken Euch.«

»Wir fühlen Euer Zögern.« Die Stimme aus dem Nebel klang eigenartig hohl und mit einer Art Widerhall, wie man ihn in einem langen, leeren Korridor hören mag – ein Laut, der in unendlicher Ferne verklingt. »Seid versichert, daß wir gegen Euch und Eure Gefährten nichts Böses im Schilde führen. Solltet Ihr euch entscheiden nach Delphaeus zu kommen, geloben wir euch unseren Schutz. Wenige auf dieser Welt sind bereit, uns offen und ohne Furcht in die Augen zu sehen.«

»Das habe ich gehört. Aber es wirft eine Frage auf. Warum Euer Angebot, Nachbar? Wir sind hier Fremde. Welches Interesse haben die Delphae an unserer Sache? Was erhofft ihr euch davon, uns eure Freundschaft anzubieten?«

Die glimmende Gestalt im Nebel zögerte. »Ihr benutzt Bhelliom, Anakha – ob zum Guten oder Bösen, wißt Ihr nicht. Euer Wille gehört nicht mehr Euch, denn Bhelliom beugt ihn zu seinem eigenen Zweck. Ihr seid nicht mehr von dieser Welt. Euer Vorhaben und Euer Geschick werden von Bhelliom bestimmt. In Wahrheit seid Ihr und Eure Gefährten uns gleichgültig, denn wir bieten unsere Freundschaft nicht Euch an, sondern Bhelliom – und Bhelliom wird den Preis für diese Freundschaft zahlen müssen.«

»Das war deutlich genug«, murmelte Kalten.

»Die Gefahr, in der ihr euch alle befindet, ist größer als ihr ahnt«, fuhr der glimmende Sprecher fort. »Bhelliom ist die begehrenswerteste Kostbarkeit des ganzen Universums, und Wesen, wie ihr sie euch nicht einmal vorzustellen vermögt, wollen ihn in ihren Besitz bringen. Doch er läßt sich nicht besitzen. Er wählt selbst. Und er hat Euch erwählt, Anakha. In *Eure* Hand hat er sich gegeben, und durch *Eure* Ohren müssen wir mit ihm sprechen und unsere Wünsche kundtun.« Der Sprecher machte eine Pause. »Denkt über unsere Worte nach und legt Euer Mißtrauen ab. Euer Erfolg (oder Scheitern) bei der Durchführung von Bhellioms Vorhaben kann von unseren Absichten abhängen – den guten oder den weniger guten. Und wir *werden* dafür bezahlt! Doch darüber wollen wir später sprechen.«

Der Nebel wallte und verdichtete sich und die glimmenden Gestalten verschwammen und verblaßten. Ein plötzlicher Wind fegte über die Wüste, so kalt wie der Winter und so trocken wie Staub. Der Nebel zerfaserte, wallte und wirbelte wirr. Dann war er verschwunden, und mit ihm die Leuchtenden.

»Hört nicht auf sie, Sperber!« sagte Sephrenia mit schriller Stimme. »Zieht nicht einmal in Betracht, was er sagte! Es ist Lug und Trug!«

»Wir sind keine Kinder, Sephrenia«, versicherte Vanion der Frau, die er liebte. »Wir sind nicht so leichtgläubig, Fremden ohne weiteres zu trauen – schon gar nicht Fremden wie den Delphae.«

»Du kennst sie nicht, Vanion! Ihre Worte sind wie der Honig, der ahnungslose Fliegen in die Falle lockt! Ihr hättet sie vernichten sollen, Sperber!«

»Sephrenia«, sagte Vanion in besorgtem Tonfall, »du hast die letzten vierzig Jahre deine Hand auf meinen Schwertarm gelegt und versucht, mich davor zu bewahren, anderen Schaden zuzufügen. Was hat dich so verändert? Was macht dich plötzlich so blutdürstig?«

Sie blickte ihn beinahe feindselig an. »Du würdest es nicht verstehen.«

»Das ist eine Ausrede, Liebste. Du kennst mich gut genug, um zu wissen, daß es wahrscheinlich nicht stimmt. Die Delphae waren vielleicht nicht völlig offen, was ihr Angebot betraf, aber sie waren nicht feindselig, und sie haben uns auf keine Weise bedroht.«

»Äh – Hochmeister Vanion«, unterbrach Ulath. »Ich glaube nicht, daß irgend jemand mit nur halbwegs klarem Verstand Sperber bedrohen würde. Den Mann zu bedrohen, der Bhelliom in der Hand hält, wäre keine kluge Entscheidung – nicht einmal für Leute, die im Dunkeln glühen und ihre Nachbarn den Würmern zum Fraß vorwerfen.«

Sofort nutzte Sephrenia Ulaths Worte. »Genau das ist es, Vanion! Die Delphae hatten Bhellioms wegen Angst, uns anzugreifen. Nur der Stein hat sie zurückgehalten!«

»Aber sie *haben* sich zurückgehalten. Sie waren keine Gefahr für uns. Warum wolltest du, daß Sperber sie tötet?«

»Ich verabscheue sie!« Es klang wie ein Zischen.

»Warum? Was haben sie dir angetan?«

»Sie haben kein Recht zu existieren!«

»Alles hat ein Recht zu existieren, Sephrenia – selbst Wespen und Skorpione. Dein Leben lang hast du blutdürstige Pandioner mit Weisheit und Geduld gelehrt. Weshalb willst du das plötzlich nicht mehr wahrhaben?«

Sie wandte das Gesicht ab.

»Bitte, sprich mit mir. Du hast ein Problem, und deine Probleme sind auch die meinen. Laß uns gemeinsam versuchen, eine Lösung dafür zu finden.«

»*Nein!*« Sie warf sich auf dem Absatz herum und rannte davon.

»Um ehrlich zu sein, die ganze Geschichte entbehrt jeder Grundlage«, sagte Itagne, während sie öde Meilen unter einem grauen Himmel dahinritten.

»Das sind meist die besten Geschichten«, sagte Talen.

Itagne lächelte flüchtig. »Schon seit undenklichen Zeiten gibt es in Tamul sehr viele Sagen über die Leuchtenden. Es begann mit den üblichen Gruselmären, nehme ich an; aber die Tamuler hatten ja immer schon die Neigung, ein wenig zu übertreiben. Vor ungefähr siebenhundert Jahren hat dann ein unbedeutender Poet den Inhalt der Sage verändert. Statt sich auf das Gruselige zu konzentrieren, geriet er ins Schwärmen und malte in herzzerreißenden Versen aus, wie die Delphae ihre Lage empfanden. In endlosen scheußlichen Strophen beschrieb er, wie einsam und ausgestoßen sie sich fühlten. Bedauerlicherweise ging er zur ländlich idyllischen Tradition über und fügte seinen anderen närrischen Übertreibungen auch noch die Rührseligkeit dieses törichten Dünkels hinzu. Sein bekanntestes Werk ist eine nicht enden wollende Ballade mit dem Titel *Xadane*. Xadane war angeblich eine delphaeische Schäferin, die sich in einen normalen, menschlichen Hirtenjungen verliebte. Solange sie sich tagsüber trafen, war alles wunderschön, doch wenn der Nachmittag sich neigte, mußte Xadane fortlaufen, damit ihr Liebster nicht erfuhr, was sie wirklich war. Wie gesagt, die Ballade ist schrecklich lang, einschläfernd und voll von abgedroschenen Versen, in denen der Poet Xadane in Selbstmitleid schwelgen läßt. Es ist schlichtweg unerträglich!«

»Wenn ich recht gehört habe, bezeichnen sich diese Leute gestern nacht im Nebel selbst als *Delphae*«, bemerkte Bevier. »Falls dieser Name in der tamulischen Literatur ebenfalls benutzt wird, läßt das doch auf irgendeine Verbindung schließen.«

»Da habt Ihr natürlich recht, Herr Ritter«, erwiderte Itagne. »Aber es gibt keinerlei Überlieferungen. Die Sagen sind sehr alt, und ich vermute, daß viele der überspannten Phantasie drittklassiger Poeten entsprangen. Angeblich liegt die Stadt Delphaeus in einem abgeschiedenen Tal hoch im Gebirge von Südatan. Demnach sind die Delphae ein tamulisches Volk, entfernt mit den Atanern verwandt, jedoch nicht von deren riesenhafter Statur. Wenn wir unseren Poeten glauben dürfen – was wir aber lieber nicht sollten –, waren die Delphae ein einfaches Hirtenvolk, das seinen Herden in dieses Tal gefolgt war und es nicht mehr verlassen konnte, weil eine Geröllawine den einzigen Paß zur Außenwelt verschüttete.«

»Das ist keineswegs unmöglich«, warf Ulath ein.

»Zur Unmöglichkeit kommt es erst ein wenig später in den alten Sagen«, entgegnete Itagne trocken. »Danach gibt es einen See mitten in diesem Tal, und dieser See soll der Grund für die Eigentümlichkeit der Delphae sein. Angeblich glüht er, und da er die einzige Wasserquelle im Tal ist, sind die Delphae und ihre Herden gezwungen, davon zu trinken und darin zu baden. Den alten Sagen zufolge ist das der Grund, daß sie ebenfalls zu glühen anfingen.« Er lächelte unwillkürlich. »Sie müssen ein Vermögen an Kerzen sparen.«

»So etwas ist doch nicht wirklich möglich, oder?« fragte Talen. »Ich meine, daß Menschen im Dunkeln leuchten, nur weil sie etwas Bestimmtes essen oder trinken.«

»Ich bin kein Wissenschaftler, junger Herr, deshalb dürft Ihr nicht mich fragen, was möglich ist und was nicht. Es könnte an einem bestimmten Mineral liegen, vermute ich. Oder an irgendeiner Algenart. Das wäre zumindest eine Erklärung für diese irreale Erscheinung.«

»Die Leute vergangene Nacht leuchteten *wirklich*, Exzellenz« erinnerte Kalten ihn.

»Ja, und ich tue mein möglichstes, es zu vergessen!« Itagne blickte über die Schulter. Sephrenia hatte sich geweigert, sich irgendeine Diskussion über die Delphae anzuhören, und so bildete sie mit Berit die Nachhut. »Die Reaktion der erhabenen Sephrenia auf die Delphae ist unter Styrikern keineswegs ungewöhnlich, müßt ihr wissen. Allein schon der Name raubt ihnen die Vernunft. Wie auch immer, *Xadane* wurde äußerst beliebt und es gab die üblichen Nachahmer. Niemand hat die literarische Welt stärker beeinflußt als die Delphae. Von daher erklärt sich die Bezeichnung ›delphaeische Literatur‹. Kluge Leute sind klug genug, sie nicht ernst zu nehmen, und dumme Leute sind dumm genug, den ganzen Unsinn zu glauben. Ihr wißt ja, wie das ist.«

»O ja!« rief Bevier. »Ich mußte als Student ganze Bibliotheken voll gräßlicher Verse lesen. Jeder Professor hatte seinen Lieblingsdichter, den er uns gnadenlos aufdrängte. Ich glaube, das war der Grund, daß ich schließlich die militärische Laufbahn einschlug.«

Khalad kam zu ihnen zurückgeritten. »Es soll nicht so aussehen, als wollte ich Kritik an meinen Vorgesetzten üben, meine Herren«, sagte er. »Aber der Entschluß, die Straße zu verlassen und querfeldein zu reiten, erscheint mir ziemlich unbedacht an einem Tag, da man die Sonne nicht sehen kann. Weiß jemand, wohin wir reiten?«

»Nach Osten!« sagte Vanion ohne zu zögern.

»Jawohl, Eminenz«, entgegnete Khalad. »Wenn Ihr Osten sagt, ist es Osten – auch wenn es gar nicht wirklich Osten ist. Müßten wir der Grenze nicht schon ziemlich nahe sein?«

»Stimmt. Sie ist nicht mehr weit voraus.«

»Ist nach Eurer Karte nicht der Fluß die natürliche Grenze zwischen Cynesga und Tamul?«

Vanion nickte.

»Tja, ich war vorhin auf der Kuppe dieses Hügels da vor uns und hab' mich umgeschaut. Ich konnte gut dreißig Meilen in jede Richtung sehen, aber da war nirgendwo ein Fluß zu erblicken. Könnte es sein, daß jemand die Sarna trocken gelegt hat?«

»Komm, beruhige dich«, murmelte Sperber.

»Kartographie ist keine exakte Wissenschaft, Khalad«, erklärte

Vanion. »Die Entfernungen auf den Landkarten, egal welchen, sind nur ungefähr. Wir sind bei Morgengrauen aufgebrochen und in Richtung der hellsten Stelle der Wolkendecke geritten. Das ist Osten. Es sei denn, jemand hat die Himmelsrichtungen geändert. Wir haben sämtliche Orientierungspunkte beachtet und reiten nach wie vor in dieselbe Richtung, die wir heute früh eingeschlagen haben!«

»Wo ist dann der Fluß, Eminenz?« fragte Khalad. Er blickte Itagne an. »Wie breit ist das Sarnatal, Exzellenz? Was meint Ihr?«

»Gut hundertachtzig Meilen. Die Sarna ist der längste und breiteste Fluß des Kontinents, und das Tal ist sehr fruchtbar.«

»Gras? Bäume? Getreidefelder?«

Itagne nickte.

»Es gibt keinerlei Spur von Grün in irgendeiner Richtung, meine Herren«, erklärte Khalad. »Überall ringsum nur braune Öde.«

»Wir reiten gen Osten!« beharrte Vanion. »Das atanische Gebirge muß im Norden sein – links von uns.«

»Das ist schon möglich, Eminenz, aber seine Berggipfel sind heute offenbar etwas verschämt und verstecken sich in den Wolken.«

»Ich habe Euch doch gesagt, daß die Karte ungenau ist, Khalad. Das ist die Erklärung!« Vanion blickte über die Schulter. »Reitet zurück und bittet Sephrenia und Berit aufzuschließen. Es ist ungefähr Mittag, nicht wahr, Kalten?«

»Ganz bestimmt, Eminenz.«

»Gut. Suchen wir in den Satteltaschen, vielleicht findet sich etwas Eßbares.«

»Woher wollen Vanion und Kalten denn wissen, wie spät es ist?« wandte Itagne sich an Sperber.

Sperber lächelte. »Wir verlassen uns dabei meistens auf Khalad – wenn die Sonne zu sehen ist. Ist es dagegen wolkig, verlassen wir uns auf Kaltens Magen. Er kann uns für gewöhnlich auf die Minute genau sagen, wie lange es her ist, daß er das letzte Mal gegessen hat.«

Am Spätnachmittag, als sie Rast für die Nacht machten, entfernte Khalad sich ein Stück von den andern, die ihr Lager aufschlugen. Mit beinahe selbstgefälliger Miene blickte er über die öde Wüste. »Sperber!« rief er. »Könntet Ihr bitte einen Moment hierherkommen? Ich möchte Euch etwas zeigen.«

Sperber setzte Farans Sattel ab und schlenderte zu seinem Knappen hinüber. »Ja?«

»Ich finde, Ihr solltet mit Hochmeister Vanion reden. Auf mich wird er wahrscheinlich nicht hören, da er kaum von seiner Meinung abzubringen ist. Aber jemand muß ihn überzeugen, daß wir heute nicht ostwärts geritten sind.«

»Zuerst mußt du *mich* davon überzeugen!«

»Na gut.« Der stämmige junge Mann deutete über die Wüste. »Wir kamen aus dieser Richtung, nicht wahr?«

»Ja.«

»Wenn wir nach Osten geritten wären, müßte das Westen sein, richtig?«

»Logischerweise.«

»Eben. Und Westen ist dort, wo normalerweise die Sonne untergeht.«

»Bitte, Khalad! Spiel jetzt nicht den Neunmalklugen. Komm zur Sache.«

»Jawohl, Herr Ritter. Wenn das Westen ist, warum geht die Sonne dann dort drüben unter?« Er drehte sich um und zeigte nach links, wo ein glühendes Orange die Wolken färbte.

Sperber blinzelte, dann stieß er eine Verwünschung aus. »Komm, reden wir mit Vanion!« Er ging Khalad voraus quer durchs Lager zum pandionischen Hochmeister, der sich mit Sephrenia unterhielt.

»Wir haben ein Problem«, wandte er sich an die beiden. »Irgendwo sind wir heute falsch abgebogen.«

»Reitet Ihr immer noch darauf herum, Khalad?« sagte Vanion gereizt. Sein Gespräch mit Sephrenia war offenbar nicht sehr erfreulich gewesen.

»Unser junger Freund hat mich auf etwas aufmerksam gemacht«, entgegnete Sperber. »Sehr ausführlich und eindringlich, weil ich ja schwer von Begriff bin. Er sagte, daß wir den ganzen Tag nach Norden geritten sind, falls nicht jemand den Weg der Sonne verändert hat.«

»Das ist unmöglich!«

Sperber drehte sich um und zeigte auf das orangefarbene Glühen der Wolken am Horizont. »Das ist *nicht* die Richtung, aus der wir gekommen sind, Vanion.«

Vanion folgte Sperbers Finger, dann begann er zu fluchen.

»Du wolltest ja nicht auf mich hören!« tadelte Sephrenia ihn. »Glaubst du mir *jetzt*, daß die Delphae dich nach Strich und Faden täuschen?«

»Es war unser *eigener* Fehler, Sephrenia – na ja, meiner jedenfalls. Wir können nicht einfach den Delphae die Schuld an allem geben, das schiefgeht!«

»Ich kenne dich, seit du ein Knabe warst, Vanion, und dir ist noch nie ein solcher Fehler unterlaufen. Ich habe selbst erlebt, wie du in dunkler Nacht während eines Schneesturms den richtigen Weg gefunden hast!«

»Offenbar habe ich ein paar Orientierungspunkte falsch gedeutet.« Vanion verzog das Gesicht. »Danke, daß du so höflich warst, Khalad – und so geduldig. Wärst du nicht gewesen, wären wir bis zum Polareis weitergeritten. Ich bin manchmal sehr eigensinnig.«

Sephrenia lächelte Vanion voller Zuneigung an. »Ich würde es lieber als deine Unbeirrbarkeit bezeichne.«

»Im Grunde genommen läuft es auf dasselbe hinaus.«

»Ja. Aber es klingt viel netter.«

»Errichte ein paar Orientierungszeichen, Khalad«, bat Vanion. Er schaute sich um. »Stecken oder dergleichen gibt es hier keine. Häuf Steine auf und befestige oben farbige Stoffetzen. Wir müssen den jetztigen Sonnenstand genau bestimmen und ihn uns einprägen, damit wir morgen früh nicht noch einmal den gleichen Fehler machen.«

»Ich kümmere mich darum, Eminenz.«

»Sie sind zurück!« sagte Kalten und rüttelte Sperber unsanft wach.

»Wer ist zurück?« Verschlafen setzte Sperber sich auf.

»Deine glimmenden Freunde! Sie möchten wieder mit dir sprechen!«

Sperber stand auf und folgte seinem Freund zum Rand des Lagers.

»Ich hab' Wache gehalten«, berichtete Kalten leise, »als sie plötzlich aus dem Nichts aufgetaucht sind. Itagnes Geschichten sind ja recht unterhaltsam, aber ganz stimmen sie offenbar nicht. Die Leuchtenden leuchten gar nicht immer. Sie haben sich im Dunkeln angeschlichen und begannen erst zu glimmen, als sie an Ort und Stelle waren.«

»Auch diesmal ein Stück abseits?«

Kalten nickte. »O ja, sie halten Distanz. Es wäre unmöglich, sie anzugreifen.«

Diesmal herrschte kein Nebel, und es waren nur zwei Leuchtende. Sie standen nur etwa zwanzig Meter von den angebundenen Pferden entfernt, doch das gespenstische Glimmen ließ ihre Züge nicht erkennen.

»Die Gefahr für Euch wächst, Anakha!« behauptete dieselbe hohl klingende, widerhallende Stimme. »Eure Feinde suchen Euch landauf, landab.«

»Wir haben niemanden gesehen, Nachbar.«

»Der unsichtbare Gegner ist der gefährlichste. Eure Feinde suchen mit dem Geist nach Euch. Wir beschwören Euch, nehmt unser Angebot an, Euch Zuflucht zu gewähren. Bald könnte es zu spät sein!«

»Ich möchte Euch um nichts auf der Welt kränken, Nachbar, aber wir haben nur Euer Wort, was diese unsichtbare Gefahr betrifft, und es könnte ja sein, daß Ihr ein wenig übertreibt. Ihr sagtet, daß Bhelliom meine Schritte lenkt, und Bhelliom hat unbeschränkte Macht. Ich habe es mehrmals selbst ausprobiert. Habt Dank für Eure Sorge, aber ich bin immer noch der Meinung, ich kann auf mich und meinen Freund aufpassen.« Er machte eine kurze Pause, dann stieß er impulsiv vor. »Wie wär's, wenn wir auf dieses höfliche Geschwätz verzichten und endlich Klartext reden. Ihr habt bereits ein gewisses Eigeninteresse zugegeben. Rückt doch jetzt frei damit heraus, was Ihr wollt und was Ihr dafür zu geben bereit seid. Das könnte sich als Grundlage für Unterhandlungen erweisen.«

»Dein Charme ist einfach umwerfend, Sperber«, knurrte Kalten.

»Wir werden Euren Vorschlag überdenken, Anakha.« Die hallende Stimme klang kalt.

»Tut das. Ach, da ist noch etwas, Nachbar. Hört auf, uns durch falsche Vorspiegelungen in die Irre zu führen. Täuschung und Trug machen nie einen guten Eindruck!«

Der glimmende Delphae wich in die Wüste zurück und verschwand wortlos außer Sicht.

»Dann glaubt *Ihr* mir also, nicht wahr, Sperber?« erklang Sephrenias Stimme unerwartet hinter den beiden Rittern. »Ihr habt erkannt, wie gemein und verlogen diese Kreaturen sind!«

»Sagen wir mal, ich betrachte diese Sache unvoreingenommen, kleine Mutter. Ihr hattet allerdings völlig recht mit dem, was Ihr am Abend gesagt habt. Wir könnten Vanion die Augen verbinden und ihn einen ganzen Tag unentwegt im Kreis drehen – trotzdem würde er unbeirrt genau nach Norden deuten.« Er schaute sich um. »Sind alle wach? Ich glaube, wir sollten eine Lagebesprechung halten.«

Sie kehrten zu der Stelle zurück, wo sie ihre Decken als Betten auf dem harten, unbequemen Kiesel ausgebreitet hatten. »Ihr seid wirklich sehr schlau, Sperber«, sagte Bevier. »Daß unsere Besucher die Beschuldigung nicht leugneten, die Ihr aus der Luft gegriffen habt, läßt darauf schließen, daß Sephrenia von Anfang an recht hatte, was die Leuchtenden betrifft. Sie haben uns bewußt in die Irre geleitet!«

»Das ändert aber nichts an der Tatsache, daß die Cyrgai da draußen sind«, gab Ulath zu bedenken. »Und die Cyrgai sind zweifellos unsere Feinde. Wir wissen nicht, was die Delphae wirklich beabsichtigen; aber letzte Nacht haben sie immerhin die Cyrgai für uns vertrieben. Das macht sie mir direkt sympathisch.«

»Könnte es eine abgekartete Sache gewesen sein?« fragte Berit.

»Das ist sehr unwahrscheinlich«, antwortete Itagne. »Die Cyrgai wurden mit der Überzeugung geboren, daß sie die Krone der Schöpfung sind. Sie würden sich nie auf ein Abkommen einlassen, in dem sie eine untergeordnete Rolle spielen müssen – nicht einmal zum Schein. Sie würden das als unerhörte Herabsetzung betrachten.«

»Er hat recht«, pflichtete Sephrenia ihm bei. »Außerdem wäre ein Bündnis dieser Art, so ungern ich es zugebe, auch für die Delphae vollkommen untypisch. Eine gemeinsame Sache zwischen Delphae und Cyrgai kann es nicht geben. Ich weiß nicht, weshalb die Delphae sich in diese Sache einmischen, aber ganz sicher tun sie es nur deshalb, weil sie ihre eigenen Gründe dafür haben. Sie würden sich nie von jemand anders einspannen lassen.«

»Großartig!« sagte Talen sarkastisch. »Jetzt müssen wir uns wegen *zweier* Feinde Sorgen machen.«

»Weshalb sollten wir uns überhaupt Sorgen machen?« Kalten

zuckte die Schultern. »Bhelliom kann uns binnen eines Herzschlags an den Rand von Matherion befördern. Warum verschwinden wir nicht einfach von hier und überlassen es den Cyrgai und Delphae, ihre Meinungsverschiedenheiten ohne uns auszutragen?«

»Nein!« sagte Sephrenia.

»Warum nicht?«

»Weil die Delphae uns bereits einmal in die Irre geführt haben! Wir wollen nicht nach Delphaeus!«

»Den Bhelliom können sie nicht täuschen, Sephrenia«, versicherte Vanion ihr. »Es mag ihnen ja gelungen sein, *mich* irrezuführen, bei Bhelliom ist das jedoch etwas ganz anderes.«

»Ich glaube nicht, daß wir dieses Risiko eingehen dürfen, Lieber. Die Delphae wollen irgendwas von Sperber, und es hat offenbar etwas mit Bhelliom zu tun. Wir dürfen ihnen auf keinen Fall beide in die Hände spielen. Ich weiß ja, daß es anstrengend und gefährlich ist, aber behalten wir unsere Füße auf dem Boden. Bhelliom bewegt sich durch eine gewaltige Leere. Falls die Delphae Bhelliom täuschen können, wäre es möglich, praktisch überall aus dieser Leere wieder aufzutauchen.«

»Was ist eine Ekloge?« wollte Talen wissen. Sie ritten am nächsten Morgen gen Osten – so hofften sie zumindest –, und Itagne setzte seinen Vortrag über die delphaeische Literatur fort.

»Eine Art primitives Drama«, erklärte er. »Meist geht es um die Begegnung zweier Hirten. Sie stehen herum und philosophieren in gräßlichen Versen.«

»Ich kenne einige Hirten«, warf Khalad ein, »und Philosophie war selten ihr Gesprächsthema. Sie haben sich viel mehr für Frauen interessiert.«

»Auch in Eklogen geht es um Frauen, aber so idealisiert, daß es kaum noch erkennbar ist.« Itagne zupfte nachdenklich an einem Ohrläppchen. »Diese Zurück-zur-Natur-Bewegung scheint eine Zivilisationskrankheit zu sein«, murmelte er. »Je zivilisierter die Menschen werden, desto romantischer erscheint ihnen das einfache, ländliche Leben. Die harte Plackerei und den Schmutz scheinen sie dabei völlig zu vergessen. So mancher schmelzige Poet wird ganz rührselig beim Gedanken an Schäfer – und Schäferinnen, natürlich.

Ohne Schäferinnen würde es nicht halb soviel Spaß machen. Die Edelleute verlieben sich in unregelmäßigen Abständen immer wieder in die ländliche Tradition und nehmen vieles auf sich, um ihre Vorstellung vom Leben auf dem Lande in die Tat umzusetzen. Kaiser Sarabians Vater ließ sogar unweit von Saranth eine sogenannte Schaffarm errichten. Er und sein Hof begaben sich im Sommer dorthin und verbrachten Monate damit, so zu tun, als würden sie Herden von schrecklich überfütterten Schafen hüten. Ihre ›einfachen‹ Kittel und Röcke waren aus Samt und Seide maßgeschneidert. Sie saßen mit schwärmerischer Miene herum, verfaßten grauenvolle Verse und achteten gar nicht darauf, daß ihre Schafe in alle Richtungen davonirrten.« Itagne lehnte sich in seinem Sattel zurück. »Solche Hirtengesänge schaden naürlich nicht. Sie sind nur albern und übertrieben gefühlsselig. Und die Dichter, die süchtig davon sind, neigen dazu, Moral in großen Portionen auszuteilen. Das war in der Literatur schon immer das Problem – eine Rechtfertigung dafür zu finden. Einem praktischen Zweck dient die Dichtkunst eigentlich nicht, wißt ihr.«

»Dennoch wäre ein Leben ohne Bücher öde und leer«, warf Bevier ein.

»Das stimmt, Ritter Bevier«, bestätigte Itagne. »Wie dem auch sei – die delphaeische Literatur, die wahrscheinlich überhaupt nichts mit den echten Delphae zu tun hat, entstand aus diesen lächerlichen literarischen Wurzeln. Doch nach einigen Jahrhunderten diesen Unsinns waren die Möglichkeiten der ländlichen Tradition so ziemlich erschöpft. Also begannen unsere Poeten herumzuirren – wie unbeaufsichtigte Schafe, wenn ich diese Redewendung auf sie ausdehnen darf. Irgendwann im vergangenen Jahrhundert gelangten sie zu der Ansicht, daß die Delphae eine nichtstyrische Art von Magie ausüben. Darüber erregten sich meine styrischen Kollegen an der Universität jedesmal ungemein.« Itagne blickte über die Schulter, um sich zu vergewissern, daß Sephrenia, die auch jetzt mit Berit in der Nachhut ritt, außer Hörweite war. »Was viele an den Styrikern stört, ist diese schwammige Mischung aus Überheblichkeit und anklagendem Selbstmitleid. Will man an der Universität einen Styriker ärgern, braucht man in seiner Gegenwart lediglich ›delphaeische Magie‹ zu sagen, und schon geht er hoch wie ein Feuerwerkskörper.«

»Habt Ihr auch nur die geringste Erklärung für Sephrenias Reaktion auf die Delphae?« fragte Vanion mit besorgter Miene. »Ich habe noch nie erlebt, daß sie sich so benimmt.«

»Ich kenne die erhabene Sephrenia nicht so gut, Hochmeister Vanion. Doch ihr Aufbrausen, als ich das erste Mal delphaeische Literatur erwähnte, gibt mir zu denken. In *Xadane* gibt es einen kurzen Abschnitt, der darauf hindeutet, daß die Styriker während des Krieges, in dem die Cyrgai angeblich ausgerottet wurden, mit den Delphae verbündet waren. Offensichtlich berief sich dieser Vers auf eine sehr obskure Stelle in einem historischen Text aus dem siebten Jahrhundert. Darin wird ein Verrat erwähnt, doch nicht viel mehr. Als der Krieg gegen die Cyrgai begann, setzten die Styriker sich offenbar mit den Delphae in Verbindung und brachten sie durch ein Täuschungsmanöver dazu, die Cyrgai von Osten her anzugreifen. Sie versprachen Unterstützung, doch als die Cyrgai zum Gegenangriff ansetzten und die Delphae überrannten, konnten die Styriker sich nicht mehr an ihre Versprechen erinnern. Die Delphae wurden fast ausgerottet. Seither fühlen die Styriker sich ziemlich unbehaglich und suchen nach immer neuen Ausreden, um diesen hinterhältigen Vertrauensbruch vor sich selbst zu rechtfertigen. Deshalb ist es nicht verwunderlich, daß die Styriker nirgendwo sehr beliebt sind und ihr Verrat die Ursache mancher bigotter Auswüchse ist. Verständlicherweise mögen Styriker diese Literatur nicht.« Er blickte sinnend über die öde Wüste. »Eine der unschönen Eigenschaften menschlichen Wesens ist die Neigung Menschen zu hassen, die man schlecht behandelt hat. Das ist viel einfacher, als sich seine Schuld einzugestehen. Wenn wir uns einreden können, daß die Menschen, die wir verraten oder versklavt haben, von vornherein nichtmenschliche Ungeheuer waren, ist unsere Schuld bei weitem nicht so schrecklich, wie wir insgeheim doch wissen. Menschen verstehen sich sehr gut darauf, die Schuld auf andere abzuwälzen. Wir möchten schließlich gern eine gute Meinung von uns selbst haben, nicht wahr?«

»Ich glaube, es gehört mehr dazu, Sephrenia so in Rage zu bringen«, meinte Vanion zweifelnd. »Sie ist viel zu vernünftig, um gleich aufzubrausen, nur weil jemand etwas Unschmeichelhaftes über Styriker sagt. Sie hat mehrere Jahrhunderte in den elenischen Königreichen von Eosien zugebracht, und dort gehen antistyrische Vorurteile weit über literarische Beleidigungen hinaus.« Er seufzte. »Wenn sie wenigstens mit mir darüber *reden* würde. Ich krieg' einfach nichts aus ihr heraus! Sie ergeht sich lediglich in heftigen Anschuldigungen. Ich verstehe es nicht!«

Sperber hatte eine ungefähre Ahnung, was geschah. Aphrael hatte angedeutet, daß Sephrenia etwas ungemein Schmerzliches durchstehen müsse, und für Sperber wurde immer offensichtlicher, daß die Delphae die Ursache dieses Schmerzes sein würden. Zudem hatte Aphrael gesagt, Sephrenias Leiden sei eine wesentliche Voraussetzung für die Entfaltung der in ihr schlummernden Anlagen. Itagne, der ja keinen von ihnen gut kannte, mochte da tatsächlich über etwas Bedeutsames gestolpert sein. Sephrenia war styrisch bis in die Fingerspitzen, und eine ethnisch begründete Schuld für eine Untat, die vor Äonen begangen worden war, würde genau die Art von Schmerz erzeugen, von der Aphrael so kummervoll gesprochen hatte. Doch Sephrenia würde nicht als einzige leiden. Vanion hatte gesagt, Sephrenias Probleme seien auch die seinen. Bedauerlicherweise traf das auch auf Sephrenias Schmerz zu.

Während sie weiter dahinritten, waren Sperbers Gedanken so trostlos wie die Umgebung.

12

Kring blickte nachdenklich über den Rasen. »Ich war auf der Stelle verrückt nach ihr, Atan Engessa«, gestand er seinem Freund, der ihn wie einen Turm überragte. »Von dem Augenblick an, da ich sie zum erstenmal sah, konnte ich kaum noch an etwas anderes denken.« Die beiden standen im Gebäudeschatten des Innenministeriums.

»Ihr seid ein Glückspilz, Freund Kring.« Engessas Stimme war tief und sanft. »Bei den wenigsten Menschen ist das Leben mit einer solchen Liebe gesegnet.«

Kring lächelte ein wenig schief. »Ich bin sicher, mein Leben wäre ohne sie viel einfacher.«

»Bedauert Ihr es?«

»Nicht einen Augenblick! Ich war der festen Überzeugung, ich hätte ein erfülltes Leben. Schließlich war ich der Domi meines

Volkes. Ich war sicher, meine Mutter würde eine passende Frau für mich finden, wenn die Zeit dafür gekommen war – so, wie es bei uns Sitte ist. Ich hätte geheiratet und Söhne gezeugt. Damit wäre ich meinen Verpflichtungen nachgekommen. Doch dann sah ich Mirtai und erkannte, wie leer mein Leben gewesen war.« Er fuhr sich über den barbierten Kopf. »Ich fürchte, mein Volk wird große Schwierigkeiten mit ihr haben. Wäre ich nicht der Domi, wäre die ganze Sache kein allzu großes Problem.«

»Wärt Ihr nicht der Domi, hätte Mirtai Euren Antrag vielleicht nicht angenommen, Freund Kring. Sie ist eine stolze Frau. Es war ihre Bestimmung, die Gemahlin eines Herrschers zu werden.«

»Ich weiß. Ich hätte auch nie gewagt, mich ihr zu nähern, wenn ich nicht Domi wäre. Aber es wird Probleme geben, das weiß ich jetzt schon. Mirtai ist eine Fremde und ganz und gar nicht wie die Frauen der Peloi. Rang und Ansehen sind für unsere Frauen sehr wichtig, und Mirtai ist von einer anderen Rasse. Sie ist größer als die größten Peloi, und sie ist schöner als alle Frauen, die ich je gesehen habe. Das allein würde schon genügen, die Herzen von Peloifrauen mit Neid zu erfüllen. Ihr habt gesehen, wie Tikumes Frau Vida sie angeschaut hat, nicht wahr?«

Engessa nickte.

»Die Frauen *meines* Volkes werden Mirtai noch mehr hassen. Sie wird Doma, die Frau des Domi, und damit die Erste unter den Frauen. Um die Sache noch zu komplizieren, wird sie eine der reichsten aller Peloi.«

»Wie das?«

»Ich habe es zu etwas gebracht. Meine Herden sind gewachsen, und ich habe fleißig geplündert. Mein ganzes Vermögen wird Mirtai gehören. Sie wird riesige Schaf- und Rinderherden ihr eigen nennen. Die Pferdeherden bleiben allerdings mein Besitz.«

»Ist das Sitte bei den Peloi?«

»O ja. Schafe und Rinder sind Nahrung: demzufolge gehören sie den Frauen, wie auch die Betten und Wagen. Das Gold, das wir vom König für zemochische Ohren bekommen, gehört allen gleichermaßen. So bleiben uns Männern der Peloi als einziges unsere Waffen und Pferde. Wenn man es recht bedenkt, gehört den Frauen alles, und wir Männer widmen unser Leben dem Schutz ihres Eigentums.«

»Das sind seltsame Sitten, Freund Kring.«

Kring zuckte die Schultern. »Ein Mann sollte seinen Kopf nicht mit Gedanken an Besitz belasten. Es lenkt ihn nur ab, wenn er kämpfen muß.«

»Eine Ansicht, der man kaum widersprechen kann, mein Freund. Wer kümmert sich um Euren Besitz, bis Ihr heiratet?«

»Meine Mutter. Sie ist eine vernünftige Frau, und eine Schwiegertochter wie Mirtai wird ihr Ansehen beträchtlich steigern. Die Peloifrauen geben einiges auf meiner Mutter Meinung. Ich hoffe, es gelingt ihr, die Dinge in den Griff zu bekommen – zumindest unter meinen Schwestern.« Er lachte, »Ich freue mich jetzt schon auf ihre Gesichter, wenn ich ihnen Mirtai vorstelle und sie ihr Ehrerbietung erweisen müssen. Ich mag meine Schwestern nicht besonders. Sie beten jede Nacht um meinen Tod.«

»Eure eigenen Schwestern?« fragte Engessa betroffen.

»Ja, sicher. Wenn ich sterbe, bevor ich verheiratet bin, geht mein gesamter Besitz auf meine Mutter über, und meine Schwestern werden alles erben. Sie betrachten sich jetzt schon als vermögende Frauen. In der fälschlichen Hoffnung, einmal alles zu erben und dann mit ihrem Reichtum zu protzen, haben sie bereits einige durchaus annehmbare Freier abgelehnt. Ich war bisher immer zu sehr damit beschäftigt, Krieg zu führen, als daß ich an eine Heirat gedacht hätte. Und mit jedem Jahr, das verging, fühlten meine Schwestern sich des Besitzes der Herden sicherer.« Er grinste. »Mirtais plötzliches Erscheinen wird sie aus der Fassung bringen, fürchte ich. Ein Brauch unseres Volkes gebietet, daß eine Braut vor der Hochzeit zwei Monate im Zelt der Mutter ihres Versprochenen verbringt, um alles zu lernen, was sie über ihn wissen muß. Während dieser Zeit werden meine Mutter und Mirtai auch Ehemänner für alle meine Schwestern auswählen; denn zu viele Frauen in einem Zelt – das kann nicht gutgehen. Und *das* wird meinen Schwestern den Rest geben. Vermutlich werden sie versuchen, Mirtai zu ermorden. Ich werde ihnen natürlich davon abraten«, fügte er salbungsvoll hinzu. »Schließlich bin ich ihr Bruder. Aber ich bin sicher, daß meine Schwestern nicht auf mich hören werden – zumindest nicht, ehe Mirtai ein paar von ihnen getötet hat. Aber ich habe sowieso zu viele Schwestern.«

»Wie viele?« wollte Engessa wissen.

»Acht. Ihr Rang wird sich erheblich ändern, wenn ich heirate. Bis jetzt betrachtet man sie allesamt als reiche Erbinnen. Nach meiner Hochzeit aber sind sie mittellose Jungfern und bei jedem Bissen von Mirtai abhängig. Ich glaube, dann werden sie bitter bereuen, daß sie ihren Freiern einen Korb gegeben haben. – Schleicht dort jemand durch die Schatten bei der Hauswand?«

Engessa blickte zum Gebäude des Innenministeriums. »Sieht ganz so aus! Fragen wir ihn, was er hier zu suchen hat. Es wäre keine gute Idee, irgend jemanden ins Haus zu lassen, solange Atana Mirtai und die Unterweltkönige noch dort zu tun haben.«

»Stimmt.« Kring zog seinen Säbel ein Stück aus der Scheide, und das ungleiche Paar schlich über den Rasen, um den huschenden Schatten nahe der Hauswand aufzuhalten.

Ehlana blickte von Sperbers Brief auf. »Wie weit ist es von hier nach Tega, Sarabian? Luftlinie, meine ich?«

Sarabian hatte sein Wams abgelegt und bot in seinem engen Beinkleid und dem Linnenhemd mit den bauschigen Ärmeln einen durchaus erfreulichen Anblick. Sein schulterlanges schwarzes Haar hatte er im Nacken zusammengebunden, und er übte Ausfälle mit seinem Rapier, indem er auf einen goldenen Armreif zielte, der an einem langen Strick von der Decke hing. »Ungefähr vierhundertfünfzig Meilen. Was meint Ihr, Oscagne?« sagte er, während er die *en-garde*-Position einnahm. Wieder machte er einen Ausfall und traf den Rand des Armreifs, der sich daraufhin drehte und am Strick hin und her pendelte. »Verdammt!« murmelte er.

»Vielleicht eher fünfhundert Meilen, Majestät.«

»Könnte es dort *wirklich* regnen?« fragte Ehlana skeptisch. »Hier ist das Wetter herrlich. Fünfhundert Meilen, das ist doch nicht so weit weg! Doch Sperber schreibt, daß es auf Tega bereits die ganze Woche regnet.«

»Wer kann sich schon aufs Wetter verlassen?« Sarabian machte einen weiteren Ausfall und stieß seine Fechtwaffe diesmal gekonnt durch den Armreif.

»Guter Stoß«, lobte Ehlana, ohne recht bei der Sache zu sein.

»Danke, Majestät.« Sarabian verbeugte sich und schwenkte sein Rapier. »Das macht wirklich Spaß.« Er duckte sich melodramatisch.

»Nieder mit dir, du Hund!« Er machte einen neuerlichen Ausfall, diesmal aber verfehlte er den Armreif um eine Handbreit. »Verflixt!«

»Alean, Liebes«, wandte Ehlana sich an ihre Kammermaid. »Sei so nett und sieh nach, ob der Seemann, der diesen Brief gebracht hat, noch in der Burg ist.«

»Sofort, Majestät.«

Sarabian blickte seine Gastgeberin fragend an.

»Der Seemann, der eben von Tega gekommen ist. Ich möchte seine Meinung über das dortige Wetter hören.«

»Ihr glaubt doch nicht, daß Euer Gemahl Euch belügen würde, Majestät?« fragte Oscagne bestürzt.

»Warum denn nicht? *Ich* würde ihn belügen, wenn es einen triftigen politischen Grund dafür gäbe.«

»Ehlana!« Sarabian war schockiert. »Ich dachte, Ihr liebt Sperber!«

»Was, in aller Welt, hat das damit zu tun? Natürlich liebe ich ihn. Ich liebe ihn, seit ich etwa in Danaes Alter war. Aber Liebe und Politik sind zwei ganz verschiedene Dinge, die nie miteinander verquickt werden sollten. Sperber führt irgendwas im Schilde, Sarabian, und Euer ehrenwerter Außenminister weiß vermutlich, um was es geht.«

»Ich?« protestierte Oscagne.

»Ja, Ihr. Nixen, Oscagne? *Nixen?* Ihr habt doch nicht ernsthaft erwartet, daß ich diese Mär glaube? Wirklich, Ihr habt mich ein bißchen enttäuscht. Ist Euch tatsächlich nichts besseres eingefallen?«

»Ich war ein wenig in Zeitnot, Majestät«, entschuldigte er sich verlegen. »Prinz Sperber war in Eile. Hat das Wetter uns verraten?«

»Nur zum Teil.« Ehlana hielt den Brief in die Höhe. »Mein Liebster hat sich selbst verraten. An lyrische Redewendungen hat Sperber früher nie einen Gedanken verschwendet. Bisher lasen sich seine Briefe immer so, als hätte er sie mit seinem Breitschwert geschrieben. An diesem aber – und an allen anderen aus Tega – wurde gefeilt und geschliffen, daß sie einem Dichter Ehre machen könnten. Ich bin gerührt, daß er sich so viel Mühe gegeben hat, aber ich glaube ihm kein Wort! Also, wo ist er? Und was hat er wirklich vor?«

»Das wollte er nicht sagen, Majestät. Er hat sich nur an mich gewandt, weil er eine gute Ausrede brauchte, sich für mehrere Wochen aus Matherion zu entfernen.«

Sie lächelte ihn süß an. »Ist schon gut, Oscagne. Ich werde es selbst herausfinden. Das macht sowieso mehr Spaß.«

»Es ist ein großes Gebäude«, berichtete Stragen am nächsten Morgen. »Eine gründliche Durchsuchung kostet viel Zeit.« Er, Caalador und Mirtai waren soeben von ihrem erfolglosen nächtlichen Einbruch zurückgekehrt.

»Wie weit seid ihr gekommen?« erkundigte sich Sarabian.

»Wir haben die beiden obersten Stockwerke durchkämmt, Majestät«, antwortete Caalador. »Heute nacht nehmen wir uns den dritten Stock vor.« Caalador hatte sich erschöpft in einen Sessel fallen lassen. Wie seine beiden Begleiter trug er noch die hautenge schwarze Kleidung. Gähnend sagte er: »Gott, bin ich müde! Ich werde zu alt für so was!«

Stragen rollte einen vergilbten Satz Pläne auf. »Ich bin immer noch der Meinung, daß die Antwort hier zu finden ist! Statt Türen zu öffnen und in Schreibpulten herumzustöbern, sollten wir die Abmessungen mit diesen Plänen vergleichen!«

»Du glaubst also immer noch, daß es dort Geheimgänge und verborgene Räume gibt, Stragen?« Wieder gähnte Caalador. »Das spricht nicht für deinen Geschmack was Literatur angeht, alter Junge.«

Sarabian blickte ihn verwirrt an.

»Thalesier sind geradezu süchtig nach kitschigen Geistergeschichten, Majestät«, erklärte Caalador.

»Das verschafft den Schreibstuben in Emsat stets Arbeit. Nach großer Literatur wird heutzutage ja kaum mehr verlangt.« Stragen zuckte die Schultern. »Bei uns wird eine ganze Menge höchst beliebter Schundliteratur in schmutzigen Seitengassen gehandelt – haarsträubende Geschichten, die in finsteren Sturmnächten auf Totenäckern oder in Spukhäusern spielen. Die Dirnen von Emsat verschlingen diese Bücher. Ich vermute, die Polizisten des Innenministeriums teilen ihren Geschmack. Schließlich ist ein Polizist so was wie eine Hure, denn er ist ebenso käuflich, nicht wahr?«

»Ich bin da nicht ganz mitgekommen«, gestand Mirtai. »Und ich weiß auch nicht, ob ich es überhaupt möchte. Vermutlich heckt ihr wieder etwas Abscheuliches aus, Stragen. – Caalador, würdet Ihr aufhören, so zu gähnen? Euer Gesicht sieht aus wie ein offenes Scheunentor!«

»Ich bin müde, Schätzchen. Ihr zwei habt mich nach meiner Schlafenszeit viel zu lange wachgehalten!«

»Dann geht zu Bett. Wenn Ihr Euren Mund so weit aufreißt, während Ihr mich anseht, schmerzen *mir* die Kiefer.«

»Ihr solltet jetzt *alle* schlafen gehen«, riet Ehlana ihnen. »Ihr seid nun die offiziellen königlichen Einbrecher, und ihr würdet Sarabian und mich zu Tode blamieren, wenn ihr mitten beim Einbruch einschlaft.«

»Wollen wir die Sache praktischer angehen?« fragte Caalador, während er sich erhob. »Ich kann bis zum Abend zwei Dutzend berufsmäßige Einbrecher hierher bringen, und bis zum Morgengrauen sind alle Geheimnisse des Innenministeriums in unserer Hand.«

»Und bis morgen nachmittag weiß das ganze Innenministerium, *daß* wir sie haben«, wandte Stragen ein. »Unser behelfsmäßiges Spitzelnetz hat Lücken, Caalador. Wir hatten nicht genug Zeit, alle unsicheren Kantonisten zu entfernen.«

»So große Eile besteht nun auch nicht, meine Herren«, versicherte Ehlana ihnen. »Selbst wenn wir die im Innenministerium versteckten Dokumente tatsächlich finden, können wir nichts in dieser Sache unternehmen, ehe mein vom Weg abgekommener Gemahl nicht wieder nach Hause gefunden hat.«

»Wie könnt Ihr so sicher sein, daß Sperber Euch täuscht, Ehlana?« fragte Sarabian.

»Weil es seinem Wesen entspricht. Sperber hat sein ganzes Leben meinem Schutz gewidmet. Natürlich ist das schrecklich lieb von ihm, aber manchmal auch äußerst lästig. Er hält mich immer noch für ein kleines Mädchen – obwohl ich ihm weiß Gott oft genug bewiesen habe, daß er sich da täuscht. Zur Zeit unternimmt er irgend etwas Gefährliches und möchte nicht, daß ich mir Sorgen um ihn mache. Er hätte mir nur zu sagen brauchen, was er beabsichtigt, und mir die Gründe nennen sollen, wieso er es für notwendig hält. Ich weiß, es fällt euch Männern schwer zu glauben, daß auch Frauen vernünftig sind – und viel praktischer veranlagt als ihr!«

»Ihr seid sehr streng, Ehlana«, warf Sarabian ihr vor.

»Nein, ich sehe die Dinge nur realistisch. Sperber tut, was er glaubt, tun zu müssen – egal, was ich sage. Ich habe gelernt, das hinzunehmen. Aber ich will eigentlich nur sagen, daß wir in dieser Sache nicht das Geringste unternehmen können, solange Sperber und die übrigen noch am anderen Ende der Welt durch die Gegend streifen. Dabei spielt es keine Rolle, was wir im Innenministerium ans Licht bringen. Wir werden das Ministerium auflösen und ein Viertel der kaiserlichen Polizei in die Kerker werfen. Anschließend rufen wir in ganz Tamuli den Ausnahmezustand aus, und die Ataner sorgen dafür, daß unsere Befehle befolgt werden. Der daresische Kontinent wird wie ein Ameisenhaufen aussehen, über den die Reiterei hinweggedonnert ist. Da ich nicht weiß, was Sperber tut, habe ich keine Ahnung, wie er auf dieses Chaos reagieren wird. Ich werde jedenfalls nicht zulassen, daß ihr ihn in noch größere Gefahr bringt; denn ich bin sicher, daß er sich bereits in sehr großer Gefahr befindet.«

»Wißt Ihr was, Ehlana?« sagte Sarabian. »Ihr seid sogar noch mehr um Sperber besorgt als er um Euch.«

»Natürlich. Darum geht es in der Ehe schließlich.«

Sarabian seufzte. »In keiner von meinen.«

»Weil Ihr zu viele Gemahlinnen habt und Eure Zuneigung planmäßig verteilen müßt, Sarabian. Jede Eurer Frauen gibt Euch nur soviel Liebe, wie Ihr selbst gebt.«

»Ich habe die Erfahrung gemacht, daß es sicherer ist, sich nicht auf eine Frau festzulegen.«

»Aber langweilig, mein Freund. Von Leidenschaft für nur eine Person verzehrt zu werden, ist ungemein aufregend. Es ist vielleicht mit einem Leben in einem Vulkankrater vergleichbar.«

»Wie anstrengend!« Er schüttelte sich.

»Aber vergnüglich!« entgegnete sie lächelnd.

Baroneß Melidere hatte sich schon früh zurückgezogen und das mit starken Kopfschmerzen begründet. Es lag keineswegs daran, daß sie ihre Pflichten als Ehlanas Hofdame zu anstrengend fand; der Grund war, daß sie endlich eine wichtige Entscheidung treffen mußte. Denn je länger sie damit wartete, desto schwerer würde es ihr fallen. Die Baroneß hatte den Punkt erreicht, an dem sie sich klarwerden mußte, wie es mit Stragen weitergehen sollte.

Melidere war weder unschuldig noch naiv. Das sind Hofdamen selten. Ein unberührtes Mädchen hat nur eine Wahl, wenn es um eine Beziehung mit einem Mann geht. Ein erfahreneres Mädchen hat zwei, und das war die Crux von Melideres Dilemma. Natürlich würde Stragen einen durchaus akzeptablen Liebhaber abgeben. Er war vorzeigbar, interessant und besaß ausgezeichnete Manieren. Eine Liaison mit ihm würde Melideres Ruf am Hof nicht schaden – ganz im Gegenteil. Das war ursprünglich sogar ihre Absicht gewesen. Nun war die Zeit gekommen, den entscheidenden Schritt zu wagen und Stragen in ihr Schlafgemach zu bitten. Sie konnte die Liaison kurz gestalten, konnte sie aber auch ausdehnen und jedesmal erneuern, wenn Stragen Cimmura besuchte. Das würde der Affäre eine gewisse Form geben und beiden die Freiheit lassen, anderen Vergnügungen nachzugehen, wie in solchen Situationen üblich. Doch Melidere war sich nicht sicher, ob das wirklich alles war, was sie wollte. In letzter Zeit hatte sie immer öfter eine dauerhaftere Beziehung in Erwägung gezogen. Und darin lag das Dilemma.

Für Herzensdinge gibt es einen Rhythmus, ja, beinahe so etwas wie Gezeiten. Wenn die Flut ihren höchsten Stand erreicht, muß die Dame ihrem Erwählten gewisse Zeichen geben. Eines dieser Zeichen weist zum Schlafgemach, das andere zum Traualtar. Melidere konnte es nicht länger aufschieben. Sie mußte sich für eines der beiden Zeichen entscheiden.

Stragen faszinierte sie. Eine geheimnisvolle Aura aufregender Gefahr umgab ihn, und Melidere, eingeengt von den Ritualen höfischen Lebens, fühlte sich davon angezogen. Es konnte berauschend sein, ja, süchtig machen. Aber wie sollte sie wissen, ob diese Erregung nicht mit den Jahren schwand?

Außerdem gab es da ein weiteres Problem, das Stragens Person betraf. Seine ungeklärte Herkunft und das Fehlen eines offiziellen Ranges hatten ihn überempfindlich werden lassen. Auf jede oft unbedacht geäußerte und keineswegs beabsichtigte Bemerkung reagierte er gereizt und benahm sich als Ehlanas Gefolgsmann wie ein ungeladener Gast bei einem Bankett – stets von der heimlichen Angst erfüllt, man könnte ihm die Schande antun, ihn fortzuschicken. Edelleuten wagte er nur mit allergrößter Ehrfurcht gegenüberzutreten, und in ihrer Gesellschaft fühlte er sich stets als

Außenseiter. Manchmal schienen sie für Stragen Angehörige einer anderen Gattung Mensch zu sein.

Dieses Problems würde sie, Melidere, sich als erstes annehmen müssen, falls sie beschloß, ihn zu heiraten, das war ihr klar. Sie selbst wußte, daß ein Titel nichts über den Menschen aussagte, und daß Rang und Namen gekauft werden konnten. Aber wie sollte sie Stragen dies beibringen? Sie könnte ihm ohne Schwierigkeiten den Titel eines hohen Edelmanns erkaufen; aber das würde bedeuten, daß sie ihm ein Geheimnis verraten müßte, das sie seit ihrer Kindheit hütete. Nie hatte Melidere auf irgendeine Weise durchblicken lassen, daß sie eine der wohlhabendsten Personen am Hof war – vor allem deshalb nicht, weil ihr sagenhafter Reichtum nicht auf legale Weise erworben war.

Aber das war es! Beinahe hätte sie laut gelacht, als sie erkannte, wie einfach es war. Wenn sie Stragen wirklich heiraten wollte, brauchte sie ihn nur in ihr Geheimnis einzuweihen. Das würde sie gleichstellen und die Barriere niederreißen, die ohnehin nur in Stragens Einbildung bestand. Melidere war Baroneß, doch ihre Familie konnte sich noch nicht allzu lange Zeit mit dem Adelstitel schmücken.

Ihr Vater – ein Mann mit breiten Schultern und dichtem blonden Lockenhaar – war als junger Bursche Schmied in Cardos gewesen und hatte mit einer simplen Erfindung, die er sich in seiner Werkstatt ausgedacht hatte, ein Vermögen gemacht. Für die meisten Menschen sind Goldmünzen Geld – Gegenstände von großem und unveränderlichem Wert. Einige jedoch erkennen, daß der Wert einer Münze davon abhängt, was ihr laut Regierungsbeschluß eingeprägt ist. Diese eingravierte Zahl – und damit der Wert der Münze – bleibt erhalten, selbst wenn mit einer Feile oder einem scharfen Messer von ihrem Rand gleichmäßig ein klein wenig abgeschabt wurde. Die unendlich winzigen Späne reinen Goldes, die man dadurch bekommt, sind kaum der Rede wert, wenn man lediglich den Rand einer einzigen Münze unmerklich abschabt. Bearbeitet man auf diese Weise jedoch tausend Münzen, sieht die Sache schon ganz anders aus. Manche Regierungen versuchen solche Eingriffe zu verhindern, indem sie den Rand der Münzen bei der Prägung riffeln. Eine geriffelte Münze hat regelmäßige fortlaufende Kerben. Würde man daran herumfeilen oder schaben, wäre es sofort ersichtlich. Melideres erfindungsreicher Vater hatte eine Möglichkeit gefunden, dieses Problem zu umgehen und einen Satz Schneideisen zur Neuriffelung angefertigt, ein Eisen für jede Münzgröße. Ein einfacher Schmied bekommt sein Leben lang nicht genügend Münzen in die Hand, daß die Mühe sich lohnen würde, solche Schneideisen herzustellen. Doch Melideres Vater war ein Genie. Er schmiedete diese Schneideisen nicht, um sie selbst zu verwenden, doch ebensowenig verkaufte er sie. Er vermietete sie mitsamt den Diensten gutausgebildeter Gesellen und nahm dafür einen Prozentsatz des Gewinns.

Melidere lächelte. Sie war überzeugt, daß in ganz Eosien sehr wenige Goldmünzen ihr ursprüngliches Gewicht besaßen, und sie wußte, daß fünf Prozent des Unterschieds zwischen Nennwert und wahrem Wert als Barren in der geheimen Schatzkammer im Keller ihres Landhauses bei Cardos gestapelt waren. Sobald sie Stragen wissen ließ, daß sie eine größere und erfolgreichere Diebin war als er, würde alles übrige leicht sein. Stragens Respekt, was ihre aristokratische Herkunft betraf, würde bestimmt so etwas wie fast ehrfürchtigem Staunen über ihre Fähigkeiten weichen, die Gesetze zu übertreten. Sie konnte ihm sogar den Ursprung ihres Reichtums zeigen, denn sie trug das kostbarste Andenken ihrer Kindheit – die Originalschneideisen ihres Vaters – stets bei sich. Auch jetzt lagen sie in der mit Samt ausgekleideten Rosenholzschatulle auf Melideres Frisiertisch: polierte Stahljuwelen, kostbarer als Brillanten.

Während ihr bewußt wurde, daß sie die Mittel zur Hand hatte, Stragen zu heiraten, erkannte sie zugleich, daß sie ihre Entscheidung bereits getroffen hatte. Sie *würde* ihn heiraten. Gleich beim nächsten Mal, wenn sie ihn sah, würde sie dieses Zeichen geben und kein anderes.

Dann fiel ihr noch etwas ein. Die Unternehmungen ihres Vaters waren auf den eosischen Kontinent beschränkt gewesen. Ganz Tamuli war überschwemmt von noch unberührten Münzen, die nur darauf warteten, Feile und Messer kennenzulernen. Sobald Stragen das erkannte, würde er nicht zum Traualtar *schreiten*, sondern *rennen*.

Melidere griff lächelnd nach ihrer Haarbürste und summte vor sich hin, während sie ihr langes honigblondes Haar bürstete. Wie jedes vernünftige elenische Mädchen war sie das Problem logisch angegangen, und wie fast immer hatte auch diesmal die Logik den Sieg davongetragen. Logik war angenehm und beruhigend, vor allem, wenn die Gesetze – auch die der Moral – aus dem Spiel blieben.

»Halt! Wartet!« flüsterte Stragen, als sie die breite Treppe zum dritten Stock hinuntersteigen wollten. »Dort unten ist noch jemand!«

»Was will er so spät hier?« fragte Mirtai leise. »Alle anderen sind doch schon vor Stunden heimgegangen!«

»Wir könnten ihn fragen«, murmelte Caalador.

»Red keinen Unsinn. Ist es einer der Wächter?«

»Keine Ahnung«, antwortete Stragen. »Ich habe ihn selbst nicht gesehen, nur das Flackern einer Kerze. Jemand da unten hat eine Tür geöffnet.«

»Vielleicht irgendein kleiner Untergebener, der mit seiner Arbeit nicht fertig geworden ist.« Caalador zuckte die Schultern.

»Was jetzt?« fragte Mirtai.

»Wir warten.« Caalador setzte sich auf die oberste Stufe.

Stragen überlegte. »Bleibt ihr zwei hier«, schlug er vor, »ich sehe nach. Wenn es so ausschaut, als wollte er die Nacht hier verbringen, hätte es wenig Sinn, wenn wir bis zum Morgen auf dieser Treppe herumsitzen.«

Als er hinunterschlich, verursachten seine wie angegossen sitzenden weichen Schuhe nicht den geringsten Laut auf den Perlmuttfliesen. Kaum hatte er den unteren Korridor erreicht, sah er an dessen Ende den feinen Streifen von Kerzenlicht unter einer Tür hervorschimmern. Mit dem Selbstvertrauen, das sich aus langer Übung ergibt, schlich er darauf zu. Vor der Tür angekommen, vernahm er Stimmen.

Stragen zog nicht einmal in Erwägung, an der Tür zu lauschen. So etwas taten nur Anfänger. Er schlich ins angrenzende Zimmer, tastete sich vorsichtig voran und drückte das Ohr an die Wand.

Kein Geräusch war zu vernehmen. Lautlos fluchend kehrte Stragen auf den Flur zurück und betrat ebenso lautlos den Raum zur anderen Seite des beleuchteten Zimmers. Kaum hatte er ihn betreten, konnte er hören, wie zwei Männer sich unterhielten.

»Unser verehrter Premierminister begreift allmählich die Lage«, sagte soeben eine rauhe Stimme. »Aber es fällt ihm nicht leicht. Pondia Subat ist sehr beschränkt, wenn es um etwas Neues geht.«

»Damit muß man rechnen, Exzellenz.« Stragen erkannte die zweite Stimme. Sie gehörte Teovin, dem Leiter der Geheimpolizei. »Der Premierminister ist bloß eine Galionsfigur und hat ebensowenig zu sagen wie der Kaiser.«

»Das habt Ihr also auch bemerkt«, sagte der Sprecher mit der rauhen Stimme.

»Es ist nicht damit zu rechnen, daß Subat viele Fragen stellt. Solange er sich im wesentlichen über die Situation im klaren ist, wird es ihm wahrscheinlich ohnehin lieber sein, wenn wir uns um alles kümmern, ohne daß er die Einzelheiten erfährt. Das wollte er ja von vornherein. Seid Ihr bei den anderen weitergekommen?«

»Bei einigen. Ihr habt gewiß Verständnis, daß ich dieses Thema sehr vorsichtig angehen muß. Das elenische Luder hat sich hier am Hof viele Freunde gemacht. Aber sie hören alle auf mich. Ich habe den Schlüssel zur Schatzkammer, und schon das verschafft mir ihre Aufmerksamkeit. In den meisten Ministerien muß man sich mit zu vielen Förmlichkeiten befassen; deshalb habe ich kaum Zeit an die betreffenden Minister verschwendet. Das Kultusministerium wird uns wahrscheinlich ebensowenig von Nutzen sein wie das Ministerium für bildende Künste.«

»Da wäre ich mir nicht so sicher, Exzellenz. Das Kultusministerium ist auch für die Universitäten zuständig. Wir müssen weiter denken, über die gegenwärtige Zwangslage hinaus. Wir wollen doch nicht, daß ganze Generationen mit der Überzeugung durchs Leben gehen, das Innenministerium und Finanzministerium wären Brutstätten für Hochverrat. Genaugenommen handeln wir ja gegen die Wünsche des Kaisers.«

»Das stimmt wohl, aber das Innenministerium ist für die Polizei zuständig, und das Finanzministerium erhebt die Steuern und treibt sie ein. Egal, was wir tun, keiner von uns wird sich beliebt machen. Aber Ihr habt vermutlich recht. Wenn die Geschichtsprofessoren ihre Studenten lehren, daß wir Hochverräter sind, werden die Leute in Zukunft möglicherweise behaupten, es sei ihre vaterländische Pflicht, Gesetzeshüter zu mißachten und vielleicht auch keine Steuern mehr zu bezahlen.«

»Da fällt mir etwas ein, Kanzler Gashon«, sagte Teovin nachdenklich. »Ihr habt doch eine speziell ausgebildete Sondereinheit der Polizei, nicht wahr? Burschen mit gewaltigen Muskeln begleiten Eure Steuereintreiber, um dafür zu sorgen, daß die Leute ihre Schulden auch bezahlen.«

»O ja. So oder so bezahlt *jeder* seine Steuern. Ich bekomme Geld von ihnen allen – oder Blut!«

»Dann hört mir bitte zu. Die Elenier wissen wahrscheinlich, daß das Innenministerium und vermutlich auch die Armee gegen sie sind. Deshalb werden sie alles versuchen, die notwendigen Maßnahmen zu verhindern. Ich würde gern einige meiner wichtigeren Leute verstecken. Könnte ich sie in *Eure* Polizeitruppe versetzen? Auf diese Weise kann ich meinen gewohnten Pflichten nachgehen – selbst wenn die Elenier damit beginnen, Polizeiwachstuben niederzubrennen.«

»Das läßt sich machen, Teovin. Braucht Ihr sonst noch etwas?«

»Geld, Kanzler Gashon.«

Gashon machte ein gequältes Gesicht. »Würdet Ihr statt dessen ewige Freundschaft nehmen?«

»Ich fürchte, damit lassen sich die erforderlichen Leute nicht bestechen, Exzellenz.« Teovin hielt nachdenklich inne. »Ja, das ließe sich machen! Ich könnte wahrscheinlich in vielen Fällen eine Art Steuerimmunität versprechen.«

»Dieses Wort habe ich noch nie gehört.«

»Als Belohnung für ihre Hilfe erlassen wir jenen Leuten die Steuern, die für uns von Nutzen sind.«

»Das ist sittenwidrig!« stieß Gashon hervor. »So etwas Schockierendes habe ich noch nie im Leben gehört!«

»Es war nur ein Gedanke.«

»Schlagt so etwas nie wieder, Teovin! Das läßt mir ja das Blut stocken! Können wir jetzt das Haus verlassen? Ich weiß nicht, aus welchem Grund, aber ich fühle mich in Polizeiwachstuben einfach nicht wohl.«

»Selbstverständlich, Exzellenz. Ich glaube, wir sind alles durchgegangen, was zwischen uns bleiben sollte.«

Stragen blieb lauschend in dem dunklen Büro sitzen, während die zwei Männer die Stühle zurückschoben und auf den Flur hinaustraten. Dann hörte er, wie sich Teovins Schlüssel im Schloß drehte. Der blonde Unterweltkönig wartete noch etwa zehn Minuten, ehe er zum Fuß der Treppe ging und leise nach oben rief: »Sie sind weg!«

Mirtai und Caalador kamen die Treppe herunter. »Wer war es?« wollte Caalador wissen.

»Der Leiter der Geheimpolizei und der Finanzminister. Es war ein sehr aufschlußreiches Gespräch. Teovin spannt andere Minister für seine Zwecke ein. Sie wissen zwar nicht, was er *tatsächlich* vorhat, aber er konnte bereits mehrere Kollegen davon überzeugen, daß es in ihrem eigenen Interesse sei, sich ihm anzuschließen.«

»Darauf können wir später näher eingehen«, wandte Caalador ein. »Es ist fast Mitternacht. Machen wir uns auf die Suche!«

»Nicht nötig.« Stragen zuckte mit den Schultern. »Ich habe gefunden, was wir suchten.«

»Dieser Mensch ist eine echte Zumutung«, wandte Caalador sich an die atanische Riesin. »Er läßt eine sensationelle Bemerkung fallen und tut so, als wäre es eine Nebensächlichkeit! Na gut, Stragen, bring uns mit deiner Brillanz völlig aus der Fassung. Sorg dafür, daß mir die Augen aus den Höhlen quellen und daß Mirtai in Bewunderung für dich dahinschmilzt.«

»Ich habe wirklich nicht viel dazu beigetragen«, gestand Stragen. »Ehrlich gesagt, bin ich rein zufällig darauf gestoßen. Es gibt ein Geheimzimmer! Wir müssen allerdings erst noch den Eingang finden und uns vergewissern, daß die gesuchten Dokumente sich wirklich dort befinden. Aber dieses Zimmer wäre genau der richtige Aufbewahrungsort. Ich hätte eigentlich gleich daran denken müssen!«

»Und wo liegt es?« wollte Mirtai wissen.

»Direkt neben Teovins Amtsstube.«

»Das ist allerdings der richtige Aufbewahrungsort«, bemerkte Caalador. »Wie hast du es gefunden?«

»Um ehrlich zu sein, hab' ich's noch gar nicht gefunden. Aber die Logik sagt mir, daß es dieses Zimmer gibt.«

»Werft Eure weichen Schuhe und schwarzen Sachen lieber noch nicht weg, Caalador«, riet Mirtai.

»Ihr verletzt meine Gefühle, Schätzchen«, klagte Stragen.

»Weil ich mit elenischer Logik schon allerhand erlebt habe. Erzählt uns mehr!«

»Ich wollte versuchen, so viel wie möglich mitzuhören. Deshalb schlich ich in die angrenzende Schreibstube, um zu lauschen.«

»Und?«

»Ich konnte keinen Ton hören!«

»Die Wände sind aus Stein, Stragen«, gab Mirtai zu bedenken, »und obendrein mit Muscheln beklebt.«

»Es gibt keine vollkommen schalldichte Wand, Mirtai. Immer gibt es irgendwelche Risse und Ritzen, in die der Mörtel nicht eindrang. Wie dem auch sei, als ich es in der Schreibstube auf der anderen Seite versuchte, konnte ich alles mithören. Glaubt mir, zwischen diesen beiden Räumen befindet sich eine Kammer!«

»Es paßt wirklich alles zusammen, Schätzchen«, sagte Caalador zu Mirtai. »Der Eingang zu dieser Kammer *muß* logischerweise in Teovins Büro sein, stimmt's? Diese Dokumente sind streng vertraulich und er möchte ganz gewiß nicht, daß jemand ohne sein Wissen Einblick nimmt. Wir hätten ein bißchen länger über alles nachdenken sollen. Dann hätten wir eine Menge Zeit sparen können!«

»Wir haben die Zeit nicht vollkommen vergeudet.« Mirtai lächelte. »Ich habe die Kunst des Einbrechens gelernt, und ich hatte Gelegenheit, mich regelrecht in euer beider Zuneigung zu suhlen. Ihr habt mich glücklicher gemacht, als ich mit Worten ausdrücken könnte! – Die Tür zur Amtsstube ist bestimmt verschlossen.«

»Das ist überhaupt kein Problem.« Caalador grinste und hielt ein nadelfeines Werkzeug mit einem Haken an der Spitze hoch.

»Gehen wir's an!« drängte Stragen. »Es ist Mitternacht, und möglicherweise brauchen wir den Rest der Nacht, den Eingang zu dieser Geheimkammer zu finden.«

»Das kann nicht Euer Ernst sein!« sagte Ehlana abfällig.

»Möge meine Zunge sich grün färben, wenn es nicht so ist, Majestät.« Caalador machte eine Pause. »Gräßlich, nicht wahr?«

»Ich verstehe nicht«, gestand Sarabian.

»Es ist ein Gemeinplatz, Majestät«, erklärte Stragen, »aus einer Literaturgattung, die in Eosien zur Zeit sehr beliebt ist.«

»Wollt Ihr diesem Schwulst wirklich die Ehre machen, ihn Literatur zu nennen, Stragen?« murmelte Baroneß Melidere.

»Sie befriedigt die Bedürfnisse der geistig Minderbemittelten,

Baroneß.« Er zuckte die Schultern. »Wie dem auch sei, kaiserliche Majestät, diese Literaturgattung besteht hauptsächlich aus Geistergeschichten. Es gibt fast immer eine Burg oder ein Schloß, wo es spukt, mit Geheimgängen und geheimen Räumen, und die Eingänge sind normalerweise hinter Bücherschränken versteckt. Das ist in fast jeder Gruselmär so. Man empfindet es beinahe als alltäglich – so alltäglich, daß ich nie auf die Idee gekommen wäre, irgend jemand könnte *tatsächlich* solche Methoden anwenden.« Er lachte. »Ich frage mich, ob Teovin es sich selbst ausgedacht hat oder die Idee einer dieser Geistergeschichten entnahm. Wenn ja, würde das seinen gräßlichen Literaturgeschmack verraten.«

»Sind in Eosien Bücher denn problemlos erhältlich?« fragte Oscagne interessiert. »Hier sind sie schrecklich teuer.«

»Es ist die Folge einer gezielten Aktion unserer Heiligen Mutter Kirche im vergangenen Jahrhundert, das Lesen und Schreiben allgemein zu fördern«, erklärte Ehlana. »Die Kirche wollte, daß ihre Kinder ihre Botschaft lesen können, also verbrachten die Priester sämtlicher Pfarreien viel Zeit damit, ihre Schäfchen das Lesen zu lehren.«

»Man braucht allerdings nicht sehr lange, die Botschaft der Kirche zu lesen«, fuhr nun Stragen wieder fort. »Mit dem Ergebnis, daß es anschließend Unmengen von Leuten gibt, die eine Fähigkeit besitzen, die sie gar nicht einsetzen können. Allerdings war es die Erfindung des Papiers, die den sprunghaften literarischen Anstieg auslöste. Die Kosten für die Anfertigung von Abschriften sind nicht besonders hoch. Aber die Preise für Pergament waren kaum erschwinglich. Als Papier auf den Markt kam, wurden Bücher viel billiger. In fast jeder größeren Stadt gibt es Schreibstuben mit ganzen Trupps von Schreibern, die tonnenweise Bücher kritzeln. Es ist ein gewinnbringendes Geschäft. Die Bücher haben keine Illustrationen, keine verzierten Anfangsbuchstaben und dergleichen, und mit der Schrift gibt man sich nicht allzuviel Mühe. Aber sie sind lesbar und vor allem erschwinglich. Aber nicht jeder, der lesen kann, hat einen guten Geschmack. So kommt es, daß eine Menge grauenvoller Geschichten von Leuten verfaßt werden, die so gut wie kein Talent dafür haben. Sie schreiben über Abenteuer, Geister, Helden, Liebe und – na ja, so anstößige Dinge, daß die Leute sie nicht offen in die

Bücherregale stellen. Die Kirche möchte natürlich, daß nur Heiligenlegenden und religiöse Verse geschrieben werden, aber kaum jemand liest so etwas Langweiliges. Wie gesagt, zur Zeit sind Geistergeschichten in Mode – vor allem in Thalesien. Es hat etwas mit unserem nationalen Charakter zu tun, glaube ich.« Er blickte Ehlana an. »Die gesuchten Dokumente in Teovins Geheimkammer zu finden, wird eine langwierige Arbeit sein, meine Königin. Es gibt dort Berge von Schriftstücken, und ich kann schlecht jede Nacht ganze Trupps von Helfern über das Dach einsteigen lassen. Mirtai, Caalador und ich werden jedes einzelne Dokument selbst lesen müssen.«

»Vielleicht auch nicht, Durchlaucht Stragen«, wandte Ehlana ein. Sie lächelte den blonden Unterweltkönig an. »Ich hatte völliges Vertrauen in Eure Unehrlichkeit, mein lieber Junge. Deshalb war ich sicher, daß Ihr früher oder später finden würdet, was wir suchten. Dann erinnerte ich mich an eine Sache, von der Sperber mir einmal erzählt hat. Er hatte sich eines Zaubers bedient, um Kragers Gesicht in einem Wasserbecken erscheinen zu lassen, damit Talen sein Bild zeichnen konnte. Ich sprach mit einem der Pandioner, die uns begleiteten – einem Ritter Alvor. Er hat mir eine sehr interessante Geschichte erzählt. Da Sephrenia keine große Lust zeigt, Elenisch zu lesen, haben sie und Sperber eine Möglichkeit gefunden, dieser Unlust mit einem kleinen Trick beizukommen. Sephrenia blickt auf eine Buchseite – nur ganz flüchtig –, und kann sie dann Stunden, sogar Tage später in einem Spiegel oder auf einer ruhigen Wasseroberfläche erscheinen lassen. Ritter Alvor beherrscht diesen Zauber. Er ist ein noch ziemlich junger und sehr behender Bursche und wird keine Schwierigkeiten haben, euch zu begleiten. Nehmt ihn bei eurem nächsten Besuch im Innenministerium mit und laßt ihn in Teovins Geheimkammer herumschmökern. Ich könnte mir vorstellen, daß er in nur einer Nacht das gesamte Archiv im Kopf mitnehmen kann.«

»Geht das wirklich, Majestät?« fragte Caalador zweifelnd.

»O ja, Caalador. Ich habe Alvor auf die Probe gestellt und ihm ein Buch gereicht, das er noch nie zuvor gesehen hatte. Er blätterte es in zwei Minuten durch, dann übertrug er Seite für Seite auf den Spiegel da drüben. Ich verglich sie mit dem Original – es war eine perfekte Kopie. Nicht einmal die Flecken auf den Buchseiten fehlten.«

»Diese Pandioner sind wirklich recht brauchbare Burschen«, stellte Caalador fest.

»Wißt Ihr ...«, Ehlana lächelte, »... das ist mir auch aufgefallen. Da ist vor allem einer, den ich sehr gut gebrauchen kann.«

13

»Wir haben keine Wahl, Liebes«, sagte Vanion zu Sephrenia. »Trotz unseres Versuchs, umzukehren, reiten wir immer noch in dieselbe Richtung. Wir müssen Bhelliom einsetzen.« Er blickte zu der vor ihnen liegenden Klamm. Der Wildbach toste über die aus seinem Bett ragenden Felsbrocken und brach sich ein immer tieferes und breiteres Bett durch das Gestein. Die Wände der Klamm waren mit üppigem Grün bewachsen, von dem es aufgrund des wirbelnden Dunstes, der aus dem Wildwasser aufstieg, stetig tropfte.

»Nein, Vanion!« riet Sephrenia heftig ab. »Wenn wir das tun, schnappt ihre Falle über uns zu! Die Delphae wollen Bhelliom. Sobald Sperber versucht, ihn einzusetzen, werden sie uns angreifen, um ihn zu töten und ihm Bhelliom wegzunehmen.«

»Sie werden ihren Versuch bereuen!« versicherte Sperber.

»Vielleicht.« Sephrenia zuckte die Schultern. »Vielleicht aber auch nicht. Wir wissen nicht, wozu sie fähig sind. Solange ich nicht herausgefunden habe, *wie* es ihnen gelingt, uns in die Irre zu führen, kann ich nicht einmal Vermutungen darüber anstellen, wozu sie sonst noch imstande sind. Es gibt zu viele Unsicherheiten, als daß wir irgendwelche Wagnisse eingehen dürften.«

»Wir könnten uns in einer Sackgasse befinden«, meinte Khalad. »Wir bewegen uns nach Norden, so sehr wir uns auch bemühen, eine andere Richtung einzuschlagen. Und wir wissen nicht, was die Delphae tun werden, falls Sperber Bhelliom benutzt, um uns aus diesem Gebirge zu bringen. Warum halten wir nicht einfach an?«

»Wir müssen nach Matherion zurück«, wandte Sperber ein.

»Aber wir kommen Matherion nicht näher, Ritter Sperber, sondern den Delphae! Seit zwei Tagen irren wir jetzt schon durch diese Berge, und wir befinden uns *immer noch* auf dem Irrweg nach Norden. Wenn alle Richtungen lediglich zu einem Ort führen, zu dem wir nicht wollen – weshalb reiten wir dann überhaupt weiter? Suchen wir uns lieber einen schönen Lagerplatz und bleiben eine Zeitlang dort? Zwingen wir die Delphae, zu *uns* zu kommen, statt umgekehrt.«

»Das klingt sehr vernünftig, Hochmeister Vanion«, stimmte Itagne zu. »Solange wir auf dem Marsch sind, brauchen die Delphae nichts weiter zu tun, als uns in ihre Richtung zu treiben. Lagern wir jedoch hier irgendwo, müssen sie sich etwas anderes einfallen lassen, und das könnte der erhabenen Sephrenia vielleicht Hinweise auf ihre Fähigkeiten geben. In diplomatischen Kreisen nennt man das ›konstruktive Untätigkeit‹.«

»Aber was ist, wenn die Delphae beschließen, einfach zu warten?« gab Ulath zu bedenken. »Der Herbst ist keine gute Zeit für einen längeren Aufenthalt in den Bergen. Im Vorgebirge, durch das wir gekommen sind, als wir die Wüste verließen, war es nicht so schlimm. Aber hier oben drängt die Zeit.«

»Ich glaube nicht, daß sie lange warten, Ritter Ulath«, widersprach Itagne.

»Warum nicht? Alle Vorteile sind auf ihrer Seite.«

»Diplomatischer Instinkt. Ich hatte das Gefühl, sie sind aus irgendeinem Grund in großer Eile. Sie wollen, daß wir nach Delphaeus kommen und es ist ihnen sehr wichtig, daß es bald geschieht!«

»Wie seid Ihr zu *diesem* Schluß gekommen, Exzellenz?« fragte Kalten skeptisch.

»Es ist eine Kombination unzähliger Kleinigkeiten, Ritter Kalten – der Tonfall, der kaum merkliche Wechsel ihres Ausdrucks, ja, sogar ihrer Haltung und ihr Atmen. Die Delphae waren keineswegs so selbstsicher, wie sie erscheinen wollten, und sie sind darauf aus, daß wir uns so schnell wie möglich nach Delphaeus begeben. Solange wir in diese Richtung reiten, haben sie keinen Grund, sich wieder mit uns in Verbindung zu setzen. Aber sobald wir uns nicht vom Fleck rühren, werden sie zu uns kommen und Zugeständnisse machen. Ich nehme es jedenfalls fest an. So etwas habe ich schon oft erlebt.«

»Dauert eine Ausbildung zum Diplomaten lange, Exzellenz?« fragte Talen nachdenklich.

»Das hängt ausschließlich von Eurer Begabung ab, junger Herr.«

»Ich lerne schnell. Diplomatie würde mir viel Spaß machen.«

»Es ist die beste Unterhaltung, die es gibt.« Itagne lächelte. »Keine andere kommt ihr auch nur annähernd gleich.«

»Ziehst du wieder mal einen anderen Beruf in Erwägung, Talen?« fragte sein Bruder.

»Aus mir würde nie ein guter Ritter, Khalad. Es sei denn, Sperber benutzt den Bhelliom und macht mich viermal größer und stärker, als ich jetzt bin.«

»Ist das nicht schon der dritte Beruf, der dir in diesem Jahr bisher durch den Kopf spukt?« Sperber lächelte. »Möchtest du nicht mehr Kaiser der Unterwelt werden oder Erzprälat der Diebe?«

»Ich brauche noch keine endgültige Entscheidung zu treffen, Sperber. So alt bin ich nicht.« Plötzlich fiel Talen etwas ein. »Stimmt es, daß man Diplomaten nicht verhaften darf, Exzellenz? Die Polizei darf nicht Hand an sie legen, egal, *was* sie tun, nicht wahr?«

»Das ist überliefertes Gewohnheitsrecht, Talen. Werfen wir *eure* Diplomaten in ein Verlies, tut ihr dasselbe mit *unseren*. Das stellt Diplomaten mehr oder weniger über das Gesetz.«

Talen lächelte selig. »Wenn *das* nicht eine Überlegung wert ist!«

»Ich mag Höhlen.« Ulath zuckte die Schultern.

»Bist du sicher, daß nicht ein wenig Trollblut durch deine Adern fließt?« fragte Kalten.

»Auch Trolle und Oger können dann und wann gute Ideen haben. In einer Höhle haben wir ein Dach über dem Kopf. Das kann nicht schaden, falls das Wetter zu wünschen übrig läßt, und niemand kann sich von hinten heranschleichen. Diese Höhle hier ist ausgezeichnet. Sie wurde schon einmal bewohnt. Jedenfalls hat jemand sich viel Mühe damit gemacht, eine Wand um die Quelle dort drinnen zu bauen, so daß es genug Frischwasser gibt.«

»Was ist, wenn dieser Jemand zurückkommt und seine Höhle wieder für sich beansprucht?«

»Ich kann mir nicht vorstellen, daß es dazu kommt, Kalten.« Der hünenhafte Thalesier hob eine sichtlich mit viel Liebe angefertigte Speerspitze in die Höhe. »Er hat das hier zurückgelassen, als er ausgezogen ist. Ich würde sagen, er ist ein bißchen zu alt, als daß wir uns seinetwegen Sorgen machen müssen – bestimmt gut fünfzehn-, wenn nicht zwanzigtausend Jahre zu alt.« Vorsichtig fuhr er mit dem Daumen über die Sägeklinge. »Er hat wirklich gute Arbeit geleistet. Sogar Bilder hat er an die Wand gemalt – hauptsächlich Tiere.«

Kalten schauderte. »Wäre das nicht so, als würden wir in eine Gruft einziehen?«

»Ach was. Die Zeit ist ein Ganzes, Kalten. Die Vergangenheit ist stets bei uns. Die Höhle hat dem Mann, der diese Speerspitze gefertigt hat, gute Dienste geleistet. Und die Arbeit, die er zurückließ, beweist uns, daß er umsichtig war und daß man seinem Urteil vertrauen kann. Die Höhle hat alles, was wir brauchen – ein Dach und Wände, Quellwasser, reichlich Brennholz in der Nähe. Und etwa hundert Meter südlich ist die steile Wiese, die uns genug Futter für die Pferde liefern wird.«

»Und was werden *wir* essen? In spätestens zwei Wochen ist unser Proviant aufgebraucht. Sollen wir aus Steinen eine Brühe kochen?«

»Hier gibt es genug Wild, Ritter Kalten«, warf Khalad ein. »Unten am Fluß habe ich Rehe gesehen, und weiter oben am Hang Gemsen.«

»Gemsen?« Kalten verzog das Gesicht.

»Nahrhafter als Steinbrühe, oder nicht?«

»Ritter Ulath hat recht, Freunde«, meinte Bevier. »Die Höhle läßt sich als Festung nutzen. Soweit wir wissen, müssen die Delphae nahe genug kommen, einen zu berühren, ehe sie ihm körperlichen Schaden zufügen können. Eine Brustwehr und fest in den Boden gerammte, angespitzte Pflöcke am Steilhang zum Bach werden sie uns vom Halse halten. Falls Botschafter Itagne recht hat und die Delphae tatsächlich unter Zeitdruck stehen, müßten wir sie auf diese Weise zwingen können, sich an den Verhandlungstisch zu setzen.«

»Tun wir es!« entschied Vanion. »Und beeilen wir uns. Offenbar kommen die Delphae stets nachts, woher auch immer. Deshalb sollten wir unsere Verteidigungsanlage noch vor Sonnenuntergang fertig haben.«

Die Wolkendecke, die den Himmel während der ganzen letzten Woche zu einer bedrückenden bleiernen Kuppel gemacht hatte, war am Morgen verschwunden, und die Herbstsonne, die auf das Laub des Espenwaldes auf der gegenüberliegenden Seite der Klamm fiel, erfüllte den Tag mit strahlend goldenem Licht. Alles wirkte übernatürlich klar. Die Felsbrocken unten im Bachbett waren kreideweiß, und der in der Sonne schimmernde Wildbach von tiefem Grün. Vögel zwitscherten und trillerten in der Klamm, und Eichhörnchen keckerten laut.

Die Ritter setzten ihre Arbeit an der Befestigung fort. Sie vollendeten den breiten, brusthohen Wall aus lose aufgestapelten Steinen um den Rand der halbrunden Felsplatte, die sich vorm Höhleneingang befand. Dann trieben sie die oben zugespitzten Pflöcke in den Steilhang, der zum Bach führte.

Ihre Pferde ließen sie bei Tag auf der angrenzenden Wiese weiden und brachten sie bei Sonnenuntergang in ihre behelfsmäßige Festung. Sie badeten, wuschen ihre Kleidungsstücke im Bach und jagten Damwild im Wald. Nachts hielten sie abwechselnd Wache, doch die Delphae ließen sich nicht sehen.

Sie blieben vier Nächte und wurden von Stunde zu Stunde ungeduldiger. »Wenn die Delphae schon ihre dringlichen Probleme so langsam angehen, wie reagieren sie dann erst, wenn sie es nicht so eilig haben?« sagte Talen am Morgen des vierten Tages zu Itagne. »Sie haben offenbar nicht mal einen Kundschafter, der uns beobachtet.«

»Sie sind da draußen, Talen«, versicherte Itagne ihm.

»Warum haben wir sie dann nicht bemerkt? Sie dürften des Nachts doch kaum zu übersehen sein?«

»Das ist nicht gesagt«, widersprach Kalten. »Ich glaube nicht, daß sie ständig leuchten. Als sie uns das erste Mal aufgesucht haben, sahen wir sie im Nebel. Aber beim zweitenmal waren sie keine zwanzig Meter entfernt, ehe sie aufgeleuchtet haben. Offenbar können sie dieses Leuchten beeinflussen – je nach Lage der Dinge.«

»Sie sind da draußen!« wiederholte Itagne. »Und je länger sie warten, desto besser.«

»Das verstehe ich nicht ganz«, gestand Talen.

»Inzwischen ist ihnen klar, daß wir nicht die Absicht haben, schnell von hier weiterzuziehen. Also werden die Delphae untereinander aushandeln, was sie uns anbieten sollen. Einige werden bessere Vorschläge machen als andere. Je länger wir hierblieben, desto uneiniger werden sie, und das kann nur von Vorteil für uns sein!«

»Seid Ihr plötzlich zum Hellseher geworden, Itagne?« fragte Sephrenia.

»Nein, Erhabene, das sagt mir meine Erfahrung. Diese langwierige Vorgehensweise ist bei Verhandlungen gang und gäbe. Ich bewege mich jetzt auf vertrautem Boden. Wir haben die richtige Strategie gewählt.«

»Was können wir sonst noch tun?« fragte Kalten.

»Nichts, Herr Ritter. Jetzt sind die Delphae am Zug.«

Sie kam am hellichten Tag vom Bach her und stieg mühelos den steilen Hang hinauf. Sie trug einen grauen Kapuzenumhang und leichte Sandalen. Ihre Züge waren tamulisch, besaßen jedoch nicht die charakteristische goldene Tönung ihrer Rasse. Sie wirkte eher farblos als bleich. Ihre Augen, aus denen große Weisheit sprach, waren grau, und ihr langes Haar war weiß, obwohl sie ansonsten wie ein junges Mädchen aussah.

Sperber und die anderen beobachteten die Frau, als sie im strahlenden Sonnenschein den Hang heraufkam. Sie überquerte die steile Wiese, auf der die Pferde weideten. Ch'iel, Sephrenias zutraulicher Schimmelzelter, näherte sich der farblosen Frau neugierig, und sie strich mit schlanker Hand sanft über den Kopf der Stute.

»Das dürfte nahe genug sein«, sagte Vanion; dann rief er der Frau zu: »Was wollt Ihr?«

»Ich bin Xanetia«, antwortete sie. Ihre Stimme war sanft, hatte jedoch ein leicht hallendes Timbre, das sie sofort als eine Delphae auswies. »Ich soll Eure Geisel sein, Hochmeister Vanion.«

»Ihr kennt mich?«

»Wir kennen Euch, Hochmeister Vanion – und jeden Eurer Gefährten. Es widerstrebt Euch, nach Delphaeus zu kommen, weil Ihr befürchtet, daß wir Böses gegen Euch im Sinn haben. Mein Leben soll Euch als Unterpfand unseres guten Willens dienen.«

»Hör nicht auf sie, Vanion!« sagte Sephrenia hart.

»Habt Ihr Angst, Priesterin?« fragte Xanetia ruhig. »Eure Göttin teilt Eure Furcht nicht. Nun erkenne ich, daß es *Euer* Haß ist der sich dem, was geschehen muß, in den Weg stellt. Deshalb werde ich mein Leben in *Eure* Hände legen. Tut, was Ihr wollt. Solltet Ihr mich töten müssen, um Euren Haß zu stillen, möge es so sein.«

Sephrenias Gesicht wurde totenbleich. »Ihr wißt, daß ich so etwas niemals tun würde, Xanetia!«

»Dann legt das Werkzeug des Todes in die Hände eines anderen. So könnt Ihr meinen Tod befehlen, ohne die eigenen Hände zu besudeln. Ist das bei Eurer Rasse nicht so üblich, Styrikerin? Ihr werdet unbefleckt bleiben, während Euer Durst nach Blut gestillt wird. Ihr könnt Eurer Göttin makellos vors Angesicht treten und ihr Eure Unschuld beteuern; denn Ihr werdet untadelig sein. Mein Blut wird an den Händen Eurer Elenier kleben, und elenische Seelen sind billig, nicht wahr?« Sie griff unter ihren Umhang und zog einen juwelengleichen Dolch hervor, der aussah, als wäre er aus Glas gefertigt. »Damit könnt Ihr mir den Tod geben, Sephrenia. Die Klinge ist aus Obsidian, damit Ihr Eure Hände – oder Eure Seele – nicht mit dem Euch verhaßten Stahl befleckt, wenn Ihr mir den tödlichen Stoß versetzt.« Xanetias Stimme war sanft, doch ihre Worte schnitten wie der harte, scharfe Stahl, von dem sie sprach, in Sephrenias Inneres.

»Ich höre mir das nicht an!« brauste die zierliche Styrikerin auf.

Xanetia lächelte. »Oh, Ihr tut es trotzdem, Sephrenia«, sagte sie, noch immer völlig ruhig. »Ich kenne Euch gut, Styrikerin, und ich weiß, daß meine Worte sich tief in Eure Seele gebrannt haben. Stets werdet Ihr sie hören. In der Stille der Nacht werden sie wiederkehren und jedesmal tiefer brennen. Wahrlich, Ihr werdet mir zuhören, denn meine Worte sind die der Wahrheit, und sie werden jeden Tag Eures Lebens in Eurer Seele widerhallen.«

Sephrenias Gesicht wurde von einem plötzlichen Ausdruck inneren Schmerzes überschattet, und mit einem Aufschrei flüchtete sie in die Höhle.

Itagne kehrte mit ernstem Gesicht von der Wiese auf den freien Platz vor der Höhle zurück. »Sie ist sehr überzeugend«, erklärte er den andern. »Ich glaube, daß sie es ehrlich meint!«

»Wahrscheinlich weiß sie nicht genug über die wahren Motive der Führer ihres Volkes, um falsche Gefühle zu heucheln«, meinte Bevier zweifelnd. »Vielleicht ist sie nicht mehr als ein Bauer in einem Schachspiel.«

»Xanetia *ist* eine der Führerinnen ihres Volkes, Ritter Bevier«, erwiderte ihm Itagne. »Sie ist so etwas wie die Kronprinzessin der Delphae. Nach dem Tod des Anari wird sie die Anarae.«

»Ist das ein Name oder ein Titel?« wollte Ulath wissen.

»Ein Titel. Der Anari – in Xanetias Fall die Anarae – ist sowohl der weltliche wie der geistliche Führer der Delphae. Der Name des derzeitigen Anari ist Cedon.«

»Ist das nicht bloß eine Mär, die sie sich ausgedacht hat?« fragte Talen. »Sie könnte nur *vortäuschen,* daß sie Kronprinzessin ist, damit wir sie für eine wichtige Persönlichkeit halten. In Wahrheit ist sie vielleicht Schäferin oder irgend jemandes Hausmagd.«

»Da bin ich anderer Meinung«, entgegnete Itagne. »Es mag sich überheblich anhören, aber ich glaube nicht, daß mich jemand so leicht belügen kann. Xanetia sagt, sie würde dereinst Anarae werden, und ich glaube ihr. Diese Vorgehensweise entspricht diplomatischen Gepflogenheiten. Geiseln *müssen* bedeutende Persönlichkeiten sein. Und es gibt noch einen Hinweis darauf, daß diese Angelegenheit für die Delphae sehr wichtig ist. Wenn es stimmt, was Xanetia sagt, ist sie das Wertvollste, das die Delphae besitzen.« Er verzog das Gesicht. »Es widerspricht zwar allem, was ich über die Leuchtenden weiß und was mich darüber gelehrt wurde, aber ich glaube, diesmal müssen wir ihnen trauen.«

Sperber und Vanion blickten sich an. »Was meint Ihr?« fragte Vanion.

»Ich glaube nicht, daß wir überhaupt eine Wahl haben. Wir können schlecht den ganzen Winter hier verbringen. Und egal, welche Richtung wir einschlagen – unser Weg führt immer nach Delphaeus. Daß Xanetia hier ist, ist von ihrer Seite zumindest so etwas wie ein Vertrauensbeweis.«

»Aber genügt er?«

»Wahrscheinlich wird er genügen müssen, Sperber. Ich kann mir nicht vorstellen, daß wir etwas Besseres geboten bekommen.«

»Kalten!« rief Sephrenia bestürzt. »Nein!«

»Jemand muß es tun«, entgegnete der blonde Ritter hartnäckig. »Vertrauen muß beidseitig sein!« Er blickte Xanetia fest an. »Wollt Ihr mir irgend etwas sagen, ehe ich Euch auf das Pferd helfe?« fragte er. »Eine Warnung, vielleicht?«

»Ihr seid mutig, Ritter Kalten«, erwiderte sie.

»Dafür werde ich bezahlt.« Er zuckte die Schultern. »Werde ich mich auflösen, wenn ich Euch berühre?«

»Nein.«

»Also gut. Ihr habt noch nie ein Pferd geritten, oder?«

»Wir halten keine Pferde. Da wir unser Tal nur selten verlassen, hätten wir gar keine Verwendung dafür.«

»Es sind ziemlich brave Tiere. Aber dem Pferd, das Ritter Sperber trägt, solltet Ihr lieber nicht zu nahe kommen. Es beißt gern. Dieses Tier hier ist ein Lastpferd. Es ist ziemlich alt und ruhig und wird seine Kraft nicht damit vergeuden, herumzutollen wie ein Füllen. Um die Zügel braucht Ihr Euch nicht zu kümmern. Das Pferd ist daran gewöhnt, den anderen zu folgen. Ihr braucht es also nicht einmal zu lenken. Aber wenn Ihr wollt, daß es ein bißchen schneller geht, dann stupst es ganz leicht mit Euren Absätzen. Soll es langsamer gehen, zieht ein wenig an den Zügeln. Und wenn es stehenbleiben soll, müßt Ihr an den Zügeln rucken. Der Packsattel ist nicht sehr bequem, also laßt es uns wissen, falls Ihr steif oder wund werdet. Dann halten wir an und gehen ein Stück zu Fuß. Nach ein paar Tagen habt Ihr Euch daran gewöhnt – falls wir noch so lange reisen müssen.«

Sie streckte die Hände aus und verschränkte die Arme an den Handgelenken. »Wollt Ihr mich fesseln, Herr Ritter?«

»Wieso? Wozu?«

»Ich bin Eure Gefangene.«

»Unsinn! Ihr würdet Euch mit gefesselten Händen nicht einmal festhalten können.« Kalten schob entschlossen das Kinn vor, streckte die Hände aus und faßte Xanetia um die Taille. Dann hob er sie beinahe mühelos auf das Lastpferd. Schließlich betrachtete er seine Hände. »So weit, so gut. Jedenfalls sind meine Fingernägel nicht abgefallen. – Ich werde neben Euch reiten. Wenn Ihr das Gefühl habt, Ihr rutscht aus dem Sattel, sagt es mir sofort.«

»Wir haben ihn immer unterschätzt«, murmelte Vanion Sperber zu. »Es steckt viel mehr in ihm, als es den Anschein hat.«

»Kalten? O ja! Kalten ist nicht immer leicht zu durchschauen.«

Sie ritten fort von ihrer befestigten Höhle und folgten der Klamm, die der Fluß durch den Fels geschnitten hatte. Sperber und Vanion ritten voraus, Kalten mit ihrer Geisel dicht hinter ihnen. Sephrenia, mit immer noch verkniffenem Gesicht, bildete mit Berit den Schluß.

»Ist es sehr weit?« fragte Kalten die blasse Frau neben ihm. »Ich meine, wie viele Tage werden wir brauchen, ehe wir am Ziel sind?«

»Die Entfernung ist ebenso bedeutungslos wie die Zeit, Ritter Kalten«, erwiderte Xanetia. »Die Delphae sind Ausgestoßene und Verfemte. Es wäre sehr unklug von uns, bekanntzugeben, wo sich das Tal von Delphaeus befindet.«

»Wir sind das Reisen gewöhnt, Edle«, entgegnete Kalten, »und wir achten stets auf bestimmte Punkte in der Landschaft, um uns zu orientieren. Wenn Ihr uns nach Delphaeus führt, werden wir imstande sein, es allein wiederzufinden. Wir müssen nur zur Höhle zurückkehren und von dort aus noch einmal losreiten.«

»Das ist der Fehler in Eurem Plan, Herr Ritter«, erwiderte sie sanft. »Ihr könntet Euer ganzes Leben mit der vergeblichen Suche nach dieser Höhle verbringen. Wir ziehen es vor, alle Zugänge nach Delphaeus zu verbergen, statt Delphaeus selbst.«

»Ist es nicht ziemlich schwierig, eine ganze Gebirgskette zu verbergen?«

»Das haben auch wir erkannt, Ritter Kalten«, erwiderte sie, ohne eine Miene zu verziehen, »deshalb verbergen wir statt dessen den Himmel. Ohne die Sonne als Wegweiser, verirrt man sich unweigerlich!«

»Könntest du das auch, Sperber?« Kalten hob die Stimme. »Könntest du den ganzen Himmel mit Wolken überziehen?«

»Könnten wir das?« wandte Sperber sich an Vanion.

»*Ich* nicht. Möglicherweise wäre Sephrenia dazu fähig. Doch in Anbetracht ihrer derzeitigen Stimmung wäre es vermutlich keine gute Idee, sie zu fragen. Außerdem verstößt es gegen die Regeln. Wir dürfen nicht ins Wettergeschehen eingreifen.«

»Wir verschleiern nicht den Himmel, Hochmeister Vanion«, versicherte Xanetia ihm, »sondern eure Augen. Wenn wir es für ratsam halten, können wir andere sehen lassen, was wir möchten.«

»Bitte, Anarae«, sagte Ulath mit gequältem Gesicht, »verliert Euch nicht zu sehr in Einzelheiten. Das führt nur zu weitschweifigen Debatten über Illusion und Wirklichkeit – und die kann ich nicht ausstehen.«

Sie ritten weiter, und nun zeigte die Sonne ihnen unverhüllt, daß sie sich in ungefährer nordöstlicher Richtung bewegten.

Kalten behielt Xanetia im Auge und legte öfter als üblich eine Rast ein. Wann immer sie anhielten, half er dem blassen Mädchen vom Pferd. Als sie absaßen und die Tiere führten, ging er neben ihr her.

»Seid Ihr nicht übertrieben fürsorglich, Ritter Kalten?« tadelte sie ihn sanft.

»Oh, das tue ich nicht für Euch, meine Dame«, log er. »Der Weg ist hier ziemlich steil und wir wollen die Pferde nicht überanstrengen.«

»Es steckt *wirklich* mehr in Kalten, als ich ahnte«, flüsterte Vanion Sperber zu.

»Man kann einen Menschen sein Leben lang beobachten und doch nicht alles über ihn erfahren.«

»Welch erstaunliche Erkenntnis«, sagte Vanion trocken.

»Seid nett«, brummte Sperber.

Sperber war beunruhigt. Xanetia konnte kaum solche Fähigkeiten haben wie Aphrael; aber es bestand kein Zweifel, daß auch sie, genau wie die Kindgöttin, Zeit und Entfernung beeinflußte. Hätte Xanetia die Täuschung des bedeckten Himmels aufrechterhalten, wäre es Sperber vielleicht gar nicht aufgefallen, doch die Stellung der Sonne verriet ihm, daß sein Wahrnehmungsvermögen beeinträchtigt wurde: Die Sonne schien über den Himmel gesprungen zu sein. Die Fähigkeit, Ort und Zeit zu beeinflussen, war also nicht nur den Göttern vorbehalten, wie Sperber bisher angenommen hatte. Es war eine beunruhigende Erkenntnis. Was Itagne vom Hörensagen über die Delphae berichtet hatte, schien sich nun in mancher Beziehung zu bewahrheiten. Es gab tatsächlich so etwas wie »delphaeische Magie«, und soweit Sperber sehen konnte, umfaßte sie Bereiche, in die Styriker nicht eindringen konnten – oder es nicht wagten.

Er hielt die Augen offen, doch er vermied es, die Gefährten auf seine Beobachtungen aufmerksam zu machen.

Und dann, an einem schönen Herbstabend, als die Vögel schläfrig auf den Bäumen zwitscherten und gurrten und der Sonnenuntergang die Berge rot färbte, ritten sie einen schmalen Pfad hinauf, der sich um mächtige Felsblöcke herum einem V-förmigen Gebirgseinschnitt hoch über ihnen entgegenwand. Xanetia hatte darauf bestanden, nicht anzuhalten, um das Nachtlager aufzuschlagen, und war mit Kalten vorausgeritten. Ihr sonst so unbewegtes Gesicht schien vor Erwartung zu strahlen.

Als sie und ihr Beschützer die Anhöhe erreicht hatten, hielten sie an und hoben sich auf ihren Pferden in scharfen Umrissen vom letzten Glühen des Sonnenuntergangs ab.

»Großer Gott!« hauchte Kalten. »Sperber!« rief er. »Komm herauf, und sieh dir das an!«

Sperber und Vanion ritten zu ihnen hinauf.

Unter ihnen lag ein Tal, ein Gebirgskessel mit steilen, bewaldeten Hängen. Häuser schmiegten sich dort unten aneinander, Kerzenschein fiel aus den Fenstern, und blaßblauer Rauch stieg aus unzähligen Schornsteinen gerade in den Himmel. Daß es hier, inmitten dieser unzugänglichen Berge, eine richtige Stadt gab, war schon überraschend genug, doch Sperber und die anderen beachteten sie kaum. Ihre ganze Aufmerksamkeit galt einem kleinen See, der in der Mitte des Tals lag.

Natürlich war diese Tatsache als solche nicht ungewöhnlich. In allen Gebirgen der Welt gibt es Seen. Die Schneeschmelze sammelt sich in Tälern und Kesseln, wenn das Gelände ringsum höher ist und es keine Kanäle und Bäche gibt, die das Wasser in Flüsse und Ströme führen. Nein, nicht die Tatsache, daß es hier einen See gab, war überraschend. Was die Gefährten in Staunen versetzte und mit abergläubischer Scheu erfüllte, war die Beobachtung, daß dieser See im schwindenden Zwielicht leuchtete. Es war nicht das fahle, grünliche Phosphoreszieren, das manchmal von verrottenden Pflanzenteilen ausgeht, sondern ein klares, unveränderliches Weiß. Wie ein verlorener Mond glühte der See und erwiderte das Licht seines soeben aufgehenden Bruders am östlichen Horizont.

»Das ist Delphaeus«, sagte Xanetia schlicht. Und als die Gefährten auf sie blickten, sahen sie, daß auch Xanetia in einem klaren weißen Licht leuchtete, das aus ihrem Innern zu kommen und durch ihre Kleidung, ja, ihre Haut zu strahlen schien, so als käme dieses bleiche, unveränderliche Licht geradewegs aus ihrer Seele.

14

Aus irgendeinem Grund waren Sperbers Sinne außergewöhnlich geschärft, obwohl er mit seinen Gedanken ganz woanders zu sein schien. Er ordnete ein, was er sah und hörte, empfand aber nichts dabei. Dieser eigenartige Zustand war ihm nicht fremd, doch die vollkommene Gelassenheit hatte ihn diesmal unter sehr ungewöhnlichen Begleitumständen befallen. Ihm standen keine Bewaffneten gegenüber, und doch bereitete er sich im Unterbewußtsein auf einen Kampf vor.

Faran schien ebenfalls etwas Ungewöhnliches zu spüren. Der Rhythmus des Klapperns seiner Hufe änderte sich kaum merklich, wurde aber härter, entschlossener. Sperber legte die Hand auf den Nacken des kräftigen Fuchshengstes. »Beruhige dich«, murmelte er. »Ich lasse es dich schon wissen, wenn es soweit ist.«

Faran erschauerte, schüttelte die beschwichtigenden Worte seines Herrn wie eine lästige Fliege ab und setzte seine vorsichtigen Schritte fort.

Vanion blickte seinen Freund fragend an.

»Faran ist sehr sensibel.«

»Sensibel? Diese übellaunige Bestie?«

»Diesen Ruf hat Faran wirklich nicht verdient, Vanion. Genaugenommen ist er ein gutmütiges Pferd. Er tut sein Bestes, es mir recht zu machen. Wir sind schon so lange zusammen, daß er für gewöhnlich fühlt, was ich empfinde, und er tut alles, seine Stimmung der meinen anzupassen. *Ich* bin die übellaunige Bestie, doch stets gibt man Faran die Schuld. Er ist vollkommen brav, wenn Aphrael auf ihm sitzt.«

»Mir scheint, Ihr seid zur Zeit in kriegerischer Stimmung«, sagte Vanion.

»Ich mag es nicht, an der Nase herumgeführt zu werden, aber es ist nichts Bestimmtes. Ihr habt mich ganz einfach zu gut ausgebildet, Vanion. Schon beim leisesten Anzeichen, daß sich etwas Ungewöhnliches tut, mache ich mich kampfbereit. Das spürt Faran und paßt sich meiner Stimmung an.«

Xanetia und Kalten führten sie quer über die Wiese, die hinunter zu dem schimmernden See und der fremdartigen Stadt führte. Die bleiche Delphae glomm immer noch in gespenstischem Licht. Doch das Leuchten, das sie umgab, erschien Sperbers hellwachen Sinnen nicht als Bedrohung, sondern wie eine Art Aura, die ihr eine beinahe überirdische Würde verlieh.

»Die Stadt ist ein einziges Gebäude!« sagte Talen zu seinem Bruder. »Hast du es schon bemerkt? Aus der Ferne sieht es wie eine ganz normale Stadt aus, doch sobald man näher kommt, erkennt man, daß alle Häuser zusammenhängen.«

»Verrückt«, brummte Khalad. »Wenn irgendwo ein Feuer ausbricht, kann es die ganze Stadt einäschern!«

»Es sind Steinbauten. Sie würden kein Feuer fangen.«

»Aber die Dächer sind mit Stroh gedeckt, und *das* würde brennen!«

In Delphaeus gab es keine Mauerlücke; denn die äußeren, allesamt miteinander verbundenen Häuser kehrten der Welt den kahlen Rücken zu und schauten mit den Fenstern nach innen. Sperber und die anderen folgten Xanetia durch einen großen, tiefen Torbogen in die Stadt. Delphaeus strömte einen eigenartigen Duft aus – ähnlich dem von frischgemähtem Gras. Die Straßen waren schmal und gewunden und führten unter schweren Bogengängen häufig *durch* die Häuser und auf der anderen Seite wieder hinaus. Wie Talen bemerkt hatte, war ganz Delphaeus ein einziges Gebäude, und was man in anderen Städten als Straßen bezeichnet hätte, waren hier nach oben offene Durchgänge.

Die Einwohner mieden Sperber und seine Gruppe zwar nicht, hielten aber Abstand. Wie bleiche Geister schienen sie durch das dämmerige Labyrinth zu schweben.

Berit schaute sich um. »Keine Fackeln«, stellte er fest.

»Brauchen sie ja nicht«, brummte Ulath.

»Stimmt«, pflichtete der Jungritter ihm bei. »Ist euch auch schon aufgefallen, wie Fackeln den Geruch eines Ortes verändern? Chyrellos riecht immer nach brennendem Pech, sogar tagsüber. Eine Stadt, der dieser fettige Rauch nicht anhaftet, ist ziemlich ungewohnt.«

»Genau wie Menschen, die von selbst leuchten.«

»Wohin begeben wir uns, meine Dame?« fragte Kalten das blasse Mädchen an seiner Seite. Kalten befand sich in einer eigentümlichen Lage, denn er bewachte und beschützte Xanetia zugleich. Er war sehr auf ihr Wohlergehen bedacht und daß sie es bequem hatte. Dennoch würde er sie beim ersten Anzeichen von Feindseligkeiten seitens ihrer Landsleute töten.

»Wir begeben uns zum Haus des Anari«, antwortete Xanetia, »denn er muß Anakha unseren Vorschlag unterbreiten. Anakha hält den Schlüssel zu Bhelliom in der Hand, und nur er kann ihm befehlen.«

»Ihr hättet uns allen viel Mühe ersparen können, hättet Ihr diese Reise ohne uns gemacht, Sperber«, sagte Talen.

»Kann sein. Aber ich habe eben gern Gesellschaft. Und abgesehen davon – wenn du nicht mitgekommen wärst, hättest du den ganzen Spaß versäumt. Denk doch nur daran, welches Vergnügen es dir bereitet hat, von der Klippe zu springen und tausend Fuß über dem Boden in der Luft zu schweben.«

Der Junge verzog gequält das Gesicht. »Und ich hab' mich so bemüht, das zu vergessen!«

In einem der gewölbten Korridore nahe der Stadtmitte saßen sie ab und überließen ihre Pferde mehreren jungen Delphae. Sperber fand, daß diese Burschen wie Ziegenhirten aussahen, die man als Stallknechte zwangsverpflichtet hatte. Dann folgten die Gefährten der glimmenden jungen Dame zu einer Tür aus dunkelgebeiztem Holz, fleckig und speckig durch jahrhundertelange Berührung. Sperber, der immer noch diese beinahe übernatürliche Gelassenheit verspürte, blickte aufmerksam auf Xanetia. Sie war nicht viel größer als Sephrenia; und obwohl sie ohne Zweifel eine Frau war, und eine sehr schöne obendrein, fühlte Sperber sich körperlich nicht von ihr angezogen. Xanetias Geschlecht war für ihn vollkommen bedeutungslos.

Sie öffnete die Tür und führte die Gefährten in einen Gang, dessen Wände zu beiden Seiten von tief darin eingelassenen Türen durchbrochen wurden, die in großen Abständen angebracht waren. Die einzige Lichtquelle waren Glaskugeln, die an langen Ketten von der gewölbten Decke hingen. Sie waren mit einer glühenden Flüssigkeit gefüllt – Wasser aus dem See, vermutete Sperber.

Am hinteren Ende des Korridors blieb Xanetia vor einer Tür stehen. Für einen Moment wirkte ihr Blick abwesend. »Cedon bittet uns, einzutreten«, sagte sie nach kurzer Pause, öffnete die Tür und führte die Gefährten in einen Saal. »Das Haus von Cedon, Anari der Delphae«, erklärte Xanetia ihnen mit ihrer eigentümlich widerhallenden Stimme, die für ihre Rasse charakteristisch zu sein schien.

Drei abgetretene Stufen führten zum mittleren Gemach hinunter, einem kunstvoll gestalteten Raum mit Kreuzgratgewölbedecke, die von niedrigen Bogen getragen wurde. Die leicht nach innen gewölbten Wände waren ebenso schneeweiß wie die mit Lammwolle gepolsterten, niedrigen schweren Sitzmöbel. Ein kleines Feuer brannte in einem gewölbten Kamin an der hinteren Seite des Gemachs. Auch hier hingen leuchtende Glaskugeln von der Decke.

Sperber kam sich wie ein barbarischer Eindringling vor. Cedons Zuhause spiegelte ein sanftes, stilles und friedliches Wesen wider, und der große Pandioner war sich seines Kettenhemds und des schweren Schwertes, das von seinem Gürtel hing, nur allzu bewußt. Er kam sich schrecklich ungeschlacht und fehl am Platze vor. Seine Gefährten – in Stahl und Leder und grober grauer Wolle – standen wie klotzige Monolithen einer uralten, primitiven Kultur um ihn herum.

Ein sehr alter Mann betrat das Gemach von der gegenüber liegenden Seite. Er ging vornübergebeugt, wirkte gebrechlich und stützte sich bei seinen schlurfenden Schritten auf einen langen Stock. Sein stark gelichtetes Haar schimmerte weiß wie Schnee, was in seinem Fall ein Zeichen hohen Alters und kein Merkmal seiner Rasse war. Über seinem Gewand aus ungebleichter Wolle hatte er einen Schal um die schmalen Schultern geschlungen.

Xanetia eilte sofort zu ihm und berührte sanft sein runzliges Gesicht. Sorge um ihn sprach aus ihren Augen, aber sie sagte nichts.

»Seid willkommen, meine Herren Ritter«, begrüßte der Greis die Gefährten. Er sprach Elenisch mit nur schwachem Akzent und seine Stimme klang dünn und rauh, als hätte er selten Gelegenheit, sie zu benutzen. »Seid auch Ihr willkommen, teuere Schwester«, wandte er sich dann in nahezu perfektem, wenngleich archaischem Styrisch an Sephrenia.

»Ich bin nicht Eure Schwester, alter Mann«, entgegnete sie kalt.

»Wir alle sind Brüder und Schwestern, weil wir alle Menschen sind, Sephrenia von Ylara, Hohepriesterin Aphraels.«

»Das mag früher so gewesen sein, Delphae« – Sephrenias Stimme klang nun noch eisiger –, »aber Ihr und Eure verfluchte Rasse seid nicht mehr menschlich.«

Er seufzte. »Mag sein. Es ist schwer zu sagen, was wir sind oder sein werden. Begrabt Eure Feindseligkeit, Sephrenia von Ylara. Ihr habt hier nichts zu befürchten, und ausnahmsweise sind unsere Absichten ein und dieselben. Ihr wollt uns vom Rest der Menschheit getrennt sehen, und das ist nun auch *unser* Wunsch. Können wir nicht zusammenarbeiten, um dieses Ziel zu erreichen?«

Sie wandte ihm ohne ein weiteres Wort den Rücken zu.

Itagne, in jeder Lebenslage Diplomat, bemühte sich, die Situation zu retten. »Ihr seid Cedon, nehme ich an?« sagte er höflich.

Der Greis nickte.

»Ich muß gestehen, ich finde Delphaeus erstaunlich, Erhabener. Wir Tamuler wissen so gut wie nichts über Euer Volk, und doch spielen die Delphae eine große Rolle in unserer Literatur. Ich war immer der Meinung, daß drittklassige Poeten mit zu lebhafter Phantasie sich hier nur etwas zusammengereimt hätten. Ich denke da vor allem an *Xadane*. Jetzt aber bin ich in Delphaeus und erkenne, daß sehr viel von dem, was ich für literarische Übertreibung hielt, auf mehr als nur einem Körnchen Wahrheit beruht.« Itagne ging sehr geschickt vor, daran bestand kein Zweifel. Seine Behauptung, er sei sogar noch klüger als sein Bruder, der Außenminister, war offenbar nicht übertrieben.

Der Anari lächelte leicht. »Wir haben getan, was wir konnten, Itagne von Matherion. Ich muß Euch beipflichten, daß die Ballade grauenvoll und die Rührseligkeit abscheulich ist, aber *Xadane* hat den Zweck erfüllt, für den sie bestimmt war und konnte zumindest einige tief verwurzelte Vorurteile der Styriker beseitigen. Die Tamuler beherrschen die Ataner, und wir wollten keine Auseinandersetzung mit unseren riesenhaften Nachbarn. Ich schäme mich, es zuzugeben, aber ich habe beim Verfassen von *Xadane* keine unwesentliche Rolle gespielt.«

Itagne blinzelte. »Cedon, sprechen wir von derselben Ballade? Das *Xadane*, das ich in der Schule lernte, entstand vor etwa siebenhundert Jahren.«

»So lange ist es schon her? Wie schnell doch die Jahre vergehen!

Matherion war eine so prächtige Stadt, und die Zeit in der Universität war sehr anregend.«

Itagne war zu sehr Diplomat, um seine Verwunderung offen zu zeigen. »Euer Gesichtsschnitt ist tamulisch, Cedon, aber erschien Eure Hautfarbe nicht ... ungewöhnlich?«

»Ihr Tamuler seid viel zu kultiviert, als daß Ihr viel Aufhebens um jemanden macht, der... nun ja, ein bißchen anders aussieht. Aus meinen rassischen Merkmalen hat man lediglich den Schluß gezogen, daß ich ein Albino sei, und Albinos sind so ungewöhnlich nicht. Ich hatte einen Kollegen, einen Styriker, mit Klumpfuß. Erstaunlicherweise kamen wir gut miteinander aus. – Eure Sprache verrät mir, daß Euer Tamulisch sich geändert hat, seit ich das letzte Mal unter Tamulern war. Das würde es mir erschweren, nach Matherion zurückzukehren. Bitte, nehmt meine Entschuldigung wegen *Xadane* an. Es ist ein grauenhaftes Machwerk, aber, wie ich schon sagte, es hat seinen Zweck erfüllt.«

»Ich hätte es wissen müssen!« warf Sephrenia ein. »Die gesamte Gattung delphaeischer Literatur ist nur erfunden worden, um ein Klima der Intoleranz gegenüber den Styrikern zu schaffen.«

»Und was war der Zweck der jahrtausendelang gehegten glatten Lügen, mit denen ihr Styriker die Tamuler getäuscht habt?« fragte Cedon. »War die Absicht nicht die gleiche? Wolltet ihr die Tamuler nicht glauben machen, daß die Delphae nichtmenschlich sind?«

Sephrenia ging nicht auf diese Frage ein. »Ist euer Haß so ungeheuerlich, daß ihr mit euren Methoden den Verstand einer ganzen Rasse beeinflussen wollt?«

»Und wie gewaltig ist *Euer* Haß, Sephrenia von Ylara? Versucht Ihr nicht – selbst jetzt noch, jetzt in diesem Augenblick –, diese braven Elenier gegen uns aufzuhetzen?« Der Anari setzte sich müde in einen Polstersessel und fuhr sich mit der Hand übers Gesicht. »Mir scheint, unser gegenseitiger Haß ist zu weit gegangen, als daß er noch behoben werden könnte. Es ist wirklich das beste, wenn wir weit voneinander entfernt leben. Das ist auch der Grund, der uns zusammengeführt hat. Wir hegen den Wunsch, von allen anderen Rassen getrennt zu leben.«

»Weil ihr euch einbildet, so viel besser als wir übrigen zu sein?« Sephrenias Stimme troff vor Verachtung.

»Nicht besser, Priesterin, nur anders. Die Überheblichkeit überlassen wir *Eurer* Rasse.«

»Wenn ihr zwei diesen Jahrtausende alten Haß wieder aufflammen lassen wollt, legen wir anderen keinen Wert darauf, dabeizusein«, wandte Vanion kalt ein.

»Du weißt ja nicht, was sie getan haben, Vanion!« Aus Sephrenias Augen sprach stummes Flehen.

»Um ehrlich zu sein, meine Liebe, es interessiert mich nicht, was vor mehreren tausend Jahren geschehen ist. Wenn du so uralte Geschichten aufwärmen willst, dann tu's – aber allein!« Vanion blickte den greisen Delphae an. »Ich habe den Eindruck, Ihr seid an irgendeinem Handel mit uns interessiert, Cedon. Wir würden ja gern zusehen, wie Ihr und Sephrenia euch gegenseitig zerfleischt, aber wir sind ein wenig in Zeitnot. Staatsangelegenheiten, wißt Ihr.«

Diese Bemerkung brachte sogar Sperber aus der Fassung.

»Ihr seid sehr geradeheraus, Hochmeister Vanion«, rügte Cedon kalt.

»Ich bin Soldat, erhabener Anari. Eine Unterhaltung aus gehässigen kleinen Beleidigungen langweilt mich. Wenn Ihr und Sephrenia euch wirklich bekämpfen wollt, dann nehmt Äxte!«

»Habt Ihr schon viele Elenier kennengelernt, erhabener Anari?« fragte Itagne, der durch nichts zu erschüttern war.

»So gut wie keine.«

»Dann wäre es vielleicht angebracht, Euren Göttern zu danken. Die Elenier haben die bestürzende Neigung, sofort zur Sache zu kommen. Das ist zwar entsetzlich unkultiviert, aber zeitsparend. Wenn ich mich nicht irre, wolltet Ihr Anakha einen Vorschlag machen. Das dort ist er. Ich sollte Euch vielleicht nicht verheimlichen, daß Hochmeister Vanion, verglichen mit Sperber, das Feingefühl in Person ist. Aber Sperber ist nun einmal der, den ihr Anakha nennt. Also werdet Ihr wohl früher oder später mit ihm verhandeln müssen.«

»Da wir uns offenbar alle dazu entschlossen haben, heute abend unfreundlich zu sein, werden wir wohl nicht sehr weit kommen, fürchte ich«, meldete sich nun Sperber zu Wort. »Wie wär's, wenn Ihr mir sagt, was Ihr wollt, Cedon, und was Ihr bereit seid, dafür zu geben? Ich werde es mir dann des Nachts durch den Kopf gehen lassen, und wir können morgen darüber reden, nachdem wir Zeit hatten, unsere Umgangsformen wieder besser in den Griff zu bekommen.«

»Ein kluger Vorschlag, Anakha«, pflichtete der Greis ihm bei. »In Tamuli herrscht Aufruhr.«

»Ja. Das ist uns nicht entgangen.«

»Diese Auflehnung richtet sich nicht gegen das Imperium, Anakha, sondern gegen *Euch*. Ihr wurdet hierhergelockt, weil Ihr die Macht über Bhelliom habt. Eure Feinde lechzen nach dem Stein.«

»Auch das ist uns bekannt. Ich brauche wirklich keine näheren Erläuterungen, Cedon. Was soll das Ganze?«

»Wir werden euch in eurem Kampf beistehen. Und glaubt mir – ohne unsere Hilfe sehen eure Aussichten auf einen Sieg sehr trübe aus.«

»Davon müßt Ihr mich erst überzeugen. Aber darüber können wir ein andermal reden. Was verlangt Ihr als Gegenleistung?«

»Wir möchten, daß Ihr Bhelliom nehmt und das Tal unzugängig macht, so daß wir völlig von der Welt abgeschieden leben können.«

»Das ist alles?«

»Das ist alles. Sorgt dafür, daß wir außer Reichweite aller anderen sind – und alle anderen außerhalb *unserer* Reichweite. Dadurch wird allen gedient sein – den Eleniern, Tamulern, Styrikern und den Delphae. Benutzt die unendliche Kraft Bhellioms, uns von der übrigen Menschheit zu trennen, auf daß wir unsere Reise fortsetzen können.«

»Reise?«

»Nur eine Redewendung, Anakha. Unsere Reise wird in Generationen gerechnet, nicht in Meilen.«

»Also ein Handel auf Gegenseitigkeit? Ihr helft uns, mit unseren Feinden fertig zu werden, wenn ich dieses Tal so verschließe, daß niemand herein kann – oder hinaus?«

»Ein Handel auf Gegenseitigkeit, Anakha.«

»Gut, ich werde es mir durch den Kopf gehen lassen.«

»Sie weigert sich, mit mir darüber zu reden, Sperber.« Vanion seufzte. »Ich glaube, sie will überhaupt nichts mehr sagen.« Der silberhaarige Hochmeister und sein Freund unterhielten sich unter vier Augen in einer Kammer unweit des Korridors, der zu der Flucht winziger, zellenähnlicher Zimmer führte, in denen sie die Nacht verbracht hatten.

»Ihr wart gestern abend ziemlich grob zu ihr«, meinte Sperber.

»Vernunftwidriges Verhalten ärgert mich. Ich wünschte, Aphrael wäre hier. Sie könnte Sephrenia rasch zur Vernunft bringen.«

Sperber rutschte etwas tiefer in seinen Sessel. »Da bin ich mir nicht so sicher, Vanion. Ich weiß nicht, ob ich es Euch überhaupt sagen darf, aber ich habe das Gefühl, daß Aphrael sich hier nicht einmischen würde. Bevor sie sich verabschiedete, sagte sie, Sephrenia müsse allein damit fertig werden.«

»Könnte Itagne Licht in diese Feindschaft zwischen den Styrikern und den Delphae werfen?«

Sperber schüttelte den Kopf. »Er hat uns bereits alles erzählt, was er weiß. Die ganze Sache scheint auf den Krieg mit den Cyrgai zurückzugehen, und der fand vor etwa zehntausend Jahren statt. Deshalb ist die Geschichte in dieser Hinsicht ziemlich ungenau. Offenbar waren Styriker und Delphae Verbündete, und es ist irgendwie zu einem Verrat gekommen.«

»Soviel habe ich auch verstanden. Und Itagne hat keine Ahnung, wer verraten wurde?«

»Nein. Die Styriker wurden den Tamulern im Laufe der Jahrhunderte unentbehrlich – wie auch der Kirche in Eosien. Sie haben die tamulische Geschichte eifrig mit ihrer Version der Ereignisse angereichert. Nach dem, was Cedon uns gestern abend erzählte, würde ich sagen, daß die Delphae sich in die Universität von Matherion einschleusten und mit genau derselben Absicht delphaeische Literatur in die tamulische Kultur einbrachten. Was vor zehntausend Jahren geschehen ist, dürfte unter der undurchdringlichen Schicht von Mythen und Legenden begraben sein. Und da sowohl die Styriker wie auch die Delphae sich eifrig bemühen, im Schlamm zu wühlen, wird die Wahrheit wohl nie ans Licht kommen.« Er lächelte leicht. »Ich weiß nicht, von welcher Bedeutung es ist, aber die Styriker haben versucht, für ihre Zwecke die Historiker zu benutzen, die Delphae hingegen die Dichter. Ein interessanter Unterschied, findet Ihr nicht auch?«

»Aphrael müßte die Wahrheit kennen.«

»Wahrscheinlich, aber sie sagt nichts. Natürlich weiß ich, daß ihr

Schweigen Absicht ist. Ich glaube, sie möchte nicht, daß wir erfahren, wer sich ursprünglich schuldig gemacht hat. Aus irgendeinem Grund will sie offenbar nicht, daß wir Partei ergreifen, und das versetzt uns in eine schwierige Lage. Ich frage mich, ob wir je die Wahrheit über die Feindschaft zwischen Styrikerin und Delphae erfahren werden – nicht, daß es wirklich von Bedeutung ist. Ich bezweifle sogar, daß Sephrenia und der Anari die Wahrheit kennen. Beide hatten vierhundert Generationen hysterischer Propaganda, ihre Vorurteile zu erhärten. *Unser* Problem ist, daß die Delphae uns wahrscheinlich für immer hier festhalten könnten. Würden wir versuchen, davonzureiten, würden sie uns im Kreis herum und wieder hierher zurückführen. Es bleibt uns nichts übrig, als mit ihnen zu verhandeln. Aber wir alle lieben Sephrenia, und wenn wir mit den Delphae verhandeln, wird sie es als Mißachtung ihrer Person betrachten.«

»Das ist mir klar. Was soll ich nur tun, Sperber? Mein Herz blutet, wenn Sephrenia sich auch nur in den Finger sticht!«

Sperber zuckte die Schultern. »Lügt ihr etwas vor.«

»Sperber!«

»Ihr müßt es ja nicht zu offensichtlich machen. Zeigt nur ein wenig Interesse und Sympathie für ihren Standpunkt. *Ich* bin für Bhelliom verantwortlich, deshalb wird Cedon mit *mir* verhandeln müssen. Genaugenommen steht Ihr hier in der zweiten Reihe – tut mir leid, Vanion, aber so ist es nun mal. Cedon wird mit mir verhandeln, nicht mit Euch. Funkelt mich hin und wieder finster an und erhebt Einwände. Sephrenia benimmt sich vernunftwidrig, deshalb werden sich die anderen – als gute, logisch denkende Elenier – gegen sie stellen. Sondert sie nicht völlig ab. Ihr seid der wichtigste Mensch in ihrem Leben, und wenn es so aussieht, als würdet auch *Ihr* Euch von ihr abwenden, bricht es ihr das Herz.« Er verzog das Gesicht. »Ich wäre Euch jedoch dankbar, wenn Ihr nicht zulaßt, daß Sephrenia mich mitten in den Verhandlungen in eine Kröte verwandelt.«

»Gehen wir einen oder zwei Schritte zurück, erhabener Anari«, bat Sperber, nachdem sie sich wieder in dem geräumigen Gewölbe zusammengesetzt hatten. »Ich muß wissen, worauf ich mich hier einlasse. Ich werde nichts tun, was den Styrikern schaden könnte. Sie sind mitunter launisch und schwierig, aber irgendwie mögen wir sie.« Er lächelte Sephrenia an und hoffte, sie ein wenig zu besänftigen. »Ihr habt irgendeine Reise erwähnt. Wohin führt sie?«

»Wir verändern uns, Anakha. Als die Welt sich gegen uns wandte, flehten wir Edaemus an, uns zu beschützen.«

»Euren Gott?«

Der Anari nickte. »Vor dem Krieg gegen die Cyrgai waren wir ein kindliches, unverbildetes Volk. Edaemus lebte unter uns und teilte unsere schlichten Freuden und vergänglichen Sorgen. Von allen Völkern dieser Welt waren wir für den Krieg am wenigsten geeignet.« Der Greis blickte Sephrenia an. »Ich werde Eure Lehrerin nicht beleidigen, indem ich die Wahrheit darüber sage, was uns zu Ausgestoßenen gemacht hat.«

»Die Wahrheit ist wohlbekannt«, warf Sephrenia finster ein.

»Das stimmt. Doch *Eure* Wahrheit ist ganz anders als die *unsere*. Ihr Styriker glaubt, daß etwas Bestimmtes geschehen ist, und wir Delphae glauben, daß etwas anderes geschah. Aber das, Sephrenia von Ylara, betrifft nur uns beide und nicht diese Elenier. In Wahrheit, erhabene Sephrenia, haben sich weder die Styriker *noch* die Delphae in dieser bedauernswerten Sache ruhmvoll benommen. Was immer auch der Grund war, Anakha, die Delphae wurden daraufhin zu Ausgestoßenen. Wie ich bereits sagte, haben wir zu Edaemus gebetet, und er hat unser Flehen erhört und uns mit einem Fluch belegt.«

Ulath konnte sich nicht zurückhalten. »Dieser Edaemus hat aber eine merkwürdige Art, seine Zuneigung zu zeigen«, bemerkte er.

»Es war die einzige Möglichkeit, uns zu beschützen, Herr Ritter. Wir waren kein kriegerisches Volk und konnten nicht mit Waffen umgehen, mit denen die anderen Menschen einander umbringen. Deshalb legte Edaemus den Fluch auf uns, daß die geringste Berührung eines Delphae anderen den Tod bringt. Die Menschen fanden bald heraus, daß unsere bloßen Hände töten konnten.«

»Weshalb lebe ich dann noch, Cedon?« fragte Kalten. »Ich habe Xanetia mehrere Tage lang auf ihr Pferd und herunter geholfen, und ihre Berührung hat *mich* nicht getötet.«

»Wir haben gelernt, mit dem Fluch umzugehen, Ritter Kalten. Das gehörte zu dem Plan, als Edaemus die Hand gegen unseren See hob.«

»Den See?«

Der Anari nickte. »Edaemus brachte es nicht übers Herz, uns direkt mit dem Fluch zu belegen. Statt dessen verwünschte er den See. Er ist die einzige Quelle, aus der wir Wasser beziehen können, deshalb haben wir keine andere Wahl, als daraus zu trinken. Als wir ursprünglich in dieses Tal kamen, war Edaemus' Bewußtsein ebenso kindlich wie unseres. Verspielt gab er dem Gewässer diesen eigentümlichen Zusatz, der den See und dadurch auch uns zum Leuchten bringt. Wir trinken aus diesem See, und sein Wasser durchdringt unseren Körper. Aus Liebe ließ Edaemus uns wie Götter erscheinen. Es war ein harmloser Spaß, und wir verziehen ihm bald, daß er uns so verändert hatte. Doch als die Welt sich schließlich gegen uns wandte, verfluchte Edaemus den See, und dieser Fluch veränderte das Wasser – und damit auch uns. Die Berührung des Todes, die unsere Feinde von uns fernhält, ist jedoch nur ein kleiner Teil von Edaemus' Plan. Die Umstände haben uns von dieser Welt abgesondert, doch er will uns noch weiter von ihr entfernen. Wir verändern uns, meine Freunde. Unsere Körper werden anders, ebenso unser Verstand. Wir sind nicht mehr wie ihr. Wir sind auch nicht mehr, wie wir *selbst* einst waren. Mit jeder Generation schreitet diese unaufhaltsame Veränderung fort. Xanetia, die liebe, sanfte Xanetia, übertrifft mich bereits so sehr, daß ich ihren Gedankengängen nicht mehr zu folgen vermag. Mir scheint, daß sie mit der Zeit an Klugheit sogar den Göttern gleichgestellt sein wird – oder sie noch übertrifft.«

»Und dann werdet ihr uns verdrängen«, beschuldigte Sephrenia ihn. »So, wie die Trolle die Menschen der Frühzeit verdrängten, und wir die Trolle verdrängt haben. Ihr verachteten Delphae werdet uns beherrschen, unsere Götter vertreiben und uns wie Hunde in unfruchtbarer Öde gefangenhalten, während *ihr* die Früchte der Erde genießt. Wir Styriker haben äonenlang eine solche Behandlung durch die Eosier erduldet und viel gelernt. Ihr werdet uns nicht so leicht unterdrücken, Cedon! Wir denken nicht daran, euch anzubeten oder uns vor euch in den Staub zu werfen.«

»Wie sollten wir euch verdrängen und eure Lande an uns reißen, Sephrenia von Ylara? Wir sind an unseren See gebunden und können nicht sehr lange ohne sein Wasser sein. Eure Unterwerfung wäre ohnehin bedeutungslos für uns, denn wir werden nicht hier sein. Wir reisen dem Licht entgegen und werden schließlich selbst zu

Licht. Meine Xanetia, die Anarae werden wird, könnte sich schon jetzt mit dem Licht vereinen. Doch jene von uns, die ihre Vollkommenheit noch nicht erreicht haben, halten sie zurück. Wenn wir tot sind, gibt es für Xanetia keinen Grund mehr, zu bleiben. Dann wird sie die Delphae führen, um unter den Sternen zu leben – mit Edaemus, der vorausgegangen ist, um unser Zuhause zu errichten.«

»Wo ihr Götter sein werdet«, fügte Sephrenia gehässig hinzu.

»Das ist ein Wort ohne Bedeutung, Sephrenia von Ylara«, warf Xanetia ruhig ein. »Wir alle, Götter *und* Menschen, streben demselben Ziel entgegen. Edaemus ist uns vorausgegangen, und wir werden euch vorausgehen. Wir werden voll Liebe eurer Ankunft harren, und wir werden euch sogar das Unrecht vergeben, das ihr uns angetan habt.«

»Uns vergeben?« brauste Sephrenia auf. »Ich verzichte auf eure herablassende Vergebung!« Wahrscheinlich war ihr gar nicht bewußt, daß sie sich der altertümlichen styrischen Sprache bedient hatte. »Ich werde euch *nie* vergeben und auch *nie* eure Vergebung annehmen!«

»Doch das werdet Ihr, Sephrenia«, widersprach die leuchtende Frau. »Schon jetzt ist Euer Herz voller Zweifel. Eure Gefühle sind zwiespältig, gütige Sephrenia. Ich kenne Euch gut, und ich weiß, daß Euer Haß wie Frost in den dunklen Winkeln Eurer Seele lauert. Seid versichert, er wird in der warmen Sonne Eures liebenswerten Wesens schmelzen – so, wie mein Haß bereits auf schmerzhafte Weise zu tauen beginnt. Doch täuscht Euch nicht, Sephrenia von Ylara, ich hasse Styriker ebenso, wie Ihr die Delphae haßt. Jahrhunderte der Feindschaft hinterlassen ihre Spuren. Ja, ich *hasse* die heimtückischen Styriker, aber ich hasse nicht *Euch*. Ich kenne Euer Herz, liebe Schwester, denn es ist wie das meine. Die Zeit wird kommen, da wir diesen kindischen Haß vergessen und in Frieden zusammen leben werden.«

»Nie!«

»Nie, liebe Schwester, ist eine lange, lange Zeit.«

»Ich glaube, wir schweifen etwas zu weit ab«, wandte Sperber ein. »Ich nehme an, daß dieses Tal nicht für immer unzugänglich bleiben soll, oder?«

»Das wäre unnötig, Anakha«, erwiderte der Anari. »Sobald wir fort sind, wird Edaemus den Fluch von seinem See nehmen. Dann wird das Wasser wieder normal sein, so daß andere dieses Tal ohne Furcht betreten können.«

»Ich sollte Euch wohl darauf aufmerksam machen, daß dieses Tal, wenn ich es mit Bhelliom verschließe, auch verschlossen bleiben wird, und daß kein Delphae es je verlassen kann. Falls ihr euch in Mondschein oder Sonnenstrahlen verwandelt, wird es euch nicht stören. Aber falls ihr andere Pläne habt, kann ich euch nur raten, sie fallenzulassen. Und falls euer Edaemus einen Vergeltungsschlag gegen die Styriker beabsichtigt, solltet Ihr ihm lieber davon abraten. Bhelliom verspeist Götter zum Frühstück, wie Azash feststellen mußte. Wollt ihr *immer noch*, daß ich euer Tal verschließe?«

»Ja«, antwortete Cedon ohne Zögern.

»Was ist mit Euch, Sephrenia?« fragte Sperber. »Würde diese Garantie Euch zufriedenstellen?«

»Sie werden es mit allen möglichen Tricks versuchen, Sperber. Die Delphae sind eine heimtückische Rasse!«

»Ihr kennt den Bhelliom, Sephrenia, wahrscheinlich sogar besser als ich. Glaubt Ihr *wirklich,* daß irgend jemand – ob Mensch *oder* Gott – ihn hereinlegen kann? Wenn ich ihm befehle, die Delphae im Tal zu belassen, alle anderen Menschen jedoch außerhalb, wird *niemand* es betreten können. Weder Ihr noch ich, noch Aphrael, noch Edaemus – nicht einmal der Gott der Elenier. Selbst wenn alle Götter dieser Welt und sämtlicher anderen Welten sich zusammentäten, würde Bhelliom sie aus dem Tal fernhalten. Nicht einmal die Vögel und Würmer könnten es verlassen. Ist es nicht so? Und wäret Ihr damit zufrieden?«

Sie wich seinem Blick aus.

»Ich brauche eine Antwort, kleine Mutter, und ich möchte nicht ein Jahr darauf warten! Also frage ich noch einmal. Seid Ihr damit zufrieden?«

»Ihr seid unausstehlich, Sperber!«

»Ich habe zur Zeit ziemlich viel im Kopf. Überlegt es Euch und laßt mich wissen, wie Ihr Euch entschieden habt.« Er drehte sich zu dem Anari um. »Also gut. Jetzt weiß ich, was Ihr wollt. Meine nächste Frage: Welchen Vorteil habe *ich* von dieser Vereinbarung?«

»Unseren Beistand im Kampf gegen Eure Feinde, Anakha.«

»Das ist ziemlich ungenau, Cedon. Vergeßt nicht – ich habe Bhelliom. Was könntet Ihr für mich tun, das ich nicht selbst tun kann?«

»Ihr braucht die Bereitschaft des Steines, mit Euch zusammenzuarbeiten, Anakha. Ihr könnt ihn zwingen; aber er liebt Euch nicht und mißversteht Euch mitunter absichtlich – wie damals, als er Euch und die Kindgöttin nach Demos brachte, während Ihr nach Delos in Arjuna wolltet.«

»Woher wißt Ihr davon?« fragte Sperber verblüfft.

»Eure Gedanken sind ein offenes Buch für mich, Anakha, wie jedermanns Gedanken. Das ist nur einer der Dienste, die wir Euch anbieten können. Wäre es nicht ein Vorteil zu wissen, was andere über Euch denken?«

»Das muß ich zugeben, Cedon. Aber es gibt auch andere Möglichkeiten, anderen die Wahrheit zu entlocken.«

»Die Folter, ja. Doch Menschen, die man der Folter unterzogen hat, *wissen*, daß sie gefoltert wurden und was man aus ihnen herausgepreßt hat. Unsere Methode ist subtiler.«

»Da hat er recht, Sperber«, warf Kalten ein. »Was denke ich gerade, erhabener Anari?«

»Es beunruhigt Euch, daß Ihr die Pflicht habt, Xanetia zu töten, falls wir Delphae ein falsches Spiel mit euch treiben, Herr Ritter. Ihr empfindet auf arglose Weise Zuneigung für sie.«

»Er hat recht«, wandte Kalten sich an die Gefährten. »Ich glaube, diese Leute können tatsächlich Gedanken lesen.«

»Wir haben noch andere Fähigkeiten, meine Herren Ritter«, erklärte der Anari, »und wir stellen sie euch im Austausch für die Erfüllung unseres Wunsches gern zur Verfügung.« Er blickte Sephrenia traurig an. »Ich fürchte jedoch, ich würde Schmerz bereiten, wenn ich Euch verriete, welcher Art diese Fähigkeiten sind, und Euer Herz würde sich noch mehr gegen uns verhärten, liebe Schwester.«

»Würdet Ihr aufhören, mich so zu nennen? Euch und Euresgleichen gegenüber ist mein Herz bereits hart wie Granit.«

»Das stimmt nicht, Sephrenia von Ylara«, widersprach Xanetia. »Es beunruhigt Euch, daß Ihr bei dieser ersten Begegnung zwischen uns keine Falschheit in uns entdecken konntet. Es fällt Euch schwer, einen Haß aufrecht zu erhalten, der mehr dem Pflichtbewußtsein gegenüber Eurem Volk entspringt als persönlichem Groll. Ich gestehe offen, daß es mir ähnlich ergeht. Es drängt mich, Euch meine Zuneigung zu schenken, so, wie Ihr dazu neigt, mir die Eure zu schenken.«

»Hört auf!« fauchte Sephrenia. »Nehmt Eure schmutzigen Hände aus meinen Gedanken!«

»Ist sie nicht eigensinnig?« murmelte Ulath.

»Es liegt in der Natur der Jüngeren Götter Styrikums, ihre Kinder zu beschützen – selbst vor ihrer eigenen Torheit«, bemerkte der Anari. »Deshalb müssen die Styriker ihre Götter mit Gebeten und Beschwörungen anflehen, wenn ihre magischen Kräfte wirksam werden sollen. Ist es nicht so, Sephrenia von Ylara?«

Sie verwehrte ihm die Antwort.

»Das ist der Kern styrischer Magie, Cedon«, antwortete Vanion anstelle Sephrenias.

Sie funkelte ihn bitterböse an, und Sperber stöhnte innerlich. Warum konnte Vanion nicht den Mund halten?

Der Anari nickte. »Wie ich schon sagte, ist Edaemus uns vorausgegangen, um den Weg für uns zu ebnen. Deshalb kann er nicht mehr über uns wachen, so daß er einigen von uns die Kräfte verliehen hat, ohne seine Führung zu tun, was getan werden muß.«

»Uneingeschränkte Magie?« entfuhr es Sephrenia. »Ihr habt die Macht der Götter in eurer *eigenen* Hand – ohne jede Einschränkung?«

»Einige von uns, ja.«

»Das ist ungeheuerlich! Der menschliche Geist ist gar nicht fähig, die Natur dieser Art von Macht zu begreifen! Wenn wir sie nur dazu nutzen, unseren kindischen Launen nachzugeben, kann man unmöglich die Folgen absehen!«

»Eure Göttin war Euch eine gute Lehrmeisterin, Sephrenia von Ylara«, stellte Xanetia fest. »Das ist, was sie Euch glauben machen *möchte.*«

»Eure Göttin möchte, daß Ihr ein Kind bleibt, liebe Schwester«, fiel der Anari ein. »Denn solange Ihr Kind seid, fühlt sie sich in Eurer Liebe sicher. Doch Edaemus liebt uns ebensosehr, wie Aphrael Euch liebt. Seine Liebe aber zwingt uns zu wachsen. Er hat seine Macht in unsere Hand gelegt; nun müssen wir die Folgen auf uns nehmen, die ihr Einsatz nach sich zieht. Es ist eine andere Art von Liebe; dennoch *ist* es Liebe. Edaemus ist nicht mehr hier und kann uns nicht mehr leiten, deshalb verwirklicht unser eigener Geist unsere Wünsche und Vorstellungen.« Der Anari lächelte sanft. »Verzeiht mir, meine Freunde, aber jemand in meinem Alter hat nur *ein* besonderes Interesse.« Er hob eine dürre, runzlige Hand und betrachtete sie traurig. »Wie schnell die Jahre uns verändern, und wie betrüblich ist diese Veränderung.«

Der Wandel schien allmählich vor sich zu gehen, doch in Anbetracht der schier unglaublichen Natur dieser Verwandlung war es fast ein Wunder, was nun vor ihren Augen geschah. Die knochigen Hände umgab wieder festes Fleisch; die knotigen Gelenke wurden glatt und die Runzeln strafften sich. Das Netz von Falten und Krähenfüßen schien von Cedon abzugleiten. Seine eingefallenen Wangen füllten sich, und sein dünnes, gelichtetes Haar wurde üppig. Die Gefährten starrten ihn an, während er ohne sichtliche Mühe die Entwicklung des Verfalls rückgängig machte. Er wurde zum Jüngling mit straffer Haut und kräftigen Händen und festem Gesicht, der vor Gesundheit strotzte. Dann wurde er kleiner; seine Gliedmaßen schrumpften unter seinem Gewand. Der Anflug von Bart an Kinn und Wangen schwand, und während er weiterschrumpfte, wurde sein Kopf im Verhältnis zum Körper größer. »Das dürfte weit genug sein«, sagte er schließlich mit piepsiger Kleinkinderstimme. Er lächelte – ein seltsam altes Lächeln, das auf dem Gesicht des kleinen Jungen unendlich fehl am Platze schien. »Eine Fehleinschätzung könnte mich in den Zustand vor der Geburt versetzen. Ich habe das schon mehrmals in Erwägung gezogen, doch meine Aufgaben sind noch nicht erfüllt. Xanetia hat ihre eigenen Pflichten und ich möchte sie nicht auch noch mit meinen belasten.«

Sperber schluckte. »Ich glaube, Ihr habt den Beweis erbracht, Cedon.« Seine Stimme klang angespannt. »Wir erkennen an, daß Ihr Dinge tun könnt, die uns unmöglich sind.« Er ließ den Blick über seine Freunde schweifen, wich jedoch Sephrenias Augen aus. »Ich sehe schon jede Menge Probleme auf uns zukommen. Doch egal, wie unsere Entscheidung ausfällt, wir werden so oder so ernste Zweifel daran haben.«

»Wir könnten beten«, schlug Bevier vor.

»Oder die Würfel entscheiden lassen«, meinte Ulath.

»Nicht mit *deinen* Würfeln«, wehrte Kalten ab.

»Wir könnten uns sogar nach der Logik richten«, erklärte Vanion.

»Doch Sperber hat recht. Egal, wie wir zu entscheiden versuchen – wir würden vermutlich den ganzen Winter hier sitzen, ohne zu einer Einigung zu kommen.« Auch er wich Sephrenias Augen aus.

»Also gut«, sagte Sperber und griff unter seinen Kittel. »Da Aphrael nicht hier ist, uns so lange zuzusetzen, bis wir uns geeinigt haben, lassen wir eben Bhelliom entscheiden.« Er holte die Schatulle hervor und stellte sie vor sich auf den Tisch.

»*Sperber!*« keuchte Sephrenia.

»Nein, Anakha!« rief auch Xanetia bestürzt.

»Bhelliom liebt keinen von uns. Wir können uns also auf seine Neutralität verlassen. Wir brauchen Anweisungen, Rat und Hilfe. Und weder Edaemus noch Aphrael sind hier – ganz abgesehen davon, daß ich unter diesen eigenartigen Umständen weder dem einen noch der anderen völlig trauen würde. Wir möchten eine vorurteilsfreie Meinung. Also laßt uns feststellen, was Bhelliom von dieser Situation hält.«

15

»Blaurose«, sagte Sperber auf trollisch zu dem glühenden Edelstein in seinen Händen. »Ich bin Anakha. Kennst du mich?«

Bhellioms Glühen pulsierte nun leicht. Sperber spürte das Widerstreben des Steines, seine Macht über ihn anzuerkennen. Plötzlich kam ihm ein Gedanke. »Wir müssen uns unterhalten, du und ich.« Diesmal sprach er Elenisch. »Und es ist nicht nötig, daß Khwaj und die anderen zuhören. Kannst du mich verstehen, wenn ich in dieser Zunge spreche?«

Diesmal glaubte Sperber, dem Pulsieren einen Hauch von Neugier entnehmen zu können.

»Gut. Gibt es eine Möglichkeit, daß du dich mir verständlich machst? Wir zwei müssen eine Entscheidung treffen, die viel zu wichtig ist, als daß ich dich zwingen möchte, mir zu gehorchen, denn ich könnte mich irren. Ich weiß, daß du mich nicht sonderlich magst – und daß du vermutlich auch nicht viel von irgendwelchen anderen Geschöpfen dieser Welt hältst –; aber ich glaube, diesmal haben wir ein gemeinsames Interesse.«

»Gib mich frei!« Es war ein langgezogenes Wispern, doch die Stimme klang vertraut.

Sperber wirbelte herum und starrte Kalten an. Das Gesicht seines Jugendfreundes war völlig ausdruckslos und die Worte kamen steif über seine Lippen. »Weshalb tatest du das, Anakha? Weshalb erhobst du dich über mich und machtest mich zu deinem Sklaven?« Das archaisch klingende Elenisch konnte nicht von Kalten stammen. Aber weshalb hatte Bhelliom ausgerechnet ihn als sein Sprachrohr erwählt?

Sperber sammelte seine Gedanken sorgfältig und setzte sie in die förmliche Sprache um, in der Bhelliom seine Worte an ihn gerichtet hatte. In diesem Augenblick des Übergangs begann Sperber zu verstehen, und es schien ihm, als habe dieses Wissen unbenutzt in ihm geschlummert, bis die Sprache – der Übergang von Neu- in Altelenisch – es geweckt hatte. »Nicht ich habe dich versklavt, Blaurose. Deine eigene Unachtsamkeit brachte dich in die gefährliche Nähe von rotem Eisen, das dich zu deinem derzeitigen Zustand verdichtete. Und es war Ghwerig, der dich der Erde entnahm und dir mit seinem schmerzhaften, unbarmherzigen Diamantwerkzeug die Gestalt einer Blume verlieh.«

Ein halb unterdrücktes Stöhnen entrang sich Kaltens Lippen. Es war ein Stöhnen erduldeten und erinnerten Schmerzes.

»Ich bin Anakha, Blaurose«, fuhr Sperber fort. »Ich bin *dein* Geschöpf. *Du* warst es, der mich erschaffen hat, um mich zum Werkzeug deiner Befreiung zu machen. Ich werde dein Vertrauen nicht enttäuschen. In gewisser Hinsicht bin ich Teil *deiner* Gedanken und deshalb dein Diener. *Du* hast *mich* versklavt. Denn hast du nicht meine Bestimmung von der aller anderen getrennt? Wurde ich dadurch nicht zu einem Fremden der Götter dieser Welt und aller Menschen? Doch wenngleich du mich zu deinem Sklaven gemacht hast, so bin ich doch von *dieser* Welt, und ich werde nicht zulassen, daß sie und ihre Bewohner durch die grausame Unterdrückung meiner Feinde zermalmt werden! Ich habe dich aus der Versklavung durch Ghwerig befreit. Ist das nicht schon ein kleiner Beweis meines Pflichtbewußtseins, was die Aufgabe betrifft, die du mir auferlegt hast? Und haben wir nicht gemeinsam Azash vernichtet, der uns beide zur Sklaverei verdammt hätte, die viel schlimmer gewesen wäre als die, welche uns nun aneinanderkettet? Erkenne, Blaurose, daß ich auch *dein* Sklave bin, so wie du der meine, und wieder ist die Kette, die uns verbindet, ein gemeinsames Ziel, und keiner von uns wird frei sein, ehe dieses Ziel nicht erreicht ist. Dann erst werden du und ich ungehindert unsere getrennten Wege gehen – ich, um zu bleiben, du, um weiterzuziehen und deine unterbrochene Reise zum fernsten Stern fortzusetzen, wenn du möchtest.«

»Du hast gut gelernt, Anakha«, gab Bhelliom widerwillig zu. »Doch dein Verständnis für unsere Beziehung hat sich nie in deinen bewußten Gedanken gezeigt, wo ich es zu erkennen vermocht hätte. Ich war verzweifelt, weil ich glaubte, einen Fehler begangen zu haben.«

Sephrenia starrte sie an, zuerst Sperber, dann den scheinbar bewußtlosen Kalten, und ihr Gesicht verriet eine Regung, die Zorn sehr nahe kam. Auch Xanetia starrte die beiden an, und ihr Gesicht wirkte nicht minder verärgert. Flüchtig empfand Sperber Befriedigung darüber. Die beiden Frauen waren sich in ihrer vielleicht unbewußten herablassenden Überlegenheit sehr ähnlich. Sperbers plötzliche, unerwartete Erkenntnis, was Dinge betraf, die lange in seinem Gedächtnis geschlummert hatten, erschütterte ihre aufreizende Selbstgefälligkeit. Zum erstenmal im Leben war Sperber deutlich bewußt, daß er Anakha war – und mehr noch: Er erkannte die Bedeutung Anakhas auf eine Weise, die weder Sephrenia noch Xanetia je verstehen würden. Er hatte weder die eine, noch die andere gebraucht, um zu Bhelliom vorzudringen, und indem er seine Gedanken mit denen Bhellioms verbunden hatte, war es ihm gelungen, die Bewußtheit des Steins in gewissem Maße zu teilen. Und dazu würde keine der beiden Frauen je imstande sein.

»Du hast keinen Fehler begangen, Blaurose«, sagte Sperber zu dem Edelstein. »Du hast nur übersehen, daß du deine Gedanken an diese Zunge gebunden hast, wie auch mein Verständnis, das sich mir erst öffnete, als ich dir in derselben Zunge antwortete. Und nun lasse uns die Dinge besprechen. Meine Feinde sind auch die deinen, da sie dich ebenso an sich binden möchten wie mich. Keiner von uns würde sich seiner Freiheit erfreuen können, bis sie nicht mehr sind. Sind wir uns da einig?«

»Deine Gedankenfolge ist vernünftig.«

»Also haben wir das gleiche Ziel?«

»So scheint es.«

»Wir kommen offenbar voran«, murmelte Sperber.

Kaltens Miene wurde abweisend und mißbilligend.

»Verzeih«, entschuldigte sich Sperber. »Die Macht der Gewohnheit, fürchte ich. Die Vernunft drängt uns – da unsere Feinde und unser Ziel dieselben und unsere Gedanken nun miteinander verbunden sind – unser Streben in dieser Sache zu vereinen. Der Sieg wird uns befreien. Dann werden unsere Feinde und unser gemeinsames Ziel ein Ende haben, und die Kette, die uns verbindet, wird von uns abfallen. Ich gelobe, dich nach Beendigung dieser Aufgabe freizusetzen, auf daß du vollenden kannst, was du begonnen hast. Mein Leben liegt in deiner Hand, und du magst mich vernichten, sollte ich ein falsches Spiel mit dir treiben.«

»Ich finde keine Falschheit in deinen Gedanken, Anakha, und ich werde deinen Arm stärken und dein Herz härten, sollten andere, die du liebst, dich von deiner Bestimmung und deinem Gelöbnis abzubringen versuchen. So sind wir uns denn einig.«

»Abgemacht!« rief Sperber.

»Abgemacht!« Bisher hatten Bhellioms Worte, die über Kaltens Lippen gekommen waren, trocken und ohne jede Gefühlsregung geklungen. Diesmal aber verriet die Stimme Freude.

»Und nun zu der Entscheidung, die du und ich gemeinsam treffen müssen.«

»Sperber ...«, warf Sephrenia unsicher ein.

»Bedauere, kleine Mutter, aber zur Zeit rede ich nicht mit Euch. Bitte, unterbrecht uns nicht.« Sperber wußte nicht recht, ob er seine Fragen an die Saphirrose richten sollte oder an Kalten, der völlig vom Geist im Edelstein in Besitz genommen zu sein schien. Sperber beschloß, sich an beide zu richten. »Die Delphae haben uns ihren Beistand als Gegenleistung für einen gewissen Dienst angeboten«, erklärte er. »Sie möchten, daß wir ihr Tal verschließen, damit niemand es betreten oder verlassen kann. Für diesen kleinen Gefallen versprechen sie im Gegenzug, uns zu helfen. Ist ihr Angebot aufrichtig?« Sperber hörte, wie Xanetia scharf den Atem einsog.

»Es ist aufrichtig«, versicherte Bhelliom.

»Das hab' ich mir auch gedacht. Tja, ich wollte nur sichergehen.«

»Anakha«, tadelte die Stimme. »Wenn du so sprichst, sind mir deine Gedanken verborgen. Unser Bündnis ist neu und weder dir noch mir vertraut. Es wäre unklug, würdest du durch eine Sprache, die ich nicht verstehe, Zweifel in mir wecken.«

Sperber mußte unwillkürlich lachen. »Verzeih meinen Rückfall in alte Gewohnheiten, Blaurose«, bat er. »Wir können den Delphae also trauen?«

»Im Augenblick, ja. Noch sind ihre Absichten ohne Arg. Was morgen sein wird, ist ungewiß. Du und deinesgleichen, ihr seid unbeständig, Anakha.« Kaltens Stimme zögerte kurz. »Das ist keine Beanstandung, nur eine Feststellung. Hier und heute dürft ihr der Ehrlichkeit der Delphae trauen – und sie der euren. Was danach kommt, liegt in den Händen des Zufalls.«

»Dann gibt es also wirklich so etwas wie Zufall?« fragte Sperber verwundert. »Man lehrt uns, daß alles von den Göttern vorherbestimmt ist.«

»Wer immer euch das sagte, hat sich geirrt.«

Bevier holte scharf Atem.

»Meine Reise und meine Aufgabe wurden durch Zufall unterbrochen«, fuhr Bhelliom fort. »Wenn mein Weg in eine andere Richtung gelenkt werden kann, warum dann nicht auch deiner? Wahrlich, ich sage dir, Anakha, daß wir uns in dieser Sache mit den Delphae verbünden *müssen*. Tun wir es nicht, werden wir mit Sicherheit unterliegen. Ob einer oder beide den anderen betrügen werden, wird von den Umständen abhängen. Zur Zeit sind die Herzen der Delphae rein. Das mag sich ändern. Zur Zeit ist auch *dein* Herz rein; das mag sich ebenfalls ändern. Doch wie dem auch sei – wir *müssen* uns mit den Delphae verbünden, wollen wir nicht für alle Zeit in Knechtschaft schmachten.«

»Ihr habt ihn gehört, Bevier«, sagte Sephrenia gerade zu dem dunkelhäutigen Arzier, als Sperber leise das Zimmer betrat, in dem die beiden in ihr Gespräch vertieft waren. »Sie beten den See an – den Quell der Verseuchung, der sie zu Ausgestoßenen macht.«

»Er hat einen Gott erwähnt, erhabene Sephrenia«, wandte Bevier geduldig ein. »Ich glaube, er nannte ihren Gott Edaemus oder so ähnlich.«

»Aber Edaemus hat sie verlassen. Er hat sie verflucht und dann im Stich gelassen.«

»Der Anari sagte, daß Edaemus ihnen vorausgegangen sei, um den Ort zu finden, an dem sie ewig bleiben können.« Beviers Einwand klang jetzt schwächer. »Er sagte, daß sie sich verändern – zu reinem Licht werden.«

»Lügen!« schnaubte Sephrenia. »Das Licht, das sie zeichnet, ist kein Merkmal eines Segens, Bevier. Es ist das Merkmal ihres Fluches! Cedon hat es geschickt verdreht, um vorzutäuschen, daß die Delphae sich in etwas Heiliges verwandeln.«

»Sie wirken Magie, Sephrenia, und es ist eine Art von Magie, wie ich sie zuvor nicht gekannt habe. Nie hätte ich geglaubt, daß *irgend jemand* wieder zum Kind werden könnte, hätte ich es nicht mit eigenen Augen gesehen.«

»Eben das will ich damit sagen, Bevier. Sie bedienen sich der Hexerei, nicht der Magie! Habt Ihr je gesehen, daß *ich* einen Gott nachahme?«

Sperber trat unbemerkt zurück auf den Korridor und schritt zu der türlosen Zelle, die Vanion bezogen hatte. »Wir haben ein Problem«, sagte er.

»Noch eins?«

»Sephrenia bemüht sich, Bevier gegen die Delphae einzunehmen. Sie versucht, ihn zu überzeugen, daß die Delphae Hexerei betreiben. Ihr kennt Bevier. Ihm treten die Augen aus den Höhlen, wenn jemand dieses Wort auch nur erwähnt!«

»Warum gibt sie einfach keine Ruhe?« Vanion warf die Hände hoch. »Hat ihr Bhellioms Wort nicht genügt?«

Sperber seufzte. »Sie *will* nicht glauben, Vanion! Wir haben doch Ähnliches schon einmal erlebt, als wir versuchten, elenischer Landbevölkerung klarzumachen, daß Styriker nicht mit Hörnern und Schwänzen auf die Welt kommen.«

»Aber gerade Sephrenia müßte von solchen Vorurteilen frei sein!«

»Ich fürchte, da irrt Ihr, mein Freund. Styriker sind offenbar ausdauernde Hasser. Was unternehmen wir dagegen?«

»Ich werde Sephrenia offen darauf ansprechen.«

Sperber zuckte zusammen. »Wenn Ihr das tut, wird sie Euch in einen Frosch verwandeln.«

Vanion lächelte flüchtig. »Nein. Ich habe in Sarsos gelebt, erinnert Ihr Euch? Ein Styriker kann so etwas nicht ohne Einverständnis seines Gottes tun, und Aphrael mag mich – hoffe ich.«

»Ich rufe die anderen zu mir, damit Ihr ungestört allein mit Sephrenia reden könnt.«

»Nein, Sperber. Das muß in Anwesenheit aller unserer Gefährten geschehen. Sie müssen erkennen, daß Sephrenia in diesem einen Fall nicht zu trauen ist.«

»Wäre es nicht ratsam, zuvor mit ihr allein zu reden, *ehe* Ihr sie vor den anderen demütigt?«

Vanion schüttelte eigensinnig den Kopf. »Wir dürfen nicht zuviel Rücksicht auf sie nehmen!«

»Dann kann ich für Euch nur hoffen, daß Aphrael Euch wirklich gern hat!« murmelte Sperber.

»Sie sind ins finsterste Heidentum zurückgefallen!« behauptete Sephrenia hartnäckig. »Sie könnten genausogut Bäume oder Steine von bestimmter Form anbeten. Sie haben keinen Glauben, keinen Lehrsatz und keine Hemmungen. Das beweist ihr gezielter Einsatz von Hexerei.«

Vanion hatte sie alle in das große Gewölbe am Ende des Korridors gerufen, und Sephrenia verfocht heftig und mit schriller Stimme ihre Meinung über die Delphae.

»Wo liegt der Unterschied?« Talen zuckte die Schultern. »Magie, Hexerei – es ist doch ein und dasselbe, oder nicht?«

»Magie kommt von den Göttern, Talen«, erklärte Bevier. »In ihrer Weisheit hat unsere Heilige Mutter Kirche sich entschieden, den Ordensrittern zu gestatten, die Geheimnisse des Styrikums zu lernen, damit wir ihr besser dienen können. Uns werden Beschränkungen auferlegt – es gibt gewisse Bereiche, mit denen wir uns nicht befassen dürfen. Hexerei kennt keine Beschränkungen, weil sie vom Bösen kommt.«

»Dem Teufel, meint Ihr? Ich habe nie wirklich an den Teufel geglaubt. Es steckt ohnehin genug Bösartigkeit in den Menschen, daß wir recht gut ohne ihn auskommen. Ich habe ein paar *sehr* bösartige Leute kennengelernt, Bevier.«

»Die Existenz des Teufels wurde bewiesen.«

»Mir nicht.«

»Schweifen wir nicht ein wenig vom Thema ab?« wandte Ulath ein. »Es spielt doch im Grunde keine Rolle, wen oder was die Delphae anbeten. Im Laufe der Zeit haben wir uns mit den verschiedensten Völkern verbündet, um dies oder jenes zu erreichen. Bhelliom hat gesagt, wir müssen uns mit den Delphae zusammentun, falls wir nicht erliegen wollen. Ich möchte nicht gern verlieren – also, wo ist das Problem?«

»Bhelliom weiß nichts über diese Welt, Ulath«, gab Sephrenia zu bedenken.

»Um so besser. Dann kann er das Problem unvoreingenommen angehen. Wenn ich mich vor einer Lawine hinter einen Baum retten muß, frage ich den Baum zuvor nicht nach seinem Glauben.«

»Bhelliom würde *alles* tun oder sagen, um seine Freiheit zu bekommen«, versicherte Sephrenia. »Deshalb war ich von vornherein dagegen, ihn zu benutzen.«

»Wir *müssen* Bhelliom glauben, Sephrenia!« Vanion bemühte sich offensichtlich, die Beherrschung zu wahren. »Es ergäbe wenig Sinn, ihm erst unser Leben anzuvertrauen, und dann nicht zu glauben, was er uns sagt. Er hat schon sehr oft geholfen, oder hast du das vergessen?«

»Nur, weil er dazu *gezwungen* wurde, Vanion. Bhelliom unterwirft sich, weil er keine andere Wahl hat. Ich traue Bhelliom noch weniger als den Delphae. Er ist fremdartig, vollkommen fremdartig, und wir können nicht einmal erahnen, *was* er tun wird. Wir sind nur so lange sicher, wie wir ihn gekettet halten und ihn zwingen, uns zu gehorchen. Sobald wir anfangen, ihm zuzuhören, befinden wir uns in großer Gefahr.«

»Denkst du über uns ebenso, kleine Mutter?« fragte Vanion traurig. »Wir sind Elenier und haben als Rasse immer wieder bewiesen, daß uns nicht zu trauen ist. Möchtest du auch *uns* ketten und zum Gehorsam *zwingen*?«

»Absurd! Bhelliom ist keine Person.«

»Aber die Delphae sind Personen, oder etwa nicht?«

»Nein!«

»Du bist unlogisch, Sephrenia. Die Delphae *sind* Menschen. Wir haben nicht viel für die Zemocher oder die Rendorer übrig; dennoch haben wir nie versucht, so zu tun, als wären sie keine Menschen. Es gibt viele Elenier, die euch Styriker nicht mögen, aber nie sind wir so weit gegangen, euer Menschsein zu leugnen.« Er machte eine Pause und atmete tief durch. »Ich nehme an, darauf läuft es hinaus, Liebes. Wenn du den Delphae die Menschlichkeit absprichst, wie kann ich da sicher sein, daß du nicht insgeheim dasselbe von mir hältst? Ich habe eine Zeitlang in Sarsos gelebt. Viele der dort ansässigen Styriker sahen in *mir* eine minderwertige Lebensform. Warst du ihrer Meinung? Hast du mich nur als eine Art Haustier gehalten – als Hündchen vielleicht? Oder als zahmen Affen, den du zu deinem Ergötzen um dich haben wolltest? Es geht um eine Frage der Ethik, Sephrenia. Wenn wir *irgend jemandem* das Menschsein absprechen, öffnen wir unvorstellbarem Grauen Tür und Tor. Siehst du das nicht ein?«

»Die Delphae sind anders!«

»*Niemand* ist anders. Das *müssen* wir glauben. Wenn wir es nicht tun, leugnen wir unsere *eigene* Menschlichkeit. Warum *willst* du das nicht verstehen?«

Sephrenias Gesicht war unsagbar bleich. »Das hört sich ja alles sehr hochtrabend und edel an, Vanion, aber es hat rein gar nichts mit den Delphae zu tun! Du hast nicht die geringste Ahnung, wer oder was sie sind! Infolgedessen kannst du gar nicht wissen, worüber du redest. Du bist bisher immer zu mir um Rat gekommen, wenn deine Unwissenheit dich in Gefahr brachte. Gehe ich recht in der Annahme, daß dies in Zukunft nicht mehr der Fall sein wird?«

»Sei nicht albern.«

»Ich meine es durchaus ernst. Wirst du mich in dieser Sache übergehen? Wirst du dich mit diesen monströsen Aussätzigen verbünden, egal, was ich dir sage?«

»Wir haben in dieser Angelegenheit keine Wahl, siehst du das nicht ein? Bhelliom sagt, daß wir unterliegen werden, falls wir dieses Bündnis nicht eingehen, und wir *dürfen* nicht unterliegen. Ich glaube, das Schicksal der ganzen Welt hängt davon ab.«

»Offenbar brauchst du mich nicht mehr. Es wäre zuvorkommend von dir gewesen, wenn du es mir gesagt hättest, *bevor* ihr mich in dieses verfluchte Tal mitgeschleppt habt. Aber es war wohl von Anfang an dumm von mir, von einem Elenier auch nur ein Mindestmaß an Höflichkeit zu erwarten. Sobald wir wieder in Matherion sind, werde ich zusehen, daß ich nach Sarsos zurückkehren kann, wohin ich gehöre.«

»Sephrenia ...«

»Nein! Ich will nichts mehr darüber hören. Ich habe dem pandionischen Orden dreihundert Jahre treu und gut gedient, und ich danke dir für deine großzügige Entlohnung meiner Jahre der Plackerei. Wir sind fertig miteinander, Vanion. Dies ist das Ende. Ich hoffe, du wirst den Rest deines Lebens glücklich sein. Doch ob glücklich oder nicht – du wirst diese Jahre ohne mich verbringen müssen.« Sie drehte sich um und rauschte erhobenen Hauptes aus dem Raum.

»Es wird sehr gefährlich sein, Anari«, warnte Itagne, »und Xanetia ist die bedeutendste Persönlichkeit Eures Volkes. Haltet Ihr es für ratsam, ihr Leben in Gefahr zu bringen?«

»Wahrlich, Itagne von Matherion«, entgegnete der Greis, »Xanetia bedeutet uns allen sehr viel, denn sie wird Anarae werden. Aber sie ist auch die Begabteste, und es könnte wohl sein, daß gerade *ihre* Begabung bei der entscheidenden Begegnung mit unserem gemeinsamen Feind das Zünglein an der Waage sein wird und sie zu unseren Gunsten neigt.« Sperber, Vanion und Itagne waren vor ihrer Abreise aus dem Tal der Delphae zu Cedon gebeten worden. Es war ein schöner Herbstmorgen. Ein Hauch von Reif auf der Wiese schmolz rasch in der Morgensonne, und der Schatten unter den ausladenden Ästen der Nadelbäume jenseits der Wiese war von einem tiefen Blau.

»Ich wollte nur darauf hinweisen, Anari«, fügte Itagne hinzu. »Denn trotz ihrer Pracht ist Matherion eine Stadt voller verborgener Gefahren – mit rücksichtslosen, unwissenden Menschen, die voller Vorurteile sind und keineswegs freundlich reagieren werden, wenn sie eine Delphae in ihrer Stadt sehen. Eure sanftmütige Xanetia ist noch sehr jung und unerfahren. Daß sie zu den Leuchtenden gehört, wird sie in gewissem Maße vor offenen Gewalttätigkeiten schützen, aber seid Ihr bereit, sie all den Verwünschungen, den Schmähungen und sonstigen Angriffen auszusetzen, die sie dort zweifellos erwarten?«

Der Anari lächelte. »Ihr schätzt Xanetia völlig falsch ein, Itagne von Matherion. Erscheint sie Euch wirklich so kindlich? Würdet Ihr

Euch besser fühlen, wenn ich Euch versichere, daß sie das erste Jahrhundert ihres Lebens längst hinter sich hat?«

Itagne starrte erst Cedon an, dann Xanetia, die ruhig am Fenster saß. »Ihr seid ein eigenartiges Volk, Anari. Ich habe sie für nicht mehr als sechzehn gehalten.«

»Es ist unhöflich, nach dem Alter einer Dame zu fragen, Itagne von Matherion.«

Der Tamuler verbeugte sich höfisch. »Verzeiht mir, Anarae.«

»Seine Exzellenz hat einen sehr wichtigen Punkt zur Sprache gebracht, Anari«, sagte Vanion. Sein Gesicht war noch vom Schmerz über das Gespräch mit Sephrenia am Tag zuvor gezeichnet. »Das Aussehen der Dame wird auffallen – nicht nur in Matherion, sondern auch auf dem Weg dorthin. Besteht eine Möglichkeit, ihr Aussehen soweit zu verändern, daß in den Orten, durch die wir kommen werden, nicht bereits bei ihrem Anblick Panik ausbricht?« Er blickte die Delphae um Entschuldigung heischend an. »Um nichts auf der Welt möchte ich Euch beleidigen, Anarae, aber Ihr fallt wirklich auf.«

»Habt Dank für Euer Kompliment, edler Herr.«

»Möchtet Ihr nicht lieber weitermachen, Sperber?« bat Vanion. »Ich finde offenbar nicht die richtigen Worte.«

»Wir sind Soldaten, Xanetia. Wir können unseren Weg von hier zum Kaiserschloß in Matherion mit Leichen pflastern, wenn es nicht anders geht, aber ich habe das Gefühl, daß Euch das schmerzen würde. Wäre eine Verkleidung denn eine Kränkung für Euch? Ist es überhaupt möglich, Euer Aussehen zu verändern? Ich weiß nicht, ob es Euch selbst aufgefallen ist, aber Ihr – leuchtet. Einige Eurer Leute konnten ziemlich nahe an uns herankommen, ehe wir dieses Leuchten bemerkt haben. Kann Euer inneres Feuer abgeschwächt werden?«

»Ja. Wir können auf das Licht Einfluß nehmen, Anakha«, erwiderte Cedon. »Und Xanetia, die Begabteste von allen, kann es besser als die meisten anderen – obwohl es schmerzhaft für sie sein wird, denn für uns ist so etwas unnatürlich.«

»Dann müssen wir uns etwas anderes einfallen lassen.«

»Der Schmerz ist bedeutungslos, Anakha«, versicherte Xanetia.

»Für Euch vielleicht, doch nicht für mich. Aber fangen wir mit Eurer Hautfarbe an. Eure Züge sind tamulisch, aber der Teint stimmt leider nicht. – Was meint Ihr, Itagne, würde man sie für eine Tamulerin halten, wenn wir ihre Haut und ihr Haar färbten?«

»Das ist nicht nötig, Anakha«, wandte Xanetia ein. Angestrengt legte sie die Stirn kurz in Falten, und allmählich, beinahe wie ein langsames Erröten, stieg eine goldene Tönung in ihre Wangen, und das Weiß ihres Haares wurde aschblond. »Farbe ist eine Eigenschaft des Lichtes«, erklärte sie ruhig, während der Bronzeton ihrer Haut tiefer und ihr Haar dunkler wurden. »Und da ich das Licht in mir beeinflussen kann, vermag ich auch meine Farbe zu ändern. Sofern ich es nicht völlig unterdrücke, kann ich auch den Schmerz mindern. Eine annehmbare Lösung für mich – und für euch ebenfalls, wie mir scheint, da ihr offenbar den Schmerz anderer mitfühlt. Es ist ganz einfach.« Ihr Teint war nun fast vom gleichen hellen Bronzeton wie der Itagnes, und ihr Haar von einem schönen Kastanienbraun. »Die Veränderung der Gestalt ist viel schwieriger«, gestand Xanetia, »und die Veränderung des Geschlechts sogar noch mehr.«

»Des *wa-as?*« krächzte Itagne.

»Ich tue das nicht oft – und auch nicht gern«, erwiderte sie. »Edaemus hat mich nicht zum Mann bestimmt, und ich fühle mich als Mann auch nicht wohl. Ein Männerkörper ist so überladen und unordentlich.« Sie streckte einen Arm aus und begutachtete seine Hautfarbe eingehend. »Mir scheint, die Farbe ist nun richtig.« Dann griff sie nach einer Strähne ihres jetzt schwarzen Haares und betrachtete auch diese. »Das ist auch in Ordnung«, fügte sie hinzu. »Was meint Ihr, Itagne? Könnte ich jetzt unauffällig durch Matherion wandeln?«

»Wohl kaum, erhabene Xanetia.« Er lächelte. »Das Herz eines jeden, der Euch erschaut, würde ob Eurer Lieblichkeit einen Schlag aussetzen, denn wahrlich Eure Schönheit blendet meine Augen.«

»Er kann es«, murmelte Sperber.

»Eure honiggleichen Worte klingen süß in meinen Ohren, Itagne.« Auch Xanetia lächelte. »Mir scheint, Ihr seid ein Meister der Schmeichelei.«

»Itagne ist Diplomat, müßt Ihr wissen, Anarae«, warf Vanion ein, »und man darf seinen Worten nicht immer glauben. Doch diesmal hat er die Wahrheit gesprochen. Ihr seid eine außerordentlich schöne Frau.«

Sie blickte ihn ernst an. »Das Herz in Eurer Brust ist wund, nicht wahr, Hochmeister Vanion?«

Er seufzte. »Es ist mein persönliches Problem, Anarae.«

»Nicht ganz, Eminenz. Wir gehören nun alle zusammen, und das Leid des einen ist das Leid aller. Doch was Euch bedrückt, ist von weit größerer Bedeutung und bereitet uns viel größere Sorge als alles, was aus unseren kameradschaftlichen Gefühlen für Euch erwachsen könnte. Der Bruch zwischen Eurer Liebsten und Euch gefährdet unsere Sache, und solange er nicht behoben ist, sind unsere gemeinsamen Ziele gefährdet.«

Sie ritten ostwärts auf einem kaum erkennbaren Weg, der offenbar eher ein Trampelpfad von Wildtieren als ein üblicherweise von Menschen benutzter Weg war. Sephrenia ritt in Begleitung Beviers und des jungen Berit ein gutes Stück hinter den anderen. Ihr Gesicht war verkniffen und ihre Augen wirkten hart.

Sperber ritt mit Vanion an der Spitze und folgte den vereinzelten Anweisungen Xanetias, die ihnen unter Kaltens wachsamem Auge dichtauf folgte.

»Gebt Ihr ein wenig Zeit, Vanion«, riet Sperber. »Frauen sind schnell und oft mit einem Ultimatum oder einer Kriegserklärung zur Hand. So etwas dient normalerweise dem Zweck, ihnen mehr Aufmerksamkeit zu schenken. Jedesmal, wenn Ehlana sich einbildet, daß ich sie vernachlässige, sagt sie so manches zwar unfreundliche, aber nicht ernst gemeinte Wort, nur um mich zur Besinnung zu bringen.«

»Ich fürchte, bei Sephrenia ist das etwas komplizierter, Sperber«, entgegnete Vanion. »Sie ist Styrikerin, aber so unvernünftig war sie bisher noch nie. Wenn wir nur hinter die Ursache ihres krankhaften Hasses kämen! Dann könnten wir auch etwas dagegen tun. Aber sie hüllt sich in beleidigtes Schweigen. Dieser abgrundtiefe Haß auf die Delphae ist mir einfach unerklärlich.«

»Aphrael wird es in Ordnung bringen«, meinte Sperber zuversichtlich. »Sobald wir wieder in Matherion sind, werde ich mit Danae reden...« Er hielt inne, als ihm plötzlich ein schrecklicher Gedanke kam. »Ich muß Xanetia sprechen«, sagte er abrupt und wendete Faran.

»Schwierigkeiten?« erkundigte sich Kalten, als Sperber sich ihnen anschloß.

»Keine unmittelbaren«, antwortete Sperber. »Reite du einstweilen mit Vanion. Ich muß mit Xanetia reden.«

Kalten blickte ihn fragend an, ritt jedoch ohne ein weiteres Wort nach vorn.

»Ihr macht Euch Sorgen, Anakha«, bemerkte Xanetia.

»Ja, ein wenig. Ihr wißt, was ich denke, nicht wahr?«

Sie nickte.

»Dann wißt Ihr auch, wer meine Tochter ist.«

»Ja.«

»Es ist auf gewisse Weise ein Geheimnis, Anarae. Als Aphrael ihre neue Inkarnation wählte, hat sie mit meiner Gemahlin nicht darüber gesprochen. Es ist ungemein wichtig, daß Ehlana es nie erfährt.«

»Euer Geheimnis ist bei mir sicher, Anakha, das verspreche ich Euch.«

»Was ist wirklich geschehen, Xanetia? Zwischen den Styrikern und den Delphae, meine ich. Ich möchte weder Eure Version noch Sephrenias hören. Ich möchte die Wahrheit wissen!«

»Es ist bestimmt so, daß Ihr die Wahrheit nicht kennt, Anakha. Ein Teil Eurer Aufgabe besteht darin, dieses Problem zu lösen, ohne die Wahrheit je zu erfahren.«

»Ich bin Elenier, Xanetia!« sagte er gequält. »Ich *brauche* Fakten, um Entscheidungen treffen zu können!«

»Also ist es Eure Absicht, zu richten? Zu entscheiden, ob die Styriker oder die Delphae schuldig sind?«

»Nein. Meine Absicht ist, dem Verhalten Sephrenias auf den Grund zu gehen, damit ich ihre Einstellung ändern kann.«

»Ist sie Euch so wichtig?«

»Warum stellt Ihr Fragen, wenn Ihr die Antworten bereits kennt?«

»Meine Fragen sollen Euch helfen, *Eure* Gedanken auszudrücken, Anakha.«

»Ich bin pandionischer Ritter, Xanetia. Sephrenia war über drei Jahrhunderte die Mutter unseres Ordens. Jeder von uns würde ohne Zögern sein Leben für sie geben. Wir lieben sie, aber wir teilen nicht alle ihrer Vorurteile.« Er lehnte sich im Sattel zurück. »Ich kann nicht viel länger warten, Xanetia. Wenn ich die Wahrheit nicht von Euch erfahre – oder von Sephrenia –, frage ich Bhelliom.«

»Nein! Das *dürft* Ihr nicht!« Ihre jetzt dunklen Augen wirkten zutiefst erschrocken.

»Ich bin Soldat, Xanetia. Mir fehlt die Geduld, mich lange mit Feinheiten zu befassen. Entschuldigt mich. Ich muß mit Sephrenia reden.«

»Dirgis«, erklärte Xanetia, als sie eine Bergkuppe erreicht hatten und eine typisch atanische Stadt unter ihnen im Tal liegen sahen.

»*Endlich!*« Vanion holte seine Karte hervor. »Jetzt wissen wir, wo wir sind.« Er studierte kurz seine Karte, dann schaute er blinzelnd zum Abendhimmel empor. »Ist es für einen dieser Schritte heute nicht schon ein wenig zu spät, Sperber?«

»Nein. Es ist noch lange hell genug.«

»Mußt du dir deshalb immer noch Sorgen machen?« fragte Ulath. »Habt ihr, du und Bhelliom, das nicht besprochen?«

»Wir haben uns noch nicht privat unterhalten«, erwiderte Sperber. »Da draußen gibt es immer noch zu viele, die Bhellioms Aufenthaltsort feststellen könnten, wenn er im Freien ist, deshalb habe ich ihn in seinem kleinen Häuschen gelassen, um sicherzugehen.«

»Es sind gut neunhundert Meilen, Sperber«, gab Vanion zu bedenken. »Dort ist es schon später am Tag.«

»Daran werde ich mich nie gewöhnen«, brummte Kalten.

»Es ist wirklich ganz einfach, Kalten«, versicherte Ulath. »Wenn die Sonne in Matherion untergeht, ist sie ...«

»Bitte, Ulath, verschone mich! Wenn du es mir zu erklären versuchst, machst du alles nur noch schlimmer. Dann fühle ich manchmal wirklich, wie die Erde sich unter mir bewegt. Das mag ich gar nicht. Es genügt, wenn du sagst, daß es dort später ist – und fertig. Ich muß nicht unbedingt wissen, *warum* es so ist.«

»Kalten ist der vollkommene Ritter«, sagte Khalad zu seinem Bruder. »Nie verlangt er nach einer Erklärung.«

»Du mußt auch die gute Seite sehen, Khalad«, erwiderte Talen. »Wenn wir die wundervolle Ausbildung hinter uns haben, die sie uns unbedingt geben wollen, werden wir wie Kalten sein. Überleg doch mal, um wie vieles leichter das Leben sein wird, wenn wir gar nichts mehr zu verstehen brauchen.«

»Ich nehme an, in Matherion ist es inzwischen fast dunkel, Sperber«, sagte Vanion. »Vielleicht sollten wir lieber bis zum Morgen warten.«

»Da bin ich mir nicht so sicher«, widersprach Sperber. »Früher oder später müssen wir einen dieser Sprünge nach Sonnenuntergang wagen. Im Augenblick haben wir nichts anderes zu tun. Es ist die rechte Zeit, uns ein für allemal Klarheit zu verschaffen.«

»Äh – Sperber?« warf Khalad ein.

»Ja?«

»Wenn Ihr Euch nicht sicher seid, warum fragt Ihr dann nicht Bhelliom – jetzt, da Ihr Euch mit ihm unterhalten könnt? *Bevor* Ihr Experimente macht. Es wäre jedenfalls nicht so riskant. Soviel ich weiß, liegt Matherion an der Küste, und ich möchte mich nicht gern mehrere hundert Meilen von der Stadt entfernt im Meer wiederfinden.«

»Du hast recht«, sagte Sperber, holte die kleine Schatulle hervor und öffnete sie. Nach kurzem Nachdenken sagte er auf Altelenisch: »Ich brauche in einer bestimmten Sache deinen Rat, Blaurose.«

»Frag, Anakha.« Diesmal kamen die Worte aus Khalads Mund.

»Bin ich froh, daß es nicht wieder mich getroffen hat«, gestand Kalten Ulath leise. »Das letzte Mal hab' ich mir mit dieser antiquierten Sprache fast die Zunge abgebrochen.«

»Können wir uns ohne Gefahr von einem Ort zum anderen begeben, wenn die Dunkelheit bereits ihre Decke über die Erde gebreitet hat?« fragte Sperber den Stein.

»Für mich gibt es keine Dunkelheit, Anakha.«

»Das wußte ich nicht.«

»Du hättest mich nur zu fragen brauchen.«

»Ja, das weiß ich jetzt und meine Erkenntnis wächst von Stunde zu Stunde. An der Ostküste des fernen Tamuli führt eine Straße südwärts nach Matherion mit seinen schimmernden Kuppeln.«

»Ja.«

»Als meine Gefährten und ich Matherion zum erstenmal erschauten, standen wir auf dem Kamm eines langgestreckten Berges.«

»Ja. Ich teile deine Erinnerung an diesen Ort.«

»Könntest du uns dorthin bringen, obgleich Dunkelheit das Antlitz der Erde verdeckt?«

»Ja.«

Sperber langte in die Schatulle nach dem Ring seiner Gemahlin, hielt jedoch mitten in der Bewegung inne. »Wir haben die gleichen Interessen und dasselbe Ziel und sind deshalb in freundschaflicher Gesinnung verbunden. Ich finde es nicht richtig, daß ich dich kraft der Macht von Ghwerigs Ringen zum Gehorsam zwinge. Ich möchte dir deshalb nicht befehlen, sondern dich bitten. Bist du bereit, uns aus Verbundenheit und unserer gemeinsamen Interessen wegen an diesen Ort zu bringen, den wir beide kennen?«

»Ja, Anakha.«

16

Der dichte, verschwommene Nebel, der sie umgab, besaß das gleiche unbestimmte Grau und war keine Spur dunkler als bei jenen Gelegenheiten, da Bhelliom sie bei Tageslicht an andere Orte befördert hatte. Ob es Nacht oder Tag war, schien keine Bedeutung für ihn zu haben. Vage wurde Sperber bewußt, daß Bhelliom sie durch einen anderen Raum trug, eine farblose Leere, die an sämtliche Orte grenzte – eine Art Tor zum Überallhin.

»Ihr hattet recht, Eminenz«, sagte Kalten zu Vanion, als sie zum sternenübersäten Firmament blickten. »Es ist hier tatsächlich später.« Er blickte scharf zu Xanetia, die im Sattel schwankte. »Fühlt Ihr Euch nicht wohl, Erhabene?«

»Es ist nichts, Herr Ritter. Nur ein leichtes Schwindelgefühl.«

»Ihr werdet Euch daran gewöhnen. Die ersten paarmal ist man gehörig durcheinander, aber das gibt sich.«

Khalad hielt Sperber die Schatulle hin, und er legte Bhelliom wieder hinein. »Ich tue das in unser beider Interesse«, versicherte er dem Edelstein. »Unsere Feinde können deine Anwesenheit spüren und den Ort feststellen, solange du bar jeder schützenden Umhüllung bist. Diese Schatulle verbirgt dich vor ihrem geistigen Auge.«

Bhelliom pulsierte sein Einverständnis.

Sperber klappte den Verschluß seines Ringes zu, ließ sich von seinem Knappen die Schatulle reichen und schloß auch sie. Dann schob er sie an ihren gewohnten Platz unter seinem Kittel zurück.

Das im Fackelschein rot schimmernde Matherion lag unter ihnen, und der bleiche Lichtpfad des soeben aufgegangenen Mondes erstreckte sich vom Horizont über das Tamulische Meer auf die opalisierenden Dächer – ein weiterer der unzähligen Wege zu jener Stadt, die von den Tamulern als Mittelpunkt der Welt bezeichnet wurde.

»Seid Ihr für einen Vorschlag aufgeschlossen, Sperber?« fragte Talen.

»Du redest genau wie Tynian.«

»Ich weiß. Ich versuche ihn während seiner Abwesenheit würdig zu vertreten. Wir waren Matherion so lange fern, daß wir nicht wissen, was hier vorgeht. Was haltet Ihr davon, wenn ich mich in die Stadt stehle, mich umsehe und ein paar Fragen stelle?«

Sperber nickte. »Ist gut. Aber bleib nicht die ganze Nacht fort.«

Talen schwang sich vom Pferd und öffnete seine Satteltasche. Er nahm einen groben, mit Flicken versehenen Kittel heraus und zog ihn über seine Kleidung. Dann bückte er sich, rieb die Hand im Staub der Straße und verteilte den Schmutz beinahe kunstvoll auf seinem Gesicht. Schließlich zerzauste er sich das Haar und ließ eine Handvoll Spreu vom Straßenrand darauf rieseln. »Was meint Ihr?« fragte er Sperber.

Sperber zuckte die Schultern. »So wird es schon gehen.«

»Ihr könntet wirklich ein bißchen mehr Anerkennung zeigen!« Talen stieg wieder in den Sattel. »Khalad, komm mit. Du kannst auf mein Pferd aufpassen, während ich ein bißchen herumschnüffle.«

Khalad nickte, und die beiden ritten den Hang hinunter.

»Ist dieses Kind wirklich so begabt?« fragte Xanetia.

»Er wäre beleidigt, würde er hören, daß Ihr ihn Kind nennt, Erhabene«, antwortete Kalten. »Ich kenne niemanden, der sich besser auf die Kunst des Tarnens versteht.«

Sie zogen sich ein Stück von der Straße zurück und warteten.

Etwa eine Stunde später kehrten Talen und sein Bruder zurück.

»Seit unserer Abreise hat sich offenbar kaum etwas geändert«, meldete der Junge.

»Keine Straßenkämpfe, meinst du?« Ulath lachte.

»Noch nicht. In der Schloßanlage geht es allerdings ein wenig hektisch zu. Es hat mit irgendwelchen Dokumenten zu tun. Die ganze Regierung ist in Aufruhr. Allerdings schien niemand Genaueres zu wissen. Die Ordensritter und Ataner sind aber noch Herr der Lage; demnach wäre es unbedenklich, auf den Innenhof von Ehlanas Burg zu springen.«

Sperber schüttelte den Kopf. »Wir reiten dorthin. Gewiß halten sich noch Tamuler innerhalb der Mauern auf, und wahrscheinlich sind die Hälfte davon Spitzel. Schließlich wollen wir unser Geheimnis nicht leichtfertig preisgeben. Ist Sarabian noch in der Burg?«

Talen nickte. »Eure Gemahlin bringt ihm wahrscheinlich ein paar Kunststücke bei – ›Herumrollen‹, ›Totspielen‹, ›Stöckchen holen‹ und dergleichen mehr.«

»Talen!« rief Itagne.

»Ihr habt unsere Königin noch nicht kennengelernt, nicht wahr, Exzellenz?« Talen grinste. »Das wird eine ganz neue Erfahrung für Euch sein.«

»Es hat mit der Einrichtung eines neuen Ablagesystems zu tun, Eminenz«, antwortete der junge Pandioner an der Zugbrücke auf Vanions Frage. »Wir haben Platz zum Umordnen gebraucht, deshalb breiteten wir alle Regierungsakten auf dem Rasen aus.«

»Und wenn es regnet?«

»Würde es die Arbeit wahrscheinlich sehr erleichtern, Eminenz.«

Auf dem Innenhof saßen die Gefährten ab und stiegen die breite Freitreppe zur kunstvoll geschnitzten Eingangstür hinauf. Dort blieben sie kurz stehen und zogen weichgepolsterte Schuhe an, um die empfindlichen Perlmuttfliesen im Palast zu schonen.

Königin Ehlana wußte bereits von ihrer Ankunft und erwartete sie an der Tür zum Thronsaal. Sperber klopfte das Herz bis zum Hals, als er seine liebreizende junge Gemahlin sah. »Wie freundlich von Euch, Uns aufzusuchen, Ritter Sperber«, bemerkte sie spöttisch, dann aber schlang sie ihm die Arme um den Hals.

»Tut mir leid, daß wir so lange gebraucht haben, Liebes«, entschuldigte er sich, nachdem sie sich eher förmlich geküßt hatten. Sperber war sich der sechs oder sieben anwesenden Tamuler allzu bewußt, und es entging ihm auch nicht, wie sehr sie sich bemühten, sc zu tun, als würden sie nicht lauschen. »Wollen wir uns nicht hinaufbegeben, meine Königin? Wir haben uns viel zu erzählen, und ich würde gern aus diesem Kettenhemd schlüpfen, ehe es mit meiner Haut zusammenwächst.«

»Du wirst doch nicht mit diesem stinkenden Ding meine Gemächer betreten, Sperber! Soviel ich weiß, liegen die Bäder in dieser Richtung.« Sie zeigte auf eine Tür am Ende des Ganges. »Nimm deine duftenden Freunde mit. Die Damen können mit mir kommen. Ich werde den anderen Bescheid geben lassen, dann treffen wir uns in einer Stunde im großen Salon. Ich bin sicher, die Erklärung für eure Säumigkeit wird sich als ungemein faszinierend erweisen.«

Nachdem Sperber gebadet und in Wams und enges Beinkleid geschlüpft war, fühlte er sich sehr viel wohler. Er und seine Freunde stiegen die Treppe des mittleren Turms hinauf, in dem sich die königlichen Gemächer befanden.

»Ihr kommt spät, Sperber!« tadelte Mirtai, als die Gefährten ans Ende der Treppe gelangten.

»Ja. Meine Gemahlin hat mich bereits darauf aufmerksam gemacht. Kommt mit herein. Auch Ihr müßt Euch das anhören.«

Ehlana und die andern, die in Matherion geblieben waren, hatten sich in dem großen blauen Salon versammelt. Es fiel auf, daß Sephrenia und Danae fehlten.

»*Endlich!*« rief Kaiser Sarabian, als sie eintraten. Sperber staunte über das veränderte Aussehen des Kaisers. Sein Haar war aus der Stirn gekämmt und mit einem Band zusammengehalten, und er trug ein enges schwarzes Beinkleid und ein Linnenhemd mit bauschigen Ärmeln. Irgendwie sah er jünger aus, und er hielt einen Degen mit der Vertrautheit, die von viel Übung zeugte. »Jetzt können wir mit dem Sturz der Regierung weitermachen!«

»Was hast du ausgeheckt, Ehlana?« fragte Sperber.

Sie zuckte die Schultern. »Sarabian und ich haben unseren Horizont erweitert.«

»Wußte ich doch, daß ich nicht so lange hätte wegbleiben dürfen!«

»Ich bin froh, daß du selbst es zur Sprache bringst. Dieser Gedanke bewegt mich nämlich ebenso!«

»Erspar dir doch Zeit und Unannehmlichkeiten, Sperber«, riet

Kalten. »Zeig ihr einfach, weshalb wir diesen kleinen Ausflug machen mußten.«

»Gute Idee.« Sperber langte unter sein Wams und brachte die Schatulle zum Vorschein. »Die Sache ist uns über den Kopf gewachsen. Deshalb hatten wir beschlossen, Verstärkung zu holen.«

»Ich dachte, das tut Tynian bereits.«

»Die Lage hat ein etwas wirkungsvolleres Vorgehen erfordert.« Sperber drückte seinen Ring an den Deckel der Schatulle. »Öffne dich!« sagte er. Er ließ den Deckel nur einen Spalt offen, damit man den Ring seiner Gemahlin nicht sehen konnte.

»Was hast du mit deinem Ring gemacht, Sperber?« rief Ehlana, ohne den Blick von seinen Händen zu nehmen.

»Das werde ich dir gleich erklären.« Er griff in die Schatulle und nahm Bhelliom heraus. »*Deshalb* mußten wir fort, mein Schatz.« Er hielt den Stein in die Höhe.

Ehlana starrte darauf und wurde noch bleicher, als sie ohnehin war. »Sperber!« stieß sie hervor.

»Was für ein wundervoller Edelstein!« rief Sarabian und streckte die Hand nach der Saphirrose aus.

»Tut das lieber nicht, Majestät!« warnte Itagne. »Das ist der Bhelliom. Er duldet Sperber, aber für jeden anderen könnte er sich als gefährlich erweisen.«

»Bhelliom ist ein Märchen, Itagne.«

»Ich habe in letzter Zeit meine Meinung über verschiedene Märchen geändert, Majestät. Sperber hat Azash mit Hilfe Bhellioms vernichtet – nur, indem er Azash mit dem Stein berührte. Ich würde an Eurer Stelle nicht danach greifen, mein Kaiser. Euer Verhalten in den letzten Monaten hat zu einiger Hoffnung Anlaß gegeben, und wir würden Euch gerade jetzt nicht gern verlieren.«

»Itagne!« wies Oscagne ihn scharf zurecht. »Was redest du!«

»Wir sind hier, um den Kaiser zu beraten, Bruderherz, nicht, um ihm zu schmeicheln. Ach, übrigens, Oscagne, als du mich nach Cynestra sandtest, hast du mir Generalvollmacht erteilt, nicht wahr? Wenn du möchtest, können wir meine Bestallung ja noch einmal durchgehen; aber ich bin ziemlich sicher, daß ich diese Vollmacht hatte – wie üblich. Nun, ich hoffe, es macht dir nichts aus, alter Junge, aber ich habe unterwegs Bündnisse geschlossen.« Er hielt inne und fuhr nach kurzer Pause fort: »Nun, Sperber hat die eigentliche Arbeit getan; aber durch meine Stellung konnte ich der Sache so etwas wie Rechtmäßigkeit verleihen.«

»Du hättest zuvor in Matherion nachfragen müssen, Itagne!« Oscagne bekam einen tiefroten Kopf.

»Sei vernünftig, Oscagne! Ich habe bloß einige Gelegenheiten beim Schopf gefaßt, die sich boten. Außerdem befand ich mich wohl kaum in der Position, Sperber zu sagen, was er tun dürfe und was nicht, oder? In Cynestra hatte ich die Dinge mehr oder weniger im Griff, als Sperber und seine Freunde auftauchten. Wir verließen Cynestra und ...«

»Einzelheiten, Itagne! Was hast du in Cynestra getan?«

Itagne seufzte. »Du kannst manchmal wirklich anstrengend sein, Oscagne. Ich habe herausgefunden, daß Botschafter Taubel und Kanzad, der dortige Vertreter des Innenministers, unter einer Decke steckten. König Jaluah tanzte nach ihrer Pfeife.«

Oscagnes Gesicht wurde düster. »Taubel ist zum Innenministerium übergelaufen?«

»So ist es. Vielleicht solltest du auch deine anderen Botschaften unter die Lupe nehmen. Innenminister Kolata war sehr rührig. Ach ja, ich habe Taubel und Kanzad – sowie die gesamten dortigen Polizeikräfte und den größten Teil des Botschaftspersonals – in ein Verlies werfen lassen, den Ausnahmezustand erklärt und der atanischen Garnison die Verantwortung übertragen.«

»Du hast was?«

»Irgendwann einmal werde ich dir einen Bericht darüber schreiben. Du kennst mich gut genug um zu wissen, daß ich einen guten Grund dafür hatte.«

»Du hast deine Vollmachten überschritten, Itagne!«

»Du hast mir *unbeschränkte* Vollmacht gegeben, alter Junge. Also hatte ich freie Hand! Du hast nur gesagt, ich solle mich umsehen und das Erforderliche tun. Und das habe ich getan!«

»Wie hast du es geschafft, die Ataner ohne schriftliche Vollmacht zum Mitmachen zu überreden?«

Itagne zuckte die Schultern. »Befehlshaberin der atanischen Garnison ist eine sehr gutaussehende, recht muskulöse, ziemlich junge Dame. Ich habe sie verführt, was sie mit großer Begeisterung aufnahm. Glaub mir, Oscagne, sie würde alles, einfach *alles* für mich tun. Du könntest eine entsprechende Eintragung in meine Personalakte machen – über meine Bereitwilligkeit, für das Kaiserreich Opfer zu bringen. Das liebe Kind wollte mir als Zeichen seiner Zuneigung die Köpfe von Taubel und Kanzad schenken. Ich hab's abgelehnt. Meine Zimmer in der Universität sind so schon viel zu voll. Ich habe an den Wänden keinen Platz mehr für ausgestopfte Trophäen. Also sagte ich ihr, sie solle die beiden statt dessen einsperren und gut auf König Jaluah aufpassen, bis Taubels Nachfolger eintrifft. Du brauchst dich mit seiner Ernennung aber nicht zu beeilen. Ich habe vollstes Vertrauen zu meiner atanischen Freundin.«

»Du hast die Beziehungen zu Cynesga um zwanzig Jahre zurückgeworfen, Itagne!«

»*Welche* Beziehungen?« schnaubte Itagne. »Die Cynesganer reagieren nur auf rohe Gewalt, und die habe ich bei ihnen angewandt.«

»Ihr habt Bündnisse erwähnt, Itagne«, warf Sarabian ein und schnippte mit der Spitze seines Degens. »Wem habt Ihr denn mein unendliches Vertrauen und meine Zuneigung geschenkt?«

»Ich wollte gerade darauf kommen, Majestät. Nachdem wir Cynesga verlassen hatten, begaben wir uns nach Delpheus. Wir sprachen mit dem Oberhaupt der Delphae, dem Anari – ein sehr alter Mann namens Cedon –, und er bot uns seine Unterstützung an. Sperber kümmert sich um unseren Teil der Abmachung; es entstehen also keine Kosten für das Imperium.«

Oscagne schüttelte den Kopf. »Das muß er von der mütterlichen Seite unserer Familie haben, Majestät«, entschuldigte er sich. »Es gab da einen ziemlich merkwürdigen Onkel ...«

»Wovon redet Ihr, Oscagne?«

»Vom offenkundigen Irrsinn meines Bruders, Majestät. Ich habe gehört, daß so etwas erblich ist. Glücklicherweise schlage *ich* nach der väterlichen Seite. Sag mal, Itagne, hörst du auch Stimmen? Erscheinen dir purpurrote Giraffen?«

»Manchmal bist du wirklich schwer von Begriff, Oscagne.«

»Würdet *Ihr* uns vielleicht erzählen, was vorgefallen ist, Sperber?« bat Sarabian.

»Itagne hat es bereits richtig gesagt, Majestät. Täusche ich mich, daß ihr Tamuler Bedenken gegenüber den Leuchtenden habt?«

»Nein«, entgegnete Oscagne. »Bedenken würde ich es nicht nennen, Hoheit. Wie könnten wir Bedenken wegen eines Volkes haben, das nicht existiert?«

»Darüber könnten wir die ganze Nacht diskutieren, ohne zu einem Ergebnis zu kommen«, warf Kalten ein. »Erhabene«, wandte er sich an Xanetia, die mit leicht gesenktem Kopf neben ihm saß, »würde es Euch etwas ausmachen, diesen Leuten zu zeigen, wer Ihr seid? Andernfalls werden sie sich tagelang streiten.«

»Wenn es Euer Wunsch ist, Herr Ritter«, antwortete sie.

»So förmlich, meine Liebe?« Sarabian lächelte. »Hier in Matherion bedienen wir uns nur bei Hochzeiten, Beerdigungen, Krönungen und anderen beklagenswerten Anlässen dieser Redeweise.«

»Wir lebten seit langer Zeit völlig abgeschieden, Kaiser Sarabian«, sagte Xanetia, »völlig unberührt vom Wind der Neuerungen und den wechselhaften Gezeiten des Sprachgebrauchs. Ich versichere Euch – was Euch als gezwungene Förmlichkeit erscheint, kommt ungebeten über unsere Lippen und ist unsere übliche Redeweise bei den seltenen Gelegenheiten, wenn Sprache uns zur Verständigung als erforderlich erscheint.«

Die hintere Tür des Salons schwang auf, und Prinzessin Danae, die Rollo hinter sich her zog, trat ein, dicht gefolgt von Alean.

Xanetia blickte erstaunt und voller Ehrfurcht auf das kleine Mädchen.

»Sie ist eingeschlafen«, erklärte die Prinzessin ihrer Mutter.

»Sie ist doch nicht etwa krank?« fragte Ehlana.

»Die edle Sephrenia war offenbar sehr müde, Majestät«, erwiderte Alean. »Sie hat ein Bad genommen und sich anschließend zu Bett begeben. Ich konnte sie nicht einmal dazu bewegen, einen leichten Imbiß zu sich zu nehmen.«

»Wahrscheinlich ist es das beste, sie erst einmal ausschlafen zu lassen«, meinte Ehlana. »Ich werde gleich nach ihr sehen.«

Kaiser Sarabian hatte die kurze Unterbrechung genutzt, um sich ein paar gestelzte Redewendungen auszudenken. »Wahrlich«, wandte er sich an Xanetia, »Eure Art zu sprechen, erfreut Unser Ohr. Doch schmerzt es Uns, daß Ihr Uns mit Eurer Anwesenheit nicht schon eher beehrt habt, denn Eure Lieblichkeit und elegante Sprache hätten Unseren Hof verschönt. Eure strahlenden Augen und

Euer sanftes Wesen wären ein ununterbrochener Quell der Freude für uns gewesen.«

»Eure Worte sind süß wie Honig, Majestät.« Xanetia neigte höflich den Kopf, »und es entgeht mir nicht, daß Ihr ein meisterhafter Schmeichler seid.«

»Sagt das nicht!« protestierte er. »Wir versichern Euch, daß Unsere Worte aus dem Herzen kommen.« Offensichtlich genoß Sarabian das Spielchen.

Xanetia seufzte. »Ich fürchte, Eure Meinung über mich wird sich ändern, wenn Ihr seht, wie ich wirklich bin. Ich habe mein Äußeres verändert, um Eure Untertanen nicht zu erschrecken. Würden sie mich in meiner wahren Gestalt erblicken, würden sie vor Furcht schreiend fliehen, wie ich zu meinem großen Leidwesen zugeben muß.«

»Könnt Ihr wirklich solche Furcht erregen, liebliche Maid?« Sarabian lächelte. »Wir können Euren Worten keinen Glauben schenken. Vielmehr scheint es Uns, daß Unsere Untertanen vor *Freude* schreien würden, wenn Ihr über die Straßen Unseres vielgerühmten Matherion schreitet.«

»Das müßt Ihr selbst beurteilen, Majestät.«

»Äh – ehe es soweit ist, dürfte ich mich nach dem Gesundheitszustand Eurer Majestät erkundigen?« fragte Itagne vorsichtshalber.

»Ich befinde mich bei bester Gesundheit, Itagne.«

»Keine Kurzatmigkeit? Kein Druck oder Ziehen in Eurer Majestät Brust?«

»Ich habe bereits gesagt, daß ich gesund bin, Itagne!« schnaubte Sarabian.

»Ich kann es nur *hoffen*, Majestät! Darf ich Euch dann die erhabene Xanetia, Anarae der Delphae vorstellen?«

»Ich glaube, Euer Bruder hat recht, Itagne. Auch ich fürchte, daß Euer Verstand – großer *Gott*!« Sarabian starrte voller Entsetzen auf Xanetia. Wie Farbe aus einem billigen Stoff schwand die Farbe aus ihrer Haut und ihrem Haar, und ihr natürliches Glühen, das sie bislang unterdrückt hatte, kam wieder zum Vorschein. Sie erhob sich, und Kalten stand neben ihr auf.

»Jetzt ist der Stoff, aus dem Eure Alpträume sind, zu Fleisch geworden, Sarabian«, sagte Xanetia traurig. »Dies ist, wer und was ich bin. Euer Diener Itagne hat Euch gut und wahrheitsgetreu berichtet, was im sagenhaften Delphaeus vor sich gegangen ist. Ich würde Euch gern auf die eine Weise begrüßen, wie sie Euch als Kaiser gebührt, doch wie alle Delphae bin ich eine Ausgestoßene und gehöre deshalb nicht zu Euren Untertanen. Ich bin hier, um jene Dienste zu leisten, zu denen mein Volk sich auf Grund unseres Bündnisses mit Anakha bereiterklärt hat, den Ihr Sperber von Elenien nennt. Fürchtet mich nicht, Sarabian, denn ich bin hier, um zu dienen und nicht, um zu vernichten.«

Mirtai, die kreidebleich geworden war, stellte sich entschlossen vor ihre Herrin und zog ihr Schwert. »Lauft, Ehlana!« sagte sie grimmig. »Ich werde sie aufhalten.«

»Das ist nicht nötig, Mirtai von Atan«, versicherte Xanetia ihr. »Wie ich schon sagte, wird niemand in diesem Raum Schaden durch mich nehmen. Steckt Euer Schwert ein.«

»Verfluchte, ich werde Euer abscheuliches Herz als Scheide dafür benutzen!« Mirtai hob die Klinge – und schien im selben Augenblick von einem gewaltigen Hieb getroffen zu werden. Sie taumelte rückwärts und stürzte zu Boden.

Kring und Engessa sprangen sofort herbei und langten nach ihren Waffen.

»Ich will ihnen nicht weh tun, Anakha«, warnte Xanetia, »aber ich muß mich schützen, damit ich die Bedingungen des Bündnisses zwischen Euch und meinem Volk erfüllen kann.«

»Laßt die Klingen stecken!« befahl Vanion heftig. »Die Dame ist auf unserer Seite!«

»Aber …«, protestierte Kring.

»Ich sagte, laßt die Klingen stecken!« brüllte Vanion mit Donnerstimme, und Kring sowie Engessa hielten mitten im Schritt inne.

Doch Sperber bemerkte eine weitere Gefahr. Danae näherte sich der Delphae mit finsterem Blick und hartem Gesicht. »Ah, da bist du ja, Danae«, sagte er und bewegte sich schneller, als sein gleichmütiger Tonfall hätte vermuten lassen. Er fing die rachsüchtige kleine Prinzessin ab. »Willst du deinem armen alten Vater nicht einen Kuß geben?« Er riß sie auf die Arme und erstickte ihren beabsichtigten empörten Wortschwall, indem er seine Lippen fest auf die ihren drückte.

Sie stieß seinen Kopf zurück. »Laß mich runter, Sperber!« rief sie laut.

»Nicht, ehe du dein Temperament gezügelt hast«, entgegnete er.

»Sie hat Mirtai weh getan!«

»Das hat sie nicht! Mirtai versteht zu fallen, ohne daß es ihr Schmerz bereitet. Stell hier nichts Törichtes an! Du hast gewußt, daß so etwas passieren würde. Es kann nichts geschehen, also reg dich nicht unnötig auf! Und sieh um Himmels willen zu, daß deine Mutter nicht herausfindet, wer du wirklich bist!«

»Er spricht gar nicht selbst!« unterbrach Ehlana Sperbers Bericht über Delphaeus und alles, was vorgefallen war.

»Nicht selbst, nein. Er hat durch Kalten – na ja, gesprochen, jedenfalls beim erstenmal.«

»Warum gerade Kalten?«

»Ich habe keine Ahnung warum. Jedenfalls spricht Bhelliom Altelenisch, ziemlich umständlich und gespreizt – eigentlich nicht viel anders als Xanetia. Er möchte, daß ich auf ähnliche Weise mit ihm spreche. Offenbar ist die Redeweise wichtig für ihn.« Sperber rieb sich die frisch rasierte Wange. »Es war sehr merkwürdig. Sobald ich angefangen hatte, auf Altelenisch zu reden – und zu denken –, schien sich etwas in mir zu öffnen. Zum erstenmal erkannte ich, daß ich Anakha bin, und ich wußte, daß Bhelliom und ich auf eine tiefe, persönliche Weise miteinander verbunden sind.« Er verzog das Gesicht. »Hat ganz den Anschein, als wärst du jetzt mit zwei Männern verheiratet, Schatz. Ich hoffe, du magst Anakha. Er scheint ganz annehmbar zu sein – wenn man sich erst an seine Redeweise gewöhnt hat.«

»Vielleicht sollte ich mich lieber gleich in den Wahnsinn flüchten. Das wäre vermutlich einfacher als das, was hier vor sich geht – wie viele andere Fremde möchtest du heute nacht noch mit in mein Bett nehmen?«

Sperber blickte zu Vanion. »Soll ich ihnen von Sephrenia erzählen?«

»Warum nicht?« Vanion seufzte. »Sie werden es sowieso bald bemerken.«

Sperber nahm Ehlanas Hände in die seinen und blickte ihr in die grauen Augen. »Du wirst sehr behutsam vorgehen müssen, wenn du mit Sephrenia sprichst, Liebes. Zwischen den Delphae und den Styrikern besteht eine uralte Feindschaft, und wenn Delphae zugegen sind, reagiert Sephrenia völlig unvernünftig. Xanetia hat ähnliche Probleme mit Styrikern, aber sie hat sich besser in der Gewalt als Sephrenia.«

»Habt Ihr wirklich diesen Eindruck, Anakha?« fragte Xanetia, die ihre Tarnfarbe wieder angenommen hatte. Sicher mehr zur Beruhigung der anderen, dachte Sperber, nicht, weil es wirklich nötig ist. Mirtai saß wachsam unweit von ihr, ohne die Hand vom Schwertgriff zu nehmen.

»Ich möchte niemanden beleidigen, Anarae«, entschuldigte er sich. »Ich versuche nur die Situation zu verdeutlichen, damit die andern verstehen, falls Ihr und Sephrenia versuchen solltet, einander die Augen auszukratzen.«

»Ich bin sicher, daß Euch der betörende Charme meines Gemahls nicht entgangen ist, Anarae«, sagte Ehlana lächelnd. »Manchmal überwältigt er uns schier damit.«

Zum erstenmal lachte Xanetia, dann blickte sie Itagne an. »Die Elenier sind sehr komplizierte Leute, nicht wahr? Einerseits geben sie sich ziemlich unverblümt, andererseits bemerke ich eine erstaunliche Behendigkeit ihrer Gedanken sowie Feinheiten, wie ich sie von einem Volk, das Stahl zu Kleidungsstücken schneidert, nicht erwartet hätte.«

Sperber lehnte sich im Sessel zurück. »Ich habe noch gar nicht genau erzählt, was geschehen ist, aber für heute genügt dieser kurze Überblick. Einzelheiten können wir auch morgen noch einfügen. Was hat sich hier getan?«

»Politik, natürlich.« Ehlana zuckte die Schultern.

»Wirst du der Politik denn nie müde?«

»Lachhaft, Sperber! Durchlaucht Stragen, würdet Ihr so nett sein und berichten? Es schockiert ihn, wenn ich all die schmutzigen kleinen Einzelteile erwähne.«

Stragen trug wieder sein Lieblingswams aus weißem Satin. Der blonde Unterweltkönig saß tief in einem Sessel versunken, die Füße auf einem Tisch. »Durch den Umsturzversuch wurden wir darauf aufmerksam, daß weitaus mehr höchst irdische Zeitgenossen in diese Sache verwickelt waren als irgendwelche Kobolde und Sagenhelden aus alter Zeit«, begann er. »Wir wußten zum Beispiel, daß Krager mit der Sache zu tun hatte – und Innenminister Kolata –, und das machte es zu einer ganz alltäglichen politischen Angelegenheit. Weil wir aber nicht wußten, wo Krager sich zur Zeit aufhält, haben wir uns erst einmal aufs Innenministerium konzentriert, um herauszufinden, wie tief dessen Mitarbeiter in die Geschichte verstrickt sind. Wie jederman weiß, sind alle Beamten überall auf der Welt auf Papierkram geradezu versessen. Deshalb gelangten wir zu dem Schluß, daß sich irgendwo in diesem Labyrinth von Gebäude Akten befinden mußten, in denen all diese Burschen aufgeführt sind, die wir uns vorknöpfen wollen. Das Problem war, daß wir nicht einfach das Ministerium betreten und Einsicht in die Akten verlangen konnten; dann nämlich hätte man unsere Pläne durchschaut und wäre darauf aufmerksam geworden, daß Kolata unser Gefangener ist und kein Gast. Baroneß Melidere kam auf die Idee, ein neues Ablagesystem einzuführen. Das verschaffte uns Zugang zu allen Akten des Ministeriums.«

»Es war schrecklich.« Oscagne schauderte. »Wir mußten die gesamten Regierungsgeschäfte unterbrechen, nur um zu verheimlichen, daß wir lediglich an den Akten des Innenministeriums interessiert waren. Durchlaucht Stragen und die Baroneß steckten die Köpfe zusammen und dachten sich ein System aus. Es ist vollkommen vernunftwidrig und der bisherigen Methode völlig entgegengesetzt; trotzdem funktioniert es überraschend gut. Ich selbst kann jedes bestimmte Schriftstück binnen einer Stunde finden.«

»Jedenfalls«, fuhr Stragen fuhr, »durchstöberten wir eine volle Woche lang die Akten des Innenministeriums. Aber die Leute dort schlichen sich des Nachts wieder ins Haus und versuchten alles mögliche, damit wir jeden Morgen wieder von vorn anfangen mußten. Daraufhin beschlossen wir, unsere Arbeit auf dem Rasen fortzusetzen. Wir ließen alle Akten aus den Gebäuden schaffen und im Gras ausbreiten. Es war sehr ärgerlich für die übrigen Regierungsbeamten, doch das Innenministerium trieb immer noch seine Spielchen mit uns. Die Mitarbeiter versteckten die gesuchten Akten. Da wir ja Erfahrung in solchen Dingen haben, stiegen Caalador und ich des Nachts ins Gebäude ein. Wir wurden von Mirtai begleitet. Ich nehme an, die Königin gab sie uns mit, damit sie uns daran erinnerte, daß wir bestimmte Akten suchen sollten und nicht irgendwelche Wertsachen. Wir brauchten ein paar Nächte, aber schließlich fanden wir die Geheimkammer, in der die gesuchten Papiere versteckt waren.«

»Wurden sie denn am nächsten Tag nicht vermißt?« fragte Bevier.

»Wir haben sie nicht mitgenommen, Herr Ritter«, erwiderte Caalador. »Die Königin zog einen jungen Pandioner hinzu, der sich eines styrischen Zaubers bediente, um die Informationen in die Burg mitzunehmen, ohne die Dokumente zu entfernen.« Er grinste. »Wir haben alles belastende Material, und die Gegenseite ahnt es nicht einmal. Wir haben die Informationen gestohlen, nicht aber die Akten.«

»Und wir wissen nun den Namen jedes Spions, jedes Spitzels, jedes Geheimpolizisten und jedes Verschwörers in jedweder Stellung, die das Innenministerium über ganz Tamuli verteilt hat.« Sarabian grinste triumphierend. »Wir haben nur auf eure Heimkehr gewartet, damit wir die nötigen Schritte unternehmen können. Ich werde das Innenministerium auflösen, alle diese Leute verhaften lassen und den Ausnahmezustand ausrufen. Betuana und ich stehen in engem Kontakt und wir haben unsere Pläne sorgfältig ausgearbeitet. Sobald ich das Zeichen gebe, greifen die Ataner ein. Dann werde ich *wirklich* Kaiser sein, nicht mehr nur ein bloßes Aushängeschild.«

»Ihr wart offenbar alle sehr fleißig«, bemerkte Vanion.

»Dadurch vergeht die Zeit schneller, Eminenz.« Caalador zuckte die Schultern. »Wir sind sogar noch ein Stückchen weitergegangen. Krager wußte anscheinend, daß wir die Gesetzesbrecher von Matherion als Spitzel eingesetzt hatten, aber wir waren nicht sicher, ob er etwas über unsere im Untergrund arbeitende geheime Regierung weiß. Wenn er glaubt, daß unsere Organisation ortsgebunden ist, wäre das kein großes Problem. Aber die Sache sähe ganz anders aus, wenn er wüßte, daß ich hier in Matherion Befehle erteilen kann, auf die hin jemand in Chyrellos stirbt.«

»Wieviel konntet ihr herausfinden?« fragte Ulath.

Caalador spreizte eine Hand und drehte sie nachdenklich. »Schwer zu sagen«, gestand er. »Es gibt Gegenden, in denen unsere Leute sich so unauffällig bewegen können wie Frösche in einem schlammigen Tümpel, und andere, wo das nicht möglich ist.« Er verzog das Gesicht. »Wahrscheinlich hat es mit angeborenem Talent zu tun. Einige sind begabt, andere nicht. Jedenfalls haben wir Fortschritte gemacht, was die Identität von einigen dieser fanatischen Nationalisten in den verschiedenen Teilen Tamulis betrifft – na ja, zumindest *glauben* wir, daß wir jetzt ein bißchen mehr Durchblick haben.«

»Falls Krager wirklich weiß, was wir tun, könnte er uns leicht falsche Information zuspielen. Wir wollten auf eure Rückkehr warten, ehe wir eine Probe mit der vorhandenen Information machen.«

»Eine Probe? Wie macht man denn so was?« fragte Bevier.

»Wir übermitteln den Befehl, jemandem den Hals durchzuschneiden. Dann warten wir, ob man versucht, den Betreffenden zu schützen«, antwortete Stragen. »Irgendeinen Polizeichef, zum Beispiel, oder einen dieser nationalistischen Führer wie Elron. Ach ja, Sperber? *Elron* ist der geheimnisvolle Säbel. Ist das nicht erstaunlich?«

Sperber täuschte Verwunderung vor. »Höchst erstaunlich.«

»Caalador möchte den Burschen töten, der sich Scarpa nennt«, fuhr Stragen fort. »Ich ziehe Elron vor – obgleich das möglicherweise als literarische Kritik ausgelegt werden könnte. Elron verdient den Tod eher für seine grauenvollen Verse als für seine politische Einstellung.«

»Die Welt verträgt durchaus noch einige weitere schlechte Gedichte«, versicherte Caalador seinem Freund. »Scarpa ist der wirklich gefährliche Bursche! Ich wünschte, ich könnte den wahren Namen Rebals herausfinden, aber damit hatten wir bisher noch kein Glück.«

»Er ist in Wirklichkeit Amador«, klärte Talen ihn auf, »und verkauft Seidenbänder in Jorsan an der Westküste von Edom.«

»Wie hast du *das* denn herausbekommen?« staunte Caalador.

»Purer Zufall, um ehrlich zu sein. Wir sahen, wie Rebal im Wald vor einer Schar Bauern eine Rede hielt. Als wir dann kurz darauf in Jorsan waren, blies ein Sturmwind mich regelrecht in Rebals Laden. Seinetwegen muß man sich wirklich keine ernsten Sorgen machen. Er ist ein Gaukler und bedient sich billiger Jahrmarkttricks, um die Bauern glauben zu machen, daß er Incetes Geist herbeibeschwört. Sephrenia ist der Meinung, daß unsere Feinde dünn gesät sind. Sie haben nicht genügend echte Magier, all diese Erscheinungen zu bewerkstelligen, deshalb müssen sie sich Betrügereien bedienen.«

»Was habt ihr in Edom gemacht, Sperber?« fragte Ehlana.

»Es lag auf dem Weg zu Bhelliom.«

»Wie seid ihr so schnell dorthin und zurück gekommen?«

»Aphrael hat uns geholfen. Sie ist sehr hilfreich – meistens jedenfalls.« Sperber vermied es, seine Tochter anzuschauen. Er stand auf. »Wir alle sind heute ziemlich müde, und ich fürchte, es wird eine ganze Weile dauern, auf alle Einzelheiten einzugehen. Wie wär's, wenn wir jetzt schlafen gehen? Dann können wir am Morgen weitererzählen, nachdem wir uns ausgeruht haben.«

»Gute Idee«, stimmte Ehlana zu und erhob sich ebenfalls. »Außerdem verzehrt mich die Neugier.«

»Ach?«

»Nun, wenn ich schon mit ihm schlafen werde, sollte ich diesen Anakha wenigstens ein bißchen kennenlernen, meinst du nicht? Mit Wildfremden ins Bett zu gehen, schadet dem Ruf eines Mädchens, weißt du.«

»Sie schläft noch«, sagte Danae und schloß leise die Tür von Sephrenias Gemach.

»Geht es ihr gut?« fragte Sperber.

»Natürlich nicht! Was hast du erwartet, Sperber? Ihr Herz ist gebrochen!«

»Komm mit. Wir müssen reden.«

»Ich glaube nicht, daß ich mich zur Zeit mit dir unterhalten möchte, Vater. Ich bin nicht gerade zufrieden mit dir.«

»Damit kann ich leben.«

»Sei dir da nicht zu sicher.«

»Komm schon!« Er nahm sie bei der Hand und führte sie eine lange Treppe hinauf bis an die Zinnen des Turms. Vorsichtshalber schloß und verriegelte er die Tür hinter ihnen. »Du hast einen Fehler gemacht, Aphrael!« rügte er.

Sie schob das Kinn vor und bedachte Sperber mit einem eisigen Blick.

»Komm mir nicht so, junge Dame! Du hättest Sephrenia nie nach Delphaeus reisen lassen dürfen!«

»Sie *mußte* dorthin. Und sie wird noch mehr durchstehen müssen. Es ist so etwas wie ihre Bestimmung!«

»Das schafft sie nicht. Es ist mehr, als sie ertragen kann.«

»Sie ist stärker, als sie aussieht!«

»Hast du denn kein Herz? Siehst du denn nicht, wie sie leidet?«

»Natürlich sehe ich es, und es schmerzt *mich* viel mehr als dich, Vater.«

»Du bringst Vanion ebenfalls um, ist dir das klar?«

»Auch er ist stärker, als er aussieht! Warum habt ihr euch in Delphaeus alle gegen Sephrenia gewandt? Ein paar freundliche Worte Xanetias genügten, daß ihr dreihundert Jahre Liebe und Hingabe vergessen habt! Dankt ihr Elenier es euren Freunden immer auf diese Weise?«

»*Sephrenia* wollte eine Entscheidung erzwingen, Aphrael. Sie hat ein Ultimatum gestellt. Ich glaube nicht, daß du auch nur ahnst, wie stark ihr Haß auf die Delphae ist. Sie war so unvernünftig, wie ich es noch nie erlebt habe. Was steckt eigentlich dahinter?«

»Das geht dich nichts an!«

»Ich glaube doch! Was ist während der Cyrgai-Kriege *wirklich* passiert?«

»Das sage ich nicht!«

»Habt Ihr Angst zu sprechen, Göttin?« fragte eine Stimme.

Sperber wirbelte herum und stieß vor Erstaunen eine Verwünschung aus, als er Xanetia sah, die – nun wieder glühend – unweit von ihnen stand.

»Es hat nichts mit Euch zu tun, Xanetia«, entgegnete Aphrael kalt.

»Ich muß Euer Herz kennen, Göttin. Die Feindschaft Eurer Schwester ist nicht von Bedeutung. *Eure* dagegen würde uns große Sorgen machen. Seid Ihr mir übelgesinnt?«

»Warum lest Ihr nicht in meinen Gedanken? Dann erfahrt Ihr es auf diese Weise!«

»Ihr wißt, daß ich das nicht kann, Aphrael. Eure Gedanken und Gefühle sind mir verschlossen.«

»Freut mich, daß Ihr das bemerkt habt.«

»Benimm dich!« tadelte Sperber seine Tochter streng.

»Halt dich da raus, Sperber!«

»O nein, Danae, das werde ich nicht! Bist du für Sephrenias unmögliches Benehmen in Delphaeus verantwortlich?«

»Lächerlich! Ich habe sie nach Delphaeus geschickt, um sie von diesem Unsinn zu *kurieren*!«

»Bist du da ganz sicher, Aphrael? Dein Benehmen läßt zur Zeit sehr zu wünschen übrig.«

»Ich mag Edaemus nicht, und sein Volk mag ich auch nicht. Ich will Sephrenia nur aus Liebe zu *ihr* kurieren, nicht aus Zuneigung zu den Delphae.«

»Aber Ihr habt Euch gegen Euresgleichen gestellt, als dies alles begann, Göttin!« erinnerte Xanetia sie.

»Auch das habe ich nicht aus Liebe zu Eurer Rasse getan, Xanetia. Meine Familie war im Unrecht, und ich habe mich aus Prinzip gegen sie gestellt. Doch das könnt Ihr nicht verstehen, nicht wahr? Es hatte mit Liebe zu tun, und ihr Delphae seid dem entwachsen, nicht wahr?«

»Wie wenig Ihr uns kennt, Göttin«, sagte Xanetia traurig.

»Da wir alle so offen reden, sollte ich vielleicht erwähnen, daß mir bei *Euren* Bemerkungen ein gewisses Vorurteil gegen die Styriker nicht entging, Anarae«, warf Sperber ein.

»Ich habe meine Gründe dafür, Anakha – viele Gründe.«

»Das bezweifle ich nicht. Aber ich bin sicher, daß auch Sephrenia ihre Gründe hat. Doch ob ihr euch mögt oder nicht, ist für unsere Sache ohne Bedeutung. Ich werde das alles in Ordnung bringen. Ich habe zu arbeiten und das kann ich nicht, wenn ihr euch in meiner Gegenwart wie zerstrittene dumme Kinder benehmt. Ich werde dafür sorgen, daß ihr Frieden schließt – und wenn ich dafür den Bhelliom benutzen muß!«

»Sperber!« rief Danae bestürzt.

»Niemand will mir sagen, was während der Cyrgai-Kriege tatsächlich passiert ist. Also gut. Meinetwegen. Anfangs war ich neugierig, aber das ist vorbei. Um ehrlich zu sein, meine Damen, ist mir *egal*, was passiert ist. So, wie ihr euch benommen habt, verrät mir, daß *keiner* wirklich schuldlos war. Ich möchte nur, daß dieser gehässige Zank endlich aufhört! Ihr benehmt euch wirklich wie Kinder, und das bin ich allmählich leid!«

17

Am nächsten Morgen erschien Sephrenia mit trübem Gesicht und dunklen Ringen um die Augen. Über ihrer weißen styrischen Robe trug sie einen tiefschwarzen Umhang. Noch nie zuvor hatte Sperber sie in dieser Art von Gewandung gesehen, und er fand die Wahl ihrer Kleidungsstücke sowie deren Farbe seltsam bedrohlich. Sephrenia gesellte sich nur widerstrebend zu den andern am Frühstückstisch, und auch nur auf Ehlanas ausdrücklichen Befehl. Doch sie hielt eine betonte Distanz zu allen übrigen und umgab sich mit ihrem gekränkten Auftreten wie mit einem Schutzwall. Vanion gönnte sie nicht einen Blick, und trotz Aleans gutem Zureden weigerte sie sich, auch nur einen Bissen zu sich zu nehmen.

Vanion wirkte nicht minder verletzt. Sein Gesicht war eingefallen und bleich – fast so bleich wie vor langer Zeit, als er die Last der magischen Schwerter getragen hatte –, und seine Augen verrieten tiefen Schmerz.

Unter diesen Umständen war das Frühstück nicht gerade erbaulich, und alle brachten es so schnell wie möglich hinter sich, um sich zum blauen Salon zu begeben, wo sie sofort mit der Besprechung begannen.

»Die anderen sind nicht wirklich so bedeutend«, versicherte Caalador. »Rebal, Säbel und Baron Parok können als zweitrangig eingestuft werden. Sie nutzen lediglich schlummernde Feindseligkeiten für ihre Zwecke. Bei Scarpa ist es allerdings etwas anders. Arjuna war schon immer ein Unruheherd, und das nutzt Scarpa weidlich aus. Die anderen müssen zum größten Teil heimlich vorgehen, da die elenischen Reiche von Westtamuli dicht besiedelt sind; infolgedessen müssen die Verschwörer im dunkeln bleiben. Der Südosten Arjunas dagegen ist ein riesiger Dschungel. Deshalb kann Scarpa auf viele Verstecke zurückgreifen, wo er sich vor Angriffen leicht zu schützen vermag. Auch er geht mit dem Nationalismus hausieren, genauso wie die anderen, aber das ist nur ein Teil seines Programms. Die Arjuni sind viel schlauer als die elenischen Bauern und Leibeigenen im Westen.«

»Wißt Ihr Näheres über ihn?« fragte Ulath. »Woher er kommt, was er früher getan hat und dergleichen?«

Caalador nickte. »Das war leicht herauszufinden. Scarpa war in gewissen Kreisen sehr bekannt, schon ehe er sich der Verschwörung anschloß.« Er verzog das Gesicht. »Ich wünschte, es gäbe ein anderes Wort dafür. Verschwörung klingt so melodramatisch.« Er zuckte die Schultern. »Wie auch immer, Scarpa ist ein Bastard!«

»*Caalador!*« wies Bevier ihn zurecht. »Es sind Damen anwesend!«

»Das Wort war nicht obszön gemeint, Ritter Bevier, sondern in seiner ursprünglichen Bedeutung. Scarpa entsprang einer Liebschaft zwischen einer arjunischen Schenkendirne, die mit ihrer Gunst nicht geizte, und einem styrischen Renegaten. Es war eine sehr seltsame Beziehung, aus der ein nicht minder seltsamer Sohn hervorging.«

»Geh nicht *zu* weit, Caalador!« warnte Stragen.

»Werde endlich erwachsen, Stragen! Du bist nicht der einzige, dessen Eltern nicht verheiratet waren. Wenn ich recht überlege, bin nicht einmal ich völlig sicher, wer *mein* Vater war. Eine uneheliche Geburt ist kein großes Hindernis für jemanden mit Köpfchen und Begabung!«

»Durchlaucht Stragen ist überempfindlich, wenn es um seine Herkunft geht«, erklärte Baroneß Melidere gleichmütig. »Wie oft habe ich mit ihm darüber geredet! Aber er kann sein diesbezügliches Minderwertigkeitsgefühl einfach nicht ablegen. Na ja, vielleicht ist das so ganz gut. Denn ansonsten ist er so überwältigend, daß ein kleines bißchen Minderwertigkeitsgefühl ihn davor bewahrt, unerträglich und eingebildet zu werden.«

Stragen erhob sich und machte einen Kratzfuß.

»Oh, setzt Euch wieder, Stragen!«

»Wo war ich gleich?« murmelte Caalador. »Ach ja, jetzt fällt's mir wieder ein. Scarpa wuchs in einer verrufenen Schenke in Arjuna auf. Er tat praktisch alles, was man von einem Jungen erwarten darf, der an so einem Ort aufwächst, an dem es keine Moral gibt, kein Ehrgefühl, keinen Anstand. Aber Scarpa übertrat nie die Gesetze. Er war, was man einen begabten Amateur nennen könnte. Nie hat er eine Lehre oder eine sonstige Ausbildung hinter sich gebracht, hat sich aber in allem versucht.« Er verzog das Gesicht. »Ich verabscheue Amateure! Wie dem auch sei – Scarpa betätigte sich als Zuhälter der eigenen Mutter, wie jeder brave Junge es tun sollte, und auch für seine zahlreichen Halbschwestern, die geborene Huren waren, wenn man dem Klatsch Glauben schenken darf. Er war ein leidlicher Taschendieb und ein ziemlich erfolgreicher Betrüger. Im Unterschied zu den vielen anderen – flüchtigen – Liebhabern seiner Mutter blieb Scarpas styrischer Vater eine Zeitlang bei ihr. Selbst, nachdem er sie verlassen hatte, kümmerte er sich um seinen Sohn und besuchte ihn hin und wieder. So erhielt Scarpa zumindest ein wenig styrische Erziehung und Ausbildung. Schließlich beging er jedoch den Fehler, der bei Amateuren beinahe unvermeidlich ist. Er wollte sich aus dem Beutel eines Schenkengasts bedienen. Doch der Mann war nicht so betrunken, wie es den Anschein hatte. Er packte Scarpa, dem daraufhin sein arjunisches Erbteil durchging. Er zog ein kleines, scharfes Messer und tötete den Gast in der Schenke. Irgend so ein Wichtigtuer verständigte die Polizei, woraufhin Scarpa ziemlich abrupt sein Zuhause verließ.«

»Sehr vernünftig!« murmelte Talen. »Ist er anschließend bei einem berufsmäßigen Dieb und Betrüger in die Lehre gegangen?«

»Nein. Er hat sich offenbar alles selbst beigebracht.«

»Kluger Junge.«

Caalador nickte beipflichtend. »Hätte er die richtigen Lehrer gehabt, wäre vielleicht ein Meisterdieb aus ihm geworden. Nachdem er von zu Hause weggelaufen war, trieb er sich zwei Jahre lang rastlos herum. Als er den Gast in der Schänke ermordet hatte, war er etwa zwölf gewesen; mit vierzehn schloß er sich einem Wanderzirkus an. Er gab sich als Magier aus und machte die übliche Art von Bühnenzauber. Allerdings bediente er sich hin und wieder einiger styrischer Zauber und wirkte *echte* Magie. Er ließ sich einen Bart wachsen – was unter den tamulischen Rassen äußerst ungewöhnlich ist, da Tamuler kaum Gesichtshaar haben. Wenn ich's recht bedenke, Styriker eigentlich auch nicht. Scarpa ist ein Halbblut, und die Mischung aus Südtamuler und Styriker erwies sich als ziemlich merkwürdig. Weder sein Aussehen noch seine Wesenszüge sind für eine dieser Rassen typisch.« Caalador langte in sein Wams und brachte ein gefaltetes Papier zum Vorschein. »Bildet euch selbst eine Meinung.«

Die Zeichnung war ziemlich unbeholfen, eher eine Karikatur als ein Porträt. Es war die Abbildung eines Mannes mit nicht gerade einnehmendem, jedoch ausdrucksstarkem Gesicht. Die Augen unter den buschigen Brauen lagen tief in den Höhlen. Die hohen Wangenknochen hoben sich wie Felsvorsprünge ab, und die Nase erinnerte an einen Geierschnabel. Der Mund wirkte weich und sinnlich. Der Bart schien sehr dicht und schwarz zu sein, untadelig gestutzt und gepflegt.

»Er widmet diesem Bart offenbar viel Zeit«, bemerkte Kalten. »Es sieht aus, als würde er jedes widerspenstige Haar einzeln abschneiden.« Kalten runzelte nachdenklich die Stirn. »Irgendwie kommt er mir bekannt vor – vielleicht ist es der Zug um die Augen.«

»Es wundert mich, daß ihr überhaupt erkennen könnt, daß es das Bild eines Menschen sein soll«, brummte Talen abfällig. »Die Technik ist grauenhaft!«

»Das Mädchen, das dieses Bild gemalt hat, hatte keinerlei Ausbildung«, verteidigte Caalador die Zeichnerin. »Aber in ihrem eigentlichen Gewerbe ist sie sehr begabt!«

»Und was für ein Gewerbe ist das, Meister Caalador?« fragte Ehlana.

»Sie ist eine Hure, Majestät.« Er zuckte die Schultern. »Sie zeichnet nur nebenbei. Sie hebt gern Bilder ihrer Kunden auf, die sie während ihrer – Geschäftsbeziehung betrachtet. Auf einigen Porträts sind sehr eigenartige Gesichter zu erkennen.«

»Dürfte ich das Bild sehen?« bat Sephrenia plötzlich.

»Selbstverständlich, erhabene Sephrenia.« Ein wenig überrascht, reichte Caalador ihr die Zeichnung. Dann setzte er sich wieder. »Seid Ihr Djukta schon mal begegnet, Sperber?« fragte er.

»Ein einziges Mal.«

»Nun, *der* hat einen Bart! Djukta sieht aus wie ein wandelnder Strauch! Sogar aus seinen Lidern wachsen Haare. – Wie dem auch sei, Scarpa reiste einige Zeit mit dem Wanderzirkus. Dann, vor ungefähr fünf Jahren, verschwand er für zwölf Monate. Als er wieder auftauchte, ging er in die Politik – falls ihr es so nennen wollt. Er täuscht Nationalismus vor, auf etwa dieselbe Weise wie Rebal, Parok und Säbel, jedoch nur für die Dummköpfe drunten in Arjuna. Der dortige Nationalheld war nämlich der erste Sklavenhändler überhaupt, ein Kerl namens Sheguan. Der Sklavenhandel ist etwas ziemlich Verachtenswertes, deshalb ist auch kaum jemand in Arjuna sonderlich stolz darauf.«

»Trotzdem wurde der Sklavenhandel nicht abgeschafft!« warf Mirtai düster ein.

»Das stimmt leider, kleiner Liebling«, bestätigte Caalador.

»Freund Caalador«, sagte Kring rasch, »haben wir uns nicht darauf geeinigt, daß Ihr Mirtai nicht mehr so nennt?«

»Aber es bedeutet doch nichts, Kring. Es ist nur meine Art, die Leute zu beruhigen.« Er machte eine Pause. »Wo war ich gleich?«

»Du warst dabei, endlich zur Sache zu kommen«, erinnerte Stragen ihn.

»Ein bißchen gereizt heute morgen, was alter Freund?« erwiderte Caalador. »Nach allem, was unsere Leute herausfinden konnten, ist Scarpa weit gefährlicher als diese drei Aufwiegler in Westtamuli. Arjunische Diebe sind viel gerissener als Schurken anderswo. Und so einige von ihnen schlichen sich – manche nur zum Spaß, manche aus Gewinnsucht – in Scarpas Gruppe ein. Arjuni sind im Grunde nicht gerade vertrauenswürdig. Das Imperium sah sich gezwungen, ziemlich hart bei ihnen durchzugreifen. Der Haß der Arjuni auf die Tamuler ist eine unbestreitbare Tatsache. Scarpa brauchte sie deshalb gar nicht erst aufzuhetzen.« Caalador zupfte zweifelnd an seiner Nase. »Ich weiß nicht so recht, wieviel wir davon glauben dürfen, nach allem, was wir über die Arjuni wissen. Jedenfalls behauptet einer der Wegelagerer dort unten, daß er eine Zeitlang zu Scarpas innerem Kreis gehört hat. Seinen Worten nach ist der Mann nicht ganz richtig im Kopf. Scarpa hat sein Hauptquartier in den Ruinen von Natay im südlichen Dschungel. Die Stadt wurde im siebzehnten Jahrhundert bei der atanischen Invasion zerstört. Aber Scarpa versteckt sich dort nicht, er hat die Ruinen besetzt, im militärischen Sinne, und neue Befestigungsanlagen errichtet, damit die Stadt verteidigt werden kann. Unser Wegelagerer sagt, daß Scarpa sich oft in wirren Phantastereien ergeht. Wenn wir ihm glauben können, hat Scarpa sich einmal über die Cyrgai ausgelassen – und über Cyrgon. Er hat seinen Freunden erzählt, daß Cyrgon sein Volk zu den Herren der Welt machen möchte, daß aber die einfältigen Cyrgai nicht intelligent genug seien, ein Weltreich zu regieren. Scarpa hat keine Probleme, sich in seinen Vorstellungen ein solches Imperium auszumalen, zudem das derzeitige Imperium ihm ganz und gar nicht gefällt. Er wäre überglücklich, wenn ein paar Änderungen vorgenommen würden – oben an der Spitze. Er ist der Meinung, daß die Cyrgai zwar die Welt erobern, dann aber wieder vornehme Zurückhaltung üben. Doch jemand *muß* ja das Imperium regieren, und Scarpa hat dabei einen bestimmten Kandidaten im Sinn.«

»Er ist verrückt!« entfuhr es Bevier.

»Ich glaube, diese Andeutung habe ich bereits gemacht, Herr Ritter. Scarpa scheint überzeugt zu sein, einen großartigen Kaiser abzugeben.«

»Der Posten ist bereits besetzt«, sagte Sarabian trocken.

»Scarpa hofft, daß Cyrgon ihn frei machen wird, Majestät. Er erklärt seinen Leuten, daß die Cyrgai keinerlei Fähigkeiten haben, was Regierungsgeschäfte angeht, und deshalb jemanden brauchen, der die eroberten Gebiete für sie verwaltet. Er wird sich dazu bereit erklären, wenn es soweit ist, und hin und wieder Cyrgon pflichtschuldig seine Ehrerbietung erweisen. Ansonsten wird er tun, was *er* für richtig hält. Scarpa hat große Träume, daran besteht kein Zweifel.«

»Klingt das nicht ziemlich vertraut, Sperber?« fragte Kalten mit einem dünnen Lächeln. »Hatten nicht Martel und Annias in etwa die gleiche Absicht?«

»Du meine Güte, ja!« stimmte Ehlana bei. »Ich habe das Gefühl, wir haben das alles schon einmal erlebt!«

»Wie paßt Krager ins Bild?« fragte Sperber.

»Er scheint eine Art Mittelsmann zu sein«, antwortete Caalador. »Er reist viel und übermittelt Botschaften und Anweisungen. Wir wissen es zwar nicht genau, aber wir nehmen an, daß es so etwas wie eine Befehlsinstanz zwischen Cyrgon und Leuten wie Scarpa, Parok, Rebal und Säbel gibt. Sie alle kennen Krager, deshalb brauchen wir am Wahrheitsgehalt der Nachrichten über ihn nicht zweifeln. Offenbar hat er jetzt den Platz im Leben gefunden, für den er wie geschaffen ist. Königin Ehlana hat erzählt, daß er Martel und Annias auf genau die gleiche Weise diente. Dasselbe hat er in Eosien getan, als er Graf Gerrichs Anweisungen an die Banditen in den Bergen östlich von Cardos weitergab.«

»Wir sollten uns die Mühe machen, Krager noch einmal zu schnappen!« brummte Ulath. »Er fängt sofort zu reden an, wenn jemand ihn nur schief ansieht. Außerdem weiß er eine Menge über Dinge, die mich ziemlich neugierig machen.«

»Krager sorgt dafür, daß er immer über soviel wertvolle Information verfügt, daß wir es nicht wagen, ihn zu töten«, sagte Kalten. »Auf diese Weise ist es ihm gelungen, so lange am Leben zu bleiben.«

»Tötet ihn, *nachdem* er geredet hat, Ritter Kalten«, riet Khalad.

»So einfach ist das nicht. Wir müssen ihm versprechen, ihn laufen zu lassen.«

»Na und?«

»Wir sind Ritter, Khalad«, erklärte Kalten. »Wenn wir jemandem unser Wort gegeben haben, müssen wir es halten!«

»Ihr habt doch nicht daran gedacht, mich in nächster Zeit zum Ritter zu schlagen, Hochmeister Vanion?« erkundigte sich Khalad.

»Das wäre vielleicht noch ein kleines bißchen verfrüht, Khalad.«

»Also bin ich nach wie vor ein Bauer, nicht wahr?«

»Nun, genaugenommen ja.«

»Damit wäre das Problem gelöst!« erklärte Khalad mit frostigem Lächeln. »Schnappt Euch diesen Kerl, Ritter Kalten. Versprecht ihm, was er verlangt, um ihn zum Reden zu bringen, und dann übergebt ihn mir. Ein Bauer ist nicht an das Wort eines Ritters gebunden.«

Kalten grinste. »Ich mag diesen jungen Mann, Sperber!«

»Zalasta wird mich abholen, Sperber«, teilte Sephrenia dem großen Pandioner mit. »Er wird mich sicher nach Sarsos zurückgeleiten.« Sie schüttelte den Kopf und weigerte sich, den Salon zu betreten, in dem die Gefährten sich nach dem Mittagessen wieder versammelten.

»Ihr seid kindisch. Das wißt Ihr selbst, nicht wahr, Sephrenia?«

»Ich habe meine Schuldigkeit getan – und ich war lange genug unter Eleniern, um zu wissen, was eine besonnene Styrikerin in einem solchen Fall tut. Solange eine Styrikerin von Nutzen ist, ist sie unter Eleniern verhältnismäßig sicher. Hat sie jedoch ihren Zweck erfüllt, wird ihre Anwesenheit als peinlich empfunden. Und ihr Elenier geht ziemlich resolut gegen unbequeme Personen vor. Ich möchte lieber nicht, daß mir einer von euch ein Messer in die Rippen stößt.«

»Seid Ihr jetzt fertig? Gespräche wie diese langweilen mich Wir lieben Euch, Sephrenia, und das hat nichts mit Eurer Nützlichkeit für uns zu tun! Ihr brecht Vanion das Herz, das ist Euch doch wohl klar?«

»Na und? Er hat meines auch gebrochen. Geht mit euren Problemen zu Xanetia, da ihr doch alle so verliebt in sie seid!«

»Das ist Euer nicht würdig, kleine Mutter!«

Sie schob das Kinn vor. »Ich glaube, es ist mir lieber, wenn Ihr mich nicht mehr so nennt, Sperber. Unter den gegebenen Umständen hört es sich reichlich seltsam an. Ich bin in meinem Gemach – falls es noch meines ist. Wenn nicht, ziehe ich mich einstweilen in die styrische Gemeinde hier in Matherion zurück. Würdet Ihr mir bitte Bescheid geben, sobald Zalasta eingetroffen ist? Natürlich nur, sofern es Euch nicht zuviel Mühe macht.« Sie drehte sich um und schritt den Gang zurück. Und wieder hatte Sperber das Gefühl, daß sie sich mit allem Nachdruck in ihre Gekränktheit hüllte.

Sperber wandte sich fluchend um und sah Kalten und Alean den mit Perlmutt gefliesten Korridor entlangkommen. Zumindest *dieses* Problem hatte sich gelöst. Die Kammermaid der Königin hatte Kalten ins Gesicht gelacht, als er sich tolpatschig erboten hatte, Ritter Berit zu weichen, damit Alean diesem ihre volle Aufmerksamkeit widmen könne. Offenbar hatte sie Kalten daraufhin überzeugt, daß sich an ihrer Zuneigung für ihn nie etwas geändert und daß sie sich überhaupt nicht für Berit interessiert hatte.

»Aber Ihr weicht nie von *ihrer* Seite, Ritter Kalten!« beschuldigte die rehäugige Maid ihn. »Ständig seid Ihr um *sie* besorgt und achtet darauf, daß *sie* alles hat, was sie braucht oder möchte.«

»Das ist meine Pflicht, Alean«, versuchte Kalten ihr zu erklären. »Ich tue es wirklich nicht aus Zuneigung für sie.«

»Für meinen Geschmack erfüllt Ihr Eure Pflicht ein bißchen zu gründlich, Herr Ritter.« Aleans Stimme, dieses wundervolle Instrument, vermittelte eine wahre Skala von Gefühlen. Mit der kleinsten Veränderung der Stimmlage vermochte sie ganze Bände zu sprechen.

»O Gott!« stöhnte Sperber. Warum mußte er immer in solche privaten Angelegenheiten hineingezogen werden? Diesmal jedoch schritt er schnell ein, bevor die Dinge sich wieder unnötig komplizierten. Er trat rasch auf den Korridor und rief die beiden zu sich. »Wie wär's, wenn wir die Sache gleich jetzt und hier klarstellen?« schlug er kurz und bündig vor.

»Was klarstellen?« fragte Kalten ungehalten. »Das geht dich überhaupt nichts an, Sperber.«

»Da irrst du dich. Du weißt jetzt, daß Alean nicht an Berit interessiert ist, stimmt's?«

Kalten und das Mädchen wechselten einen beinahe schuldbewußten Blick.

»Gut. Meinen herzlichen Glückwunsch euch beiden. Aber jetzt müssen wir die Angelegenheit mit Xanetia klarstellen! Kalten hat Euch die Wahrheit gesagt, Alean. Seine Pflichten erfordern, daß er sich in Xanetias Nähe aufhält, um für ihre Sicherheit zu sorgen. Wir haben eine Vereinbarung mit Xanetias Volk. Sie ist als unsere Geisel hier, um sicherzustellen, daß die Delphae ihr Wort halten. Sollten sie uns auf irgendeine Weise betrügen, wird Kalten Xanetia töten. *Deshalb* muß er in ihrer Nähe bleiben.«

»Sie *töten*?« Die Augen des Mädchens weiteten sich.

»So lautet die Abmachung, Alean.« Kalten zuckte die Schultern. »Es gefällt mir auch nicht, aber ich muß mich daran halten.«

»Du würdest sie doch nicht *wirklich* ...!«

»Nur, wenn ich müßte. Und ich würde es weiß Gott nicht gern tun. Aber das alles hängt mit dem Wort *Geisel* zusammen. Offenbar wird immer mir die schmutzige Arbeit zugeschoben!«

»Wie *konntet* Ihr nur?« fuhr Alean zu Sperber herum. »Wie konntet Ihr Eurem ältesten Freund so etwas antun?«

»Militärische Entscheidungen sind manchmal hart«, erklärte Sperber. »Glaubt Ihr nun, daß Kalten nur seine Pflicht tut? Ihr wißt doch auch, daß er mit aller Gewalt versucht hat, im Kampf zu fallen, als er dachte, daß Ihr Berit liebt?«

»Du Idiot!« Aleans Stimme kletterte mühelos die Tonleiter auf und nieder, als sie Kalten eine Predigt hielt. Sperbers Freund wußte nichts darauf zu erwidern. Er stand da wie ein begossener Pudel

»Äh ... «, murmelte Sperber. »Wie wär's, wenn ihr beide irgendwo hingeht, wo ihr euch ungestört aussprechen könnt?«

»Mit Eurer Erlaubnis, Prinz Sperber«, erklärte Alean sich einverstanden und machte einen flüchtigen Knicks. »Komm mit!« wandte sie sich scharf an Kalten.

»Ja, Liebes«, sagte Kalten ergeben. Die beiden gingen den Korridor zurück.

Baroneß Melidere steckte den Kopf durch die Tür. »War das eben Alean?«

»Ja«, erwiderte Sperber.

Melidere blickte dem Paar nach. »Wohin geht sie mit Kalten?«

»Die beiden haben etwas Wichtiges zu klären.«

»Etwas Wichtigeres als unsere Diskussion hier?«

»*Sie* glauben es jedenfalls, Baroneß. Wir kommen heute nachmittag auch ohne sie zurecht, nehme ich an. Und für die beiden handelt es sich um eine Sache, die geklärt werden *muß*.

»Oh«, murmelte sie. »So eine.«

»Ich fürchte, ja.«

»Alean wird es schon in Ordnung bringen«, meinte Melidere überzeugt.

»Da bin ich mir sicher. Und wie kommt Ihr mit Euren persönlichen Unternehmungen voran, Baroneß? Es ist keine Neugier, das dürft Ihr mir glauben. Aber diese Dinge stören meine Konzentration. Ich hätte sie gern aus der Welt geschafft, damit sie mich nicht ausgerechnet dann belasten, wenn ich es am wenigsten brauchen kann.«

»Alles verläuft nach Plan, Prinz Sperber.«

»Gut. Habt Ihr es ihm inzwischen gesagt?«

»Natürlich nicht! Er braucht es noch nicht zu wissen. Ich werde es ihm behutsam beibringen, wenn es so weit ist. So ist es besser für ihn. Denn würde er es zu rasch erfahren, würde er sich nur Sorgen machen. Glaubt mir, Hoheit, ich weiß *genau*, was ich tue!«

»Da wäre eine Sache, die ich gern geklärt haben möchte, ehe wir fortfahren, Anarae«, sagte Stragen zu Xanetia. »Die Tamuler sind überzeugt, daß die Cyrgai ausgestorben sind. Doch Krager und Scarpa sind da anderer Meinung.«

»Die Cyrgai *möchten* die Welt glauben machen, daß es sie nicht mehr gibt«, erwiderte Xanetia. »Nach ihrem verhängnisvollen Marsch auf Sarsos sind sie heimgekehrt und haben sich längere Zeit darauf konzentriert, ihre untergebenen Streitkräfte, die Cynesganer – die von den Styrikern vollkommen ausgerottet worden waren –, auf natürliche Weise zu vermehren.«

»Davon haben wir gehört«, erklärte Caalador. »Wir erfuhren auch, daß die Cyrgai stur an der Meinung festhielten, ihre *eigenen* Frauen seien zu alt, um Kinder zu bekommen. Ehe ihnen ihr Fehler bewußt wurde, war es schon zu spät.«

»Da habt Ihr richtig gehört, Meister Caalador. Und in Tamuli geht man tatsächlich allgemein davon aus, daß die Rasse der Cyrgai aus diesem Grunde vor etwa zehn Äonen ausstarb. Doch diese Annahme ist falsch, denn Cyrgon ist ein Gott. Allerdings hatte er nicht mit dem blinden Gehorsam seines Volkes gerechnet, als er den Männern befahl, die Nachwuchsprobleme der Cynesganer zu lösen. Als er erkannte, daß seine eigene Rasse ihrer Dummheit wegen auszusterben drohte, änderte er den natürlichen Lauf der Dinge, und auch die älteren Cyrgaierinnen wurden wieder fruchtbar. Allerdings starben die meisten im Kindbett. Doch immerhin wurde auf diese Weise das vollständige Aussterben der Cyrgai verhindert.«

»Wie bedauerlich«, murmelte Oscagne.

»Da Cyrgons ohnehin schon wenigen Anhänger auch noch unter dem styrischen Bannspruch litten, der sie in ihrer unfruchtbaren, ausgedörrten Heimat gefangenhielt, beschloß Cyrgon, sie vor ihren Feinden zu schützen. Er befahl den Cynesganern, die Meinung der andern tamulischen Rassen zu bestätigen, daß es keine Cyrgai mehr gab, und diese Behauptung immer und überall glaubhaft zu verbreiten. Und zugleich wurde die Stadt Cyrga vor aller Augen verborgen.«

»Auf dieselbe Weise wie Delphae?« fragte Vanion.

»Nein, Eminenz. Wir gehen ein wenig geschickter vor als Cyrgon. Wir verbergen Delphaeus durch Irreführung, während Cyrgon sein Cyrga im zentralen Hochland von Cynesga durch einen Zauber versteckt hält. Ihr könntet dicht neben Cyrga durch dieses Hochland reiten, ohne die Stadt zu sehen.«

»Eine unsichtbare Stadt?« rief Talen ungläubig.

»Die Cyrgai können sie sehen. Und wenn es ihnen gefällt, vermögen auch ihre cynesganischen Knechte sie zu sehen. Für alle anderen aber ist Cyrga nicht da.«

»Der taktische Vorteil muß gewaltig sein«, stellte Bevier nüchtern fest. »Die Cyrgai haben eine vollkommen sichere Festung, in die sie sich zurückziehen können, falls etwas schiefgeht.«

»Ihr Vorteil ist nicht so groß«, gab Xanetia zu bedenken. »Sie können zwar Cynesga ungehindert plündern und verwüsten; aber es gehört ihnen ohnedies und ist nicht viel mehr als eine unfruchtbare Wüste. Doch die Grenzen ihres Heimatlands können sie nicht überschreiten. Der Fluch der Styriker wirkt noch immer, das kann ich euch versichern. Die Könige der Cyrgai versuchen es in gewissen Zeitabständen immer wieder und befehlen altgedienten Kriegern, die Grenze zu überschreiten. Aber schon während des ersten Schrittes sinken die bedauernswerten Männer tot zu Boden.«

Sarabian blickte sie nachdenklich an. »Ihr habt gesagt, daß die Cynesganer die Knechte der Cyrgai sind.«

»Das stimmt, Majestät.«

»*Alle* Cynesganer?«

»Alle in verantwortungsvollen Posten, Kaiser Sarabian.«

»Der König? Die Regierung? Die Offiziere?«

Xanetia nickte.

»*Und* ihre Botschafter?« fügte Oscagne hinzu.

»Sehr gut, Oscagne«, lobte Itagne seinen Bruder. »Sehr, *sehr* gut.«

»Da bin ich jetzt nicht ganz mitgekommen«, gestand Ulath.

»*Ich* schon«, sagte Stragen. »Wir sollten uns darum kümmern, Caalador.«

»Das übernehme ich.«

»Wißt Ihr, wovon sie reden, Freund Engessa?« fragte Kring.

»So unverständlich ist das gar nicht, Kring«, erklärte Ehlana. »Viele Mitglieder der cynesganischen Botschaft hier in Matherion erhalten ihre Befehle von den Cyrgai. Wenn wir der Sache nachgingen, würden wir vermutlich feststellen, daß das Hauptquartier des Umsturzversuchs in dieser Botschaft zu finden ist.«

»Und wenn Krager nicht gerade auf Reisen ist«, warf Khalad nachdenklich ein, »würden wir dort auch ihn finden. Talen, wie lange brauchst du, mir das Einbrechen beizubringen?«

»Was hast du vor?« fragte Sperber seinen Knappen.

»Mich in diese Botschaft zu schleichen und Krager zu stehlen, Ritter Sperber. Da Anarae Xanetia uns gesagt kann, was er denkt, brauchten wir ihm nicht einmal die Finger zu brechen, um ihn zum Reden zu bringen – und ihm keine Versprechen zu machen, die wir nur sehr ungern halten.«

»Ich spüre Eure Unzufriedenheit, Anakha«, sagte Xanetia später, als sie mit Sperber und Danae auf das zinnenbewehrte Dach des mittleren Turms der Burg Ehlanas gestiegen war.

»Man hat mich drangekriegt, Anarae«, erklärte er mürrisch.

»Diesen Ausdruck kenne ich nicht.«

»Er will damit sagen, daß er hereingelegt wurde«, übersetzte Danae. »Und er ist so unhöflich anzudeuten, daß gleiches auch für *mich* gilt.« Sie bedachte ihren Vater mit einem selbstgefälligen kleinen Lächeln. »Ich habe es dir gleich gesagt, Sperber!«

»Reite nicht darauf herum!«

»Warum nicht, Vater? Jetzt, wo ich diesen wundervollen Grund zu ein wenig Schadenfreude habe – nein, den lasse ich mir nicht nehmen! Wenn ich mich recht entsinne – und das tue ich! – war ich von Anfang an dagegen, Bhelliom zurückzuholen. *Ich* wußte, daß es ein Fehler ist. Aber *du* hast mich so lange unter Druck gesetzt, bis ich schließlich eingewilligt habe.«

Sperber beachtete die Bemerkung nicht. »War irgend etwas davon Wirklichkeit? Die Trollgötter? Fyrchtnfles? Die Ungeheuer? Oder war alles nur ein raffiniert ausgedachtes Spiel, das mich veranlassen sollte, Bhelliom nach Tamuli zu bringen?«

»Einiges davon könnte real gewesen sein, Sperber«, erwiderte sie, »aber du bist zufällig auf die Ursache der unerklärlichen Geschehnisse gestoßen und hast dadurch etwas ausgelöst, das sich nicht mehr rückgängig machen läßt.«

»Ihr glaubt also, daß Cyrgon ein Täuschungsmanöver inszeniert hat, damit Ihr Bhelliom in seine Reichweite bringt, Anakha?« fragte Xanetia.

»Warum macht Ihr Euch die Mühe zu fragen, Anarae? Ihr wißt doch bereits, was ich denke. Cyrgon glaubt, er könne Bhelliom benutzen, den Bannfluch zu brechen, damit sein Volk wie einst die Nachbarn überfallen kann.«

»Das hab' ich dir doch gesagt!« rieb Danae ihm erneut unter die Nase.

»Bitte!« Sperber blickte über die schimmernde Stadt. »Ich glaube, ich brauche in diesem Fall eine göttliche Meinung. Bis vor kurzem hatten wir alle angenommen, Bhelliom wäre lediglich ein unbeseelter Gegenstand – ein mächtiger zwar, aber doch nur ein Gegenstand. Jetzt wissen wir, daß dem nicht so ist! Bhelliom hat eine eigene Persönlichkeit und einen eigenen Willen. Er ist mehr ein Verbündeter als eine Waffe. Und nicht nur das – und bitte, sei nicht gleich gekränkt, Aphrael! –, in gewisser Hinsicht ist er sogar mächtiger als die Götter dieser Welt.«

»Ich *bin* gekränkt, Sperber!« entgegnete sie scharf. »Außerdem bin ich noch nicht fertig.«

»Womit?« fragte er.

»Dich daran zu erinnern, daß ich es dir gesagt habe.«

Er lachte, schwang sie in die Höhe und küßte sie. »Ich liebe dich«, beteuerte er ihr immer noch lachend.

»Ist er nicht ein netter Junge?« wandte Danae sich an Xanetia.

Die Delphae lächelte.

»Wenn *wir* nichts von Bhellioms Bewußtheit geahnt haben – *und* seinem Willen –, könnte Cyrgon dann davon gewußt haben? Daß Azash es wußte, glaube ich nicht. Überleg, ob du als Göttin etwas an dich bringen möchtest, das eigene Entscheidungen zu treffen vermag – und vielleicht zu dem Schluß gelangt, daß es dich nicht besonders leiden kann?«

»*Ich* bestimmt nicht«, antwortete Aphrael. »Cyrgon denkt möglicherweise anders darüber. Er ist so eingebildet, daß er vielleicht glaubt, er könnte Bhelliom gegen dessen Willen benutzen.«

»Aber das könnte er nicht, oder? Azash glaubte, er könne Bhelliom mit Gewalt dazu bringen, ihm zu Willen zu sein. An den Ringen war er nicht einmal interessiert. Die Ringe *vermögen* Bhelliom zu zwingen, weil sie ein Teil von ihm sind. Wäre es möglich, daß Cyrgon so dumm ist, wie Azash es war?«

»Sperber, du sprichst von einem meiner entfernten Verwandten! Ich bitte mir etwas mehr Respekt aus.« Danae runzelte nachdenklich die Stirn und küßte ihren Vater.

»Laß das!« murmelte sie. »Es ist eine ernste Angelegenheit.«

»Ich weiß, aber es hilft mir beim Nachdenken. Bhellioms Innenleben – wenn man es so nennen kann – ist ja nicht leicht zu begreifen. Wahrscheinlich hast du recht, Sperber. Eine Leuchte war Azash nicht gerade. Cyrgons Persönlichkeit ist nicht viel anders, und er hat früher mehrere Fehler gemacht. Götter *müssen* nicht intelligent sein. Wir alle wissen von Bhellioms Macht, aber ich glaube nicht, daß irgendeiner von uns je auf den Gedanken gekommen ist, der Stein könnte einen eigenen Willen haben. Hat er *wirklich* mit Sperber geredet, Xanetia? Als Gleichgestellter, meine ich?«

»*Zumindest* als Gleichgestellter, Göttin«, antwortete Xanetia. »Bhelliom und Anakha sind Verbündete, nicht Freunde – und keiner ist des anderen Herr.«

»Was bringt uns das, Sperber?« fragte Danae.

»Ich bin mir nicht sicher. Es könnte allerdings sein, daß Cyrgon wieder einen Fehler begangen hat. Er hat mich durch ein paar Tricks veranlaßt, ausgerechnet das eine hierherzubringen, das ihn besiegen kann. Ich glaube, wir sind hier im Vorteil. Aber wir müssen uns sehr gut überlegen, wie wir diesen Vorteil nutzen.«

»Du bist gemein, Sperber!« klagte Danae.

»Wieso?«

»Du hast mir gerade den ganzen Spaß an all dem *Ich-hab's-dir-doch-gesagt* geraubt, den ich mir noch für dich aufgehoben hatte!«

Zalasta traf zwei Tage später in Matherion ein. Nachdem er die anderen nur flüchtig begrüßt hatte, begab er sich sofort zu Sephrenias Gemach.

»Er wird alles in Ordnung bringen, Vanion«, versicherte Sperber dem Hochmeister. »Er ist ihr ältester Freund, und er ist viel zu weise für unvernünftige Vorurteile.«

»Da bin ich mir gar nicht so sicher, Sperber«, entgegnete Vanion düster. »Ich hatte das gleiche von Sephrenia gedacht, und sieh dir an, was passiert ist. Dieser blinde Haß kann die gesamte styrische Rasse anstecken. Wenn Zalasta das gleiche wie Sephrenia empfindet, dann bestärkt er sie nur noch in ihren Vorurteilen.«

Sperber schüttelte den Kopf. »Nein, mein Freund. Zalasta ist darüber erhaben. Er hat doch auch keinen Grund, Eleniern zu trauen. Trotzdem war er bereit, uns zu helfen. Er ist Realist, und selbst wenn er tatsächlich Sephrenias Gefühle teilt, wird er sie aus politischen Erwägungen unterdrücken. Falls ich recht habe, wird er Sephrenia überreden, das gleiche zu tun. Sie muß Xanetia ja nicht mögen. Sie muß uns nur glauben, daß wir die Delphae brauchen. Sobald Zalasta sie davon überzeugt hat, werdet ihr euch wieder versöhnen, Ihr und Sephrenia.«

»Ich weiß nicht.«

Einige Stunden später kam Zalasta aus Sephrenias Gemach, allein und mit ernstem Gesicht. »Es wird nicht leicht sein, Prinz

Sperber«, sagte er, als die beiden sich auf dem Korridor trafen. »Sie ist zutiefst verwundet. Ich verstehe nicht, was Aphrael sich dabei gedacht hat.«

»Wer kann *je* verstehen, weshalb Aphrael irgend etwas tut, Weiser?« Sperber lächelte flüchtig. »Sie kann einen manchmal zur Verzweiflung bringen, sogar mich, und das will schon etwas heißen. Wie ich die Sache sehe, gefällt ihr Sephrenias Voreingenommenheit nicht, deshalb ergreift sie ihre Maßnahmen. Der Ausdruck, ›jemanden zu seinem eigenen Besten zu zwingen‹, deutet immer auf ein gewisses Maß an Rücksichtslosigkeit hin, fürchte ich. Habt Ihr Sephrenia denn gar nicht zur Vernunft bringen können?«

»Ich möchte möglichst behutsam vorgehen, Hoheit«, erwiderte Zalasta. »Wie ich schon sagte, Sephrenia ist bereits zutiefst verwundet. Jetzt ist kein guter Zeitpunkt für eine direkte Auseinandersetzung. Aber wenigstens konnte ich sie überreden, mit ihrer Rückkehr nach Sarsos noch zu warten.«

»Das ist doch schon etwas! Kommt, unterhalten wir uns mit den anderen. Seit Eurer Abreise hat sich sehr viel getan!«

»Die Meldungen stammen aus absolut zuverlässigen Quellen, Anarae«, sagte Zalasta kühl.

»Ich versichere Euch, Zalasta von Styrikum«, sagte Xanetia, »daß sie trotzdem falsch sind. Kein einziger Delphae hat seit über hundert Jahren unser Tal verlassen – außer, um Anakha unsere Einladung zu übermitteln.«

»Es war nicht das erste Mal, Zalasta«, versicherte Kalten dem weißgewandeten Styriker. »Wir haben gesehen, wie Rebal sich einiger sehr augenfälliger Tricks bediente, als er einer Schar edomischer Bauern eine Rede hielt.«

»Ach?«

»Es war jene Art von Bühnenzauber, die man in Schmierentheatern sieht, Weiser«, warf Talen ein. »Einer von Rebals Helfern warf etwas ins Feuer, woraufhin blendendes Licht aufblitzte und dichter Rauch aufstieg. Dann tauchte plötzlich jemand in altertümlicher Kleidung auf und rief ein paar Worte in einer ebenso altertümlichen Sprache. Die Bauern glaubten allesamt, Incetes zu sehen, der sich aus dem Grab erhoben hatte.«

»Aber diejenigen, die das Volk der Leuchtenden gesehen haben, waren keine leichtgläubigen Menschen, Talen«, wandte Zalasta ein.

»Und der Kerl, der ihnen was vorgaukelte, war vermutlich nicht so unbeholfen.« Der Junge zuckte die Schultern. »Ein geschickter Bühnenzauberer kann uns fast alles glauben machen – solange wir nicht nahe genug sind, die verborgenen Drähte zu sehen. Sephrenia meinte, das sei ein Anzeichen dafür, daß die andere Seite nicht über genügend echte Magier verfügt und deshalb so faulen Zauber inszenieren muß.«

Zalasta runzelte die Stirn. »Es *wäre* möglich«, gab er zu. »Die Erscheinungen waren nur kurz und aus einiger Entfernung zu sehen.« Er blickte Xanetia an. »Seid Ihr ganz sicher, Anarae? Könnte es nicht vielleicht eine kleine Gruppe Eures Volkes geben, die getrennt von euch anderswo lebt? Die vielleicht von Delphaeus abgeschnitten war und sich mit unseren Feinden zusammengetan hat?«

»Dann wären sie keine Delphae mehr, Zalasta von Styrikum. Wir sind an den See gebunden. Er macht uns zu dem, was wir sind. Und glaubt mir – das Licht, das uns erstrahlen läßt, ist noch der geringste Unterschied zwischen den Delphae und den anderen Menschen.« Sie blickte ihn ernst an. »Ihr seid Styriker, Zalasta von Ylara, und Ihr wißt nur zu gut, wohin es führen kann, wenn man so auffallend anders ist als die anderen.«

»Ja«, bestätigte er. »Zu unserem Leidwesen.«

»Ihr habt Euch entschieden und den Versuch gewagt, neben den anderen Menschenrassen zu leben«, fuhr Xanetia fort. »Für meine Rasse war dies leider nicht möglich. Ihr Styriker werdet zwar oft mit Hohn und Verachtung bedacht, doch eure Unterscheidungsmerkmale werden von den Eleniern oder Tamulern nicht als bedrohlich erachtet. Wir von Delphaeus dagegen erregen panische Angst in den Herzen aller anderen. Die Zeit wird kommen, in der es in eurer Welt keine Trennung der Rassen mehr geben wird. Diese Entwicklung hat bereits begonnen, angeregt vor allem durch das zufällige Bündnis zwischen euch und der Kirche von Chyrellos. Die Ordensritter sind Styrikum wohlgesinnt, und ihr Einfluß wird mit den elenischen Vorurteilen Schluß machen. Ein solches Übereinkommen ist für die Delphae leider unmöglich. Allein unser Aussehen trennt uns für alle Zeit von sämtlichen anderen, und eben das hat uns veranlaßt, den Pakt mit Anakha zu schließen. Wir haben uns an ihn gewandt und ihm unsere Hilfe in seinem Kampf gegen Cyrgon angeboten. Wir haben ihn ersucht, als Gegenleistung Bhelliom einzusetzen, auf daß unser Land für alle Zeit eine Enklave in dieser Welt sein wird. Dann kann sich niemand mehr gegen uns wenden, und wir uns nicht gegen andere. Dadurch sind wir vor anderen sicher und sie vor uns.«

»Das mag eine kluge Entscheidung sein, Anarae«, gestand Zalasta ihr zu. »Es war eine Wahl, wie auch wir sie vor langer Zeit in Erwägung zogen. Die Zahl der Delphae ist beschränkt, und Euer verborgenes Tal bietet euch allen problemlos Platz. Wir Styriker dagegen sind zahlreicher und leben weit verstreut. Unsere Nachbarn wären keineswegs erfreut über ein eigenes styrisches Reich, das an ihre Grenzen stößt. Wir können eurem Beispiel leider nicht folgen, sondern müssen in dieser Welt leben.«

Xanetia erhob sich und legte Kalten die Hand auf die Schulter. »Bleibt hier, edler Ritter«, bat sie. »Ich muß kurz mit Anakha über die Weiterführung unseres Paktes reden. Sollte er Falschheit in mir erkennen, so mag *er* mich töten.«

Sperber stand auf, ging zur Tür und öffnete sie für die Anarae. Danae, die Rollo hinter sich her zog, folgte ihnen aus dem Gemach.

»Was gibt es, Anarae?« fragte Sperber.

»Begeben wir uns zu jenem Turm, wo wir uns für gewöhnlich unterhalten«, bat sie. »Was ich Euch zu sagen habe, ist nur für Eure Ohren bestimmt.«

Danae blickte sie finster an.

»Auch Ihr dürft meine Worte hören, Hoheit«, beruhigte Xanetia das kleine Mädchen.

»Du bist *zu* gütig!«

»Wir könnten es ohnehin nicht vor ihr geheimhalten, Xanetia.« Sperber seufzte. »Selbst wenn wir uns auf den höchsten Turm von Matherion begäben, würde sie uns heimlich nachfliegen, um zu lauschen.«

»Könnt Ihr wahrhaftig fliegen, Hoheit?« fragte Xanetia erstaunt.

»Kann das nicht jeder?«

»Benimm dich!« ermahnte Sperber seine Tochter.

Sie stiegen die Treppe hinauf und traten auf das Dach des Turmes. »Anakha, ich muß Euch eine Wahrheit anvertrauen, die Ihr vielleicht nicht glauben wollt«, sagte Xanetia ernst. »Trotzdem ist es die Wahrheit!«

»Das scheint nicht sehr erfreulich zu werden«, bemerkte Danae.

»Anakha, ich habe keine andere Wahl, als Euch eine sehr unerfreuliche Tatsache zu Gehör zu bringen«, fuhr Xanetia bedauernd fort, »denn dies entspricht nicht nur unserem Pakt, sondern ist von grundlegender Bedeutung für das Erreichen unseres gemeinsamen Zieles.«

»Ich habe das Gefühl, ich sollte mich lieber setzen«, sagte Sperber besorgt.

»Wie Ihr es für richtig haltet, Anakha. Mit tiefem Bedauern muß ich Euch darauf aufmerksam machen, daß Euer Vertrauen in Zalasta von Styrikum nicht nur fehl am Platz, sondern für uns alle äußerst gefährlich ist.«

»*Was?*«

»Er treibt ein falsches Spiel mit Euch, Anakha. Sein Herz und sein Verstand gehören Cyrgon.«

18

»Das ist völlig unmöglich!« rief Danae. »Zalasta *liebt* meine Schwester und mich. Er würde uns *nie* verraten!«

»Wahrlich liebt er Eure Schwester über alle Maßen, Göttin«, bestätigte Xanetia. »Seine Gefühle für *Euch* jedoch sind nicht so freundlich. Er haßt Euch!«

»Ich glaube dir nicht!«

Sperber war Soldat, und Soldaten, die sich nicht sofort auf Überraschungen einstellen können, leben selten lange genug, um Veteranen zu werden.

»Du warst in Delphaeus nicht dabei, Aphrael«, erinnerte er die Kindgöttin. »Bhelliom bot uns die Gewähr, daß Xanetia gar nicht anders kann, als die Wahrheit zu sagen.«

»Das behauptet sie nur, um einen Keil zwischen uns und Zalasta zu treiben!«

»Nein, das glaube ich nicht.« Sperber fiel plötzlich einiges ein, das sich zu einem Bild zusammenfügte. »Das Bündnis ist für die

Delphae zu wichtig, als daß sie es mit kleinlichen Verleumdungen gefährden würden. Und was Xanetia uns eben anvertraute, erklärt so manches, was zuvor keinen Reim machte. Lassen wir sie zu Ende reden. Falls es Zweifel an Zalastas Ehrlichkeit gibt, sollten wir jetzt besser alles darüber hören. Was genau habt Ihr in seinem Geist entdeckt, Anarae?«

»Sein Verstand ist verwirrt, Anakha«, antwortete Xanetia bedauernd. »Einst mag Zalasta aufrichtig und edel gewesen sein, nun aber taumelt er an der Schwelle des Wahnsinns dahin, verzehrt von einem Gedanken und *einem* Verlangen. Er liebt Eure Schwester seit frühester Kindheit, Göttin, doch seine Liebe ist nicht die brüderliche Zuneigung, für die Ihr sie gehalten habt. Dies weiß ich mit größerer Sicherheit als alles andere, da diese Liebe und Zalastas Verlangen allgegenwärtig in ihm sind. In seinen Gedanken betrachtet er Sephrenia als die ihm versprochene Braut.«

»Das ist lächerlich!« rief Danae. »Sephrenia wäre das nie in den Sinn gekommen!«

»Nein, aber ihm. Ich habe nur flüchtig in seinem Gedächtnis verweilt; deshalb weiß ich noch nicht alles. Als ich auf seinen Verrat aufmerksam wurde, verpflichtete mein Gelöbnis mich, es Anakha mitzuteilen. Gebt mir ein wenig mehr Zeit, und ich werde mehr erkennen.«

»Was hat Euch veranlaßt, *seine* Gedanken zu lesen, Xanetia?« fragte Sperber interessiert. »Im Gemach waren viele Menschen. Warum habt Ihr Euch mit Zalasta beschäftigt – oder lauscht Ihr allen gleichzeitig? Das käme mir sehr verwirrend vor.« Er verzog das Gesicht. »Ich glaube, jetzt zäume ich das Pferd von hinten auf. Es würde mir helfen, wenn ich wüßte, wie Eure Gabe funktioniert. Ist es so, als hätte man ein weiteres Ohrenpaar? Hört Ihr *jeden* Gedanken um Euch – und alle gleichzeitig?«

»Nein, Anakha.« Sie lächelte leicht. »Wie Ihr selbst sagtet – das wäre zu verwirrend. Unsere Ohren nehmen zwar jeden Laut auf, doch meine Wahrnehmung der Gedanken anderer bedarf der Einstellung auf eine bestimmte Person. Ich muß mich auf sie konzentrieren – es sei denn, die Gedanken von jemandem ganz in meiner Nähe sind so eindringlich, daß sie wie ein Schrei werden. So war es bei Zalasta. Sein Geist rief den Namen Sephrenia immer wieder aus.

Im gleichen Maße rief sein Geist *Euren* Namen, Göttin, und diese Schreie sind voll des Hasses auf Euch. Für ihn seid Ihr eine Diebin, die ihm seine ganze Hoffnung auf Glück gestohlen hat.«

»Eine *Diebin? Ich?* Er war es doch, der mein Eigen zu stehlen versuchte! Ich *brachte* meine Schwester hierher auf diese Welt. Sie ist *mein!* Sie war immer mein! Wie kann er es wagen?« empörte sich Danae und ihre schwarzen Augen blitzten.

»Das ist nicht gerade eine deiner anziehenden Seiten, Göttin«, rügte Sperber. »Wir betrachten andere Menschen nicht als Eigentum!«

»Ich bin kein Mensch, Sperber. Mir gehört, was ich besitzen will!«

»Du reitest dich nur noch tiefer hinein! Ich würde damit aufhören!«

»Aber ich nicht, Vater! Ich habe Sephrenia Hunderte von Jahren gewidmet, und die ganze Zeit fiel mir Zalasta in den Rücken und hat versucht, sie mir zu stehlen!«

»Aphrael«, ermahnte Sperber sie sanft, »in dieser Inkarnation bist du Elenierin, also mußt du aufhören, wie eine Styrikerin zu denken. Es gibt bestimmte Dinge, die anständige Elenier nicht tun, aber das willst du offenbar nicht wahrhaben. Sephrenia gehört nur sich selbst – nicht dir, nicht Zalasta, nicht einmal Vanion. Ihre Seele ist ihr Eigen!«

»Aber ich liebe sie!« Es war beinahe ein Wimmern.

»Ich bin einfach nicht dafür geeignet«, murmelte Sperber kaum hörbar. »Wie kann irgendein Mensch hoffen, einer Göttin Vater sein zu können?«

»Liebst du mich denn nicht mehr, Vater?« fragte Danae kleinlaut.

»Natürlich liebe ich dich.«

»Dann gehörst auch *du* mir! Warum willst du dich mit mir darüber streiten?«

»Du führst dich wie eine Wilde auf.«

»Natürlich. Wir *sollen* Wilde sein. All die Jahre hat Zalasta so getan, als ob er mich liebt – hat mich angelächelt, mich geküßt, hat mich in den Armen gehalten, während ich schlief. Dieser Schuft! Dieser verlogene Schurke! Ich werde sein Herz zum Abendessen verspeisen!«

»O nein, das wirst du nicht! Ich ziehe doch keine Kannibalin groß. Du ißt kein Schweinefleisch, also fang nicht an, Gefallen an Menschenfleisch zu entwickeln!«

»Tut mir leid«, murmelte sie zerknirscht. »Mein Zorn hat mich übermannt.«

»Außerdem bin ich der Meinung, daß Vanion eher ein Recht hat, auf Zalasta wütend zu sein.«

»O je. Ich habe gar nicht an Vanion gedacht. Der arme, arme Mann!« Zwei Tränen kullerten aus ihren Augen. »Ich werde ihn den Rest seines Lebens liebevoll trösten.«

»Wie wär's, wenn wir diese Aufgabe Sephrenia überließen? Schlichte du nur den Streit zwischen ihnen. Das ist das einzige, was Vanion sich wirklich wünscht.« Plötzlich fiel Sperber noch etwas ein. »Es paßt nicht zusammen, Xanetia. Zalasta mag Sephrenia durchaus lieben, aber er ist nicht zu Cyrgon übergelaufen. Als wir auf die Trolle im atanischen Gebirge stießen, war es Zalasta, der uns vor ihnen gerettet hat. Und die Trolle waren dort nicht einmal das Schlimmste.«

»Die Trolle spielen keine große Rolle in Cyrgons Plan, Anakha, deshalb war es auch völlig bedeutungslos, daß einhundert von ihnen getötet wurden. Alles andere war Täuschung – Trugbilder, die Zalasta schuf, um den Verdacht zu zerstreuen, den einige Eurer Gefährten hegten. Er wollte ihr Vertrauen gewinnen, indem er die von ihm selbst geschaffenen Schatten vernichtete.«

»Ja, so könnte es gewesen sein«, gab Sperber besorgt zu. »Würden die Damen mich bitte kurz entschuldigen? Ich finde, auch Vanion sollte eingeweiht werden. Es betrifft ihn ebenso, und ich würde gern seinen Rat hören, ehe ich Entscheidungen treffe.« Er hielt inne. »Werdet ihr zwei hier zurechtkommen – zusammen, meine ich? Ohne daß jemand darauf aufpaßt, daß ihr euch gegenseitig an die Gurgel fahrt?«

»Ihr braucht Euch keine Sorgen zu machen, Anakha«, versicherte Xanetia ihm. »Die Göttin Aphrael und ich haben etwas zu besprechen.«

»Na gut. Aber keine Handgreiflichkeiten – und fangt nicht an, euch gegenseitig anzuschreien. Ihr würdet die ganze Burg aufwecken.« Er überquerte den Wehrgang zur Tür und stieg die Treppe hinunter.

Die Besprechung im königlichen Salon war auf einen späteren Zeitpunkt verschoben worden, und Sperber fand seinen Freund in einem Gemach weit entfernt von dem, das er früher mit Sephrenia geteilt hatte.

»Ich brauche Hilfe, mein Freund«, sagte Sperber. »Ich muß Euch etwas mitteilen, und dann müssen wir in dieser Sache eine rasche Entscheidung treffen.«

Vanion hob das von Leid gezeichnete Gesicht. »Noch mehr Unannehmlichkeiten?«

»Sieht so aus. Xanetia hat mir eben erzählt – aber es ist besser, sie sagt es Euch selbst. Sie und Danae sind oben auf dem Turm. Ich glaube, wir sollten es geheimhalten. Jedenfalls so lange bis wir entschieden haben, was wir unternehmen.«

Vanion nickte und erhob sich. Sie gingen auf den Korridor und stiegen die Treppe hinauf. »Wo ist Zalasta?« fragte Sperber.

»Bei Sephrenia. Sie braucht ihn jetzt.«

Sperber nickte nur; er befürchtete, sich zu verraten, falls er etwas sagte.

Xanetia und Danae blickten zwischen den Zinnen hindurch über die Stadt. Die Sonne sank allmählich den tiefblauen Herbsthimmel hinab zum zerklüfteten Horizont im Westen, und der sanfte Wind, der vom Tamulischen Meer kam, trug den mit Salzgeruch vermischten reifen Duft des Herbstes mit sich. »Hier ist er, Anarae, weiht ihn ein«, bat Sperber, »dann können wir beschließen, wie es weitergehen soll.«

Zu Sperbers Erstaunen vergeudete Vanion keine Zeit damit, Ungläubigkeit und Bestürzung zu zeigen. »Seid Ihr sicher, Anarae?« fragte er nur, nachdem Xanetia ihm von Zalastas Doppelspiel berichtet hatte.

Sie nickte. »Ich habe in seinen Gedanken und seinem Herzen gelesen, Eminenz. Zalasta hat euch heimtückisch hintergangen.«

»Ihr scheint nicht sehr überrascht zu sein, Vanion«, sagte Sperber erstaunt.«

»Ich bin es auch nicht. Ich hatte immer das Gefühl, daß Zalasta nicht ganz offen war. Auch hatte er Schwierigkeiten, sich nichts anmerken zu lassen, als Sephrenia mit mir nach Sarsos zurückkehrte und mich in ihrem Haus aufnahm. Er hat versucht, seinen Unwillen zu verbergen, aber mir entging nicht, daß es ihm gar nicht gefiel. Ich konnte spüren, daß seine Mißbilligung mehr war als nur die übliche moralische Entrüstung über unorthodoxe Verbindungen.«

»Das ist eine sehr vorsichtige Formulierung«, stellte Danae fest. »Wir Götter haben nie verstanden, warum ihr Menschen so ein Getue darum macht. Wenn zwei Menschen einander lieben, sollen sie zusammenleben, so es ihnen gefällt!«

»Üblicherweise gibt es zuvor nun mal gewisse Formalitäten und Zeremonien«, erklärte Sperber trocken.

»Du meinst, so ähnlich wie bei den Pfauen, wenn er zuerst herumstolziert und sein Rad schlägt, ehe sie gemeinsam beginnen, ein Nest zu bauen?«

»Na ja, so was Ähnliches.« Vanion seufzte. »Leider hat es ganz den Anschein, daß Sephrenia meine Federn nicht mehr gefallen.«

»Das stimmt nicht, Hochmeister Vanion«, widersprach Xanetia. »Sie liebt Euch immer noch aus tiefster Seele, und ihr Herz ist wegen der Trennung von Euch voller Schmerz.«

»Und Zalasta ist jetzt bei ihr und tut, was er kann, um diese Trennung dauerhaft zu machen«, fügte Sperber düster hinzu. »Was meint Ihr, Vanion? Wie sollen wir vorgehen? Ihr seid am tiefsten betroffen. Keiner von uns hat die Möglichkeit, Sephrenia zu überzeugen, daß Zalasta ein Verräter ist.«

Vanion nickte. »Sie muß es selbst erkennen«, bestätigte er. »Wie tief konntet Ihr in seinen Geist eindringen, Anarae?«

»Seine derzeitigen Gedanken liegen offen vor mir, seine Erinnerungen weniger. Unmittelbarere Nähe und ein wenig Zeit dürften mir die Gelegenheit verschaffen, tiefer in seinen Geist einzudringen.«

»Gut«, murmelte Vanion. »Ehlana und Sarabian würden die Regierung am liebsten sofort auflösen. Sobald Sarabian damit beginnt, stellt Zalastas Anwesenheit hier im inneren Kreis eine Gefahr dar. Er wird alles erfahren, was wir planen.«

Danae rümpfte die Nase. »Soll er doch! Es wird ihm nicht mehr viel nützen, wenn ich erst mein Abendessen verzehrt habe.«

»Wie bitte?« fragte Vanion verwundert.

»Unsere kleine Wilde möchte Zalastas Herz verspeisen«, erklärte Sperber.

»Während er dabei zusieht«, fügte die Kindgöttin hinzu. »Das ist nämlich der Kern der Sache – ihn zu zwingen, genau zuzuschauen, während ich es esse.«

»Könnte sie das?« fragte Vanion.

»Wahrscheinlich«, antwortete Sperber. »Aber ich werde es nicht zulassen!«

»Ich habe dich nicht um Erlaubnis gefragt, Vater!«

»Hätte dir auch nichts genutzt. Ich sagte *nein*. Dabei bleibt's.«

Vanion wandte sich an Xanetia. »Wann hat Zalasta diese Vereinbarung mit Cyrgon getroffen, Anarae?«

»Das konnte ich noch nicht feststellen, Eminenz, aber ich werde mich bemühen, es in Erfahrung zu bringen. Was ich seinem Gedächtnis entnahm, läßt jedoch darauf schließen, daß ihr Bündnis schon vor mehreren Jahren geschlossen wurde, und daß es irgendwie mit Bhelliom zu tun hat.«

Sperber überlegte. »Zalasta war tatsächlich *sehr* bestürzt, als er erfuhr, daß wir Bhelliom im Meer versenkt hatten«, erinnerte er sich. »Ich könnte jetzt natürlich Vermutungen anstellen, aber es bringt uns bestimmt weiter, wenn wir warten, was Xanetia herausfindet. Im Moment halte ich es für das Klügste, wir konzentrieren uns darauf, Ehlana und Sarabian zurückzuhalten, bis uns eine Möglichkeit einfällt, wie wir Zalasta dazu bringen können, sich selbst zu entlarven. Wir müssen versuchen, Sephrenia seinem Einfluß zu entziehen. Sie würde uns nie glauben, daß er ein Verräter ist. Also muß er sich selbst durch eine Unbedachtheit verraten.«

Vanion tat sein Einverständnis mit einem Nicken kund.

»Ich halte es für angebracht, daß die Sache unter uns vieren bleibt«, fuhr Sperber fort. »Zalasta ist sehr schlau, und Sephrenia kennt uns alle besser als wir selbst. Wenn die anderen nur eine Ahnung von dieser Sache hätten, würden sie sich unbewußt verraten, und dann würde Sephrenia sofort wissen, um was es geht – und Zalasta fünf Minuten nach ihr!«

»Ich fürchte, da habt Ihr recht«, pflichtete Vanion ihm bei.

»Habt Ihr einen Plan, Anakha?« erkundigte sich Xanetia.

»In etwa ... Aber ich muß die Einzelheiten erst ausarbeiten. Er ist ein wenig kompliziert.«

Danae rollte die Augen himmelwärts. »Elenier!« seufzte sie.

»Kommt überhaupt nicht in Frage!« wehrte Ehlana entschieden ab. »Er ist zu wertvoll. Wir dürfen es nicht riskieren.« Sie saß vor dem Fenster, und die einfallenden Strahlen der Morgensonne vergoldeten ihr aschblondes Haar.

»Es besteht nicht das geringste Risiko, Liebes«, versicherte Sperber ihr. »Wir sind sowohl die Wolke wie den Schatten los. Dafür haben Bhelliom und ich ein für allemal gesorgt!« Das war der heikle Punkt, denn Sperber war sich da gar nicht so sicher.

»Er hat recht, Majestät«, fiel Kalten ein. »Er hat die Wolke in kleine Fetzen zerrissen und den Schatten wie Salz in siedendem Wasser aufgelöst!«

»Ich würde Kolata wirklich gern etwas fragen, Ehlana«, sagte Sarabian. »Es ist doch sinnlos, ihn weiterhin durchzufüttern, wenn er von keinem Nutzen mehr für uns ist. Darauf haben wir schließlich gewartet, meine Liebe – auf die Gewißheit, daß die Wolke ihn nicht in Stücke reißen kann, sobald er den Mund aufmacht.«

»Bist du ganz sicher, Sperber?« vergewisserte sich Ehlana.

»Vertrau mir.« Sperber langte unter sein Wams und zog die Schatulle hervor. »Mein blauer Freund kann dafür sorgen, daß Kolata kein Haar gekrümmt wird – egal, *welche* Fragen wir ihm stellen.« Er blickte Zalasta an. »Ich möchte Euch um einen Gefallen bitten, Weiser.« Er bemühte sich, seine Stimme so gleichmütig wie möglich klingen zu lassen. »Ich finde, Sephrenia sollte dabei sein. Ich weiß, daß sie uns lieber überhaupt nicht mehr sehen möchte, aber wenn sie Kolatas Geständnis mit anhört, erwacht vielleicht ihr Interesse wieder – an allem, was um sie herum vor sich geht. Und genau das würde sie aus ihrer Trauer und ihrem Schmerz reißen.«

Zalasta wirkte besorgt, obwohl er sich offensichtlich sehr um Fassung bemühte. »Ich glaube, Ihr ahnt nicht einmal, wie tief sie das alles schmerzt, Prinz Sperber. Ich kann Euch nur abraten, sie zu veranlassen, an Kolatas Befragung teilzunehmen. Es würde die Kluft zwischen ihr und ihren einstigen Freunden nur vergrößern.«

»Nein, Zalasta, damit finde ich mich nicht ab!« sagte Ehlana entschieden. »Sephrenia ist Mitglied des königlichen Rates von Elenien! Ich selbst habe sie bei meiner Thronbesteigung eingesetzt. Ihre persönlichen Probleme sind ihre Sache; aber jetzt und hier brauche ich sie in ihrer offiziellen Eigenschaft. Falls nötig, ordne ich es an und schicke Kalten und Ulath, ihr den Befehl zu übermitteln und dafür zu sorgen, daß sie ihn befolgt.«

Ehlanas Entschluß und ihre Befehle waren durchaus berechtigt, und so sehr Zalasta es auch versuchen mochte, er fand keinen Grund, sich dagegen aufzulehnen. Kolatas Aussage würde zweifellos zum Verhängnis für den ersten Bürger Styrikums werden, doch Zalastas konnte diese Aussage unmöglich verhindern, ohne sich als Verräter zu entlarven. Er erhob sich und verbeugte sich vor Ehlana. »Ich werde mich bemühen, Sephrenia zu überzeugen, Majestät.« Er drehte sich um und verließ in gebeugter Haltung den blauen Salon.

Kalten schüttelte den Kopf. »Ich verstehe nicht, warum du nicht willst, daß wir es ihm sagen, Sperber. Schließlich *ist* er ein Freund.«

»Aber auch ein Styriker«, warf Vanion diplomatisch ein. »Wir kennen seine *wahren* Gefühle für die Delphae nicht. Es könnte ihn völlig aus dem Gleichgewicht bringen, wenn er plötzlich erfährt, daß Xanetia so mühelos seine Gedanken lesen kann, wie Talen jemandem die Taschen leert.«

»Sephrenia hat ihm wahrscheinlich schon davon erzählt, Hochmeister Vanion«, gab Bevier zu bedenken.

Sperber warf Xanetia einen fragenden Blick zu und formulierte die Frage in Gedanken.

Sie schüttelte den Kopf. Aus irgendeinem Grund hatte Sephrenia Zalasta noch nicht auf die ungewöhnliche Fähigkeit der Delphae aufmerksam gemacht.

»Ich glaube nicht, Bevier«, entgegnete Vanion. »Er hat noch in keinster Weise gezaudert, in Xanetias Beisein an Besprechungen teilzunehmen. Ich würde sagen, daraus läßt sich mit einiger Sicherheit schließen, daß er es nicht weiß. Also: Wer soll Kolata befragen? Ich glaube, wir sollten es auf *einen* von uns beschränken. Wenn wir alle ihn mit Fragen bombardieren, werden seine Gedanken so verwirrt sein, daß Xanetia große Mühe haben würde, einen Sinn darin zu erkennen.«

»Itagne ist außerordentlich geschickt im Diskutieren und Disputieren«, meinte Oscagne. »Akademiker verbringen Stunden mit Haarspaltereien!«

»Wir ziehen vor, es ›äußerste Detailgenauigkeit‹ zu nennen, alter Junge«, berichtigte Itagne seinen Bruder. »Kolata ist Minister.«

»Nicht mehr«, berichtigte Sarabian jetzt ihn.

»Nun, er *war* es jedenfalls. Deshalb schlage *ich* vor, daß Oscagne die Vernehmung leitet. Er hat den gleichen Rang wie Kolata, deshalb kann er sich ihm als Gleichgestellter nähern.«

»Dürfte ich einen Vorschlag machen?« fragte Stragen.

»Selbstverständlich, Durchlaucht Stragen«, sagte der Kaiser.

»Teovin schleicht herum und tut, was er kann, die anderen Ministerien der Regierung Eurer Majestät zu untergraben. Wäre es nicht ein kluger Schachzug, diese Vernehmung zu einem offiziellen Vorgang zu machen? Wenn alle Minister und Staatssekretäre bei Kolatas Befragung anwesend sind, wird Teovin keine Gelegenheit haben, sich glaubhafte Ausreden auszudenken und sich damit aus der Affäre zu ziehen.«

»Ein interessanter Einfall, meint Ihr nicht auch, Ehlana?« sagte Sarabian nachdenklich.

»Sehr interessant«, pflichtete sie ihm bei. »Aber dann werden wir das Verhör verschieben müssen.«

»Ach?«

»Wir wollen Euren atanischen Überläufern doch einen Vorsprung geben.« Sie blickte ihn ernst an. »Darum geht es, Sarabian. Bis jetzt waren es nur Überlegungen. Sobald Kolata jedoch vor der Regierung die Wahrheit sagt, seid Ihr zum Einschreiten gezwungen. Seid Ihr wirklich schon bereit, so weit zu gehen?«

Der Kaiser holte tief Atem. »Ja, Ehlana, ich glaube schon.« Seine Stimme war leise, aber fest.

»Dann erteilt den Befehl. Erklärt den Ausnahmezustand. Laßt die Ataner von der Leine!«

Sarabian schluckte.

»Seid Ihr sicher, daß Euer Plan funktioniert, Engessa?« fragte er den riesenhaften Krieger.

»So war es bis jetzt noch immer«, beruhigte Engessa ihn. »Die Signalfeuer sind vorbereitet. Die Kunde wird sich binnen einer Nacht in ganz Tamuli verbreiten, und die Ataner werden am folgenden Morgen aus ihren Garnisonen ausrücken.«

Sarabian blickte zu Boden. Als er die Augen schließlich wieder hob, sagte er: »Tut es!«

Das Problem bestand darin, Sarabian und Ehlana zu überzeugen, den Plan Zalasta gegenüber *nicht* zu erwähnen. »Es ist besser, wenn er es nicht weiß«, erklärte Sperber geduldig.

»Du mißtraust ihm doch nicht etwa, Sperber?« erregte sich Ehlana. »Er hat seine Loyalität oft genug bewiesen.«

»Natürlich. Aber er ist Styriker, und euer unerwarteter Schritt wird ganz Tamuli auf den Kopf stellen. Es wird zu einem völligen Durcheinander kommen. Zalasta könnte versuchen, die styrischen Orte im Lande irgendwie zu warnen. Das wäre vollkommen verständlich. Aber wir dürfen nicht riskieren, daß auch nur eine Silbe nach außen dringt. Die einzige Erfolgsgarantie für euren Plan ist die Überrumpelungstaktik. Es gibt solche Styriker und solche.«

»Sagt, was meint Ihr damit«, forderte Sarabian ihn gereizt auf.

»Der Begriff ›abtrünniger Styriker‹ bedeutet hier in Tamuli dasselbe wie in Eosien, Majestät. Man kann nicht von der Hand weisen, daß es sich in ganz Styrikum herumspricht, wenn wir Zalasta einweihen, nicht wahr? Wir kennen Zalasta, aber *nicht* die anderen Styriker auf dem Kontinent. In Sarsos gibt es einige, die ihre Seele dem Leibhaftigen verschreiben würden, wenn sie dadurch die Chance bekämen, es den Eleniern heimzuzahlen.«

»Dir ist doch klar, daß es ihn sehr kränken wird?« gab Ehlana zu bedenken.

»Er wird darüber hinwegkommen. Wir haben nur eine einzige Chance auf Erfolg und dürfen deshalb nicht das geringste Risiko eingehen!«

Ein höfliches Klopfen ertönte an der Tür, und Mirtai betrat das Gemach, in dem die drei sich berieten. »Oscagne und dieser andere sind zurück«, meldete sie.

»Bitte sie einzutreten, Atana«, wies Sarabian sie an.

So sehr er dieses Gefühl auch zu unterdrücken versuchte, es gelang dem Außenminister nicht, seine Begeisterung zu verbergen, als er mit seinem Bruder hereinkam. Itagnes Miene unterschied sich kaum von der Oscagnes.

»Ihr zwei seht wie Katzen aus, die das Sahnetöpfchen leergeschleckt haben«, stellte Sarabian fest.

»Wenn diese Ausdrucksweise auch in der Politik erlaubt ist: Wir drehen das größte Ding des Jahrzehnts, Majestät«, erwiderte Itagne.

»Des Jahrhunderts!« verbesserte Oscagne ihn. »Alles ist vorbereitet, Majestät. Wir haben es etwas vage als ›Generalversammlung des Imperialen Rates‹ bezeichnet. Itagne ließ durchsickern, daß Majestät mit dem Gedanken spielt, Euren Geburtstag zum Nationalfeiertag zu erklären. Das ist einer von den törichten Einfällen, für die Euer Majestät Familie berüchtigt ist.«

»Seid nett.« Sarabian hatte sich diesen typisch elenischen Ausdruck während seines Aufenthalts in Ehlanas Burg angewöhnt.

»Verzeiht, Majestät«, entschuldigte sich Oscagne. »Wir haben die ganze Sache als eine der üblichen, bedeutungslosen Sitzungen des Rates hingestellt – viel Formalität und wenig dahinter.«

»Würdet Ihr mir zu diesem Anlaß Euren Thronsaal überlassen, Ehlana?« bat Sarabian.

»Aber gewiß.« Sie lächelte. »Formelle Kleidung, nehme ich an?«

»Selbstverständlich. Wir werden unsere Kronen und Staatsroben tragen. Ihr zieht Euer hübschestes Kleid an, und ich meines.«

»Majestät!« rief Oscagne. »Die tamulische Robe ist doch kein Kleid!«

»Ein langer Rock ist ein langer Rock, Oscagne. Um ehrlich zu sein, ziehe ich Wams und Beinkleid vor, und unter den gegebenen Umständen würde ich mir auch meinen Degen umschnallen. Stragen hat schon recht. Hat man sich erst daran gewöhnt, kommt man sich ohne die Waffe geradezu nackt vor.«

»Wenn schon formelle Kleidung vorgeschrieben ist, Sperber, solltet ihr alle Paraderüstung tragen.«

»Großartige Idee, Ehlana!« lobte Sarabian. »Auf diese Weise sind sie gewappnet, falls es zu Unannehmlichkeiten kommt.«

Den Rest des Tages verbrachten sie damit, die Umgestaltung des Thronsaals zu beaufsichtigen. Die Königin von Elenien tat des Guten fast ein wenig zuviel, wie es mitunter bei ihr vorkam. »*Bänder und Wimpel*, Ehlana?« sagte Sperber kopfschüttelnd.

»Wir wollen doch, daß es festlich aussieht, Sperber!« erklärte sie ein wenig von oben herab. »Ja, ich weiß«, gestand sie dann aber ein, »es ist frivol, vielleicht sogar ein bißchen närrisch; aber eine solche Dekoration und das Fanfarenschmettern, das jeden Minister einzeln ankündet, werden die Anwesenden ziemlich beeindrucken. Wir wollen doch, daß alles so formell wie möglich wirkt, und daß die Regierungsbeamten gar nicht auf den Gedanken kommen, daß etwas Ernsthaftes geschehen könnte. Wir stellen eine Falle, Liebster, und festliche Dekoration gehört als Köder dazu. Die Feinheiten, Sperber, die Feinheiten! Gut vorbereitete Komplotte erfordern jede Menge gut durchdachter Feinheiten.«

»Dir macht die Sache Spaß, nicht wahr?«

»Und wie! Ist die Zugbrücke hochgezogen?«

Sperber nickte.

»Gut. Sorg dafür, daß sie es auch bleibt! Wir möchten doch nicht, daß irgend jemand sich aus der Burg schleicht und irgendwas verrät, nicht wahr? Morgen werden wir die Minister feierlich ins Gebäude geleiten. Dann ziehen wir die Zugbrücke wieder hoch. Wir wollen ja nicht, daß die Situation auch nur einen Augenblick außer Kontrolle gerät, stimmt's?«

»Stimmt, Liebes.«

»Mach dich nicht über mich lustig, Sperber!« warnte sie.

»Lieber würde ich sterben.«

Die Sonne war bereits untergegangen, als Zalasta in den Thronsaal kam und Sperber zur Seite zog. »Ich *muß* Euch für ein paar Stunden verlassen, Prinz Sperber«, sagte er beinahe verzweifelt. »Es ist äußerst dringend!«

»Mir sind die Hände gebunden, Zalasta«, bedauerte Sperber. »Ihr kennt meine Gemahlin. Wenn sie erst einmal anfängt, im Pluralis majestatis zu sprechen, kann man nicht mehr vernünftig mit ihr reden.«

»Aber es geht um Dinge, die ich ins Rollen bringen *muß*, Hoheit! Dinge, die unbedingt erforderlich sind, soll des Kaisers Plan von Erfolg gekrönt werden.«

»Ich werde versuchen, Ehlana zu überzeugen, aber viel Hoffnung habe ich nicht. Es läuft ohnehin alles wie geplant. Die Ataner wissen, was sie außerhalb der Burgmauern zu tun haben, und meine Ordensritter sorgen im Innern für Ordnung. Ihr dürft nicht vergessen, daß es Minister und andere hohe Regierungsbeamte gibt, deren Treue und Ergebenheit sehr fraglich sind. Wir wissen nicht genau, was die Befragung des Innenministers an den Tag bringen, aber wir werden alle diese Leute in Reichweite haben. Da wollen wir ihnen nicht die Gelegenheit geben, davonzulaufen und noch mehr Unheil anzurichten.«

»Ihr *versteht* nicht, Sperber.« Zalastas Verzweiflung war nun unverkennbar.

»Ich werde tun, was ich kann, Zalasta, aber versprechen kann ich Euch nichts.«

19

Der tamulische Baumeister, der nach jahrelangem Studium elenischer Bauten die Burg in der kaiserlichen Schloßanlage errichtet hatte, war – wie so viele mit beschränktem Talent – nur fähig gewesen, große Vorbilder peinlichst genau zu kopieren, ohne dabei deren Zweck zu begreifen.

Der Thronsaal war ein Beispiel dafür. Die Bauart elenischer Burgen verfolgt zwei Absichten: für die Ewigkeit errichtet und uneinnehmbar zu sein. Also wurde Stein auf Stein getürmt, bis eine trutzige Festung dastand, deren Anblick allein schon jeden unerwünschten Besucher abschreckte. Im Laufe der Jahrhunderte bemühten sich einige Elenier, die zwangsläufig düstere Umgebung der Burg durch Zierwerk zu verschönern. Aus den inneren Schrägstützen, die verhindern sollten, daß die Mauern einstürzten – selbst unter einem Bombardement gewaltiger Felsbrocken –, gestalteten sie kunstvolles Strebwerk. Steinpfeiler, die dafür sorgten, daß die Decke blieb, wohin sie gehörte, wurden allmählich zu gewaltigen Säulen mit kunstvoll verzierten Plinthen und Kapitellen. Die gleiche bauliche Festigkeit läßt sich auch durch eine Gewölbedecke erzielen, und der Thronsaal der von Tamulern erbauten elenischen Burgnachahmung war in dieser Hinsicht einmalig. Er besaß ein massives Gewölbe *und* wurde von langen Reihen kannellierter Säulen gehalten *und* durch Schwibbögen von so filigraner Bauweise »gestützt«, daß sie nicht nur nutzlos, sondern äußerst gefährlich für jene waren, die unter ihnen standen. Außerdem war der gesamte Saal – wie alles im schimmernden Matherion – mit Perlmutt verkleidet.

Ehlana hatte die Bänder und Wimpel sorgfältig ausgewählt und die schillernden Wände prangten in schreiend bunten Farben. Die vierzig Fuß langen blauen Samtvorhänge an den schmalen Fenstern hatten weiße Satinborten erhalten, und wo die Wand von Bändern verschont geblieben war, wurde sie von überkreuzten Fahnen und Phantasie-Kriegsbannern geziert. Durch die Gänge zwischen den Bankreihen erstreckten sich leuchtend bunte Läufer, und die Säulen und Streben waren mit scharlachroter Seide umwickelt. Sperber behielt seine Meinung vorsichtshalber für sich, doch er fand, daß es hier nun aussah, als hätte ein Farbenblinder ein Volksfest ausgerichtet.

»Schreiend«, entfuhr es Ulath, während er rasch noch die schwarzen Ogerhörner mit einem weichen Tuch nachpolierte.

»Schreiend ist der richtige Ausdruck«, bestätigte Sperber. Er trug seine schwarze Paraderüstung und darüber einen ärmellosen silbernen Mantel. Der tamulische Schmied hatte die Beulen und Dellen wieder glatt gehämmert, den ganzen Panzer neu emailliert und sich – als stumme Kritik am üblichen Plattenpanzergeruch – zudem die Mühe gemacht, die Innenseite jeder einzelnen der sorgfältig geschmiedeten Platten und sämtliche Lederriemen mit zerquetschten Rosenblättern einzureiben. Die dadurch entstehende Geruchsmischung konnte nur als eigenartig bezeichnet werden.

»Wie sollen wir die vielen Leibwächter um Ehlana und Sarabian erklären?« fragte Ulath.

»Wir müssen gar nichts erklären, Ulath.« Sperber zuckte die Schultern. »Wir sind Elenier, und der Rest der Welt hält uns für Barbaren mit seltsamen, rituellen Gebräuchen, die sonst niemand versteht. Ich werde meine Gemahlin jedenfalls nicht ungeschützt auf dem Thron sitzen lassen, während sie und Sarabian den Anwesenden die Auflösung der Regierung verkünden.«

»Wohlbedacht.« Ulath blickte seinen Freund ernst an. »Sephrenia macht Schwierigkeiten, das ist dir doch klar.«

»Wir haben mehr oder weniger damit gerechnet.«

»Vielleicht würde es ihr leichter fallen, wenn sie neben Zalasta sitzen könnte.«

Sperber schüttelte den Kopf. »Zalasta ist Berater der Regierung. Er muß mit den Ministern auf der Empore sitzen. Wir werden Danae zu Sephrenia setzen. Beide ein wenig abseits.«

»Das hilft vielleicht auch. Die Anwesenheit deiner Tochter scheint

Sephrenia etwas zu beruhigen. Ich würde Xanetia allerdings nicht in ihre Nähe setzen.«

»Das hatte ich auch nicht vor.«

»Ich wollte nur sichergehen. Hat Engessa die Bestätigungen seines Signals erhalten? Können wir sicher sein, daß sein Befehl alle erreicht hat?«

»*Er* ist jedenfalls sicher. Ich nehme an, die Ataner haben schon jahrhundertelang Signalfeuer zur Weiterleitung von Befehlen benutzt.«

»Möglich. Für mich ist es jedenfalls ungewohnt, mit Feuern auf den Bergen Botschaften zu senden, Sperber.«

»Wie dem auch sei, es ist Engessas Aufgabe. Und falls bis zum Morgen wirklich noch nicht alle Außenposten im Hinterland benachrichtigt werden konnten, ist es auch nicht so schlimm.«

»Wahrscheinlich hast du recht. Ich glaube, wir haben alles getan, was wir tun konnten. Jetzt hoffe ich nur, daß nichts schiefgeht.«

»Was könnte denn schiefgehen?«

»Das ist die Art von Überlegung, die ganze Gottesäcker füllt, Sperber. Ich gehe jetzt und befehle, die Zugbrücke herunterzulassen. Es ist Zeit, anzufangen.«

Stragen hatte die zwölf tamulischen Trompeter gut angelernt, wie auch den Rest der Musiker, und beendete nun den Unterricht mit einigen schrecklichen Drohungen und einem lehrreichen Besuch der sorgfältig wiederhergestellten Folterkammer im Keller. Die Musikanten hatten hoch und heilig geschworen, sich an die richtigen Noten zu halten und jegliche Improvisationen zu unterlassen. Der Fanfarentusch, mit dem jeder Minister einzeln begrüßt werden sollte, war Ehlanas Idee gewesen. Fanfaren sind schmeichelhaft. Sie heben das Selbstbewußtsein, schläfern möglichen Argwohn ein und locken Ahnungslose in die Falle. Ehlana war wirklich tüchtig in solchen Dingen. Das Ausmaß ihres politischen Instinkts verblüffte Sperber immer wieder.

Es schien eine bloße Formsache zu sein, daß Ordensritter in regelmäßigen Abständen entlang der Wände postiert waren. Auf den ersten Blick schienen die Ritter nicht viel als Teil der Dekoration des Thronsaals zu sein. Doch der Schein trog. Die reglosen Männer in den stählernen Rüstungen hatten den Befehl, dafür zu sorgen, daß die Regierungsmitglieder den Saal ohne Genehmigung nicht mehr verließen, sobald sie ihn betreten hatten. Und die Zugbrücke, die wieder hochgezogen würde, sobald alle eingetroffen waren, diente als weitere Garantie, daß niemand gelangweilt davonspazierte. Sarabian hatte seinen elenischen Freunden erklärt, daß der Imperiale Rat von Tamuli im Laufe der Jahrhunderte gewachsen war. Anfangs hatte er nur aus den Ministern bestanden. Dann hatten die Minister ihre Sekretäre mitgebracht und diese schließlich auch noch ihre Untersekretäre. Inzwischen war es bereits so weit gekommen, daß die Untersekretäre ihre Assistenten dabeihatten, und diese wiederum ihre Schreiber. Der Titel »Mitglied des Imperialen Rates« war so gut wie bedeutungslos geworden. Doch daß jeder fast jeden mitbringen konnte, war beinahe eine Garantie dafür, daß sämtliche Verräter innerhalb der Regierung sich in Ehlanas Burg einfinden würden. Die Königin von Elenien war so klug, sogar die Eitelkeiten ihrer Feinde als Waffe gegen sie zu nutzen.

»Nun?« erkundigte Ehlana sich nervös, als ihr Gemahl die königlichen Gemächer betrat. Die Königin von Elenien trug ein cremefarbenes Gewand mit Goldlaméborte und einen dunkelblauen, mit Hermelin verbrämten Samtumhang. Ihre Krone sah wie eine mit bunten Edelsteinen verzierte Spitzenhaube aus gehämmertem Gold aus. Doch Sperber hatte sie schon mehrmals in den Händen gehabt und wußte, daß ihr filigranes Aussehen trog: Die Spitzenhaube war fast so schwer wie die Staatskrone, die sicher in der königlichen Schatzkammer in Cimmura aufbewahrt wurde.

»Die ersten Gäste kommen bereits über die Zugbrücke«, berichtete Sperber. »Itagne begrüßt sie. Er kennt jeden von Rang und Namen in der Regierung. Deshalb kann er uns Bescheid geben, sobald alle in der Burg sind. Dann werden die Ritter die Zugbrücke wieder hochziehen.« Er blickte Kaiser Sarabian an, der vor einem Fenster stand und an einem Fingernagel kaute. »Es ist bald soweit, Majestät. Solltet Ihr Euch jetzt nicht umkleiden?«

»Der tamulische Umhang sollte dazu dienen, alle möglichen Mängel zu verbergen, also dürfte er auch meine westliche Kleidung verhüllen – *und* meinen Degen. Ich werde ihnen nicht unbewaffnet gegenübertreten!«

»Wir beschützen Euch, Sarabian«, versprach Ehlana.

»Das tue ich lieber selbst – Mutter.« Der Kaiser lachte plötzlich nervös. »Ein schlechter Witz vielleicht, aber es steckt viel Wahrheit darin. Ihr habt mich großgezogen, als ich noch ein politisches Wickelkind war, Ehlana. In dieser Hinsicht *seid* Ihr meine Mutter.«

»Solltet Ihr mich je Mami nennen, werde ich Euch keines Wortes mehr würdigen, Majestät.«

»Da würde ich mir lieber die Zunge abbeißen, Majestät.«

»Wie geht es jetzt weiter im Protokoll, Majestät?« wandte Sperber sich an Sarabian, nachdem sie durch den seitlichen Spalt des Türvorhangs in den Thronsaal gespäht hatten, der sich rasch füllte.

»Sobald alle anwesend sind, wird Subat die Versammlung für eröffnet erklären«, antwortete Sarabian. »Dann betrete ich den Saal – von Klängen begleitet, die man hier als Musik betrachtet.«

»Stragen hat dafür gesorgt, daß Euer großer Auftritt auch wirklich eindrucksvoll sein wird«, versicherte Ehlana. »Er hat den Fanfarentusch selbst komponiert.«

»Sind alle elenischen Diebe Künstler?« fragte Sarabian. »Talen malt, Stragen komponiert, und Caalador ist ein begnadeter Schauspieler.«

»Sieht tatsächlich so aus, als ziehen wir Talente nur so an.« Ehlana lächelte.

»Soll ich den Gästen erklären, weshalb sich so viele von uns auf dem Thronpodest befinden?« fragte Sarabian und warf einen Blick auf Mirtai und Engessa.

»Nein! Erklärungen werden als Schwäche betrachtet. Ich werde den Saal an Eurem Arm betreten und alle werden in Ehrfurcht erschauern.«

»Sie werden respektvoll vor Euch auf die Knie fallen, Ehlana.«

»Schon möglich.« Sie zuckte die Schultern. »Wenn sie sich erst wieder hochgeplagt haben, sitzen wir bereits auf unseren Thronen, mit unseren Leibwächtern um uns. Zu diesem Zeitpunkt übernehmt *Ihr* den Vorsitz. Laßt Subat gar nicht erst zu Wort kommen. Wir haben heute unsere eigene Tagesordnung und keine Zeit zuzuhören, wenn er über die Ernteaussicht auf der edomischen Ebene schwafelt. Wie fühlt Ihr Euch?«

»Nervös. Ich habe bisher noch nie eine Regierung abgesetzt.«

»Ich auch nicht. Das heißt – was ich in der Basilika von Chyrellos getan habe, als ich Dolmant zum Erzprälaten machte, kommt dem wohl ziemlich nahe.«

»Das hat sie doch nicht wirklich, Sperber, oder?«

»O doch, Majestät. Ganz ohne Hilfe! Sie war großartig!«

»Redet einfach unbeirrt drauflos, Majestät«, riet Ehlana ihm. »Falls Euch jemand unterbrechen will, brüllt ihn nieder. Versucht gar nicht erst, höflich zu sein. Das ist *Eure* Schau. Laßt Euch nicht zu Beschwichtigungen oder Wortgefechten hinreißen. Zeigt kalte Wut! Seid Ihr ein guter Redner?«

»Wahrscheinlich nicht. Man läßt mich nur selten öffentlich sprechen – bei den Abschlußfeiern an der Universität, zum Beispiel.«

»Sprecht langsam. Ihr redet gern zu schnell. Der Erfolg einer Rede hängt zur Hälfte vom Tonfall ab. Legt Pausen ein. Wechselt die Lautstärke von Schreien zu Flüstern. Seid dramatisch. Bietet ihnen eine gute Schau.«

Sarabian lachte. »Ihr seid eine Meisterin der Spiegelfechterei.«

»Gewiß. Darum geht's bei Politik doch – Schwindel, Betrug, Spiegelfechterei.«

»Das ist ja schrecklich!«

»Natürlich. Deshalb macht die Politik ja so viel Spaß.«

Der metallische Tusch der Fanfaren bei der Begrüßung jedes einzelnen Ministers hallte vom Gewölbe wider und erzielte die erwünschte Wirkung. Die Staatsbeamten in ihren seidenen Umhängen schienen von ihrer solcherart bestätigten, überragenden Gewichtigkeit sichtlich beeindruckt. Gemessenen, ja majestätischen Schrittes begaben sie sich mit ernster, selbstgefälliger Miene an ihre Plätze. Vor allem Pondia Subat, der Premierminister, war von sich selbst hellauf begeistert. Er saß würdevoll in einem nur für ihn aufgestellten, rotgepolsterten Sessel neben dem Thronpodest und blickte erhaben auf die übrigen Beamten hinunter, die sich ihre Plätze zu beiden Seiten des breiten Mittelgangs selbst ausgesucht hatten.

Finanzminister Gashon saß neben Teovin, dem Leiter der Geheimpolizei, inmitten einiger anderer Minister. Ein aufgeregtes Flüstern ging durch diese Reihe.

»Das ist wohl die Opposition«, bemerkte Ehlana. »Daß Teovin dazu gehört, wissen wir, und die anderen stecken bestimmt mehr oder weniger mit drin.« Sie drehte sich zu Talen um, der in seiner Pagenlivree mit Kniehose direkt hinter ihr stand. »Behalte besonders diese Gruppe ständig im Auge«, wies sie ihn an. »Ich möchte genau wissen, wie die einzelnen reagieren. Dann sollten wir das Maß ihrer Schuld zumindest in etwa abschätzen können.«

»Ja, meine Königin.«

Dann zeigte Itagne sich flüchtig an der schweren Flügeltür des Thronsaals und gab Ulath ein Zeichen, daß alle wichtigen Beamten eingetroffen waren.

Ulath, der neben dem Thronpodest stand, nickte und hob seine Ogerhorntrompete an die Lippen.

Als der barbarische tiefe, schmetternde Schall des Ogerhorns von den schimmernden Wänden widerhallte, schien der Saal plötzlich in entsetzter Stille einzufrieren. Die riesige Flügeltür schlug krachend zu, und zwei Ritter in Plattenpanzer – ein Cyriniker ganz in Weiß und ein Pandioner völlig in Schwarz – stellten sich davor.

Der Premierminister erhob sich.

Ulath schlug mit dem Kolben seiner mächtigen Axt dreimal auf den Boden und gebot Stillschweigen.

Der Kaiser zuckte zusammen.

»Was habt Ihr, Sarabian?« fragte Mirtai.

»Ritter Ulath hat soeben mehrere Fliesen zerbrochen.«

»Wir können sie mit Knochenstückchen ersetzen«, beruhigte Mirtai ihn. »Bis der Tag zu Ende ist, werden hier genügend davon herumliegen.«

»Dürfte ich den Rat bitten, zur Ordnung zu kommen!« rief Pondia Subat.

Wieder schlug Ulath auf den Boden.

Sperber schaute sich im Thronsaal um. Alle saßen auf ihren Plätzen. Sephrenia, in ihrer weißen styrischen Robe, saß mit Prinzessin Danae und Caalador an einer Seite des Thronsaals, Xanetia, ebenfalls in Weiß, hatte mit Kalten und Berit auf der anderen Seite Platz genommen, und Melidere saß mit den neun Kaisergemahlinnen auf einer kleinen Galerie. Die kluge Baroneß hatte behutsam freundschaftliche Bande zu Cieronna geknüpft, Sarabians erster Gemahlin, die aus einer der angesehendsten Familien Tamulis stammte und Mutter des Kronprinzen war. Diese Freundschaft war inzwischen so tief, daß Melidere in Begleitung der Kaiserinnen zu allen offiziellen Anlässen eingeladen wurde.

Diesmal diente ihre Anwesenheit jedoch einem ernsten Zweck. Sarabian hatte aus jedem der neun Königreiche eine Gemahlin, und es war durchaus möglich, daß einige von ihnen mit den Verschwörern gemeinsame Sache machten. Doch Sperber war fast sicher, daß die barbusige Valesianerin, Elysoun, keine politischen Interessen verfolgte, schon deshalb, weil sie gar keine Zeit dafür hatte. Gahenas, die teganische Gemahlin, eine durch und durch puritanische Dame, war vollkommen von ihrer persönlichen Tugend und ihrem standhaften Republikanismus erfüllt, so daß die Verschwörer vermutlich nie ihr Glück bei Gahenas versucht hatten. Torellia von Arjuna und Chacole von Cynesga dagegen kamen Sperber sehr verdächtig vor. Beide hatten gewissermaßen einen »persönlichen Hof« um sich geschart, zu dem viele Edle aus ihrer Heimat gehörten. Melidere hatte den Auftrag, auf diese beiden besonders zu achten, vor allem auf ungewöhnliche Reaktionen bei der Aufdeckung von Zalastas Doppelspiel.

Sperber seufzte. Es war alles so kompliziert! Freunde und Feinde sahen gleich aus. Auf längere Sicht betrachtet, würde Xanetias ungewöhnliche Gabe sich vermutlich als wertvoller erweisen als das Beistandsangebot einer ganzen Armee.

Vanion, der sich unauffällig zu den Rittern entlang der Wände gestellt hatte, griff nach seinem Visier, senkte es und hob es rasch wieder: Es war das Signal, daß alle ihre Mannen an Ort und Stelle waren. Stragen, der mit seinen Trompetern hinter dem Thronpodest stand, nickte bestätigend.

Dann beobachtete Sperber unauffällig Zalasta, den ahnungslosen Ehrengast. Der Styriker, dessen Augen verstört dreinblickten, saß unter den Ministern. Seine weiße Robe wirkte inmitten all der farbigen Seidenumhänge beinahe fehl am Platze. Ganz offensichtlich wußte Zalasta, daß etwas im Busch war; doch es war ebenso offensichtlich, daß er keine Ahnung hatte, um was es sich handelte. Das war doch wenigstens schon etwas. Zumindest schien niemand im inneren Kreis von den Verschwörern aufgestachelt worden zu sein. Verärgert schüttelte Sperber diesen Gedanken ab. Unter den gegebenen Umständen waren Wachsamkeit und ein bißchen Argwohn ganz normal – aber zuviel davon konnte in Verfolgungswahn ausarten. Sperber verzog das Gesicht. Noch ein solcher Tag, und er würde anfangen, sich selbst zu mißtrauen.

»Der Rat wird nun zur Ordnung gerufen!« erklärte Subat erneut.

Ulath zerschmetterte erneut ein paar Fliesen.

»Auf Befehl seiner Majestät, Kaiser Sarabian, wird der Rat zur Ordnung gerufen!«

»Großer Gott, Subat!« sagte Sarabian stöhnend und mehr zu sich selbst. »Soll Euretwegen der ganze Fußboden dran glauben?«

»Geehrte Anwesende – seine kaiserliche Majestät, Sarabian von Tamuli!«

Eine einzelne Fanfare schmetterte einen klaren Klang majestätisch anschwellender Töne. Dann stimmte eine zweite ein, die diesen Klang eine Oktave höher wiederholte, danach eine dritte eine weitere Oktave höher. Schließlich, in einem gewaltigen Crescendo, schlossen sich alle Musiker an und erfüllten den Saal mit klingendem Widerhall.

»Beeindruckend«, murmelte Sarabian. »Gehen wir jetzt rein?«

»Noch nicht«, hielt Ehlana ihn zurück. »Erst wenn die Musik sich ändert. Achtet auf meine Hand auf Eurem Arm. Laßt *mich* die Schrittfolge bestimmen. Und erschreckt nicht, wenn wir zu den Thronen kommen. Stragen hat eine ganze Blaskapelle verstreut im Saal versteckt. Der Höhepunkt wird ohrenbetäubend. Richtet Euch hoch auf, strafft die Schultern und blickt majestätisch drein. Versucht, wie ein Gott auszusehen!«

»Das macht Euch wohl großen Spaß, Ehlana?«

Sie grinste verschmitzt und zwinkerte ihm zu. »Ah!« sagte sie, »die Flöten hinten im Saal haben das Thema aufgenommen. Das ist unser Signal. – Viel Glück, mein Freund!« Sie hauchte ihm einen Kuß auf die Wange; dann legte sie ihm die Hand auf den Arm. Sie lauschte angespannt. »Eins!« murmelte sie. »Zwei.« Sie holte tief Atem. »Jetzt!«

Der Kaiser von Tamuli und die Königin von Elenien traten durch den Türbogen und schritten – während die Flöten am hinteren Saalende Stragens Hauptthema begleiteten, jetzt in Moll – majestätisch zu den goldenen Thronen, dicht gefolgt von Sperber, Mirtai, Engessa und Bevier. Talen, Alean und Itagne, der von seinem Lauf durch die Korridore noch ein wenig schnaufte, bildeten den Schluß.

Als die kaiserliche Gesellschaft die Throne erreichte, dirigierte Stragen, der seinen Degen als Taktstock benutzte, seinen verborgenen Musikern eine Wiederholung des Hauptthemas, diesmal in Fortissimo. Die Wirkung war überwältigend. Es war schwer zu sagen, ob die Ratsmitglieder sich aus Gewohnheit mit dem Gesicht zu Boden warfen oder ob dieser ungeheure Musikschwall sie niederschmetterte. Stragen schlug seinen Degen scharf zur Seite, und die Musik verstummte wie abgeschnitten. Nur noch das Echo hallte gespenstisch von den Wänden wider.

Pondia Subat erhob sich. »Möchte Eure Majestät ein paar Worte an die Anwesenden richten, ehe wir die Sitzung beginnen?« fragte er in fast beleidigend hochnäsigem Tonfall. Diese Frage war reine Formalität, ja, beinahe rituell.

»O ja, Wir glauben, das möchten Wir, Pondia Subat«, antwortete Sarabian und erhob sich wieder. »Wie freundlich von Euch, Uns zu ersuchen, alter Junge.«

Subat starrte ihn offenen Mundes ungläubig an. »Aber ...«

»Wolltet Ihr noch etwas sagen, Subat?«

»Das ist äußerst ungewöhnlich, Majestät!«

»Das wissen Wir. Aber es belebt die Sache, findet Ihr nicht? Wir haben heute noch einiges vor, Subat, also, fangen wir an!«

»Majestät hat sich nicht mit mir beraten. Wir können die Tagesordnungspunkte nicht besprechen, wenn ich sie nicht kenne ...«

»Setzt Euch, Subat!« befahl Sarabian scharf. »Ihr werdet den Mund halten, solange Wir Euch nicht zu reden erlauben!«

»Ihr könnt doch nicht ...«

»*Wir sagten, SETZT EUCH!*«

Jetzt schien Subat doch irgend etwas zu ahnen. Vor Angst zitternd, sank er auf seinen Platz.

»Euer Kopf sitzt nicht mehr sehr fest auf Euren Schultern, Herr Premierminister«, sagte Sarabian ominös, »und falls Ihr Uns anblickt und besagten Kopf auf falsche Weise schüttelt, könnte er leicht abfallen. Ihr habt Euch dicht am Rande des Hochverrats bewegt, Pondia Subat, und Wir sind mehr als nur ein wenig ergrimmt über Euch!«

Das Gesicht des Premierministers wurde kreidebleich.

Sarabian schritt mit finsterem Gesicht auf dem Podest auf und ab.

»Lieber Gott, mach, daß er stehenbleibt« flüsterte Ehlana. »Solange er wie eine Gazelle auf der Flucht herumläuft, kann er keine wirkungsvolle Rede halten!«

Da blieb der Kaiser vorn auf dem nicht sehr hohen Thronpodest stehen. »Wir haben nicht vor, Unsere Zeit mit Nichtigkeiten zu vergeuden, meine Herren«, erklärte er seiner Regierung brüsk. »Wir hatten eine Krise, und Wir verließen Uns darauf, daß Ihr sie meistert. Ihr habt versagt – wahrscheinlich, weil Ihr zu sehr mit Euren üblichen politischen Spielchen beschäftigt wart. Das Imperium hat Riesen gebraucht, was Geist und Charakter angeht, doch Wir hatten nur Zwerge zu Unseren Diensten. Dies erforderte, daß Wir Uns *selbst* mit der Krise befaßten. Und das, meine Herren, haben Wir während der vergangenen Monate getan. Ihr seid nicht mehr von Nutzen. Jetzt sind *Wir* die Regierung!«

Entrüstete Ausrufe erklangen aus den Reihen der Minister und ihrer Untergebenen.

»Er macht *zu schnell!*« flüsterte Ehlana. »Er hätte es viel spannender machen und langsam bis zum Höhepunkt darauf hin arbeiten sollen!«

»Sei nicht so kritisch«, rügte Sperber. »Schließlich ist es kein Theaterstück, sondern eine Rede. Laß sie ihn auf seine Weise halten!«

»Schweigt!« brüllte Sarabian in den Saal.

Die Ratsmitglieder achteten nicht darauf und brabbelten aufgeregt weiter. Da warf der Kaiser seinen Umhang zurück, und seine elenische Kleidung wurde sichtbar. Er zog seinen Degen. »Wir haben *Schweigen* geboten!« donnerte er.

Vollkommene Stille setzte ein.

»Den nächsten, der Uns unterbricht, heften Wir wie einen Schmetterling an die Wand!« warnte Sarabian und schwang seinen Degen durch die Luft. Das Sirren der Waffe klang bedrohlich. Er blickte seine eingeschüchterten Beamten an. »So ist es schon besser. Bleibt so!« Er setzte die Degenspitze leicht auf den Boden und verschränkte die Hände auf dem Knauf. »Unsere Familie hat sich Jahrhunderte darauf verlassen, daß die Ministerien sich der täglichen

Regierungsgeschäfte annehmen. Unser Vertrauen wurde offensichtlich mißbraucht. In Friedenszeiten habt Ihr Euer ohnehin geringes Arbeitspensum – gerade noch – bewältigt, aber sobald sich eine Krise ergab, seid Ihr herumgerannt wie Ameisen und wart mehr darauf bedacht, Euer Vermögen und Eure persönlichen Privilegien zu schützen, und Ihr habt Eure kleinlichen Rivalitäten innerhalb der Regierung ausgetragen, statt Euch um das Wohl des Imperiums zu sorgen – und *das*, meine Herren, scheint Ihr alle vergessen zu haben! Es ist *Unser* Imperium. Unsere Familie hat dieser Tatsache nicht viel Gewicht beigemessen, aber Wir finden, es ist an der Zeit, Euch daran zu erinnern! Ihr dient *Uns*! Ihr habt *Uns* zu achten und nicht auf persönlichen Vorteil.«

Alle Beamten starrten den Mann an, den sie stets als harmlosen Exzentriker betrachtet hatten. Sperber bemerkte eine Bewegung nahe der Mitte des Thronsaals. Er ließ den Blick zurück zur vorderen Reihe schweifen und stellte fest, daß Teovins Platz auffallend leer war. Der Leiter der Geheimpolizei war klüger und viel schneller als seine Kollegen und scherte sich in diesem Fall auch nicht um seine Würde: auf allen vieren kroch er hastig zum nächsten Ausgang. Finanzminister Gashon, der dürr, kreidebleich und mit aufgestellten Haaren neben Teovins leerem Stuhl saß, starrte Sarabian in panischer Angst an.

Sperber blickte rasch zu Vanion. Der Hochmeister nickte. Auch er hatte den kriechenden Geheimpolizisten bemerkt.

»Als Wir erkannten, daß Wir derart beschränkte Männer für die Verwaltung Unseres Imperiums gewählt hatten«, fuhr Sarabian fort, »wandten Wir Uns ratsuchend an Zalasta von Styrikum. Wenn es jemanden gibt, der für übernatürliche Dinge zuständig ist, dann ein Styriker. Zalasta riet, Uns mit der Bitte um Unterstützung an Erzprälat Dolmant von der Kirche von Chyrellos zu wenden und um direkte Hilfe durch Prinz Sperber zu ersuchen. Wir Tamuler sind stolz auf unseren Scharfsinn und unser hohes geistiges Niveau, aber Wir können Euch versichern, daß wir im Vergleich mit den Eleniern Kinder sind. Der Staatsbesuch Unserer teuren Schwester Ehlana diente der Verschleierung der Tatsache, daß wir ihren Gemahl, Ritter Sperber, hier benötigten. Königin Ehlana und Wir amüsierten uns damit, Euch zu täuschen – und wahrlich, Ihr wart leicht zu täuschen! –, während Prinz Sperber und seine Gefährten die Wurzeln des Aufruhrs hier in Tamuli suchten. Wie erwartet, reagierten unsere Feinde darauf.«

An einer der Seitentüren kam es zu einer flüchtigen, kaum wahrnehmbaren Störung. Vanion und Khalad hinderten den Leiter der Geheimpolizei mit großer Entschiedenheit daran, den Saal zu verlassen.

»Habt Ihr irgendwo eine dringende Verabredung, Teovin?« fragte Sarabian spöttisch.

Teovin starrte seinen Kaiser wütend und mit unverhohlenem Haß an.

»Solltet Ihr unzufrieden mit Uns sein, Teovin, sind Wir nur zu gern bereit, Euch Satisfaktion zu geben.« Sarabian schwang unmißverständlich seinen Degen. »Bitte kehrt auf Euren Platz zurück. Unsere Sekundanten werden sich nach Beendigung dieser Sitzung an Euch wenden.«

Vanion faßte den Leiter der Geheimpolizei unsanft am Arm und deutete auf den leeren Platz, dann setzte er ihn mit einem derben Stoß in Bewegung.

»Diese langatmige Einführung beginnt Uns zu langweilen«, erklärte Sarabian. »Also möchten Wir zur Sache kommen. Der versuchte Staatsstreich hier in Matherion war die unmittelbare Reaktion auf Ritter Sperbers Ankunft. Die verschiedenen Unruhen, welche die Ataner in den vergangenen Jahren von einem Ende des Kontinents zum anderen hetzten, hatten eine einzige Ursache. Wir haben einen ganz persönlichen Feind, und er hat eine gewaltige Verschwörung angezettelt mit dem Zweck, die Regierung zu stürzen und Uns den Thron zu entreißen. Und er fand unter Unseren angeblich so treuen Dienern viele bereitwillige Helfer.«

Einige Würdenträger rissen erstaunt den Mund auf, andere wirkten schuldbewußt.

»Hört gut zu, meine Herren«, wies Sarabian sie an. »Nun wird es interessant. Viele von Euch haben sich über das lange Fortbleiben von Innenminister Kolata gewundert. Wir sind überzeugt, Ihr werdet erfreut sein zu hören, daß Kolata jetzt wieder bei uns ist.«

Sarabian drehte sich zu Ulath um. »Hättet Ihr die Güte, Herr Ritter, den Innenminister nun hereinzubitten?«

Ulath verbeugte sich, und Kalten erhob sich von seinem Platz, um ihn zu begleiten.

»Als Dienstherr der Polizeikräfte des gesamten Imperiums weiß Minister Kolata einiges über diese Machenschaften«, erklärte der Kaiser. »Wir sind überzeugt, seine Analyse wird uns manche Aufschlüsse über die derzeitige Lage geben.«

Kalten und Ulath kehrten mit dem aschfahlen Innenminister in ihrer Mitte zurück. Doch nicht der bejammernswerte Zustand Kolatas war der Grund für die bestürzten Aufschreie der anderen Beamten, sondern die Tatsache, daß der Leiter der Polizei sich in Ketten dahinschleppte.

Kaiser Sarabian blieb ungerührt, während die Regierungsbeamten laut protestierten. »Na, wie mache ich mich, Ehlana?« fragte er kaum hörbar aus den Mundwinkeln.

»Ich wäre es anders angegangen«, antwortete sie, »aber das ist eine Sache des persönlichen Stils. Ich gebe Euch eine vollständige Kritik, wenn alles vorbei ist.« Sie blickte auf die Beamten, die allesamt aufgesprungen waren und erregt durcheinanderriefen. »Duldet das nicht zu lange. Erinnert sie, wer hier das Sagen hat. Und mit allem Nachdruck!«

»Jawohl, Mutter.« Er lächelte. Dann blickte er auf seine Regierung und holte tief Luft. »Ruhe!« brüllte er schallend.

Alle verstummten erschrocken.

»Wir dulden keine weitere Störung!« warnte Sarabian. »Die Regeln haben sich geändert, meine Herren! Wir werden keine feine Lebensart mehr vortäuschen. Wir befehlen Euch, was Ihr zu tun habt, und Ihr werdet es tun! Wir wollen Euch nur daran erinnern, daß Ihr nicht nur nach Unserem Belieben dient, sondern auch nur nach Unserem Belieben am Leben bleiben werdet. Der Innenminister hat sich des Hochverrats schuldig gemacht. Ihr werdet bemerkt haben, daß es keine Verhandlung gab. Kolata ist schuldig, weil Wir sagen, daß er schuldig *ist*!« Sarabian machte eine Pause, als ihm neuerlich etwas bewußt wurde. »Unsere Macht in Tamuli ist uneingeschränkt. *Wir* sind die Regierung, und *Wir* sind das Gesetz. Wir werden Kolata nun eingehend befragen. Achtet auf seine Antworten, meine Herren. Eure Stellung in der Regierung – ja, Euer Leben – mag von seiner Aussage abhängen. Außenminister Oscagne wird nun Kolata vernehmen. Nicht, was seine Schuld betrifft – sie ist bereits bewiesen –, sondern wer in die Verschwörung verwickelt ist und inwieweit. Wir werden dieser Sache ein für allemal auf den Grund gehen. Ihr dürft beginnen, Oscagne.«

»Jawohl, Majestät.« Oscagne erhob sich und blieb einen Augenblick tief in Gedanken versunken, während Sarabian sich wieder setzte. Oscagne trug einen schwarzen Seidenumhang; die Farbe hatte er mit voller Absicht gewählt. Zwar waren schwarze Umhänge selten, aber nicht völlig ungewohnt. Richter und Staatsanwälte trugen *immer* Schwarz. Die düstere Farbe betonte das ohnehin schon blasse Gesicht des Außenministers. Dadurch wirkte seine Miene noch grimmiger.

Khalad brachte einen schlichten hölzernen Hocker herbei und stellte ihn vor das Thronpodest. Kalten und Ulath führten den Innenminister heran und setzten ihn ohne Umstände auf den Hocker.

»Versteht Ihr, worum es hier geht?« fragte Oscagne den Strafgefangenen.

»Ihr habt kein Recht, mich zu befragen, Oscagne!« entgegnete Kolata schnell.

»Brich ihm die Finger, Khalad!« befahl Sperber, der unmittelbar hinter Ehlanas Thron stand.

»Jawohl, Hoheit. Wie viele?«

»Zuerst einen oder zwei. Dann jedesmal einen, wenn er über Oscagnes Rechte – oder seine – zu reden beginnt.«

»Jawohl, Hoheit.« Khalad packte nach dem Handgelenk des Innenministers.

»Aufhören! Aufhören!!« quiekte Kolata voller Angst. »Laßt es nicht zu!«

»Kalten, Ulath«, befahl Sperber nun, »tötet den ersten, der sich zu rühren wagt!«

Kalten zog sein Schwert, Ulath hob seine Axt.

»Da seht Ihr, wie es ist, alter Junge«, sagte Oscagne zu dem Zitternden auf dem Hocker. »Besonders beliebt wart Ihr nie, und Prinz Sperbers Befehl hat auch den letzten Funken Zuneigung gelöscht, den möglichwerweise jemand hier für Euch empfunden haben mochte. Ihr *werdet* reden, Kolata. Früher oder später werdet Ihr reden. Ihr könnt Euch die Schmerzen ersparen, wenn Ihr meine Fragen gleich beantwortet – denn beantworten *werdet* Ihr sie, so oder so.« Oscagnes Miene war unerbittlich.

»Sie werden mich töten, Oscagne!« rief Kolata mit flehender Stimme. »Sie werden mich töten, wenn ich rede!«

»Dann befindet Ihr Euch in einer schwierigen Lage, Kolata, denn wenn Ihr nicht redet, werden *wir* Euch töten. Ihr bekommt Eure Befehle von Cyrgon, nicht wahr?«

»Cyrgon? Lächerlich! Cyrgon ist nur ein Mythos!«

»Ach, wirklich?« Oscagne musterte ihn voll Verachtung. »Spielt nicht den Dummen, Kolata. Soviel Geduld habe ich nicht. Ihr habt Eure Anweisungen von der cynesganischen Botschaft bekommen, stimmt's? Und meist hat ein Mann namens Krager sie übermittelt.«

Kolata starrte ihn mit offenem Mund an.

»Macht den Mund zu, Kolata, denn so seht Ihr aus wie ein Schwachsinniger! Wir wissen bereits sehr viel über Euren Hochverrat. Jetzt möchten wir nur noch ein paar Einzelheiten von Euch hören. Es begann damit, daß jemand sich an Euch wandte, dem Euer volles Vertrauen galt und für den Ihr wahrscheinlich große Hochachtung empfunden habt. Das schließt Cynesganer aus. Tamuler empfinden für Cynesganer ausschließlich Verachtung. Wenn wir nach unserem charakteristischen Selbstwertgefühl gehen, schließt das auch Arjuner oder jedwede Elenier von einem der westlichen Reiche aus. Es kommen also lediglich ein weiterer Tamuler oder möglicherweise ein Ataner in Frage – oder ...« Oscagnes Augen weiteten sich plötzlich und er wirkte wie vom Donner gerührt. »Oder ein *Styriker!*«

»Lächerlich!« protestierte Kolata schwach. Doch seine Blicke schossen wild dahin und dorthin, wie die eines Mannes, der verzweifelt ein Versteck sucht.

Sperber warf einen prüfenden Blick auf Zalasta. Das Gesicht des Magiers war totenbleich, doch seine Augen verrieten, daß er sich noch in der Gewalt hatte. Es gehörte ein wenig mehr dazu, ihn vollends aus der Fassung zu bringen. Der große Pandioner legte die Linke um seinen Schwertgriff und gab Oscagne auf diese Weise das vereinbarte Zeichen.

»Sieht so aus, als kämen wir nicht weiter, alter Junge.« Oscagne tat, als erholte er sich von seiner Überraschung. »Ich fürchte, Ihr braucht ein bißchen Nachhilfe.« Er drehte sich um und blickte Xanetia an. »Hättet Ihr die Güte, Anarae? Unser geschätzter Innenminister möchte sein Wissen nicht mit uns teilen. Könntet Ihr wohl seine Meinung ändern? Was meint Ihr?«

»Ich kann es versuchen, Oscagne von Matherion.« Xanetia erhob sich, durchquerte den Saal und näherte sich dem Gefangenen aus irgendeinem Grund von jener Seite, auf der Sephrenia saß, statt von der, auf der sie selbst gesessen hatte. »Ihr habt Angst, Kolata von Matherion«, sagte sie ernst, »und Eure Furcht macht Euch tapfer. Denn Ihr seid der Meinung, daß jene, die Euren Körper gefangenhalten, Euch vielleicht großen Schmerz zufügen werden – doch jener, der Eure Seele in Ketten hält, noch viel größeren. Jetzt aber werdet Ihr mit noch schlimmerer Furcht ringen müssen. Seht *mich* an, Kolata von Matherion, und erzittert! Denn nun werdet Ihr von der größten Angst erfüllt, die Ihr je empfunden habt. Werdet Ihr reden, offen und ehrlich?«

»Ich *kann nicht!*« wimmerte Kolata.

»Dann seid Ihr verloren. Schaut mich in meiner wahren Gestalt und überlegt Eure Entscheidung gut! Denn ich bin der Tod, Kolata von Matherion, der Tod, wie Ihr ihn Euch in den quälendsten Alpträumen nicht schlimmer vorstellen könntet.« Allmählich, ganz langsam, wich die Farbe von ihr. Das Leuchten aus ihrem Innern war anfangs nur schwach, doch es wurde heller und heller, während sie ihn mit tiefer Trauer in den Augen anblickte.

Kolata schrie.

Die anderen Beamten taumelten mit entsetzten Mienen auf die Beine und ihre brabbelnden Stimmen klangen schrill.

»*Setzt euch!*« brüllte Sarabian sie an, »*und haltet den Mund!*«

Einige gehorchten eingeschüchtert. Die Angst der meisten war jedoch zu groß. Sie wichen immer weiter vor Xanetia zurück und schrien gellend.

»Hochmeister Vanion«, rief Sarabian über den Lärm hinweg, »würdet Ihr die Güte haben, wieder Ordnung herzustellen?«

»Wie Ihr befehlt, Majestät.« Vanion klappte sein Visier zu, zog sein Schwert aus der Scheide und hob den Schild. »Zieht das Schwert!« befahl er mit gewaltiger Stimme. Ein stählernes Scharren war zu hören, als die Ordensritter den Befehl befolgten. »Vorwärts!« befahl Vanion.

Die entlang den Wänden postierten Ritter marschierten mit gezückten Schwertern rasselnd vorwärts, auf die zutiefst verängstigten Beamten zu. Vanion streckte den gerüsteten Arm aus und tippte die Schwertspitze auf die Kehle des Premierministers. »Der Kaiser hat Euch befohlen, Euch zu setzen, Pondia Subat. Also tut es! *SOFORT!*«

Der Premierminister sackte auf seinen Stuhl und hatte plötzlich mehr Angst vor Vanion als vor Xanetia.

Zwei Mitglieder des Rates mußten erst gefangen und mit Gewalt an ihre Plätzen zurückgebracht werden. Einer, ein ziemlich sportlicher Bursche – der Minister für staatliche Bauvorhaben, glaubte Sperber –, war nur durch die Drohung mit Khalads Armbrust zu bewegen, vom Vorhang herunterzukommen, den er in seiner Panik hinaufgeklettert war. Die Ordnung wurde wiederhergestellt. Als die Ratsmitglieder an ihre Plätze zurückgekehrt waren – oder vielmehr zurückgebracht worden waren –, wurde der Finanzminister zusammengekrümmt auf dem Boden entdeckt. Seine Augen blickten tot und leer, und aus seinem leicht geöffneten Mund trat gelblicher Schaum. Vanion untersuchte die Leiche nur oberflächlich. »Gift«, stellte er fest. »Er scheint es selbst genommen zu haben.«

Ehlana lief ein Schauder über den Rücken.

»Habt die Güte, Anarae«, sagte Sarabian zu Xanetia, »Eure Befragung fortzusetzen.«

»Wie Ihr wünscht, Majestät«, antwortete sie mit ihrer seltsam hallenden Stimme und wandte sich wieder Kolata zu. »Werdet Ihr nun offen und ehrlich sprechen, Kolata von Matherion?«

Von Grauen gepackt, wich er vor ihr zurück.

»So sei es denn.« Sie streckte eine Hand aus und ging auf ihn zu. »Ich bin vom Fluch Edaemus' gezeichnet«, warnte sie. »Er wird sich auf Euch übertragen. Vielleicht werdet Ihr Euer Schweigen bedauern, wenn Euer Fleisch zu verwesen und wie Wachs von Euren Knochen zu schmelzen beginnt. Noch habt Ihr die Wahl, Kolata von Matherion. Redet oder sterbt. Wer war es, der Euch die Treue zu Eurem Kaiser gestohlen hat?« Ihre Hand, die gewiß tödlicher war als Vanions Schwert, befand sich bereits dicht vor Kolatas aschgrauem Gesicht.

»Nein!« schrillte er. »Aufhören! Ich sage es Euch!«

Die Wolke erschien urplötzlich in der Luft über dem zitternden Minister, doch Sperber war bereit. Halb versteckt hinter Ehlanas Thron, hatte er seinen stählernen Handschuh abgenommen und verstohlen die Saphirrose aus ihrer Schatulle geholt. »Blaurose!« sagte er scharf. »Vernichte die Wolke!«

Bhelliom erbebte in seiner Hand, und der dichte, beinahe feststofflich wirkende Fleck tiefster Finsternis zerriß. Die Fetzen peitschten wie ein Banner am Flaggenmast im Wirbelsturm. Dann flatterten sie davon und waren nicht mehr zu sehen.

Als der Zauber brach, schmetterte die Gewalt Zalasta auf seinem Stuhl zurück. Halb kam er wieder hoch, fiel jedoch sofort erneut zurück. Er wand sich, krümmte sich und stöhnte, als die spitzen Scherben seines zerbrochenen Zaubers nach ihm krallten. Sein Stuhl kippte um, und er zuckte auf dem Boden wie bei einem schrecklichen Anfall von Fallsucht.

»*Er* war es!« kreischte Kolata und zeigte mit zitternder Hand auf Zalasta. »Er hat mich dazu gezwungen!«

Sephrenia hatte zwar versucht, ihren Aufschrei zu unterdrücken, doch er war trotzdem zu hören. Sie war auf ihrem Stuhl zusammengesunken, beinahe so mitgenommen wie Zalasta selbst. Ihre Augen verrieten Unglauben und Entsetzen. Danae redete auf sie ein und nahm das Gesicht ihrer Schwester fest in die kleinen Hände.

»Seid verflucht, Sperber!« Die Worte quälten sich wie ein raspelndes Krächzen über die Lippen Zalastas, der sich mit Hilfe seines Stabes auf die Füße plagte. Sein Gesicht war verzerrt vor Haß und Wut. »Du bist *mein*, Sephrenia! *Mein!*« heulte er. »Seit einer Ewigkeit verlangt es mich nach dir, doch ich mußte zusehen, wie deine diebische Gossengöttin dich mir wegnahm! Aber damit ist Schluß! Für immer verbanne ich nun die Kindgöttin und ihre Macht über dich!« Sein tödlicher Stab wirbelte herum und zeigte auf Aphrael. »Stirb!« kreischte er.

Ohne zu überlegen schlang Sephrenia die Arme um Sperbers Tochter und drehte sich rasch auf dem Stuhl. So schirmte sie das kleine Mädchen mit ihrem Körper ab, bereit sich für sie zu opfern.

Sperbers Herz erstarrte, als ein Feuerball aus der Stabspitze schoß.

»Nein!« brüllte Vanion und wollte herbeizustürzen.

Doch Xanetia war bereits zur Stelle. Ihr Entschluß, sich Kolata von Sephrenias Seite her zu nähern, war offenbar von den Gedanken beeinflußt gewesen, die sie in Zalastas Geist gelesen hatte. Xanetia hatte sich mit voller Absicht so gestellt, daß sie ihre Feindin beschützen konnte. Furchtlos stellte sie sich dem besessenen Styriker. Die knisternde Feuerkugel, angefüllt mit Zalastas seit Jahrhunderten aufgestautem Haß, zischte durch den jetzt totenstillen Thronsaal.

Xanetia streckte einen Arm aus, und die flammende Kugel ließ sich auf ihrem Handteller nieder wie ein heimkehrender, zahmer Vogel. Mit dem Hauch eines Lächelns auf den Lippen schlossen sich die Finger der Delphae um Zalastas geballten Haß. Einen Herzschlag lang züngelten weißglühende Flammen zwischen den bleichen Fingern hervor, dann nahm Xanetia diesen feurigen Todesboten in sich auf, und das Licht in ihrem Innern verzehrte ihn völlig. »Was nun, Zalasta von Styrikum?« fragte sie den vor Wut rasenden Magier. »Was wollt Ihr jetzt tun? Wollt Ihr mich zum Streit fordern? Oder wollt Ihr wie der elende Hund, der Ihr seid, den Schwanz einziehen und vor meinem Zorn fliehen? Denn ich kenne Euch! *Eure* giftige Zunge war es, die meiner Schwester Herz gegen mich wandte. Erfüllt Sephrenias Ohren nicht mehr mit Euren abscheulichen Verleumdungen. Geht! Ich banne Euch!«

Zalasta heulte, und aus diesem Heulen sprach ein lebenslanges, ungestilltes Verlangen und tiefste Verzweiflung.

Dann verschwand er.

20

Kaiser Sarabians Blick wirkte seltsam abwesend, als er auf das Chaos schaute, das dereinst seine Regierung gewesen war. Einige Beamte befanden sich offenbar unter Schock; andere liefen ziellos und brabbelnd umher. Mehrere hatten sich vor die große Flügeltür gedrängt und beschworen die Ritter, sie hinauszulassen.

Oscagne näherte sich mit diplomatisch unbewegtem Gesicht dem Thronpodest. »Überraschende Wendung der Dinge«, bemerkte er, als spräche er von einem unerwarteten Sommergewitter. Er strich seinen schwarzen Umhang glatt und sah nun mehr denn je wie ein Richter aus.

»Ja«, erwiderte Sarabian, noch immer mit nachdenklichem Blick. »Aber ich glaube, das könnten wir nutzen. – Sperber, ist das Verlies im Keller bezugsfertig?«

»O ja, Majestät. Es ist richtig schön ungemütlich, und der Baumeister war in allem peinlich genau.«

»Gut.«

»Was schwebt Euch vor, Sarabian?« fragte Ehlana.

Er grinste sie mit plötzlich fast jungenhaftem Gesicht an. »Verrat' ich Euch nicht, Schätzchen«, ahmte er Caalador nach. »Ich möcht' doch die Überraschung nich' verderben.«

»Bitte, Sarabian.« Sie seufzte.

»Ihr braucht bloß aufzupassen, Königin. Ich möchte selbst einen kleinen Coup veranstalten.«

»Ihr strapaziert meine Geduld, Sarabian!«

»Liebt Ihr mich denn nicht mehr, Mutter?« Seine Stimme klang aufgeregt und begeistert zugleich.

»Männer!« Ehlana rollte die Augen himmelwärts.

»Ihr braucht Euch bloß nach mir zu richten, meine Freunde«, sagte der Kaiser. »Wollen doch mal sehen, wie gut ich meine Lektionen gelernt habe.« Er erhob sich. »Hochmeister Vanion!« rief er. »Hättet Ihr die Güte, Unsere Gäste zu ihren Plätzen zurückzugeleiten?«

»Jawohl, Majestät.« Vanion, dem Zalastas Verrat bekannt gewesen war, hatte alles unter Kontrolle. Er brüllte ein paar knappe Befehle, und die Ordensritter führten die bestürzten Beamten zu ihren Stühlen zurück.

»Was hat Zalasta getan?« flüsterte Ehlana ihrem Gemahl angespannt zu. »Warum wollte er Danae angreifen?«

Sperber hatte sich bereits eine Erklärung einfallen lassen. »Das war gar nicht seine Absicht, Liebes. Er wollte Aphrael etwas antun. Hast du sie denn nicht gesehen? Sie stand doch direkt neben Sephrenia!«

»*Wirklich?*«

»Ja, wirklich. Ich dachte, alle würden sie sehen, aber vielleicht konnten es nur Zalasta und ich. Warum, glaubst du, ist er so schnell verschwunden? Aphrael war nahe daran, ihm das Herz aus dem Leib zu reißen und es vor seinen Augen zu verzehren.«

Ehlana schauderte.

Kaiser Sarabian stellte sich wieder an den vorderen Rand des Podests. »Kommen wir zur Ordnung, meine Herren«, befahl er. »Wir sind hier noch nicht fertig. Wir nehmen an, daß Euch die Aufdeckung von Zalastas *wahrer* Einstellung überrascht hat – einige von Euch, jedenfalls. Wir sind von Euch enttäuscht, meine Herren! Von den meisten ihrer Blindheit wegen, von den übrigen, weil sie an Unserer Fähigkeit zweifelten, Zalasta – und Euch – zu durchschauen, als wäret Ihr Glasscheiben. Einige von Euch sind Hochverräter, die anderen sind lediglich strohdumm. In Unseren Diensten können Wir weder die einen noch die anderen brauchen. Es ist Uns ein ganz besonderes Vergnügen zu verkünden, daß heute bei Sonnenaufgang die atanischen Garnisonen in ganz Tamuli ausgerückt sind und *sämtliche* höheren kaiserlichen Beamten durch Offiziere aus ihren eigenen Reihen ersetzt haben. Von Matherion abgesehen, ist über das gesamte Imperium der Ausnahmezustand verhängt.«

Die Beamten starrten ihn an.

»Atan Engessa!« rief Sarabian.

»Sarabian-Kaiser?«

»Wir wollen doch keine Ausnahme von der Regel, nicht wahr? Also bringt Eure Ataner in die Stadt und übernehmt Matherion.«

Engessa grinste breit. »Jawohl, Sarabian-Kaiser!«

»Seid streng, Engessa. Zeigt Unseren Untertanen Unsere stählerne Faust!«

»Wie Ihr befehlt, Sarabian-Kaiser.«

Als der riesenhafte Ataner zur Tür marschierte, murmelte Sarabian laut genug, daß die Beamten es hören konnten: »Braver Kerl.«

»Majestät!« protestierte Pondia Subat schwach und richtete sich halb auf.

Der Kaiser bedachte ihn mit einem eisigen Blick. »Wir sind jetzt beschäftigt, Subat«, wies er ihn zurecht. »Wir beide werden uns später ausführlich unterhalten. Wir sind sicher, Wir werden Euren Erklärungen aufmerksam lauschen, wie das alles vor Eurer Nase passieren konnte, ohne daß es auch nur Eure endlosen Nickerchen störte. Und jetzt setzt Euch wieder und haltet den Mund!«

Der Premierminister starrte Sarabian fassungslos an und sank auf seinen Stuhl zurück.

»Ganz Tamuli befindet sich nun im Ausnahmezustand«, wandte der Kaiser sich an seine Beamten. »Da Ihr so erbärmlich versagt habt, sahen Wir uns gezwungen, einzugreifen und das Ruder zu übernehmen. Das macht Euch überflüssig, und deshalb seid Ihr alle entlassen!«

Entsetzte Aufschreie und lautes Wimmern waren zu vernehmen. Einige Beamte – jene, die ihr Amt am längsten innehatten und am meisten von ihrem beinahe göttlichen Status überzeugt waren – protestierten sogar.

»*Außerdem*«, übertönte Sarabian ihre Einwände, »ist jeder einzelne von Euch seit Zalastas Verrat verdächtig. Und wenn Wir nicht allen trauen können, dann müssen Wir allen *mißtrauen*. Wir möchten, daß Ihr heute nacht in Euch geht, meine Herren, denn morgen werden Wir Euch befragen, und Wir wollen die Wahrheit und nichts als die Wahrheit von Euch hören. Wir haben keine Zeit für Lügen oder Ausreden oder Versuche, Euch reinzuwaschen. Wir können Euch nur empfehlen, frei herauszureden. Weitere Lügen oder Ausreden werden *sehr* böse Folgen nach sich ziehen.«

Ulath holte einen kleinen Schleifstein aus seinem Gürtel und zog ihn bedächtig über die Schneide seiner Axtklinge. Es verursachte jene Art von schrillem Geräusch, die einem durch Mark und Bein geht.

»Als Beweis Unseres Wohlwollens«, fuhr Sarabian fort, »haben Wir Vorsorge getroffen, Euch alle heute nacht hier unterzubringen, und zwar so, daß ein jeder die nötige Ruhe haben wird, über sein bisheriges Leben nachzudenken, um dann morgen sämtliche Fragen ausführlich zu beantworten. – Hochmeister Vanion, seid so gut und geleitet mit Euren Rittern Unsere Gäste hinunter in ihre Quartiere in den Verliesen.«

»Jawohl, Majestät.« Vanion schlug in militärischem Gruß die gerüstete Faust auf die Brust seines Plattenpanzers.

Ehlana hielt ihn kurz zurück. »Äh, Hochmeister Vanion ...«

»Jawohl, meine Königin?«

»Vielleicht solltet Ihr unsere Gäste durchsuchen, ehe Ihr sie zu Bett bringt. Wir möchten doch nicht, daß sich noch weitere zufällig selbst Schmerz zufügen, wie der Finanzminister es getan hat, nicht wahr?«

»Großartiger Gedanke, Majestät«, stimmte Sarabian bei. »Nehmt ihnen ihr ganzes Spielzeug weg, Hochmeister Vanion. Sie sollen durch nichts abgelenkt werden.« Er machte eine kurze Pause. »Wir glauben, Hochmeister Vanion, daß Unsere Gäste sich ein wenig besser konzentrieren können, wenn sie etwas Greifbares um sich haben, das ihnen ihre Lage deutlich klarmacht. Uns deucht, Wir lasen einmal darüber, daß die Gefangenen in elenischen Kerkern eine Art Uniform tragen. Haben Wir da richtig gelesen?«

»Das habt Ihr, Majestät«, bestätigte Vanion mit unbewegtem Gesicht. »Es ist ein ärmelloser Kittel aus grauem Rupfen mit einem roten Streifen, der senkrecht auf den Rücken gemalt wird, damit die Betreffenden im Falle einer Flucht als entsprungene Gefangene erkannt werden.«

»Meint Ihr, es ließe sich dergleichen für Unsere Gäste finden?«

»Wenn nicht, lassen wir uns etwas einfallen, Majestät.«

»Großartig, Hochmeister Vanion. Und nehmt ihnen ihr Geschmeide ab. Gold und Edelsteine geben einem das Gefühl, jemand von Bedeutung zu sein, und Wir möchten jedem von ihnen klar zu verstehen geben, daß sie nicht mehr als Geschmeiß sind. Vielleicht solltet Ihr dennoch für ihr leibliches Wohl sorgen. Was ist die übliche Verköstigung in elenischen Verliesen?«

»Brot und Wasser, Majestät. Hin und wieder Haferschleim.«

»Das erscheint mir angemessen. Schafft sie hinaus, Vanion. Schon ihr Anblick erweckt Übelkeit in Uns.«

Wieder brüllte Vanion einige Befehle, und die Ritter schritten auf die einstigen Regierungsbeamten zu.

Jeder von ihnen erhielt eine Ehrenwache, die ihn zu den Verliesen geleitete – und in manchen Fällen eher schleppte.

»Äh, Teovin, bleibt noch einen Augenblick hier«, wandte der Kaiser sich höflich an den ehemaligen Leiter der Geheimpolizei. »War da nicht noch was, das Ihr Uns sagen wolltet?«

»Nein, Majestät«, antwortete Teovin mißmutig.

»Kommt schon, alter Junge. Seid nicht schüchtern. Wir sind doch alle Freunde hier. Falls Ihr Euch durch irgend etwas gekränkt fühlt, dann frei heraus damit! Durchlaucht Stragen wird Euch gern seinen

Degen zur Verfügung stellen, dann können wir die Dinge diskutieren. Wir sind überzeugt, Ihr werdet Unsere Ausführungen sehr treffend finden.« Sarabian ließ seinen Umhang auf den Boden gleiten. Mit eisigem Lächeln zog er seinen Degen. »Nun?«

»Es wäre Hochverrat, würde ich mich Eurer Majestät mit einer Waffe nähern«, murmelte Teovin.

»Großer Gott, Teovin, weshalb sollte Euch *das* kümmern? Ihr begeht bereits seit einigen Jahren Hochverrat; da dürften Euch doch ein paar kleine Formfehler nichts ausmachen. Nehmt den Degen, Mann, und stellt Euch Uns ausnahmsweise einmal offen. Wir werden Euch eine Fechtstunde geben, die Ihr für den Rest Eures Lebens – der allerdings nur noch sehr, sehr kurz sein wird – nicht vergeßt.«

»Ich werde die Hand nicht gegen meinen Kaiser erheben!« erklärte Teovin verzweifelt.

»Wie bedauerlich. Wir sind wirklich enttäuscht von Euch, alter Junge. Ihr dürft gehen!«

Vanion packte den Mann am Arm und zerrte ihn aus dem Saal.

Der Kaiser von Tamuli hob begeistert den Degen über den Kopf, stellte sich auf die Zehenspitzen und drehte sich in einer stolzen Pirouette. Dann streckte er ein Bein nach vorn, schwang den Degen zur Seite und machte einen eleganten Kratzfuß vor Ehlana. »Und *so*, liebe Mutter, setzt man eine Regierung ab.«

»Nein, erhabene Sephrenia«, sagte Ehlana eine halbe Stunde später unerbittlich, nachdem die Gefährten wieder im blauen Salon zusammengekommen waren. »Ich kann Euch *nicht* gestatten, Euch zurückzuziehen. Ihr seid Mitglied des Königlichen Rates von Elenien, und wir brauchen Euch.«

Sephrenias bleiches, tieftrauriges Gesicht erstarrte. »Wie Ihr befehlt, Majestät.«

»Faßt Euch, Sephrenia! Das ist ein Notfall. Für persönliche Gefühle ist jetzt keine Zeit. Zalasta hat uns alle betrogen, nicht bloß Euch! Jetzt müssen wir versuchen, den Schaden so gering wie möglich zu halten.«

»Du bist nicht fair, Mutter«, sagte Danae anklagend.

»Ich versuche auch gar nicht, fair zu sein. Du wirst eines Tages Königin, Danae. Setz dich, halt den Mund und lerne!«

Danae blinzelte erstaunt. Dann schob sie das Kinn vor und machte einen Knicks. »Jawohl, Majestät.«

»So ist es besser. Ich werde schon noch eine Königin aus dir machen. – Ritter Bevier!«

»Jawohl, Majestät.«

»Weist Eure Cyriniker an, die Katapulte zu bemannen. Vanion, schickt die übrigen Ritter auf die Brustwehr und laßt sie Pech sieden. Zalasta ist irgendwo da draußen. Er hat seine Selbstbeherrschung völlig verloren, und wir wissen nicht, über welche Kräfte er verfügt. In seinem derzeitigen Zustand ist er zu allem fähig – also seid bereit, vorsichtshalber!«

»Ihr hört Euch an wie ein Feldmarschall, Ehlana«, sagte Sarabian.

»Ich bin Feldmarschall«, antwortete sie abwesend. »Es ist einer meiner Titel. – Sperber, vermag Bhelliom alle Zauber unwirksam zu machen, die Zalasta gegen uns einsetzen könnte?«

»Mühelos, meine Königin. Ich glaube aber nicht, daß Zalasta versuchen wird, etwas gegen uns zu unternehmen. Du hast selbst gesehen, was mit ihm geschah, als Bhelliom seine magische Wolke auflöste. Es ist äußerst schmerzhaft für den Magier, wenn einer seiner Zauber gebrochen wird. Sephrenia kennt Zalasta besser als ich. Sie kann dir sagen, ob er verzweifelt genug ist, noch einmal ein solches Risiko einzugehen.«

»Nun, Sephrenia?« fragte Ehlana.

»Das weiß ich wirklich nicht, Majestät«, antwortete Sephrenia nach kurzem Überlegen. »Das ist eine Seite, die ich nie zuvor an ihm bemerkt habe. Ich fürchte jedoch, er ist nicht mehr er selbst. Er könnte zu allem fähig sein!«

»Dann sollten wir lieber gegen alle Überraschungen gefeit sein. – Mirtai, bittet Kalten und Ulath, daß sie Kolata hierherbringen. Wir wollen herausfinden, wie weit diese Verschwörung reicht.«

Sperber zog Sephrenia zur Seite. »Wie hat Zalasta das über Danae herausgefunden? Er weiß offensichtlich, wer sie wirklich ist. Habt *Ihr* es ihm gesagt?«

»Nein. Sie hat mich gebeten, es nicht zu tun.«

»Das ist merkwürdig. Ich werde später mit ihr reden und sie nach dem Grund fragen. Vielleicht hatte sie irgendeinen Verdacht – oder es war eine ihrer Ahnungen.« Er überlegte kurz. »Könnte Zalasta versucht haben, *Euch* zu töten? Es hatte zwar den Anschein, als würde er die Feuerkugel nach Danae werfen, aber vielleicht wart in Wirklichkeit *Ihr* sein Ziel.«

»Das kann ich einfach nicht glauben, Sperber.«

»Zur Zeit wäre ich bereit, fast alles zu glauben.« Er zögerte. »Ihr müßt wissen, daß Xanetia ihn von Anfang an durchschaute. Sie hat uns schon früher darauf aufmerksam gemacht.«

»Warum habt Ihr mich dann nicht gewarnt?« fragte sie bestürzt.

»Weil Ihr Xanetia nicht geglaubt hättet. Ihr seid nicht bereit, Ihr zu trauen, Sephrenia. Ihr habt Zalastas Verrat selbst erleben müssen. Ach, übrigens, Xanetia hat Euch das Leben gerettet, nicht wahr? Vielleicht sollte Euch das ein wenig zu denken geben.«

»Bitte, scheltet mich nicht, Sperber«, sagte sie mit schwachem Lächeln. »Es ist auch so schwierig genug für mich.«

»Ich weiß. Und ich fürchte, niemand kann es Euch leichter machen.«

Kolata erwies sich als sehr mitteilsam. Die Wochen der Gefangenschaft und Zalastas Angriffe gegen ihn hatten auch den letzten Rest einstmals vorhandener Ergebenheit gelöscht. »Ich weiß es wirklich nicht«, erwiderte er auf Oscagnes Frage. »Teovin, vielleicht. Er war es, der ursprünglich mit Zalastas Vorschlag an mich herangetreten ist.«

»Dann wart Ihr nicht schon seit Eurer Bestallung in diese Sache verwickelt?«

»Ich glaube nicht, daß es ›diese Sache‹, wie Ihr es nennt, schon so lange gibt. Ich kann es nicht mit Sicherheit sagen, aber ich habe den Eindruck gewonnen, daß alles vor etwa fünf, sechs Jahren begann.«

»Ihr habt aber schon viel länger Anhänger rekrutiert.«

»Das war ganz gewöhnliche politische Taktik, Oscagne. Nachdem ich mein Amt angetreten hatte, erkannte ich rasch, was für ein Schwachkopf der Premierminister war. *Ihr* wart mein einziger ernstzunehmender Gegner. Ich habe Leute rekrutiert, um Euch immer einen Schritt voraus zu sein – und von dem absurden Gedanken abzubringen, daß die untergebenen Königreiche von Daresien ausländische Nationen und keine festen Bestandteile des Weltreiches Tamuli sind.«

»Darüber können wir uns ein andermal unterhalten, Kolata. Dann war also Teovin Euer Verbindungsmann zum Feind?«

Kolata nickte. »Teovin und ein berüchtigter Säufer namens Krager. Krager ist Eosier und hatte, soviel ich weiß, früher schon einmal mit Prinz Sperber zu tun. Jeder in unserer Gruppe kannte Krager; deshalb ist er der perfekte Mittelsmann – sofern er nicht sinnlos besoffen ist.«

»Das kann nur Krager sein«, bestätigte Kalten.

»Was, genau, hat Zalasta Euch versprochen, Kolata?« fragte Oscagne.

»Macht, Reichtum – das übliche. Ihr seid selbst Minister, Oscagne. Ihr kennt das Spiel und den Einsatz, um den wir spielen. Wir alle dachten, der Kaiser wäre nichts weiter als eine Galionsfigur, wohlmeinend, stets ein wenig geistesabwesend und unwissend. Verzeiht, Majestät, aber das dachten wir alle.«

»Danke«, brummte Sarabian. »Das solltet ihr ja auch denken. Mich verwundert allerdings, daß niemand an die völlige Loyalität der Ataner mir gegenüber gedacht hat. Habt ihr das denn nicht einmal in Erwägung gezogen?«

»Wir haben Euch unterschätzt, Majestät. Wir haben nicht damit gerechnet, daß Euch bewußt war, wie gering wir Euch schätzten, und welche Bedeutung dies haben könnte. Hätten wir auch nur einen Moment geglaubt, daß Euch wirklich bewußt war, über wieviel Macht Ihr verfügt, hätten wir Euch getötet.«

»Das hatte ich befürchtet. Deshalb spielte ich ja den Einfältigen.«

»Hat Zalasta Euch gesagt, wer *wirklich* hinter dieser Sache steckt?« fragte Oscagne.

»Er hat vorzutäuschen versucht, daß er für Cyrgon sprach«, antwortete Kolata. »Das haben wir natürlich nicht ernstgenommen. Styriker sind merkwürdige Leute. Stets möchten sie uns glauben machen, daß sie irgendeine höhere Macht vertreten. Offenbar wollen sie nie selbst die volle Verantwortung übernehmen. Aber soweit ich weiß, war es Zalasta, der alles ausgeheckt hat.«

»Dann wäre es vielleicht an der Zeit, es von Zalasta selbst zu hören.«

»Habt Ihr ihn irgendwo im Ärmel versteckt, Vanion?« fragte Ehlana.

»Gewissermaßen, ja, Majestät. Kalten bringt den Innenminister in sein Gemach zurück. Er sieht ein wenig müde aus, unser Freund Kolata.«

»Ich habe noch ein paar Fragen an ihn, Hochmeister Vanion!« wandte Oscagne ein.

»Du wirst deine Antworten bekommen, alter Junge«, versprach Itagne. »Schneller und ausführlicher. Du quälst dich zu lange mit Einzelheiten herum, Oscagne, das ist einer deiner Fehler. Wir treiben die Dinge voran!«

Vanion wartete, bis Kalten und Ulath den Innenminister aus dem Saal gebracht hatten. »Wir haben euch allen gegenüber erwähnt, daß Xanetia weiß, was andere denken. Ihre Fähigkeit beschränkt sich aber nicht bloß auf eine vage Auslegung von Gefühlen oder Stimmungen. Wenn sie möchte, kann sie die Gedanken anderer Wort für Wort wiedergeben. Die meisten von euch werden das wahrscheinlich nicht recht glauben. Um Zeit zu sparen, ist es deshalb wohl das beste, wenn Xanetia uns jetzt zeigt, wie das vor sich geht. Hättet Ihr die Güte, Anarae, uns zu sagen, was Königin Ehlana in diesem Augenblick denkt?«

»Wie Ihr wünscht, Hochmeister Vanion. Ihre Majestät ist momentan sehr zufrieden mit sich. Eure Unterbrechung gefällt ihr jedoch weniger. Sie freut sich über Kaiser Sarabians Fortschritte und meint, daß von nun an zumindest ein wenig Kompetenz von ihm zu erwarten ist. Außerdem hat sie gewisse Pläne intimer Art mit ihrem Gemahl, denn besondere politische Aktivitäten erregen sie immer ganz besonders.«

Ehlanas Gesicht glühte. »Hört sofort damit auf!« rief sie heftig.

»Es tut mir leid, Majestät«, entschuldigte sich Vanion. »Mit letzterem hatte ich nicht gerechnet. Aber hat Xanetia Eure Gedanken richtig gelesen?«

»Ihr wißt, daß ich das nicht beantworten werde, Vanion.« Das Gesicht der Königin war immer noch flammend rot.

»Würdet Ihr wenigstens einräumen, daß sie Zugang zu den Gedanken anderer hat?«

»Ich habe ja schon davon gehört«, murmelte Sarabian nachdenklich. »Aber bisher hielt ich es nur für eine weitere der verrückten Mären über die Leuchtenden.«

»Bhelliom kann es bestätigen, Kaiser Sarabian«, versicherte Sperber. »Xanetia liest in den Gedanken anderer wie in einem offenen Buch. Ich könnte mir vorstellen, daß sie Zalasta gewissermaßen von der ersten bis zur letzten Seite gelesen hat. Vermutlich kann sie uns alles sagen, was wir über ihn und von ihm wissen wollen.« Er blickte Xanetia an. »Könntet Ihr uns eine Zusammenfassung von Zalastas Leben geben, Anarae?« fragte er. »Seit er im Thronsaal sein wahres Ich zeigte, ist Sephrenia sehr bedrückt. Vielleicht fällt es ihr leichter, seine Beweggründe zu verstehen, wenn sie die Ursachen kennt.«

»Ich kann für mich selbst reden, Sperber!« wies Sephrenia ihn scharf zurecht.

»Daran habe ich nie gezweifelt, kleine Mutter. Ich bin nur als Verbindungsmann aufgetreten. Ihr und Xanetia versteht Euch ja nicht besonders gut.«

»Warum nicht?« fragte Sarabian interessiert.

»Eine alte Feindschaft, Majestät«, erklärte Xanetia. »So alt, daß kein Lebender mehr den Grund dafür kennt.«

»*Ich* kenne ihn«, knirschte Sephrenia, »und *so* alt ist er gar nicht.«

»Hört Euch erst einmal an, was ich in Zalastas Geist gelesen habe, und urteilt dann, Sephrenia von Ylara.«

Kalten und Ulath kehrten zurück und nahmen wortlos ihre alten Plätze ein.

»Zalasta wurde vor einigen Jahrhunderten in der styrischen Ortschaft Ylara geboren, die in dem Wald nahe Cenae in Nordastel lag«, begann Xanetia. »Als er sein siebentes Lebensjahr erreichte, wurde in derselben Ortschaft jene geboren, die wir als Sephrenia kennen. Sie ist eine der tausend styrischen Lehrerinnen und Lehrer. Sephrenia unterwies pandionische Ritter in den Geheimnissen von Styrikum; sie ist die Ratgeberin von Elenien und wird von Hochmeister Vanion über alles geliebt.«

»Das ist vorbei«, warf Sephrenia schroff ein.

»Ich sprach von Hochmeister Vanions Gefühlen für *Euch*, Sephrenia, nicht von Euren für ihn. – Die Familien Zalastas und Sephrenias waren befreundet und beschlossen, daß beide vermählt werden sollten, sobald sie das richtige Alter dafür erreicht hatten.«

»Das hatte ich ganz vergessen«, sagte Sephrenia plötzlich. »Von dieser Warte aus habe ich Zalasta noch nie betrachtet.«

»Für ihn war es das Wichtigste im Leben, das dürft Ihr mir glauben. In Eurem neunten Lebensjahr gebar Eure Mutter ein Kind, das in Wirklichkeit die Kindgöttin Aphrael von Styrien war. Und vom Augenblick ihrer Geburt an zerfielen Zalastas Hoffnungen und Träume zu Staub und Asche, denn Ihr hattet Euer Leben Eurer kleinen Schwester gewidmet. Zalastas Zorn war grenzenlos. Er versteckte sich im Wald, denn er fürchtete, sein Gesicht könnte ungewollt seine tiefsten Gedanken verraten. Er reiste viel und suchte die mächtigsten Magier von Styrikum auf – und trotz der Gefahr für seine Seele auch die ausgestoßenen und verfluchten Hexer. Seine Suche hatte nur ein Ziel: eine Möglichkeit zu finden, wie ein Mensch eine Gottheit stürzen und vernichten kann. Denn seine Verzweiflung trieb Zalasta in einen blinden Haß auf die Kindgöttin, und mehr als alles andere wollte er ihren Tod.«

Prinzessin Danae holte tief Atem und ließ einen überraschten Aufschrei hören.

»Du sollst zuhören!« rügte Ehlana.

»Ich war erschrocken, Mutter.«

»Das darfst du nie zeigen! Du mußt deine Gefühle unter Kontrolle halten.«

»Ja, Mutter.«

»Es war im sechsten Lebensjahr der Kindgöttin – in dieser Inkarnation –, daß Zalasta in einer durch Enttäuschung hervorgerufenen Besessenheit zu direkteren Mitteln griff, denn alle, mit denen er gesprochen hatte, versicherten ihm, daß ein Mensch dieses Vorhaben nie erfolgreich verwirklichen könne. Vielleicht hatte er gehofft, die Kindgöttin könne in jungen Jahren überwältigt werden, oder sie verfüge in dieser Inkarnation noch nicht über ihre vollen Kräfte. Jedenfalls schmiedete Zalasta einen wahnsinnigen Plan: Da die Göttin selbst unsterblich ist, wollte er alle ihre *Inkarnationen* töten, so daß sie gezwungen sein würde, sich einen anderen Körper für ihre Bewußtheit zu suchen.«

»Wäre das machbar?« fragte Kalten seinen Freund.

»Woher soll ich das wissen?« Sperber warf einen heimlichen Blick auf seine Tochter.

Danae schüttelte fast unmerklich den Kopf.

»Um seinen überstürzten und ruchlosen Plan rasch in die Tat umzusetzen, verkleidete Zalasta sich als elenischer Priester. Er besuchte die armseligen Dörfer und Heimstätten der Leibeigenen jener Gegend und erzählte Lügen über die Styriker seines eigenen Heimatortes. Er beschrieb sie als Götzendiener und Dämonenanbeter und behauptete, sie opferten in ihren Schwarzen Messen elenische Jungfrauen. So sehr wiegelte er sie mit seinen Lügen auf, daß die unwissenden Leibeigenen sich eines Tages zusammenrotteten, die arglosen Ylarer überfielen, ihre Häuser in Schutt und Asche legten und alle niedermetzelten.«

»Aber das war doch auch Sephrenias Zuhause!« rief Ehlana. »Wie konnte Zalasta wissen, daß sie verschont blieb?«

»Zu diesem Zeitpunkt nahm er keine Rücksicht mehr darauf, Königin von Elenien. Er hätte Sephrenia lieber tot als in Gesellschaft Aphraels gesehen. Besser ein Leid, das verging, als endloses ungestilltes Verlangen. Doch wie es sich ergab, hatte die Kindgöttin ihre Schwester an jenem Morgen gebeten, mit ihr in den Wald zu gehen, um Blumen zu pflücken. Deshalb waren die beiden nicht in Ylara, als die Leibeigenen den Ort überfielen.«

»Zalasta hat mir die Geschichte einmal erzählt«, warf Sperber ein. »Er sagte allerdings, er wäre mit Sephrenia und Aphrael im Wald gewesen.«

»Nein, Anakha. Er war in Ylara und leitete die Suche nach den beiden.«

»Warum hat er die Geschichte, die er mir erzählte, dann überhaupt erfunden?«

»Vielleicht, weil er sich selbst belügt. Seine Taten an jenem Tag waren ungeheuerlich, und es liegt im Wesen des Menschen, so etwas vor sich selbst zu verschleiern.«

»Das wäre eine Erklärung.«

»Ihr könnt die Tiefe von Zalastas Haß und seine Verzweiflung leichter ermessen, wenn ihr wißt, daß seine eigene Familie dort den Tod fand«, fuhr Xanetia fort. »Sein Vater, seine Mutter und seine drei Schwestern fielen vor seinen Augen unter den Stöcken und Sensen der Bestien, die er aufgehetzt hatte.«

»Das glaube ich nicht!« rief Sephrenia.

»Bhelliom kann die Wahrheit bestätigen, Sephrenia«, entgegnete Xanetia ruhig. »Und falls ich mein Wort durch Lügen gebrochen habe, ist Ritter Kalten bereit, mir das Leben zu nehmen. Fragt mich, Schwester, und Ihr werdet hören, daß ich die Wahrheit spreche.«

»Zalasta sagte uns, daß *Euer* Volk, die Delphae, die Leibeigenen gegen uns aufgewiegelt hatten!«

»Er hat Euch belogen, Sephrenia. Sein Verdruß war groß, als er erfuhr, daß Aphrael – und Ihr – noch am Leben wart. Er griff nach dem ersten Gedanken wie nach einem rettenden Strohhalm und schob seine Schuld auf *mein Volk*; denn er wußte, daß Ihr gewiß das Schlimmste über jene glauben würdet, die zu hassen Ihr ohnehin geneigt wart. Zalasta hat Euch seit Eurer Kindheit getäuscht, Sephrenia von Ylara, und er würde Euch weiterhin täuschen, hätte Anakha ihn nicht gezwungen, sein wahres Selbst zu offenbaren.«

»Deshalb haßt Ihr die Delphae so sehr, nicht wahr, Sephrenia?« fragte Ehlana. »Ihr habt gedacht, sie wären für den Mord an Euren Eltern verantwortlich.«

»Und Zalasta, der sich stets bemühte, seine Schuld zu verbergen, nutzte jede Gelegenheit, Sephrenia an diese Lüge zu erinnern«, fuhr Xanetia fort. »Wahrlich, er hat in all den Jahrhunderten ihr Herz mit Haß gegen die Delphae gefüllt, damit sie nie auch nur auf den Gedanken käme, ihm unliebsame Fragen zu stellen.«

Sephrenias Gesicht zuckte. Sie senkte den Kopf, bedeckte es mit den Händen und begann zu weinen.

Xanetia seufzte. »Die Wahrheit hat Sephrenias Leid und ihre Trauer zurückgebracht. Sie weint um ihre seit vielen Jahrhunderten toten Eltern.« Sie wandte sich an Alean. »Bringt sie irgendwohin, wo Ihr allein mit ihr seid, sanfte Maid, und tröstet sie. Sie braucht jetzt das Mitgefühl anderer Frauen. Die Flut ihrer Tränen wird bald versiegen – und dann wehe Zalasta, sollte er ihr je in die Hände fallen!«

»Oder mir«, fügte Vanion düster hinzu.

»Siedendes Öl ist gut, Eminenz«, meinte Kalten. »Kocht ihn bei lebendigem Leib.«

»Widerhaken sind auch nicht schlecht«, warf Ulath ein. »Lange, spitze Widerhaken.«

»Muß das sein?« Sarabian schauderte.

»Zalasta hat Sephrenia sehr weh getan, Majestät«, sagte Kalten. »Es gibt fünfundzwanzigtausend Pandioner – und eine ganze Menge Ritter anderer Orden –, die das sehr persönlich nehmen werden.

Zalasta mag sich ganze Gebirgszüge über den Kopf ziehen, wir werden ihn trotzdem finden! In einem solchen Fall kennen wir Ritter keine Gnade. Wenn jemand unseren Lieben weh tut, vergessen wir unsere gute Erziehung.«

»Das stimmt«, murmelte Sperber.

»Wir entfernen uns vom eigentlichen Thema, meine Herren«, erinnerte Ehlana. »Zalastas Strafe beschließen wir, wenn wir ihn haben. – Wann wurde er in diese Sache verwickelt, Xanetia? Ist er wirklich mit Cyrgon verbündet?«

»Das Bündnis wurde durch Zalasta herbeigeführt, Königin von Elenien. Sein Versagen im Wald von Astel und sein Schuldbewußtsein führten zu tiefster Verzweiflung und Schwermut. Er wanderte durch die Welt, gab sich manchmal den furchtbarsten Ausschweifungen hin und hauste dazwischen immer wieder, manchmal jahrzehntelang, als Einsiedler in dieser und jener Wildnis. Er suchte jeden namhaften styrischen Magier auf – ob von gutem oder schlechtem Ruf – und eignete sich *alle* ihre Geheimnisse an. So wurde Zalasta zum herausragendsten aller Styriker in den vierzig Äonen ihrer Geschichte. Doch Wissen allein vermochte ihn nicht zu trösten. Aphrael lebte immer noch, und Sephrenia war nach wie vor an sie gebunden. Doch Zalastas schier grenzenloses Wissen ließ ihn eine Möglichkeit erkennen, das Band zwischen Aphrael und Sephrenia zu zerreißen. Zu Anbeginn der Zeit hatte der Trollzwerg Ghwerig im fernen Thalesien Bhelliom geschmiedet, und Zalasta wußte, daß sein Herzenswunsch sich mit Bhellioms Hilfe vielleicht erfüllen ließe.

Dann kam es zur Geburt Anakhas, die darauf hindeutete, daß Bhelliom selbst bald an jenem Ort auftauchen würde, an dem er versteckt gewesen war. Ausgestoßene Styriker sahen durch Zeichen, Orakel und auf verschiedene andere Weise diese Geburt voraus. Sie rieten Zalasta, geradenwegs nach Eosien zu reisen und Anakha in seiner Kindheit und Jugend zu beobachten, um ihn gut kennenzulernen. Zalasta hoffte, Anakha den Stein zu jener Stunde, da er ihn ans Tageslicht brachte, entreißen zu können und dadurch die Macht über die Kindgöttin zu erringen. Doch als der Ring dann in Anakhas Besitz gelangte, erkannte Zalasta seinen Fehler. Schlau waren die Trollgötter, als sie Ghwerig anwiesen, die Saphirrose zu schneiden und ihr eine andere Form zu geben. Der Mensch ist launenhaft und unbeständig, und Habgier lauert in seinem Herzen, und Trolle sind nur das Spiegelbild des Bösen im Menschen. So machten die Trollgötter die Ringe zu Bhellioms Schlüssel, auf daß niemand Macht über den Edelstein habe, ohne die Ringe zu besitzen. Aphrael jedoch stahl die Ringe und beraubte Ghwerig der Macht über den Stein, dem fortan kein Sterblicher mehr befehlen konnte. Da die Trollgötter sich für allmächtig hielten, hatten sie kein Interesse an der Saphirrose, und weil sie einander nicht trauten, belegte ein jeder den Stein mit einem Zauber, um sicherzugehen, daß keiner von ihnen allein Bhelliom beherrschen könne, sondern nur sie alle gemeinsam. Und sie erdachten es so, daß nur *sie*, als Vereinigung der Götter, Bhelliom *ohne* die Ringe zu befehlen vermochten.« Xanetia machte eine Pause und dachte über die Eigenheiten der Trollgötter nach, wie Sperber vermutete.

»Wahrlich«, fuhr sie fort, »sind die Trollgötter Elementargeister. Jeder ist so beschränkt, daß sein Verstand nicht als vollständig erachtet werden kann. Nur vereint – was selten vorkommt – können sie durch einen Zusammenschluß jene Ganzheit erreichen, die selbst dem dümmsten menschlichen Kind zu eigen ist. Doch bei den anderen Göttern ist es nicht so. Der Verstand Azashs war trotz seiner Verstümmelung vollständig, und er hatte die Macht, Bhelliom auch ohne die Ringe zu beherrschen. Das war die Gefahr, Anakha, der ihr Euch gegenübergesehen habt, als Ihr nach Zemoch gereist wart, um Azash zu stellen. Wäre es ihm gelungen, Euch Bhelliom zu entreißen, hätte er ihn zu zwingen vermocht, seinen Willen und seine Macht mit der des Steines zu vereinen.«

»Das hätte ziemlich unangenehm werden können«, bemerkte Kalten.

»Ich verstehe es nicht ganz«, gestand Talen. »Als Sperber Bhelliom die letzten paar Male eingesetzt hat, benutzte er die Ringe gar nicht. Bedeutet das, Sperber ist ein Gott?«

»Nein, junger Herr.« Xanetia lächelte. »Anakha entstand aus Bhellioms Willen und ist von daher in gewisser Weise ein *Teil* von Bhelliom – wie auch die Ringe. Deshalb benötigt Anakha die Ringe nicht. Und das hat Zalasta erkannt. Als Anakha Ghwerig tötete und Bhelliom an sich nahm, verstärkte Zalasta seine Überwachung. Er benutzte die Ringe, ähnlich einem Leuchtfeuer, um sich von ihnen leiten zu lassen. So vermochte er Anakhas Wege zu verfolgen – und auf dieselbe Weise auch die von Anakhas Gefährtin.«

»Heraus mit der Sprache, Sperber!« sagte Ehlana drohend. »Wie bist du zu meinem Ring gekommen? Und was ist das?« Sie streckte die Hand aus und zeigte auf den Rubinring an ihrem Finger. »Ist das ein billiges Stück Glas?«

Sperber seufzte. »Aphrael hat deinen Ring für mich entwendet und den Ersatz besorgt. Ich bezweifle, daß sie Glas dafür genommen hat.«

Ehlana riß den Ring vom Finger und schleuderte ihn durchs Gemach. »Gib ihn zurück. Gib mir meinen Ring zurück, du Dieb!«

»*Ich* habe ihn nicht gestohlen, Ehlana«, wehrte er sich. »Aphrael hat ihn von dir ausgeliehen.«

»Aber du hast ihn an dich genommen, als sie ihn dir gab, nicht wahr? Das macht dich zum Helfershelfer. Gib mir meinen Ring zurück!«

»Selbstverständlich, Liebes«, sagte er verlegen. »Das wollte ich längst, aber irgendwie habe ich es dann doch vergessen.« Er holte die Schatulle hervor. »Öffne dich!« befahl er. Sperber drückte seinen Ring nicht an den Deckel, denn er wollte erfahren, ob die Schatulle sich nur auf seinen Befehl hin öffnete.

So war es. Sperber nahm den Ring seiner Gemahlin heraus und hielt ihn ihr entgegen.

»Steck ihn zurück, wohin er gehört!« wies Ehlana ihn an.

»Also gut. Dann halte das mal.« Er reichte ihr die Schatulle, nahm Ehlanas Hand und steckte ihr den Ring an den Finger. Dann griff er nach der Schatulle.

»Noch nicht!« Ehlana hielt die Schatulle aus seiner Reichweite und blickte auf den Saphir. »Weiß er, wer ich bin?«

»Ich glaube schon. Frag ihn doch. Nenne ihn Blaurose. So hat Ghwerig ihn genannt. Er ist mit diesem Namen vertraut.«

»Blaurose«, sagte Ehlana, »kennst du mich?«

Stille setzte ein, als Bhelliom pulsierte, wobei sein blaues Glühen zuerst schwächer, dann wieder stärker wurde.

»Anakha«, sagte Talen hölzern, »ist es dein Wunsch, daß ich die Fragen deiner Gefährtin beantworte?«

»Ja, Blaurose«, erwiderte Sperber. »Sie und ich sind derart miteinander verflochten, daß ihre Gedanken meine sind und meine Gedanken die ihren. Ob wir wollen oder nicht, wir sind jetzt zu dritt. Und ihr zwei solltet einander kennenlernen.«

»Das war nicht mein Plan, Anakha.« Talens Stimme klang anklagend.

»Die Welt ist fortwährender Veränderung unterworfen, Blaurose«, sagte Ehlana. »Kein Plan kann so vollkommen sein, daß er sich nicht verbessern ließe.« Genau wie Sperber bediente sie sich einer bedeutungsschweren Redeweise. »Es gibt jene, die fürchten, ich würde mein Leben gefährden, wenn ich dich berühre. Sag, besteht diese Gefahr?«

Talens hölzerne Miene wich finsterer Entschlossenheit. »So ist es, Gefährtin Anakhas.« Seine Stimme war nun hart und kalt wie Stahl. »Einmal ließ ich es zu, ein einziges Mal. Nachdem ich unzählige Äonen im Gestein gefangen war, gestattete ich Ghwerig, mich zu befreien. Meine jetzige Gestalt, die Euer Auge so erfreut, war die Folge. Mit grausamen Werkzeugen aus Brillanten und verfluchtem roten Eisen schnitt und verstümmelte der Trollzwerg mich lebendigen Leibes und gab mir diese groteske Form. Ich *muß* mich der Berührung eines Gottes unterwerfen; und ich bin bereit, der Berührung durch Anakha stattzugeben in der sicheren Hoffnung, daß er mich aus dieser Form befreien wird, die zu meinem Gefängnis geworden ist. Für jeden anderen jedoch bringt die Berührung den Tod.«

»Könntest du nicht ...?«

»Nein!« Es war von eisiger Endgültigkeit. »Ich habe keinen Grund, den Kreaturen dieser Welt zu trauen. Daß meine Berührung den Tod bringt, bleibt bestehen, wie auch die Verlockung, daß es alle, die mich erblicken, danach verlangt, mich zu berühren. Wer mich sieht, *will* mich berühren. Er wird gierig die Hand nach mir ausstrecken – und sterben! Die Toten kennen kein Verlangen, mich zu versklaven. Den Lebenden ist nicht zu trauen.«

Ehlana seufzte. »Du bist hart, Blaurose.«

»Nicht ohne Grund, Gefährtin Anakhas.«

»Eines Tages werden wir vielleicht lernen, einander zu vertrauen.«

»Unnötig! Das Erreichen unseres Zieles hängt nicht davon ab.«

Wieder seufzte Ehlana und gab ihrem Gemahl die Schatulle

zurück. »Bitte, fahrt fort, Xanetia. Dieser Schatten, der Sperber und mir keine Ruhe ließ, war also Zalasta. Anfangs dachten wir, es wäre Azash. Später hielten wir den Schatten für die Trollgötter.«

»Der Schatten war Zalastas Geist, Königin von Elenien«, erklärte Xanetia. »Ein styrischer Zauber, der nur sehr wenigen bekannt ist, hat es Zalasta ermöglicht, auf diese Weise unsichtbar zuzusehen und mitzuhören.«

»Unsichtbar würde ich es kaum nennen. Jedesmal sah ich diesen Schatten aus den Augenwinkeln. Es ist ein sehr plumper Zauber.«

»Das verdankt Ihr Bhelliom. Er hat versucht, Anakha vor Zalastas Anwesenheit zu warnen, indem er dessen Schatten teilweise sichtbar machte. Da Ihr ebenfalls einen der Ringe trugt, vermochtet auch *Ihr* ihn zu sehen.« Xanetia machte eine Pause. »Zalasta hatte Angst. Azashs Knechte hatten die Absicht, Anakha mit Bhelliom nach Zemoch zu locken, wo Azash ihm den Stein fortnehmen könnte. Und dies hätte Zalastas Hoffnung, Aphrael zu vernichten und Sephrenia zu besitzen, völlig zunichte gemacht. Alle Hindernisse auf Eurem Weg nach Zemoch hatte Zalasta Euch gelegt, Anakha.«

»Ich habe viel darüber nachgegrübelt«, gestand Sperber. »Für Martel war es zu umständlich; so etwas sah ihm nicht ähnlich. Mein Bruder war für gewöhnlich so unbeirrbar und zielstrebig wie eine Lawine. Wir dachten jedoch, es wären die Trollgötter. *Sie* hätten Grund genug gehabt, Bhelliom nicht in Azashs Hände fallen zu lassen.«

»Das wollte Zalasta Euch glauben machen, Anakha. Es war eine weitere Möglichkeit, sein Doppelspiel vor Sephrenia zu verbergen. und ihre gute Meinung von ihm war für Zalasta von größter Wichtigkeit. Trotzdem ist es Euch gelungen, nach Zemoch vorzudringen und Azash dort zu vernichten – mit einigen anderen.«

»Das haben wir«, murmelte Ulath. »Ganze *Gruppen* von einigen anderen.«

»Danach wuchs Zalastas Besorgnis«, fuhr Xanetia fort, »denn Anakha war sich seiner Macht über Bhelliom voll bewußt geworden, und damit war Anakha nun so gefährlich wie ein Gott. Zalasta konnte ihm jetzt ebensowenig anhaben wie Aphrael. Um seine finsteren Ziele weiterzuverfolgen, entfernte Zalasta sich von allen anderen Menschen und scharte eine Gruppe Verfemter um sich. Das Ende Azashs hatte ihre Vermutung bestätigt: Bhelliom konnte selbst Götter vernichten. Das Mittel Aphrael zu töten, war also vorhanden, Zalasta mußte es jedoch in seinen Besitz bringen. Leider befand es sich aber in der Hand des gefährlichsten Menschen der Welt. Wollte Zalasta sein Ziel weiterverfolgen, mußte er sich mit einem Gott verbünden.«

»Cyrgon«, murmelte Kalten.

»So ist es, mein Beschützer. Die Älteren Götter von Styrikum, wie ihr selbst bemerkt habt, waren machtlos, da sie keine Anhänger mehr hatten. Die Trollgötter waren gefangen, und der elenische Gott war unerreichbar geworden, ebenso Edaemus der Delphaer. Die tamulischen Götter waren zu frivol, und der Gott der Ataner zu uninteressiert seine eigenen Kinder zu retten. Blieb nur Cyrgon. Zalasta und seine Berater entdeckten sogleich eine Möglichkeit, eine Abmachung mit dem Gott der Cyrgai zu schließen. Mit Bhelliom wäre Cyrgon imstande, den styrischen Fluch zu brechen, der seine Kinder gefangenhielt; dann könnte er sie auf die Welt loslassen. Als Gegenleistung – glaubte Zalasta – würde Cyrgon ihm gestatten, Bhelliom zur Vernichtung Aphraels zu benutzen, oder den Stein zumindest selbst mit göttlicher Hand gegen Aphrael einsetzen.«

»Das wäre eine vernünftige Gesprächsgrundlage gewesen«, mußte Oscagne zugeben. »In diesem Fall würde ich mich unbesorgt an den Verhandlungstisch setzen und könnte zumindest mit einer Anhörung rechnen.«

»Vielleicht«, warf Itagne ein, »aber du müßtest erst mal lange genug leben, den Tisch überhaupt zu erreichen. Ich kann mir nämlich nicht vorstellen, daß der Besuch eines Styrikers in Cyrga die Bevölkerung zu stürmischen Willkommensgrüßen hinreißen würde.«

»Es war in der Tat ein gefährliches Unternehmen, Itagne von Matherion. Irgendwie ist es Zalasta geglückt, in Cyrgons Tempel im Herzen der verborgenen Stadt zu gelangen. Dort stellte er sich dem feurigen Geist Cyrgons und hielt die rächende Hand des Gottes mit dem Angebot zurück, die Cyrgai zu befreien. Dank ihres gemeinsamen Wunsches wurden die Feinde sogleich zu Verbündeten, und sie faßten den Entschluß, Anakha nach Daresien zu locken; denn sie durften auf keinen Fall eine Auseinandersetzung mit dem Gott der Elenier wagen, dessen Macht seiner unzähligen Anbeter wegen gewaltig ist. So schmiedeten sie den Plan, den Frieden in Tamuli durch

Aufstände und Erscheinungen zu stören, auf daß die Imperiumsregierung um Hilfe ersuchen müsse. Zalastas Vertrauensstellung würde es ihm leichtmachen, die Aufmerksamkeit der Regierung auf Anakha zu lenken und eine Übereinkunft mit der Kirche von Chyrellos vorzuschlagen. Die Beschwörung der Erscheinungen war ein Kinderspiel für Zalasta und seine geächteten Kameraden. Auch der Gott der Cyrgai hatte keine Mühe, den Trollen einzureden, daß ihre Götter von ihnen verlangten, über das Polareis zur Nordküste von Tamuli zu marschieren. Am wichtigsten für ihre Pläne jedoch waren die Aufstände, die Tamuli in den letzten Jahren erschüttert haben. Damit Aufstände erfolgversprechend sind, müssen sie mit fester Hand geplant und durchgeführt werden. Spontane Rebellionen lohnen die Mühe nicht. Zalasta hatte aus der Geschichte gelernt und wußte, daß für den Erfolg ihres Planes nur eines von grundlegender Bedeutung war: Es mußte jemand gefunden werden, der alle Völker der Königreiche des Tamulischen Imperiums anzustacheln und aufzuwiegeln vermochte. Zalasta brauchte nicht lange zu suchen. Gleich nachdem er Cyrga verlassen hatte, reiste er nach Arjuna und trat mit dem Plan an einen Mann heran, der als Scarpa bekannt ist.«

»Einen Augenblick!« wandte Stragen ein. »Zalastas Plan war schon für sich allein Hochverrat. Wahrscheinlich gehörten Verbrechen und Untaten dazu, die noch gar keinen Namen haben, wie beispielsweise ›Verschwörung mit den Mächten der Finsternis‹ und dergleichen. Wie sollte er wissen, daß er Scarpa trauen konnte?«

»Er hatte jeden Grund dazu, Stragen von Emsat«, erklärte Xanetia. »Zalasta wußte, daß er Scarpa trauen konnte wie niemandem sonst auf der Welt. Scarpa, müßt Ihr wissen, ist Zalastas Sohn.«

Dritter Teil

XANETIA

21

Sephrenia saß auf dem Bett in ihrem Gemach. Traurig dachte sie daran, daß ihre selbstverschuldete Abgeschiedenheit wahrscheinlich den Rest ihres Lebens andauern würde. Sie hatte überstürzt und im Zorn gesprochen, und diese Einsamkeit war nun die Folge. Sie seufzte.

Sephrenia von Ylara. Es war seltsam, daß sowohl Xanetia als auch Cedon in die Vergangenheit gegriffen und diesen archaischen Namen genannt hatten – und noch seltsamer war, daß er Sephrenias Herz so tief berührte.

Ylara war keine große Ortschaft gewesen, nicht einmal nach styrischen Maßstäben. Styriker hatten sich bereits seit langer Zeit bemüht, die Feindseligkeit der Elenier von sich abzulenken, indem sie sich als die Ärmsten der Armen ausgaben, in armseligen Hütten hausten und Kleidung aus gröbstem, selbstgewebtem Linnen oder selbstgesponnener Wolle trugen. Doch dieses Ylara mit seiner einen Straße, in der man stets im Schlamm versank, mit seinen Hütten aus Lehm und Rutengeflecht war ihr Zuhause gewesen. Sephrenia erinnerte sich an die Liebe und Zärtlichkeit, die sie dort erlebt und die ihre Krönung mit der Geburt ihrer Schwester erreicht hatte. In diesem Augenblick hatte Sephrenia gleichermaßen Erfüllung und Lebenszweck gefunden.

Das Andenken an dieses kleine, armselige Dorf und seine Wärme und allumfassende Liebe hatte ihr in schlimmen Zeiten Trost geschenkt. Ylara, strahlend in ihrem Gedächtnis, war immer eine Zuflucht gewesen, in die sie sich zurückziehen konnte, wenn sie die Welt und all ihre Grausamkeit nicht mehr ertragen konnte.

Doch damit war es nun vorbei. Zalastas Niedertracht hatte ihre kostbarste Erinnerung für alle Zeit beschmutzt und geschändet. Jeder Gedanke an Ylara wurde jetzt von Zalastas Gesicht verdrängt, das Sephrenia nun so sah, wie es wahrhaftig war: eine Maske aus Falschheit, Lüsternheit und schändlichstem Haß auf die Kindgöttin, die Sephrenias ein und alles war.

Die Erinnerung hatte Ylara am Leben erhalten; die Aufdeckung von Zalastas tückischer Falschheit hatte es nun für immer zerstört.

Sephrenia schlug die Hände vors Gesicht und weinte.

Sperber und Vanion fanden Prinzessin Danae, wie sie in einem großen Sessel in einem verdunkelten Gemach ihren düsteren Gedanken nachhing. »Nein«, entgegnete sie entschieden auf die inständige Bitte der beiden Männer. »Ich werde mich *nicht* einmischen!«

»Aphrael«, flehte Vanion sie mit Tränen in den Augen an, »es bringt sie um.«

»Dann stirbt sie eben. Ich kann ihr nicht helfen. Sie muß es ganz allein schaffen. Ich liebe sie viel zu sehr, um sie gerade jetzt in dieser tiefen persönlichen Krise zu verzärteln. Es würde die Bedeutung dieses Leidens mindern – eines Leidens, das sie braucht, um wieder zu sich selbst zu finden.«

»Du hast doch nichts dagegen, wenn *wir* ihr zu helfen versuchen?« fragte Sperber verärgert.

»Ihr könnt versuchen, was ihr wollt – solange du nicht Bhelliom benutzt, Sperber.«

»Du bist ein sehr grausames kleines Mädchen, ist dir das klar? Ich hatte nicht die Absicht, ein Ungeheuer großzuziehen.«

»Du wirst mich nicht umstimmen, indem du mich beschimpfst, Sperber. Und versuch ja nicht, mich zu hintergehen! Ihr könnt Sephrenias Hand halten, ihr Blumen schenken, sie küssen und trösten und gut zureden, wenn ihr wollt, aber Bhelliom bleibt, wo er ist! Und jetzt geht und laßt mich allein! Ich bin auch nicht glücklich darüber.« Sie zog die Knie an und legte die Arme heftig um den arg mitgenommenen Rollo, und tiefer Schmerz sprach aus ihren dunklen, glänzenden Augen.

»Zalasta treibt schon sehr lange ein böses Spiel mit uns, nicht wahr, Anarae?« fragte Bevier am nächsten Morgen, als die Gefährten sich wieder einmal im blauen Wohngemach eingefunden hatten. Alle trugen jetzt bequemere Kleidung, und der lange Tisch an der hinteren Wand diente als Frühstücksbüfett. Königin Ehlana wußte, daß Mahlzeiten nicht unbedingt Zeit für wichtige Besprechungen rauben mußten. Beviers blaues Wams war an der Brust offen: er lümmelte mit ausgestreckten Beinen lässig in seinem Sessel. »Wenn Zalasta für diesen Schatten und die Wolke verantwortlich war, läßt es darauf schließen, daß er irgendwas mit dem Zemochischen Krieg zu tun gehabt hat, nicht wahr?«

Xanetia nickte. »Zalastas Machenschaften währen seit Jahrhunderten, Herr Ritter. Seine Leidenschaft für Sephrenia reicht bis in seine Kindheit zurück – wie auch sein Haß auf Aphrael, deren Geburt all seine Hoffnung zerstörte. Nur zu gut wußte er, daß die Kindgöttin ihn mit einem einzigen Gedanken auslöschen könnte, würde er sie unmittelbar angreifen. Ebenso wußte er, daß seine Lüste schändlich waren, und daß kein Gott ihn in seinem Kampf gegen Aphrael unterstützen würde. Er grübelte lange darüber nach und kam zu dem Schluß, daß er sich zur Unterstützung seiner Pläne nur einer Macht ohne eigenes Bewußtsein oder eigenen Willen versichern könnte.«

»Bhelliom«, sagte Sperber. »Zumindest glaubte das jeder. Jetzt wissen wir es besser.«

»Stimmt«, bestätigte Xanetia. »Zalasta teilte die allgemeine Fehleinschätzung des Steins und betrachtete ihn lediglich als eine Quelle der Macht, die keine Ethik kennt und ihm willenlos gehorchen würde, seine Todfeindin zu vernichten. Dies hätte ihn ans Ziel seiner lüsternen Wünsche gebracht. Und versteht mich richtig – Zalasta wollte Sephrenia *besitzen*. An ihrer Liebe lag ihm nichts.«

»Das ist schändlich!« Baroneß Melidere schauderte.

Xanetia nickt. »Zalasta wußte, daß er die Ringe benötigte, um die Saphirrose seinem Willen zu unterwerfen. Doch ganz Styrikum wußte, daß die gewandte Kindgöttin sich die Ringe von Ghwerig dem Trollzwerg geholt hatte, um zu verhindern, daß diese mißgestalte Kreatur den Bhelliom gegen die Styriker einsetzen könnte. Deshalb täuschte Zalasta immerwährende tiefe Freundschaft für Sephrenia und ihre Schwester vor, in der Hoffnung zu erfahren, wo sich die Ringe und somit die Schlüssel zu Bhelliom befanden. Nun wußten die Götter – und ebenso einige Menschen – daß eines Tages Anakha erscheinen würde, Bhellioms Geschöpf, und mit Hilfe verschiedener Zeichen und Weissagungen erfuhren sie, daß er dem Hause Sperber geboren würde.

Aphrael hegte Argwohn. Sie wußte, daß das Haus Sperber elenisch war, und Elenier hegten keine freundschaftlichen Gefühle für Styrikum. Doch sie erkannte, daß Anakhas Erscheinen nicht aufzuhalten war und daß er Bhelliom von dem Ort holen würde, an dem er so lange versteckt gewesen war, um ihn zu eigenen Zwecken einzusetzen – und zu denen Bhellioms selbst. Dies machte Aphrael große Sorgen; denn sollte Anakha dieselbe Verachtung für Styriker empfinden wie fast alle Elenier, mochte er den Stein gegen jene einsetzen, die Aphrael als Göttin verehrten. Sie versuchte, diese Gefahr zu verringern, indem sie die Ringe trennte und einen in die Hände von Anakhas Vorfahren gab, den zweiten jedoch anderswohin. So könnte sie, ehe der eine Ring als Vermächtnis zu ihm kam, Anakhas Herz und Seele prüfen, bevor er auch den zweiten Ring in seinen Besitz bringen würde.«

»Geschichten sind noch aufregender, wenn man die Leute kennt, um die es geht, findet ihr nicht?« fragte Talen und füllte seinen Teller zum drittenmal. Talen wuchs schon wieder und aß Unmengen. Er besann sich jedoch seiner guten Manieren und brachte einen Teller mit geteilten Früchten und ein Glas Milch zu Xanetia, ehe er sich selbst wieder setzte und weiteraß.

Sperber stellte seine Frage behutsam. »Mir scheint, Ihr habt einmal erwähnt, daß Ihr die Gedanken der Götter *nicht* vernehmen könnt, Anarae. Wie könnt Ihr da wissen, was Aphrael dachte?«

»Es stimmt, daß der Götter Gedanken mir verschlossen sind, Anakha. Doch Aphrael hat kaum Geheimnisse vor ihrer Schwester, und was ich erzählte, entnahm ich Sephrenias Erinnerungen.«

»Nun«, fuhr sie mit ihrer Geschichte fort, »Anakhas Ahne war ein pandionischer Ritter, der mit seinen Brüdern im Mutterhaus seines Ordens in der Stadt Demos in Elenien lebte und an der Niederwerfung gewisser rebellischer Barone durch den tatendurstigen, jungen König Antor teilnahm. So kam es dazu, daß der Ritter und der König, von ihren Kameraden getrennt, schwerverwundet auf dem blutigen Schlachtfeld lagen. Als die Dunkelheit sich herabsenkte, kam Sephrenia von Ylara, auf Befehl ihrer Schwester, widerwillig zu ihnen, um ihre Wunden zu versorgen und ihnen die Ringe zu bringen, jedem einen. Sie verschwieg ihnen jedoch die wahre Bedeutung der Ringe und behauptete, sie seien nur Zeichen ihrer Freundschaft. Mittels eines styrischen Zaubers gab sie ein paar Tropfen vom vermischten Blut der verwundeten Männer auf die Ringe, um deren wahres Wesen und Bedeutung zu verbergen. Dieserart knüpfte sie ein Band zwischen beiden Familien, und diese Verbindung ebnete den Weg für die Vereinigung von Anakha und seiner Königin.«

Ehlana lächelte ihren Gemahl selbstgefällig an. »Ich hab' es dir ja immer schon gesagt! Aber du wolltest es mir ja nicht glauben!«

»Ich verstehe nicht ganz.«

»Ich sagte dir immer, daß wir dafür bestimmt wären, einander zu heiraten. Warum hast du mir stets widersprochen?«

»Weil ich es für angebracht hielt, denn ich war ziemlich sicher, daß du eine bessere Partie hättest machen können.« Es war die erstbeste Antwort, die Sperber einfiel, denn er war zutiefst bestürzt. Ganz offensichtlich beeinflußte Aphrael skrupellos das Leben anderer. Anakha war Bhellioms Geschöpf, und die Kindgöttin, die nicht sicher war, ob sie ihm trauen konnte, hatte beschlossen, als seine Tochter geboren zu werden, um ihn gewissermaßen unter Kontrolle zu haben.

»Zalasta erkannte Aphraels Absicht und war besorgt«, fuhr Xanetia fort. »Er hatte gehofft, Anakha den Stein entreißen zu können, ehe Anakha die volle Bedeutung seiner Verbindung mit Bhelliom bewußt wurde. Doch wieder hatte Aphrael seinen Plan vereitelt. Mit Hilfe der Ringe konnte Anakha Bhelliom beherrschen und war unbesiegbar geworden.«

»Aha«, brummte Ulath. »Zalasta war also matt gesetzt. Was hat er da getan?«

»Es gibt Menschen in Styrikum – und es hat sie immer gegeben –, die magische Macht für ihre eigenen, schändlichen Zwecke nutzten, genau wie die Älteren Götter. Die Jüngeren Götter sind in dieser Hinsicht wie Kinder. Sie sind empört ob dieser verabscheuungswürdigen Seite der menschlichen Natur. Styriker, die derart niedrige Wesenszüge offenbaren, werden ausgestoßen und verflucht und fristen ihr Leben einsam und leidend in Wildnis oder Öde. Falls ihnen Bedauern und Reue fremd sind, gehen sie in den Lasterhöhlen der Städte dieser Welt ihren abscheulichen Ausschweifungen nach. An diese Menschen wandte Zalasta sich in seiner Verzweiflung, und in Verel, der verruchtesten aller Städte Süddakoniens, fand er jenen Mann, den er für seine Zwecke brauchte.«

»Ich habe eine Zeitlang in Verel gewohnt«, warf Mirtai ein. »Das ist wahrhaftig ein Ort, wo man Schurken dieses Schlages findet.«

Xanetia nickte. »Dort, in dieser Senkgrube der Niedertracht, begegnete Zalasta durch Zufall einem gewissen Ogerajin, einem verderbten alten Lüstling. Diesem Ogerajin war nichts an Schändlichkeit fremd. Mit Hilfe verbotener Zauber und Beschwörungen hatte er in die Finsternis gegriffen – ja, sogar in die äußerste Verworfenheit der Herzen der Älteren Götter. Ogerajin erkannte, daß Zalastas verzehrende Gier der seinen in nichts nachstand und daß sie einander sehr glichen. Er gab Zalasta den Rat, sich an Otha von Zemoch zu wenden.«

Bevier holte erschrocken Atem.

»Und so reiste Zalasta zur Stadt Zemoch, um einen Pakt mit Otha zu schließen.«

»Einen Moment!« unterbrach Kalten sie. »Habt Ihr nicht gesagt, daß Zalasta versucht hat, uns von Otha und Azash *fernzuhalten*?«

Xanetia nickte. »Zalasta schließt Bündnisse, um seine *eigenen* Ziele zu fördern, nicht die seiner Verbündeten. Mit Othas Hilfe fand er weitere geächtete Styriker in Eosien, die ihn bei der Beobachtung von Sperbers Familie unterstützten und auf Schwächen achteten, die sich nach Anakhas Geburt als Vorteil für ihn erweisen mochten.

Wie ihr vielleicht schon vermutet habt, setzte auch Aphrael Beobachter auf Sperbers Vorfahren an. Ungeachtet des Widerstands ihrer Schwester, schickte die Kindgöttin Sephrenia nach Demos, um die elenischen Pandioner in die Geheimnisse von Styrikum einzuweisen.«

»Unsere reizende kleine Aphrael hat eine herzlose Ader«, bemerkte Stragen. »Wenn man bedenkt, was die elenischen Leibeigenen in Astel Sephrenias Eltern angetan haben, war es nicht gerade rücksichtsvoll, sie dorthin zu schicken.«

»Wer kann einer Gottheit schon ins Herz blicken.« Xanetia seufzte und rieb sich müde über die Augen.

»Fühlt Ihr Euch nicht wohl, Anarae?« Kaltens Stimme verriet Besorgnis.

»Ich bin nur ein wenig erschöpft, Ritter Kalten«, erwiderte sie. »Sephrenias Geist war sehr aufgewühlt, als ich in ihrem Gedächtnis las, und es war nicht leicht, alles in eine Form zu bringen.«

»Ah«, sagte Sarabian interessiert. »Wenn ich recht verstehe, nehmt Ihr den gesamten Inhalt des Bewußtseins und Gedächtnisses einer Person mit einem einzigen Zugriff in Euch auf?«

»In etwa, ja.«

»Wie viele Gedächtnisse habt Ihr gespeichert?« fragte Talen. »Von anderen Leuten, meine ich.«

»Fast eintausend, junger Herr.« Xanetia zuckte die Schultern.

»Wo nehmt Ihr so viel Platz her?« Er hielt verlegen inne. »Ich habe mich da wohl nicht sehr geschickt ausgedrückt. Eigentlich wollte ich nur wissen, ob es da drinnen nicht arg eng wird.«

»Der Geist kennt keine Grenzen, junger Herr.«

»*Eurer*, Anarae.« Kalten lächelte. »Bei meinem bin ich auf viel zu viele Grenzen gestoßen.«

»Wie geht es Sephrenia?« fragte Vanion mit besorgter Miene.

»Sie leidet sehr.« Xanetia seufzte. »Zalastas Falschheit hat sie bis ins Innerste ihrer Seele getroffen, und ihre irrige Annahme, daß ihr alle nichts mehr von ihr wissen wollt, lastet unsagbar auf ihr.«

Vanion sprang auf. »Ich gehe zu ihr!«

»Nein, Eminenz!« hielt Kalten ihn zurück. »Das wäre keine gute Idee. Ihr steht ihr zu nahe. Falls Ihr Sephrenia zu beruhigen versuchtet, würde sie sich nur noch viel schlimmer fühlen. Wie wär's, wenn statt dessen ich sie besuche?«

»Ich gehe zu ihr, Kalten!« beharrte Vanion.

»Nicht, wenn sie dadurch noch mehr leidet. Sie *muß* uns jetzt glauben, daß wir sie immer noch lieben. Am besten könnte ihr das jemand sagen, der liebevoll, aber ein wenig einfältig ist. Und das trifft auf mich zu, falls es Euch noch nicht aufgefallen sein sollte.«

»Hör sofort auf damit!« rief Alean. »Ich lasse nicht zu, daß du so etwas von dir behauptest!« Erst dann wurde ihr offenbar bewußt, daß sie nicht allein waren. Sie errötete und senkte verlegen den Blick.

»Vielleicht hat er recht, Vanion«, sagte Ehlana ernst. »Ritter Kalten mag seine Fehler haben, aber er ist offen und ehrlich. Sephrenia weiß, daß keine Falschheit in ihm ist. Dazu ist er zu – zu ...«

»Dumm?« schlug Kalten vor.

»Das ist nicht das Wort, das ich gewählt hätte!«

»Es kränkt mich nicht, meine Königin. Ich bekomme meinen Sold nicht fürs Denken, sondern um Befehle auszuführen. Wenn ich zu denken versuche, gerate ich in Schwierigkeiten. Deshalb habe ich gelernt, ohne groß zu denken zurechtzukommen. Statt dessen verlasse ich mich auf meine Gefühle. Sie führen mich nicht *zu* oft in die

Irre. Sephrenia kennt mich und weiß, daß ich sie selbst dann nicht täuschen könnte, wenn ich es versuchte.«

»Das nennt man Aufrichtigkeit, mein Freund.« Sperber lächelte.

»Wenn du meinst.« Kalten zuckte die Schultern. »Jedenfalls werde ich Sephrenia jetzt in ihrem Gemach besuchen und sie mit Aufrichtigkeit überschütten. Dann müßte sie sich eigentlich besser fühlen.«

»Ich bin es, Sephrenia, Kalten. Bitte, öffnet die Tür.«

»Geht!« Ihre Stimme klang schwach.

»Es ist wichtig!«

»Laßt mich in Ruhe!«

Kalten seufzte. Wieder einmal einer *dieser* Tage. »Bitte, kleine Mutter!« versuchte er es aufs neue.

»Verschwindet!«

»Wenn Ihr die Tür nicht öffnet, muß ich es mit Magie tun.«

»Magie? *Ihr?*« Sie lachte spöttisch.

Kalten trat einen Schritt zurück, hob das rechte Bein und schmetterte den Stiefelabsatz dreimal heftig gegen das Schloß. Die zersplitterte Tür flog auf.

»Was *tut* Ihr?« rief Sephrenia entsetzt.

»Habt Ihr es noch nie mit elenischer Magie zu tun gehabt, kleine Mutter?« fragte er sanft. »Sie ist ziemlich unkompliziert, wie Ihr seht. Ihr habt doch nichts dagegen, wenn ich in Euer Gemach komme?« Er trat über das zersplitterte Holz durch die Türöffnung. »Wir dachten, Ihr seid vielleicht einsam und braucht jemanden, den Ihr anschreien könnt. Vanion wollte nach Euch sehen, aber ich ließ ihn nicht.«

»Ihr? Seit wann kommandiert Ihr Vanion herum?«

»Ich bin größer als er – und jünger.«

»Verlaßt sofort mein Gemach!«

»Tut mir leid, aber das kann ich nicht.« Er blickte zum Fenster. »Ihr habt eine schöne Aussicht von hier. Man kann bis zum Hafen schauen. Sollen wir jetzt anfangen? Gegen Schreien und Schlagen hab' ich nichts, aber bitte verwandelt mich nicht in eine Kröte. Das würde Alean gar nicht gefallen.«

»Wer hat Euch geschickt, Kalten?«

»Das hab' ich doch schon gesagt. Es war meine eigene Idee. Ich wollte Vanion nicht zu Euch lassen, weil Ihr jetzt zu durcheinander seid. Ihr würdet vielleicht etwas zu ihm sagen, das ihr später beide bereut. Zu *mir* könnt Ihr sagen, was Ihr wollt, Sephrenia. Mich könnt Ihr nicht kränken!«

»Geht endlich!«

»Nein, das tu' ich ganz bestimmt nicht! Soll ich uns eine schöne Tasse Tee machen?«

»Laßt mich in Ruhe! Was anderes will ich nicht!«

Kalten faßte sie bei den Schultern und umarmte sie fest. Sie wehrte sich, kam aber gegen seine Kraft nicht an. »Euer Haar riecht gut«, sagte er.

Sie schlug mit den Fäusten auf seine Schultern. »Ich *hasse* Euch!«

»Nein«, widersprach er ruhig. »Ihr könnt mich gar nicht hassen, nicht einmal, wenn Ihr es wirklich wolltet.« Er hielt sie immer noch in den Armen. »Der Herbst ist sehr mild dieses Jahr, findet Ihr nicht auch?«

»*Bitte*, laßt mich allein, Kalten!«

»Nein.«

Sie fing zu weinen an, klammerte sich an sein Wams und vergrub das Gesicht an seiner Brust. »Ich *schäme* mich so!« schluchzte sie.

»Weshalb? Ihr habt doch nichts Schlimmes getan. Zalasta hat Euch hereingelegt, das ist alles. Aber uns andere hat er auch an der Nase herumgeführt, also müßten wir uns alle schämen.«

»Ich habe Vanion das Herz gebrochen!«

»Oh, das glaube ich nicht. Ihr kennt Vanion. Er ist hart im Nehmen.«

Ihre Tränen flossen nun in Strömen – und genau darauf hatte Kalten es angelegt. Er zog ein Taschentuch aus seinem Ärmel und reichte es Sephrenia, ohne die Umarmung zu lockern.

»Ich werde ihnen nie mehr unter die Augen treten können!«

»Wem? Oh, Ihr meint die anderen. Ach, Unsinn! Ihr habt Euch lächerlich gemacht. Das passiert doch jedem mal.«

»Wie *könnt* Ihr es wagen!« Sie hämmerte wieder auf ihn ein.

»Aber es stimmt doch, nicht wahr?« fragte er sanft. »Niemand wirft Euch etwas vor, aber es stimmt trotzdem. Ihr habt getan, was

Ihr für richtig hieltet. Nur hat sich erwiesen, daß es falsch war. Jeder macht irgendwann mal etwas verkehrt. Keiner ist vollkommen.«

»Ich schäme mich so!«

»Das habt Ihr bereits gesagt. Seid Ihr sicher, daß Ihr nicht doch eine leckere Tasse Tee möchtet?«

»Ihr solltet Euch jetzt ausruhen, Anarae«, sagte Sarabian fürsorglich. »Mir war nicht bewußt, wie anstrengend das alles für Euch sein würde.«

Sie lächelte ihn an. »Ihr seid sehr gütig, Sarabian von Tamuli, aber so zerbrechlich bin ich nicht. Machen wir weiter. – Zalasta hatte erhofft, er könne Anakha in dessen Jugend durch gewisse Verlockungen unter seinen unheilvollen Einfluß bringen und auf diese Weise Zugang zu Bhelliom bekommen, ohne daß eine gefährliche Auseinandersetzung erforderlich wäre. Doch Sephrenia und Aphrael verhinderten unwissentlich Zalastas Plan, da sie Bhellioms künftigen Streiter in seiner Kindheit und Jugend nicht aus den Augen ließen.

Zalasta wußte nun, er hatte keine andere Wahl. Er mußte Anakha auf irgendeine Weise vernichten. So besprach er sich mit Ogerajin und mit Otha, ja, er begab sich sogar nach Cimmura, um dort Verbündete zu suchen, die ihm helfen sollten. Zudem gab er sich als einer der zahlreichen zemochischen Styriker aus, die Otha in die elenischen Königreiche geschickt hatte, um die Saat des Hasses und der Zwietracht aufgehen zu lassen.«

»O ja, davon gab es mehr als genug«, fiel Ulath ein. »Man erzählte sich damals, daß ein zemochischer Styriker einem Elenier alles geben könne, was er begehrte – vorausgesetzt, der Elenier hing nicht zu sehr an seiner Seele.«

»Die Styriker verstanden es, durch verführerische Schmeicheleien zu erreichen, was sie wollten«, bestätigte Xanetia, »doch Othas Agenten verfügten nur über sehr beschränkte Geistesgaben.«

»Außerordentlich beschränkte«, pflichtete Vanion ihr bei.

»In der Tat. Zalasta allerdings ging spitzfindiger und viel geduldiger vor. In der Person des Annias, des jungen Kaplans im Königshaus von Elenien, fand er einen aufgeweckten Schüler.«

»*Annias?*« rief Ehlana. »Ich wußte gar nicht, daß er je Hofkaplan war!«

»Das war vor deiner Geburt«, sagte Sperber.

»*Das* würde erklären, weshalb er so großen Einfluß auf meinen Vater hatte. Soll das heißen, Anarae, daß Zalasta hinter all dem steckte?«

Xanetia nickte.

»Es ist gar nicht so leicht, einen jungen Geistlichen zu bestechen«, wandte Bevier ein. »Sie strotzen für gewöhnlich vor Eifer und Idealismus.«

»Und Annias machte da keine Ausnahme«, erwiderte Xanetia. »Er war zwar ehrgeizig, doch in seiner Jugend den Idealen seiner Kirche treu ergeben. Dieser Idealismus war Zalasta im Weg, bis er eine Möglichkeit fand, ihn zu schmälern.« Sie machte eine Pause und errötete leicht. »Ich möchte Euch nicht beleidigen, Majestät«, entschuldigte sie sich bei Ehlana, »doch Eure Tante war immer zügellos und mannstoll.«

»Ihr habt vollkommen recht und braucht Euch dieser Worte nicht zu schämen, Anarae«, versicherte Ehlana. »Arissas Ausschweifungen waren in Cimmura allgemein bekannt, und ich muß gestehen, daß ich sie nie wirklich gemocht habe.«

»Es gab also eine Verbindung?« erkundigte sich Melidere.

»O ja, Baroneß«, antwortete Xanetia. »Prinzessin Arissa war das Mittel, mit dem Zalasta Annias auf seine Seite brachte. Gut geschult durch den Lüstling Ogerajin, machte Zalasta die schamlose Prinzessin näher mit Annias bekannt und ...« Sie hielt inne und errötete.

»Ihr braucht nicht in Einzelheiten zu gehen, Xanetia«, sagte Ehlana. »Wir alle kannten Arissa. Es gab nichts, was sie nicht getan hätte.«

»Wahrlich war sie eine beflissene Schülerin«, bestätigte Xanetia. »Nun dachte Zalasta, Annias könne ihm dank seines Amtes als Berater Eures Vaters sehr nützlich werden. Deshalb weckte Zalasta geschickt die Überzeugung in Eurer verderbten Tante, daß nichts so schändlich sein könnte wie die Verführung eines jungen Priesters. Von nun an ging Arissa dieser Gedanke nicht mehr aus dem Kopf. Und so stahl sie in ihrem zwölften Lebensjahr Annias' zweifelhafte Unschuld.«

»Mit *zwölf* Jahren?« murmelte Melidere. »Sie muß ausgesprochen frühreif gewesen sein.«

»Darauf plagte den Annias bittere Reue«, fuhr Xanetia fort.

»Annias?« sagte Ehlana abfällig. »Der Mann kannte nicht einmal die Bedeutung dieses Wortes!«

»Da täuscht Ihr Euch, Majestät«, widersprach Vanion. »Ich kannte Annias, als er ein noch sehr junger Mann war. Er lebte ganz nach den strengen Regeln der Kirche. Erst später änderte er sich. Sperbers Vater und ich fragten uns oft, was über ihn gekommen sein mochte.«

»Offenbar war Arissa über ihn gekommen«, sagte Ehlana trocken. Sie spitzte die Lippen. »Demnach hat Zalasta durch meine Tante Macht über Annias gewonnen?«

Xanetia nickte. »Nach vielen Gebeten und langem Insichgehen beschloß der junge Priester, die Aufhebung seines Gelübdes zu erbitten, um die berührte Prinzessin zu ehelichen.«

»Eine im Himmel geschlossene Vermählung«, sagte Ulath spöttisch.

»Doch Arissa wollte von einer solchen Verbindung nichts wissen, denn so unersättlich waren ihre Lüste, daß sie ihres geistlichen Geliebten bald müde wurde und ihm seine nachlassende Ausdauer und Manneskraft zum Vorwurf machte. Auf Zalastas anzüglichen Vorschlag hin brachte Arissa ihren erschöpften Liebhaber in ein gewisses Haus in Cimmura. Dort machte Zalasta die Andeutung, er könne Annias' schwindende Manneskräfte mit Hilfe styrischer Zauber wiederherstellen. Dadurch bekam er die Seele jenes Mannes fest in den Griff, der zum Primas von Cimmura werden sollte.«

»Wir wußten, daß Annias Unterstützung von einem der Styriker Othas bekam«, sagte Sperber. »Natürlich hatten wir keine Ahnung, daß es Zalasta war. Er hatte seine Hände fast überall im Spiel, nicht wahr?«

»Er ist außerordentlich klug, Anakha. Geduldig unterwies er seine zusehends willigeren Schüler in jener Verworfenheit, die Ogerajin von Verel ihn gelehrt hatte. Der Hofkaplan war der Mittelpunkt seines Planes, doch zuvor mußte er ihn so sehr verderben, daß keine noch so strenge Buße ihn von seinen Sünden befreien konnte.«

»*Das* hat er wirklich gründlich getan«, warf Ehlana düster ein.

»Schritt um Schritt führte Arissa, unter Zalastas unmerklicher Anleitung, den Kaplan tiefer und tiefer in den Abgrund, bis alle

Tugend in ihm erstorben war. Dann plante der Styriker seinen wohl widerlichsten Coup – daß nämlich die lüsterne Prinzessin, mit Hilfe ihres nun ebenso verderbten Liebhabers, Euren Vater – ihren Bruder – verführen und ihm die Idee einer blutschänderischen Vermählung nahebringen solle, sobald er ihr völlig hörig war. Sehr wohl wußte Zalasta, daß Anakhas Vater eine solche Ungeheuerlichkeit mit aller Kraft verhindern würde. Auf diese Weise hoffte er, Zwietracht zwischen dem Hause Sperber und dem Königshaus von Elenien zu säen. Der ältere Sperber zwang Euren Vater, sich mit einer anderen zu vermählen, doch Zalasta hatte sein Ziel erreicht. Es kam zum Bruch zwischen den beiden Häusern.«

»Aber den haben wir gekittet, nicht wahr, Sperber?« Ehlana lächelte ihren Gemahl liebevoll an.

»Und ob!«

»Was kann ich nur *tun*?« fragte Sephrenia händeringend.

»Beispielsweise *damit* aufhören!« Kalten löste sanft ihre verkrampften Hände voneinander. »Ich habe am eigenen Leib gespürt, wie scharf Eure Nägel sind, und ich möchte nicht, daß Ihr Euch die Haut aufreißt!«

Sephrenia blickte schuldbewußt auf die frischen Kratzer in seinem Gesicht. »Ich habe Euch weh getan, Lieber, nicht wahr?«

»Nicht der Rede wert. Ich bin schlimmere Verletzungen gewöhnt.«

»Ich habe Vanion so schlecht behandelt!« klagte sie. »Er wird mir nie verzeihen, und ich liebe ihn doch so sehr.«

»Dann sagt es ihm! Mehr braucht Ihr nicht zu tun. Sagt Vanion, daß es Euch leid tut, und gesteht ihm, was Ihr für ihn empfindet. Dann wird alles wieder so, wie es zuvor war.«

»Es wird *nie* wieder, wie es war.«

»Aber natürlich! Sobald ihr beide wieder zusammen seid, wird Vanion vergessen, was geschehen ist.« Er nahm ihre zierlichen Hände in seine Pranken und küßte ihre Handflächen. »Darum geht es bei der Liebe, kleine Mutter. Wir alle machen Fehler. Die Menschen, die uns lieben, verzeihen sie uns. Jene, die *nicht* vergeben können, sind nicht von Bedeutung, stimmt's?«

»Ja, aber …«

»Kein Aber, Sephrenia. Es ist so einfach, daß sogar *ich* es verstehen kann. Alean und ich verlassen uns auf unsere Gefühle, und offensichtlich geht das recht gut. Man braucht keine komplizierte Logik, wenn es um etwas so Einfaches wie die Liebe geht.«

»Ihr seid ein so guter Mensch, Kalten.«

Er blickte ein wenig verlegen drein. »Wohl kaum«, entgegnete er schuldbewußt. »Ich trinke und esse zu viel. Ich bin nicht sehr gebildet und kann normalerweise nicht mal einem einfachen Gedankengang vom Anfang bis zum Ende folgen. Weiß Gott, ich habe meine Fehler, aber Alean kennt und verzeiht sie. Sie weiß, daß ich nur ein Soldat bin und erwartet deshalb nicht zuviel von mir. – Habt Ihr jetzt Lust auf eine Tasse Tee?«

»O ja. Wie lieb von Euch.«

»Also, *das* ist eine echte Überraschung!« sagte Vanion. »Aber warum Martel?«

»Zalasta erkannte, daß von allen Pandionern Martel noch am ehesten in Frage kam, es mit Anakha aufzunehmen«, erklärte Xanetia. »Und Martels Gier nach den verbotenen Geheimnissen ebnete Zalasta den Weg. Der Styriker gab sich als ungebildeter und habgieriger Zemocher aus und tat, als ließe er sich nur zu gern mit Martels Gold bestechen. So betörte er den arroganten jungen Pandioner, bis es für diesen kein Zurück mehr gab.«

»Und während dieser ganzen Zeit gab er sich als Othas Emissär aus?« fragte Bevier.

»Ja, Herr Ritter. Er diente Othas Plan, solange es ihm paßte, verfolgte dabei aber ausschließlich durchaus eigene Absichten, ja, im Grunde mißbrauchte er Annias und Martel für *seine* Ziele, die sich ganz auf den Tag konzentrierten, an dem Anakha Bhelliom aus seinem Versteck heben würde.«

»Aber Anakha hat Bhelliom nicht geborgen, Anarae, sondern Aphrael. Und nichts in seinen Plänen hätte Zalasta darauf vorbereiten können.«

Alle drehten sich sofort um, als sie die vertraute Stimme hörten. Sephrenia stand an der Tür, mit noch immer verhärmtem Gesicht. Kalten war dicht hinter ihr. »Vielleicht hätte Zalasta es geschafft, Sperber den Stein zu entreißen, doch Aphrael hätte er niemals besiegen können. Für ihn stürzte eine Welt ein. Er konnte einfach nicht glauben, daß *irgend jemand* – auch nicht eine Gottheit – Bhelliom bereitwillig jemand anderem überlassen würde. Vielleicht werde ich ihm das irgendwann einmal erklären.«

»Ich habe in Zalastas Gedanken gelesen, Sephrenia von Ylara«, sagte Xanetia. »Er ist nicht fähig, eine solche Handlungsweise zu verstehen.«

»Ich sorge schon dafür, daß er sie versteht, Anarae«, entgegnete Sephrenia düster. »Denn ich habe diese Schar großer, wilder Elenier, die mich lieben – behaupten sie jedenfalls. Ich bin sicher, wenn ich sie nett darum bitte, *bläuen* sie Zalasta dieses Verständnis ein.« Sie lächelte schwach.

22

Ehlana erhob sich vom Stuhl, ging zu Sephrenia und küßte deren Handflächen. Wie so oft staunte Sperber, daß seine junge Gemahlin instinktiv genau das Richtige tat.

»Ihr habt uns sehr gefehlt, kleine Mutter«, sagte sie. »Fühlt Ihr Euch jetzt besser?«

Ein schwaches Lächeln huschte über Sephrenias Lippen. »Was versteht Ihr genau unter *besser*, Ehlana?« Sie musterte die blonde Königin. »Ihr bekommt nicht genug Schlaf!«

»Ihr seht auch ein wenig blaß aus«, erwiderte Ehlana. »Wir haben wohl beide Gründe genug dafür.«

»O ja.« Sephrenia blickte auf die besorgten Gesichter ihrer Freunde. »Seht mich nicht so an! Es wird schon wieder! Und es tut mir leid, daß ich mich schlecht benommen habe.« Sie hob die Hand und strich Kalten sanft über die Wange. »Mein tyrannischer Freund hier behauptet zwar, daß es nicht sein muß, aber ich möchte mich dennoch entschuldigen.«

»Ihr hattet mehr als Grund genug, die Fassung zu verlieren«, versicherte Sperber. »Wir waren Euch gegenüber ziemlich rücksichtslos.«

»Das entschuldigt mein Benehmen nicht, Lieber.« Sie holte tief Atem, straffte die Schultern und durchquerte das Gemach. Mit einer

Miene, die deutlich verriet, daß sie bereit war, eine unangenehme Pflicht hinter sich zu bringen, trat sie zu Xanetia. »Wir haben wahrlich keinen Grund, einander zu mögen, aber wir sollten zumindest höflich zueinander sein, Anarae«, sagte sie. »Das war ich nicht. Es tut mir leid.«

»Euer Mut macht Euch Ehre, Sephrenia von Ylara. Ich gestehe, daß es mir sehr schwerfallen würde, einem Feind gegenüber einen Fehler einzugestehen.«

»Was hat Ritter Kalten getan, daß Ihr wieder zu Euch gekommen seid, erhabene Sephrenia?« fragte Sarabian neugierig. »Ihr wart in die tiefste Verzweiflung verfallen, und Kalten wäre nicht *meine* erste Wahl gewesen, Euch daraus zu befreien.«

»Weil Ihr ihn nicht kennt, Sarabian. Er hat ein großes Herz und zeigt seine Zuneigung auf sehr direkte Weise. Er hat die Tür zu meiner Kammer eingetreten und ließ mir keine Luft, bis ich zur Besinnung kam.« Sie dachte kurz nach. »Er hat mich einfach in die Arme genommen und mir gesagt, daß er mich liebt. Er sagte es wieder und wieder und jedesmal rührte es mich tief im Herzen. Elenier verstehen sich sehr gut darauf, andere liebevoll unter Druck zu setzen. Ich habe Kalten eine Zeitlang angeschrien. Dann habe ich versucht, ihn zu schlagen. Aber auf Kalten einzuschlagen ist so, als würde man mit den Fäusten gegen eine Mauer hämmern. Ich habe es sogar mit Weinen versucht – damit hatte ich bisher immer Erfolg –, doch da erbot er sich nur, mir eine Tasse Tee aufzubrühen.« Sie zuckte die Schultern. »Nach einer Weile wurde mir klar, daß er mich auch weiterhin lieben würde, egal, was ich tat, und daß ich mich umsonst zum Narren machte. Deshalb bin ich jetzt hier.« Sie lächelte Alean an. »Ich weiß nicht, ob es Euch bewußt ist, Liebes, aber Ihr seid um Ritter Kalten zu beneiden. Haltet ihn gut fest!«

»Das werde ich, erhabene Sephrenia«, versicherte ihr das rehäugige Mädchen und errötete leicht.

Sephrenia blickte sich um und wurde plötzlich vollkommen sachlich. »Ich bin sicher, wir haben Wichtigeres zu besprechen, als mein schlechtes Benehmen. Habe ich viel versäumt?«

»Ach, eigentlich nicht, teure Schwester«, antwortete Stragen im schleppenden Tonfall Caaladors. »Bis jetzt haben wir eigentlich nur erfahren, daß Zalasta für fast jede Katastrophe in den letzten Jahrhunderten verantwortlich ist. Leider haben wir *noch* nicht genügend Beweise, ihm das hier und heute anzulasten.«

»Aber wir arbeiten daran!« fügte Caalador hinzu.

Sperber faßte kurz zusammen, was Xanetia ihnen über Zalasta und die dunkle Seite seines Wesens erzählt hatte. Es überraschte Sephrenia, daß Zalasta es gewesen war, der Martel benutzt hatte.

»Ich möchte niemanden beleidigen, teuere Schwester«, sagte Stragen, »aber mir scheint, daß die Jüngeren Götter nicht streng genug zu diesen geächteten Styrikern waren. Sie geben sich offenbar zu allem her, was anderen schaden kann. Etwas Dauerhafteres als die Verbannung wäre wahrscheinlich eine bessere Lösung gewesen.«

»Die Jüngeren Götter waren nicht dazu bereit, Stragen.«

»Wirklich bedauerlich«, murmelte er. »Jetzt bleibt es wohl uns überlassen. Wir haben da draußen eine Schar Leute, die außerordentlich geschickt sind, die Ordnung wiederherzustellen. Notfalls mit einigem Nachdruck.« Seine Augen bekamen einen durchtriebenen Ausdruck. »Ich habe eine Idee. Wie wär's, wenn ihr eine Liste mit den Namen aufstellen laßt und sie mir gebt? Dann werde ich dafür sorgen, daß die Geheime Regierung sich um all die unangenehmen Einzelheiten kümmert. Wir brauchten nicht einmal die Jüngeren Götter oder das übrige Styrikum damit zu belästigen. Ihr macht die Vorschläge, und alles weitere nehme ich in die Hand – als persönlichen Gefallen, wenn Ihr so wollt.«

»Ihr seid verderbt, Stragen!«

»Ja. Ich dachte mir gleich, daß es Euch auffällt.«

»Was hat Zalasta getan, nachdem Sperber Azash vernichtet hatte?« wollte Talen wissen. »War es ihm keine Lehre, daß es klüger wäre, sich unserem Freund fernzuhalten?«

»Er war zornig, junger Herr«, antwortete Xanetia. »Anakha hatte Jahrzehnte geduldiger Arbeit in einer Nacht zunichte gemacht, und nun, mit Bhelliom fest in seiner Hand, war er gefährlicher denn je. Zalastas Hoffnung, ihm den Stein zu entreißen, war dahin. So floh er enttäuscht und rasend vor Wut aus Zemoch.«

»Und weil er fortrannte, entging es ihm, daß Sperber den Stein ins Meer warf«, fügte der Junge hinzu. »Er ging davon aus, daß Sperber ihn noch immer bei sich trug.«

Xanetia nickte. »Zalasta kehrte nach Verel zurück, um diese katastrophale Wendung mit Ogerajin und einigen anderen Geächteten zu besprechen.«

»Wie viele sind es, Anarae?« fragte Kalten. »Und *wie* sind sie? Es ist immer gut, soviel wie nur möglich über den Feind zu wissen.«

»Es sind sehr viele, Ritter Kalten, doch neben Zalasta und Ogerajin sind vier besonders gefährlich. Sie sind die mächtigsten und verruchtesten Frevler von ganz Styrikum. Ogerajin ist der bei weitem verderbteste, doch seine Kräfte lassen einer gräßlichen Krankheit wegen nach, die ihm allmählich den Verstand zerfrißt.« Xanetia wirkte plötzlich sehr verlegen, ja, sie errötete sogar. »Es ist eine dieser Krankheiten, die jene befällt, die Unzucht im Übermaß betreiben.«

»Äh ...« Sarabian kam ihr zu Hilfe. »Ich halte es nicht für nötig, die Einzelheiten von Ogerajins Krankheit zu erörtern. Sagen wir doch einfach, daß er behindert ist, und lassen es dabei. Wer sind die anderen, Anarae?«

Sie blickte ihn dankbar an. »Cyzada von Eosien ist der erfahrenste in den finsteren Bereichen styrischer Magie, Kaiser Sarabian. Da er dicht an der Ostgrenze von Zemoch lebt, kam er häufig mit den halb styrischen, halb elenischen Magiern jenes verfluchten Landes zusammen und lernte viel von ihnen. Er vermag geschickt in die Finsternis zu greifen, die Azashs Geist umgab und kann gewisse Kreaturen beschwören, die den Älteren Göttern dienten.«

»Damorker?« fragte Berit. »Sucher?«

»Die Damorker sind mit ihrem Herrn zugrunde gegangen, Herr Ritter. Das Schicksal der Sucher ist ungewiß. Cyzada scheut davor zurück, diese wie jene zu beschwören, denn nur Otha war fähig, sich ihren Gehorsam zu erzwingen.«

»Das ist doch schon etwas«, sagte Khalad. »Ich habe einige Geschichten gehört, die ich nicht gern aus eigener Erfahrung bestätigt sehen möchte.«

»Außer mit Cyzada haben Zalasta und Ogerajin sich auch noch mit Ptaga aus Jura, Ynak aus Lydros und Djarian aus Samar verbündet«, fuhr Xanetia fort.

»Ich habe von ihnen gehört«, sagte Sephrenia finster. »Ich hätte nie geglaubt, daß Zalasta so tief sinken könnte.«

»So schlimm?« fragte Kalten.

»Noch schlimmer! Ptaga ist ein Meister darin, Trugbilder zu erschaffen und den schmalen Pfad zwischen Wirklichkeit und Einbildung zu verwischen. Man erzählt, er könne Frauen entstehen lassen, um die perversen Lüste ausschweifender Menschen zu befriedigen. Für diese Trugfrauen, die in dieser Hinsicht echten Frauen überlegen sind, läßt er sich sehr gut bezahlen.«

»Sieht ganz so aus, als hätte er sich beruflich verbessert«, bemerkte Oscagne. »Außer den schönen Damen erschafft er jetzt auch noch sehr echt wirkende Trugbilder von Ungeheuern. Das wäre zumindest eine Erklärung für die Vampire und dergleichen.«

»Ynak hat den Ruf, wie kein anderer auf der Welt Streit hervorrufen zu können. Er kann Jahrhunderte währende Fehden zwischen Familien verursachen, indem er lediglich an ihren Häusern vorbeispaziert. Wahrscheinlich ist Ynak für die Zunahme des Rassismus in den elenischen Königreichen im Westen verantwortlich. Und Djarian ist vermutlich der unübertrefflichste Nekromant der Welt. Man sagt von ihm, er könne Personen auferstehen lassen, die es gar nicht wirklich gegeben hat.«

»Ganze Armeen?« fragte Ulath. »Wie diese altertümlichen Lamorker oder die Cyrgai?«

»Das bezweifle ich«, antwortete Sephrenia, »obwohl ich mich natürlich irren kann. Immerhin war es Zalasta, der es als unmöglich hinstellte, und er kann uns durchaus belogen haben.«

»Ich habe eine Frage, Anarae«, sagte Talen. »Könnt Ihr Zalastas Gedankenwelt nicht nur lesen, sondern auch sehen?«

»In gewissem Maße, junger Herr.«

»Worauf willst du hinaus, Talen?« fragte Sperber.

»Ihr erinnert Euch doch an den Zauber, den Ihr benutzt habt, um Kragers Gesicht in der Waschschüssel sichtbar zu machen. Ihr wißt schon – damals in Platimes Keller in Cimmura.«

Sperber nickte.

»Ein Name ist nur ein Name«, sagte Talen, »und es ist anzunehmen, daß gerade diese Styriker nicht herumlaufen und ihn öffentlich verkünden. Stragen erwähnte, daß man sie gewissermaßen außer Gefecht setzen sollte. Würden Bilder das nicht erleichtern? Wenn Xanetia aus Zalastas Gedächtnis weiß, wie diese Halunken aussehen, und wenn sie es mich ebenfalls sehen ließe, könnte ich Bilder von den Kerlen zeichnen. Stragen könnte diese Bilder dann nach Verel schicken – oder wo immer diese Styriker sind –, und Zalasta würde plötzlich ein paar Leute verlieren, mit deren Unterstützung er fest rechnet. Ich glaube, das sind wir ihm schuldig, oder nicht?«

»Der Junge hat Köpfchen, Sperber!« Ulath grinste.

»Etwas habt Ihr nicht bedacht, junger Herr«, sagte Xanetia. »Der Zauber, von dem Ihr sprecht, ist ein styrischer. Er ist mir nicht vertraut.«

»Sephrenia könnte ihn Euch lehren.« Talen zuckte die Schultern.

»Du verlangst Unmögliches, Talen!« rügte Bevier ihn. »Sephrenia und Xanetia sind gerade erst so weit, daß sie sich im selben Zimmer aufhalten können, ohne einander an die Kehle gehen zu wollen! Es gehört viel Vertrauen dazu, andere Personen Zauber zu lehren oder sie zu erlernen.«

Doch Xanetia und Sephrenia hatten bereits einen langen, besorgten Blick gewechselt. »Verwerft eine gute Idee nicht so einfach, Bevier«, murmelte Sephrenia. »Es gäbe da schon einige Möglichkeiten, Anarae«, sagte sie vorsichtig. »Vermutlich schaudert Euch bei dieser Vorstellung ebensosehr wie mir, doch um dieser Sache willen sollten wir lernen, einander zu trauen. Falls wir Eure Magie mit meiner verbinden könnten ...« Sie ließ den Satz unbeendet.

Xanetia spitzte die Lippen und ihr Gesichtsausdruck unterschied sich kaum von dem Sephrenias. Sie dachte so angestengt nach, daß ihre Selbstbeherrschung ein wenig nachließ und ihr Gesicht schwach zu leuchten begann. »Das Bündnis unserer beider Rassen hat die Cyrgai tatsächlich beinahe in die Knie gezwungen«, bemerkte sie in demselben vorsichtig fragenden Tonfall wie zuvor Sephrenia.

»In diplomatischen Kreisen ist dies der Punkt, an dem Verhandlungen für gewöhnlich unterbrochen werden, damit die Angelegenheit mit den Regierungen geklärt werden kann«, sagte Oscagne.

»Die Anarae und ich sind nicht verpflichtet, uns Anweisungen zu holen, weder von Sarsos noch Delphaeus, Exzellenz«, wandte Sephrenia ein.

»Das gilt auch für die meisten Diplomaten.« Er zuckte die Schultern. »Die Behauptung ›ich muß zuerst mit meiner Regierung Rücksprache halten‹ ist lediglich eine höfliche Weise zu sagen: ›Euer Vorschlag ist interessant, aber ich brauche Zeit, darüber nachzudenken und mich daran zu gewöhnen.‹ Ihr betretet Neuland, meine Damen. Ich würde euch empfehlen, nichts zu überstürzen.«

»Was meint Ihr, Sephrenia von Ylara?« Xanetia lächelte schüchtern. »Sollen wir eine Pause für eine imaginäre Besprechung mit Sarsos und Delphaeus einlegen?«

»Das wäre vielleicht keine so schlechte Idee, Xanetia von Delphaeus«, pflichtete Sephrenia ihr bei. »Solange wir beide wissen, daß es nur eine Vorspiegelung ist, brauchen wir keine Zeit damit zu vergeuden, auf nicht vorhandene Kuriere zu warten, die Phantasiereisen machen müssen, ehe wir die Verhandlungen wieder aufnehmen.«

»Nach der Vernichtung der Stadt Zemoch und sämtlicher Einwohner trafen sich Zalasta und seine Kumpane in Verel, um über ihre weitere Vorgehensweise zu beratschlagen«, erzählte Xanetia nach einer kurzen Pause weiter. »Sie alle kamen zu dem Schluß, daß sie es mit Anakha und Bhelliom nicht aufnehmen konnten. Ogerajin wies darauf hin, daß Zalasta ein Bündnis mit *Otha* eingegangen sei, und daß es keine direkte Verbindung zu Azash gegeben habe. Er sprach sehr geringschätzig darüber zu Zalasta, und Zalastas Groll über diese Worte hält immer noch an.«

»Das ist sehr gut«, stellte Vanion fest. »Aus Unstimmigkeiten unter den Feinden kann man für gewöhnlich großen Nutzen ziehen.«

»Die Anwesenheit des streitsüchtigen Ynak erhöhte ihre Unstimmigkeiten, Hochmeister Vanion. Ogerajin tadelte Zalasta und fragte ihn, ob er so aufgeblasen sei, daß er sich einem Gott ebenbürtig glaube, denn Ogerajin hält Anakha für einen Gott – oder für gottgleich –, da er Bhelliom einsetzen kann.«

»Wie ist es, mit einem Gott verheiratet zu sein, Ehlana?« spöttelte Sarabian.

»Es hat seine Vorteile.« Sie lächelte.

»Dann schloß Cyzada von Esos sich ihrer Diskussion an«, fuhr Xanetia fort. »Auf seine durchtriebene Weise schlug er einen Pakt mit einem oder auch mehreren der unzähligen Halbgötter der Unterwelt vor. Doch die anderen trauten ihm nicht, da er allein die Beschwörungen wußte, mit denen diese Kreaturen der Finsternis gerufen und beherrscht werden konnten. In der Tat vertraut in diesem verruchten Kreis keiner dem anderen. Zalasta hält ihnen den höchsten Preis vor Augen, und er weiß sehr wohl, daß jeder von ihnen insgeheim nach dem Stein giert und ihn für sich allein haben möchte. Es ist ein unsicheres Bündnis, das Zalasta und seine Spießgesellen eingegangen sind.«

»Und was haben sie schließlich zu tun beschlossen, Anarae?« erkundigte sich Kring. Sperber war schon oft aufgefallen, daß der Domi bei diesen Besprechungen selten etwas sagte. Kring fühlte sich in Zimmern nicht wohl, und die Feinheiten der Politik, die Ehlana und Sarabian so erfreuten, langweilten ihn ganz offensichtlich. Die Politik der Peloi war geradeheraus und schlicht – und meist blutig.

»Sie stimmten überein, daß sie – um welchen Preis auch immer – bereitwillige Helfer in der Regierung des Imperiums finden würden«, sagte Xanetia.

»Damit hatten sie vollkommen recht«, brummte Sarabian. »Wenn das, was wir gestern erlebt haben, bezeichnend dafür ist, müssen meine Minister regelrecht Schlange gestanden haben, mich zu verraten!«

»Es war nicht persönlich, mein Kaiser«, versicherte Oscagne ihm. »Wir verrieten einander, nicht Euch.«

»Ist jemand auch an Euch herangetreten?«

»Mehrere sogar. Aber sie hatten mir nichts zu bieten, das von Intersse für mich war.«

»Wahrheit in der Politik, Oscagne?« Sein Bruder tat erstaunt. »Schaffst du da nicht einen ungünstigen Präzedenzfall?«

»Werde endlich mal erwachsen, Itagne! Ist dir immer noch nicht klar geworden, daß man Sarabian nichts vormachen kann? Er erhebt Anspruch darauf, ein Genie zu sein. Vielleicht hat er sogar recht damit – aber warten wir ab, was geschieht, wenn wir ihm auch seine letzten Illusionen geraubt haben.«

»So frei geradeheraus zu sprechen, ist sehr unhöflich, Oscagne«, rügte ihn Sarabian. »Ich bin nämlich hier und höre es!«

»Tatsächlich, Majestät!« tat Oscagne übertrieben verwundert. »Ist das nicht erstaunlich?«

Sarabian lachte. »Was kann ich tun?« wandte er sich an Ehlana. »Ich brauche ihn zu sehr, also muß ich ihn nehmen wie er ist. Warum habt Ihr mir nicht davon erzählt, Oscagne?«

»Es passierte, als Ihr noch Einfältigkeit vorgetäuscht habt, Majestät. Ich wollte Euch nicht unsanft aus diesem Zustand wecken. – Es könnte dieser Ynak gewesen sein, Anarae. Einer dieser Männer, die mich angingen, war Styriker. Selten bin ich einem widerlicheren Individuum begegnet! Selbst Ziegen sind mir untergekommen, die besser rochen. Der Kerl war ausgesprochen abstoßend. Seine Augen blickten in zwei Richtungen zugleich, und seine Zähne waren faulende Stummel, die so aussahen, als hätte er braune Eiszapfen im Maul.«

»Eure Beschreibung paßt zu Zalastas Erinnerung an ihn.«

»So wie *der* aussieht, wird's ja nicht so schwer sein, ihn zu finden, Stragen«, meinte Caalador. »Wenn du willst, laß ich den Leuten in Verel ausrichten, sie sollen sich nach ihm umgucken. Wenn der Kerl so scheußlich ist, wie der Aus'minister sagt, geht er kei'm ab.«

Xanetia blickte ihn verwirrt an.

»Das ist eine Rolle, die mein Kollege gern spielt, Anarae«, entschuldigte Stragen sich für Caalador. »Er gibt sich gern als unwissender Tölpel aus und behauptet, keiner könne ihn durchschauen. Aber ich glaube, er tut es nur, um mich zu ärgern.«

»Eure Elenier sind lustig und voller Übermut, Sephrenia von Ylara«, sagte Xanetia.

»Ich weiß, Anarae.« Sephrenia seufzte. »Es ist eine der Bürden, die ich tragen muß.«

»Sephrenia!« entrüstete Stragen sich milde.

»Wie habt Ihr das Angebot dieses Burschen ausschlagen können, ohne einen Dolch in den Rücken zu bekommen, Exzellenz?« fragte Talen Oscagne. »Eine solche Ablehnung ist für gewöhnlich tödlich.«

Oscagne zuckte die Schultern. »Ich sagte ihm, daß der Preis nicht stimmte. Sobald er ein besseres Angebot hätte, wäre ich vielleicht interessiert.«

»Großartig, Exzellenz!« sagte Caalador bewundernd. »Hat er einen Grund genannt, weshalb er an Euch herangetreten ist?«

»Er war ein bißchen vage und hat lediglich Andeutungen über einen großen Schmugglerring gemacht und daß die Hilfe des Außenministeriums nützlich sein könnte, den Weg in einige der Königreiche außerhalb Tamulis zu ebnen. Er ließ auch durchblicken, daß er sich die Hilfe des Innenmininisters bereits erkauft habe, ebenso die des Finanzministers in seiner Eigenschaft als Leiter der Zollbehörden.«

»Er hat gelogen, Exzellenz«, warf Stragen überzeugt ein. »Soviel Geld läßt sich mit Schmuggeln nicht machen. Es ist ein Geschäft mit hohem Risiko und geringem Gewinn.«

»Der Meinung war auch ich.« Oscagne lehnte sich zurück und strich sich nachdenklich übers Kinn. »Diese Gruppe von Styrikern drunten in Verel mag sich ja für sehr klug und weltoffen halten, doch verglichen mit Berufsverbrechern und internationalen Geschäftsleuten sind sie wie böse, kleine Kinder. Sie haben sich eine Geschichte ausgedacht, die wirklich nicht sehr überzeugen kann. Was sie tatsächlich wollten, war Zugriff auf die Regierung und die Macht der einzelnen Ministerien, um diese Macht dann zum Sturz der Regierung einzusetzen. Die Regierung mußte am Rand des Zusammenbruchs sein, um mich zu veranlassen, nach Eosien zu reisen und Prinz Sperber zu ersuchen, hierherzukommen und uns zu retten.«

»Es hat funktioniert, oder nicht?« sagte Itagne.

»Na ja, das schon, aber es war sehr plump. Mir persönlich wäre ein so stümperhafter Sieg direkt peinlich. Es ist eine Sache der Gesinnung, Itagne. Jeder Pfuscher kann hin und wieder etwas zustande bringen. Der wahre Könner aber versteht sein Handwerk so gut, daß er sich nicht aufs Glück verlassen muß.«

Bald darauf beschlossen sie, die Besprechung für diesen Tag zu beenden und morgen fortzuführen. Sperber beobachtete Sephrenia und Vanion, als alle den Salon verließen. Die beiden warfen einander hoffnungsvolle, jedoch heimliche Blicke zu. Noch schien keiner bereit, als erstes das Eis zu brechen.

Am nächsten Morgen kamen sie wieder zusammen. Beobachtete man Talen und Kalten, gewann man beinahe den Eindruck, die beiden lägen im Wettstreit, wer zum Frühstück die größten Portionen in sich hineinstopfen konnte.

Nachdem die Gefährten sich einige Minuten über dieses und jenes unterhalten hatten, kamen sie wieder zur Hauptsache. »Kurz nach dem Umsturzversuch hier in Matherion hat Krager mich aufgesucht«, wandte Sperber sich an Xanetia. »Hat er die Wahrheit gesagt, als er behauptete, Cyrgon sei in diese Sache verwickelt?«

Xanetia nickte. »Cyrgon hat allen Grund, die Styriker und ihre Götter zu hassen. Der Fluch, der seine Cyrgai seit zehn Äonen gefangenhält, erzürnt ihn über alle Maßen. Die geächteten Styriker in Verel teilten seinen Haß, denn auch sie waren bestraft worden.« Sie überlegte kurz. »Wir alle haben Grund, Zalasta zu hassen, müssen jedoch anerkennen, daß er einigen Mut bewies. Obwohl er wußte, daß er in Lebensgefahr schwebte, brachte er das Angebot der Geächteten nach Cyrga, der verborgenen Stadt, und unterbreitete es Cyrgon höchstpersönlich.

Der Vorschlag war einfach. Mit Bhellioms Hilfe könnte der Fluch aufgehoben, die Cyrgai wieder auf die Welt losgelassen und die Styriker niedergemacht werden, was ein Bedürfnis sowohl für Cyrgon wie die Geächteten war. Die Cyrgai würden die Welt beherrschen, und Ogerajin und seine Freunde würden in hohe Ämter gelangen. Und nach Aphraels Vernichtung würde Sephrenia endlich Zalasta gehören.«

»Also für jeden etwas«, sagte Sarabian trocken.

»So dachten jedenfalls Ogerajin und Zalasta«, bestätigte Xanetia. »Sie hatten allerdings nicht mit einem besonderen Wesenszug Cyrgons gerechnet. Schon bald mußten sie feststellen, daß er sich in diesem Spiel um die Macht auf gar keinen Fall mit der für ihn vorgesehenen Nebenrolle zufriedengeben würde. Cyrgon befiehlt! Er gehorcht niemandem! Er stellte seinen Hohenpriester, einen gewissen Ekatas, über seine neuen Verbündeten und machte ihnen klar, daß Ekatas in jeder Beziehung für ihn sprach. Zalasta lachte insgeheim über die Einfalt des Gottes, denn er glaubte, der Hohepriester Ekatas würde sterben, wie alle anderen Cyrgai auch, sobald er versuchte, die unsichtbare Grenze im Sand zu überschreiten. Doch Ekatas brauchte es gar nicht. Mit Cyrgons Hilfe sandte er seinen *Geist* auf die Reise, nicht seinen Leib, so daß er alles beobachten und lenken konnte, ohne Cyrga körperlich zu verlassen. Ekatas Geist vermag über gewaltige Entfernungen zu greifen, nicht nur, um Cyrgons Anweisungen zu übermitteln, sondern auch, um den verstreuten Gruppen der Verschwörer mitzuteilen, was anderswo geschehen ist und was sie zu tun haben.«

»Das erklärt, wie die Nachricht von unserem Kommen so rasch von einem Ende Cynesgas zum anderen gelangen konnte«, warf Bevier ein. »Wir haben uns gefragt, wie es ihnen gelungen ist, uns stets einen Schritt voraus zu sein.«

»Obwohl sie Geächtete und Verachtete sind«, erzählte Xanetia weiter, »sind Ogerajin und die anderen nach wie vor Styriker, und Styriker sind keine kriegerische Rasse. Sie beherrschen das Wort, nicht das Schwert. Cyrgon aber ist ein Kriegsgott. Er befahl ihnen, Armeen aufzustellen und die Ataner anzugreifen, den starken Arm des Imperiums. Die Geächteten waren bestürzt, denn Cyrgon erteilte ihnen Befehle statt der erhofften Ratschläge. Zalasta dagegen, der in Eosien weit herumgekommen war, riet Ekatas, Cyrgon nahezulegen, die Trolle zu täuschen und nach Nordtamuli zu locken. Das tat Cyrgon denn auch. Doch er verlangte mehr. Ynak von Lydros, der stets die Wolke des Haders mit sich trägt, vermochte die Feuer der Unzufriedenheit in Tamuli zu entfachen, doch so zänkisch ist sein Wesen, daß niemand ihm freiwillig folgen würde. Armeen benötigen Heerführer, doch als solche sind Styriker ungeeignet. – Ich sage das nicht als Beleidigung, Sephrenia«, fügte sie rasch hinzu. Xanetia und Sephrenia gingen sehr behutsam miteinander um.

»Ich betrachte es auch nicht als Beleidigung, Xanetia«, versicherte Sephrenia. »Ich *mag* Soldaten.« Ihr Blick huschte zu Vanion. »Na ja, zumindest einige. Aber ich bin trotzdem der Ansicht, daß die Welt ohne Soldaten ein freundlicherer Ort wäre.«

»Das ist nicht nett von Euch«, beschwerte sich Ulath. »Dürfen wir nicht Soldaten sein, müßten wir uns alle nach ehrlicher Arbeit umsehen!«

Xanetia lächelte; dann fuhr sie fort: »Da Cyrgon ungeduldig wurde, reiste Zalasta nach Arjuna, um seinen Sohn Scarpa für dieses Unternehmen zu gewinnen. Nun ist Scarpa anders als sein Vater. Er greift bereitwillig, ja, eifrig, zur Gewalt. Dank seines gut eingeübten selbstsicheren Auftretens und seiner Jahre als Unterhalter auf schäbigen Jahrmärkten verstand er sich auf die Kunst des Redens. Er vermochte Menschenmassen mitzureißen und aufzuwiegeln. Sein Beruf ist jedoch alles andere als angesehen, und das ist wie ein Stachel in Scarpas Fleisch, denn er hat eine sehr hohe Meinung von sich.«

»Das kann man wohl sagen, kleine Dame!« fiel Caalador ein. »Wenn es auch nur annähernd stimmt, was die Diebe von Arjuna mir berichtet haben, bildet Scarpa sich wahrscheinlich sogar ein, er könne fliegen oder auf dem Wasser schreiten, wenn er es wirklich wollte.«

»So ist es«, bestätigte Xanetia. »Zudem empfindet er unendliche Verachtung für die Götter und einen abgrundtiefen Haß auf Frauen.«

»Das ist bei unehelich geborenen Söhnen nicht selten«, stellte Stragen sachlich fest. »Manche von uns geben unseren Müttern – oder unseren Göttern – die Schuld daran, daß wir von der bürgerlichen Gesellschaft abgelehnt werden. Glücklicherweise hatte ich nie Probleme damit. Vielleicht liegt es daran, daß ich schon immer geistreich und charmant war und daher keine weiteren, tiefergehenden Fragen zu beantworten brauchte.«

»Ich hasse ihn, wenn er so überlegen tut!« klagte Baroneß Melidere.

»Es ist eine schlichte Tatsache, meine liebe Baroneß.« Stragen grinste sie an. »Falsche Bescheidenheit ist ein Zeichen von Dummheit, findet Ihr nicht?«

»Verkündet Eure Lebensweisheiten, wenn Ihr anderen nicht die Zeit damit stehlt, Stragen!« tadelte Ehlana. »Hat Zalasta seinen Sohn in *alle* Einzelheiten dieses Komplotts eingeweiht, Anarae?«

»Ja, Majestät. Bedenkt man das Wesen der beiden, so herrschte erstaunliche Offenheit zwischen ihnen. Doch Scarpa war sehr jung und hatte eine zu hohe Meinung von seiner Klugheit. Zalasta erkannte rasch, daß die einfachen styrischen Zauber, die er seinen Sohn während seiner unregelmäßigen Besuche in Arjuna gelehrt hatte, zwar genügen mochten, die dortigen Bauerntölpel zu täuschen, jedoch keineswegs für ihre Sache ausreichte. Deshalb brachte er Scarpa nach Verel und gab ihm Ogerajin als Lehrmeister.«

»Wann war das, Anarae?« erkundigte Caalador sich interessiert.

»Vor ungefähr fünf Jahren, Meister Caalador.«

»Dann paßt es zu dem, was *wir* herausgefunden haben. Vor fast genau fünf Jahren verschwand Scarpa aus Arjuna. Zwei Jahre später kehrte er zurück und begann, da und dort die Massen aufzuwiegeln.«

»Es war eine kurze Ausbildung«, bestätigte Xanetia, »doch Scarpa besitzt eine rasche Auffassungsgabe. Allerdings war es sein Lehrmeister, der die Ausbildung beendete; denn er konnte den Hochmut des jungen Mannes nicht mehr ertragen.«

»Dieser Scarpa ist offenbar einer von denen, die niemand ausstehen kann«, bemerkte Talen. »Ich habe ihn nie kennengelernt, kann ihn aber jetzt schon nicht leiden.«

»Selbst Zalasta war ein wenig erschrocken über die Hochnäsigkeit und unfreundliche Art seines Sohnes«, erklärte Xanetia. »Um ihm ein wenig Höflichkeit beizubringen, nahm er ihn nach Cyrga mit, wo ihm ihr Meister vielleicht ein wenig Respekt einflößen würde. Cyrgon befragte den jungen Mann eingehend; dann – offenbar zufrieden – wies er ihn in seine Aufgabe ein. Scarpa verließ den Gott der Cyrgai ohne ein Fünkchen mehr Respekt als vor ihrem Treffen. Zalasta verlor den letzten Rest von Achtung, den er anfangs vor seinem Sohn gehabt haben mochte, und beschloß bereits in Gedanken, daß Scarpa ihren Sieg nicht lange überleben würde, sollte ihr Komplott von Erfolg gekrönt werden.« Xanetia machte eine Pause. »Wenn Ihr es so sehen möchtet, Sephrenia, kann man sagen, Euer Verlangen nach Rache wird gestillt; der erste Schritt dazu ist getan. Zalasta ist eine leere Hülle, ohne Gott und ohne irgend jemanden auf der Welt, der ihn liebt oder ihn auch nur seinen Freund nennt. Selbst die kärgliche Zuneigung, die er für seinen Sohn empfunden hatte, ist erstorben. Zalasta ist leer und einsam.«

Zwei große Tränen traten Sephrenia in die Augen, doch sie wischte sie rasch und verärgert fort. »Das genügt nicht, Anarae!« sagte sie hart.

»Ihr habt zu viel Zeit unter Eleniern verbracht, kleine Mutter«, sagte Sarabian. Sperber horchte auf. Er konnte sich nicht sicher sein, ob der hochintelligente, aber unberechenbare tamulische Kaiser diese liebevolle Anrede absichtlich benutzt hatte oder es ihm nur entschlüpft war.

»Wer hat die anderen rekrutiert, Anarae?« fragte Vanion, um von der ein wenig heiklen Situation abzulenken.

»Das war Scarpa, Hochmeister Vanion«, antwortete sie. »Cyrgon hatte ihn angewiesen, Gleichgesinnte zu suchen, die das Volk in Westtamuli zur Rebellion aufwiegeln sollten, damit Anakha der Weg versperrt sein würde, sollte er mit den Armeen der Kirche heranmarschieren. Cyrgon würde seine geliebten Cyrgai nur ungern durch jemanden wie Euch in Gefahr bringen. Scarpa kannte zufällig einen verarmten dazitischen Edelmann. Von Schulden geplagt und von seinen Schuldnern gedrängt, flüchtete dieser Mann aus Dakonien und versteckte sich eine Zeitlang auf eben jenem arjunischen Jahrmarkt, auf dem Scarpa seine fragwürdige Kunst zeigte. Diesen heruntergekommenen Edelmann, Baron Parok mit Namen, suchte Scarpa auf seinem Heimweg von Cyrga auf. Der in seiner Bedrängnis zu allem bereite Parok schloß sich seinem kurzzeitigen Kollegen gern an; denn die Verlockungen, die Scarpa zu bieten hatte, waren groß. Das skrupellose Paar besprach sich daraufhin mit den verruchten Styrikern in Verel und befolgte deren Rat, den Kaufmann Amador in Edom und den Poeten Elron in Astel anzuwerben, die beide sehr von sich eingenommen und unzufrieden mit der ihnen vom Schicksal zugeteilten Stellung im Leben waren.«

Bevier runzelte die Stirn. »Wir sind beiden begegnet, Anarae, und keiner von ihnen scheint mir das Zeug für einen Führer zu haben. Konnte Scarpa keine besseren Leute finden?«

»Die Auswahl wurde nach der Bereitwilligkeit zur Mitarbeit getroffen, Herr Ritter. Die Fähigkeit, mit Worten zu überzeugen, und die wirkungsvolle gebieterische Pose, die aller Augen auf sich zieht, läßt sich durch gewisse styrische Zauber verleihen. So wenig beeindruckend die beiden auch sind, zeichnete sie doch die hoffnungslose Verzweiflung aus, die Scarpa gesucht hat. Sowohl Amador wie Elron litten unbeschreiblich darunter, so unbedeutend zu sein. Beide waren nur zu gern bereit, alles zu tun, um dies zu ändern.«

»Das haben wir in Thalesien die ganze Zeit vor Augen, Bevier«, erklärte Ulath. »Wir nennen es ›das Klagelied des kleinen Mannes‹. Avin Wargunsson ist ein ausgezeichnetes Beispiel dafür. Er würde lieber sterben, als nicht beachtet zu werden.«

»Amador ist gar kein so kleiner Mann«, gab Talen zu bedenken.

»So wörtlich ist es auch nicht gemeint, Talen.« Ulath lächelte. »Wie kam eigentlich Graf Gerrich in Lamorkand ins Spiel, Anarae? Und warum?«

»Er wurde auf Zalastas Anweisung von Scarpa rekrutiert, Ritter Ulath. Zalasta wollte Zwietracht und Aufruhr auf dem eosischen Kontinent säen, um die Kirche von Chyrellos zu überzeugen, in ihrem eigenen Interesse Anakha nach Tamuli zu schicken, um die Ursachen der Unruhen in Erfahrung zu bringen. Von ihnen allen ist nur Zalasta auf beiden Kontinenten zu Hause und nur er begreift die

Gedankengänge der Kirche. Elron und Amador sind lediglich Figuren in seinem Spiel. Sie wissen nur wenig vom wahren Ausmaß des Unternehmens, dem sie sich angeschlossen haben. Baron Parok ist zwar besser unterrichtet, aber nicht in *alle* Einzelheiten eingeweiht. Graf Gerrich wirkt nur am Rande mit. Er verfolgt seine eigenen Ziele, die lediglich hin und wieder denen seiner tamulischen Kollegen gleichen.«

»Man muß sie fast bewundern«, meinte Caalador. »Das ist der komplizierteste und bestorganisierte Betrug, von dem ich je gehört habe.«

»Aber er flog auf, als Xanetia die Tür zu Zalastas Bewußtsein öffnete«, wandte Kalten ein. »Sobald wir herausgefunden hatten, daß er schon immer auf der anderen Seite stand, begann das Ganze zu zerbröckeln.« Nachdenklich fragte er: »Wie kam Krager eigentlich dazu?«

»Graf Gerrich hat ihn Scarpa vorgeschlagen«, antwortete Xanetia. »Dieser Krager war ihm früher oft ziemlich nützlich gewesen.«

»O ja!« bestätigte Ulath. »Wir sahen selbst, wie nützlich er ihm vor den Mauern von Baron Alstroms Burg in Lamorkand gewesen ist. Martels Ungeist verfolgt uns noch immer, nicht wahr, Sperber?«

»Wieviel wußten mein Innenminister und die anderen Hochverräter von alldem, Anarae?« erkundigte sich Sarabian.

»So gut wie nichts, Majestät. Im Grunde hielten sie sich nur für Mitwirkende im Machtkampf zwischen Außenminister Oscagne und Innenminister Kolata. Kolata versprach ihnen fette Beute, deshalb folgten sie ihm.«

»Also ganz normale Palastpolitik«, murmelte Sarabian nachdenklich. »Das werde ich bei ihrer Gerichtsverhandlung berücksichtigen müssen. Sie waren nicht wirklich illoyal, nur bestechlich.«

»Alle, außer Innenminister Kolata, Majestät«, wandte Itagne ein. »Bei ihm muß es mehr gewesen sein als einfache politische Streitigkeiten, nicht wahr?«

»Kolata war ebenfalls nur ein Strohmann, Itagne von Matherion. Teovin war Zalastas Mann bei Hof. *Ihm* brachte Krager Zalastas Anweisungen. Teovin teilte ihm nur soviel mit, wie er unbedingt wissen mußte.«

»Das bringt uns zu dem versuchten Staatsstreich«, sagte Ehlana.

»Krager behauptete Sperber gegenüber, daß gar nicht beabsichtigt gewesen war, den Umsturz zum Erfolg zu führen, sondern daß er nur dazu diente, sich mit unseren Stärken und Schwächen vertraut zu machen. Entspricht das der Wahrheit?«

»Zum Teil, Majestät«, erwiderte Xanetia. »Zalasta wußte nicht, ob er Anakhas Erklärung, er habe Bhelliom im Meer versenkt, glauben sollte. Indem er zur Rebellion auf den Straßen Matherions aufwiegelte und auf diese Weise alle in Gefahr brachte, die Anakha lieb waren, zwang er ihn zu offenbaren, ob der Stein noch in seinem Besitz war oder nicht.«

»Wir haben Zalasta also direkt in die Hände gearbeitet, als wir Bhelliom zurückholten«, sagte Khalad nachdenklich.

»Das glaube ich nicht«, widersprach Sperber. »Wir hätten nie von Bhellioms Bewußtheit erfahren, hätten wir ihn dort gelassen, wo er war. Und das hat *niemand* gewußt – außer vielleicht Aphrael. Azash hatte offenbar keine Ahnung, und Cyrgon anscheinend auch nicht. Ich kann mir nicht vorstellen, daß sie so interessiert an Bhelliom gewesen wären, wenn sie wüßten, daß er sich ihren Befehlen möglicherweise widersetzt, selbst wenn er dabei die Welt vernichten müßte.«

»Also gut«, sagte Khalad. »Jetzt wissen wir, wie es zu alldem kam. Was geschieht als nächstes?«

»Das liegt in der Zukunft, Khalad von Demos«, antwortete Xanetia, »und die Zukunft ist uns allen verborgen. Wisset jedoch, daß unter unseren Feinden große Verwirrung herrscht und ihre Reihen sich lichten. Zalastas Stellung als Berater der Imperiumsregierung war der entscheidende Punkt bei allen ihren Plänen.«

»Wie schnell wird er sich fangen, Sephrenia?« fragte Ehlana. »Ihr kennt ihn besser als irgend jemand sonst. Wird er imstande sein, sofort zurückzuschlagen?«

»Möglicherweise«, antwortete Sephrenia. »Aber was immer er tut, es wird nicht gut durchdacht sein. Zalasta ist Styriker, und wir Styriker reagieren sehr heftig auf Überraschungen. Zalasta wird eine Weile wild um sich schlagen – Berge vernichten, Seen in Brand setzen –, ehe er seine Fassung zurückerlangt.«

»Dann sollten wir gleich wieder gegen ihn vorgehen«, meinte Bevier, »ehe er sich gefangen hat!«

»Ich habe eine Idee«, sagte Sarabian. »Nachdem wir die Geheimakten des Innenministeriums durchforstet hatten, beschlossen wir, uns nur die Anführer der Verschwörer vorzuknöpfen. Um die Helfershelfer und Informanten haben wir uns nicht gekümmert – hauptsächlich, weil wir nicht genügend Platz in den Gefängnissen hatten. Der Innenminister war hier die Hauptperson der Verschwörung, glaube ich, und nun werden Zalasta und seine Kumpane sich wahrscheinlich gezwungen sehen, sich mit den Mitläufern zufriedenzugeben. Würde es Zalasta nicht noch mehr aus der Fassung bringen, wenn ich die Ataner ausschicke, um weiter Verschwörer festzunehmen?«

»Lassen wir ihn lieber erst ein bißchen zu sich kommen, Sarabian«, meinte Sephrenia. »Zur Zeit ist er so wütend, daß er es vielleicht nicht einmal bemerken würde.«

»Hält Norkan sich eigentlich immer noch auf Tega auf?« fragte Vanion plötzlich.

»Nein«, antwortete Ehlana. »Ich wurde der gefälschten Briefe leid, die er mir von dort sandte, also schickten wir ihn nach Atan zurück.«

»Gut. Ich halte es für dringend angebracht, daß wir ihn so schnell wie möglich über Zalastas Verrat informieren. Königin Betuana muß unbedingt Bescheid bekommen!«

»Ich sorge dafür, Vanion-Hochmeister«, versprach Engessa.

»Danke, Engessa-Atan. Falls dieser kleine Gefühlsausbruch im Thronsaal eine Andeutung von Zalastas derzeitiger Gemütsverfassung ist, dürfte er jetzt völlig von Sinnen sein.«

»Rasend bis an den Rand des Wahnsinns«, bestätigte Sephrenia. Es war das erste Mal, daß sie seit des Streits zwischen ihnen direkt zu Vanion sprach. Das gab Sperber ein wenig Hoffnung.

»Dann *muß* er doch etwas tun, nicht wahr?« fragte Vanion und blickte Sephrenia an. »In seinem derzeitigen Zustand wäre Untätigkeit gewiß unerträglich für ihn, nicht wahr?«

Sie nickte. »Irgend etwas *wird* er unternehmen. Und da er keineswegs auf das nun Geschehene vorbereitet war, kann nicht im voraus geplant gewesen sein, was er tut.«

»Dann wird er bestimmt jede Menge Angriffspunkte bieten, was meinst du?«

»Das ist anzunehmen.«

»Höchstwahrscheinlich wird er zu roher Gewalt greifen«, fügte Sperber hinzu.

»Warnt Norkan und Betuana besser auch vor dieser Möglichkeit, Engessa-Atan«, wies Sarabian ihn an.

»Wie Ihr befehlt, Sarabian-Kaiser.«

Vanion begann, auf und ab zu stapfen. »Zalasta«, überlegte er laut, »ist immer noch mehr oder weniger der Anführer. Oder wird es zumindest solange sein, bis er sich zu einer solchen Dummheit hinreißen läßt, daß Cyrgon ihn ablöst. Lassen wir ihm doch eine Zeitlang seine Gefühlsausbrüche, ehe wir sie ihm austreiben, und nehmen *dann* alle die kleinen Mitverschwörer fest. Machen wir unseren Gegnern ein bißchen angst. Dann werden sie über ihre eigene Sterblichkeit nachdenken. Wenn es soweit ist, wird Cyrgon sich zeigen müssen, glaube ich, und dann kann Sperber Bhelliom gegen ihn einsetzen.«

»Ich hasse es, wenn er so ist«, sagte Sephrenia zu Xanetia. »Er ist sich seiner Sache sehr sicher – und wahrscheinlich zu Recht. Männer sind viel anziehender, wenn sie hilflos wie kleine Jungen sind.« Diese beiläufige Bemerkung war erstaunlich. Ohne Zweifel überging Sephrenia den uralten Haß zwischen Styrikern und Delphae und sprach von Frau zu Frau zu Xanetia.

»Dann brauchen wir ja eigentlich nur hier zu sitzen und auf Zalastas nächsten Zug zu warten«, meinte Sarabian. »Ich bin neugierig, was er tun wird.«

Sie brauchten nicht lange zu warten, bis sie es erfuhren. Wenige Tage später schleppte sich ein erschöpfter Ataner mit einer dringenden Nachricht von Botschafter Norkan über die Zugbrücke.

Oscagne, begann die Nachricht mit typischer Direktheit. *Rekrutiert jeden verfügbaren Ataner und schickt sie alle hierher. Die Trolle machen den Norden Atans dem Erdboden gleich.*

»Wir können sie nicht schicken, Engessa-Atan«, sagte Sarabian. »Wir brauchen sie genau dort, wo sie jetzt sind. Im Augenblick halten sie allein das Imperium zusammen.«

Engessa nickte. »Ich verstehe die Lage durchaus, Sarabian-Kaiser, aber Betuana-Königin wird nur eine begrenzte Zeit warten. Wenn die Lande der Ataner sich in Gefahr befinden, hat sie keine Wahl, als zu handeln. Sie wird die Ataner heimbeordern – trotz ihres Bündnisses mit Euch.«

»Sie wird ihre Untertanen aus dem Norden zum Rückzug auffordern müssen«, wandte Vanion sich an den hünenhaften Atan. »Sie verfügt nicht über genügend Krieger, diesen Landesteil gegen die Trolle zu schützen. Möglicherweise bleibt Betuana gar nichts anderes übrig, als ganz Nordatan eine Zeitlang sich selbst zu überlassen. Ihr vollständige Garnisonen zu Hilfe zu schicken, ist nicht möglich, aber wir *können* eine oder zwei Abteilungen aus jeder Garnison abziehen. Das sind insgesamt mehrere tausend Krieger. Doch weil sie so weit verstreut sind, wird es einige Zeit dauern, bis sie Atan erreicht haben. Die Königin wird wohl keine andere Wahl haben, als sich zurückzuziehen, bis wir dort sind.«

»Wir sind Ataner, Vanion-Hochmeister. Wir laufen nicht davon!«

»Das habe ich auch nicht vorgeschlagen, Engessa-Atan. Eure Königin braucht nur ihre Truppen neu zu formieren. Sie kann den Norden zur Zeit nicht halten. Schon der Versuch wäre sinnlos und würde nur unnötigerweise Menschenleben kosten. Wir sollten Betuana einige genidianische Berater und dazu cyrinische technische Hilfe schicken. Mehr können wir vorerst nicht für sie tun.«

»Doch, Freund Vanion«, warf Kring ein. »Ich werde zu meinem Freund Tikume in Mittelastel reiten. Die Peloi aus dem Osten fürchten Wälder nicht so, wie mein Volk, und Tikume liebt einen guten Kampf ebensosehr wie ich. Deshalb wird er wahrscheinlich sofort mit mehreren tausend Reitern zu Betuana eilen. Ich werde derweil ein paar hundert Bogenschützen zusammentrommeln und noch vor Tikumes Hauptmacht in Atan sein.«

»Das ist ein großzügiges Angebot, Freund Kring«, dankte Engessa.

»Es ist eine Pflicht, Engessa-Atan. Ihr habt Euch Mirtais als Vater angenommen und das macht uns zu Sippenbrüdern.« Kring strich sich abwesend über seinen barbierten Schädel. »Ich halte die Bogenschützen für sehr wichtig. Eure Ataner haben sittliche Bedenken gegen den Einsatz von Pfeil und Bogen im Kampf. Aber als wir den Trollen in Ostastel begegneten, haben wir festgestellt, daß man gar nicht wirklich gegen sie kämpfen kann, sofern man sie nicht zuvor mit Pfeilen spickt.«

»Ich wüßte noch etwas, Engessa-Atan.« Khalad hob seine Armbrust. »Wie steht's um die sittlichen Bedenken Eures Volkes gegen Armbrüste?«

Engessa spreizte die Hände. »Diese Waffe ist neu hier in Tamuli, Khalad-Knappe. Wir haben uns noch keine Meinung darüber gebildet. Einige Ataner werden sie vielleicht benutzen, andere nicht.«

»Wir müßten ja nicht *alle* Ataner mit Armbrüsten ausrüsten«, meinte Khalad. Er blickte Sperber an. »Könnt Ihr mich eine Zeitlang entbehren, Herr Ritter?«

»Du kannst ja versuchen, mich davon zu überzeugen, daß ich dich nicht brauche.«

»Sollen wir damit wirklich Zeit vergeuden, Sperber? Wir besitzen noch die vielen Armbrüste, die wir eingesammelt haben, als wir den Staatsstreich niederschlugen. Die meisten davon habe ich unbrauchbar gemacht; aber es dauert nicht lange, sie wieder herzurichten. Ich würde gern mit Engessa-Atan und den technischen Beratern nach Atan reiten. Engessa könnte seine Leute davon zu überzeugen versuchen, daß die Armbrust eine sittlich unbedenkliche Kriegswaffe ist. Und ich bringe ihnen bei, wie man damit umgeht.«

»Ich schließe mich euch später in Atana an«, versprach Kring. »Ich werde Tikumes Schützen zur Stadt führen müssen. Peloi verirren sich leicht im Wald.«

»Schlagt es Euch aus dem Kopf, Mirtai!« warnte Ehlana, als die Augen ihrer Leibwächterin plötzlich aufleuchteten. »Ich brauche Euch hier!«

»Mein Verlobter und mein Vater ziehen in den Krieg, Ehlana!« wandte Mirtai ein. »Ihr könnt nicht erwarten, daß ich hierbleibe!«

»O doch, das kann ich! Ihr bleibt, und das ist endgültig!«

»Entschuldigt Ihr mich?« ersuchte Mirtai steif.

»Wenn Ihr möchtet.«

Mirtai stürmte zur Tür.

»Zerstört nicht das *ganze* Mobiliar«, rief Ehlana ihr nach.

Es war wirklich nur eine kleine, hausgemachte Krise, aber nichtsdestoweniger eine Krise, hauptsächlich, weil die königliche Prinzessin Danae erklärte, sie würde sterben, falls man ihre verschwundene Katze nicht sofort fände. Sie wanderte tränenüberströmt im Thronsaal umher, setzte sich von einem Schoß auf den anderen, bettelte und flehte. Wieder einmal konnte Sperber die überwältigende Wirkung beobachten, die seine Tochter auf den Sachverstand von Menschen haben konnte, wenn sie auf deren Schoß saß. »*Bitte* helft mir, meine Katze wiederzufinden, Sarabian«, schmeichelte sie und strich mit dem Händchen über des Kaisers Kinn. Wenn es um Danae ging, hatte Sperber längst aus Erfahrung gelernt, daß die erste Regel lautete: Laß dich nie von ihr berühren! Denn tat sie es, konnte man ihr nichts abschlagen.

»Wir brauchen sowieso alle ein bißchen frische Luft«, wandte Sarabian sich an die Anwesenden. »Wir sitzen schon seit über einer Woche hier herum. Verschieben wir unsere Diskussionen und suchen wir Prinzessin Danaes Katze. Ich glaube anschließend werden wir uns alle frischer fühlen.«

Sperber lächelte. Dieser Punkt ging an Danae.

»Wißt ihr was«, fuhr Sarabian fort. »Es ist ein so schöner Vormittag. Nutzen wir ihn zu einem Ausflug. Ich lasse in der Küche Bescheid geben; dann machen wir zu Mittag ein Picknick auf einem der Rasen.« Er lächelte zu Danae hinunter, die ihn um den kleinen Finger wickeln konnte. »Wir werden die Rückkehr Murrs zu ihrer niedlichen Herrin feiern.«

»Was für eine *wundervolle* Idee!« Danae klatschte begeistert in die Hände. »Du bist *so* klug, Sarabian!«

Alle lächelten nachsichtig und erhoben sich. Insgeheim mußte Sperber zugeben, daß der Kaiser wahrscheinlich sogar recht hatte. Nach den tagelangen Besprechungen brauchten sie jetzt alle wieder einen klaren Kopf. Sperber ging zu seiner Tochter und hob sie auf die Arme.

»Ich kann gehen, Vater«, wehrte sie ab.

»Ich weiß, aber ich kann es schneller, denn meine Beine sind länger. Wir wollen Murr doch so rasch wie möglich finden, nicht wahr?«

Danae funkelte ihn an.

»Du hast Macht über alle«, murmelte er leise, daß nur sie es hören konnte. »Du brauchst die anderen nicht auch noch wie Schafe herumzutreiben. Was soll das Ganze überhaupt? Du kannst Murr heimrufen, wann immer dir danach ist. Was führst du wirklich im Schilde?«

»Es gibt Dinge, die ich erledigt haben möchte, ehe wir zu beschäftigt sind, Sperber. Aber solange wir wie eine gackernde Hühnerschar in diesem Saal herumhocken, kann ich nichts tun. Ich muß euch alle von hier weghaben, damit ich die Dinge in Ordnung bringen kann.«

»Ist Murr wirklich verschwunden?«

»Natürlich *nicht*. Ich weiß genau, wo sie ist. Ich hab' ihr nur gesagt, sie soll eine Zeitlang Grashüpfer jagen.«

»Welche *Dinge* meinst du eigentlich? *Was* willst du in Ordnung bringen?«

»Sieh zu, Sperber, dann erfährst du es.«

»Es geht nicht, Kalten«, sagte Alean mit trauriger, resignierter Stimme, während sie über die Zugbrücke spazierten, Sperber und Danae folgten ihnen in einigem Abstand.

»Was meinst du mit, ›es geht nicht‹?«

»Du bist Ritter, und ich nur ein Bauernmädchen. Warum können wir die Dinge nicht einfach so lassen, wie sie sind?«

»Weil ich dich heiraten will!«

Sie strich ihm zärtlich über die Wange. »Und ich gäbe alles darum, dich heiraten zu können, aber es geht nicht.«

»Und warum nicht?«

»Das habe ich dir doch schon gesagt! Wegen der Standesunterschiede. Eine Bauernmaid kann keinen Ritter heiraten! Die Leute würden uns auslachen und gemeine Dinge über mich sagen.«

»Wenn ich so was nur ein einziges Mal zu Ohren bekomme!« Er ballte die Faust.

»Du kannst nicht gegen die ganze Welt kämpfen, mein Liebling.« Alean seufzte.

»Und ob ich das kann! Vor allem, wenn die Welt, von der wir sprechen, aus diesen speichelleckenden Schranzen am Hof in Cimmura besteht. Ich könnte noch vor dem Mittagessen ein halbes Dutzend von ihnen umbringen.«

»Nein!« wies sie ihn scharf zurecht. »Du wirst niemanden umbringen! Was glaubst du denn, wohin das führt? Die Leute würden mich hassen. Wir hätten keine Freunde mehr. Dich mag das vielleicht nicht stören, denn du wirst irgendwo sein, wohin Prinz Sperber oder Hochmeister Vanion dich schicken, aber ich werde ganz allein sein. Das könnte ich nicht ertragen!«

»Ich will dich heiraten!« Er rief es beinahe.

»Es würde auch mein Leben vollkommen machen, Liebling.« Alean seufzte. »Aber es ist unmöglich.«

»Ich möchte, daß du das in Ordnung bringst, Sperber!« sagte Danae laut.

»Pst! Sie können uns hören!«

»Können sie nicht, Sperber – auch nicht sehen!«

»Du hast einen Zauber gewirkt, vermute ich?«

»Natürlich. Es ist ein sehr nützlicher, kleiner Zauber. Er sorgt dafür, daß die Leute uns nicht beachten. Sie wissen zwar, daß wir da sind, aber ihr Verstand beachtet uns nicht.«

»Ich verstehe. Und unser Verstand schleicht sich auf Zehenspitzen um das sittliche Bedenken, andere zu belauschen, habe ich recht?«

»Wovon, in aller Welt, redest du da, Sperber? Ich habe keine sittlichen Bedenken dabei. Ich lausche *immer*! Wie sollte ich sonst auf dem laufenden bleiben, was die Menschen tun? Sag Mutter, sie soll Alean irgendeinen Adelstitel verleihen, damit sie und Kalten heiraten können. Ich würde es selbst tun, aber ich bin zu beschäftigt. Kümmere du dich darum!«

»Ist das eines der Dinge, die du in Ordnung bringen willst?«

»Natürlich. Vergeude keine Zeit mit diesen dummen Fragen, Sperber! Wir haben heute noch eine Menge zu tun.«

»Ich liebe dich *wirklich*, Berit-Ritter«, versicherte Elysoun ein wenig traurig. »Aber ihn liebe ich auch.«

»Wie viele *andere* liebst du denn sonst noch, Elysoun?« fragte Berit ätzend.

»Oh, ich kann sie mir nicht alle merken.« Die barbusige Kaiserin zuckte die Schultern. »Es stört Sarabian nicht. Warum stört es dich?«

»Dann ist es also aus? Du willst mich nicht mehr sehen?«

»Sei nicht dumm, Berit-Ritter. *Natürlich* will ich dich wiedersehen – so oft ich nur kann. Aber es wird Zeiten geben, da ich damit beschäftigt bin, *ihn* zu sehen. Ich bin dir keine Rechenschaft schuldig, weißt du, aber du bist so nett, daß ich nicht hinter deinem Rücken ...« Sie suchte nach einem Wort.

»Untreu sein möchtest?« fragte er brüsk.

»Ich bin *nie* untreu!« entgegnete sie entrüstet. »Nimm dieses Wort sofort zurück! Ich bin die treueste Dame des ganzen Hofes! Ich bin mindestens einem Dutzend junger Männer zugleich treu!«

Unwillkürlich mußte Berit lachen.

»Was ist denn so lustig?«

»Nichts, Elysoun«, versicherte er ihr voller ehrlicher Zuneigung. »Du bist so entzückend, daß ich nicht anders konnte.«

Sie seufzte. »Das Leben wäre viel einfacher für mich, würdet ihr Männer diese Dinge nicht so todernst nehmen. Liebe soll Freude bereiten. Aber ihr macht bitterböse Gesichter und fuchtelt mit den Armen herum. Geh, liebe eine Zeitlang jemand anders. Ich habe nichts dagegen. Solange jeder glücklich ist – was spielt es da für eine Rolle, *wer* wen glücklich macht?«

Berit lächelte.

»Du liebst mich doch noch, nicht wahr, Berit-Ritter?«

»Aber natürlich, Elysoun.«

»Dann ist ja alles gut, nicht wahr?«

»Was soll das?« fragte Sperber seine Tochter. Sie standen ganz in der Nähe von Berit und Elysoun – jedenfalls so nahe, daß es Sperber ein wenig verlegen machte.

»Berit war dabei, die Liebschaft mit dem halbnackten Mädchen etwas *zu* ernst zu nehmen«, erklärte Danae. »Er hat gelernt, was er von ihr lernen konnte. Jetzt ist es an der Zeit, daß ihre Beziehung sich etwas beruhigt. Ich habe andere Pläne mit ihm.«

»Hast du je daran gedacht, ihn seine eigenen Pläne machen zu lassen?«

»Lächerlich, Sperber! Das hätte schreckliche Folgen! Ich kümmere mich *immer* um so etwas. Das kann ich am besten! Aber jetzt müssen wir uns beeilen. Ich muß nach Kring und Mirtai sehen. Kring wird ihr etwas sagen, das ihr nicht sehr gefallen wird, und ich möchte mögliche Ausbrüche verhindern.«

Sie fanden Kring und Mirtai auf dem Rasen unter einem großen, in sämtlichen Herbstfarben leuchtenden Laubbaum. Mirtai öffnete den Korb, den man in der Küche gefüllt hatte, und schaute hinein. »Irgendein toter Vogel.«

Kring verzog das Gesicht. »So etwas ißt man wohl bei Picknicks in der überzivilisierten Welt.« Er versuchte, sich seinen Ekel nicht allzu deutlich anmerken zu lassen.

»Wir beide sind Krieger, mein Verlobter.« Auch Mirtai wirkte keineswegs erfreut über den Inhalt des Korbes. »Wir sollten rohes Fleisch essen!«

»Stragen hat mir erzählt, daß du mal einen Wolf gegessen hast.« Kring hatte sich plötzlich wieder an diese Geschichte erinnert.

»Ja«, bestätigte Mirtai.

»Das hast du *wirklich*?« Kring war wie benommen. »Ich hatte gedacht, Stragen wollte mir nur einen Bären aufbinden.«

»Ich war sehr hungrig...«, sie zuckte die Schultern, »... und ich konnte keine Rast einlegen. Der Wolf schmeckte nicht besonders, aber er war ja auch roh. Vielleicht hätte er besser gemundet, wenn ich ihn hätte kochen können.«

»Du bist eine ungewöhnliche Frau, Geliebte.«

»Deshalb liebst du mich ja, oder?«

»Nun – es ist *einer* der Gründe. Bist du *sicher*, daß wir nicht über unser Problem sprechen können?« Offenbar kam Kring auf ein Thema zurück, das sie wahrscheinlich schon viele Male diskutiert hatten.

»Darüber gibt es nichts zu reden. Wir müssen zweimal vermählt werden – einmal in Atana und einmal, wenn wir zurück in Pelosien sind. Wir sind erst richtig verheiratet, wenn wir beide Zeremonien hinter uns haben.«

»Aber seit der Zeremonie in Atana sind wir doch *halb* verheiratet, nicht wahr?«

»Halb verheiratet genügt nicht, Kring. Ich bin Jungfrau. Ich habe zu viele Männer getötet, um meine Unberührtheit zu schützen, als daß ich mich mit ›halb verheiratet‹ zufriedengäbe! Du mußt eben warten!«

Er seufzte. »Es wird sehr lange dauern, weißt du«, sagte er düster.

»*So* weit ist es nicht von Atana zu deinem Land. Ich renne mit dir um die Wette dorthin.«

»Es ist ja nicht die Reise, die so lange dauern wird, Mirtai. Es sind die zwei Monate, die du vor der Hochzeit im Zelt meiner Mutter verbringen mußt, um unsere Sitten und Gebräuche zu lernen.«

Sie blickte ihn lange und durchdringend an. »*Was* sagtest du, muß ich tun?« Es klang alles andere als freundlich.

»Das ist so Sitte. Jede Peloibraut lebt vor der Zeremonie zwei Monate bei der Mutter des Bräutigams.«

»Warum?«

»Um alles über ihn zu erfahren.«

»Ich weiß bereits alles über dich!«

»Ja. Wahrscheinlich. Aber es ist nun mal so Brauch.«

»Das ist lächerlich!«

»Gebräuche sind oft lächerlich. Aber ich bin schließlich der Domi; deshalb muß ich mit gutem Beispiel vorangehen. Und du wirst Doma. Die Peloifrauen hätten keine Achtung vor dir, wenn du nicht tust, was man von dir erwartet.«

»Ich werde sie Achtung *lehren!*« Mirtais Augen wirkten hart wie Stahl.

Kring lehnte sich auf die Ellbogen zurück. »Ich hatte schon befürchtet, daß du es so siehst.« Er seufzte.

»Hast du es deshalb noch nie erwähnt?«

»Ich wollte auf eine günstige Gelegenheit warten. Ist Wein in dem Korb? Es wäre vermutlich leichter für uns, würden wir uns beide entspannen.«

»Laß uns lieber damit warten. Wir können uns entspannen, *nachdem* du mir alles erzählt hast. Also, worum geht es bei diesem Unsinn?«

»Mal sehen, ob ich es erklären kann.« Kring rieb sich den Kopf. »Wenn mein Volk sagt, daß die Braut ›alles über ihren Bräutigam erfährt‹, bedeutet das nicht, daß sie dann weiß, was er gern zum Frühstück ißt oder dergleichen. Es geht dabei um den Besitz, der mit der Heirat verbunden ist.«

»Ich habe keinen Besitz, Kring! Ich bin eine Sklavin.«

»Nicht, nachdem du mich geheiratet hast. Dann bist du eine sehr reiche Frau!«

»Wovon redest du eigentlich?«

»Den Männern der Peloi gehören nur ihre Waffen und ihre Pferde. Alles ist Besitz der Frauen. Alles, was ich bisher gestohlen habe – Rinder, zumeist –, habe ich meiner Mutter gegeben. Sie hält mein Vermögen zusammen, bis ich heirate. Ein *Teil* davon steht ihr zu. Darum geht es bei den zwei Monaten. Es soll euch beiden Zeit geben, euch über die Aufteilung des Besitzes zu einigen.«

»Dazu dürften wir keine zwei Monate brauchen!«

»Wahrscheinlich nicht, zumal meine Mutter eine sehr vernünftige Frau ist. Aber ihr beide müßt *außerdem* Ehemänner für meine Schwestern finden. Und das ist nicht so einfach, weil ich so viele Schwestern habe.«

»Wie viele?« Nun klang auch Mirtais Stimme hart wie Stahl.

»Äh – acht.«

»Acht?«

»Mein Vater war sehr vital und ausdauernd.«

»Deine Mutter offenbar auch. Sind deine Schwestern ansehnlich?«

»Mehr oder weniger. Natürlich ist keine so schön wie du, Schatz – aber das ist ja auch unmöglich.«

»Darüber können wir später reden. Es gibt da ein Problem mit deinen Schwestern, nicht wahr?«

Kring wand sich. »Woher weißt du das?«

»Ich *kenne* dich, Kring. Du hast bis zum letzten Moment damit gewartet, sie zu erwähnen. Das bedeutet, daß du nicht über sie reden willst – und das wiederum läßt auf ein Problem schließen. Was ist es?«

»Meine Schwestern halten sich für sehr reich. Das macht sie überheblich.«

»*Das* ist alles?«

»Sie sind sehr hochnäsig, Mirtai.«

»Ich werde sie Bescheidenheit lehren!« Sie zuckte die Schultern. »Da es nur acht sind, dürfte ich es ihnen allen gleichzeitig beibringen können. Ich werde sie nur für ungefähr eine Stunde zur nächsten

Weide bringen. Wenn wir zurückkehren, werden sie sehr bescheiden sein – und sehr bereitwillig jeden Mann heiraten, den ihre Mutter und ich für sie auswählen. Ich sorge dafür, daß sie mit Freuden *alles* tun werden, um nicht in meiner Nähe zu sein. Deine Mutter und ich dürften die Besitzaufteilung am Vormittag geklärt haben; deinen Schwestern bringe ich am Nachmittag bei, was nötig ist. Dann können du und ich am Abend heiraten.«

»So wird es nicht gemacht, Liebling!«

»*Diesmal* schon! Die Wartezeit macht mir ebensowenig Spaß wie dir. Wie wär's, wenn du ein bißchen näherrückst und mich küßt? Jetzt, da alles geklärt ist, sollten wir diese Gelegenheit nutzen.«

Er grinste sie an. »Da bin ich ganz deiner Meinung, Schatz.« Er nahm sie in die Arme und küßte sie. Der Kuß war anfangs sehr sanft, doch es dauerte nicht lange, und die Sache wurde etwas leidenschaftlicher.

»Das wird großartig«, sagte Danae selbstzufrieden. »Ich war nicht sicher, wie Mirtai es aufnehmen würde, mit Krings Mutter zu leben. Aber jetzt hat sie alles in der Hand.«

»Sie wird die Peloi ganz schön aus der Fassung bringen, weißt du«, bemerkte Sperber.

»Sie werden es überleben.« Die Prinzessin zuckte die Schultern. »Sie sind viel zu sehr mit ihren Traditionen verwachsen. Sie *brauchen* jemanden wie Mirtai, die ihnen die Augen für die moderne Welt öffnet. – Aber wir müssen weiter, Sperber. Wir sind noch lange nicht fertig.«

»Wie lange geht das schon so?« fragte Stragen und schluckte.

»Oh, schon ziemlich lange«, antwortete Melidere. »Mein Vater stach die Prägeplatten, als ich etwa sieben war.«

»Ist Euch überhaupt bewußt, was Ihr getan habt, Baroneß?«

»Ich dachte, über solche Kleinigkeiten bräuchten wir nicht mehr zu reden, Durchlaucht Stragen.« Sie lächelte ihn an.

Er beachtete es nicht. »Ihr habt der Wirtschaft eines jeden Königreichs in Eosien einen gezielten Schlag versetzt! Das ist ungeheuerlich!«

»Also wirklich, Stragen!«

»Ihr habt den Münzwert gemindert!«

»*Ich* nicht. Aber weshalb regt Euch das so auf?«

»Weil ich ein Dieb bin. Ihr habt den Wert von allem gemindert, was ich je gestohlen habe.«

»Das stimmt nicht! Im Grunde hat der Wert der Münzen nichts mit ihrem wahren Gewicht zu tun. Es ist eine Sache des Vertrauens. Die Bürger mögen zwar ihre Regierung nicht gerade lieben, aber sie trauen ihr. Wenn die Regierung sagt, daß eine Münze eine halbe Krone wert ist, dann ist sie auch genau soviel wert. Ihr Preis beruht auf einem Abkommen, nicht auf irgendeinem Gewicht. Wenn die Münze einen geriffelten Rand hat, hat sie auch den auf ihrer Vorderseite geprägten Wert. Wir haben nicht wirklich etwas gestohlen!«

»Ihr seid eine *Verbrecherin*, Melidere!«

»Wie kann ich eine Verbrecherin sein, wenn ich nichts gestohlen habe?«

»Und wenn man herausfindet, was Ihr getan habt?«

»Na und? Man kann nichts dagegen tun. Wenn die Leute irgend etwas sagen oder versuchen, mir etwas anzutun, erzähle ich einfach die ganze Geschichte. Dann wird jede Regierung in Eosien zusammenbrechen, weil niemand mehr ihrer Münzwährung trauen kann.« Sie strich zärtlich über seine Wange. »Ihr seid naiv, Stragen. Ich glaube, deshalb mag ich Euch so. Ihr tut, als wärt Ihr ruchlos, in Wahrheit aber seid Ihr wie ein kleiner Junge.«

»Warum habt Ihr mir das überhaupt erzählt?«

»Weil ich einen Partner brauche. In Eosien kann ich diese Geschäfte zwar selber führen, aber auch noch Tamuli zu übernehmen, dürfte sich als etwas schwierig erweisen. Ihr habt hier Gewährsleute, ich nicht. Ich werde Euch in diesem Geschäft anlernen und Euch Tamuli dann verpachten. Außerdem werde ich Euch einen Titel kaufen und alles in die Wege leiten, damit Ihr gleich anfangen könnt.«

Er kniff die Augen zusammen. »Warum?« fragte er scharf. »Weshalb seid Ihr so großzügig?«

»Das bin ich gar nicht, Stragen. Ihr müßt jeden Monat Eure Pacht bezahlen. Dafür kann ich sorgen. Und Ihr werdet *nicht* in Münzen bezahlen. Ich will Barren, Stragen – schöne, massive Goldbarren, die ich wiegen kann. Und versucht ja nicht, Kupfer darunterzumischen! Ich würde Euch die Kehle durchschneiden lassen, wenn Ihr es probiert!«

»Ihr seid die härteste Frau, die mir je begegnet ist, Melidere.« Es hörte sich fast so an, als hätte er Angst vor ihr.

»Nur ein Teil von mir, Stragen«, versicherte sie ihm kokett. »Der Rest ist sanft und nachgiebig. Ach, das erinnert mich daran, daß wir heiraten werden.«

»Was?«

»Partnerschaften werden nicht im Himmel geschlossen, Durchlaucht, Ehen schon. Durch Heirat werde ich mehr Recht auf Euch haben.«

»Was ist, wenn ich nicht heiraten will?« Es klang beinahe schon ein wenig verzweifelt.

»Das wäre natürlich zu dumm, Stragen. Denn ob es Euch gefällt oder nicht, Ihr *werdet* mich heiraten.«

»Und wenn ich es nicht tue, laßt Ihr mich töten, nehme ich an.«

»Selbstverständlich. Ich kann Euch mit diesem Wissen über mich doch nicht frei herumlaufen lassen! Ihr werdet Euch an den Gedanken gewöhnen, Durchlaucht. Ich kann Euch wahnsinnig glücklich machen – und sagenhaft reich obendrein! Wann hattet Ihr je ein besseres Angebot?«

Stragens Blick verriet helle Panik.

»Also, *das* hatte ich nicht erwartet«, gestand Danae, als sie mit Sperber über den Rasen ging.

Sperber war zu schockiert, um zu antworten. »Du wußtest nichts von Melideres kleinem Steckenpferd?«

»Natürlich wußte ich davon, Sperber. Melidere hat sich vor mehreren Jahren in Mutters Hof eingekauft.«

»Eingekauft?«

»Sie hat eine alte Gräfin bezahlt, für sie Platz zu machen. Nein – was ich nicht erwartet hatte, war die Offenheit, mit der Melidere Stragen gegenübertrat. Ich dachte, sie würde nicht so direkt vorgehen, aber es war rein geschäftsmäßig! Sie hat ihn überrumpelt und ihm nicht die geringste Chance gelassen. Ich glaube, ich habe sie falsch eingeschätzt.«

»Nein, du hast Stragen falsch eingeschätzt. Melidere setzte die einzig erfolgsversprechende Taktik ein. Stragen windet sich einem durch die Finger wie ein Aal. Man muß ihn erst mit der Gabel auf dem Teller aufspießen, ehe man ihn sich vornimmt. Einen normalen

Heiratsantrag hätte er sich wahrscheinlich nicht einmal angehört, also mußte Melidere ausschließliche Geschäftsinteressen vortäuschen und die Heirat nur so nebenbei erwähnen.«

»Für *sie* ist es aber keine Nebensache!«

»Ich weiß. Du darfst mir glauben, sie hat es genau richtig gemacht. Aber ich werde deiner Mutter davon berichten müssen, das ist dir doch klar?«

»Nein, mußt du nicht. Du hast Melidere gehört. Mutter würde absolut nichts dagegen tun können. Es würde ihr nur Sorgen machen.«

»Sie stehlen Millionen, Aphrael!«

»Sie stehlen gar nichts, Sperber! Was sie tun, verändert den Geldwert nicht im geringsten. Wenn man es näher betrachtet, *schaffen* sie sogar Reichtum. Es wird der ganzen Welt guttun.«

»Diese Logik verstehe ich nicht so ganz.«

»Das mußt du auch nicht, Vater«, entgegnete sie süß. »Es genügt, wenn du mir glaubst.« Sie wies mit der Hand. »Als nächstes müssen wir dort hinüber.«

»Dort hinüber« war neben dem Burggraben, wo Sephrenia und Vanion Seite an Seite am grasbewachsenen Ufer entlangspazierten. Sperber hatte sich inzwischen an seine Unsichtbarkeit gewöhnt, fand es jedoch immer noch recht eigenartig, wenn einer seiner Freunde ihn direkt anblickte, ohne auf seine Anwesenheit zu reagieren.

»Das würde ganz davon abhängen, welche Art von Fischen es in der Gegend gibt«, erklärte Vanion. Sperber erkannte, daß Vanion wieder einmal etwas erklärte; denn er benutzte seine »Erklärstimme«, die seiner »Predigtstimme« ziemlich ähnelte. Vanion hatte ganze Generationen pandionischer Novizen in den Schlaf geredet – sowohl im Unterrichtssaal wie in der Kapelle.

»Warum redet er so merkwürdig?« fragte Danae.

»Weil er Angst hat.« Sperber seufzte.

»Vor *Sephrenia*? Vanion hat vor nichts Angst – am wenigsten vor Sephrenia. Er liebt sie.«

»Deshalb hat er ja Angst. Er weiß nicht, was er sagen soll. Er möchte sie nicht kränken. Falls er etwas Falsches sagt, könnte sie sich wieder von ihm zurückziehen.«

»Es gibt Warmwasserfische und Kaltwasserfische«, fuhr Vanion mit seiner Lektion fort. »Karpfen mögen warmes Wasser, Forellen haben es lieber ein bißchen kälter.«

Sephrenias Miene zeigte leichte Verzweiflung.

»Das Wasser im Burggraben ist stehendes Wasser, und er ist schon eine ziemliche Weile gefüllt. Deshalb kämen Forellen nicht als Bewohner in Frage, oder was meinst du?«

»Du hast sicher recht.« Sie seufzte.

»Aber das bedeutet nicht, daß man keine anderen Fische darin aussetzen kann. Ein wirklich guter Koch kann mit Karpfen wahre Wunder vollbringen – und sie helfen obendrein, das Wasser sauberzuhalten. Es geht nichts über ein Gewimmel von Karpfen, um stehendes Wasser in Bewegung zu halten.«

»Nein.« Sie seufzte. »Bestimmt nicht.«

»Was, in aller Welt *macht* er?« brauste Danae auf.

»Man nennt so etwas, ›auf Eierschalen gehen‹«, erklärte Sperber. »Vermutlich redet er auch viel übers Wetter.«

»Sie werden *nie* mehr zusammenkommen, wenn er nicht offen über *das* mit ihr spricht, was wirklich wichtig ist.«

»Das wird er wahrscheinlich nicht tun, Aphrael. Ich fürchte, Sephrenia wird den ersten Schritt machen müssen.«

»Ich hab' sie gefunden!« brüllte Talen über den Rasen. »Sie ist hoch oben in diesem Baum!«

»O je!« murmelte Danae verärgert. »Er hätte sie noch nicht finden dürfen! Und was macht sie überhaupt auf dem Baum?«

»Wir sollten auch hinübergehen«, riet Sperber. »Alle sind schon in dieser Richtung unterwegs. Lös den Zauber jetzt lieber auf.«

»Und was ist mit Vanion und Sephrenia?«

»Was ist, wenn wir es ihnen selbst überlassen, wieder miteinander klarzukommen?«

»Dann würde Vanion noch zehn Jahre über Fische reden!«

»Sephrenia wird sich das mit den Fischen nicht allzu lange anhören, Danae, dann wird *sie* zur Sache kommen. Vanion redet im Grunde gar nicht über Fische. Er will ihr nur sagen, daß er bereit ist, Frieden zu schließen, wenn sie es auch ist.«

»Davon hat er aber nichts gesagt. Er war gerade dabei, ihr Rezepte für gedünsteten Karpfen zu geben.«

»Das hast du ihn sagen *hören*. Aber du hast nicht gehört, was er *wirklich* sagte. Du mußt lernen, mit *beiden* Ohren zuzuhören, Danae.«

»*Elenier!*« Sie rollte die Augen himmelwärts.

Da hörten sie Kalten aufgeregt brüllen: »Paß auf!«

Sperber blickte angespannt zu den anderen, die inzwischen alle um einen hohen Ahorn standen. Talen befand sich zwischen den obersten Ästen und tastete sich vorsichtig einen sehr dünnen Ast entlang auf die sichtlich verängstigte Murr zu. Das sah gar nicht gut aus. Der Ast konnte Murr zwar mühelos tragen, nicht jedoch Talen, und er bog sich bedrohlich, bis ein erschreckendes Knacken von jener Stelle zu hören war, wo der Ast aus dem Stamm wuchs.

»Talen!« brüllte Kalten. »Klettere zurück!«

Doch es war zu spät. Der Ast brach zwar nicht vom Stamm ab, sondern spaltete sich und hing in Stammnähe in die Tiefe. Talen griff verzweifelt zu, bekam die verwirrte Katze mit einer Hand zu fassen, und stürzte kopfüber durch die unteren Äste.

Die Lage war jedoch nicht hoffnungslos. Die Ordensritter kannten die unterschiedlichsten Zaubersprüche, Sephrenia war dort, und Aphrael ritt auf Sperbers Schultern. Als Problem erwies sich allerdings, daß niemand Talen wirklich *sehen* konnte. Der Ahorn hatte große Blätter, und der Junge fiel durchs Geäst hinunter und war deshalb ganz vom Laub verdeckt. Die anderen konnten nur hören, wie er im Fallen plumpsend und krachend auf Zweige prallte und hin und wieder schmerzhaft aufschrie. Dann tauchte er aus den unteren Ästen auf, fiel schlaff zu Boden und schlug – Murr immer noch locker in einer Hand – im Gras unter dem Baum auf. Er rührte sich nicht.

»Talen!« schrie Danae entsetzt.

Sephrenia war derselben Meinung wie Sarabians Ärzte: Talen hatte sich glücklicherweise keine ernsten Verletzungen zugezogen. Er war grün und blau und hatte von einer zu heftigen Begegnung mit einem unnachgiebigen Ast eine große, häßliche Beule auf der Stirn. Doch Sephrenia beruhigte die anderen, daß sein Sturz keine schlimmen Folgen haben würde, von stechenden, aber vorübergehenden Kopfschmerzen abgesehen.

Prinzessin Danae war jedoch nicht in Stimmung, sich zu beruhigen. Sie wich nicht von Talens Krankenbett und schrie bei der geringsten Bewegung oder dem leisesten Laut des Bewußtlosen jedesmal erschrocken auf.

Schließlich nahm Sperber sie in die Arme, und trug sie aus dem Gemach. Es hielten sich Personen darin auf, die besser nicht Zeugen von Wundern werden sollten.

»Es ist dir aus den Händen geglitten, nicht wahr, Aphrael?« sagte er zu der völlig verstörten Kindgöttin.

»Wovon redest du?«

»Du mußtest dich ja überall einmischen! Du hast versucht, Angelegenheiten nach deinem Gutdünken in Ordnung zu bringen, die ganz von selbst in Ordnung gekommen wären, hättest du die Finger davon gelassen. Und nun hättest du beinahe Talen umgebracht!«

»Es war nicht *meine* Schuld, daß er vom Baum gefallen ist!«

»Wessen denn?« Sperber wußte, daß er sich, logisch betrachtet, unfair verhielt. Aber er fand, daß es an der Zeit war, die kleine Göttin zu zügeln, die sich in alles einmischte. »Du steckst deine Nase in Dinge, die dich nichts angehen, Aphrael!« rügte er. »Die Menschen müssen die Chance haben, ihr eigenes Leben zu führen und ihre eigenen Fehler zu machen. Wir können unsere Fehler normalerweise selbst wieder in Ordnung bringen, wenn du uns die Chance läßt. Du mußt bedenken, daß du es nicht jedesmal etwas tun *solltest*, nur, weil du etwas tun *kannst*. Laß dir das mal durch den Kopf gehen!«

Sie starrte ihn lange an; dann brach sie plötzlich in Tränen aus.

»Tikumes Schützen werden helfen«, versicherte Vanion Sperber, als die beiden ein wenig später an den Zinnen standen. »Ulath hat recht, was die Trolle anbelangt. Man muß sie unbedingt eine Zeitlang hinhalten, ehe man gegen sie kämpft.«

»Und Khalads Einfall mit den Armbrüsten ist auch nicht so schlecht!«

»Stimmt. Nur gut, daß du ihn mitgenommen hast.« Der Hochmeister spitzte die Lippen. »Ich möchte, daß du persönlich Khalads Ausbildung übernimmst, wenn ihr wieder in Cimmura seid, Sperber Sorg dafür, daß er in Politik, Diplomatie und im Kirchengesetz ebenso unterrichtet wird wie in der Kriegskunst. Ich glaube, daß er es in unserem Orden weit bringen wird, und ich möchte sichergehen, daß er später *jeden* Posten einnehmen kann.«

»Selbst Euren?«

»Es hat schon Ungewöhnlicheres gegeben.«

Sperber erinnerte sich an Vanions vormittägliche Lektion über Fische. »Kommt Ihr mit Sephrenia weiter?« erkundigte er sich.

»Wir reden wieder miteinander, falls Ihr das meint.«

»Nein, das meinte ich nicht. Wie wär's, wenn Ihr Euch mit Sephrenia zusammensetzt und vernünftige Gespräche führt? Über bedeutsamere Dinge als das Wetter, oder wie viele Vögel auf einem Ast hocken können, oder welche Fischarten man im Burggraben aussetzen kann.«

Vanion blickte ihn durchdringend an. »Wie wär's, wenn Ihr Euch um Eure eigenen Angelegenheiten kümmert?«

»Es *ist* meine Angelegenheit, Vanion! Mit Sephrenia ist nicht viel anzufangen, solange ihr entzweit bleibt – und mit Euch ebensowenig! Ich *brauche* euch beide, aber ich kann mich nicht wirklich auf euch verlassen, ehe ihr euch nicht versöhnt habt!«

»Ich gehe so schnell vor, wie ich es nur wagen kann, Sperber. Ein falscher Zug könnte alles zunichte machen.«

»Das gleiche kann der Fall sein, wenn ihr keinen Zug macht. Sie wartet darauf, daß Ihr den ersten Schritt tut. Laßt sie nicht zu lange darauf warten!«

Stragen trat auf den Wehrgang. »Talen ist jetzt wach!« berichtete er. »Er ist zwar noch benommen, aber das wird sich geben. Eure Tochter macht ein ziemliches Getue seinetwegen, Sperber.«

»Sie mag ihn.« Sperber zuckte die Schultern. »Sie erzählt jedem, daß sie ihn heiraten wird, wenn sie groß ist.«

»Kleine Mädchen sind seltsam, nicht wahr?«

»O ja, und Danae ist noch seltsamer als die meisten anderen.«

»Ich bin froh, daß ich euch zwei hier allein antreffe. Es gibt da etwas, das ich erst mit euch besprechen möchte, ehe ich es den anderen gegenüber erwähne.« Stragen spielte abwesend mit zwei elenischen Goldhalbkronen, die er in der Rechten hielt. Er fuhr mit einer Fingerspitze über die geriffelten Ränder und hob sie, als versuche er, ihr Gewicht abzuschätzen. Baroneß Melideres Geständnis schien ihn ziemlich aus der Fassung gebracht zu haben. »Zalastas

Wutanfall war nicht so unüberlegt, wie wir dachten. Die Trolle auf den Norden Atans zu hetzen, war das schlimmste Störmanöver, das Zalasta für uns parat hatte. Natürlich müssen wir etwas dagegen unternehmen; aber ich glaube, wir sollten zugleich damit anfangen, uns gegen seinen nächsten Zug zu wappnen. Trolle brauchen nicht viel Führung, wenn sie erst einmal die gewünschte Richtung eingeschlagen haben. Das bedeutet, daß Zalasta sich um etwas anderes kümmern kann. Meint ihr nicht auch?«

»Vermutlich.« Sperber nickte.

»Ich könnte mich natürlich irren ...«

»Aber das glaubt Ihr nicht«, warf Vanion ironisch ein.

»Er ist heute ziemlich reizbar, nicht wahr?« wandte Stragen sich an Sperber.

»Er hat so seine Sorgen.«

»Also, ich vermute, daß Zalastas nächster Schritt sich mit den Verschwörern beschäftigt, die Sarabian und Ehlana in Ermangelung von genügend Kerkerplatz nicht festgenommen haben.«

»Er könnte sich genausogut mit den Armeen beschäftigen, die Parok, Amador und Elron in Westtamuli aufgestellt haben«, widersprach Vanion.

Stragen schüttelte den Kopf. »Diese Armeen sollen den Ordensrittern den Zugang zum Kontinent verwehren, Hochmeister Vanion, *und* ihre Aufstellung wurde von Cyrgon persönlich befohlen. Würde Zalasta sie jetzt in Gefahr bringen, müßte er sich vor Cyrgon verantworten, und ich glaube nicht, daß er bereits den Mut dazu hat.«

»Vielleicht habt Ihr recht«, gestand Vanion. »Also gut, nehmen wir an, er will tatsächlich diese zweitrangigen Verschwörer ins Spiel bringen. Sarabian und Ehlana sind schon dabei, sie verhaften zu lassen.«

»Warum sich überhaupt diese Mühe mit ihnen machen, Eminenz?«

»Nun, erstens einmal, um sie aus dem Verkehr zu ziehen. Außerdem darf nicht vergessen werden, daß sie des Hochverrats schuldig sind. Man muß ihnen den Prozeß machen und sie bestrafen.«

»Warum?«

»Um ein Exempel zu statuieren, Idiot!« brauste Vanion auf.

»Ich stimme zu, daß es wichtig ist, diese Kerle aus dem Verkehr zu ziehen, Hochmeister Vanion, aber es gibt wirkungsvollere Methoden, mit bestimmten Personen ein Exempel zu statuieren – nicht nur wirkungsvollere, sondern auch gewiß entsetzlichere. Schickt man Polizisten aus, jemanden zu verhaften, geht das meist recht laut zu, und für gewöhnlich hören es andere und können die Flucht ergreifen. Außerdem sind Gerichtsverhandlungen sehr langwierig und teuer und zeigen nicht immer die gewünschte Wirkung.«

»Ich vermute, daß Ihr mit einer Alternative aufwarten könnt«, sagte Sperber.

»Natürlich. Warum nicht die Hinrichtungen zuerst vornehmen und dann die Prozesse führen?«

Sie starrten ihn an.

»Ich greife da auf die Idee zurück, die ich vor ein paar Tagen hatte, und weite sie ein wenig aus«, erklärte Stragen. »Caalador und ich stehen mit einer größeren Zahl Profis in Verbindung, die nicht gerade mit Skrupeln behaftet sind. Sie könnten die Hinrichtungen persönlich in die Hand nehmen.«

»Ihr redet von Mord, Stragen!« entrüstete sich Vanion.

»O ja, Hochmeister Vanion. Ich glaube, manche Leute nennen es tatsächlich so. Die ganze Idee, die hinter diesem ›Exempel statuieren‹ steht, ist doch die, anderen eine solche Angst einzujagen, daß sie Abstand davon nehmen, das gleiche Verbrechen zu begehen. Aber es funktioniert nicht, weil Verbrecher wissen, daß die Chance sehr gering ist, sie zu erwischen und zu verurteilen.« Er zuckte die Schultern. »Es ist lediglich ein Risiko, und Risiken gibt es in jedem Geschäft. Wir berufsmäßigen Gauner brechen ständig die Gesetze, unsere eigenen Gesetze brechen wir jedoch *nicht*. Angehörige unseres Berufsstandes, die es dennoch tun, können nicht mit Anhörungen und Prozessen rechnen. Sie werden schlicht und einfach auf unsere Art hingerichtet. Keine Freisprüche, keine Gnadengesuche, keine Ausbrüche in letzter Minute. Sie werden getötet. Ende. Fall abgeschlossen. Die staatliche Justiz ist langwierig und unsicher. Unsere ist das genaue Gegenteil. Wenn ihr die Leute mit Terror auf dem Pfad der Tugend halten wollt, dann setzt *echten* Terror ein!«

»Es wäre eine Möglichkeit, Vanion«, sagte Sperber nachdenklich.

»Ihr zieht das doch nicht *ernsthaft* in Betracht, oder? Es handelt sich um Tausende dieser zweitrangigen Verschwörer! Ihr redet vom größten Massenmord in der Geschichte!«

»Es wäre eine Möglichkeit, meinen Namen im Buch der Rekorde zu verewigen.« Stragen zuckte die Schultern. »Caalador und ich werden es wahrscheinlich so oder so tun. Wir sind beide nicht sehr geduldig. Ich hätte euch gar nicht damit belästigt; aber mich hat eure Meinung dazu interessiert. Sollen wir Sarabian und Ehlana einweihen? Oder sollen wir sie gar nicht erst damit behelligen? Diskussionen über Sittlichkeit – oder wie man sie auslegt, sind höchst unergiebig, findet ihr nicht? Es geht darum, daß wir etwas unternehmen müssen, das Zalasta noch mehr den Verstand raubt, und ich bin der Meinung, daß unser Plan genau das Richtige wäre. Wenn er in nächster Zeit eines Morgens aufwacht und erkennt, daß er völlig allein ist, denkt er vielleicht noch einmal ausführlich über die Klugheit seines Planes nach. Ach ja, übrigens, ich habe Berit und Xanetia ausgeliehen. Sie machen einen Spaziergang in der Nähe der cynesganischen Botschaft, damit Xanetia ihr Fangnetz durch das Gedächtnis der Leute dort ziehen kann. Wir haben zwar eine ganze Menge Namen, aber ich bin sicher, daß es noch weitere gibt.«

»Muß Xanetia denn nicht im selben Zimmer sein, um die Gedanken von jemandem belauschen zu können?« fragte Vanion.

»Da ist sie sich selbst nicht so sicher. Sie hatte noch nie Gelegenheit, die Grenzen ihrer Gabe festzustellen. Ihr heutiger Ausflug ist eine Art Experiment. Wir hoffen, daß sie durch die Wände greifen und die Namen der Leute im Innern herausziehen kann. Wenn das nicht möglich ist, werde ich schon eine Möglichkeit finden, Xanetia ins Gebäude zu bringen, damit sie herausfischen kann, was wir brauchen. Caalador und ich wollen so viele Informationen und Namen wie nur möglich. Den größten Massenmord der Geschichte gewissenhaft vorzubereiten ist eine sehr komplizierte Angelegenheit, und wir möchten es wirklich nicht zweimal machen müssen.«

24

»Es ist ein Ablenkungsmanöver«, sagte Ulath am nächsten Morgen. Er studierte eine der schriftlichen Nachrichten, die Kaiser Sarabian mitgebracht hatte. »Die Werwölfe und Vampire und Ghule sind nur Trugbilder. Daher können sie niemandem wirklich etwas anhaben.

Und diese Angriffe auf atanische Garnisonen sind nichts anderes als sinnlose selbstmörderische Aktionen, um für weitere Verwirrung zu sorgen, wie sie es zuvor schon getan haben.«

»Ulath hat recht«, pflichtete Sperber bei. »Nichts von alldem ist neu. Es dient keinem anderen Zweck, als die Ataner dort zu halten, wo sie sind.«

»Bedauerlicherweise funktioniert es sehr gut«, warf Bevier ein. »Wir können nicht sehr viele Krieger aus den atanischen Garnisonen abziehen, um Betuana zu helfen, solange dieses Ablenkungsmanöver anhält.«

»Hochmeister Vanions Idee, von jeder Hauptgarnison Trupps zu senden, müßte doch ein *wenig* helfen!« wandte Sarabian ein.

»Das schon, Majestät«, erwiderte Bevier, »aber wird es genügen?«

»Es *muß* genügen!« sagte Vanion. »Wir können zur Zeit beim besten Willen nicht mehr Leute entbehren. Außerdem ist die zahlenmäßige Stärke in diesem Fall nicht so bedeutsam. Ein einziger Ataner ist für sich allein schon fast eine halbe Armee.«

Stragen gab Sperber einen Wink, und die beiden schlenderten scheinbar müßig zu der langen Tafel, die als Frühstücksbüffet diente. Der blonde Dieb ließ sich Zeit bei der Auswahl seines Frühstücks. »Es geht«, sagte er leise. »Xanetia muß die Person *sehen*, deren Gedanken sie fischt. Glücklicherweise hat Berit ein Gebäude gefunden, das ziemlich nahe und ein gutes Stück höher ist als die Botschaft. Dort hat Xanetia jetzt ein komfortables Gemach, dessen Fenster dem Büro des Botschafters genau gegenüberliegt. Sie klaubt allerlei Informationen für uns zusammen – und Namen.«

»Warum verheimlichen wir das vor den anderen?«

»Weil Caalador und ich diese Information benutzen wollen, um diesen neuen Weltrekord aufzustellen, von dem wir gestern sprachen. Sarabian hat es noch nicht genehmigt; also sollten wir ihn nicht mit einer Sache belasten, von der er nichts zu wissen braucht.«

Am nächsten Tag wurde Prinzessin Danae krank. Auf den ersten Blick konnte man nichts feststellen; kein Fieber, kein Ausschlag, kein Husten – nur Teilnahmslosigkeit, Schwäche und vorübergehende Ohnmachtsanfälle.

»Es ist das gleiche wie im vergangenen Monat«, versicherte Mirtai den besorgten Eltern des kleinen Mädchens. »Sie braucht ein Kräftigungsmittel, das ist alles.«

Doch Sperber wußte, daß Mirtai sich täuschte. Im vergangenen Monat war Danae nicht wirklich krank gewesen. Die Kindgöttin tat ihre Fähigkeit, an zwei verschiedenen Orten gleichzeitig sein zu können, als Leichtigkeit ab. Doch ihr Vater wußte: Wenn Danae ihre Aufmerksamkeit fest auf einen Ort und die dortigen Ereignisse richtete, war sie am anderen Ort halb bewußtlos. Doch die jetzige Krankheit war anders als dieser Zustand. »Versuch es mit einem Stärkungsmittel, Ehlana«, riet Sperber seiner Gemahlin scheinheilig. »Ich rede mit Sephrenia. Vielleicht kann auch sie uns einen Rat geben.«

Sephrenia saß trübsinnig in ihrem Gemach. Sie blickte aus dem Fenster, doch es war offensichtlich, daß sie ins Leere starrte. »Wir haben ein Problem, kleine Mutter«, sagte Sperber und schloß die Tür hinter sich. »Danae ist krank.«

Sephrenia drehte sich abrupt um und blinzelte verwirrt. »Das ist lächerlich, Sperber. Sie wird niemals krank. Das ist unmöglich.«

»Das dachte ich auch, aber sie *ist* krank. Es ist nichts Erkennbares. Es gibt keine typischen Symptome oder dergleichen. Trotzdem geht es ihr nicht gut.«

Sephrenia erhob sich sofort. »Besser, ich sehe sie mir mal an. Vielleicht bringe ich sie dazu, daß sie mir sagt, was sie hat. Ist sie allein?«

»Nein, Ehlana ist bei ihr. Ich glaube nicht, daß sie sich überreden läßt, das Gemach zu verlassen. Wird das die Angelegenheit nicht komplizieren?«

»Ich kümmere mich schon darum. Gehen wir der Sache auf den Grund, ehe es schlimmer wird.«

Sephrenias offensichtliche Besorgnis beunruhigte Sperber noch mehr. Er folgte ihr mit wachsender Angst zurück in die königlichen Gemächer. Aphrael war in keinster Weise empfänglich für die Krankheiten Sterblicher; demnach konnte es kein gewöhnliches Fieber sein, auch keine der Kinderkrankheiten, die so gut wie alle Menschen bekommen. Den Gedanken, daß Götter so etwas wie eine Erkältung und Schnupfen bekommen könnten, wies Sperber sofort zurück.

Sephrenia verhielt sich kühl und sachlich. Sie murmelte den styrischen Zauber, noch ehe sie Danaes Gemach betrat.

»Gott sei Dank, daß Ihr hier seid, Sephrenia!« rief Ehlana und erhob sich halb aus ihrem Sessel neben dem Bett des kleinen Mädchens. »Ich habe mir sol …«

Sephrenia gab den Zauber mit einem eigenartigen Schnippen der Hand frei, und Ehlanas Augen wurden leer. Sie erstarrte in der Bewegung – halb aus dem Sessel erhoben, eine Hand leicht ausgestreckt.

Sephrenia ging zum Bett, setzte sich auf die Kante und nahm das kleine Mädchen in die Arme. »Aphrael«, sagte sie, »wach auf! Ich bin es – Sephrenia.«

Die Kindgöttin öffnete die Augen und fing zu weinen an.

»Was ist denn los?« fragte Sephrenia. Sie drückte ihre Schwester fester an sich und wiegte sie.

»Sie töten meine Kinder, Sephrenia«, schluchzte Aphrael. »In ganz Eosien. Die Elenier töten meine Kinder! Ich möchte sterben!«

»Wir müssen nach Sarsos«, sagte Sephrenia bald darauf zu Sperber und Vanion, als sie mit den beiden allein war. »Ich muß mit den Tausend reden!«

»Ich weiß, daß es ihr das Herz bricht«, sagte Vanion, »aber es kann ihr doch nicht wirklich etwas anhaben, oder?«

»Es könnte sie töten, Vanion. Die Jüngeren Götter sind so sehr mit ihren Anhängern verbunden, daß ihr Leben von ihnen abhängt. Ich flehe Euch an, Sperber, bittet Bhelliom, uns sofort nach Sarsos zu bringen.«

Sperber nickte düster. Er holte die Schatulle hervor und drückte seinen Ring an den Deckel. »Öffne dich!« befahl er schärfer als beabsichtigt.

Der Deckel sprang auf.

»Blaurose«, sagte Sperber, »wir befinden uns in einer schlimmen Lage. Die Kindgöttin ist wegen der Morde an ihren Anbetern im fernen Eosien ernsthaft erkrankt. Soll sie wieder genesen, müssen wir sofort nach Sarsos, damit Sephrenia sich mit den Tausend von Styrikum beraten kann.«

»Es soll sein, wie du es für nötig erachtest, Anakha.« Die Worte kamen aus Vanions Mund. Die Miene des Hochmeisters wurde ein wenig unsicher. »Ist es schicklich, dir zu sagen, daß ich wegen dieser

Krankheit eures einzigen Kindes Mitgefühl für dich und deine Gefährtin empfinde?«

»Ich weiß dein gütiges Mitgefühl zu schätzen, Blaurose.«

»Mein Mitgefühl entspringt nicht allein der Güte, Anakha. Zweimal hat die zarte Hand der Kindgöttin mich berührt, und nicht einmal ich bin gegen die sanfte Magie ihrer Berührung gefeit. Um der Liebe willen, die wir alle für sie empfinden, laßt uns nach Sarsos reisen, auf daß sie geheilt werden kann.«

Die Welt schien zu verschwimmen – und dann standen die drei auch schon vor der marmorverkleideten Ratshalle in Sarsos. Der Herbst war hier viel weiter fortgeschritten; der Buchenwald am Rand der Stadt stand in flammenden Farben.

»Ihr zwei wartet hier«, wies Sephrenia die Freunde an. »Schließlich wollen wir die Hitzköpfe nicht erregen, indem ich noch einmal Elenier in ihre Ratskammer mitbringe.«

Sperber nickte und öffnete die Schatulle, um den Edelstein wieder einzuschließen.

»Nein, Anakha«, hielt Bhelliom, der noch immer durch Vanions Mund sprach, ihn zurück. »Ich möchte wissen, wie Sephrenias Vorschlag aufgenommen wird.«

»Wenn du möchtest, Blaurose«, antwortete Sperber höflich.

Sephrenia schritt rasch die Marmorfreitreppe hinauf und ins Innere.

»Es ist hier kälter«, stellte Vanion fest und zog sich den Umhang enger um den Körper.

»Ja«, bestätigte Sperber. »Wir sind hier weiter im Norden.«

»Damit wäre das Thema Wetter erschöpft. Hört auf, Euch Sorgen zu machen, Sperber. Sephrenia hat großen Einfluß auf die Tausend. Ich bin sicher, sie werden sich zur Hilfe bereiterklären.«

Während sie warteten, schleppten die Minuten sich dahin.

Es war etwa eine halbe Stunde später, als Sperber so etwas wie einen Schauder durch Bhelliom ziehen spürte. »Komm mit, Anakha!« Vanions Stimme erklang scharf und unvermittelt.

»Was ist?«

»Der Styriker Freude an endlosem Gerede erzürnt mich. Ich muß die Tausend übergehen und mich direkt an die Jüngeren Götter wenden. Diese Vielredner schwätzen Aphrael zu Tode.« Sperber wunderte sich ein wenig über die Heftigkeit in Vanions Stimme. Er folgte seinem Hochmeister, der in eigenartigem Gang, wie Sperber ihn nie zuvor an ihm bemerkt hatte, ins Gebäude stürmte. Der Eingang zur Ratskammer mochte fest verschlossen gewesen sein. Das Quietschen der von Vanion mit Gewalt aufgestoßenen Bronzetür deutete jedenfalls darauf hin.

Sephrenia stand vor dem Rat und flehte mit erhobenen Händen um Hilfe. Abrupt hielt sie inne und starrte ungläubig auf Vanion, der durch die Tür stürzte.

»Wir dulden hier keine Elenier!« schrillte ein Ratsherr auf einer der hinteren Bänke. Er sprang auf und fuchtelte mit den Armen.

Plötzlich erfüllte tiefe Stille die Kammer. Vanion begann anzuschwellen; er wuchs in Höhe und Breite zu gewaltiger Größe, und eine blaue Aura flackerte immer heller um ihn herum. Blitze durchzuckten diese Aura von innen nach außen, und gewaltiger Donnerknall hallte erschreckend von den marmorverkleideten Wänden wider. Sephrenia starrte Vanion mit plötzlicher Ehrfurcht an.

Von einer lautlosen Stimme aufgefordert, die nur Sperber zu hören vermochte, hob er die glühende Saphirrose in die Höhe.

»Erschauet Bhelliom!« rief er, »und vernehmt seine gewaltige Stimme!

Hört meine Worte, ihr Tausend von Styrikum!« Die Stimme, die aus der ungeheuren Gestalt erschallte, die kurz zuvor noch Vanion gewesen war, klang wie Donner. Es war eine Stimme, der Berge lauschen und die zu hören Wellen und Wasserfälle verharren lassen würden. »Ich will mit euren Göttern sprechen. Zu klein und unbedeutend seid ihr, und eurem endlosen Geschwätz zu sehr zugetan, als daß ihr fähig wärt, euch dieser Sache zu widmen!«

Sperber wand sich. Diplomatie gehörte nicht zu Bhellioms starken Seiten.

Einer der weißgewandeten Ratgeber richtete sich hoch auf und entrüstete sich: »Das ist ungeheuerlich! Wir müssen uns nicht ...« Plötzlich war er verschwunden, und an seiner Statt erschien eine verwirrt aussehende Wesenheit, die offenbar mitten beim Baden gestört worden war. Wasser rann von ihrer Blöße, und sie starrte offenen Mundes auf die gigantische, blauglühende Gestalt und den flammenden Saphir in Sperbers Hand. »Also *wirklich* ... !«

»Setras!« erschallte die Donnerstimme scharf. »Wie sehr liebst du deine Base Aphrael?«

»Das ist über die Maßen ungehörig!« protestierte der sehr jugendlich wirkende Gott.

»Wie sehr?« wiederholte die Stimme unerbittlich.

»Ich liebe sie zutiefst und finde sie ungemein anbetungswürdig. Das tun wir alle, aber …«

»Was würdest du geben, um ihr Leben zu retten?«

»Alles, worum sie bittet, selbstverständlich. Aber wie sollte ihr Leben in Gefahr sein?«

»Du weißt natürlich, daß Zalasta von Styrikum ein Verräter ist, nicht wahr?«

Die Ratsmitglieder hielten erschrocken den Atem an.

»Aphrael hat es erzählt«, antwortete der Gott, »aber wir nahmen an, sie hätte wieder ein bißchen übertrieben. Ihr wißt ja, wie sie manchmal ist.«

»Sie hat die Wahrheit gesagt, Setras! Während wir hier harren, metzeln Zalastas Henkersknechte ihre Anbeter im fernen Eosien nieder. Mit jedem Tod schwinden ihre Kräfte. Schreiten wir nicht hurtig dagegen ein, ist Aphrael der Tod gewiß!«

Der Gott Setras straffte die Schultern, und plötzlich flammten seine Augen. »Ungeheuerlich!«

»Was bist du zu geben bereit, auf daß sie weiterhin am Leben bleibt?«

»Mein eigen Leben, falls nötig«, versicherte Setras.

»Bist du bereit, ihr deine Anbeter zu leihen?«

Setras starrte entsetzt auf den glühenden Bhelliom.

»Rasch, Setras! Aphraels Leben schwindet dahin!«

Der Gott holte tief Atem. »Gibt es keine andere Möglichkeit?« fragte er bedrückt.

»Keine. Nur Liebe hält die Kindgöttin am Leben. Gib ihr eine Weile die Liebe *deiner* Kinder, auf daß ihre Kräfte zurückkehren.«

Setras richtete sich hoch auf. »Das werde ich!« rief er. »Obgleich es mir das Herz zerreißt.« Feste Entschlossenheit lag auf dem göttlichen Antlitz. »Und ich versichere dir, Weltenmacher, meine werden nicht die *einzigen* Kinder sein, die das Leben unserer geliebten Base erhalten. *Alle* werden wir gleichermaßen dazu beitragen.«

»So sei es!« donnerte Bhelliom.

»Aber«, fragte Setras nach kurzem Nachdenken sichtlich besorgt. »Aphrael *wird* sie uns doch wieder zurückgeben, nicht wahr?«

»Ganz gewiß, göttlicher Setras«, versprach Sephrenia lächelnd.

Der Jüngere Gott wirkte sehr erleichtert. Plötzlich kniff er die Augen zusammen. »Anakha«, sagte er scharf.

»Ja, Göttlicher?«

»Es müssen Maßnahmen getroffen werden, Aphraels übrige Kinder zu beschützen. Wie ist das zu bewerkstelligen?«

»Weist sie an, sich zu den Ordenshäusern der Ritter der Kirche von Chyrellos zu begeben«, antwortete Sperber. »Dort werden sie Schutz finden.«

»Und wer befehligt diese Ritter?«

»Erzprälat Dolmant, nehme ich an«, antwortete Sperber. »Er ist die höchste geistige Obrigkeit.«

»Ich werde mit ihm sprechen. Wo finde ich ihn?«

»Er dürfte in der Basilika von Chyrellos sein.«

»Dann werde ich mich dorthin begeben und mich ihm in dieser Angelegenheit offenbaren.«

Sperber schluckte, als er an die theologischen Verwicklungen dachte, die Setras' Entschluß nach sich ziehen würde. Dabei blickte er unwillkürlich in Sephrenias Gesicht. Sie beobachtete Vanion noch immer mit einer gewissen Hochachtung. Dann – so offensichtlich, daß Sperber ihren plötzlichen Entschluß beinahe spüren konnte – traf Sephrenia ihre Entscheidung. Ihr Gesicht, ihre Haltung, ihr ganzes Wesen sagten es lauter als Worte.

»Ulath«, brummte Kalten gereizt, »paß doch auf! Seit fast zwei Wochen bist du mit den Gedanken ganz woanders. Was lenkt dich denn so ab?«

»Mir gefallen die Berichte nicht, die wir von Atan bekommen haben.« Der hünenhafte Genidianer schob Prinzessin Danae, Rollo und Murr ein wenig auf seinem Schoß herum. Die kleine Prinzessin hatte zehn Tage lang das Bett hüten müssen. Heute war der erste Tag, an dem sie wieder unter ihnen weilte.

Danae war mit ihrem Lieblingsspiel beschäftigt – Schoßwechseln. Sperber wußte, daß seine Freunde es gar nicht so sehr beachteten und von selbst auf Danaes beinahe unmerkliche Aufforderung reagierten, sie hochzuheben und in den Armen zu halten. Tatsächlich war es für Aphrael eine ernste Sache, sich mit Plüschbär und Katze von einem Schoß zum nächsten zu begeben, um die Verbindung mit jenen wiederherzustellen, die ihr während ihrer Krankheit möglicherweise entglitten waren. Wie immer küßte sie jeden, doch diese Küsse waren nicht wirklich die spontanen kleinen Zeichen der Zuneigung, die sie zu sein schienen. Mit einer Berührung vermochte Aphrael die Absicht und Stimmung eines Menschen zu ändern. Mit einem Kuß jedoch konnte sie Besitz von seinem Herzen und seiner Seele ergreifen. Wann immer Sperber einen Wortwechsel mit seiner Tochter hatte, achtete er sorgfältig darauf, daß sich zumindest ein Möbelstück zwischen ihnen befand.

»Die Dinge verlaufen anders, als ich erwartet hatte«, sagte Ulath düster. »Die Trolle lernen, Deckung vor Pfeilen und Armbrustbolzen zu suchen.«

»Selbst ein Troll lernt irgendwann einmal aus seiner Erfahrung«, warf Talen ein. Er hatte sich offenbar von seinem Sturz aus dem Ahorn vollkommen erholt, klagte jedoch hin und wieder noch über Kopfschmerzen.

»Nein!« widersprach Ulath. »Das ist es ja gerade. Trolle lernen nicht! Weder aus Erfahrung noch sonstwie. Vielleicht liegt es daran, daß ihre Götter nicht lernen – oder nicht lernen können. Die Trolle, die heute existieren, wissen genau das, was der erste Troll wußte, der je gelebt hat – nicht mehr und nicht weniger. Cyrgon beeinflußt sie irgendwie. Falls er die Trolle so verändert, daß sie lernen können, gerät die Menschheit in große Schwierigkeiten!«

»Das ist doch nicht alles, Ulath, oder?« fragte Bevier scharfsichtig. »Du hast schon seit ein paar Tagen deinen ›theologischen Gesichtsausdruck‹. Du schlägst dich mit einem moralischen Dilemma herum, nicht wahr?«

Ulath seufzte. »Es wird zwar jeden aus der Fassung bringen, aber ehe man sofort in die Luft geht, sollte man erst seine Vorteile bedenken.«

»Das klingt nicht gerade beruhigend, alter Junge«, murmelte Stragen. »Bringt es uns lieber schonend bei.«

»Ich glaube nicht, daß das möglich ist, Stragen. Betuanas Botschaften werden immer dringender. Die Trolle verschanzen sich im Wald. Die berittenen Ataner kommen mit den Lanzen nicht an sie heran, und Armbrustbolzen dringen in mehr Bäume als Trolle ein. Die Trolle entzünden jetzt sogar schon Grasfeuer, um sich im Rauch zu verbergen. Betuana ist nahe daran, ihre Krieger heimzurufen, und ohne die Ataner haben wir keine Streitkräfte mehr.«

»Ritter Ulath«, warf Oscagne ein, »ich vermute, daß diese düstere Einleitung uns gegen einen sehr unerquicklichen Vorschlag wappnen soll. Ich glaube, das habt Ihr erreicht. Also, heraus damit!«

»Wir müssen Cyrgon die Trolle wegnehmen.« Ulath kraulte Murr abwesend hinter den Ohren. »Wir dürfen nicht zulassen, daß er damit weitermacht, sie taktische Vorgehensweisen zu lehren, und mögen sie noch so primitiv sein. Und auf gar keinen Fall wollen wir, daß sie weiterhin zusammenarbeiten, wie in letzter Zeit.«

»Und wie genau wollt Ihr einem Gott diese vollkommen unkontrollierbaren Ungeheuer entreißen?« fragte Stragen.

»Oh, nicht ich, und auch nicht wir. Ich denke eher daran, daß ihre eigenen Götter das übernehmen sollen. Die Trollgötter sind schließlich erreichbar. Ghwerig hat sie in den Bhelliom gesperrt, und Sperber trägt Bhelliom unter seinem Kittel. Ich könnte mir vorstellen, daß Khwaj und die anderen so gut wie alles für uns tun würden, wenn wir ihnen die Freiheit versprächen.«

»Seid Ihr wahnsinnig?« rief Stragen entsetzt. »Wir dürfen sie nicht freilassen! Das ist undenkbar!« Er ließ die zwei Goldmünzen fallen, die er jetzt ständig bei sich trug.

»Nur zu gern würde ich euch eine andere Möglichkeit nennen, aber mir fällt keine ein – ebensowenig wie euch! Die Gefahr für Atan ist schon ernst genug; aber je länger Cyrgon Macht über die Trolle hat, desto mehr werden sie von ihm lernen. Früher oder später kehren sie nach Thalesien zurück. Wollen wir wirklich eine Armee ausgebildeter Trolle vor den Toren von Emsat? Wenn wir mit den Trollgöttern verhandeln, haben wir zumindest einen kleinen Vorteil: Wir besitzen den Schlüssel zu ihrer Freiheit. Aber wir haben absolut nichts, woran Cyrgon interessiert ist – außer Bhelliom. Also, ich persönlich würde lieber mit den Trollgöttern verhandeln.«

»Sperber könnte sich doch von Bhelliom nach Nordatan bringen lassen und ihn bitten, die Trolle allesamt zu töten.«

Sperber schüttelte den Kopf. »Das würde Bhelliom nicht tun, Stragen. Er rottet keine ganze Rasse aus. Das weiß ich sicher.«

»Ihr habt die Ringe. Ihr könntet ihn zwingen, Euch zu gehorchen!«

»Das würde ich auf keinen Fall tun! Bhelliom ist kein Sklave. Wenn er hilft, muß es freiwillig geschehen.«

»Wir dürfen die Trollgötter nicht freilassen, Sperber! Ich bin zwar nur ein Dieb, aber ich bin trotzdem ein Thalesier. Ich werde nicht untätig herumsitzen und zulassen, daß die Trolle die gesamte Halbinsel überrennen!«

»Wir haben ja noch nicht einmal mit den Trollgöttern gesprochen, Stragen«, versuchte Ulath den Aufgebrachten zu beruhigen. »Hören wir uns doch erst einmal an, was sie dazu sagen, ehe wir irgendwelche Entschlüsse treffen. Doch was auch immer, *etwas* müssen wir unternehmen, und zwar sehr bald. Anderenfalls dauert es nicht mehr lange, und wir müssen zusehen, wie riesige Kolonnen von Atanern aus ihren Kasernen nach Hause marschieren!«

Danae rutschte von Ulaths Schoß und hob Stragens Münzen auf. »Du hast sie fallen lassen«, sagte sie zu ihm. Dann runzelte sie die Stirn. »Täusche ich mich, oder ist eine ein bißchen leichter als die andere?«

Stragen blickte sie bestürzt an.

Es war etwas später, als Sperber und Vanion Sephrenia zurück zu ihrem Gemach begleiteten. Vor der Tür blieben sie stehen.

»Oh, das ist wirklich idiotisch!« platzte Sephrenia plötzlich heraus. »Vanion, hol deine Sachen und komm wieder heim, wohin du gehörst!«

Vanion blinzelte. »Ich …«

»Pst!« warnte sie ihn. Dann funkelte sie Sperber an. »Und auch kein Wort von Euch!«

»Von mir?«

»Du mußt packen, Vanion! Also, steh nicht da und gaffe in der Gegend herum!«

»Ich mache mich sofort daran.«

»Und beeil dich!« Sie warf die Arme in die Höhe. »Männer! Muß ich es dir erst schriftlich geben? Ich habe so gut wie alles getan, bis auf Signalfeuer zu zünden und Trompete zu schmettern, und du hast bloß über das Wetter geredet – oder über Fische! Warum bist du nicht einfach zur Sache gekommen?«

»Nun – ich ...«, stammelte er. »Du warst so schrecklich zornig auf mich, Sephrenia.«

»Das ist doch längst vorbei! Jetzt möchte ich nur, daß du wieder heimkommst! Ich muß kurz mit Danae reden. Sieh zu, daß du zurück in unserem Gemach bist, wenn ich wiederkomme!«

»Ja, Liebes«, versicherte er ihr geduldig.

Sie funkelte ihn kurz an; dann machte sie auf dem Absatz kehrt und schritt, vor sich hin murmelnd und mit den Armen fuchtelnd, den Korridor entlang.

»Krager ist zurück!« meldete Talen, als die Gefährten sich an diesem Nachmittag wieder zusammensetzten. »Ein Bettler hat gesehen, wie er vor etwa zwei Stunden durch das hintere Tor die cynesganische Botschaft betrat – *hindurch torkelte* wäre zutreffender. Er war stockbesoffen!«

Kalten lachte. »Das ist der Krager, wie wir ihn lieben.«

»Ich verstehe nicht, wie Zalasta sich auf einen solchen Trunkenbold verlassen kann«, meinte Oscagne kopfschüttelnd.

»Krager ist höchst intelligent, wenn er nüchtern ist, Exzellenz«, erklärte Sperber. »Das war der einzige Grund, weshalb Martel sich mit ihm befaßte.« Er kratzte sich an der Wange. »Dürfen wir Euch zumuten, Euch noch einmal in diesen Ausguck gegenüber der Botschaft zu begeben, Anarae?«

Xanetia wollte sich sofort aus ihrem Sessel erheben.

»Nicht jetzt.« Sperber lächelte. »Krager braucht für gewöhnlich die ganze Nacht zur Ausnüchterung. Morgen früh wäre der geeignete Zeitpunkt. Es dürfte interessant sein, welche Anweisungen er dem cynesganischen Botschafter zu übermitteln hat.«

»Da ist noch etwas«, warf Stragen ein. »Wir haben nie mit Gewißheit herausgefunden, ob Krager in Erfahrung gebracht hat, daß wir die hiesige Unterwelt einsetzen, um Information zu sammeln. Er wußte, daß wir in Cimmura Hilfe von Platime bekamen und Verbindung zur Unterwelt in anderen eosischen Städten hatten, aber was weiß er über unsere Beziehungen hier?«

»Oh, er ließ so etwas durchblicken, als er nach der Niederschlagung des Staatsstreiches mit mir sprach«, erinnerte Sperber ihn.

»Ich möchte nicht das gesamte Spitzelnetz aufgeben, nur weil Krager etwas ›durchblicken‹ ließ, Sperber«, sagte Stragen. »Und ich muß *unbedingt* erfahren, ob er darüber Bescheid weiß, daß wir gewisse Gauner nicht nur zum Bespitzeln einsetzen können.«

»Ich werde sein Gedächtnis sorgfältigst erforschen«, versprach Xanetia.

»Sperber, wo sind eigentlich Vanion und Sephrenia?« fragte Ehlana plötzlich. »Die beiden hätten bereits vor einer Stunde hier sein sollen!«

»Oh, tut mir leid, Liebes. Ich wollte es dir sagen. Ich habe den beiden versichert, daß wir heute hier auch ohne sie auskommen. Sie haben etwas Wichtiges zu erledigen.«

»Warum hast du mir nichts davon gesagt?«

»Das tue ich ja jetzt, Liebes.«

»Was tun sie denn?«

»Sie haben ihre Meinungsverschiedenheiten begraben. Ich nehme an, sie unterhalten sich jetzt darüber – ausführlich.«

Ehlana errötete leicht. »Oh. Was hat die beiden denn ausgesöhnt?«

Sperber zuckte die Schultern. »Sephrenia hatte genug von der Entfremdung und Einsamkeit. Sie hat Vanion gesagt, er solle wieder heimkommen. Eigentlich war es fast schon ein Befehl. Sie hat die ganze Sache sogar so verdreht, daß man glauben konnte, es wäre alles Vanions Schuld gewesen. Aber du weißt ja, wie so etwas geht.«

»Das genügt, Herr Ritter!« rügte sie.

»Jawohl, Majestät.«

»Ob dieser Krager weiß, wo Zalasta sich jetzt aufhält, Prinz Sperber?« fragte Oscagne.

»Ich bin davon überzeugt, Exzellenz. Wahrscheinlich möchte Zalasta es zwar nicht – da Krager ist, was er ist –; aber es ist sehr schwierig, irgend etwas vor Krager geheimzuhalten, wenn er auch nur ein bißchen nüchtern ist.«

»Er könnte von ungeheurem Wert für uns sein, Prinz Sperber. Dank der ungewöhnlichen Gabe der Anarae.«

»Dann solltet Ihr jetzt alles aus ihm herausholen, was nur möglich ist, Exzellenz«, riet Talen. »Denn sobald mein Bruder aus Atan zurückkehrt, wird er ihn wahrscheinlich töten.«

Oscagne blickte Talen erstaunt an.

»Eine persönliche Sache, Exzellenz. Krager war für den Tod unseres Vaters mitverantwortlich, und das wird Khalad nicht ungestraft hinnehmen.«

»Ich bin sicher, wir können ihn überreden, noch ein wenig zu warten, junger Herr.«

»Da wäre ich mir nicht so sicher, Exzellenz.«

»Es steckt schon so lange tief in uns, daß wir keine echten Styriker mehr wären, würde es uns fehlen, Anarae«, sagte Sephrenia bedrückt.

Es war eines der privaten Treffen oben auf dem Turm. Als der Abend sich auf Matherion herabsenkte, hatten Sperber und seine Tochter sich Sephrenia, Vanion und Xanetia angeschlossen, um einige Dinge zu besprechen, von denen die anderen nichts zu wissen brauchten.

Xanetia lächelte. »Und wir erzählen *unseren* Kleinen, daß die Styriker Ghule sind, welche Gräber schänden, um Leichen zu fressen – wenn sie keine delphaeischen Kinder finden, die sie bei lebendigem Leibe verschlingen können.«

»Ich kenne ein Kind mit styrischer Abstammung, das in letzter Zeit Menschenfresserei in Betracht zog«, bemerkte Sperber.

»Petze!« murmelte Danae.

»Was soll das bedeuten?« fragte Sephrenia ihre Schwester streng.

»Die Kindgöttin war sehr aufgebracht, als sie erkennen mußte, daß Zalasta sie getäuscht hatte«, erklärte Sperber gleichmütig. »Und als sie erfuhr, daß er Euch ihr stehlen wollte, konnte sie kaum noch an sich halten. Sie sagte, sie würde ihm das Herz herausreißen und es vor seinen Augen verspeisen.«

Aphrael versuchte, es abzutun. »Ach was. Wahrscheinlich hätte ich's gar nicht gegessen.«

»*Wahrscheinlich?*« rief Sephrenia.

»Zalastas Herz ist dermaßen verdorben, daß ich mir eine schwere Magenverstimmung davon geholt hätte.«

Sephrenia bedachte sie mit einem durchdringenden Blick.

»Na gut«, murmelte die Kindgöttin. »Ich habe übertrieben.« Nachdenklich schaute sie über die Dächer der Stadt; dann blickte sie Sephrenia und Xanetia an. »All dieser Haß und diese lächerlichen Geschichten, die Styriker und Delphae ihren Kindern erzählen, sind keines natürlichen Ursprungs, müßt ihr wissen. Ihr wurdet sorgfältig beeinflußt – auf eine Weise, daß ihr diesen Haß entwickelt habt. Zur eigentlichen Meinungsverschiedenheit war es zwischen meiner Familie und Edaemus gekommen. Es ging dabei um Dinge, die euch völlig fremd sind. Es war ein lächerlicher Streit – aber das ist ein Streit ja fast immer. Nur können Götter ihre Zwistigkeiten nicht privat austragen. Ihr Menschen wurdet da in etwas hineingerissen, das eigentlich nichts mit euch zu tun hatte.« Sie seufzte. »Wie viele unserer Zwistigkeiten, hatte sich auch diese aus unserem Teil der Welt auf euren ausgebreitet. Es war eine geschlossene Veranstaltung, und niemand hat euch dazu eingeladen.«

»Und wo ist eure Welt, Aphrael?« fragte Vanion neugierig.

»Hier ...« Sie zuckte die Schultern. »Überall rings um uns. Aber *ihr* könnt es nicht sehen. Es wäre vermutlich besser gewesen, wir hätten unsere eigene, von allen anderen abgegrenzte Heimat gehabt, aber dazu ist es jetzt zu spät. Ich hätte Sephrenia von unserer Dummheit erzählen sollen, als sie und ich noch Kinder waren und ich gehört habe, wie Sephrenia den Unsinn über die Delphae nachplapperte. Aber dann verwüsteten die elenischen Leibeigenen unser Dorf und töteten unsere Eltern. Und Zalasta hat seine Schuld den Delphae angelastet. Niemand hätte sie jetzt mehr von ihren Vorurteilen abbringen können.« Aphrael machte eine Pause. »Ich *spürte* immer, daß irgend etwas an Zalastas Geschichte nicht stimmte. Aber leider konnte ich nicht in seine Gedanken eindringen, um herauszufinden, was es war.«

»Und warum nicht?« fragte Vanion. »Du bist schließlich eine Göttin!«

»Oh, das hast du *bemerkt*!« rief sie. »Was für eine aufregende Entdeckung muß das für dich gewesen sein!«

»Benimm dich!« tadelte Sperber.

»Tut mir leid, Vanion«, entschuldigte sie sich. »Das war wirklich ziemlich schnippisch. Ich kann Zalastas Gedanken nicht lesen, weil er nicht zu meinen Kindern gehört.« Wieder machte Aphrael eine

Pause. »Findest du es nicht interessant, Sephrenia, daß *mir* in dieser Hinsicht Grenzen gesetzt sind, Xanetia jedoch nicht?«

»Xanetia und ich sind dabei, unsere Verschiedenheiten zu erforschen, Aphrael.« Sephrenia lächelte. »Wir haben rasch herausgefunden, daß die meisten Unterschiede nur in unserer Einbildung existieren.«

»So ist es«, bestätigte Xanetia. Sperber konnte sich so halbwegs vorstellen, wie schwierig für diese beiden so merkwürdig ähnlichen Frauen selbst diese vorsichtigen Schritte zu einem Friedensschluß sein mußten. Der Prozeß, eingefleischte Überzeugungen und Selbstgerechtigkeiten zu überwinden, mußte dem Niederreißen eines Hauses nahekommen, das hundert Jahrhunderte unerschütterlich gestanden hatte.

»Vanion, Liebling«, sagte Sephrenia. »Es wird ein bißchen kühl.«

»Ich gehe hinunter und hole dir deinen Umhang.«

Sie seufzte. »Nein. Ich will keinen Umhang. Ich möchte, daß du die Arme um mich legst.«

»Oh! Daran hätte ich selbst denken sollen!«

»Ja«, pflichtete sie ihm bei. »Denk wenigstens in Zukunft öfter daran!«

Er lächelte und umarmte sie.

»So ist es *viel* besser!« Sie kuschelte sich an ihn.

»Da ist etwas, das ich schon die ganze Zeit fragen wollte«, sagte Sperber zu seiner Tochter. »Egal, wer sie dazu angeanstiftet hat – die Kerle, die Ylara überfielen, waren Elenier. Wie, in aller Welt, hast du Sephrenia dazu gebracht, uns Pandioner die Geheimnisse von Styrikum zu lehren? Sie muß die Elenier doch gehaßt haben!«

»Das hat sie auch.« Die Kindgöttin zuckte die Schultern. »Und ich hab' euch auch nicht gerade gemocht. Aber ich hatte Ghwerigs Ringe und *mußte* sie an die Finger von König Antor und dem ersten aus dem Hause Sperber bekommen, sonst wäre ich jetzt nicht hier.« Ihre Augen verengten sich abrupt. *»Der Gedanke ist ja unerträglich!«*.

»Welcher Gedanke?«

»Bhelliom hat mich benutzt! Nachdem ich Ghwerig die Ringe gestohlen hatte – vielleicht sogar schon zuvor –, hat er diese Gedanken an die Ringe übermittelt. Ich *weiß*, daß er es getan hat. Denn kaum hatte ich die zwei Ringe in der Hand, kam mir der Gedanke, sie zu trennen, indem ich einen deinem Ahnen gab und den anderen Ehlanas Vorfahren. Das alles ging von *Bhelliom* aus. Dieses – dieses Ding hat mich *benutzt!*«

»Na so was«, sagte Sperber und bemühte sich, ernst zu bleiben.

»Und er war *so* schlau! Es schien mir eine großartige Idee zu sein. Dein blauer Freund und ich werden uns mal eingehend darüber unterhalten müssen und –«

»Du hattest gerade erzählt, wie du Sephrenia dazu gebracht hast, unsere Lehrerin zu werden«, unterbrach Sperber seine Tochter.

»Ich befahl es ihr, als gutes Zureden nicht fruchtete. Zuerst wies ich sie an, die Ringe zu diesem Paar verwundeter Wilder zu bringen. Dann brachte ich sie zu eurem Mutterhaus in Demos und zwang sie, eure Lehrerin zu werden. Ich brauchte sie dort, um achtzugeben, daß deine Familie nicht vom geraden Weg abkam. Du bist Anakha, und ich wußte, daß ich unbedingt Einfluß auf dich gewinnen mußte; anderenfalls hätte Bhelliom dich ganz allein für sich gehabt, und ich konnte ihm nicht soweit trauen, daß ich das zulassen durfte.«

»Dann hattest du das alles tatsächlich im voraus geplant«, sagte Sperber ein wenig traurig.

»Vielleicht hatte Bhelliom es *noch* eher geplant«, entgegnete sie finster. »Ich war aber ganz sicher, daß es meine Idee gewesen ist. Wenn ich deine Tochter würde, hab' ich mir überlegt, müßtest du wenigstens ein bißchen auf mich achten.«

Sperber seufzte. »Dann war das alles nur Berechnung, oder?«

»Ja. Aber das hat nichts mit meinen Gefühlen für dich zu tun. Ich habe mir große Mühe gegeben, das aus dir zu machen, was du bist, Sperber. Schon deshalb liebe ich dich wirklich. Du warst ein so süßes Baby! Ich hätte Kalten beinahe umgebracht, als er dir die Nase brach. Aber Sephrenia hat es mir ausgeredet. Mit Mutter war es eine andere Geschichte. Du warst nett, aber sie war *entzückend*. Ich habe sie vom ersten Augenblick an geliebt, und ich wußte, daß ihr zwei gut miteinander auskommen würdet. Ich bin ziemlich stolz darauf, wie die Dinge sich entwickelt haben. Ich glaube, sogar Bhelliom ist damit zufrieden – obwohl er es natürlich nie zugeben würde. Er ist manchmal sehr steif und förmlich.«

»Hat dein Vetter Setras sich tatsächlich in die Basilika begeben und mit Dolmant geredet?« fragte Vanion.

»O ja.«

»Und wie hat Dolmant es aufgenommen?«

»Erstaunlich gut. Setras kann ungemein charmant sein, wenn er will, und Dolmant *mag* mich.« Sie blickte nachdenklich drein. »Ich glaube, er wird einige sehr weitreichende Änderungen in deiner Kirche einführen, Vanion. Dolmant ist nicht so altväterlich wie Ortzel. Die elenische Theologie wird sich während seiner Amtszeit beachtlich verändern.«

»Das wird den Konservativen nicht gefallen.«

»Konservative halten nie etwas von Veränderungen. Sie würden nicht einmal ihre Unterwäsche wechseln, wenn es nicht unbedingt sein müßte.«

»Das ist vom juristischen Standpunkt aus mehr als fragwürdig, Majestät«, erklärte Oscagne. »Ich persönlich zweifle nicht an Eurem Wort, Anarae«, fügte er rasch hinzu, »aber ich glaube, uns allen hier dürfte das Problem bewußt sein. Als Beweis haben wir lediglich Xanetias Aussage über jemandes Gedanken. Selbst ein leicht zu überzeugender Richter würde schwer daran zu schlucken haben, fürchte ich. Es handelt sich um Fälle, die kaum zur Verhandlung kommen werden – schon deshalb nicht, weil einige Angeklagte zu den führenden Familien Tamulis zählen.«

»Am besten, Ihr weiht sie in alles ein, Stragen«, riet Sperber ihm. »Ihr werdet Euren Plan ja sowieso verwirklichen, und sie würden sich nur wochenlang den Kopf über die juristische Seite der Angelegenheit zerbrechen, wenn Ihr sie nicht gleich aufklärt.«

Stragen wand sich. »Ich wollte, Ihr hättet es gar nicht erst zur Sprache gebracht, alter Junge«, sagte er gequält. »Ihre Majestäten sind ja auch Amtspersonen und deshalb mehr oder weniger verpflichtet, nach den Buchstaben des Gesetzes zu handeln. Die beiden würden sich viel wohler fühlen, wenn sie nicht zu viele Einzelheiten kennen.«

»Das bezweifle ich nicht. Aber dieses ganze Hin-und-Her-Gerede, wie sich ein hieb- und stichfester Prozeß führen läßt, ist Zeitverschwendung. Wir sollten uns lieber anderen Problemen widmen!«

»Worum geht es?« fragte Sarabian.

»Durchlaucht Stragen und Meister Caalador möchten eine – nun ja, juristische Abkürzung einschlagen, Majestät. Man könnte es als zweckdienliche Patentlösung bezeichnen. Wollt Ihr es selbst erzählen, Stragen? Oder wäre es Euch lieber, wenn ich das übernehme?«

»Ich glaube, wenn es von Euch kommt, klingt es besser.« Stragen lehnte sich zurück und betrachtete wieder einmal grüblerisch seine zwei Goldmünzen.

»Der Plan ist ziemlich einfach, Majestät«, begann Sperber. »Stragen und Caalador schlagen vor, daß wir all diese Verschwörer, Spione und dergleichen gar nicht erst verhaften, sondern ermorden lassen.«

»Was?« rief Sarabian.

»Das war eine sehr ungeschliffene Formulierung, Sperber!« beklagte sich Stragen.

»Ich bin ein ungeschliffener Mann.« Sperber zuckte die Schultern. »Ehrlich gesagt, halte ich dieses Vorgehen für angebracht. Vanion hat allerdings noch seine Schwierigkeiten damit.« Er lehnte sich ebenfalls zurück. »Mit der Gerechtigkeit ist es so eine Sache. Es geht dabei nur zum Teil um die Bestrafung Schuldiger, hauptsächlich dient sie der Abschreckung. Durch eine möglichst drastische öffentliche Bestrafung festgenommener Halunken sollen die Leute davon abgehalten werden, Verbrechen zu begehen. Aber, wie Stragen zu bedenken gab, wissen die meisten Verbrecher, daß sie wahrscheinlich nie erwischt werden. Polizei und Gerichte tun im Grunde genommen nichts weiter, als sich wichtig zu machen. Erhaltung von Arbeitsplätzen, nennt man das. Stragen schlägt vor, daß wir Polizei und Gerichte umgehen und schon in einer der kommenden Nächte die Mörder ausschicken. Am Morgen darauf würde jeder, der auch nur entfernt mit Zalasta und seinen verfemten Styrikern zusammengearbeitet hat, mit durchschnittener Kehle aufgefunden werden. *Wenn* wir eine Abschreckung wollen, wäre das die wirkungsvollste Methode. Es gäbe weder Freisprüche noch Gnadengesuche oder gar Begnadigungen. Falls wir es durchführen wie vorgeschlagen, werden im gesamten tamulischen Imperium alle Personen, die auch nur in Gedanken mit Hochverrat gespielt haben, Alpträume bekommen, was die Folgen dieses Verbrechens betrifft. Ich billige diesen Vorschlag allerdings nur aus taktischen Gründen. Die Gerechtigkeit überlasse ich den Gerichten – oder den Göttern. Mir gefällt die Idee deshalb, weil sie Zalasta erheblichen Schaden zufügen würde. Er ist Styriker, und Styriker versuchen für gewöhnlich, durch Täuschungsmanöver und Betrug zu bekommen, was sie wollen. Zalasta hat ein sehr kunstvolles Netz gesponnen, um ohne persönliche Kontakte an sein Ziel zu gelangen. Stragens Plan würde dieses Netz in einer einzigen Nacht zerreißen. Danach wären nur noch ein paar Verrückte und Unbelehrbare bereit, sich Zalasta anzuschließen. Sobald das Netz nicht mehr existiert, wird Zalasta nichts anderes übrigbleiben, als aus seinem Schlupfloch zu kommen und sich zum Kampf zu stellen. Im Gegensatz zu uns ist er kein guter Kämpfer. Es würde uns also die Chance gegeben, diesen Krieg nach unseren Vorstellungen zu führen, und das ist immer ein gewaltiger taktischer Vorteil.«

»*Und* wir bestimmen den Zeitpunkt«, fügte Caalador hinzu. »Das ist sehr wichtig!«

»Der Gegner würde vor allem nicht damit rechnen«, fiel Itagne ein.

»Es gibt Regeln, Itagne!« wehrte sein Bruder ab. »Die gesamte Zivilisation beruht auf Regeln! Wenn *wir* sie brechen, wie können wir da erwarten, daß andere sich daran halten?«

»Das ist es ja, Oscagne! Zur Zeit schützen diese Regeln die Schurken und nicht die menschliche Gesellschaft. Wir können uns herauswinden und danach mit irgendeiner juristischen Rechtfertigung aufwarten. Mein einziger wirklicher Einwand ist, daß diese – äh – Agenten der Regierungspolitik, nennen wir es so, keinen offiziellen Rang haben.« Er runzelte kurz die Stirn. »Ich glaube, dieses Problem ließe sich lösen, indem wir Durchlaucht Stragen zum Innenminister ernennen und Meister Caalador zum Leiter der geheimen Polizei.«

»*Richtig* geheim, Exzellenz.« Caalador lachte. »Nicht einmal *ich* weiß, wer die meisten dieser Meuchler sind.«

Itagne lächelte. »Das sind meines Erachtens die besten.« Er blickte den Kaiser an. »Da wäre allerdings ein kleiner Makel, was die Rechtmäßigkeit dieser Geheimaktion angeht, Majestät – vorausgesetzt, Ihr beschließt die Durchführung dieses Vorhabens.«

Sarabian lehnte sich nachdenklich in seinem Sessel zurück. »Es reizt mich«, gestand er. »Ein solches Blutbad würde wenigstens ein Jahrhundert lang die innenpolitische Ruhe in Tamuli sichern.« Er verzog bedauernd das Gesicht und richtete sich auf. »Aber es ist einfach zu unkultiviert. Ich könnte so etwas nicht billigen, solange die erhabene Sephrenia und Anarae Xanetia mich mißbilligend betrachten.«

»Was haltet *Ihr* davon, Xanetia?« fragte Sephrenia vorsichtig an.

»Wir Delphae machen uns keine unnötigen Gedanken über Recht oder Unrecht.«

»Das dachte ich mir. Gut ist gut und böse ist böse – das ist doch auch Eure Meinung, oder?«

»So deucht es mir.«

»Mir ebenfalls. Zalasta hat uns beiden weh getan, und Stragens Massaker würde *ihm* weh tun. Und wenn es um irgend etwas geht, das Zalasta Schmerz bereitet, haben wir keine allzu großen Bedenken, nicht wahr?«

Xanetia lächelte.

»Die Entscheidung liegt bei Euch, Sarabian«, sagte Sephrenia nun. »Erhofft Euch keine Ausrede durch Xanetia oder mich, Euch davor zu drücken. Wir haben nichts an dem Plan auszusetzen.«

»Ich bin von euch beiden zutiefst enttäuscht! Ich hatte gehofft, ihr würdet mir aus diesem Dilemma helfen. Nun seid Ihr meine letzte Chance, Ehlana. Läßt *Euch* dieser ungeheuerliche Vorschlag nicht das Blut stocken?«

»Eigentlich nicht. Aber ich bin schließlich Elenierin – *und* Politikerin. Solange wir nicht selbst mit blutigen Messern in der Hand erwischt werden, können wir uns jederzeit herauswinden.«

»Will mir denn gar niemand helfen?« Sarabian wirkte tatsächlich verzweifelt.

Oscagne blickte seinen Kaiser durchdringend an. »Es ist allein Eure Entscheidung, Majestät. Mir persönlich gefällt sie nicht – aber nicht ich muß den Befehl erteilen, sondern Ihr.«

Sarabian stöhnte. »Ist es immer so schlimm, Ehlana?«

»Sehr oft«, antwortete sie völlig ungerührt. »Manchmal noch schlimmer.«

Der Kaiser starrte eine ganze Weile auf die Wand. »Also gut, Stragen«, sagte er schließlich. »Tut es.«

»Das ist Mamas kleiner Liebling«, lobte Ehlana zufrieden.

»Nein, Caalador.« Sperber schüttelte den Kopf. »Es wird *keine* drei oder vier Wochen dauern. Ich habe die Möglichkeit, schneller von Ort zu Ort zu gelangen.«

»Das nützt nichts, Sperber«, entgegnete der rotgesichtige Cammorier. »Die Leute in der Geheimregierung werden von *Euch* keine Befehle entgegennehmen.«

»Ich werde auch keine erteilen, Caalador, sondern *Ihr*!«

Caalador schluckte. »Seid Ihr sicher, daß Eure Art zu reisen auch wirklich unbedenklich ist?«

»Vertraut mir. Wie viele Personen müssen benachrichtigt werden?«

Caalador warf einen besorgten Blick auf Sarabian. »Es steht mir nicht zu, das zu verraten.«

»Bei mir ist diese Information gut aufgehoben, Caalador. Ich würde sie nie gegen Euch und Eure Freunde benutzen«, versicherte der Kaiser ihm.

»Ihr wißt das, und ich weiß es, Majestät, aber Regeln sind Regeln. Wir möchten nicht, daß auch nur ein Außenstehender erfährt, wie viele wir sind.«

»Nur ungefähr, Caalador«, bat Ehlana. »Hundert? Fünfhundert?«

»Bei weitem nicht so viele.« Er lachte. »Es gibt keinen Kuchen, der sich in *so* viele Stücke teilen ließe.« Ein wenig besorgt blickte er auf Stragen. »Sagen wir, es sind mehr als zwanzig und weniger als hundert, und belassen wir es dabei. Einverstanden? Ich hätte gar nicht gern, daß man *mir* die Kehle durchschneidet.«

Stragen lachte. »Das genügt! Ich werde dich bestimmt nicht verpfeifen, Caalador.«

»Danke.«

»Keine Ursache.«

»Dann also zwei oder drei Tage«, schätzte Sperber.

»Ehe wir alle benachrichtigen, sollten wir jedoch warten, bis die Anarae morgen ihr Netz durch Kragers Gedächtnis gezogen hat«, sagte Stragen.

»Ihr scheint diese Redewendung zu lieben, Durchlaucht Stragen.« Xanetias Stimme klang ein wenig mißbilligend.

»Es ist auf keinen Fall kränkend gemeint, Anarae. Ich versuche nur, einer Sache einen Namen zu geben, die ich mir gar nicht vorstellen kann.« Stragens Gesicht wurde düster. »Falls Krager von der geheimen Regierung weiß, hat er wahrscheinlich Leute eingeschleust. Dann gäbe es *einige* Personen, die wir nicht unterrichten sollten.«

»Und deren Namen wir unserer Liste anfügen werden«, sagte Caalador.

»Wie lang ist Eure Liste eigentlich, Meister Caalador?« fragte Oscagne.

»Das braucht Ihr nicht unbedingt zu wissen, Exzellenz«, antwortete Caalador in einem Tonfall, der deutlich besagte, daß er nicht weiter über dieses Thema sprechen würde. »Wir sollten einen Tag festlegen – einen, den man sich leicht merken kann. Diebe und andere Gauner verstehen sich nicht besonders gut auf das Lesen des Kalenders.«

»Wie wär's mit dem Erntedankfest?« schlug Itagne vor. »Es ist bereits in drei Wochen und wird in ganz Tamuli gefeiert.«

Caalador ließ den Blick über die anderen schweifen. »Können wir so lange warten? Es wäre in der Tat der perfekte Zeitpunkt! Unsere Meuchler hätten für ihre Arbeit drei Nächte statt einer, und der Trubel während des Erntedankfests würde ihre Aufgabe sehr erleichtern.«

»Und es wird viel getrunken«, fügte Itagne hinzu. »Der ganze Kontinent besäuft sich.«

»Es ist also ein allgemeiner Feiertag?« erkundigte sich Bevier.

Itagne nickte. »Eigentlich ist es ein religiöser Feiertag, an dem man den Göttern für eine gute Ernte danken soll. Die meisten Leute bringen das in einer halben Minute hinter sich. Anschließend bleiben ihnen drei Tage und Nächte, Unfug zu treiben. Die Erntearbeiter erhalten kurz zuvor ihren Lohn, nehmen ihr alljährliches Bad, und machen sich dann auf den Weg in die nächste Stadt, um sich zu vergnügen.«

»Das ist für unsere Zwecke wie geschaffen«, fügte Caalador hinzu.

»Werdet Ihr in drei Wochen bereit sein, Eure Streitkräfte gegen die Trolle zu führen, Hochmeister Vanion?« fragte Sarabian.

»Mehr als bereit, Majestät. Wir beabsichtigen ohnehin, sie alle an einem Ort zu sammeln. Die Männer jeder Garnison sind jeweils nur ein Zug, und ein Zug kommt schneller voran als ein Bataillon. Sie alle sind bereits auf dem Marsch zu Auffangstellungen entlang der atanischen Grenze.«

»Werden wir alle gleichzeitig zuschlagen?« fragte Kalten.

»Wir haben drei Möglichkeiten«, antwortete Sperber. »Wir können zuerst die Trolle angreifen und Zalastas Aufmerksamkeit auf diese Weise auf Nordatan lenken. Wir könnten aber auch als erstes die Verschwörer umbringen. Dann wird Zalasta voller Panik quer durch den ganzen Kontinent hetzen und versuchen zu retten, was von den Trümmern seiner Organisation noch zu retten ist. Oder wir gehen gleichzeitig gegen die Trolle und die Verschwörer vor. Dann werden wir sehen, ob er zur gleichen Zeit an hundert Orten sein kann.«

»Das können wir uns immer noch überlegen«, meinte Sarabian. »Geben wir als erstes unseren Meuchlern Bescheid. Sie sollen sich während des Erntedankfests an die Arbeit machen. Der militärische Eingriff ist nicht unbedingt an einen bestimmten Zeitpunkt gebunden.«

»Und laßt uns jetzt Säbel, Parok und Rebal endgültig ins Jenseits befördern«, sagte Stragen zu Caalador. »Ganz offensichtlich sind sie den Atanern beim letzten Großreinemachen entwischt. Die elenischen Königreiche in Westtamuli befinden sich zwischen Ritter Tynian und Matherion, und solange diese drei Unruhestifter leben, werden sie ihm Steine in den Weg legen. – Besteht irgendeine Möglichkeit, daß wir auch Scarpa erwischen?«

Caalador schüttelte den Kopf. »Er hat sich in Natayo verschanzt. Die Stadt ist zu einer Festung ausgebaut und von Fanatikern geradezu überschwemmt. Ich könnte einem Meuchler gar nicht so viel bezahlen, daß er auch nur versuchen würde, Scarpa zu töten. Die vielleicht einzige Möglichkeit, an ihn heranzukommen, wäre ein militärischer Sturmangriff.«

»Wie bedauerlich«, murmelte Sephrenia. »Der Tod seines einzigen Sohnes wäre ein ungeheurer Schlag für Zalasta.«

»Barbarin!« zog Vanion sie liebevoll auf.

»Zalasta hat meine Familie umgebracht, Vanion«, entgegnete sie. »Ich möchte nur Gleiches mit Gleichem vergelten.«

»Das verstehe ich«, erwiderte er ernst.

»Ich bin nach wie vor strikt dagegen!« erklärte Stragen mit Nachdruck, als er, Sperber und Ulath sich kurze Zeit später auf dem Korridor trafen.

»Seid doch vernünftig, Stragen! Es kann schließlich nicht schaden, wenigstens zu hören, was sie sagen. Ich habe nicht vor, sie ohne Vorbehalte einfach freizulassen«, redete Ulath ihm gut zu.

»Sie werden sich mit allem einverstanden erklären, nur um wieder frei zu kommen, Ulath. Sie werden vielleicht gar *versprechen*, die Trolle aus Atan abzuziehen – ja, uns gegen Zalasta und Cyrgon zu helfen! Aber sobald sie wieder in Thalesien sind, werden sie nicht mehr daran denken, irgendwelche Versprechungen zu halten. Wir sind ja nicht einmal von derselben Rasse wie ihre Anbeter. In ihren Augen sind wir Tiere. Würdet Ihr Euch an eine Zusage gebunden fühlen, die Ihr einem Bären gegeben habt?«

»Ich glaube, das würde von dem Bären abhängen.«

»Uns gegenüber würden die Trollgötter möglicherweise ihr Wort brechen. Aber sie haben es Bhelliom gegeben, und *er* kann sie wieder gefangensetzen, falls sie irgendwelche Tricks versuchen.«

»Hm«, murmelte Stragen zweifelnd. »Also gut. Es gefällt mir zwar nicht, aber hören wir uns an, was sie zu sagen haben.«

»Versteht Ihr denn Trollisch?« fragte Ulath.

Stragen schauderte. »Natürlich nicht!«

»Dann dürftet Ihr einige Schwierigkeiten haben, dem Gespräch zu folgen, meint Ihr nicht auch?«

»Sephrenia kann es für mich übersetzen.«

»Seid Ihr denn sicher, daß Ihr *Sephrenia* traut?«

»Wie könnt Ihr nur so etwas sagen!«

»Na ja, ich dachte, ich frage vorsichtshalber mal. – Wann soll es denn losgehen, Sperber?«

»Wir wollen nichts überstürzen. Ich muß erst noch mit Caalador zu seinen Freunden, damit er mit ihnen reden kann. Wir werden uns zuerst darum kümmern und uns vergewissern, daß die von Vanion gerufenen Ataner an ihren Sammelstellen sind, ehe wir mit den Trollgöttern sprechen. Wir wollen sie ja nicht in Aufregung versetzen, ehe wir sie brauchen.«

»Wir sollten uns irgendwo auf dem Land mit ihnen unterhalten, fernab von allem«, meinte Ulath. »Denn wenn die Trollgötter erfahren, daß Cyrgon ihnen ihre Anbeter weggenommen hat, könnten ihre Empörungsschreie sämtliche Muscheln an den Mauern Matherions zerschellen lassen.«

»Sein Verstand ist noch sehr vom Wein benebelt«, erklärte Xanetia am nächsten Vormittag, als sie und Berit von ihrer Beobachtung der cynesganischen Botschaft zurückgekehrt waren. »Deshalb ist es schwierig, ihm logische Gedanken zu entnehmen.«

»Hat er überhaupt einen Verdacht, Anarae?« erkundigte sich Stragen mit besorgter Miene.

»Er weiß, daß Ihr ihn früher von Dieben und Bettlern überwachen ließet, Durchlaucht Stragen«, antwortete sie. »Aber er denkt, daß Ihr – oder Talen – eine solche Vereinbarung in jeder Stadt erst aufs neue treffen und euch zu diesem Zweck zu jedem betreffenden Unterweltkönig begeben müßt.«

»Er weiß nichts über die geheime Regierung?« vergewisserte sich Caalador.

»Er weiß nicht viel über eure Gesellschaftsschicht, Meister Caalador. Eine Zusammenarbeit dieses Ausmaßes ist unvorstellbar für ihn, da er selbst nicht dazu imstande wäre. Er folgt stets nur seinem Eigennutz.«

»Was für ein großartiger Trunkenbold!« rief Stragen erfreut. »Laßt uns alle beten, daß er nie nüchtern wird!«

»Amen!« sagte Caalador fast inbrünstig. »Und jetzt, Sperber, wollen wir über unsere Reise quer durch Tamuli reden. Es gibt viel zu tun, und wir sollten es anpacken!«

Die ersten paarmal, als Bhelliom ihn über den halben Kontinent versetzt hatte, war Caalador zum Nervenbündel geworden. Allmählich aber gewöhnte er sich soweit daran, daß außer einer leichten Benommenheit keine Folgen zu bemerken waren.

Für gewöhnlich brauchte er eine halbe Stunde, seine Anweisungen an die verschiedenen Unterweltkönige von Tamuli weiterzugeben, und Sperber vermutete, daß Caalador bei jeder dieser Gelegenheiten seine Nerven mit Schnaps oder ähnlichem stärkte. Sicher war er nicht, da er von diesen Besprechungen strikt ausgeschlossen wurde.

»Ihr braucht nicht zu wissen, wer diese Leute sind, Sperber«, meinte Caalador, »Außerdem würde Eure Anwesenheit sie nur nervös machen.«

Vanions kleine atanische Einheiten strömten aus ganz Tamuli zu den Sammelstellen entlang der atanischen Grenze. Tikume hatte zu den dreihundert Bogenschützen, die Kring nach Atana mitgenommen hatte, mehrere tausend Ostpeloi versprochen. Bhelliom brachte Sperber und Vanion in die atanische Hauptstadt, damit sie Betuana versichern konnten, daß wirklich Unterstützung unterwegs sei, *und* um ihr zu erklären, weshalb sie den größten Teil der Truppen an der Grenze sammelten.

»Die Trolle würden den Grund für diese Verstärkung nicht verstehen, Betuana-Königin«, sagte Vanion, »doch Cyrgon ist sehr bewandert in Strategie und Taktik. Der Gott würde sofort durchschauen, was da vor sich geht. Wir möchten ihm nicht den geringsten Hinweis auf unser Vorhaben geben, ehe wir nicht zum Angriff bereit sind.«

»Glaubt Ihr wirklich, Ihr könnt einen Gott überraschen, Vanion-Hochmeister?« Betuana trug eine atanische Rüstung, und ihr Gesicht verriet, daß sie seit Wochen mit wenig Schlaf hatte auskommen müssen.

»Ich werde es auf jeden Fall versuchen, Betuana-Königin«, erwiderte Vanion mit flüchtigem Lächeln. »Ich könnte mir vorstellen, daß Cyrgon seit zwanzigtausend Jahren keinen neuen Einfall mehr hatte. Während dieser Zeit haben sich militärische Strategie und Taktik beachtlich geändert; deshalb wird er wahrscheinlich nicht so recht verstehen, was wir vorhaben.« Er verzog das Gesicht. »Jedenfalls *hoffe* ich es.«

Und dann war es soweit. Es ließ sich nicht länger herausschieben. Keiner von ihnen fühlte sich wohl bei dem Gedanken an eine Unterhaltung mit den Trollgöttern, doch nun war es höchste Zeit festzustellen, ob Ulaths Vorschlag etwas taugte.

Etwa eine Stunde vor Morgengrauen an jenem Tag, vor dem es die Gefährten so lange gegraut hatte, begaben sich Sperber und Vanion zu Sephrenias Gemach, um mit ihr, Xanetia und Danae zu reden. Das Gespräch führte fast augenblicklich zu einem Problem.

»Ich *muß* dabeisein, Sperber!« beharrte Danae.

»Unmöglich! Ulath und Stragen kommen mit. Sie dürfen auf keinen Fall erfahren, wer du wirklich bist!«

»Das werden sie auch nicht, Vater!« betonte sie mit übertriebener Geduld. »Es wird nicht *Danae* sein, die mitkommt!«

»Oh! Das ist etwas anderes.«

»Wie wird die ganze Sache vor sich gehen, Sperber?« fragte Vanion. »Müßt Ihr die Trollgötter denn nicht freisetzen, um mit ihnen reden zu können?«

Sperber schüttelte den Kopf. »Bhelliom sagt, das sei nicht nötig. Die Trollgötter selbst bleiben in seinem Innern eingesperrt. Ihr Geist konnte sich immer frei bewegen; es sei denn, Bhelliom war von Gold oder Stahl umgeben. In diesem Zustand haben sie gewisse beschränkte Kräfte, nehme ich an, aber ihre *wirkliche* Macht ist mit ihnen in Bhelliom eingeschlossen.«

»Wäre es nicht ungefährlicher, wenn wir zulassen, daß die Trollgötter diese beschränkten Kräfte einsetzen, statt sie freizugeben, so daß sie sich ihrer ganzen Macht bedienen können?« meinte Vanion.

»Das würde uns nichts nutzen, Liebes«, sagte Sephrenia. »Die Trollgötter könnten Cyrgon begegnen, und dann brauchen sie ihre ganze Macht.«

»Außerdem«, fügte Xanetia hinzu, »bin ich sicher, daß sie unsere mißliche Lage spüren und harte Verhandlungspartner sein werden.«

»Werdet Ihr mit ihnen reden, Sperber?« fragte Vanion.

Sperber schüttelte den Kopf. »Ulath kennt die Trolle – und die Trollgötter – besser als ich und spricht auch besser Trollisch. Ich werde Bhelliom in der Hand halten und die Trollgötter rufen; dann überlasse ich das Reden ihm.« Er blickte aus dem Fenster. »Die Sonne geht bald auf. Wir sollten aufbrechen. Ulath und Stragen warten im Burghof auf uns.«

»Dreht euch alle um!« befahl Danae.

»Warum?« fragte ihr Vater.

»Dreh dich einfach um, Sperber! Du brauchst nicht zuzuschauen.«

»Eine ihrer kleinen Marotten«, erklärte Sephrenia. »Sie möchte nicht, daß irgend jemand sie so erblickt, wie sie wirklich aussieht.«

»Ich kenne Flöte doch schon lange!«

»Es gibt ein Zwischenstadium, Sperber. Sie wird nicht geradewegs von Danae zu Flöte. Sie nimmt flüchtig ihre wahre Gestalt an, wenn sie sich von einem kleinen Mädchen zum anderen verwandelt.«

Sperber seufzte. »Aus wie vielen Persönlichkeiten besteht sie denn?«

»Aus Tausenden, vermutlich.«

»Das ist niederschmetternd. Ich habe eine Tochter, die ich gar nicht richtig kenne.«

»Natürlich kennst du mich!« warf Danae ein.

»Nur eine von dir. Nicht mal den tausendsten Teil deines wahren Ichs!« Er seufzte und drehte sich um.

»Es ist kein so winziger Teil, Vater.« Danaes Stimme veränderte sich, während sie sprach. Es war nun nicht mehr die Stimme eines Kindes, sondern die einer Frau.

Auf der anderen Seite des Gemachs stand ein Spiegel, eine Scheibe aus poliertem Messing. Sperber blickte darauf und sah das verschwimmende Spiegelbild einer Gestalt. Rasch wandte er den Blick ab.

»Schau ruhig hin, Sperber. Der Spiegel taugt nicht viel. Du wirst kaum etwas erkennen.«

Er hob die Augen und starrte auf die glänzende Messingscheibe. Das Spiegelbild war verzerrt. Das einzige, das er wirklich sehen konnte, waren Größe und Figur der Gestalt. Aphrael überragte Sephrenia um ein kleines Stück. Ihr Haar war lang und sehr dunkel, und ihre Haut blaß. Ihr Gesicht war kaum mehr als ein verschwommener Fleck, doch aus irgendeinem Grund vermochte Sperber ihre Augen ganz deutlich zu sehen. Ewige Weisheit sprach aus ihnen – und ebenso ein Ausdruck grenzenloser Freude und Liebe. »Ich würde das nicht für irgendeinen anderen tun, Sperber«, sagte die Frauenstimme. »Aber du bist der beste Vater, den ich je hatte; deshalb ändere ich die Regeln für dich.«

»Trägst du denn überhaupt keine Kleidung?« fragte er.

»Warum sollte ich? Mir wird nicht kalt.«

»Ich rede vom Schamgefühl, Aphrael. Schließlich bin ich dein Vater, und es ist meine Pflicht, mich um so etwas zu kümmern!«

Sie lachte und streckte die Arme aus, um sein Gesicht zu streicheln. Es war nicht die Hand eines kleinen Mädchens, die seine Wange berührte. Sperber roch den schwachen Duft von frischem Gras, doch der vertraute Duft, der sowohl Danae wie Flöte anhaftete, war auf kaum merkliche Weise anders. Die Person, die hinter ihm stand, war ohne Zweifel *kein* kleines Mädchen.

»Zeigst du dich deinen anderen Familienangehörigen in dieser Gestalt?« fragte er.

»Nicht sehr oft. Ich ziehe es vor, daß sie mich für ein Kind halten. Dann sind sie viel nachsichtiger, und ich kann meinen Willen leichter durchsetzen. Und ich werde viel öfter geküßt.«

»Daß du deinen Willen durchsetzt, ist dir wohl sehr wichtig, nicht wahr, Aphrael?«

»Natürlich. Das ist für uns alle wichtig, oder? Ich bin nur viel geschickter darin als die meisten anderen.« Sie lachte melodisch. »Wahrscheinlich kann niemand sonst seinen Willen so gut durchsetzen wie ich.«

»Das ist mir nicht entgangen«, sagte er trocken.

»Tja, ich würde zwar gern ausführlicher mit dir darüber reden, aber ich glaube, wir sollten Ulath und Stragen nicht warten lassen.« Ihr Spiegelbild verschwamm und schrumpfte wieder zu Kindergröße. »Also gut«, sagte nun Flötes vertraute Stimme, »reden wir mit den Trollgöttern.«

Der Wind trieb an diesem Morgen schmutzgraue Wolken vom Tamulischen Meer herbei. Es waren nur wenige Menschen in der schimmernden Stadt Matherion unterwegs, als Sperber und seine Gefährten aus dem Schloßkomplex und über die lange, breite Straße zum Westtor ritten.

Sie verließen die Stadt und trotteten den Hang hinauf zu der Kuppe, von der sie die schimmernde Stadt zum erstenmal erblickt hatten. »Wie willst du es anfangen?« fragte Stragen Ulath, als sie die Kuppe erreichten.

»Vorsichtig«, brummte Ulath. »Ich möchte nicht gern gefressen werden. Ich rede nicht zum erstenmal mit ihnen. Deshalb erinnern sie sich vielleicht an mich. Und daß Sperber Bhelliom in der Hand hält, zügelt vielleicht ihre Gier, mich auf der Stelle zu verschlingen.«

»Schwebt Euch irgendein bestimmter Platz vor?« fragte Vanion.

»Eine übersichtliche Wiese – aber nicht *zu* übersichtlich. Ich möchte Bäume in der Nähe haben, damit ich auf einen hinaufklettern kann, falls die Dinge eine unerfreuliche Wendung nehmen.« Ulath ließ den Blick über die Gefährten schweifen. »Eine kleine Warnung!« fügte er hinzu. »Daß sich ja keiner zwischen mich und den nächsten Baum stellt, sobald ich angefangen habe!«

»Da drüben vielleicht?« Sperber zeigte auf eine Viehweide, die an einen Nadelwald grenzte.

Ulath blinzelte. »Laubbäume wären mir lieber gewesen. Aber was Besseres finden wir hier wohl nicht. Bringen wir's hinter uns. Ich weiß auch nicht warum, aber ich bin heute ziemlich nervös.«

Sie ritten auf die Weide hinaus und saßen ab. »Möchtest du mir noch etwas sagen, ehe wir anfangen?« fragte Sperber.

»Ihr seid auf euch allein gestellt, Sperber«, antwortete Flöte. »Alles hängt nun von dir und Ulath ab. Wir sind hier nur die Beobachter.«

»Danke!« sagte er trocken.

Sie machte einen Knicks. »O bitte, nichts zu danken.«

Sperber holte die Schatulle unter seinem Kittel hervor und berührte sie mit seinem Ring. »Öffne dich«, befahl er.

Der Deckel sprang auf.

»Blaurose«, sagte Sperber auf elenisch.

»Ich höre dich, Anakha.« Auch diesmal kam die Stimme aus Vanions Mund.

»Ich spüre die Trollgötter in dir. Können sie meine Worte verstehen, wenn ich in dieser Zunge spreche?«

»Nein, Anakha.«

»Cyrgon hat die Trolle mit List und Tücke nach Daresien gelockt und hetzt sie jetzt gegen unsere Verbündeten, die Ataner. Wir würden gern versuchen, die Trollgötter zu bewegen, ihre Kreaturen in ihren Machtbereich zurückzuholen. Meinst du, daß sie bereit wären, auf mich zu hören?«

»Jeder Gott lauscht aufmerksam den Worten, die seine Anbeter betreffen, Anakha.«

»Das habe ich vermutet. Bist du meiner Meinung, daß es sie in Wut versetzt, wenn sie erfahren, daß Cyrgon ihre Trolle gestohlen hat?«

»Es wird sie über alle Maßen erzürnen, Anakha.«

»Wie könnten wir uns am besten mit ihnen verständigen?«

»Berichte ihnen mit einfachen Worten, was sich zugetragen hat. Sprich nicht zu schnell und nicht zu bedeutungsschwer, denn Trolle sind in ihrem Denken sehr langsam.«

»Das habe ich bei früheren Gesprächen mit ihnen bemerkt.«

»*Du* willst mit ihnen reden? Das soll keine Kritik sein, aber dein Trollisch ist plump und unbeholfen.«

»Kam das jetzt von Euch, Vanion?« fragte Sperber anklagend

Vanion blinzelte, und sein Gesichtsausdruck änderte sich kaum merklich, als Bhelliom ihn kurz freigab. »Ich habe das nie behauptet!« beteuerte Vanion seine Unschuld. »Ich könnte gutes Trollisch nicht von schlechtem unterscheiden.«

»Verzeih meine Unbeholfenheit, Blaurose. Meine Lehrerin war in großer Eile, als sie meine Zunge in der Sprache der Trolle unterwies.«

»Sperber!« protestierte Sephrenia.

»Stimmt das etwa nicht?« Er wandte sich wieder an den Stein. »Mein Kamerad, Ritter Ulath, hat größere Erfahrung mit Trollen und ihrer Sprache. *Er* wird den Trollgöttern berichten, daß Cyrgon ihre Anhänger gestohlen hat.«

»Ich werde den Geist der Trollgötter rufen, auf das dein Kamerad zu ihnen sprechen kann.« Der Stein pulsierte in Sperbers Hand, und die riesigen Wesen, deren Gegenwart Sperber in Azashs Tempel gespürt hatte, erschienen. Diesmal jedoch befanden sie sich vor ihm, so daß er sie sehen konnte. Allerdings wünschte Sperber sich inbrünstig, er könnte es nicht. Da ihr innerstes Sein im Bhelliom eingeschlossen war, schimmerten die Geistgestalten der Trollgötter in bläulichem Licht. Sie ragten in gewaltiger Masse vor Sperber auf. Ihre viehischen Fratzen waren wutverzerrt, und nur Bhellioms Macht hielt ihren Zorn in Schach.

»Also gut, Ulath«, sagte Sperber. »Du weißt, die Lage ist gefährlich. Tu dein Bestes – und überzeuge sie.«

Der hünenhafte Genidianer schluckte und trat näher. »Ich bin Ulath-von-Thalesien«, sagte er auf trollisch. »Ich spreche für Anakha, Bhellioms Kind. Ich habe Neuigkeiten von *euren* Kindern. Werdet ihr mich anhören?«

»Sprich, Ulath-von-Thalesien.« Dem Donnern und Prasseln nach, das diese ohrenbetäubende Stimme begleitete, nahm Sperber an, daß der Sprecher Khwaj war, der Trollgott des Feuers.

Ulaths Gesicht nahm einen leicht tadelnden Ausdruck an. »Was ihr getan habt, verwundert uns«, sagte er. »Warum habt ihr eure Kinder Cyrgon geschenkt?«

»*Was?*« donnerte Khwaj.

Ulath täuschte Erstaunen vor. »Wir dachten, ihr habt es so gewollt. Habt ihr nicht euren Kindern befohlen, ihre Heimat zu verlassen und viele Schlafzeiten lang über das Eis-das-nie-schmilzt zu diesem fremden Land zu wandern?«

Khwaj heulte und hämmerte mit den affenähnlichen Fäusten auf den Boden, daß eine Wolke aus Staub und Rauch aufstieg.

»Wann ist das geschehen?« warf eine andere, geifernd und gierig schmatzende Stimme heftig ein.

»Zwei volle Drehungen der Jahreszeiten, Ghnomb«, antwortete Ulath dem Gott des Fressens. »Wir dachten, ihr wüßtet das. Blaurose rief euch herbei, damit wir euch fragen können, warum ihr das getan habt. Unsere Götter wollen wissen, warum ihr den Pakt gebrochen habt.«

»Pakt?« fragte Stragen, nachdem Sephrenia übersetzt hatte.

»Wir wollten die Trolle nicht ausrotten«, erklärte Flöte. »Deshalb haben wir mit den Trollgöttern vereinbart, daß wir ihre Kinder in Ruhe lassen, solange sie im thalesischen Gebirge bleiben.«

»Wann war das?«

»Oh, vor etwa fünfundzwanzigtausend Jahren.«

Stragen schluckte.

»Warum gehorchen eure Kinder Cyrgon, wenn ihr es ihnen nicht befohlen habt?« fragte Ulath.

Eine der gigantischen Gestalten streckte einen überlangen Arm aus, und die Hand tauchte in eine Leere, wo sie verschwand wie ein Stock, den man in einen Waldsee steckte. Als die Hand wieder zum Vorschein kam, hielt sie einen sich mit Händen und Füßen wehrenden Troll. Der ungeheuerliche Gott schrie heftig auf ihn ein. Das Knurren und Brüllen war zweifellos Trollisch; dennoch war Ulath verblüfft.

»Also, das ist interessant«, murmelte er. »Offenbar hat sich sogar Trollisch im Lauf der Zeit verändert.«

»Was sagt er denn?« fragte Sperber.

Ulath zuckte mit den Schultern. »Es ist so archaisch, daß ich kaum ein Wort verstehe. Jedenfalls verlangt Zoka einige Antworten.«

»Zoka?«

»Der Gott der Paarung.« Ulath lauschte angespannt.

»Der Troll ist völlig verwirrt«, berichtete er. »Er sagt, sie alle hätten geglaubt, *daß* sie ihren Göttern gehorchten. Cyrgon muß sich ein täuschend ähnliches Aussehen zugelegt haben. Die Trolle sind ihren Göttern sehr nahe und wären wahrscheinlich auf einen plumpen Versuch, sie zu täuschen, kaum hereingefallen.«

Zoka brüllte und schleuderte den schreienden Troll zurück in die Leere.

»Anakha!« rief ein anderer der ungeheuren Götter.

»Welcher ist das?« murmelte Sperber.

»Ghworg«, antwortete Ulath leise. »Der Gott des Tötens. Sei besonders vorsichtig mit ihm. Er ist unberechenbar!«

»Ja, Ghworg?« antwortete Sperber.

»Laß uns aus dem Griff deines Vaters frei. Laß uns gehen. Wir müssen unsere Kinder zurückholen!« Blut troff von den Fängen dieses Trollgottes. Sperber wollte lieber nicht darüber nachdenken, wessen Blut das sein mochte.

»Laß mich wieder reden«, flüsterte Ulath. Er hob die Stimme. »Das übersteigt Anakhas Macht, Ghworg«, erwiderte er. »Es war Ghwerigs Zauber, der euch einschloß. Es ist ein trollischer Zauber. Anakha versteht nichts davon.«

»Wir lehren ihn den Zauber.«

»Nein!« warf Flöte ein. Sie gab es auf, nur Zuschauerin zu spielen. »Das sind *meine* Kinder. Ich lasse es nicht zu, daß ihr sie mit trollischem Zauber verderbt!«

»Wir flehen dich an, Kindgöttin! Setz uns frei! Unsere Kinder haben uns verlassen!«

»Darauf wird meine Familie sich nie einlassen! Eure Kinder betrachten unsere Kinder als Futter! Wenn Anakha euch befreit, werden eure Kinder die unseren fressen. Das darf nicht sein!«

»Ghnomb!« donnerte Khwaj. »Versichere ihr, daß sie es nicht mehr tun werden!«

Der Trollgott des Essens verzog das Gesicht zu einer gequälten, widerlichen Fratze. »Das kann ich nicht!« wimmerte er. »Es würde mich schwächen! Unsere Kinder *müssen* fressen! Alles, was lebt, *muß* Futter sein!«

»Unsere Kinder sind verloren, wenn du es nicht tust!« Das Gras um die Füße des Feuergottes begann zu rauchen.

»Ich glaube, ich sehe da einen Ansatzpunkt«, sagte Ulath auf elenisch. Dann sprach er wieder Trollisch. »Ghnomb hat nicht ganz unrecht. Warum sollte nur er allein darunter leiden? Jeder von euch muß ebenfalls ein Schwinden der Kraft hinnehmen. Sonst wird Ghnomb sich nicht bereit erklären.«

»Er spricht wahr!« heulte der Trollgott. »Ich lasse mich nicht schwächen, wenn sich nicht alle schwächen lassen!«

Die anderen vier Trollgötter wanden sich, und ihre Fratzen verrieten die gleiche Qual wie zuvor Ghnombs greuliche Grimasse.

»Womit würdet ihr euch zufriedengeben?« meldete sich der Trollgott zu Wort, der bisher nur stumm zugehört hatte. Seine Stimme ließ an verheerende Schneestürme denken.

»Schlee, der Gott des Eises«, erklärte Ulath.

»Seid bereit, auf einen Teil eurer Kräfte zu verzichten!« forderte Ghnomb hartnäckig. »Wenn ihr's nicht tut, tu' ich's auch nicht!«

»Trolle!« Aphrael seufzte und verdrehte die Augen. »Erlaubt ihr, daß ich vermittle?« fragte sie die ungeheuerlichen Gottheiten.

»Wir werden deine Worte anhören, Aphrael«, antwortete Ghworg argwöhnisch.

»Wir haben ein gemeinsames Ziel«, begann die Kindgöttin.

Sperber ächzte.

»Was ist?« fragte Ulath besorgt.

»Sie wird eine Rede halten – ausgerechnet jetzt!«

»Sei still, Sperber!« fauchte die Kindgöttin. »Ich weiß, was ich tue!« Sie wandte sich wieder den Trollgöttern zu. »Cyrgon hat eure Kinder getäuscht«, fuhr sie fort. »Er holte sie über das Eis-das-nie-schmilzt hierher, damit sie gegen *meine* Kinder Krieg führen. Cyrgon muß bestraft werden!«

Die Trollgötter brüllten beifällig.

»Wollt ihr euch mir und meinen Freunden anschließen, Cyrgon für seine Untat zu strafen?«

»Wir werden ihn selbst bestrafen, Aphrael«, knurrte Ghworg.

»Und wie viele von euren Kindern werden dabei den Tod finden? Meine Kinder können Cyrgons Kinder in die Lande der Sonne verfolgen, wo eure Kinder sterben würden. Sollten wir uns nicht lieber zusammentun, damit Cyrgon mehr leiden muß?«

»In ihren Worten ist Weisheit«, sagte Schlee zu seinen Mitgöttern. Sein Atem dampfte in der Luft, obwohl sie nicht kalt war, und glitzernde Schneeflocken schwebten aus dem Nichts auf seine gewaltigen Schultern.

»Ghnomb muß versprechen, daß eure Kinder nie mehr die meinen fressen werden!« sagte Aphrael unerbittlich. »Wenn er es nicht tut, wird Anakha euch nicht aus dem Griff seines Vaters freisetzen.«

Ghnomb stöhnte.

»Ghnomb *muß* es tun!« beharrte sie. »Wenn nicht, gestatte ich nicht, daß Anakha euch befreit – und dann wird Cyrgon eure Kinder *behalten*. Ghnomb wird sich nicht dazu bereiterklären, wenn nicht jeder von euch sich damit abfindet, daß seine Kräfte geschwächt werden. Ghworg! Du wirst deine Kinder nicht mehr aufhetzen, die meinen zu töten!«

Ghworg schwang beide Arme in die Luft und heulte.

»Khwaj!« fuhr Aphrael unerbittlich fort. »Du mußt die Feuer in Zaum halten, die jedes Jahr, wenn die Sonne in die Lande des Nordens zurückkehrt, aufs neue durch die Wälder Thalesiens tosen.«

Kwaj unterdrückte ein Schluchzen.

»Schlee!« befahl Aphrael. »Du mußt die Flüsse aus Eis zurückhalten, welche die Berghänge hinunterkriechen. Laß sie schmelzen, wenn sie die Täler erreichen!«

»Nein!« plärrte Schlee.

»Dann habt ihr eure Kinder für immer verloren! Halte das Eis zurück, oder du wirst für alle Zeiten allein in der Eisöde des Nordens heulen! Zoka, keine Trollin darf in Zukunft mehr denn zwei Junge gebären!«

»*Nein!*« brüllte Zoka. »Meine Kinder *müssen* sich paaren!«

»Deine Kinder gehören jetzt Cyrgon. Willst du auch noch zu Cyrgons Stärke beitragen?«

Aphrael machte eine Pause und kniff die Augen zusammen. »Eine letzte Bedingung noch, auf die ihr alle eingehen müßt, wenn Anakha euch befreien soll.«

»Was ist das für eine Bedingung, Aphrael?« fragte Schlee mit frostklirrender Stimme.

»Eure Kinder sind unsterblich. Meine nicht. Eure Kinder müssen ebenfalls sterben – jedes zur angemessenen Zeit!«

Die Trolle heulten auf. Ihre Wut schien jetzt keine Grenzen mehr zu kennen.

»Schaff sie in ihr Gefängnis zurück, Anakha«, befahl Aphrael. »Sie gehen nicht auf die Bedingungen ein. Die Unterhandlung ist beendet.« Sie sprach auf trollisch; also galten ihre Worte eigentlich den Trollgöttern.

»Warte!« brüllte Khwaj. »Warte!«

»Weshalb?«

»Laß uns allein, damit wir über diese ungeheuerliche Forderung sprechen können.«

»Aber beeilt euch! Ich bin nicht sehr geduldig.«

Die fünf riesigen Trollgötter zogen sich auf die Wiese zurück.

»Bist du nicht ein bißchen zu weit gegangen?« rügte Sephrenia. »Deine letzte Bedingung könnte uns jede Chance rauben, zu einer Einigung zu kommen.«

»Das glaube ich nicht«, erwiderte Aphrael. »Die Trollgötter können nicht so weit in die Zukunft blicken. Sie leben für das Jetzt. Und jetzt ist das Wichtigste für sie, Cyrgon ihre Kreaturen wieder wegzunehmen.« Sie seufzte. »Die letzte Bedingung ist eigentlich die wichtigste. Menschen und Trolle können nicht auf derselben Welt leben. Der eine oder der andere muß gehen. Mir ist lieber, daß es die Trolle sind. Dir nicht?«

»Du bist sehr grausam, Aphrael! Du zwingst die Trollgötter, bei der Ausrottung ihrer eigenen Anbeter zu helfen.«

»Die Trolle sind ohnehin zum Untergang verurteilt.« Die Kindgöttin seufzte. »Es gibt ganz einfach zu viele Lebewesen auf der Welt. Wenn die Trolle plötzlich sterblich werden, verschwinden sie nach und nach. Doch müßtet ihr Menschen sie töten, würde die Hälfte von euch mit ihnen sterben. Mein sittliches Empfinden ist nicht weniger ausgeprägt als das der anderen Götter. Ich liebe meine Kinder und möchte nicht, daß ein Großteil von ihnen in einem Vernichtungskampf mit den Trollen in den Bergen Thalesiens getötet und gefressen wird.«

Stragen fiel etwas ein. »Sperber! Als wir durch Pelosien nach Zemoch ritten, hat Khwaj da nicht irgend etwas getan, das es Euch möglich machte, Martel zu beobachten und zu belauschen?«

Sperber nickte.

»Kann Aphrael das auch?«

»Hier bin ich, Stragen«, sagte Flöte. »Warum fragst du nicht mich?«

»Wir wurden einander noch nicht richtig vorgestellt, erhabene Göttin.« Er machte einen höfischen Kratzfuß. »Könnt Ihr es? Ich meine, mit jemandem auf der anderen Seite der Welt reden?«

»Ja. Aber das tue ich nicht gern«, antwortete sie. »Wenn ich mit jemandem spreche, möchte ich, daß er in meiner Nähe ist.«

»Meine Göttin legt großen Wert auf Tuchfühlung, Stragen«, erklärte Sephrenia.

»Oh. Ich verstehe. Also gut. Wenn die Trollgötter zurückkommen und sich mit unseren ungeheuerlichen Bedingungen einverstanden erklären, dann möchte ich gern, daß Sperber oder Ulath Khwaj bittet, mir einen Gefallen zu tun. Ich muß mit Platime in Cimmura reden!«

»Sie kommen zurück!« sagte Xanetia.

Alle wandten sich den gigantischen Wesenheiten zu, die über die herbstliche Wiese zurückkehrten.

»Du hast uns keine Wahl gelassen, Aphrael«, sagte Khwaj mit aufgewühlter Stimme. »Es bleibt uns nichts übrig, als auf deine grausamen Bedingungen einzugehen. Wir *müssen* unsere Kinder vor Cyrgon retten.«

»Ihr werdet meine Kinder nicht mehr töten und fressen?«

»Nein«, versprachen Ghnomb und Ghworg.

»Ihr werdet die Wälder von Thalesien nicht mehr niederbrennen?«

Khwaj stöhnte und nickte.

»Ihr werdet die Täler nicht mehr mit Gletschereis füllen?«

Schlee versicherte es schluchzend.

»Ihr werdet Trolle nicht mehr wie Kaninchen züchten?«

»Nein«, wimmerte Zoka.

»Eure Kinder werden altern und sterben wie alle anderen Geschöpfe?«

»Ja.« Khwaj schlug die Hände vors Gesicht und weinte.

»Dann werden wir uns mit euch zusammentun und Krieg gegen Cyrgon führen. Für kurze Zeit werdet ihr ins Herz Bhellioms zurückkehren. Anakha wird euch zu dem Ort bringen, wo eure Kinder unter Cyrgons Herrschaft schmachten. Dort wird er euch freilassen, und dort werdet ihr eure Kinder Cyrgons schändlichem Griff entreißen. Und dort werden wir uns euch anschließen und Cyrgon bestrafen. Der Schmerz, den wir ihm zufügen, wird wie der von Azash sein.«

»*JAAA!*« heulten die Trollgötter einstimmig.

»So sei es denn!« erklärte Aphrael mit hallender Stimme. »Noch einen Gefallen erbitte ich von dir, Khwaj, als Vertrauensbeweis unseres neuen Bündnisses. Dieses, mein Kind, möchte mit einem anderen in Cimmura im fernen Elenien sprechen, das als Platime bekannt ist. Mach, daß er es kann!«

»Das werde ich, Aphrael.« Khwaj hob seine gewaltige Pranke. Aus seinen Fingerspitzen floß Feuer und bildete eine unbewegte Wand.

Hinter dieser durchsichtigen Feuerwand war eine Schlafkammer zu sehen, in der eine sehr gewichtige Person in einem übergroßen Bett lag und schnarchte.

»Wach auf, Platime!« sagte Stragen scharf.

»Feuer!« kreischte Platime und plagte sich hoch.

»Ach, sei still!« wies Stragen ihn zurecht. »Es brennt nirgends. Das ist Magie!«

»Stragen? Bist du das? Wo steckst du?«

»Hinter dem Feuer. Wahrscheinlich kannst du mich nicht sehen.«

»Soll das etwa heißen, du lernst Magie?«

»Nur so zum Spaß«, tat Stragen bescheiden. »Hör mir gut zu! Ich weiß nicht, wie lange der Zauber anhält. Setz dich sofort mit Arnag in Khadach in Verbindung. Sag ihm, er soll Graf Gerrich töten. Ich hab' jetzt keine Zeit für Erklärungen. Es ist wichtig, Platime! Es gehört zu den Aufgaben, die wir hier in Tamuli erledigen.«

»Gerrich?« sagte Platime unschlüssig. »Das würde sehr teuer kommen, Stragen.«

»Laß dir das Geld von Lenda geben. Sag ihm, Ehlana hat es genehmigt.«

»Hat sie das wirklich?«

»Na ja – sie würde es, wenn sie Bescheid wüßte. Ich hole mir ihre Erlaubnis, sobald ich sie wiedersehe. Spitz die Ohren, jetzt kommt das Wichtigste! Gerrich muß genau in *fünfzehn Tagen* von heute an getötet werden – nicht in vierzehn, nicht in sechzehn! Hältst du den Zeitpunkt nicht ein, ist alles umsonst!«

»Na gut. Ich kümmere mich darum. Sag Ehlana, daß Gerrich in genau fünfzehn Tagen sterben wird. Gibt es sonst noch etwas? Dein magisches Feuer macht mich ziemlich nervös.«

»Sieh zu, ob du herausfinden kannst, wer alles mit Gerrich unter einer Decke steckt, und schick diese Leute ebenfalls ins Jenseits – auf jeden Fall die pelosischen Barone, die sich mit ihm verbündet haben, und auch die Leute in den anderen Königreichen, die sich mit ihm zusammengetan haben. Du weißt schon, was für Leute ich damit meine – solche wie den Grafen von Belton, zum Beispiel.«

»Du willst, daß sie alle zur selben Zeit getötet werden?«

»Nur in etwa, so gut es eben möglich ist. Der wirklich Wichtige ist Gerrich.« Stragen schürzte nachdenklich die Lippen. »Wenn du schon dabei bist, könntest du vorsichtshalber auch Avin Wargunsson verschwinden lassen.«

»Er ist schon so gut wie tot, Stragen.«

»Du bist ein wahrer Freund.«

»Freund? Von wegen! Du wirst den üblichen Preis bezahlen, Stragen.«

Stragen seufzte. »Schon gut«, sagte er enttäuscht.

»Wie sehr hängst du an deinem elenischen Gott, Stragen?« fragte Aphrael auf dem Rückweg nach Matherion.

»Ich bin Agnostiker, erhabene Göttin.«

»Möchtet Ihr diesen letzten Satz nicht überdenken, was seine logische Folgerichtigkeit angeht, Stragen?« fragte Vanion leicht belustigt.

»So etwas überlasse ich einfältigen Gemütern, Eminenz«, entgegnete Stragen ein wenig von oben herab. »Warum fragt Ihr, Aphrael?«

»Dann gehörst du also zu keinem Gott, oder?«

»Nein, eigentlich nicht.«

Sephrenia wollte etwas sagen, doch Aphrael hielt sie davon ab. »Vielleicht solltest du dich mit den Vorteilen vertraut machen, die du haben würdest, wenn du *mir* dienst«, riet sie ihm. »Ich kann allerlei *Wundervolles* für dich tun.«

»Aphrael, das darfst du nicht!« wies Sephrenia sie zurecht.

»Sei still, Sephrenia. Das ist eine Sache zwischen Stragen und mir. Es ist vielleicht an der Zeit für mich, meinen Horizont zu erweitern. Styriker sind sehr, sehr nett; aber manchmal hat man mit Eleniern mehr Spaß. Außerdem sind sowohl Stragen wie ich Diebe. Wir haben viel gemein.« Sie lächelte den blonden Mann an. »Überleg es dir, Durchlaucht. Mir zu dienen ist einfach. Ein paar Küsse und hin und wieder ein Blumenstrauß, und schon bin ich glücklich.«

»Sie belügt Euch«, warnte Sperber. »In die Dienste Aphraels zu treten, ist so, als würde man sich freiwillig in die schlimmste Sklaverei begeben, die man sich nur vorstellen kann.«

»Na ja«, sagte die Kindgöttin mißbilligend, »wenn man es recht betrachtet, mag das stimmen. Aber was macht es schon aus, solange wir alle unseren Spaß dabei haben?«

26

Es war noch ziemlich früh – mehrere Stunden vor dem Sonnenaufgang, schätzte Sperber –, als Mirtai das königliche Schlafgemach wie immer, ohne anzuklopfen, betrat. »Ich glaube, Ihr solltet lieber aufstehen«, sagte die Riesin.

Sperber setzte sich auf. »Was ist los?«

»Eine ganze Flotte nähert sich der Stadt«, erwiderte Mirtai. »Oder die Delphae haben gelernt, auf dem Wasser zu wandeln. Am östlichen Horizont brennen genug Laternen, um eine Kleinstadt zu beleuchten. Zieht Euch an, Sperber. Ich wecke inzwischen die anderen.« Sie drehte sich abrupt um und verließ das Gemach.

»Ich wünschte, sie würde lernen anzuklopfen!« brummte Sperber und schlug die Decke zurück.

»*Du* bist derjenige, der immer nachsehen sollte, ob die Türen verschlossen sind«, erinnerte ihn Ehlana. »Glaubst du, es gibt Probleme?«

»Keine Ahnung. Hat Sarabian was davon erwähnt, daß er eine Flotte erwartet?«

»Nicht mir gegenüber.« Auch Ehlana stand auf.

Sperber griff nach seinem Umhang. »Es ist nicht nötig, daß du dich auch ins Freie begibst, Liebling. Es ist kalt oben auf dem Wehrgang.«

»Ich möchte selbst sehen, was los ist.«

Sie verließen das Schlafgemach. Prinzessin Danae hatte sich ebenfalls eingefunden. Mit einer Hand rieb sie sich die Augen, mit der anderen zog sie Rollo hinter sich her. Stumm trippelte sie zu Sperber, der sie geistesabwesend auf den Arm hob.

Sie gingen über den Korridor und stiegen die Treppe zum Turm hinauf.

Kalten und Sarabian standen an der Ostseite des Turms und blickten durch die Zinnen zu den unzähligen Lichtern am Horizont.

»Habt ihr eine Ahnung, wer das sein könnte?« fragte Sperber, als er sich mit seiner Familie zu den beiden gesellte.

»Nicht die geringste«, antwortete Kalten.

»Könnten es die tamulischen Seestreitkräfte sein?« fragte Ehlana den Kaiser.

»Das wäre natürlich möglich«, erwiderte Sarabian. »Doch in diesem Fall würden sie keinem Befehl folgen, mit dem *ich* sie gerufen hätte.«

Sperber trat unbemerkt ein paar Schritte zurück. »Wessen Schiffe sind das?« fragte er seine kleine Tochter leise.

»Das sag' ich dir nicht, Schätzchen«, ahmte sie Caalador nach.

»Hör auf damit! Ich möchte wissen, wer das da draußen ist.«

»Das wirst du schon herausfinden. In...« Sie blinzelte zu den Lichtern am Horizont. »... in etwa zwei Stunden, schätze ich.«

»Ich will wissen, wer das ist!« beharrte er.

»Ja, das seh' ich. Aber wollen heißt nicht auch bekommen, Vater. Und ich sag's dir nicht!«

»O Gott!« stöhnte er.

»Ja?« fragte sie mit Unschuldsmiene. »Ist noch was?«

Der Morgen kam mit einem rostfarbenen Sonnenaufgang. Kein Lüftchen wehte, und der Rauch aus den Schornsteinen der schimmernden Stadt hing unbewegt in der Luft, so daß die Lichter im Osten dahinter verschwammen. Sperber und die anderen Ritter weckten die atanische Garnison; dann schlüpften sie in ihre Rüstung und ritten zum Hafen.

Es schien sich um cammorische Schiffe zu handeln, jedoch mit zusätzlichen Ruderbänken an den Längsseiten.

»Da war jemand in großer Eile, hierher zu gelangen«, bemerkte Ulath. »Ein cammorisches Schiff schafft mit gutem Rückenwind neunzig Meilen am Tag. Mit zusätzlichen Rudern kann man es auf hundertfünfzig bringen.«

»Wie viele Schiffe sind es?« Kalten kniff die Augen leicht zusammen und spähte zu der näher kommenden Flotte.

»Knapp hundert«, antwortete der hünenhafte Thalesier.

»Auf hundert Schiffen kann man eine Menge Krieger befördern«, meinte Sarabian.

»Genug, um mich nervös zu machen, Majestät«, gestand Vanion.

Doch als die ersten Galeeren im Hafen einliefen, hißten sie die rot-goldenen Standarten der Kirche von Chyrellos, und als das Flaggschiff nahe genug war, erblickte Sperber zwei Bekannte an der Bugreling. Der eine hatte breite Schultern und einen muskulösen Oberkörper; ein erfreutes Grinsen lag auf seinem runden Gesicht. Der andere war klein und sehr füllig. Auch er grinste.

»Was hat euch so lange aufgehalten?« brüllte Ulath über das Wasser.

»Standesdünkel!« rief Tynian zurück. »Ritter werden als Edelleute erachtet, und als solche protestierten sie dagegen, zum Frondienst als Ruderer eingespannt zu werden.«

»Ihr habt die Ruder mit *Rittern* bemannt?« rief Vanion ungläubig.

»Es gehört zu unserem neuen körperlichen Ertüchtigungsprogramm, Hochmeister Vanion«, erklärte Patriarch Emban, nun nicht mehr so laut, da das Schiff bereits viel näher war. »Erzprälat Dolmant hatte festgestellt, daß die Soldaten Gottes verweichlichten. Sie sind jetzt in einer viel besseren körperlichen Verfassung als vor unserer Abreise von Sarinium.«

Das Schiff legte nun vorsichtig am Kai an, und die Seeleute warfen den Rittern die schweren Taue zum Festmachen zu.

Tynian sprang hinüber. Emban bedachte ihn mit einem ärgerlichen Blick und watschelte mittschiffs, um zu warten, bis der Laufsteg ausgefahren wurde.

»Wie geht's deiner Schulter?« fragte Ulath den breitgesichtigen Deiraner.

»Viel besser«, antwortete Tynian. »Sie schmerzt eigentlich nur noch bei feuchtem Wetter.« Er grüßte Vanion schneidig und meldete: »Komier, Darellon und Abriel führen die Ordensritter von Chyrellos gen Osten. Patriarch Bergsten ist bei ihnen. Patriarch Emban und ich kamen – wie nicht zu übersehen ist – mit den Schiffen voraus. Wir dachten uns, noch ein paar zusätzliche Ritter könnten hier in Matherion recht nützlich sein.«

»Und ob, Ritter Tynian! Wie viele habt Ihr dabei?«

»Fünftausend, Eminenz.«

»Das ist doch unmöglich, Tynian! So viele Männer und Pferde lassen sich auch beim besten Willen nicht auf hundert Schiffen verfrachten!«

»Das wurde auch uns beinahe schlagartig klar, Eminenz«, erwiderte Tynian. »Die Ritter waren schrecklich enttäuscht, als sie erfuhren, daß sie ihre Pferde nicht mitnehmen durften.«

»Aber Tynian!« wandte Kalten ein. »Sie *brauchen* Pferde! Ein Ritter ohne Pferd ist kein Ritter!«

»Es sind bereits Pferde hier, Kalten. Warum noch mehr herbringen?«

»Tamulische Pferde sind nicht abgerichtet.«

»Dann werden wir sie abrichten müssen, nicht wahr? Ich hatte einhundert Schiffe. Damit hätte ich fünfzehnhundert Ritter mit Pferden transportieren können oder fünftausend *ohne* Pferde. Betrachtet die zusätzlichen fünfunddreißighundert als Mitbringsel.«

»Wie habt ihr sie dazu gebracht, daß sie gerudert sind?« fragte Ulath.

»Mit Peitschen.« Tynian zuckte die Schultern. »Es gibt da einen gewissen Kapitän Sorgi. Er ist Binnenschiffer, und das mit dem Rudern war seine Idee.«

»Der gute alte Sorgi.« Sperber lachte.

»Du kennst ihn?«

»Sogar ziemlich gut.«

»Dann könnt ihr euch bald wieder über die guten alten Zeiten unterhalten. Sein Schiff ist da draußen inmitten der Flotte. Wir wollten ja eigentlich mit ihm fahren, aber Patriarch Emban hatte kein Vertrauen zu Sorgis Kahn. Er sieht so zusammengeflickt aus, als könnte er jeden Moment auseinanderfallen.«

»Es ist ziemlich alt. Ich glaube, Sorgi hat eine heimliche Wette mit sich selbst abgeschlossen, wer zuerst den Geist aufgibt – sein Kahn oder er.«

»Geistig ist Sorgi jedenfalls noch voll auf der Höhe. Als wir ihn fragten, wie sich eine höhere Geschwindigkeit aus den Schiffen herausholen ließe, schlug er den Einbau der Ruderbänke vor. Das wird sehr selten gemacht, weil dann die Ruderer bezahlt und verköstigt werden müssen und außerdem noch Platz für ihre Unterbringung erforderlich ist, der normalerweise für die Fracht benötigt wird. Ich hab' jedoch beschlossen, keine Fracht mitzunehmen, und Ordensritter brauche ich nicht zu bezahlen. Das hat wirklich recht gut geklappt.«

Einige Stunden später setzten sich wieder alle in Ehlanas Salon zusammen, um zu hören, was Emban und Tynian an Neuigkeiten aus Eosien zu berichten hatten.

»Ortzel bekam fast einen Schlaganfall, als Dolmant sämtliche Ritter aus Rendor zurückzog.« Emban hatte es sich – mit einem vollen Silberkrug in der fleischigen Hand – in einem weichen Sessel bequem gemacht. »Ortzels Herzensanliegen ist immer noch, die Rendorer an den Busen unserer Heiligen Mutter Kirche zurückzuholen. Dolmant war anfangs einer Meinung mit ihm, doch eines Morgens erwachte er offenbar mit einer vollkommenen anderen Ansicht. Niemand kann sich seinen plötzlichen Sinneswandel erklären.«

»Er hat eine Botschaft erhalten, Emban.« Sephrenia lächelte. »Der Bote kann *sehr* beindruckend sein, wenn er will.«

»Ach?«

»Es kam zu einer schlimmen Zwangslage, Eminenz«, erklärte Vanion. »Zalasta hatte seine Komplizen in Eosien beauftragt, die dortigen Anhänger der Kindgöttin Aphrael zu töten. Das brachte auch *ihr* Leben in Gefahr. Wir sprachen deshalb mit Setras, einem anderen der Jüngeren Götter. Er erklärte sich bereit, Aphrael einige seiner eigenen Anbeter zu leihen und veranlaßte seine Mitgötter, das gleiche zu tun. Dann begab er sich nach Chyrellos, um Dolmant zu bitten, Aphraels überlebenden Anhängern Zuflucht zu gewähren und Dolmant zu überreden, die Ordensritter hierherzuschicken. Offenbar hatte er mit seinen Überredungskünsten mehr Erfolg als Ihr und Tynian.«

»Wollt Ihr damit sagen, daß sich ein styrischer Gott in die Basilika begeben hat?« rief Emban bestürzt aus.

»Jedenfalls hat er davon geredet.« Sperber rückte seine Tochter, die auf seinem Schoß saß, etwas näher an seine Brust.

»Noch *nie* war eine styrische Gottheit in der Basilika!«

»Da täuscht er sich«, flüsterte Prinzessin Danae ihrem Vater ins Ohr. »Ich war schon dutzend Male dort!«

»Ich weiß«, flüsterte Sperber zurück. »Aber Setras hat einen offiziellen Besuch abgestattet.« Er überlegte. »Allerdings hat er sich erst vor kurzem nach Chyrellos begeben«, murmelte er Danae ins Ohr. »Selbst mit Ruderern könnte Tynians Flotte Matherion nicht *so* schnell erreicht haben. Hast du dich wieder mal an der Zeit zu schaffen gemacht?«

Sie blickte ihn mit großen, unschuldigen Augen an. »Würde ich *so was* tun?«

»O ja, das würdest du wahrscheinlich.«

»Wenn du die Antwort schon kennst, warum stellst du dann überhaupt die Frage? Vergeude meine Zeit nicht, Sperber. Du weißt, ich bin *sehr* beschäftigt.«

»Die Lage in Lamorkand spitzt sich zu«, berichtete Tynian. »Graf Gerrichs Streitkräfte haben Vraden und Agnak im Norden eingenommen, und König Friedahl hat sich Hilfe suchend an die anderen Monarchen gewandt.«

»Wir werden uns in Kürze darum kümmern, Ritter Tynian«, versicherte Stragen. »Ich habe mich mit Platime in Verbindung gesetzt. Er bereitet alles für einen baldigen tödlichen Unfall vor, der Gerrich und die Barone treffen wird, die ihn unterstützen.«

Die Tür schwang auf und Berit trat mit Xanetia ein.

»Was habt Ihr herausgefunden, Anarae?« erkundigte Sephrenia sich angespannt.

»Unsere morgendliche Beobachtung hat sich gelohnt, kleine Mutter«, sagte Berit. »Zalastas Freund Ynak ist in der cynesganischen Botschaft aufgetaucht. Die Anarae konnte sein Gedächtnis sondieren. Ich glaube, wir kennen die gegnerischen Pläne ziemlich genau.«

»Die Anarae? Ist das die Dame mit der seltenen Gabe?« fragte Emban.

Vanion entschuldigte sich. »Oh, wo waren meine Manieren? – Anarae Xanetia, das sind Patriarch Emban von der Kirche von Chyrellos, und Ritter Tynian von Deira. Meine Herren, das ist Xanetia, Anarae des Volkes von Delphaeus.«

Tynian und Emban war die Neugier anzumerken, als sie sich vor Xanetia verneigten.

»Was führen unsere Freunde in der Botschaft im Schilde, Anarae?« fragte Sarabian.

»Es war nicht angenehm, in einem so verderbten Geist zu lesen, aber Ynaks Gedächtnis verriet sehr viel, Majestät. Wie wir bereits vermutet haben, war den geächteten Styrikern in Verel schon lange klar, daß die größte Bedrohung für ihr Komplott aus Eosien kommen würde. Sie wollten, daß Anakha nach Tamuli käme, aber *nicht*, daß er hunderttausend Ordensritter mitbrächte. Die Unruhen in Westtamuli sollen den Durchmarsch der Ritter verhindern. Alles andere ist unwesentlich. Die Angriffe der Trolle in Atan dienen nur dem einen Zweck, die Aufmerksamkeit vom tatsächlichen Geschehen abzulenken. Der Hauptangriff unserer Feinde wird aus dem *Süden* kommen. Schon jetzt überqueren cynesganische Truppen die ungeschützte Grenze, um sich Scarpas Streitkräften im Dschungel von Arjuna anzuschließen; außerdem stoßen Elenier aus Westtamuli mit Schiffen nach Südarjuna vor, um Scarpas wachsende Horden zu verstärken. Die Ablenkungsmanöver im Westen und in Atan dienen nur dazu, die kaiserlichen Streitmächte auseinanderzutreiben und so ihre Kampfkraft zu schwächen. Auf diese Weise wird Scarpa der Weg für den direkten Durchmarsch nach Matherion geebnet; er kann die Stadt erobern und belagern. Als Ynak und die anderen erfuhren, daß wir Zalasta entlarvt haben, waren sie äußerst bestürzt. Sie hatten damit gerechnet, daß er uns weiterhin mit Irreführung und falschen Ratschlägen Schaden zufügen würde.«

»Was beabsichtigten unsere Feinde mit der Belagerung Matherions *wirklich*, erhabene Xanetia?« fragte Emban nachdenklich. »Es ist eine recht hübsche Stadt, aber ... « Er spreizte die Finger.

»Sie hofften darauf, die imperiale Regierung zwingen zu können, Anakha auszuliefern, indem sie bewiesen, daß Matherion sich in ernster Gefahr befand, Eminenz. Daß sie bereits verschiedene hohe Beamte hatten kaufen können, gab ihnen die Hoffnung, der Premierminister ließe sich zur Übergabe bewegen, damit Matherion verschont bliebe.«

Sarabian nickte. »Das wäre durchaus möglich gewesen. Pondia Subat hat nicht gerade viel Rückgrat, und Zalasta und seine vier Freunde sind äußerst geschickte Planer.«

»Jetzt hat Zalasta nur noch drei Freunde, Majestät.« Berit grinste. »Die Anarae erzählte mir, daß ein gewisser Ptaga vor einigen Tagen ordentlich auf die Nase gefallen ist.«

»Der mit den Vampirtrugbildern?« fragte Kalten. »Was ist ihm zugestoßen?«

»Darf ich es ihnen berichten, Anarae?« fragte Berit höflich.

»Ich habe nichts dagegen, Herr Ritter.«

»Nun, Ptaga war in Westtamuli, im Gebirge zwischen Sarna und Samar. Er fuchtelte mit den Armen und erschuf Trugbilder von Leuchtenden, um sie auf die dortige Bevölkerung zu jagen. Ein *echter* Delphae, der gerade die Gegend auskundschaftete, bemerkte es und schloß sich ihnen unauffällig an.« Berit grinste ein wenig boshaft.

»Und?« fragte Kalten ungeduldig. »Was ist passiert?«

»Ptaga begutachtete seine Trugbilder. Als er den echten Leuchtenden vor sich hatte, konnte nicht einmal Ptaga den Unterschied erkennen. Der delphaeische Kundschafter streckte die Hand nach ihm aus und berührte ihn. Ptaga wird nie wieder Trugbilder erschaffen. Als der Kundschafter die Gegend verließ, war Ptagas Körper fast vollständig zerfallen.«

»Ynok von Lydros ist außerordentlich bestürzt über das Ableben seines Kumpans«, fügte Xanetia hinzu, »denn ohne Ptagas Trugbilder müssen unsere Feinde nun *echte* Streitkräfte aufstellen.«

»Und das alles müssen wir in Betracht ziehen«, bemerkte Oscagne. »Die Ankunft von Ritter Tynian und Patriarch Emban mit fünftausend Rittern, das Ende dieser Trugbilder, welche die Bevölkerung terrorisierten, und unsere Kenntnis des geplanten Angriffs aus dem Süden ändern die gesamte strategische Lage.«

»Allerdings«, pflichtete Sarabian bei.

»Ich finde, wir sollten diese neue Entwicklung in unsere Pläne mit einbeziehen, Majestät.«

»Das werden wir auch, Oscagne.« Sarabian blickte nachdenklich zu Sperber. »Könnten wir Euch bitten, Euch nach Atan zu begeben und Betuana hierherzubringen, alter Junge? Wenn wir die Änderung unserer Pläne besprechen, sollte sie dabeisein. Betuana ist größer als ich, und ich will sie *keinesfalls* beleidigen, indem ich sie aus unserer Besprechung ausschließe.«

Betuana, Königin der Ataner, herrschte mehr oder weniger *statt* ihres Gemahls. König Androl war ein gewaltiger Krieger und wie kein anderer von sich überzeugt. Er war so gewaltig, daß die üblichen Schwierigkeiten eines Feldherrn – beispielsweise das Problem, gegen einen zahlenmäßig weit überlegenen Gegner kämpfen zu müssen – völlig unverständlich für ihn waren. Männer, die unterbewußt vollkommen von ihrer Unbesiegbarkeit überzeugt sind, geben selten gute Generale ab. Andererseits war Betuana eine hervorragende Heerführerin, vielleicht die beste der Welt, und in der eigenartigen atanischen Gesellschaft, die keine Unterschiede der Geschlechter kannte, hatte sie alle Möglichkeiten, diese Begabung zu vervollkommnen.

Die Überlegenheit seiner Gemahlin störte Androl keineswegs; er war im Gegenteil unendlich stolz auf sie. Sperber vermutete, daß es Betuana insgeheim umgekehrt lieber gewesen wäre, doch sie war realistisch.

Außerdem hatte sie ein so großes Vertrauen zu Sperber, daß es ihn beinahe bestürzte. Sorgfältig hatte er sich viele Erklärungen zurechtgelegt, zum Beispiel über die Notwendigkeit des Kriegsrats oder die Art und Weise, wie ihre Reise vonstatten ging. Doch alle Erklärungen erwiesen sich als völlig unnötig. »Ist gut«, hatte Betuana erwidert, als Sperber ihr gesagt hatte, daß Bhelliom sie binnen eines Augenblicks nach Matherion bringen würde.

Er blinzelte überrascht. »Wollt Ihr denn keine Einzelheiten wissen, Majestät?«

»Warum Zeit mit Erklärungen vergeuden, die ich sowieso nicht verstehen würde, Sperber-Ritter.« Sie zuckte die Schultern. »Euer Wort genügt mir, daß der Edelstein uns nach Matherion bringen kann. Ihr habt keinen Grund, mich zu belügen. Gebt mir ein paar Minuten, damit ich Androl Bescheid sagen und mich umkleiden kann.

Meine Arbeitskleidung bringt Sarabian-Kaiser stets ein wenig aus der Fassung.« Sie blickte auf ihre Rüstung.

»Sarabian hat sich ziemlich verändert, Majestät.«

»Das hat mir Norkan auch gesagt. Ich bin neugierig, selbst einmal zu sehen, inwieweit Eure Gemahlin ihn verändert hat. – Ich bin gleich zurück.« Sie schritt aus dem Gemach.

»Ihr werdet Euch schon daran gewöhnen.« Khalad lächelte. »Betuana ist sehr direkt und verschwendet keine Zeit damit, Fragen über Dinge zu stellen, die unwesentlich für sie sind. Sie ist wirklich sehr unkonventionell.«

Botschafter Norkan war nervös, doch sowohl Kring wie Engessa standen in ihrer Gelassenheit der Königin nicht nach.

»Gott!« rief Kaiser Sarabian, als der flüchtige Nebel schwand und die atanische Gegend durch den vertrauten blauen Teppich, die leicht windbewegten Vorhänge und die schillernden Wände des königlichen Salons in Ehlanas Burg ersetzt wurden. »Gibt es denn keine Möglichkeit, daß Ihr Euer Kommen anmeldet, Sperber?«

»Ich glaube nicht, Majestät.«

»Daß urplötzlich eine ganze Schar Leute aus dem Nichts auftaucht, kann einen schon erschrecken, wißt Ihr.« Er runzelte die Stirn. »Was wäre passiert, wenn ich genau an der Stelle gestanden hätte, an der ihr erschienen seid? Wären wir dann irgendwie verbunden worden? Ich meine, vielleicht zu einer Person zusammengeschmolzen?«

»Das weiß ich wirklich nicht, Majestät.«

»Sag ihm, das ist undenkbar, Anakha.« Vanion sprach mit Bhelioms Stimme. »Einen solchen Fehler würde ich nicht begehen. Abgesehen davon ist es ungewöhnlich, daß zwei Dinge sich zur selben Zeit an demselben Fleck befinden.«

»Ungewöhnlich?« fragte Sarabian bestürzt. »Soll das heißen, daß es passieren *kann*?«

»Ich bitte dich, Anakha, ersuche ihn, diese Frage nicht zu verfolgen. Die Antwort wäre nicht gut für seine Nerven.«

»Ihr scheint großartig in Form zu sein, Sarabian-Kaiser«, stellte Betuana fest. »Ihr habt Euch sehr verändert. Könnt Ihr mit diesem schmalen Schwert umgehen?«

»Das ist ein Degen. O ja, Betuana. Ich beherrsche ihn gut.«

»Für meinen Geschmack ist es eine zu leichte Klinge. Doch jeder soll die Waffe wählen, mit der er am besten umzugehen versteht. Sperber-Ritter und Vanion-Hochmeister erzählten mir, daß sich viel verändert hat. Laßt uns über diese Veränderungen nachdenken und dann unsere Pläne entsprechend gestalten.« Sie blickte Ehlana lächelnd an. »Ihr seht gut aus, Schwester-Königin. Matherion bekommt Euch.«

»Und Ihr seid liebreizend wie immer, teure Schwester«, erwiderte Ehlana herzlich. »Euer Gewand ist atemberaubend!«

»Gefällt es Euch wirklich?« Betuana wirkte fast mädchenhaft, als sie sich drehte, damit das tiefblaue atanische Gewand, das eine bronzene Schulter freiließ und über den Hüften mit einer Goldkette gegürtet war, bewundert werden konnte.

»Es ist wundervoll, Betuana. Blau steht Euch sehr gut!«

Betuana strahlte bei diesem Kompliment. »Nun denn, Sarabian«, sagte sie dann, wieder vollkommen sachlich. »Was ist geschehen, und was werden wir tun?«

»Das finde ich nicht lustig, Sarabian-Kaiser!« sagte Betuana verärgert.

»Ich erwähnte das auch nicht, um Euch zu erheitern, Betuana. Mir ist es ähnlich wie Euch ergangen, als man mich darauf aufmerksam machte. Ich habe die Dame gebeten hierherzukommen. Ihr werdet es wohl erst mit eigenen Augen sehen müssen.«

»Haltet Ihr mich für ein Kind, dem Geschichten über Gespenster und Ungeheuer angst machen?«

»Natürlich nicht. Aber ich versichere Euch, Xanetia ist *wirklich* eine Delphae.«

»Leuchtet sie?«

»Nur, wenn sie es für angemessen hält. Sie unterdrückt das Licht – unseres Seelenfriedens wegen – und sie hat ihre Haut- und Haarfarbe verändert, so daß sie wie eine ganz normale Tamulerin aussieht. Aber glaubt mir, sie ist alles andere als gewöhnlich.«

»Ich fürchte, Ihr habt den Verstand verloren, Sarabian-Kaiser.«

»Ihr werdet schon sehen, Schätzchen.«

Sie blickte ihn verblüfft an.

»Harmlose neue Redewendung.« Er zuckte die Schultern.

Die Tür schwang auf und Xanetia, Danae und Sephrenia kamen herein.

Prinzessin Danae, mit gekonnt gespielter Unschuldsmiene, ging zu Betuanas Sessel und streckte die Ärmchen aus. Betuana lächelte das kleine Mädchen an und hob es auf ihren Schoß. »Wie ist es dir ergangen, Prinzeßchen?« fragte sie auf elenisch.

»Ach, soweit ganz gut, Betuana«, antwortete die Kleine auf tamulisch. »Sephrenia hat uns alle die Sprache der Menschen gelehrt. Ich war ein bißchen krank, aber jetzt fühle ich mich schon wieder viel besser. Es ist wirklich langweilig, krank zu sein, nicht wahr?«

»Ganz meine Meinung, Danae.«

»Aber du hast mich noch gar nicht geküßt!«

»Oh!« Betuana lächelte. »Tut mir leid. Habe ich ganz vergessen.« Sie holte es sofort nach.

Sarabian richtete sich auf. »Königin Betuana von Atan, ich habe die Ehre, Euch die Anarae Xanetia von Delphaeus vorstellen zu dürfen. – Würde es Euch etwas ausmachen, der Königin zu zeigen, wer Ihr seid, Anarae?«

»Wenn Ihr es wünscht, Majestät«, erwiderte Xanetia.

»Es ist eine außergewöhnliche Erfahrung, Majestät«, erklärte Emban der atanischen Königin und verschränkte die Hände über dem Bauch. »Aber man gewöhnt sich daran.«

Xanetia blickte Betuana ernst an. »Euer Volk und unseres sind von einer Sippe, Betuana-Königin. Doch seit langer Zeit leben wir getrennt. Ich will Euch nichts Böses, also fürchtet mich nicht.«

»Ich fürchte Euch nicht.« Betuana bediente sich unwillkürlich der alten tamulischen Sprechweise.

»Es war notwendig, mein Aussehen hier in Matherion zu verändern, Betuana-Königin. Erschaut nun mein wahres Ich.« Die Farbe schwand rasch aus Xanetias Haar und Haut, und ihr unirdisches Leuchten setzte ein.

Danae streckte den Arm aus und berührte sanft Betuanas Gesicht. Sperber unterdrückte ein Lächeln.

»Ich weiß, was Ihr nun fühlt, Betuana«, sagte Sephrenia mit ruhiger Stimme. »Gewiß könnt Ihr Euch vorstellen, was Xanetia und ich anfangs empfanden. Ihr wißt doch von der Feindschaft zwischen unseren beiden Rassen, nicht wahr?«

Betuana nickte. Offenbar traute sie ihrer Stimme noch nicht.

»Ich werde jetzt etwas wider die Natur tun, Anarae«, warnte Sephrenia, »aber ich glaube, wir müssen Atana Betuana ein wenig beruhigen. Versuchen wir beide, unsere Empfindungen zu beherrschen.«

Scheinbar ohne Zögern oder den geringsten Abscheu umarmte Sephrenia die leuchtende Frau. Doch Sperber, der sie sehr gut kannte, sah den leichten Widerwillen auf ihrem Gesicht. Sephrenia hatte sich gewappnet, als würde sie die Hand ins Feuer halten.

Beinahe schüchtern schlang Xanetia die Arme um Sephrenias Schultern. »Es ist mir eine Freude, Schwester«, murmelte sie.

»Ja, auch mir, meine Schwester«, antwortete Sephrenia.

»Habt Ihr bemerkt, daß die Welt nicht untergegangen ist, Betuana?« fragte Ehlana.

»Aber ich glaube, ich habe sie zittern gespürt«, sagte Sarabian.

»Offenbar sind wir von Leuten umgeben, die sich für besonders schlau halten, Xanetia.« Sephrenia lächelte.

»Eine Untugend der Jungen, meine Schwester. Wenn sie in die Jahre kommen, werden sie vielleicht denken – bevor sie reden.«

Betuana richtete sich in ihrem Sessel auf und stellte Danae auf den Boden. »Dieses Bündnis hat Eure Billigung, Sarabian-Kaiser?« fragte sie förmlich.

»So ist es, Betuana-Königin.«

»Dann hat es auch für mich Gültigkeit.« Sie erhob sich und ging mit ausgestreckten Armen auf die beiden zu, und Sephrenia und Xanetia nahmen ihre Hände. Solcherart miteinander verbunden, standen die Frauen eine lange Minute da.

»Ihr seid mutig, Betuana-Königin«, bemerkte Xanetia.

»Ich bin eine Atana, Anarae.« Betuana zuckte die Schultern. Dann drehte sie sich um und bedachte Engessa mit einem strafenden Blick. »Warum habt Ihr mir nichts davon gesagt?« fragte sie streng.

»Mir wurde befohlen, es nicht zu tun, Betuana-Königin. Sarabian-Kaiser sagte, Ihr müßtet Xanetia-Anarae mit eigenen Augen sehen, ehe Ihr glauben würdet, daß sie ist, was sie sagt. Außerdem wollte er dabeisein, wenn ihr einander begegnet. Das Staunen anderer macht ihm Freude. Er ist ziemlich merkwürdig.«

»Engessa!« tadelte Sarabian.

»Ich muß zu meiner Königin die Wahrheit sagen, so wie ich sie sehe, Sarabian-Kaiser.«

»Dagegen ist nichts einzuwenden. Aber muß es so ganz ohne Umschweife sein?«

»Also gut«, faßte Vanion zusammen. »Wir marschieren nordwärts mit den Rittern, dem Hauptteil der hiesigen atanischen Garnisonen und der kaiserlichen Leibgarde. Wir werden ziemlichen Lärm machen, und Ekatas, Cyrgons Hohepriester, wird Zalasta und Cyrgon melden, daß wir auf dem Weg sind. Dies wird Stragens Meuchlern freie Hand geben, denn aller Aufmerksamkeit wird sich auf *uns* richten. *Dann*, nach dem Erntedankfest, wenn die Leichen gefunden werden, dürften unsere Freunde da draußen ein wenig abgelenkt sein. Zu diesem Zeitpunkt begibt Sperber sich mit Bhelliom nach Nordatan und setzt die Trollgötter frei. Von diesem Zeitpunkt an wird der Norden Atans völlig sicher sein. Wir machen mit unseren Streitkräften kehrt, nehmen unterwegs den Großteil der atanischen Truppen mit und marschieren gegen Scarpa im Süden. Sind wir uns soweit einig?«

»Nein, Vanion-Hochmeister!« entgegnete Betuana entschieden. »Das Erntedankfest ist erst in zwei Wochen. Bis dahin können die Trolle bereits in den Straßen Atanas sein. Wir *müssen* uns etwas einfallen lassen, daß sie gar nicht so weit kommen!«

»Befestigungen!« sagte Ulath.

»Das könnte gehen«, erwiderte Sarabian. »Aber was ist, wenn die Trolle einen Bogen um jede Festung machen, die wir errichten, und stur geradenwegs nach Atana stürmen?«

»Die Trolle selbst würden vielleicht so handeln, Majestät«, warf Sperber ein, »aber Cyrgon gewiß nicht. Er ist der älteste und deshalb listenreichste Krieger der Welt und wird auf keinen Fall feindliche Stützpunkte hinter seinen Linien zurücklassen. Andernfalls hätte er den Krieg schon so gut wie verloren. Wenn wir Festungen bauen, *muß* er seinen Vormarsch unterbrechen und sich mit diesem Problem auseinandersetzen.«

»Und wenn wir diese Festungen mitten auf freiem Feld bauen, können die Trolle sich nicht im Wald verstecken«, fügte Bevier hinzu. »Sie müssen sich ihm ohne Deckungsmöglichkeit nähern und sind lebende Zielscheiben für die Bogenschützen der Peloi, meine Katapultbesatzungen und Khalads Armbrustschützen. Selbst wenn sie das Feld mit Rauchschwaden vernebeln, treffen wir mit blinden Schüssen immer noch genug von ihnen.«

»Meine Ataner verstecken sich nicht gern hinter Mauern!« erklärte Betuana eigensinnig.

»Wir alle müssen mitunter Dinge tun, die uns zuwider sind, Betuana«, sagte Ehlana. »Festungen erhalten Euren Kriegern das Leben. Tote Soldaten nutzen gar nichts.«

»Nur als Futter für die Trolle«, fügte Talen hinzu. »Das ist übrigens eine Idee, Sperber! Wenn Ihr Eure Pandioner abrichten könntet, daß sie ihre Feinde essen, bräuchtet Ihr keinen Troß.«

»Würdest du den Mund halten!« sagte Sperber schroff.

Doch Betuana ließ nicht locker. »Es wird sich trotzdem nicht machen lassen. Die Trolle rücken zu schnell vor. Wir haben keine *Zeit* Festungen zu errichten!«

»Wir könnten sie ein paar Meilen hinter Euren Linien bauen und Eure Truppen nach der Fertigstellung dorthin zurückziehen, Majestät«, versicherte Sperber ihr.

»Habt Ihr so viel Erfahrung mit Trollen, Prinz Sperber?« fragte Betuana beißend. »Wißt Ihr, wie schnell sie rennen können? Sie werden über euch herfallen, noch ehe ihr die Mauern aufstellen könnt!«

»Sie können nirgendwohin rennen, wenn die Zeit stehenbleibt, Majestät. Das haben wir uns auf dem Weg nach Zemoch zunutze gemacht. Der Trollgott des Fressens kann Menschen – oder Trolle – in den Augenblick zwischen einer Sekunde und der nächsten versetzen. Als wir uns in diesem Augenblick befanden, haben wir festgestellt, daß die Welt sich überhaupt nicht mehr bewegte. Also haben wir genug Zeit, die Festungen zu bauen.«

»Wollt Ihr das nicht lieber erst noch mit Bhelliom besprechen, Sperber, ehe Ihr irgendwelche Vorhersagen macht?« meinte Emban. »Vergewissern wir uns, daß es auch wirklich funktioniert, ehe wir unsere Strategien darauf aufbauen. Es könnte ja sein, daß Bhelliom Einwände hat.«

Wie sich herausstellte, hatte Bhelliom gleich mehrere. »Dein Plan ist fehlerhaft, Anakha«, erwiderte er auf Sperbers Frage. Vanions Hand hob Sephrenias Teetasse und ließ sie los.

Die Tasse blieb mitten in der Luft stehen.

»Nimm das Gefäß herunter, Anakha«, wies Vanions Stimme den Ritter an.

Sperber griff nach der Tasse und mußte sogleich feststellen, daß sie unbeweglich war wie ein Berg. So sehr er sich anstrengte, sie aus der Luft zu pflücken – die Tasse blieb, wo sie war.

»Ihr vermöchtet nicht einmal ein Blatt zu bewegen, Anakha«, erklärte Bhelliom. »Ihr selbst könntet euch zwar ohne Widerstand durch den erstarrten Augenblick fortbewegen, doch um irgend etwas anderes in Bewegung zu versetzen, müßtet ihr an den Grundfesten des gesamten Universums rütteln!«

»Ich verstehe«, murmelte Sperber düster. »Wir könnten also keine Bäume fällen und Festungen bauen?«

»Sind diese Bauten von großer Wichtigkeit für euch? Entsprechen Sie den Geboten irgendeiner seltsamen Sitte?«

»Nein, Blaurose. Wir möchten nur den Trollen Hindernisse in den Weg legen, damit sie unsere Freunde, die Ataner, nicht angreifen können.«

»Würde ein Vorschlag euch kränken?«

Ulath blickte Tynian scharf an. »Du hast heimlich mit diesem Stein geredet, stimmt's?« beschuldigte er ihn.

»Sehr komisch, Ulath«, brummte Tynian leicht eingeschnappt.

»Ich verstehe nicht ...« Vanions Stimme klang leicht unterkühlt.

»Das ist eine immer wiederkehrende Diskussion zwischen den beiden, Blaurose«, erklärte Sperber und bedachte die zwei mit einem strafenden Blick. »Sie hat inzwischen einen Punkt erreicht, daß sie kaum noch verständlich ist. – Ich würde gern deinen Vorschlag hören, mein Freund.«

»Ist es vonnöten, die Trolle zu verwunden, Anakha? Wenn ihnen der Zugang zu dem Land deiner Freunde, den Atanern, völlig verwehrt ist, müßt ihr sie dann trotzdem töten?«

»Nein, Blaurose. Wir würden es durchaus vorziehen, ihnen *nichts* antun zu müssen. Sobald es ihren Göttern gelingt, sie Cyrgons Macht zu entreißen, werden die Trolle sogar unsere Verbündeten sein.«

»Würdet ihr es auch nicht als Kränkung empfinden, wenn ich eine Barriere vor ihnen errichte, die zu überwinden sie nicht fähig sind?«

»Nicht im geringsten. Wir wären dir sogar sehr dankbar dafür.«

»Dann laßt uns nach Atan gehen und ich werde tun, was ich gesagt habe. Ich möchte nicht, daß *irgend jemand* unnötig getötet wird. Gewiß wird mein Kind mir helfen. Gemeinsam können wir, sie und ich, die Trolle davon abhalten, sich weiter nach Süden zu begeben.«

»Auch *du* hast eine Tochter, Blaurose?« fragte Sperber erstaunt.

»Ich habe Millionen Töchter, Anakha, und jede ist mir so lieb und teuer wie dir die deine. Nun denn, auf nach Atan, damit das Blutvergießen ende.«

Der Norden Atans war bewaldet; die zerklüfteteren Berge ragten im Süden empor, während das Gebirge des Nordens vor langer Zeit von Gletschern abgetragen worden war. Das Land neigte sich mit weiten Hängen dem Nordmeer entgegen, wo ewiges Packeis die Weltkugel krönte. Sperber schaute sich rasch um. Bhelliom war einer nur in Gedanken geformten Bitte gefolgt und hatte lediglich Krieger in diesen nördlichen Wald versetzt. Sperber würde später gewiß einige unfreundliche Worte über sich ergehen lassen müssen; aber das ließ sich nicht ändern.

»Engessa-Atan!« sagte Vanion in scharfem Befehlston, und Sperber kam ein seltsamer Gedanke: Er fragte sich plötzlich, ob Bhelliom je Truppen befehligt hatte.

»Ja, Vanion-Hochmeister?« fragte der riesige Ataner.

»Gebiete deinen Landsleuten, sich drei Meilen von der Stelle zurückzuziehen, wo sie im Kampf verstrickt sind.«

Engessa starrte Vanion an. Dann wurde ihm bewußt, daß es gar nicht der pandionische Hochmeister war, der gesprochen hatte. »Das wird ein bißchen Zeit brauchen, Blaurose«, erklärte er. »Die Ataner befinden sich über das gesamte Nordkap verstreut im Nahkampf mit den Trollen. Ich werde Kuriere ausschicken müssen.«

»Sprich den Befehl, Engessa-Atan. *Alle* werden ihn hören, das versichere ich dir!«

»Ich würde gar nicht erst versuchen, mich auf Diskussionen einzulassen, Freund Engessa«, riet Kring. »Das ist der Stein, der die Sonne zum Stehen bringt! Wenn er sagt, daß alle Euch hören werden, *werden* Euch alle hören, glaubt mir.«

»Nun, dann will ich's versuchen.« Engessa hob das Gesicht.

»Rückzug!« donnerte er. »Zieht euch drei Meilen zurück, dann formiert euch neu!«

Die gewaltige Stimme hallte viele Male wider.

»Ich glaube, Ihr könntet Euch auch ohne Hilfe von einem Kap zum anderen Gehör verschaffen«, meinte Kalten.

»Nicht *ganz* so weit«, entgegnete Engessa bescheiden.

»Die Einschätzung der Geschwindigkeit deiner Leute dürfte genauer sein als meine, Engessa-Atan«, sagte Bhelliom. »Laß es mich wissen, wenn sie in Sicherheit sind. Ich möchte nicht, daß sie nördlich der Mauer in der Falle sitzen.«

»Der Mauer?« fragte Ulath.

»Die Barriere, von der ich sprach.« Vanion bückte sich und berührte mit den Fingerspitzen beinahe zärtlich den Boden. »Es ist gut, Anakha. Wir befinden uns nur wenige Schritte von der gewünschten Stelle entfernt.«

»Ich hatte immer vollstes Vertrauen in deine Fähigkeit, eine bestimmte Stelle ganz genau zu finden, Blaurose.«

»*Immer* scheint in diesem Fall sehr übertrieben, Anakha.« Ein leicht ironisches Lächeln legte sich auf Vanions Lippen. »Mich deucht, ich erinnere mich an eine Bemerkung von dir – damals, als wir begonnen haben, uns von Ort zu Ort zu bewegen. Du könntest dich möglicherweise auf der Oberfläche des Mondes wiederfinden, hast du gesagt.«

»Das stimmt, Sperber!« erinnerte Kalten seinen Freund. »Das hast du wirklich gesagt.«

Sperber beeilte sich, das Thema zu wechseln. »Du hast von deiner Tochter gesprochen, Blaurose. Werden wir die Ehre haben, sie kennenzulernen?«

»Das hast du längst, Anakha. Du stehst auf ihrem grünen Busen.« Vanions Hand tätschelt liebevoll den Boden.

»Die Erde?« fragte Bevier ungläubig.

»Ist sie nicht schön?« Stolz schwang in dieser Frage mit. Dann richtete Vanion sich auf. »Ziehen wir uns ein wenig von dieser Stelle zurück, Anakha. Was ich hier zu tun beabsichtige, wird sich sechs Meilen unter unseren Füßen zutragen, und die Wirkung hier an der Oberfläche ist schwer vorherzusehen. Ich möchte deine Freunde nicht durch meine Ungenauigkeit gefährden, und es wird hier gleich zu sehr schweren Erschütterungen kommen. – Sind alle Ataner in Sicherheit, Engessa-Atan?«

Engessa nickte. »Ein Ataner, der inzwischen noch keine drei Meilen zurückgelegt hat, wäre es nicht wert, Ataner genannt zu werden.«

Sie drehten sich um und schritten etwa hundert Fuß nach Süden, ehe sie stehenblieben.

»Weiter, Anakha, rate ich euch – zumindest noch einmal so weit. Und es wäre angebracht, wenn du und deine Gefährten sich auf den Boden legten. Die Erschütterungen könnten sehr stark sein.«

»Dein Freund macht mich allmählich nervös, Sperber«, gestand Tynian, während sie noch einmal etwa hundert Fuß gen Süden schritten. »Was hat er eigentlich genau vor?«

»Darüber weißt du ebensoviel wie ich, mein Freund.«

Plötzlich vernahmen sie ein tiefes, unterirdisches Donnern, das aus dem Erdkern zu kommen schien. Der Boden unter ihren Füßen erzitterte heftig.

»Ein Erdbeben!« rief Kalten entsetzt.

»Das könnte sein, was du dir erhofft hast, Tynian«, grollte Ulath.

»Es ist nicht einfach, Anakha«, bemerkte Bhelliom. »Der Druck ist ungeheuerlich und muß mit größter Vorsicht gesteuert werden, damit das gewünschte Ziel erreicht wird.«

Die nächste Erschütterung brachte die Gefährten ins Taumeln. Der Boden bäumte sich auf, und das erschreckende, dumpfe Grollen wurde lauter.

»Es ist soweit, Anakha. Die Erschütterungen, die ich erwähnt habe, beginnen nun.«

»Beginnen?« rief Bevier. »Ich kann mich *jetzt* schon kaum noch auf den Füßen halten!«

»Wir sollten lieber tun, was er geraten hat!« rief Sperber scharf. Er sank in die Knie, drückte das Gesicht in den Teppich aus Laub und legte sich dann der Länge nach zu Boden. »Ich glaube, das nächste Beben wird umwerfend – im wahrsten Sinne des Wortes!«

»Das nächste Beben« dauerte volle zehn Minuten. Nichts, was Beine besaß, hätte sich auf der heftig ruckenden und zuckenden Erde aufrecht halten können. Dann spaltete sich der Boden keine fünfzig Schritt vor ihnen mit ungeheuerlichem Krachen. Das Land auf der anderen Seite dieses erschreckenden Risses in der Erdhülle schien in die Tiefe zu fallen, während der bebende Boden, auf dem die Gefährten lagen, sich aufbäumte, immer höher hob und wogte wie ein vom Wind gezerrtes Banner. Riesige, vor Angst kreischende Vogelscharen stiegen von den geschüttelten Bäumen auf.

Dann ließ das Beben allmählich nach. Die Heftigkeit der Erschütterungen wurde schwächer, das Rütteln seltener, und nur hin und wieder bäumte der Boden sich noch auf. Das ohrenbetäubende Donnern wurde leiser und hallte durch Meilen von Gestein aus dem Leib der Erde wider, wie die innere Unruhe nach einem Alptraum. Mächtige Staubwolken trieben über den Rand des neugebildeten Abgrunds.

»Nun darfst du mein Werk bewundern, Anakha«, sagte Bhelliom ruhig, doch mit einem gewissen bescheidenen Stolz. »Sprich die Wahrheit, denn du kränkst mich nicht, solltest du Fehler finden. Entdeckst du Mängel an meinem Werk, werde ich sie beheben.«

Sperber beschloß, seinen Füßen lieber noch nicht ganz zu trauen. Dicht gefolgt von seinen Freunden, kroch er zum Rand des gewaltigen Abgrunds, den es vor fünfzehn Minuten noch nicht gegeben hatte.

Die Wand der Schlucht war so gerade wie ein Schwertschnitt und führte mindestens tausend Fuß in die Tiefe. Sie erstreckte sich nach Osten und Westen, so weit das Auge reichte. Eine schier endlose Steilwand, ein gewaltiger Wall, trennte nun die oberen Gebiete des Nordkaps vom Rest Tamulis.

»Nun, was meinst du?« fragte Bhelliom erwartungsvoll, aber auch ein kleines bißchen besorgt. »Wird meine Mauer den Trollen den Zugang zu den Landen deiner Freunde verwehren? Ich kann noch mehr tun, wenn du möchtest.«

Sperber schluckte. »Nein, Blaurose. Nicht mehr, ich bitte dich.«

»Ich freue mich, daß du zufrieden bist.«

»Es ist eine großartige Mauer, Blaurose.« Es war ein idiotischer Satz, doch Sperber hatte seine Fassung noch nicht wiedergefunden.

Bhelliom schien es nicht zu bemerken. Auf Vanions Gesicht lag ein beinahe scheues Lächeln über Sperbers unbeholfenes Lob. »Die Mauer ist hinlänglich gelungen«, sagte er, fast schon ein wenig geringschätzig. »Es war Eile geboten; deshalb hatte ich nicht genug Zeit, sie so zu formen, wie ich es gern getan hätte. Doch mich deucht, sie wird ihren Zweck erfüllen. Ich würde es jedoch zu schätzen wissen, ließest du mir das nächste Mal mehr Zeit, wenn du eine Veränderung an der Erde vornehmen willst. Denn ein Werk, das man in Eile errichtet, ist nie ganz zufriedenstellend.«

»Ich werde mich bemühen, daran zu denken, Blaurose.«

27

»Hier ist es nicht so schlimm, Sarabian.« Mirtai versuchte den verärgerten Kaiser zu beruhigen. »Fast der ganze Boden ist mit Teppichen belegt. Deshalb haben die meisten Fliesen gar nicht so sehr unter den Erschütterungen gelitten.« Mirtai kniete auf dem Boden und sammelte die kleinen, opaleszierenden Fliesen auf, als Sperber und die anderen aus der verschwommenen grauen Leere auftauchten.

»Sperber!« rief Sarabian und fuhr erschreckt zusammen. »Ich wünschte, Ihr würdet Eure überraschende Ankunft aus dem Nichts mit einer Fanfare oder sonstwie anmelden!«

»Was ist passiert, Majestät?« Vanion starrte auf den mit Perlmuttfliesen überstreuten Boden.

»Wir hatten ein Erdbeben! Jetzt muß ich mich zu allem Überfluß auch noch um die Folgen einer Naturkatastrophe kümmern!«

»Ihr habt es bis *hierher* gespürt, Majestät?« Vanion schluckte.

»Es war *schrecklich*, Vanion«, sagte Sephrenia. »Das schlimmste Erdbeben, das ich je erlebt habe!«

»Hier?«

»Wenn du das noch öfter sagst, werde ich sauer! Natürlich haben wir es hier gespürt! Sieh dir doch die Wände an!«

»Sieht aus wie Pockennarben«, stellte Kalten fest.

»Die Fliesen sind wie Grashüpfer von den Wänden gesprungen«, sagte Sarabian gepreßt. »Weiß der Himmel, wie es in der Stadt aussieht. Was mich das wieder kosten wird! Wahrscheinlich muß ich die Steuern erhöhen!«

»Es sind über zwölfhundert Meilen!« würgte Vanion hervor.

»Wovon redet er, Sperber?« fragte Ehlana.

»Wir waren im Epizentrum des Bebens«, antwortete Sperber. »Es war droben in Nordatan.«

»Habt *Ihr* mir das angetan, Sperber?« fragte Sarabian heftig.

»Bhelliom, Majestät. Die Trolle werden die Ataner nicht mehr angreifen.«

»Bhelliom hat sie so lange geschüttelt bis sie auseinanderflogen?«

Sperber lächelte schwach. »Es war ein bißchen anders, Majestät. Bhelliom hat eine Mauer um das Nordkap errichtet.«

»Können die Trolle denn nicht darüberklettern?« fragte Betuana.

»Das kann ich mir nicht vorstellen, Majestät«, erwiderte Vanion. »Die Mauer ist etwa tausend Fuß hoch und reicht vom tamulischen Meer bis zur Küste nordwestlich von Sarsos. Die Trolle werden nicht weiter nach Süden kommen – jedenfalls bestimmt nicht in den nächsten zwei Wochen. Und danach wäre es egal.«

»Was genau meint Ihr mit ›Mauer‹, Vanion?« fragte Patriarch Emban.

»Eigentlich ist es eine Felswand, Eminenz«, erklärte Vanion, »eine steile Klippe, die sich über das ganze Nordkap erstreckt – eine Folge des Erdbebens.«

»Wird Cyrgon denn nicht umkehren können, was immer Bhelliom getan hat?« fragte Sephrenia.

»Bhelliom sagt nein, kleine Mutter«, antwortete Sperber. »Cyrgon ist nicht mächtig genug.«

»Er ist ein Gott, Sperber!«

»Das spielt offenbar keine Rolle. Was geschah, war schlichtweg zu gewaltig. Bhelliom sagte, er hat irgend etwas sechs Meilen unter der Erdoberfläche bewegt; deshalb kam es auf einen Schlag zu all den Veränderungen des Kontinentteils, die sich sonst über etwa eine Million Jahre hingezogen hätten. Bhelliom ließ diese Veränderungen alle gleichzeitig eintreten. So, wie ich es verstanden habe, werden diese Klippen allmählich zu einem Gebirgszug. Jedenfalls würde die ganze Sache Cyrgons Horizont übersteigen. Er wüßte gar nicht, wie er den ursprünglichen Zustand wiederherstellen könnte – abgesehen davon, daß ihm die Kräfte dazu fehlen.«

»Was, in Gottes Namen, habt Ihr getan, Sperber?« rief Emban. »Ihr reißt die Welt auseinander.«

»Sag ihnen, daß sie sich nicht zu beunruhigen brauchen, Anakha«, sprach Bhelliom wieder aus Vanions Mund. »Ich würde meiner Tochter kein Leid zufügen, denn ich liebe sie. Sie ist manchmal ein launenhaftes, wetterwendisches Kind und neigt zu unreifen Wutanfällen, aber auch zu süßer, argloser Eitelkeit. Sie schmückt sich mit Frühling und hüllt sich in das dicke weiße Gewand des Winters. Der Druck und die Spannungen, die ich durch die Errichtung der Mauer gelöst habe, verursachten ihr über die letzten tausend Äonen hinweg ohnehin ein wenig Unbehagen. Jetzt ist sie zufrieden und freut sich über ihre neue Zierde. Denn, wie ich schon sagte, sie ist ein wenig eitel.«

»Wo ist Kring?« fragte Mirtai plötzlich.

»Wir haben ihn, Engessa und Khalad an der Klippe zurückgelassen«, erklärte Sperber. »Bhellioms großartige Mauer verhindert, daß die Trolle *uns* etwas anhaben können, aber sie läßt auch nicht zu, daß wir zu ihnen gelangen. Wir müssen uns etwas einfallen lassen, die Trollgötter daran vorbei zu bekommen, damit sie sich ihre Trolle zurückholen können.«

»Ihr habt doch Bhelliom, Sperber«, erinnerte Stragen ihn. »Springt einfach darüber hinweg.«

Sperber schüttelte den Kopf. »Bhelliom hält das nicht für ratsam. In Wandnähe hat der Boden sich noch nicht ganz beruhigt. Wenn wir in der Gegend herumspringen, könnten wir möglicherweise weitere Erdbeben auslösen.«

»O Gott!« rief Sarabian. »Tut das bloß nicht! Ihr würdet den ganzen Kontinent auseinanderschütteln.«

»Genau das wollen wir vermeiden, Majestät. Engessa, Kring und Khalad arbeiten bereits an einer Lösung des Problems. Wenn wir die Steilwand nicht bezwingen können, müssen wir vielleicht Tynians Flotte nehmen und um das östliche Ende der Mauer fahren.«

»Aber darüber wollen wir erst noch genauer nachdenken«, warf Vanion ein. »Sperber und ich sind uns noch nicht ganz einig, aber ich bin der Meinung, wir sollten möglichst auffällig nach Norden marschieren. Wenn wir in etwa einer Woche mit flatternden Fahnen und zusätzlich zu den Streitkräften, die in diesem Gebiet zu uns gestoßen sind, mit fünftausend Ordensrittern losziehen, können wir uns Zalastas voller Aufmerksamkeit gewiß sein. Stechen wir in See, wird er nicht wissen, daß wir kommen, und das könnte ihm Zeit geben, einige der Einzelheiten zu erfahren, was Stragens Pläne für unsere ganz besondere Feier zum Erntedankfest betrifft. Für welche der beiden Möglichkeiten wir uns entscheiden – sowohl die eine wie die andere – ist nur mit einem gelungenen Überraschungsmoment zu verwirklichen. Wir sollten uns für Zalasta eine möglichst unerwartete Strategie ausdenken.«

Die Abrichtung der tamulischen Pferde begann umgehend. Tynians Ritter jammerten allerdings sehr. Die von den tamulischen Edlen bevorzugten Reitpferde waren zu klein und schwächlich, Männer in Rüstung zu tragen; und die großen Zugpferde der tamulischen Bauern waren zu langsam und sanftmütig, gute Streitrosse abzugeben.

Die Männer waren nun stets in Eile. Caalador hatte den Befehl erteilt, und jetzt war nichts mehr rückgängig zu machen. Die Morde würden auf jeden Fall während des Erntedankfests geschehen, ganz gleich, wie weit die anderen Pläne gediehen waren. Und mit jeder Minute rückten die hoffnungsvoll erwarteten und zugleich gefürchteten Feiertage näher.

Fünf Tage nach der Rückkehr Sperbers und seiner Freunde aus dem Norden Atans kam ein Kurier mit einer Botschaft von Khalad nach Matherion. Mirtai führte den müden Ataner ins Wohngemach, wo Sperber und Vanion heftig das Für und Wider ihrer Pläne erörterten. Wortlos reichte der Kurier Sperber Khalads Nachricht.

»*Mein Ritter*«, las Sperber die ungelenk geschriebenen Zeilen laut. »*Das Erdbeben hat zu Wasser und zu Lande das Gebiet der gesamten Nordostküste völlig verändert. Verlaßt Euch nicht auf irgendwelche Karten von dieser Gegend. Ihr müßt jedoch über die See kommen, so undurchführbar Euch es erscheinen mag. Es gibt keine Möglichkeit, die Mauer hinunterzuklettern – schon gar nicht, wenn Trolle an ihrem Fuß warten. Engessa, Kring und ich werden mit den Atanern und Tikumes Peloi sechs Meilen südlich der Stelle warten, wo die Mauer im tamulischen Meer verschwindet. Laßt Euch nicht zu lange Zeit, herzukommen. Die andere Seite führt irgendwas im Schilde.*«

»Das wirft eure beiden Pläne über den Haufen, nicht wahr?« bemerkte Kaiser Sarabian. »Es wäre sinnlos über Land zu reisen, weil niemand die Mauer hinunterklettern kann; und ihr könnt nicht mit dem Schiff fahren, weil das Meer nun voller neuer Riffe ist, die noch in keiner Karte erfaßt sind.«

»Und wir haben bloß Tage, die Entscheidung zu treffen«, fügte

Itagne hinzu. »Die Truppen, die wir nach Norden schicken, müssen mindestens eine Woche vor dem Erntedankfest aufbrechen, falls sie das Nordkap rechtzeitig erreichen wollen, um Zalasta eine zweite Überraschung zu bereiten.«

»Ich sollte mich vielleicht mit Kapitän Sorgi unterhalten.« Sperber erhob sich.

»Er und Caalador sind unten in der Hauptspeisekammer«, sagte Stragen. »Beide sind Cammorier, und Cammorier halten sich gern in der Nähe von Eß- und Trinkbarem auf.«

Sperber nickte und verließ mit Vanion den Salon.

Zwischen Caalador und Sorgi hatte sich gewissermaßen eine Freundschaft auf den ersten Blick gebildet. Wie Stragen erwähnt hatte, waren beide Männer Cammorier und sahen einander sogar ziemlich ähnlich. Beide hatten lockiges Haar – das von Sorgi war inzwischen fast silbergrau –, und beide waren wohlbeleibte Männer mit breiten Schultern und kräftigen Händen.

»Nun, Meister Cluff«, sagte Sorgi gutgelaunt, als Sperber und Vanion die riesige, luftige Speisekammer betraten, »habt Ihr der Welt Probleme bereits gelöst?« Kapitän Sorgi nannte Sperber noch immer bei dem Decknamen, unter dem er ihn einst kennengelernt hatte.

»Wohl kaum, Sorgi. Aber wir hätten da eins, das möglicherweise *Ihr* für uns lösen könntet.«

»Klär erst mal, was für dich rausspringt, Sorgi«, riet Caalador. »Der olle Sperber streicht gern um 'n heißen Brei, wenn's ums Zahlen geht.«

»Ich habe diesen Dialekt nicht mehr gehört, seit ich von zu Hause fort bin«, sagte Sorgi und lächelte Sperber an. »Ich könnte stundenlang nur dasitzen und Caalador zuhören. Machen wir uns jetzt noch keine Gedanken wegen der Bezahlung. Mein Rat ist gratis. Es wird Euch erst was kosten, wenn ich den Anker lichte.«

»Wir müssen zu einem Ort, an dem es vor kurzem ein Erdbeben gab«, erklärte Sperber. »Kuriks Sohn hat mir gerade eine Nachricht gesandt. Das Erdbeben hat die Gegend so sehr verändert, daß man sich nicht mehr nach den Karten richten kann.«

»Das geschieht immer wieder«, entgegnete Sorgi. »Die Flußmündung, die nach Vardenais führt, ändert ihr Bett jeden Winter.«

»Wie werdet Ihr damit fertig?«

Sorgi zuckte die Schultern. »Wir schicken ein Beiboot voraus – mit einem kräftigen Seemann, der rudert und einem klugen, der die Lotleine liest. Sie lotsen uns hindurch.«

»Ist das nicht sehr zeitraubend?«

»Bei weitem nicht so sehr wie der Versuch, ein sinkendes Schiff zu steuern. Wie groß ist das vom Erdbeben betroffene Gebiet?«

»Das ist schwer zu sagen.«

»Dann schätzt es mal, Meister Cluff. Berichtet mir genau, was passiert ist und sagt mir so ungefähr, wie groß die Gegend ist.«

Sperber überging geflissentlich den Grund für die plötzliche Veränderung der Küstenlinie und beschrieb das Entstehen der Steilwand.

»Kein Problem«, beruhigte ihn Sorgi.

»Woraus schließt Ihr das, Käpitän?« fragte Vanion.

»Wir brauchen uns keine Gedanken über irgendwelche Riffe nördlich Eurer Klippe zu machen, Eminenz. Ich habe einmal gesehen, wie sich so was an der Westküste von Rendor zugetragen hat. Wie wir festgestellt haben, reicht die Klippe inzwischen weiter und verläuft unter Wasser zum Meer. Wenn Ihr also erst mal nördlich davon seid, wird das Wasser tausend Fuß tief sein.« Er lachte. »Ich kenne keine Schiffe mit *solchem* Tiefgang. Ich werde die alten Karten mitnehmen. Dann fahren wir etwa dreißig Meilen hinaus und anschließend nach Norden. In gewissen Abständen werde ich Peilungen vornehmen, und sobald wir ungefähr zwanzig Meilen nördlich Eurer neuen Klippe sind, steuern wir nach Westen und laufen geradewegs die Küste an. Dort setze ich Eure Männer ohne jede Schwierigkeit an Land.«

»Und *das* ist das Problem bei Eurem Plan, Sperber«, sagte Vanion. »Ihr habt nur hundert Schiffe. Wenn Ihr sowohl die Ritter wie auch ihre Pferde an Bord befördern wollt, könnt Ihr nicht mehr als fünfzehnhundert Mann mitnehmen, um die Trolle dort oben zu stellen.«

»Ist es für euch beide wirklich so wichtig, wer nun recht hat oder nicht?« fragte Caalador.

»Wir suchen nur den besten Weg, Caalador«, antwortete Sperber.

»Warum verknüpft ihr dann nicht die beiden Pläne? Sorgi soll am frühen Morgen in See stechen! Ihr sorgt dafür, daß eure Armeen sich auf die Pferde schwingen und dann reitet ihr den Weg hinauf. Sobald

Sorgi etwa dreißig Meilen südlich der Mauer angelangt ist, kann er sich einen Weg zur Küste loten. Ihr erwartet ihn dort, und er setzt eure Armee um das Riff herum über und am Strand nördlich der Mauer ab. Dann könnt ihr eure Trolle suchen, und Sorgi kann seinen Anker werfen und sich die Zeit mit Fischfang vertreiben.«

Sperber und Vanion blickten einander belämmert an.

»'s ist schon so, wie ich's dir gesagt hab', Sorgi.« Caalador grinste. »Den Blaublütigen fehlt's eben an gesundem Menschenverstand. Ich glaub', 's liegt daran, daß in ihrem Kopf für nicht mehr als eine Idee auf einmal Platz ist.«

Unaufhaltsam war der Tag gekommen, an dem die Entsatztruppen nach Atan aufbrechen sollten. Noch vor dem Morgengrauen trat Mirtai ins Schlafgemach der Königin von Elenien und ihrem Prinzgemahl. »Aufstehen!« rief sie.

»Werdet Ihr denn nie begreifen, wie man an eine Tür klopft?« grollte Sperber ungehalten und setzte sich im Bett auf.

»Habe ich Euch bei irgendwas unterbrochen?«

»Schon gut, Mirtai.« Sperber seufzte. »Es gehört sich eben.«

»Blödsinn. Jeder weiß, was hier vor sich geht.«

»Ist es nicht an der Zeit, daß Ihr und Kring heiratet?«

»Wollt Ihr mich loswerden, Sperber?«

»Natürlich nicht!«

»Kring und ich haben beschlossen zu warten, bis diese ganze Geschichte beendet ist. Es ist ziemlich kompliziert mit unserer Hochzeit. Wir müssen zwei Zeremonien in zwei verschiedenen Teilen der Welt über uns ergehen lassen. Kring ist nicht gerade erfreut über diese Verzögerung.«

»Das verstehe ich nicht«, murmelte Ehlana mit gespielter Arglosigkeit.

»Männer sind seltsam.« Mirtai zuckte die Schultern.

»Das sind sie allerdings, Mirtai. Aber wie sollten wir ohne Männer unseren Spaß haben?«

Sperber kleidete sich langsam an. Widerwillig schlüpfte er in die wattierte Unterwäsche mit den Rostflecken und blickte voller Abneigung auf seine schwarz emaillierte stählerne Arbeitskleidung.

»Hast du deine warmen Sachen eingepackt?« fragte Ehlana.

»Selbst so weit im Süden werden die Nächte bereits empfindlich kühl. Denk daran, wie kalt es droben am Nordkap sein wird!«

»Ich habe die Sachen eingepackt«, brummte Sperber. »So wenig sie auch nutzen. Selbst noch so dickes warmes Zeug hilft nichts, wenn man Stahl trägt.« Er verzog das Gesicht. »Ich weiß, das klingt wie ein Widerspruch, aber ich fange zu schwitzen an, sobald ich in der Panzerrüstung stecke. So geht es allen Rittern. Wir schwitzen sogar, wenn wir frieren und sich in der Rüstung Eiszapfen bilden. Manchmal wünsche ich mir wirklich, ich hätte einen anderen Beruf ergriffen. Leute zum Spaß und für Sold zu verdreschen, hängt einem mit der Zeit zum Hals heraus.«

»Du bist heute früh aber in trübsinniger Stimmung, Schatz.«

»Weil es mir zusehends schwerer fällt, mich aufzuraffen. Sobald ich erst mal unterwegs bin, wird's schon besser.«

»Versprich mir, daß du vorsichtig sein wirst, Sperber! Ich könnte nicht mehr leben, wenn ich dich verliere.«

»In so große Gefahr werde ich nicht geraten, Liebling. Ich habe Bhelliom, und der könnte wahrscheinlich sogar mit der Sonne und dem Mond ballspielen. Cyrgon und Zalasta sind es, die sich hüten müssen.«

»Keine Selbstüberschätzung!«

»Bestimmt nicht. Aber ich weiß nun mal, daß ich viel mehr Trümpfe habe, als ich zählen kann. Wir werden siegen, Ehlana, und nichts auf der Welt kann uns aufhalten. Das einzige nicht so Erfreuliche ist der anstrengende Umweg von hier über das Schlachtfeld zur Siegesfeier.«

»Wie wär's, wenn du mich noch ein Weilchen küßt«, schlug sie vor. »*Bevor* du deine Rüstung anlegst. Denn es dauert Wochen, bis die blauen Flecken verschwinden, die ich immer bekomme, wenn du mich in Stahl gehüllt in die Arme nimmst.«

»Weißt du ...« Er lächelte. »... das ist eine wundervolle Idee!«

Die Kolonne erstreckte sich über mehrere Meilen und schlängelte sich zwischen den sanften Hügeln am Ostufer des Samasees hindurch. Die Streitkräfte bestanden aus Ordensrittern, Atanern, Krings Peloi und ein paar prunkvoll uniformierten Regimentern der kaiserlichen Leibgarde.

Es war ein schöner Tag, einer dieser herrlichen Herbsttage, an denen der Wind weiße Wattewolken über einen strahlendblauen Himmel trieb. Die riesigen Schatten dieser Wolken huschten über die hügelige Landschaft, so daß Sperbers Armee abwechselnd durch Sonne und Schatten ritt. Fröhlich flatterten die bunten Banner und Standarten im Wind und zerrten an den Lanzen und Stangen, an denen sie befestigt waren.

Königin Betuana wandte sich an Sperber, der kurz sein Pferd angehalten hatte. »Seid Ihr sicher, Sperber-Ritter?« fragte sie. »Die Trollbestien sind Tiere, und alle Tiere können von Geburt an schwimmen. Sogar Katzen.«

»Katzen schwimmen nur ungern, Betuana-Königin.« Sperber lächelte, weil er sich an Murrs unfreiwilliges Bad in Sephrenias Fischbecken erinnerte. »Ulath-Ritter sagt, wir brauchen uns keine Sorgen zu machen, daß die Trollbestien um das Ende der Klippe herum schwimmen werden. Trolle schwimmen zwar über Flüsse und Seen, aber vor dem Meer haben sie schreckliche Angst. Ich glaube, es hat irgendwas mit den Gezeiten zu tun – vielleicht auch mit dem Salz.«

»Müssen wir uns weiterhin so langsam vorwärtsbewegen?« fragte sie ungeduldig.

»Wir wollen sichergehen, daß Zalastas Spione uns sehen, Majestät«, antwortete Vanion.

»Elenische Schlachten müssen gewaltig sein«, bemerkte Betuana.

»Wir würden kleinere vorziehen, Atana. Aber Zalastas Komplott reicht über den ganzen Kontinent; deshalb müssen wir uns dieser Situation anpassen.«

Sephrenia, Flöte vor sich auf dem Zelter, ritt mit Xanetia nach vorn. Alle hatten beobachtet, wie sich zwischen den zwei Frauen allmählich so etwas wie Freundschaft entwickelte. Beide waren noch sehr vorsichtig und gingen nur zögernd aufeinander zu. Doch diese Vorsicht entsprang nicht mehr gegenseitigem Mißtrauen, so wie früher, sondern der übergroßen Sorge, den anderen unbeabsichtigt zu kränken.

»Wir wurden all dieser Geschichten müde«, beklagte Sephrenia sich bei Vanion. »Ich weiß wirklich nicht, wer der größere Lügner ist, Tynian oder Ulath.«

»Ach?«

»Ständig versuchen sie, einander in Lügengespinsten zu übertreffen. Ulath übertreibt maßlos, und ich bin sicher, Tynian ebenfalls. Jeder tut sein Bestes, den anderen glauben zu machen, daß ihm das Abenteuer seines Lebens entgangen sei.«

»Das ist der Ausdruck einer besonderen Zuneigung, kleine Mutter«, erklärte Sperber. »Die beiden würden es wahrscheinlich als peinlich empfinden, zuzugeben, wie sehr sie einander mögen; also erfinden sie statt dessen verrückte Geschichten.«

Sephrenia lächelte. »Habt Ihr das verstanden, Xanetia?«

»Welcher vernünftige Mensch könnte *je* verstehen, wie und weshalb Männer ihre Liebe ausdrücken, Schwester?«

»Männer fühlen sich bei dem Wörtchen *Liebe* ziemlich unbehaglich«, erklärte Sperber. »Vor allem, wenn es sich auf andere Männer bezieht.«

»Aber es *ist* doch Liebe, oder nicht?« fragte Sephrenia.

»Na ja, ich nehme es an. Aber das Wort bereitet uns trotzdem Unbehagen.«

»Ich hatte beabsichtigt, mit Euch zu sprechen, Anarae.« Betuana bediente sich, vielleicht unbewußt, wieder der altertümlichen tamulischen Redeweise.

»Gern bin ich bereit, Eure Worte zu hören, Königin von Atan.«

»Seit langer Zeit ist es ein Bedürfnis unbesonnener jugendlicher Ataner, Delphaeus zu suchen, um Euer Zuhause zu zerstören und Euer Volk dem Tod auszuliefern. Ich bedauere es von ganzem Herzen, sie nicht davon abgehalten zu haben.«

Xanetia lächelte. »Es ist nicht von Belang, Königin von Atan. Es ist bloß ein Übermaß jugendlicher Begeisterung. In der Tat muß ich Euch gestehen, daß *unsere* Halbwüchsigen sich damit vergnügen, die *Euren* zu täuschen und abzulenken und sie durch einfache Zauber und unbeholfene Trugbilder von ihrem Ziel abzubringen. Ungebeten wird mir nunmehr bewußt, daß dies uns *beiden* die Mühe abnimmt, unsere Kinder zu unterhalten. Denn ihrer Jugend, ihrer Unerfahrenheit und ihrer Unfähigkeit wegen, sich selbst zu beschäftigen, klagen sie ständig darüber, es gäbe nichts für sie zu tun – jedenfalls nichts, das es wert sei, ihre ungeheuren Begabungen daran zu vergeuden – so, wie sie es sehen.«

Betuana lachte. »Dann beklagen sich *Eure* Kinder also über das gleiche wie die unseren, Anarae.«

»*Alle* Kinder beklagen sich über dergleichen«, versicherte Sephrenia den beiden. »Es ist eines der Dinge, das Eltern so schnell altern läßt.«

»Wie recht Ihr habt«, pflichtete Sperber ihr bei. Weder er noch Sephrenia blickten Flöte direkt an.

Sie erreichten Lebas in Nordtamul in knapp zwei Tagen. Sperber hatte vor den versammelten Truppen gesprochen und die ungeheuren Kräfte Bhellioms hervorgehoben, als er den Männern erklärte, wie es möglich sein würde, daß sie große Strecken in kurzer Zeit zurücklegen konnten. Doch in Wahrheit hatte Bhelliom diesmal nichts damit zu tun. Bei diesem Marsch war Flöte dafür verantwortlich.

In Lebas erwartete sie wieder ein atanischer Kurier mit einer Nachricht von Khalad – eine sehr direkte Botschaft, aus der unschwer herauszulesen war, daß Khalad den Kurier nur deswegen geschickt hatte, um sie zu dem Strandstück zu führen, an dem Kring und Engessa mit ihren Kriegern warteten, da Ritter sich unweigerlich verirrten, wenn sie im Wald sich selbst überlassen waren. Khalads Vorurteile hatten sich noch immer nicht gelegt.

Von Lebas führt keine richtige Straße nach Norden, doch die Wege und Pfade waren gut erkennbar. Die Armee erreichte den Südrand des riesigen Waldgebiets, das mehr als den vierten Teil des nordöstlichen Kontinents bedeckte. Die hundert Peloi, die Kring aus Eosien mitgebracht hatte, ritten von nun an dicht neben ihren Verbündeten. Die tiefen dunklen Wälder machten Westpeloi, die in den Ebenen lebten, äußerst nervös.

»Ich glaube, es hat etwas mit dem Himmel zu tun«, erklärte Tynian den Freunden.

»Man kann im Wald den Himmel ja kaum sehen, Tynian«, widersprach Kalten.

»Eben«, erwiderte der breitgesichtige Deiraner. »Die Peloi aus dem Westen sind es gewöhnt, stets den freien Himmel über sich zu haben. Wenn Äste ihnen die Sicht nehmen, werden sie unruhig.«

Es ließ sich nie genau feststellen, ob es sich um einen Überfall auf gut Glück handelte oder um einen Anschlag auf Betuana. Sie befanden sich knapp dreihundert Meilen tief im Wald und hatten ihr Lager für die Nacht aufgeschlagen. Das große Zelt für die Damen – Betuana, Sephrenia, Xanetia und Flöte – stand ein wenig abseits, damit sie ungestörter waren.

Die Attentäter – es waren ihrer vier – hatten sich gut versteckt. Als Betuana und Xanetia aus dem Zelt traten, stürzten sie mit gezückten Schwertern aus dem Dickicht. Betuana reagierte sofort. Mit atemberaubender Geschwindigkeit zog sie ihr Schwert aus der Scheide und stieß es sogleich in den Bauch eines Angreifers. Noch während sie die Waffe herausriß, warf sie sich zu Boden, rollte herum und stieß beide Füße mit voller Kraft ins Gesicht eines zweiten Attentäters.

Sperber und seine Gefährten hörten Sephrenias Schreckensschrei und stürmten zu dem Zelt, doch die Königin der Ataner schien alles fest im Griff zu haben. Sie parierte einen hastigen Stich, spaltete mit einem Schlag den Schädel des schäbigen Angreifers und hieb gleich darauf nach dem vierten.

»Vorsicht!« brüllte Berit, während er auf Betuana zurannte. Der Mann, den sie mit den Füßen gefällt hatte, plagte sich mit blutender Nase und einem Dolch in der Rechten hoch und befand sich nun unmittelbar hinter der atanischen Königin.

Bisher war die Rückwandlung langsam vonstatten gegangen und die verbergende Färbung allmählich geschwunden, wenn Xanetia ihre Tarnung abgelegt hatte. Diesmal jedoch kehrte ihr Leuchten ganz plötzlich zurück, und das Licht in ihr war kein schlichtes Glühen. Sie strahlte wie die Mittagssonne.

Der Angreifer mit der blutigen Nase hätte vielleicht noch vor ihr fliehen können, wäre er voll bei Sinnen gewesen. Doch der Tritt ins Gesicht schien ihn regelrecht gelähmt zu haben.

Er schrie jedoch auf, kurz bevor Xanetias Hand ihn berührte. Sein Schrei erstarb als heiseres Gurgeln. Mit aufgerissenem Mund und vor Grauen hervorquellenden Augen starrte er die leuchtende Gestalt an, die ihn in diesem Augenblick tötete – bis dann zum Entsetzen aller sein Gesicht sich auflöste, durch die schreckliche Berührung in eine schwärende Flüssigkeit verwandelt. Der Mund des Mannes klaffte noch weiter auf, während seine verflüssigten

Wangen und Lippen hinabsickerten und von seinem Kinn troffen. Beinahe sah es aus, als würde er noch einmal zu schreien versuchen, doch die Verwesung hatte längst seine Kehle erreicht und nur ein grauenhaftes, schmatzendes Geräusch drang aus seinem lippenlosen Mund. Das Fleisch glitt von seiner Hand, und der Dolch entfiel den Skelettfingern.

Er sackte in die Knie, und die schleimigen Überreste von Haut und Nerven und Sehnen sickerten aus seiner Kleidung. Dann kippte die verwesende Leiche langsam nach vorn und blieb auf dem laubbedeckten Waldboden liegen – reglos, doch immer noch in Auflösung begriffen, als Xanetias Fluch sein unerbittliches Werk verrichtete.

Das Feuer der Anarae wurde zunehmend schwächer, als sie ihr leuchtendes Gesicht in den glühenden Händen vergrub und weinte.

28

Es regnete in Esos – ein kalter, anhaltender Regen, wie er jeden Herbst von den zemochischen Bergen kam. Doch tat er dem Erntedankfest keinen großen Abbruch, hauptsächlich wohl deshalb, weil die meisten Feiernden zu betrunken waren, überhaupt auf das Wetter zu achten.

Stolg jedoch war nicht betrunken. Er war sozusagen im Dienst, und für Burschen, die bei der Arbeit soffen, hatte er nur Verachtung übrig. Stolg war ein unauffälliger Mann in schlichter Kleidung. Er trug das Haar in kurzem Bürstenschnitt, und er hatte große, kräftige Hände. Niemand widmete ihm auch nur einen Blick, als er sich durch die Massen von Feiernden schlängelte, um sich in jenes Stadtviertel zu begeben, in dem die wohlhabenderen Bürger wohnten.

Stolg und sein Weib Ruta hatten an diesem Morgen gestritten; deshalb war Stolg jetzt schlechter Laune wie stets nach einer solchen Auseinandersetzung. Dabei hat Ruta wirklich kaum einen Grund, sich zu beklagen, dachte er, während er einer Schar betrunkener junger Edelleute auswich. Schließlich war er ein treusorgender Familienvater, und alle ihre Freunde beneideten sie um ihr hübsches Häuschen am Stadtrand. Ihr Sohn ging bei einem hiesigen Tischler in die Lehre, und ihre Tochter hatte die besten Aussichten, gut zu heiraten. Stolg liebte Ruta, doch es kam immer wieder vor, daß Ruta sich schrecklich über irgendwelche unwichtigen Kleinigkeiten ärgerte und ihm dann in den Ohren lag, etwas dagegen zu unternehmen. Diesmal hatte sie sich aufgeregt, weil die Haustür kein richtiges Schloß besaß, das man mit einem Schlüssel öffnen und schließen konnte. Und so oft Stolg ihr auch versichert hatte, daß gerade *sie* ganz bestimmt kein Schloß benötigten, war Ruta dennoch eigensinnig darauf herumgeritten, wie immer.

Stolg blieb stehen und zog sich in einen tiefen Hauseingang zurück, als die Stadtwache vorbeimarschierte. Normalerweise hätte Djukta die Wache bestochen, Stolg gegenüber blind und taub zu sein, doch jetzt war Erntedank, und in dem Trubel wären mögliche Aufschreie gar nicht herauszuhören gewesen. Djukta gab kein Geld aus, wenn es nicht unbedingt nötig war. In den verrufeneren Schenken von Esos witzelte man, daß Djukta sich den gewaltigen Bart nur habe wachsen lassen, um das Geld für einen Umhang zu sparen.

Stolg erblickte das Haus, das sein Ziel war, und schlich sich in die dahinterliegende schmutzstarrende, übelriechende Gasse. Er hatte dafür gesorgt, daß eine Leiter an die Hausrückseite gelehnt worden war. Nun kletterte er rasch hinauf, drang durch ein Fenster im ersten Stock ins Haus ein, schritt den Flur entlang und öffnete am anderen Ende die Tür zu einem Schlafgemach. Ein ehemaliger Bediensteter der Hausbesitzer hatte einen Plan gezeichnet und das Gemach des Hausherrn – Graf Kinad, ein unbedeutender Edelmann – mit einem Kreuz markiert. Im Gemach legte Stolg sich aufs Bett. Wenn er schon warten mußte, konnte er es sich zumindest bequem machen. Unten schienen die Besucher zu feiern; jedenfalls hörte Stolg das Lärmen und Lachen bis hier herauf.

Während er so dalag, entschied er sich, das Schloß anzubringen, auf das Ruta so erpicht war. Der Friede und die Ruhe im Haus würden die geringen Unkosten mehr als aufwiegen.

Kaum eine halbe Stunde nach Stolgs Ankunft waren schwere, stolpernde Schritte auf der Treppe zu hören. Stolg rollte sich rasch aus dem Bett, schlich zur Tür und drückte sein Ohr ans Holz.

»Es macht gar keine Umstände«, versicherte eine ziemlich schwere Zunge auf dem Flur. »Ich habe eine Abschrift in meinem Schlafgemach.«

»Nein, wirklich, Graf Kinad«, erklang eine Frauenstimme aus dem Erdgeschoß. »Ich glaube Euch auch so.«

»Nein, Baroneß. Ich möchte, daß Ihr Wort für Wort lest, was seine Majestät persönlich angeordnet hat. Es ist die idiotischste Proklamation, die mir je unter die Augen gekommen ist!« Die Tür schwang auf, und ein Mann mit einer Kerze in der Hand trat ein. Es war der Mann, den man Stolg vor zwei Tagen genau beschrieben hatte – sein Aussehen, seine Gewohnheiten, seinen Tagesablauf. Stolg fragte sich müßig, was Graf Kinad getan hatte, um jemanden so sehr zu ergrimmen, daß es diesen kostspieligen Auftrag rechtfertigte. Er schob diesen Gedanken von sich. Es ging ihn wirklich nichts an.

Stolg war ein echter Könner mit langjähriger Erfahrung, der jede Situation für seine Zwecke zu nutzen verstand. Daß Graf Kinad mit dem Rücken zu ihm stand, bot Stolg die Möglichkeit, seine bevorzugte Methode anzuwenden. Er zog einen langen Dolch aus seinem Gürtel, schlich hinter den Grafen und stieß ihm die schmale, scharfe Klinge mit einem stählernen Knirschen durch die Schädeldecke. Die zusammensackende Leiche fing Stolg auf und legte sie zu Boden. Ein Stich ins Gehirn war immer sicher, schnell und lautlos und hinterließ keine nennenswerten Blutspuren. Ruta *haßte* es, die Arbeitskleidung ihres Mannes zu waschen, wenn sie voller Blut war. Stolg setzte den Fuß zwischen die Schulterblätter des Toten und zerrte die Klinge aus dem Schädel, was sich manchmal als ziemlich schwierig erwies. Ein Messer aus einem Knochen zu ziehen, erfordert große Kraft.

Stolg drehte die Leiche um und blickte eingehend in das tote Gesicht. Ein Berufsmörder versichert sich stets, daß sein Kunde auch auf Dauer bedient war.

Der Graf jedenfalls war ohne alle Zweifel tot. Seine Augen waren glasig, sein Gesicht lief blau an, und ein dünner Faden Blut sickerte ihm aus der Nase. Stolg wischte die Messerklinge ab, steckte die Waffe in die Scheide zurück und ging über den Flur wieder zu dem Fenster, durch das er eingestiegen war.

Auf der Liste, die Djukta ihm gegeben hatte, befanden sich noch zwei Namen. Mit etwas Glück konnte er in dieser Nacht noch einen zweiten Auftrag erledigen. Doch es regnete, und Stolg haßte es, im Regen zu arbeiten. Er beschloß, statt dessen nach Hause zu gehen und Ruta zu sagen, daß er diesmal ausnahmsweise nachgeben und das Schloß einbauen würde, das sie sich so sehr wünschte. Danach könnten sie mit ihrem Sohn und ihrer Tochter in die Schenke am Ende der Straße gehen und mit ihren Nachbarn ein paar Krüge Bier trinken. Es war schließlich Erntedank, und da sollte man wirklich mit seinen Freunden und seiner Familie gemütlich beisammensitzen und feiern.

Sherrok war ein kleiner wieseliger Kerl mit schütterem Haar und großem runden Schädel. Er schritt nicht, sondern huschte durch die überfüllten Straßen von Verel in Süddakonien. Tagsüber war Sherrok ein kleiner Zollbeamter, der die Zähne zusammenbiß, während er Befehle seiner tamulischen Vorgesetzten entgegennahm. Sherrok *verabscheute* Tamuler, und daß er in seinem Beruf ihr Untergebener war, machte ihn mitunter körperlich krank. Es war dieser Abscheu, der ursprünglich zu Sherroks Entschluß geführt hatte, Information an den charakterlosen Styriker Ogerajin zu verkaufen, mit dem ihn gemeinsame Freunde bekannt gemacht hatten. Als Ogerajin nach ein paar sorgsam formulierten Fragen geschickt hatte durchblicken lassen, daß er für gewisse Informationen viel Geld bezahlen würde, hatte Sherrok die Gelegenheit sofort beim Schopf gepackt, seine verhaßten Vorgesetzten zu verraten – *und* beachtliche Summen zu kassieren.

Die Information, die er heute abend für Ogerajin hatte, war außerordentlich wichtig. Die habgierigen, blutsaugenden Tamuler beabsichtigten die Zollgebühren um ein volles viertel Prozent zu erhöhen. Für *diese* Information dürfte Ogerajin tief ins Säckel greifen.

Sherrok leckte die Lippen, während er durch die lärmende Menge der Erntedankfeiernden eilte. Auf einem der Sklavenmärkte stand ein achtjähriges astelanisches Mädchen zum Kauf, ein ganz entzückendes Kind mit großen verängstigten Augen. Wenn Ogerajin sich überreden ließ, großzügig zu sein, könnte Sherrok das Mädchen vielleicht erstehen. Nie zuvor hatte er ein so junges Kind besessen, und allein die Vorstellung machte ihm die Knie weich.

Er konnte an nichts anderes denken, und deshalb war er unachtsam, als er an der schmutzigen Gasse vorbeiging – bis er spürte, wie sich ein Draht um seinen Hals zuzog.

Natürlich wehrte er sich, doch es half ihm nicht. Sein Angreifer zerrte ihn in die Gasse. Als letztes sah er in Gedanken das Gesicht des kleinen Mädchens vor sich. Es hatte tatsächlich den Anschein, als lache das Kind ihn aus.

»Du machst wirklich mehr Mühe, als du wert bist«, sagte Bersola zu dem Toten, der im Bug seines Ruderbootes lag. Bersola redete stets zu den Männern, die er getötet hatte. Viele seiner Kollegen hielten ihn für verrückt. Wahrscheinlich war er es auch tatsächlich.

Bersolas Hauptproblem war, daß er seine Arbeit ausnahmslos auf die gleiche Weise erledigte. Immer stieß er seinem Opfer das Messer von oben zwischen die dritte und vierte Rippe. Wirksam war es jedenfalls, da ein solcher Stich das Herz gar nicht verfehlen kann. Bersola ließ den Erstochenen auch *nie* dort liegen, wo er ihn getötet hatte. Er hatte ein fast zwanghaftes Bedürfnis nach Ordnung. Alles mußte an einem ganz bestimmten Platz liegen, auch die sterblichen Überreste seiner Opfer. Da Bersola in der dakonischen Stadt Ederus an der Küste des Binnenmeers von Edom lebte und arbeitete, war das ein leichtes. Eine kurze Fahrt mit dem Ruderboot und ein paar Steine an die Knöchel des Hingemeuchelten beseitigten alle Spuren. Da Bersola jedoch von der Macht der Gewohnheit beherrscht war, versenkte er die Leichen stets an genau derselben Stelle. Die anderen Berufsmörder in Ederus sprachen mit abfälligem Lachen von »Bersolas Riff«. Ein Platz auf dem Meeresboden auf dem sich angeblich die versenkten Leichen häuften. Selbst Leute, die überhaupt nicht wußten, um was es ging, sprachen von Bersolas Riff.

»Du hast es also unbedingt tun müssen, nicht wahr?« schalt Bersola die Leiche, die er zu dem Riff hinausruderte. »Du *mußtest* einfach jemanden beleidigen! Dir ist doch klar, daß du niemandem außer dir selbst die Schuld geben kannst, nicht wahr? Hättest du dich anständig benommen, wäre das nicht passiert!«

Der Tote antwortete nicht. Tote taten das eigentlich nie.

Bersola stellte das Rudern ein und nahm die Peilung vor. Da war das vertraute Licht im Fenster von Fannas Taverne am fernen Ufer, und das Leuchtfeuer auf der Felsspitze auf der näheren Seite. Die Laterne auf dem Pier, das weit von Ederus entfernt ins Binnenmeer ragte, lag in gerader Linie vom Heck. »Das ist die Stelle«, erklärte Bersola dem Toten. »Du hast da unten eine Menge Gesellschaft; es wird also nicht so schlimm sein.« Er holte die Ruder ein und kroch nach vorn. Nachdem er die Knoten am Seil überprüft hatte, das den schweren Stein zwischen den Knöcheln des Ermordeten hielt, entschuldigte er sich. »Tut mir wirklich leid, weißt du. Aber du bist selbst schuld!« Er hob den Stein – und die Beine des Toten – über die Bootskante. Dann hielt er ihn kurz an den Schultern fest. »Möchtest du noch was sagen?«

Er wartete einen angemessenen Moment, doch die Leiche antwortete nicht.

»Eigentlich hab' ich's auch gar nicht erwartet, weißt du«, sagte Bersola. Er ließ die Schultern los, und die Leiche glitt schlaff über das Dollbord und verschwand im dunklen Wasser.

Während Bersola nach Ederus zurückruderte, pfiff er sein Lieblingslied.

Avin Wargunsson, Prinzregent von Thalesien, war fuchsteufelswild. Patriarch Bergsten hatte Thalesien verlassen, ohne ihn um Erlaubnis zu bitten. Es war unerhört! Der Mann hatte nicht die geringste Achtung vor der Würde des Prinzregenten. Schließlich würde er, Avin Wargunsson, eines Tages König sein – sobald dieser tobende Irre im Nordturm endlich den Anstand hatte, das Zeitliche zu segnen –, und soviel Artigkeit konnte er nun wirklich verlangen! Aber die Leute beachteten ihn einfach nicht. Dieser offensichtliche Mangel an Respekt vor seiner allerhöchsten Person schwärte an der Seele des kleinen Kronprinzen. Avin war kaum mehr als fünf Fuß groß, und in einem Land voller blonder Menschen, die mindestens einen Fuß größer waren als er, übersah man ihn gern. Seine Kindheit hatte er damit verbracht, wie eine Maus zwischen den Beinen der Hünen herumzuhuschen, die ihm unbeabsichtigt auf die Füße traten, weil sie nicht nach unten blickten und deshalb nicht einmal bemerkten, daß Avin überhaupt da war.

Es kostete ihn oft große Mühe, seine Wut nicht laut hinauszubrüllen.

Ohne auch nur anstandshalber anzuklopfen, rissen zwei stämmige, blonde Rüpel die Tür auf und rollten ein riesiges Faß in den Saal. »Da ist das Faß mit arzischem Rotwein, das Ihr wolltet, Avin«, sagte der eine. Der ungebildete Barbar kannte nicht einmal die angemessene Anrede.

»Ich habe kein Faß Wein bestellt«, brauste Avin auf.

»Der Hauptmann der Wache hat gesagt, daß Ihr ein Faß arzischen Roten wollt«, widersprach der andere blonde Wilde und schloß die Tür. »Wir tun bloß, was man uns befohlen hat. Wohin wollt Ihr es?«

»Ach, stellt es dort hinüber«, sagte Avin und wies mit der Hand in eine Zimmerecke. Das war einfacher, als sich mit diesen Burschen zu streiten.

Sie rollten das Faß über den Boden und stellten es in der Ecke auf.

»Ich glaube nicht, daß ich euch kenne«, bemerkte Avin.

»Wir sind neu.« Der eine Mann zuckte die Schultern. »Erst vorige Woche sind wir zur königlichen Leibwache gegangen.« Er legte einen Segeltuchbeutel auf den Boden und nahm ein Stemmeisen heraus. Vorsichtig setzte er es unter dem Faßdeckel an und öffnete ihn gekonnt.

»Was soll das?« fragte Avin heftig.

»Wie wollt Ihr den Wein trinken, wenn Ihr nicht an ihn herankommt, Avin?« entgegnete der Kerl. »Wir haben das richtige Werkzeug, Ihr vermutlich nicht.« Immerhin war der Mann glattrasiert. Das gefiel Avin. Die meisten seiner Leibgardisten sahen aus wie Bäume, aus denen goldenes Moos sproß. »Probier den Wein lieber, ob er nicht zu sauer schmeckt, Brok.«

»Mach' ich.« Der andere schöpfte eine Handvoll Wein und schlürfte ihn laut. Avin schauderte. »Find' nichts daran auszusetzen, Tel.« Er machte ein nachdenkliches Gesicht. »Wie wär's, wenn wir einen Eimer voll abfüllen, bevor wir den Deckel wieder draufgeben?« schlug er vor. »Dieses Faß die Treppe raufzuschleppen, war schwere Arbeit, die ganz schön durstig gemacht hat.«

»Gute Idee«, pflichtete Tel ihm bei.

Der Bärtige griff nach dem messingbeschlagenen hölzernen Eimer, den Avin als Papierkorb benutzte. »Habt Ihr was dagegen, wenn wir das hier benutzen, Avin?« fragte er.

Avin Wargunsson starrte ihn an. Das ging zu weit – selbst für Thalesier.

Der Bärtige leerte den Papierkorb auf Avins Schreibpult und

tauchte ihn ins Faß. Dann stellte er den vollen Holzeimer auf den Boden. »Ich glaub', wir sind soweit, Tel«, sagte er.

»Gut«, antwortete Tel, »gehen wir's an.«

»Was tut ihr?« rief Avin schrill, als die beiden auf ihn zukamen.

Sie würdigten ihn nicht einmal einer Antwort. Es war unerhört! Er war der Prinzregent! Niemand hatte das Recht, ihn *derart* zu ignorieren!

Die Männer packten Avin an den Armen und trugen ihn zu dem Faß, ohne sich um sein heftiges Strampeln und Schreien zu kümmern. Sie achteten nicht einmal auf ihn, als er wild nach ihnen trat.

»Hinein mit dir«, sagte der Bursche namens Tel freundlich, beinahe in dem Tonfall, in dem man zu seinem Pferd spricht, wenn man es in den Stall schiebt. Die beiden Kerle hoben Avin Wargunsson mühelos in die Höhe und steckten ihn mit den Füßen voran in das Faß. Der Kerl namens Brok drückte Avin ins Faß, während Tel einen Hammer und eine Hand voll Nägel aus dem Segeltuchbeutel holte und nach dem Faßdeckel griff. Er setzte den Deckel auf Avins Kopf und drückte ihn hinunter. Dann klopfte er mit dem Hammer auf den Deckelrand, bis er festsaß.

Nur Avins Augen und die Stirn ragten aus dem Wein. Er hielt den Atem an und hämmerte hilflos mit den Fäusten gegen die Unterseite des Deckels, den Tel, ohne sich im mindesten aus der Ruhe bringen zu lassen, wieder festnagelte.

Die Damen schickten Kalten unerbittlich fort, als sie am Morgen nach dem Anschlag auf Königin Betuana aufbrachen. Kalten nahm seine Pflichten als Xanetias Beschützer sehr ernst, und er war ein wenig gekränkt, weil die Damen ihn nicht um sich haben wollten.

»Sie müssen jetzt ein bißchen unter sich sein«, erklärte Vanion ihm. »Teilt ein paar Ritter ein, in angemessener Entfernung zu beiden Seiten zu reiten, aber laßt die Damen in Ruhe und gebt ihnen ein wenig Zeit, Xanetia über ihren Schock hinwegzuhelfen.« Vanion war Soldat, konnte aber manchmal sehr einfühlsam sein. Sperber blickte über die Schulter. Sephrenia ritt dicht neben der tief bewegten Xanetia, und Betuana schritt auf der anderen Seite neben ihr her. Xanetia saß mit gesenktem Kopf auf ihrem Pferd und hielt Flöte in den Armen. Es schien, als hätten die Frauen sich hinter eine unsichtbare

Wand zurückgezogen. Sephrenia streckte immer wieder die Hand aus, um die von innerer Angst erfüllte Delphae tröstend zu berühren. Die Rassenunterschiede und die äonenalte Erzfeindschaft schienen durch die weltweite Schwesternschaft aller Frauen vergessen zu sein. Sephrenia hatte diese Schranken spontan überwunden, um ihre ehemalige Feindin zu trösten. Betuana war nicht weniger fürsorglich, und obwohl sie die grauenhaften Folgen von Xanetias Berührung selbst gesehen hatte, schritt sie dicht neben der Delphae einher.

Aphrael hatte die Situation natürlich voll im Griff. Sie saß hinter Xanetia auf dem Pferd und hatte die Arme um die Taille der Delphae gelegt. Aphraels Berührung war eine der mächtigsten Kräfte auf Erden, und Sperber war sicher, daß Xanetia nicht allzu sehr litt. Das würde die Kindgöttin nicht zulassen. Xanetias scheinbares Entsetzen und die Reue darüber, was sie in ihrer Zwangslage hatte tun müssen, war hauptsächlich für das gute Gewissen ihrer beiden Trostspenderinnen und zur Beruhigung von deren Seelenheil gedacht. Aphrael löschte mit voller Absicht Sephrenias rassische Feindschaft und Betuanas abergläubische Abneigung aus, indem sie einfach eine Halluzination erschuf und Xanetias äußeren Anschein von Leid vertiefte.

Man konnte Aphrael leicht unterschätzen, wenn sie sich in einer ihrer unzähligen Inkarnationen als anmutiges kleines Mädchen zeigte – und vermutlich war dies der Hauptgrund dafür, daß sie sich von vornherein für die Gestalt der Kindgöttin entschieden hatte. Sperber jedoch hatte Aphraels wahres Ich, wenngleich sehr verschwommen, in dem Messingspiegel in Matherion gesehen, und dieses wahre Ich war weder kindlich noch drollig gewesen. Er hegte den starken Verdacht, daß Aphrael für gewöhnlich genau wußte, was sie tat und auch bekam, was sie wollte. Sperber prägte sich das verschwommene Abbild von Aphraels wahrem Ich tief ein, auf daß es immer da sein würde, wenn die Grübchen und Küsse des kleinen Mädchens sein Urteilsvermögen zu trüben begannen.

So hoch im Norden waren die Tage bedeutend kürzer. Die Sonne ging jetzt im Südosten auf und wanderte in geringer Höhe über den Horizont im Süden, ehe sie bereits wieder versank. Die Nächte wurden kälter und legten eine immer dichtere Spitzendecke aus weißen Eiskristallen über die Wiesen und Wälder. Der schwachen bleichen Sonne fehlte bereits die Kraft, zu schmelzen, was sich in den Stunden der Dunkelheit angesammelt hatte.

Es war fast Sonnenuntergang, als die Gefährten einen riesenhaften Ataner sahen, der ihnen im Laufschritt einen Waldweg hinab entgegenkam. Vor Königin Betuana blieb er stehen, schlug in militärischem Gruß mit der Faust auf die Brust und meldete ihr etwas offensichtlich sehr Wichtiges. Rasch winkte Betuana Sperber und die anderen herbei. »Eine Nachricht von Engessa-Atan. Feinde sammeln sich an der Küste am östlichen Ende der Mauer.«

»Trolle?« fragte Vanion schnell.

Der hochgewachsene Ataner schüttelte den Kopf. »Nein, Vanion-Hochmeister. Es sind Elenier, und zum großen Teil keine Krieger. Sie fällen Bäume.«

»Für Befestigungen?« fragte Bevier.

»Nein, Ordensritter. Sie binden die Bäume zusammen, um Dinge zu bauen, die schwimmen können.«

»Flöße?« sagte Tynian erstaunt. »Ulath, hast du nicht gesagt, daß Trolle sich vor dem Meer fürchten? Glaubst du, sie würden sich darauf einlassen, auf Flößen um den äußeren Rand der Klippe zu fahren?«

»Schwer zu sagen«, antwortete der blondzöpfige Thalesier. »Ghwerig *hat* ein Boot benutzt, um den Vennesee zu überqueren, und als er während des zemochischen Krieges König Sarak folgte, fehlte nicht viel, und er hätte sich als blinder Passagier auf irgendeinem Schiff versteckt, um von Thalesien nach Pelosien zu gelangen. Doch Ghwerig war anders als andere Trolle.« Ulath blickte den Kurier an. »Bauen sie diese Flöße nördlich der Mauer oder hier an der Südseite?«

»An dieser Seite der Mauer«, antwortete der Ataner.

»Das ergibt nicht viel Sinn, oder?« fragte Kalten.

»Für mich jedenfalls nicht«, gestand Ulath.

»Ich finde, wir sollten selbst mal nachsehen, Sperber«, schlug Vanion vor. »Dieser Anschlag auf Betuana vergangene Nacht beweist, daß Zalasta von unserem Kommen weiß. Also hat diese kleine Wanderung durch die Wälder ihren Zweck erfüllt. Schließen wir uns jetzt

Engessa und Kring an und stellen wir fest, ob Sorgi bereits hier ist. Der Winter nähert sich mit Riesenschritten, und wir sollten mit den Trollen fertig werden, ehe die Sonne auf Dauer untergeht.«

»Würdest du dich darum kümmern, Göttin?« bat Sperber Aphrael. »Ich könnte mich natürlich an Bhelliom wenden, aber du hast deine Sache so gut gemacht, daß du es vielleicht als Kritik betrachtest, wenn ich jetzt alles in die Hand nehme. Und ich möchte dir wirklich nicht unrecht tun.«

Aphrael kniff die Augen zusammen. »Erlaub dir nicht zuviel, Sperber!« sagte sie mit unheilverkündender Stimme.

Sperber wußte nie mit Sicherheit, ob Aphrael sie alle während der Nacht schneller vorwärts befördert hatte oder in dem Augenblick, nachdem sie aufgesessen waren und ihre Pferde den ersten Schritt getan hatten. Die Kindgöttin war zu geschickt und zu erfahren, sich ertappen zu lassen, wenn sie es nicht wollte.

Es war derselbe Hügel, der im Nordwesten gelegen hatte, als sie bei Sonnenuntergang ihr Nachtlager aufschlugen – zumindest hatte es so ausgesehen. Doch als sie, eine halbe Stunde nach ihrem Aufbruch, über die Kuppe kamen, lagen statt des schier unendlichen, dichten Waldes ein langer Sandstrand und die bleigraue Weite des tamulischen Meeres unter ihnen.

»Das ging aber schnell!« Talen schaute sich um. Noch immer wußte Sperber nicht genau, weshalb der junge Bursche bei diesem Ausflug dabei war. Er hatte jedoch Aphrael in Verdacht. Es fiel nicht schwer, bei dergleichen Aphrael zu verdächtigen – und meist zu Recht.

Ulath deutete auf eine winzige Gestalt, die vom Norden her am Rand des Wassers herbeiritt. »Da kommt jemand den Strand entlang.«

»Khalad.« Talen zuckte die Schultern.

»Wie kannst du dir so sicher sein?«

»Er ist mein Bruder, Ritter Ulath. Außerdem erkenne ich seinen Umhang.«

Sie ritten den Hügel hinunter und zum Strand.

»Wo wart ihr so lange?« empfing Khalad sie.

»Auch ich freue mich, dich wiederzusehen, Khalad.«

»Vergeudet die Zeit nicht mit Witzen, Sperber. Ich mußte mich zehn Tage lang ganz schön anstrengen, Engessa und seine Ataner davon abzuhalten, um den Außenrand der Mauer zu schwimmen! Sie wollen die Trolle ganz allein angreifen. Wie ist es mit Stragens Plan gelaufen?«

»Schwer zu sagen«, antwortete Talen. »Wir waren während des Erntedankfests unterwegs. Aber ich kenne Stragen und Caalador gut genug, um zu wissen, daß zumindest die *meisten* Verräter, hinter denen sie her waren, inzwischen tot sind. Wir sind ein bißchen spät dran, weil wir ganz sicher sein wollten, daß Zalastas Leute uns kommen sehen. Wir hofften, ihn soweit abzulenken, daß er sich Caaladors Meuchlern fernhält.«

Khalad brummte etwas Unverständliches.

»Sammeln die Trolle sich irgendwo in der Nähe?« erkundigte sich Ulath.

»Soviel wir wissen, befinden sie sich alle in der Nähe des verlassenen Dorfes Tzada auf der anderen Seite der atanischen Grenze«, erwiderte Khalad. »Eine Zeitlang haben sie versucht, die Mauer zu erklimmen; dann zogen sie sich zurück. Engessa hat oben auf der Mauer Späher postiert. Sie werden uns melden, wenn die Trolle sich in Bewegung setzen.«

»Wo sind Engessa und Kring?« fragte Vanion.

»Ungefähr eine Meile den Strand hinauf, Eminenz. Wir haben unser Lager im Wald errichtet. Tikume hat sich uns bereits vor fünf Tagen angeschlossen. Er brachte mehrere tausend Ostpeloi mit.«

»Das ist gut. Die Peloi sind begeisterte Krieger«, warf Kalten ein.

»Ist Sorgi schon hier?« fragte Sperber.

»Er lotet sein Schiff noch durch die Riffe«, erwiderte Khalad. »Aber er hat ein Beiboot vorausgeschickt, um uns mitzuteilen, daß er bald hier sein wird.«

»Was soll die Sache mit den Flößen?« erkundigte sich Vanion.

»Es sind keine Flöße, Eminenz, sondern Teile einer schwimmenden Brücke.«

»Einer Brücke? Einer Brücke wohin?«

»Das wissen wir nicht so genau. Wir haben uns versteckt gehalten, damit die edomischen Bauern, die sie errichten, uns nicht sehen.«

»Was machen Edomer auf *dieser* Seite des Kontinents?« staunte Kalten.

»Eine Brücke bauen, Ritter Kalten! Habt Ihr denn nicht zugehört? Talens alter Freund Amador – oder Rebal, oder wie immer er sich auch nennt – leitet sie an. Incetes ist ebenfalls da und macht sich wichtig. Er kommandiert alle in archaischem Elenisch herum und schlägt jedem den Schädel ein, der ihn nicht versteht oder nicht schnell genug spurt.«

»Ist es wieder dieses Trugbild, das wir im Wald bei Jorsan gesehen haben?« wollte Talen wissen.

»Das glaube ich nicht. Diesmal ist er ein gutes Stück größer, und er hat einen beachtlichen Trupp Männer in Bronzerüstungen bei sich. Ich schätze, daß da jemand wieder einmal Krieger aus der Vergangenheit auferstehen läßt.«

»Wahrscheinlich Djarian von Samar«, meinte Sephrenia. »Vielleicht ist er wirklich imstande, ganze Armeen aus der Vergangenheit zu rufen.«

»Wenn Cyrgon ihm dabei hilft, dürfte es ihm leichtfallen«, warf Aphrael ein. Die Kindgöttin hatte dem Anschein nach in den Armen ihrer Schwester geschlafen, aber offenbar sehr aufmerksam zugehört. Sie öffnete die großen dunklen Augen. »Hallo, Khalad. Du siehst aus, als hättest du einigen Stürmen getrotzt.«

»Wir sind tatsächlich in mehrere Stürme geraten, die vom tamulischen Meer kamen und tüchtig nach Eis rochen!«

Ulath schnippte mit den Fingern. »*Das* machen sie also!«

»Wer macht was?« fragte Tynian verwundert.

»Ulath übt seinen Verstand wieder einmal im Rösselspringen, Tynian«, sagte Sephrenia ruhig. »Er wird uns bestimmt bald aufklären.«

»Wie lange ist es hier oben schon kalt, Khalad?« fragte Ulath.

»Seit wir hier ankamen, Ritter Ulath.«

»Bildet sich des Nachts bereits Eis auf den Küsteneinschnitten und am Strand?«

»Ein bißchen. Es ist aber nicht besonders dick, und die Flut erbricht es, bevor es sich ausbreiten kann.«

»Aber das Treibeis, etwa eine Meile seewärts, zerbricht *nicht*«, sagte Ulath bestimmt. »Es steigt und fällt mit den Gezeiten, weil es sich nicht an Klippen abreibt. Das Eis dürfte da draußen inzwischen fast einen Fuß dick sein. Die Edomer bauen keine Flöße oder eine Brücke. Sie errichten einen Pier, der hinaus zum Packeis führt. Zweifellos gibt es im Norden der Mauer ebenfalls einen. Die Trolle haben keine Angst, übers Eis zu trotten. Das haben sie ja schon getan, um von Thalesien nach Atan zu gelangen. Cyrgon wird die Trolle zum Pier nördlich der Mauer und von dort über das Packeis treiben. Dann werden sie südwärts über das Eis marschieren und an diesem Südpier an Land kommen.«

»Und die Ataner wieder angreifen«, fügte Vanion düster hinzu. »Wie dick muß das Packeis sein, um Trolle tragen zu können?«

»Etwa zwei Fuß. Bis die Piers fertig sind, dürfte es dick genug sein – falls es kalt bleibt.«

»Ich glaube, wir können uns darauf verlassen, daß Cyrgon es kalt bleiben läßt«, meinte Tynian.

»Da ist noch etwas«, fügte Khalad hinzu. »Wenn Cyrgon weiterhin so mit dem Wetter spielt, wird es nicht mehr lange dauern, bis Sorgis Schiffe im Eis steckenbleiben. Ich glaube, meine Herren, wir sollten uns etwas einfallen lassen, und zwar rasch!«

»Kommt! Wir besprechen uns mit Kring und Engessa«, forderte Sperber seine Gefährten auf.

29

»Die Küste hat sich verändert, Freund Sperber«, sagte Kring. »Wenn man nahe an die Klippe kommt, ragt jetzt etwa eine Meile des ehemaligen Meeresbodens aus dem Wasser.«

»Sieht ganz so aus, als hätte Bhelliom das Land nördlich des Spalts unter den Kontinent geschoben«, meinte Khalad. »Es glitt gewissermaßen darunter, schob diese Seite des Spalts in die Höhe und bildete auf diese Weise die Klippe. Dadurch hob sich der Meeresgrund auf dieser Seite, und das Wasser flutete mehr als zwei Meilen landeinwärts. Man kann Baumwipfel aus dem Wasser ragen sehen. Dort, wo wir uns befanden, als das Beben ausbrach, war der Bruch sauber und gerade; aber hier an der Küste gab es viele Erdrutsche. Im Norden der Klippe ragten gewaltige Felsen aus dem Wasser.«

»Wo sind diese Edomer, von denen du gesprochen hast?« fragte Vanion.

»In der Nähe des oberen Klippenendes, Eminenz. Sie fällen Bäume und rollen die Stämme zum Ufer hinunter. Dort bauen sie die Flöße.« Khalad machte eine nachdenkliche Pause, ehe er mit kritischem Tonfall fortfuhr: »Es sind keine sehr guten Flöße. Wenn die Trolle versuchen, damit an Land zu kommen, kriegen sie ganz schön nasse Füße.«

Kalten lachte. »Ganz seines Vaters Sohn! Warum macht es dir etwas aus, ob die Trolle nasse Füße bekommen oder nicht, Khalad?«

»Wenn man etwas tut, soll man es ordentlich machen, Ritter Kalten. Ich hasse Pfuscharbeit!«

»Wo ist dieser Sammelplatz der Trolle?« fragte Vanion. »Wie heißt dieser Ort gleich?«

»Tzada, Vanion-Hochmeister«, antwortete Engessa. »Er liegt drüben in Atan.«

»Was tun die Trolle dort?«

»Das ist von ganz oben auf der Klippe schwer zu erkennen.«

»Wo ist die Grenze zwischen Tamuli und Atan?« fragte Tynian.

»Eine richtige Grenze gibt es nicht, Tynian-Ritter«, erklärte Königin Betuana. »Es ist nur eine Linie auf der Landkarte, und diese Linie bedeutet hier oben am Nordkap überhaupt nichts. Ein Land, wo die Sonne im Spätherbst untergeht und sich erst im Frühjahr wieder sehen läßt, wo selbst die Bäume im Winter erfrieren und unter der Schneelast zusammenbrechen, zieht nicht sehr viele Siedler an. Der westliche Teil des Kaps soll in Astel liegen, der mittlere in Atan und der östliche in Tamuli. Hier oben achtet kein Mensch auf so etwas. Das Land gehört demjenigen, der töricht genug ist, so hoch im Norden zu siedeln.«

»Es sind etwa vierhundertfünfzig Meilen nach Tzada«, sagte Engessa.

»Für einen Troll ist das ein Marsch von gut einer Woche«, meinte Ulath. »Wie weit sind die Edomer mit ihrem Pier?«

Khalad kratzte sich an der Wange. »Ich schätze, sie brauchen noch mindestens zehn Tage, ehe sie ihn fertig haben.«

»Und in zehn Tagen müßte das Packeis draußen auf dem Meer dick genug sein, die Trolle zu tragen«, schloß Ulath.

»Cyrgon wird schon dafür sorgen, daß es dick genug ist«, warf Flöte ein.

»Jemand hat den Zeitplan genau berechnet«, bemerkte Bevier. »Die Edomer werden die Piers in zehn Tagen fertiggestellt haben. Dann wird auch das Eis dick genug sein, um darauf gehen zu können. Und wenn die Trolle in drei Tagen von Tzada aufbrechen, kommen sie hier an, sobald alles fertig ist.«

»Das eröffnet uns mehrere Möglichkeiten«, sagte Vanion. »Wir könnten diesen Pier im Süden zerstören, so daß die Trolle draußen auf dem Eis festsitzen; wir könnten einfach warten und auf sie stoßen, sobald sie versuchen, an Land zu kommen; wir könnten Sorgis Schiffe nehmen und sie angreifen, während sie auf dem Pier sind, oder wir könnten ... «

Königin Betuana schüttelte heftig den Kopf.

»Stimmt etwas nicht, Majestät?« fragte Vanion.

»Wir haben nicht soviel Zeit, Vanion-Hochmeister«, antwortete sie. »Wie lange ist es hier noch hell, Engessa-Atan?«

»Nicht viel mehr als fünf Stunden, Betuana-Königin.«

»In zehn Tagen wird es nicht einmal mehr so lange hell sein. Wollen wir im Dunkeln gegen Trolle kämpfen?«

»Auf keinen Fall, Majestät.« Ulath schauderte. »Im Grunde genommen wollen wir überhaupt nicht gegen sie kämpfen. Wir könnten die ganze Bautätigkeit hier an der Küste gar nicht beachten. Sorgis Schiffe könnten uns in einem Bogen um diese Arbeitstrupps weit genug nördlich der Mauer absetzen, so daß Bhelliom keine neuen Erdbeben auslöst. Dann könnten wir uns von Sorgi direkt nach Tzada bringen lassen.«

»Das ist ein guter Plan, Ulath-Ritter«, pflichtete Betuana ihm bei, »wenn da nicht das Eis wäre.«

»Aphrael«, wandte Sperber sich an die Kindgöttin, »könntest du das Eis für uns schmelzen?«

»Wenn ich unbedingt *müßte*. Aber es wäre unhöflich. Das Eis ist ein Teil des Winters, und der Winter gehört zur Erde, und die Erde ist Bhellioms Kind, nicht meines. Also ist es besser, du sprichst mit Bhelliom darüber.«

»Um was soll ich ihn denn bitten?«

Flöte zuckte die Schultern. »Warum überläßt du das alles nicht einfach Bhelliom? Erklär ihm, daß das Eis ein Problem für uns ist, und laß *ihn* entscheiden, was er dagegen unternehmen will. Du mußt noch eine Menge über die Etikette in solchen Situationen lernen, Sperber.«

»Wahrscheinlich«, gab er zu. »Aber so etwas kommt nicht jeden Tag vor. Deshalb habe ich auch keine Erfahrung damit.«

»Seht Ihr, was ich meine, Sperber?« Khalad blickte ihn an. »Diese grünen Stämme liegen so tief im Wasser, daß man nicht mal einen Esel über dieses Pier führen könnte, ohne daß das Wasser ihm bis zu den Sprunggelenken reicht.«

»Wie hättest *du* sie denn gebaut?«

»Aus einer doppelten Schicht Stämme – eine Lage quer über der ersten.«

Die beiden Männer lagen unter Büschen auf einer Erhebung und beobachteten die an den Flößen arbeitenden edomischen Bauern. Der erste Teil der primitiven Landungsbrücke war bereits fest verankert und reichte ungefähr eine Viertelmeile hinaus ins eisige Wasser. Weitere Flöße wurden ans äußere Ende des Piers gefügt, sobald sie fertiggestellt waren.

»Da ist Incetes!« Khalad zeigte auf einen wahren Giganten in einem bronzenen Kettenhemd und einem gehörnten Helm. »Er und diese vorzeitlichen Krieger, die er mitgebracht hat, haben die armen Bauern schon bis an den Rand der Erschöpfung getrieben. Rebal läuft zwar wie ein aufgescheuchtes Huhn herum und versucht, alle von seiner Wichtigkeit zu überzeugen, aber das Kommando hat ohne Zweifel Incetes. Die Bauern verstehen seinen Dialekt nicht, deshalb redet er mit den Händen zu ihnen.« Khalad kratzte sich an seinem kurzen schwarzen Bart. »Wißt Ihr, Sperber, falls wir ihn töten, verschwinden seine Krieger, und ein Sturmangriff der Ritter würde Rebal und seine Bauern bis halb nach Edom zurück treiben.«

»Keine schlechte Idee. Aber wie sollen wir nahe genug herankommen, um Incetes töten zu können?«

»Ich bin schon nahe genug, Sperber. Ich könnte ihn von hier aus töten.«

»Er ist etwa zweihundertfünfzig Schritt von uns entfernt, Khalad. Dein Vater sagte, man könne mit einer Armbrust höchstens zweihundert Schritt weit schießen – und wenn man dann auch noch treffen will, braucht man sehr viel Glück.«

»Ich bin ein besserer Schütze, als Vater es war.« Khalad hob seine Armbrust. »Ich habe die Visiereinrichtung verbessert und die Bogenarme ein bißchen verlängert. Incetes ist nahe genug, glaubt mir. Ich könnte ihm von hier aus einen Bolzen in die Nase schießen.«

»Das würde ich nur zu gern sehen! Reden wir mit Vanion.« Sie rutschten die Rückseite des Felsbuckels hinunter, schwangen sich auf ihre Pferde und ritten zu ihrem versteckten Lager. Sperber erklärte den anderen rasch den Plan seines Knappen.

»Bist du auch ganz sicher, daß du ihn aus dieser Entfernung treffen kannst, Khalad?« fragte Vanion zweifelnd.

Khalad seufzte. »Soll ich zuerst vielleicht einen Probeschuß abgeben, Eminenz?«

Vanion schüttelte den Kopf. »Nein. Wenn du sagst, du kannst ihn treffen, dann glaube ich dir.«

»Also gut. Ich *kann* ihn treffen, Eminenz.«

»Das genügt mir.« Vanion runzelte die Stirn. »Was, meinst du, wäre die größte Reichweite der Armbrust?« fragte er.

Khalad spreizte die Hände. »Das müßte ich erst ausprobieren, Hochmeister Vanion. Aber ich bin sicher, daß ich eine Waffe anfertigen könnte, mit der man dreitausend Fuß weit zu schießen vermag. Aber damit zu zielen wäre schwierig, und wahrscheinlich würden zwei Männer eine halbe Stunde brauchen, die Armbrust nach einem Schuß wieder zu spannen.«

»Dreitausend Fuß!« Vanion seufzte und schüttelte den Kopf. Er klopfte mit den Fingerknöcheln auf seinen Brustpanzer. »Ich glaube, wir gehören bald zum alten Eisen, meine Herren.« Dann richtete er sich auf. »Aber so weit ist es noch nicht. Und solange wir hier sind, können wir die Fertigstellung des Südpiers verhindern. Es wird uns nur einen Armbrustbolzen und einen einzigen Sturmangriff kosten. Der Schrecken, den wir damit über unsere Feinde bringen werden, ist zumindest *das* wert.«

Kring, Tikume und Kapitän Sorgi kamen den Hang vom Strand heraufgeritten. Sorgi war kein guter Reiter. Er saß steif auf dem Pferd, klammerte sich an den Sattelknauf und sehnte sich offensichtlich nach seinen schwankenden Schiffsplanken. »Freund Sorgi ist mit einem dieser Beiboote an Land gekommen«, erklärte Kring. »Seine großen Boote liegen noch etwa eine Meile draußen auf dem Meer.«

»Schiffe, Freund Kring!« verbesserte Sorgi ihn mit gequälter Miene. »Die kleinen sind Boote, aber die großen nennt man Schiffe!«

»Wo ist der Unterschied, Freund Sorgi?«

»Ein Schiff hat einen Kapitän. Ein Boot wird mit gegenseitigem Einverständnis vorwärts bewegt.« Sorgis Gesicht wurde sehr ernst. »Wir haben ein Problem, Meister Cluff. Das Eis bildet sich unmittelbar hinter meinen Schiffen. Ich kann sie zwar zur Küste bringen, aber ich fürchte, sie werden von keinem großen Nutzen für Euch sein. Ich habe Lotungen vorgenommen. Wir müßten ungefähr zwei Meilen segeln, um das Riff zu umrunden, das von dieser Klippe zur See verläuft. Aber wir haben keine zwei Meilen mehr. Das Eis bewegt sich sehr schnell zur Küste.«

»Du solltest wirklich so bald wie möglich mit Bhelliom reden, Sperber!« warf Aphrael ein. »Ich glaube, das habe ich dir schon heute morgen geraten!«

»Ja«, bestätigte er. »Das hast du.«

»Warum hast du es dann nicht getan?«

»Ich hatte noch so einiges andere zu bedenken.«

»Männer werden mit zunehmendem Alter leider so«, erklärte Sephrenia ihrer Schwester. »Sie werden stur und schieben mit voller Absicht Entscheidungen auf, nur weil *wir* sie ihnen ans Herz legten. Sie *hassen* es, wenn man ihnen sagt, was zu tun ist.«

»Wie läßt sich das am ehesten vermeiden?«

Sephrenia lächelte die umstehenden Männer süß an. »Ich hatte immer Erfolg damit, wenn ich ihnen riet, genau das Gegenteil von dem zu tun, was ich wirklich wollte.«

»Na gut«, murmelte die Kindgöttin zweifelnd. »Ich finde es zwar lächerlich, aber wenn es die einzige Möglichkeit ist…« Sie richtete sich hoch auf. »Sperber!« rief sie im Befehlston. »Wage es ja nicht, mit Bhelliom zu reden!«

Sperber seufzte. »Ich frage mich, ob Dolmant einen ruhigen Platz in einem Kloster für mich finden kann, wenn ich wieder zu Hause bin.«

Sperber und Vanion entfernten sich ein Stück von den anderen, um mit der Saphirrose zu sprechen. Flöte tippelte hinter ihnen her. Sperber drückte seinen Ring an den Schatullendeckel. »Öffne dich«, brummte er.

Der Deckel sprang auf.

»Blaurose«, sagte Sperber, »Winter zieht mit unziemlicher Eile ins Land, und das Gefrieren der See behindert unseren Plan. Wir möchten uns ein gutes Stück von deiner wunderbaren Mauer entfernen, damit unsere Truppenbewegungen deine Tochter nicht in ihrer Ruhe stören.«

»Du bist sehr rücksichtsvoll, Anakha«, antwortete Vanions Stimme.

»Seine Höflichkeit ist nicht ohne Eigennutz, Blumenstein«, sagte Aphrael mit schelmischem Lächeln. »Wenn deine Tochter erschaudert, bringt das seinen Mageninhalt gehörig durcheinander.«

»Das hättest du wirklich nicht zu sagen brauchen, Aphrael«, rügte Sperber. »Willst *du* es vielleicht tun?«

»Nein, auch wenn meine Umgangsformen besser sind als deine.«

»Warum bist du eigentlich mitgekommen?«

»Weil ich mich bei Bhelliom entschuldigen möchte – und weil ich finde, daß er sich auch bei mir entschuldigen sollte.« Sie blickte in die mit Gold ausgeschlagene Schatulle, und das blaue Glühen des Steines beleuchtete ihr Gesicht. Sie redete direkt zu Bhelliom – in einer Sprache, deren verführerischer Klang Sperber seltsam vertraut schien. Während Aphrael sprach, traten immer wieder Pausen ein, in denen – wie Sperber vermutete – Bhelliom antwortete, und zwar auf eine Weise, die nur Aphrael hören und verstehen konnte. Einmal lachte sie. Es klang wie das Läuten silberner Glöckchen.

»Also gut, Sperber«, sagte sie schließlich. »Bhelliom und ich sind mit unserer gegenseitigen Entschuldigung fertig. Jetzt kannst du dein Problem vorbringen.«

»Du bist zu gütig«, brummte er.

»Sei nett!«

»Ich würde dich ja nicht mit unseren alltäglichen Sorgen belästigen, Blaurose«, sagte Sperber, »aber mir scheint, Cyrgon sorgt dafür, daß das Wintereis sich schneller ausbreitet, und unsere Macht ist nicht groß genug, dagegen einzuschreiten.«

Vanion entgegnete in strengem Tonfall: »Mich dünkt, Cyrgon benötigt eine Belehrung in gutem Benehmen, Anakha. Es ist an der Zeit, ihn einmal geziemend in seine Schranken zu verweisen. Er hat sich erdreistet, zu früh in diesem Jahre Eis zu formen. Dafür wird er büßen. Es fließen Strömungen im Meer – Cyrgon hat eine umgeleitet, um diese Küste zu seinem Zwecke in Eis erstarren zu lassen. Dafür werde ich eine andere Strömung umleiten und den heißen Atem der Tropen an diese nördliche Küste führen, um Cyrgons Eis zu verschlingen.«

Aphrael klatschte in die Hände und lachte begeistert.

»Was ist daran so lustig?« fragte Sperber.

»Cyrgon wird sich ein paar Tage lang gar nicht wohl fühlen«, antwortete sie. »Du bist über alle Maßen weise, Blumenstein!« lobte sie Bhelliom vergnügt.

»Zu gütig, Aphrael. Nur dünkt mir, dein Lob ist nicht ohne Schmeichelei.«

»Na ja«, gestand sie, »ein *bißchen* vielleicht. Aber überschwengliches Lob für jemanden, den wir lieben, ist doch keine Sünde, nicht wahr?«

»Hüte dein Herz gut, Anakha«, riet Bhelliom. »Die Kindgöttin wird es dir stehlen, wenn du es am wenigsten erwartest.«

»Das hat sie schon vor Jahren getan«, erwiderte Sperber.

»Ich schaffe das ganz allein, Sperber!« flüsterte Khalad. »Ich brauche keinen Aufpasser!« Die beiden lagen hinter einem Baumstamm auf der Erhebung, von wo aus sie am Tag zuvor die Edomer bei der Arbeit beobachtet hatten. Auch jetzt plagten diese Bauern sich im rauchigen Licht von Feuern ab, die mit grünem Holz geschürt wurden. Der Vollmond stand am Himmel; der Rauch schien in seinem blassen Licht beinahe zu glühen.

»Ich bin nur mitgekommen, um deinen Schuß zu bewundern, Khalad«, versicherte Sperber ihm mit Unschuldsmiene. »Außerdem muß ich Ulath das Zeichen geben, sobald du Incetes schlafen geschickt hast.« Er fröstelte. »Sind wir nicht etwas zu früh hierhergekommen? Es dauert mindestens noch eine Stunde, bis es hell wird. Inzwischen wachsen uns Eiszapfen.«

»Möchtet Ihr vielleicht den Pfeil abschießen?«

»Nein. Aus dieser Entfernung würde ich nie treffen!«

»Würdet Ihr dann den Mund halten und es mir überlassen?«

»Für einen so jungen Burschen bist du schrecklich übellaunig, Khalad. So was kommt normalerweise erst in einem etwas höheren Alter.«

»Der Umgang mit Rittern hat mich vorzeitig altern lassen.«

»Wie funktioniert eigentlich deine neue Zieleinrichtung?«

»Ihr wißt doch, daß man eine Flugbahn berechnen kann?«

»Hm. Eigentlich nicht.«

Khalad schüttelte müde den Kopf. »Vergeßt es, Sperber. Es würde bis in die Abendstunden dauern, Euch das zu erklären. Meine Berechnungen stimmen. Glaubt es mir einfach.«

»Heißt das, du rechnest es tatsächlich auf Papier aus?«

»Papier ist billiger als ein Scheffel neue Armbrustbolzen.«

»Das hört sich an, als würdest du mehr Zeit mit deinen Berechnungen und der Justierung deiner Zieleinrichtung verbringen als mit dem Schießen.«

»Das stimmt«, gab Khalad zu. »Aber wenn man es richtig macht, genügt ein einziger Schuß.«

»Warum sind wir dann schon so früh hierhergekommen?«

»Um meinen Augen genug Zeit zu geben, sich den Lichtverhältnissen anzupassen. Es wird ein ziemlich ungewöhnliches Licht herrschen, sobald ich schieße. Wenn es soweit ist, habe ich Mondschein, flackerndes Feuer und das erste Grau des kommenden Tages – und alle drei ändern ihre Stärke. Ich muß diese Veränderung beobachten und berücksichtigen. Außerdem muß ich Incetes ausmachen und im Auge behalten. Seinen Vetter zu töten würde uns nicht helfen.«

»Du denkst wohl an alles?«

»Jemand muß es ja.«

Sie warteten. Das bleiche Licht des Vollmonds ließ den Sand des neu entstandenen, meilenbreiten Strandes fast so strahlend weiß wie frischgefallenen Schnee aussehen, und die Nachtluft war beißend kalt.

»Haltet Euren Kopf tiefer, Sperber, oder hört zu atmen auf.«

»Was?«

»Euer Atem dampft. Wenn jemand hierherschaut, wird er bemerken, daß wir hier sind.«

»Die da drüben sind zweihundertfünfzig Schritte von uns entfernt, Khalad!«

»Wollen wir Wagnisse eingehen, wenn sie sich vermeiden lassen?« Khalad spähte angespannt zu den ameisengleichen Gestalten, die am Waldrand arbeiteten. »Ist Kaiserin Elysoun immer noch hinter Berit her?«

»Sie scheint sich wieder für andere Männer zu interessieren. Ich glaube allerdings, daß sie ihn ein paarmal erwischt hat.«

»Gut! Berit war früher schrecklich prüde. Ihr wißt doch, daß er Eure Gemahlin liebt, oder?«

»Ja. Wir haben uns vor ein paar Jahren darüber unterhalten.«

»Es stört Euch nicht?«

»Nein. Es ist eine dieser Verliebtheiten, die in jungen Jahren jeder hinter sich bringen muß.«

»Ich mag Berit. Er wird ein guter Ritter – sobald es mir gelungen ist, die Reste seiner hochwohlgeborenen Abstammung abzuschleifen. Adelstitel scheinen den Geist zu beeinträchtigen. Jedenfalls sind die meisten Aristokraten dumm.« Er streckte die Hand aus. »Im Osten wird es schon ein bißchen heller.«

Sperber blickte über das Eis des nordtamulischen Meeres. »Du hast recht«, bestätigte er.

Khalad öffnete den Lederbeutel, den er mitgebracht hatte, und nahm eine Stange Wurst heraus. »Einen Bissen zum Frühstück, mein Gebieter?« Er zog seinen Dolch aus der Scheide.

»Warum nicht?«

Der erste schwache Hauch von Helligkeit am östlichen Horizont wich wieder der Dunkelheit, als die »falsche Morgendämmerung« kam und ging. Noch niemand hatte Sperber dieses Phänomen je zufriedenstellend erklärt. Auch nicht in Rendor, wo er es während seines Exils viele Male erlebt hatte.

»Wir haben noch schätzungsweise eine Stunde«, sagte er zu seinem Knappen.

Khalad brummte irgend etwas, lehnte sich an den Stamm und schloß die Augen.

»Ich dachte, du bist hier, um zu beobachten?« erinnerte Sperber ihn. »Wie kannst du beobachten, wenn du schläfst?«

»Ich schlafe nicht, Sperber. Ich ruhe nur meine Augen ein wenig aus. Und da Ihr schon mitgekommen seid, könnt *Ihr* ein Weilchen beobachten.«

Die wirkliche Morgendämmerung begann erst etwa eine halbe Stunde später den östlichen Horizont zu färben. Sperber tippte Khalad auf die Schulter. »Wach auf!« sagte er leise.

Khalad riß die Augen auf. »Ich habe nicht geschlafen!«

»Warum hast du dann geschnarcht?«

»Ich hab' mich nur geräuspert, um den Hals freizukriegen!«

»Eine halbe Stunde lang?«

Khalad setzte sich ein wenig auf und spähte über den Stamm. »Wir warten, bis das Licht der Sonne diese Leute erreicht. Wenn Sonnenstrahlen auf Incetes' bronzenen Harnisch fallen, müßte er spiegeln, und ein leuchtendes Ziel ist leichter zu treffen.«

»Du bist der Schütze!«

Khalad beobachtete die schwer arbeitenden edomischen Bauern. »Ich hab' eine Idee, Sperber. Die Bauern haben bereits eine Menge von diesen Flößen gebaut. Warum sollten *wir* sie nicht nutzen?«

»Wie lautet dein Vorschlag?«

»Selbst wenn Bhelliom Cyrgons Eis schmilzt, wird Kapitän Sorgi gut zwei Tage brauchen, uns alle um dieses Riff herum ans andere Ufer zu bringen. Wie wär's, wenn wir diese Flöße benutzen? Sorgi kann einen großen Teil der Truppen am Strand ein paar Meilen nördlich des Piers absetzen, der an der anderen Seite der Mauer errichtet wird. Wir übrigen können an dieser Seite über die Flöße um das Riff herum laufen. Auf diese Weise können wir den Feind in die Zange nehmen.«

»Ich dachte, du hast Bedenken, was die Festigkeit der Flöße angeht?«

»Kein Problem, Sperber. Das kann ich in Ordnung bringen – nach dem Motto ›aus zwei mach eins‹. Wir brauchen immer nur zwei Flöße zu nehmen und sie übereinanderzulegen, dann haben wir ein gutes, festes Floß. Möglicherweise hat Cyrgon hier am Nordkap außer den Trollen noch andere Truppen. Ich glaube, wir sollten alle Flöße aus seiner Reichweite bringen. Meint Ihr nicht auch?«

»Wahrscheinlich hast du recht. Reden wir mit Vanion darüber.« Sperber blickte zum östlichen Horizont. »Die Sonne geht auf.«

Khalad rollte sich herum und stützte seine Armbrust auf den

Stamm. Sorgfältigst überprüfte er die Einstellung der Visiereinrichtung, dann drückte er den Schaft gegen seine Schulter.

Incetes stand im vollen Licht der halb aufgegangenen Sonne auf einem Baumstumpf. Er fuchtelte mit beiden Armen und brüllte in unverständlichem Kauderwelsch auf die erschöpften Arbeiter ein.

»Sind wir bereit?« Khalad legte die Wange an den Schaft und blickte mit halb zusammengekniffenen Augen durch das Visier.

»*Ich* bin bereit, aber *du* bist der Schütze!«

»Schweigt von jetzt an. Ich muß mich konzentrieren.« Der Knappe holte tief Atem, ließ ein bißchen davon aus und hielt dann die Luft an.

Incetes, der immer noch herumbrüllte und seine Befehle gestenreich mit den Händen untermalte, glänzte nun golden in der frühen Morgensonne. Aus dieser Entfernung wirkte der Titan aus prähistorischer Zeit wie eine winzige Spielzeugfigur.

Langsam, aber fest betätigte Khalad den Abzug.

Ein Ruck ging durch die Armbrust, gefolgt von einem lauten Schwirren der seildicken Darmsehne. Sperber beobachtete, wie der Bolzen in einem Bogen aufwärtsschoß.

»Ich hab' ihn!« sagte Khalad zufrieden.

»Der Bolzen hat ihn noch nicht einmal erreicht!« widersprach Sperber.

»Aber gleich. Incetes ist schon so gut wie tot. Das Geschoß wird geradewegs durch sein Herz dringen. Gebt Ulath jetzt das Zeichen zum Sturmangriff.«

»Bist du nicht ein wenig vor ...«

Ein gewaltiger Schreckensschrei erklang von der Menge am Waldrand. Incetes kippte langsam nach hinten, und die ihn umgebenden Bronzekrieger verschwammen und verschwanden bereits, während er noch fiel.

»Ihr müßt lernen, ein bißchen mehr Vertrauen zu haben, Sperber«, riet Khalad. »Wenn ich Euch sage, daß jemand so gut wie tot ist, stimmt das, auch wenn der Betreffende es noch nicht weiß. Habt Ihr die Absicht, heute noch irgendwann das Zeichen zu geben?«

»Das hätte ich jetzt wirklich fast vergessen!«

»Ihr seid ja auch nicht mehr der Jüngste.«

»Die Ministerien sind bestechlich, Ehlana. Ich bin der erste, der das zugibt. Aber wenn ich die Regierung von Grund auf neu bilden müßte, würde ich den Rest meines Lebens damit zubringen und könnte überhaupt nichts anderes mehr tun«, stellte Sarabian nachdenklich fest.

»Aber Pondia Subat ist völlig unfähig!« protestierte Ehlana.

»Eben. Ich will es gar nicht anders, meine Liebe. Ich werde die üblichen Rollen umkehren. *Er* wird die Galionsfigur sein, *ich* der Drahtzieher. Die anderen Minister sind es gewöhnt, ihm zu gehorchen, also wird es sie nicht weiter verwirren, ihn als Premierminister zu akzeptieren. Ich werde die Reden für Subat schreiben und ihn so einschüchtern, daß er kein Wort daran zu ändern wagt, ja, ich werde ihn sogar soweit verunsichern, daß er ohne meine Erlaubnis nicht einmal in andere Kleidung schlüpft oder sich rasiert. Deshalb will ich, daß er dabei ist, wenn Durchlaucht Stragen über die Vollzugsmeldungen seiner ungewöhnlichen Lösung unseres aktuellen Problems spricht. Jedesmal, wenn Subat einen eigenständigen Gedanken faßt, soll er sich vorstellen, wie es ist, wenn ein Messer tief in den Körper dringt.«

»Dürfte ich einen Vorschlag machen, Majestät?« fragte Stragen.

»Selbstverständlich. Laßt hören.« Sarabian lächelte. »Mit dem umwerfenden Erfolg Eures ungeheuerlichen Planes habt Ihr Euch mehr als nur mein geneigtes kaiserliches Ohr verdient.«

Stragen lächelte und begann, tief in Gedanken versunken, auf und ab zu schreiten und abwesend eine Goldmünze in der Hand zu wägen. Ehlana fragte sich, wie Stragen zu dieser wunderlichen Angewohnheit gekommen sein mochte. »In der Gesellschaft der Unterwelt gibt es keine Stände, Majestät«, begann er. »Für uns zählt der Adel der Begabung, und Begabung ist an den seltsamsten Orten zu finden. Vielleicht könntet Ihr Euch mit dem Gedanken anfreunden, Personen in Eure Regierung aufzunehmen, die keine Tamuler sind. Daß Spitzenposten stets mit eigenen Leuten besetzt werden, mag hin und wieder ganz gut sein, aber wenn jeder höhere Regierungsbeamte in jedem Vasallenreich ein Tamuler ist, führt es zu jener Art von verstecktem Mißmut, den Zalasta und seine Mitverschwörer ausgenützt haben. Eine weltoffenere Einstellung könnte diesen Groll vielleicht dämpfen. Wenn ein Ehrgeiziger eine Aufstiegschance sieht, neigt er bestimmt viel weniger dazu, das Joch der gottlosen gelben Teufel abstreifen zu wollen.«

»Nennen sie uns immer noch so?« murmelte Sarabian. Er lehnte sich zurück. »Es ist eine interessante Vorstellung, Stragen. Zuerst schlage ich skrupellos die Rebellion nieder, dann setze ich die Rebellen in Regierungsämter ein. Das sollte sie zumindest verwirren, wenn es schon keine andere Wirkung hat.«

Mirtai öffnete die Tür, um Caalador einzulassen.

Ehlana blickte ihm entgegen. »Was tut sich?«

»Unsere Freunde in der cynesganischen Botschaft sind sehr emsig, Majestät«, berichtete Caalador. »Offenbar hat es sie nervös gemacht, auf welch ungewöhnliche Art und Weise wir das Erntedankfest gefeiert haben. Sie schaffen Vorräte heran und befestigen das Tor. Sieht so aus, als würden sie mit Schwierigkeiten rechnen und sich auf eine Belagerung vorbereiten.«

»Sollen sie.« Sarabian zuckte die Schultern. »Wenn sie sich selbst einsperren wollen, nehmen sie mir diese Arbeit ab.«

»Ist Krager noch in der Botschaft?« fragte Ehlana.

Caalador nickte. »Ich habe ihn heute morgen selbst den Innenhof überqueren sehen.«

»Haltet ein Auge auf ihn, Caalador«, bat sie.

»Das werd' ich, Schätzchen.« Er grinste. »Und ob ich das werd'.«

Vanion führte die Truppen über den Strand. Die Ritter und Peloi trieben die Pferde an und stürmten mit donnernden Hufen zu den erschrockenen Arbeitern hinunter, während Engessas Ataner den Rand des Wassers entlang zum Fuß des behelfsmäßigen Piers rannten, um jene an der Flucht zu hindern, die sich abrackerten, den Pier weiter hinaus ins eisige Wasser des tamulischen Meeres zu verlängern.

Der Seidenhändler Amador stand auf dem Pier und kreischte Befehle, doch niemand achtete auf ihn. Einige Arbeiter, die noch beim Fällen gewesen waren, leisteten schwachen Widerstand; die meisten aber suchten ihr Heil in einer Flucht in den Wald. Jene, die Widerstand leisteten, erkannten schon nach wenigen Minuten, wie unklug ihre Entscheidung gewesen war. Sie warfen ihre Waffen zu Boden und hoben die Hände.

Die Ritter, die man gelehrt hatte, Feinden gegenüber Gnade walten zu lassen, waren froh, daß die Männer sich ergaben; Tikumes Peloi hätten lieber weitergekämpft, fanden sich jedoch damit ab, daß der Feind die Waffen streckte. Die Ataner auf dem Pier dagegen kannten kein Erbarmen. Betuana und Engessa an der Spitze, marschierten sie unerbittlich den Pier hinaus. Sie töteten jeden, der Widerstand leistete und warfen die übrigen, auch wenn sie noch so sehr um Gnade flehten, zu beiden Seiten ins eisige Wasser. Die Triefnassen wateten und schwammen, so gut es ging, an Land, wo die Soldaten der kaiserlichen Garnison von Matherion sie zusammentrieben.

Die Teilnahme dieser Soldaten war nicht mehr als eine Geste, da es sich bei ihnen um Truppen handelte, die üblicherweise nur bei zeremoniellen Anlässen eingesetzt wurden; diese Männer eigneten sich weder vom Wesen her für den Kampf, noch waren sie dafür ausgebildet. Doch beim Zusammentreiben der bibbernden Arbeiter, die blau vor Kälte aus dem eisigen Wasser krochen, machten sie sich *sehr* gut.

»Ich fürchte, Bhellioms warme Strömung ist noch nicht angekommen«, stellte Khalad fest.

»Sieht nicht so aus«, pflichtete Sperber ihm bei. »Steigen wir hinunter. Die Tage sind jetzt schon sehr kurz, und ich möchte den Nordpier gern vor Sonnenuntergang eingenommen haben.«

»Falls es überhaupt einen Nordpier gibt«, brummte Khalad.

»Es *muß* einen geben, Khalad.«

»Es macht Euch doch nichts aus, wenn ich zum Rand der Klippe laufe und mich umsehe, oder? Logik ist ja schön und gut, aber sich zu vergewissern, kann nie schaden.«

Sie stapften den Abhang hinunter und ritten zu ihren Freunden zurück.

»Das war kein richtiger Kampf!« beschwerte sich Kalten und blickte abfällig auf die Meute zu Tode verängstigter Gefangener.

»Das sind die besten«, versicherte Tynian ihm.

»Sorgi kommt!« Ulath deutete auf die Flotte, die sich dem Strand näherte. »Sobald Betuana und Engessa den Pier geräumt haben, können wir aufbrechen.«

Die Ataner waren nun etwa auf halbem Weg zum Ende des Piers angelangt, und die von panischer Furcht erfaßten Edomer wurden durch die Anrückenden immer dichter zusammengedrängt.

»Wie kalt ist das Wasser?« fragte Talen. »Ich meine, hat es sich wenigstens schon ein bißchen erwärmt?«

»Jedenfalls nicht merklich«, antwortete Ulath. »Ich habe soeben noch einen Fisch im Pelzmantel vorbeischwimmen sehen.«

»Glaubt Ihr, jemand könnte vom Ende des Piers zum Strand zurückschwimmen?«

»Alles ist möglich.« Ulath zuckte die Schultern. »Aber ich würde kein Geld darauf wetten.«

Rebal befand sich inzwischen am hinteren Ende des Piers, und seine Schreie wurden immer schriller, doch die Ataner hielten in ihrem unerbittlichen Vormarsch nicht inne. Sie machten sich nicht einmal mehr die Mühe, die Edomer zu töten. Sie stießen ungerührt jeden ins eiskalte Wasser. Eine ganze Schar dicht aneinandergedrängter Arbeiter stürzten vom hinteren Ende des Piers. Jeder versuchte, sich am Vordermann festzuklammern, wodurch natürlich auch dieser mit ins Wasser gezerrt wurde. Die Ataner reihten sich an den Seiten und am Ende des Piers auf und sorgten mit den Speeren dafür, daß keiner zurückklettern oder sich ans Ufer retten konnte. Dies ging zwar weit über die Grenzen zivilisierter Kriegsführung hinaus, doch Sperber wußte nicht, wie er bei Königin Betuana auf diplomatische Weise dagegen protestieren sollte. Deshalb mußte er die Zähne zusammenbeißen und das grausame Treiben erdulden.

Anfangs war im Wasser ein lautes Platschen zu hören, doch es hielt nicht lange an. Die Bauern gaben einzeln und in Gruppen auf und versanken in den eigenen Wellen. Ein paar sportlichere Männer schwammen außer Reichweite der Speere in seichteres Wasser, doch nicht mehr als eine Handvoll erreichte die zweifelhafte Sicherheit des Strandes.

Wie Sperber bemerkte, zählte Amador nicht zu den wenigen Überlebenden, die von den tamulischen Soldaten am Rand des Wassers zusammengetrieben wurden.

Sorgis Schiffe waren inzwischen unweit des Strandes verankert, und die am vergangenen Abend ausgearbeiteten Pläne ließen sich jetzt problemlos in die Tat umsetzen.

Eines hatten sie dabei jedoch nicht bedacht. Khalad war zum Rand der Klippe geritten, um in Richtung Norden Ausschau zu halten. Er kehrte mit besorgter Miene zu den anderen zurück.

»Nun?« fragte Sperber.

»Es befindet sich tatsächlich ein Pier nördlich der Mauer«, berichtete Khalad, während er absaß. »Aber aus dem Süden nähert sich ein Problem. Bhellioms warme Strömung trifft ein.«

»Na und?«

»Wißt ihr, was entsteht, wenn man kochendes Wasser auf Eis gießt, Sperber?«

»Dampf, nehme ich an.«

»Richtig. Bhelliom schmilzt zwar das Eis da draußen, aber dabei entstehen riesige Dampfwolken. Wißt Ihr ein anderes Wort für Dampf, Herr Ritter?«

»Bitte, benimm dich, Khalad. Es ist ausgesprochen kränkend, wenn du andauernd meine Allgemeinbildung in Zweifel ziehst. Also, wie groß ist diese Nebelbank genau?«

»Ich konnte ihr Ende nicht sehen.«

»Es handelt sich wohl um eine sehr dichte Nebelmasse?«

»Man könnte wahrscheinlich darauf gehen.«

»Wäre es möglich, schnell vorzurücken und die Nebelbank hinter uns zu lassen?«

Khalad deutete aufs Meer. »Das bezweifle ich. Sieht ganz so aus, als wäre sie schon hier.«

Der Nebel wallte wie eine dicke graue Decke über das Wasser. Sein vorderer Rand glich einer festen Mauer, die alles hinter sich verbarg.

Sperber fing zu fluchen an.

»Ihr scheint mir melancholischer Stimmung zu sein, meine Königin«, stellte Alean fest, als die Damen unter sich waren.

Ehlana seufzte. »Ich mag es gar nicht, wenn Sperber nicht bei mir ist«, gestand sie. »Ich war viel zu viele Jahre von ihm getrennt, als er sich im Exil befand.«

»Ihr liebt ihn schon sehr lange, nicht wahr, Majestät?«

»Seit meiner Geburt. Das ist übrigens sehr zweckmäßig. Man vergeudet keine Zeit damit, sich Gedanken über andere mögliche Ehemänner zu machen. Man kann seine ganze Aufmerksamkeit dem einen widmen, den man einmal heiraten wird, und dafür sorgen, daß ihm keine Fluchtwege bleiben.«

Jemand klopfte an die Tür. Mirtai erhob sich und legte die Hand um den Griff ihres Schwertes, ehe sie öffnete.

Stragen trat ein. Er trug einfache Arbeitskleidung.

»Was, in aller Welt, habt Ihr gemacht, Durchlaucht?« fragte Melidere.

»Eine Schubkarre geschoben, Baroneß.« Er zuckte die Schultern. »Ich bin mir nicht sicher, ob es viel genützt hat, mich derart zu verkleiden, aber es schadet nicht, einfache Arbeiten zu verrichten. Ich habe mich als Tagelöhner des Ministeriums für staatliche Bauvorhaben ausgegeben und die Straße vor der cynesganischen Botschaft ausgebessert. Caalador und ich haben geknobelt, wer hier welche Arbeit tut. Er darf die Botschaft jetzt vom Dach aus beobachten. Ich dagegen muß Schubkarren voller Kopfsteine zu den Pflasterern befördern.«

»Ich schließe daraus, daß sich in der Botschaft allerhand tut«, meinte Ehlana.

»O ja, meine Königin. Bedauerlicherweise läßt sich schwer sagen, was da vor sich geht. Aus allen Schornsteinen qualmt Rauch, der nicht wie Holzrauch aussieht. Ich glaube, sie verbrennen Schriftstücke. So etwas ist normalerweise ein Zeichen bevorstehender Flucht.«

»Wissen diese Leute denn nicht, daß sie gar keine Chance haben, die Stadt zu verlassen?« wunderte sich Mirtai.

»Offenbar wollen sie es trotzdem versuchen. Ich vermute es zwar nur, aber ich würde sagen, die Leute beabsichtigen etwas, das die Obrigkeit derart in Rage bringen wird, daß sie sich dann nur noch durch Flucht retten können.« Er blickte Ehlana an. »Ich glaube, wir sollten unsere Sicherheitsvorkehrungen verstärken, Majestät. Diese Vorbereitungen lassen auf etwas wirklich Ernstzunehmendes schließen, und wir wollen doch nicht unangenehm überrascht werden.«

»Ich werde mit Sarabian reden«, beschloß Ehlana. »Es war recht nützlich, daß die Botschaft weiterbestand, solange Xanetia hier war, um zu lauschen. Doch jetzt, da sie mit Sperber und den anderen fort ist, betrachte ich die Botschaft nur noch als Ärgernis. Ich halte es für an der Zeit, einige Ataner hinzuschicken und sie aufzulösen.«

»Es ist eine Botschaft, Majestät«, wandte Melidere ein. »Wir können nicht einfach hineinmarschieren und alle zusammentreiben.

Das verstößt nicht nur gegen die diplomatische Immunität, sondern auch gegen alle Regeln zivilisierten Benehmens.«

»Na und?«

»Wir haben keine Wahl, Meister Cluff«, sagte Sorgi ernst. »Wenn ein solcher Nebel aufkommt, solange man sich in tiefem Gewässer befindet, bleibt einem nichts anderes übrig, als den Treibanker auszuwerfen und zu hoffen, daß man nicht an einer Insel aufläuft. Mit diesen Flößen wird es euch nie im Leben gelingen um das Ende dieses Riffs zu kommen. Und ich würde den Rumpf von mindestens der Hälfte aller Schiffe der Flotte aufreißen, sollte ich versuchen, zwischen dem Riff und dem Eis hindurchzumanövrieren. Wir müssen warten, bis diese Erbsensuppe sich auflöst – oder wenigstens nicht mehr ganz so dicht ist.«

»Und wie lange kann das dauern?« fragte Sperber.

»Das weiß niemand!«

»Die Luft ist kälter als das Wasser, Sperber«, erklärte Khalad. »Dadurch hat dieser Nebel sich gebildet. Ich glaube nicht, daß er sich auflöst, ehe sich die Luft nicht erwärmt hat. Vor morgen werden wir jedenfalls nicht von hier wegkommen. Wir müssen diese Flöße wenigstens ein Stück aus dem Wasser heben, bevor wir Männer und Pferde darauf verladen. Wollten wir sie so benutzen, wie sie jetzt sind, müßten wir versuchen, sie halb untergetaucht zu bewegen.«

»Wie wär's, wenn du dich sofort darum kümmerst, Khalad«, schlug Vanion vor. »Sperber und ich werden uns mit Sephrenia und Aphrael unterhalten. Möglicherweise könnte ein wenig göttliche Hilfe nicht schaden. Kommt Ihr, Sperber?«

Die beiden gingen zurück zum Strand, wo Kalten ein Feuer für die Damen entfacht hatte.

»Nun?« fragte Sephrenia. Sie saß auf einem Treibgutstamm und hielt ihre Schwester auf dem Schoß.

»Der Nebel verursacht einige Probleme«, antwortete Vanion. »Ehe er sich nicht aufgelöst hat, kommen wir nicht um das Ende des Riffs herum. Aber die Zeit wird knapp! Wir wären gern in Tzada, ehe die Trolle sich in Marsch setzen. Irgendwelche Vorschläge?«

»Ein paar«, erwiderte Aphrael. »Aber zuerst muß ich mit Bhelliom reden. Es geht um Schicklichkeit und Höflichkeit, du verstehst?«

»Nein«, entgegnete Sperber. »Ich verstehe es nicht. Aber wenn du es sagst, wird's wohl stimmen. Ich vertraue dir.«

»Oh, *danke*, Sperber.« Ein Hauch von Spott schwang in ihrer Stimme mit. »Ich finde, Bhelliom und ich sollten die Sache unter uns besprechen. Öffne die Schatulle und gib sie mir.«

»Wie du meinst.« Sperber holte die Schatulle hervor und drückte seinen Ring dagegen. »Öffne dich«, befahl er. Dann reichte er sie der Kindgöttin.

Sie rutschte von Sephrenias Schoß und entfernte sich ein Stück den Strand entlang.

Nach etwa zehn Minuten kehrte sie zurück und gab Sperber die Schatulle. »Alles erledigt«, erklärte sie gleichmütig. »Wann wollt ihr aufbrechen?«

Sperber blickte Vanion fragend an. »Morgen früh?«

Vanion nickte. »Das dürfte Khalad Zeit genug geben, sich mit den Flößen zu beschäftigen, und wir können bis dahin die Ritter und ihre Pferde auf Sorgis Schiffe verfrachten.«

»Gut.« Aphrael nickte. »Also, dann morgen. – Sucht doch gleich mal Ulath und fragt ihn, wer mit dem Kochen an der Reihe ist. Ich bin am Verhungern.«

Der schwachen Brise gelang es nicht, den Nebel völlig zu vertreiben, aber zumindest konnten sie jetzt ihren Weg einigermaßen sehen und die restlichen Nebelfetzen würden ihnen ein wenig Deckung bieten, nachdem sie um die Spitze des Riffs herumgekommen waren.

Khalad hatte gemeint, daß es am einfachsten sei und am schnellsten gehen müsse, die Flöße zu verstärken, indem man immer zwei aufeinanderlegte. Die dieserart erhöhte Schwimmfähigkeit verlieh den Flößen zwar bessere Tragkraft, machte sie allerdings schwerfälliger, so daß sie sich nur mühsam steuern ließen und geradezu aufreizend langsam am Riff entlangfuhren.

Das Beiboot dagegen, das sie lotste, schnitt geschmeidig durch das Wasser vor der Flotille und verschwand in den Resten der Nebelbank. Khalad und Berit hatten beschlossen, voraus zu rudern, um zu kundschaften.

Nach etwa einer Stunde kehrte das Beiboot zurück. »Wir haben die Fahrrinne markiert«, erklärte Khalad. »Die siedendheiße Strömung hat das Eis tatsächlich aufgelöst. Jetzt gibt's genügend offenes Wasser, die Flöße um die Riffspitze zu kriegen.«

»Wir haben Kapitän Sorgis Schiff vorbeiziehen sehen«, berichtete Berit. »Offenbar hat er sich nicht ganz auf die Segel verlassen. Diese Brise ist doch ziemlich unberechenbar ...« Er zögerte. »Aber ihr braucht Aphrael gegenüber nicht zu erwähnen, daß ich das gesagt habe. Wie dem auch sei, Sorgi hat die Ritter wieder an die Riemen gesetzt. Sie dürften den Strand nördlich des Piers längst erreicht haben, bevor wir an der Küste eintreffen.«

»Werden uns die aus dem Wasser ragenden Bäume Probleme machen?« fragte Kalten.

»Nicht, wenn wir uns dicht an die Klippenwand halten, Ritter Kalten«, versicherte Khalad. »Das Erdbeben, das Bhelliom auslöste, hat alle Bäume bis über dreißig Fuß vor der Wand entwurzelt. Die weiter entfernten Bäume werden uns zusätzlichen Sichtschutz geben. Außerdem wallen immer noch die Nebelfetzen. Da kann ich mir nicht vorstellen, daß jemand an der Küste uns kommen sehen wird.«

»Dann läuft ja alles ziemlich gut«, ächzte Ulath, während er mit der zwanzig Fuß langen Stange über den Meeresboden stakte. »Abgesehen von dieser Plackerei, natürlich.«

»Wir könnten auch schwimmen«, meinte Tynian.

»Ist schon gut, Tynian«, sagte Ulath hastig. »*So* viel macht mir das Staken auch wieder nicht aus.«

Als sie die Spitze des Riffs erreichten, teilte sich die aus Flößen bestehende Flotte in zwei getrennte Geschwader. Königin Betuana und Engessa nahmen mit den Atanern den Weg um den äußeren Rand des halb unter Wasser stehenden Waldes zum Pier, der vom Strand hinausführte, während Sperber und seine Gefährten mit den Peloi und den Rittern, für die kein Platz mehr auf Sorgis Schiffen gewesen war, der Route entlang der Klippe folgten. Da nicht einmal Sorgis hundert Schiffe und die vielen Flöße ausgereicht hatten, *sämtliche* Streitkräfte zu befördern, war ihnen nichts anderes übriggeblieben, als einen beachtlichen Teil ihrer Armee mit Sephrenia, Talen, Flöte und Xanetia am südlichen Strand zurückzulassen.

»Es wird seichter«, stellte Ulath nach etwa einer halben Stunde fest. »Ich glaube, wir nähern uns der Küste.«

»Es ragen auch viel mehr Bäume aus dem Wasser«, fügte Kalten hinzu. »Ich kann euch gar nicht sagen, wie froh ich sein werde, von diesem Floß runterzukommen. Es mag ja ein recht gutes Floß sein; aber das Ding mit einer zwanzig Fuß langen Stange durchs Wasser zu schieben ist beinahe so, als wolle man mit bloßen Händen ein Haus umkippen.«

Das Beiboot glitt aus dem Nebel zurück. »Ihr solltet lieber etwas leiser sein, meine Herren!« rief Khalad mit heiserem Wispern. »Wir sind schon ziemlich nahe.« Er streckte eine Hand aus, um das Beiboot im Gleichgewicht zu halten. »Aber wir haben Glück. Es gab früher eine Straße, die parallel zum Strand verlief. Sie könnte uns eine freie Fahrrinne durch den Wald verschaffen. Außerdem würden die Bäume zwischen uns und dem Strand verhindern, daß die Arbeiter uns sehen.«

»Und wahrscheinlich verhindern diese Bäume auch, daß wir an Land kommen«, fügte Tynian hinzu.

»Nein«, widersprach Berit. »Etwa eine Meile von der Stelle, wo sich jetzt die Klippe befindet, gab es eine Wiese, und dort ist jetzt der Pier. Wir brauchen nur dieser Straße zu folgen. Sie bringt uns fast direkt an die Arbeiterkolonnen heran.«

»Habt ihr sie hören können?« fragte Vanion.

»O ja«, erwiderte Khalad. »Beinahe so, als wären sie nur zehn Fuß entfernt gewesen. In wenigen Minuten werdet Ihr selbst den Lärm ihrer Äxte vernehmen.« Er und Berit kletterten auf das Floß.

»War ihr Akzent zu erkennen? Handelt es sich um weitere von diesen Edomern, auf die wir am Südpier gestoßen sind?«

»Nein, Eminenz. Die Männer, die hier arbeiten, sind Asteler. Wir konnten den Strand zwar nicht sehen, aber ich vermute, daß die Gruppenführer, welche die Befehle erteilen, von Ayachins Armee sind, nicht von Incetes' Leuten.«

»Sehen wir zu, daß wir weiterkommen«, brummte Kalten.

»Sind wir bereit?« fragte Sperber und blickte auf die endlos erscheinende Reihe von Flößen.

»Wozu müssen wir uns bereitmachen, Sperber?« fragte Kalten. »Falls das überhaupt möglich ist, werden die astelischen Leibeigenen noch heftiger vor Angst zittern als die edomischen Bauern. Um sie alle in den Wald zurückzujagen, würde es wahrscheinlich schon genügen, wenn Ulath sich dort zwischen die letzten Nebelschwaden stellt und in sein Ogerhorn bläst.«

»Also«, murmelte Sperber. Dann sandte er seine Gedanken aus: *Aphrael – hörst du mich?*

Natürlich höre ich dich, Sperber!

Er versuchte es nun auf andere Weise und formulierte seine Bitte in gehobenem Styrisch. *Göttin Aphrael, erhöre mein Flehen und hilf uns!*

Ist dir nicht gut? Selbst in ihrer Gedankensprache klang leichter Argwohn mit.

Meine Sorge gilt, dich meiner unsagbaren Achtung und Ehrerbietung zu versichern, Göttin.

Machst du dich über mich lustig?

Nein! Natürlich nicht! Mir wurde soeben nur bewußt, daß ich es dir in letzter Zeit an der nötigen Hochachtung habe mangeln lassen. Wir sind jetzt in Stellung. Wir werden die Flöße langsam zur Küste staken. Sobald wir die Leute am Strand deutlich sehen können, wird Ulath das Signal für den Angriff geben. Es wäre nicht schlecht, wenn in diesem Augenblick ein heftiger Windstoß käme, falls es dir nicht zu viele Umstände macht …

Na ja, ich werde darüber nachdenken.

Wirst du Ulaths Horn vernehmen können? Oder ist es dir lieber, wenn ich dir Bescheid gebe, sobald wir den Wind benötigen?

Sperber! Ich kann eine Spinne in zehn Meilen Entfernung über die Zimmerdecke eines Hauses kriechen hören. Ich werde den Wind zum Blasen bringen, sobald Ulath mit seinem Horn dasselbe tut.

Das ist eine eigenwillige Formulierung.

Sieh jetzt lieber zu, daß du weiterkommst. Sonst gerätst du in die Dunkelheit.

Jawohl, erhabene Göttin. Sperbers Blick wanderte über die Gefährten. »Gehen wir's an. Die Göttin holt tief Luft. ich glaube, sie beabsichtigt, den Nebel bis zum Nordpol zu pusten.«

Die Flöße bewegten sich sehr behutsam voran, und die Männer, die am Ruder standen, bemühten sich angespannt, sie in einer geraden Linie zu halten, damit keines vor den anderen aus dem Nebel tauchte.

Inzwischen waren die Elenisch sprechenden Stimmen deutlich vom Küstenstreifen her zu hören, auch wenn sie mitunter von den Wellen übertönt wurden, die über die Luftwurzeln der Bäume schwappten.

»Sechs Fuß«, meldete Kalten wispernd, als er die Lotstange aus dem Wasser hob. »Wir können mit dem berittenen Sturmangriff beginnen, sobald wir auf vier Fuß sind.«

»Falls der Nebel so lange durchhält«, gab Bevier zu bedenken.

Und während sie sich langsam dem Küstenstreifen näherten, wurde das Wasser unter den Flößen Zoll um Zoll seichter.

Ein lauter Schlag war zu vernehmen, und Verwünschungen in archaischem Elenisch erklangen.

»Das ist einer von Ayachins Männern«, flüsterte Khalad.

»Ayachin wird doch nicht selbst hier sein, oder?« fragte Berit leise.

»Incetes *war* hier. Also würde ich diese Möglichkeit nicht ausschließen.«

»Falls Ayachin wirklich hier ist, dann haltet ihr, Berit und Khalad, nach Elron Ausschau«, wies Sperber sie an. »Amador haben wir verloren, aber von Ayachin könnte Xanetia in etwa die gleiche Auskunft erhalten. Also laßt ihn ja nicht entkommen – auch nicht durch den Tod!«

»Drei Fuß!« flüsterte Kalten triumphierend. »Wir können sie angreifen, sobald wir sie sehen.«

Die Flöße näherten sich stetig den nun immer lauter vernehmbaren Stimmen.

»Da vorn bewegt sich was!« sagte Khalad plötzlich leise, aber eindringlich.

»Wie weit entfernt?« fragte Sperber und spähte in die weiße Leere des Nebels.

»Etwa dreißig Schritt.«

Da sah Sperber dunkle Umrisse durch den Nebel und hörte das Waten schwerer Männer durch seichtes Wasser.

»Aufsitzen!« befahl er leise. »Und gebt den anderen Flößen Zeichen!«

Leise stemmten sie sich in ihre Sättel und bemühten sich dabei trotz ihrer Rüstung kein Geräusch zu verursachen.

»Es ist soweit, Ulath!« sagte Sperber nun laut. »Laß alle wissen, daß der Angriff beginnt!«

Grinsend setzte Ulath sein Ogerhorn an die Lippen.

30

Es war eher ein Sturm als ein Windstoß. Er kam heulend aus dem Nichts, zwang die Nadelbäume, sich vor ihm zu verbeugen, und riß den Birken und Espen das letzte Laub von den Ästen. Die wirbelnden Blätter verloren sich im dichten Nebel.

Gischt krönte nun die Kämme der niedrigen Wellen, und das Wasser brandete gegen einen Küstenstreifen, der weder Sand war, noch Kies, noch Fels – nur Gras und halb überschwemmtes Gebüsch. Tausende von Männern befanden sich dort; Leibeigene in grob gewebter Kleidung plagten sich in einem Feld aus Baumstümpfen.

»Ketzerritter!« brüllte ein Mann am Ufer. Er trug eine aus völlig unterschiedlichen Einzelteilen zusammengeflickte archaische Rüstung und starrte mit offenem Mund auf den gewaltigen Trupp Berittener, der urplötzlich aus dem Nichts erschien, als der Sturm den Nebel mit sich riß.

Ulaths Horn schmetterte noch immer seinen barbarischen Ruf hinaus, und Tikumes Peloi preschten gemeinsam mit den Ordensrittern auf ihren Pferden durchs Wasser, das zu beiden Seiten hoch aufspritzte und den Angreifern das Aussehen von Wesen verlieh, denen eisige Flügel aus dem Leib wuchsen.

»Was sollen wir jetzt tun, edler Ayachin?« rief der Mann in der zusammengestückelten Rüstung einem hageren Burschen auf einem Schimmel zu. Der Berittene trug ein besseres Kampfgewand als seine Mitstreiter, schien aber mit seinem altertümlichen Plattenpanzer und dem bronzenen Kettenhemd aus einer längst vergangenen Zeit zu kommen.

»Kämpft!« donnerte er. »Vernichtet die ketzerischen Eindringlinge! Kämpft – für Astel und unseren heiligen Glauben!«

Sperber riß Farans Zügel herum und preschte, das Schwert erhoben und den Schild vor der Brust, geradewegs auf den wiedererweckten astelischen Helden zu.

Ayachins Helm besaß kein richtiges Visier; statt dessen hing ein stählerner Nasenschutz halb über sein Gesicht, das wache Intelligenz verriet – und blinden Fanatismus. Er straffte die Schultern, hob sein schweres Schwert, drückte dem Schimmel die Fersen in die Weichen und stürmte Sperber entgegen.

Die beiden Pferde prallten zusammen, und der Schimmel taumelte zurück. Faran war größer und kräftiger und hatte seine Geschicklichkeit im Nahkampf schon oft bewiesen. Er riß mit den Zähnen große Haut- und Fleischfetzen aus dem Hals des Schimmels, während er ihn mit der Schulter umzustoßen versuchte. Sperber fing den Schwerthieb des archaischen Helden mit seinem Schild ab und konterte mit einem wuchtigen Schlag von oben, der jedoch von seinem wütenden Gegner ebenfalls mit dem rasch hochgerissenen riesigen Schutzschild abgewehrt wurde.

»Ketzer!« geiferte Ayachin. »Höllenbrut! Abscheulicher Hexer!«

»Gebt auf!« schnaubte Sperber. »Ihr habt keine Chance!« Ihm wurde bewußt, daß er diesen Mann gar nicht töten wollte, der ja schließlich nur sein Vaterland und seinen Glauben vor einer brutalen Kirchenpolitik verteidigte, die man schon vor langer Zeit aufgegeben hatte.

Der Astelier brüllte ihm seine Herausforderung entgegen und schwang erneut sein Schwert. Er bewies, daß er mit dieser Waffe umgehen konnte, doch er war kein gleichwertiger Gegner für den Pandioner im schwarzen Plattenpanzer. Wieder fing Sperber den Hieb mit dem Schild ab und schmetterte die Klinge auf die Schulter des Gegners.

»Zieht Euch zurück, Ayachin!« rief er. »Ich möchte Euch nicht töten! Ein fremder Gott aus einer anderen Zeit hat Euch betrogen und Tausende von Jahren in die Zukunft versetzt! Dies ist nicht Euer Kampf. Nehmt Eure Leute und geht!«

Aber es war zu spät. Sperber sah die Besessenheit in den Augen seines Gegners. Er hatte schon zu viele Kämpfe durchgestanden, als daß er die Merkmale dieser zerstörerischen Leidenschaft nicht erkannt hätte. Er seufzte, drängte Faran wieder gegen den Schimmel und begann mit einer Folge von Schwerthieben, die er in seinem Ritterleben so oft ausgeführt hatte, daß sie fast wie von allein erfolgten, nachdem er erst einmal begonnen hatte.

Der alte, wieder zum Leben erweckte Recke kämpfte tapfer und bemühte sich wacker, die Hiebe des Gegners mit seiner unhandlichen Waffe zu erwidern, doch der Ausgang des Kampfes war unvermeidlich. Sperbers Hiebe kamen immer wuchtiger, und bei jedem seiner heftigen Schläge lösten sich Teile der archaischen Rüstung.

Im letzten Augenblick änderte Sperber die Schlagrichtung seines letzten Hiebes, um eine unnötige Verstümmelung Ayachins zu vermeiden. Statt wie gewöhnlich das Schwert von oben herabzuschmettern und den Schädel des Gegners zu spalten, stieß er die Klingenspitze knirschend durch die alte, nutzlose Rüstung in Ayachins Brust.

Das Feuer erlosch in den Augen des uralten Kriegers. Ayachin erstarrte und kippte langsam aus dem Sattel.

In einem traurigen Gruß hob Sperber den Schwertgriff ans Gesicht.

Die astelischen Leibeigenen schrien bestürzt auf, als Ayachins Armee verschwand. Am Wasserrand stand ein wohlbeleibter Asteler, brüllte unsinnige Befehle und fuchtelte mit den Armen. Berit beugte sich aus dem Sattel und schlug ihm die flache Klinge auf den Kopf, daß er wie vom Blitz gefällt zu Boden stürzte.

Nur ein paar Trupps leisteten Widerstand, jedoch halbherzig und ohne viel auszurichten. Die meisten Leibeigenen suchten ihr Heil in der Flucht vom Ort des Schreckens. Königin Betuana und ihre Ataner trieben die von Panik erfüllten Arbeiter vom Pier, während die Ritter und Peloi eine Gasse bildeten, um ihnen den Rückzug in den Wald zu ermöglichen.

Sperber stellte sich in den Steigbügeln auf und blickte nach Norden. Die Ritter von Sorgis Schiffen trieben die törichten, irregeführten Leibeigenen auf der anderen Seite des Piers zurück zwischen die Bäume.

Die Schlacht – falls man sie so nennen konnte – war zu Ende.

Auf dem bronzefarbenen Gesicht der atanischen Königin lag ein wenig Mißmut. »Das war kein richtiger Kampf, Sperber-Ritter!« beklagte sie sich.

»Es tut mir leid, Majestät«, entschuldigte er sich. »Ich habe mit den mir zur Verfügung stehenden Mitteln mein Bestes getan. Das nächste Mal werde ich versuchen, mehr daraus zu machen.«

Plötzlich grinste sie ihn an. »Es war nur ein kleiner Scherz, Sperber-Ritter. Gute Planung verringert die Notwendigkeit des Kampfes, und Ihr habt gut geplant.«

»Zu gütig, Majestät.«

»Wie lange wird dieser cammorische Seemann brauchen, den Rest unserer Armee auf diese Seite der Mauer überzusetzen?«

»Noch den ganzen heutigen und den größten Teil des morgigen Tages, schätze ich.«

»Können wir es riskieren, so lange zu warten? Wir sollten Tzada erreichen, ehe die Trollbestien sich in Marsch setzen.«

»Ich werde mit Aphrael und Bhelliom reden, Majestät«, versprach Sperber. »Sie werden uns sagen können, was die Trolle tun – und sie aufhalten, falls nötig.«

Khalad kam herbeigeritten. »Keine Spur von Elron, Sperber«, meldete er. »Wir haben ein paar von diesen Leibeigenen gefangengenommen. Sie haben uns versichert, daß Elxon gar nicht hier war.«

»Wer war dann der Anführer?«

»Offenbar hat der fette Kerl, den Berit mit der flachen Klinge in den Schlaf schickte, die Befehle erteilt.«

»Dann weckt ihn auf und seht zu, was ihr aus ihm herausbringen könnt. Wenn er beschließt, stur zu spielen, warten wir eben, bis Xanetia hier ist. Sie wird alles von ihm erfahren, ohne ihm ein Härchen zu krümmen.«

»Jawohl, Herr Ritter.« Khalad wendete sein Pferd und hielt Ausschau nach Berit.

»Für einen Krieger seid Ihr ziemlich weichherzig, Sperber-Ritter«, bemerkte Betuana.

»Die Leibeigenen sind nicht unsere eigentlichen Feinde, Betuana-Königin. Ich werde Euch die andere Seite meines Wesens zeigen, sobald Zalasta uns endlich in die Hände gefallen ist.«

»Er heißt Torbik«, berichtete Khalad, als er sich den anderen im Pavillon anschloß, den sie für die Damen errichtet hatten. »Einer von Säbels führenden Anhängern. Ich glaube, er steht in Baron Kotyks Diensten. Er hat es zwar nicht zugegeben, aber ich bin ziemlich sicher, Torbik weiß, daß Elron und Säbel ein und dieselbe Person sind.«

»Weiß er auch, weshalb Elron *ihn* hierhergeschickt hat, statt selbst zu kommen?« fragte Tynian.

»Er hat keine Ahnung – behauptet er jedenfalls«, antwortete Khalad. »Anarae Xanetia kann in seinen Kopf blicken und es mit Gewißheit feststellen.« Khalad machte eine Pause. »Verzeiht, Anarae, aber wir wissen immer noch nicht so recht, wie wir es beschreiben sollen, wenn Ihr den Gedanken anderer lauscht. Wahrscheinlich würdet Ihr unsere Formulierung weniger kränkend empfinden, wenn Ihr uns sagt, welches die richtigen Worte sind.«

Xanetia, die mit Sephrenia, Talen und Flöte gleich beim ersten Übersetzen um das Riff mit Sorgis Schiff gekommen war, lächelte. »Ich habe mich schon gefragt, wer von euch als erster davon sprechen würde. Mir dünkt, ich hätte wissen müssen, daß Ihr es sein würdet, junger Herr, denn Ihr seid von allen hier am praktischsten veranlagt. Wir Delphae nennen unsere Gabe *teilen*. Wir *saugen* die Gedanken anderer nicht *aus*, noch schöpfen wir sie wie zappelnde Elritzen aus dem dunklen Gewässer des Bewußtseins – wir *teilen* sie einfach.«

»Würdet ihr es als Kränkung empfinden, meine Herren Ritter, wenn ich darauf hinweise, daß Fragen leichter ist, als sich durch vier Sprachen einen Weg nach dem richtigen Ausdruck zu ertasten?« Khalad bemühte sich um eine Unschuldsmiene.

»Es würde uns allerdings kränken!« entgegnete Vanion.

»Gut, Eminenz. Dann werde ich *nicht* darauf hinweisen.« Es gelang Khalad sogar, eine ernste Miene beizubehalten. »Nun, wie dem auch sei – Torbiks Hauptauftrag war, dafür zu sorgen, daß die astelischen Leibeigenen nicht mehr als nötig mit Ayachins Kriegern sprachen. Offenbar hätte es in dieser Lage zu einem folgenschweren Durcheinander kommen können, und Elron wollte nicht, daß die beiden Erfahrungen austauschen.«

»Weiß dieser Torbik wo Elron sich zur Zeit aufhält?« fragte Kalten.

»Er weiß nicht einmal, wo *er selbst* ist. Elron erwähnte lediglich etwas von Ostastel und beließ es dabei. Und Torbik führte nicht wirklich das Kommando hier – ebensowenig wie Ayachin. Sie hatten einen Styriker dabei, der alle Befehle erteilte. Wahrscheinlich war er einer der ersten, der in den Wald floh, als wir hier eintrafen.«

Bevier wandte sich an Sephrenia. »Könnte das Djarian gewesen sein? Zalastas Nekromant? *Irgend jemand* muß Ayachin ja aus dem neunten Jahrhundert geholt haben.«

»Möglich«, antwortete Sephrenia zweifelnd. »Wahrscheinlicher ist, daß es einer von Djarians Schülern war. Lediglich der Zauber, der die Menschen aus der Vergangenheit hierherbringt, ist schwierig. Sobald sie erst mit Erfolg herbeigerufen wurden, genügt ein einfacher Zauber, sie wieder zurückzuschicken. Ich bin sicher, daß sich auch südlich der Mauer ein Styriker befand, der Incetes und *dessen* Männer herbeirief. Zalasta und Ogerajin können auf sehr viele Geächtete zurückgreifen.«

»Darf ich eintreten?« bat Kapitän Sorgi, der außerhalb des Pavillons stand.

»Selbstverständlich, Käpt'n«, rief Vanion.

Der silberhaarige Seemann kam herein. »Gegen morgen mittag haben wir auch den letzten eurer Männer hier an dieser Küste abgesetzt, meine Herren Ritter«, versicherte er. »Ihr möchtet doch, daß wir hier warten, nicht wahr?«

»Ja«, antwortete Sperber. »Wenn alles gut geht, müssen wir um das Riff herum zurück, sobald wir in Tzada fertig sind.«

»Wird das Wasser warm bleiben? Ich hätte es gar nicht gern, hier im Eis festzusitzen.«

»Wir kümmern uns darum, Käpt'n Sorgi«, versprach Sperber.

Sorgi schüttelte den Kopf. »Ihr seid ein seltsamer Mensch, Meister Cluff. Ihr könnt Dinge tun wie kein anderer, dem ich je begegnet bin.« Plötzlich lächelte er. »Aber seltsam oder nicht, Ihr habt mir zu guten Geschäften verholfen, seit Ihr zum erstenmal vor dieser häßlichen reichen Erbin davongelaufen seid.« Er blickte auf die anderen. »Aber ich störe Euch gewiß bei etwas Wichtigem. Wäre es möglich, kurz mit Euch allein zu reden, Meister Cluff?«

»Aber natürlich.« Sperber erhob sich und folgte dem Seemann aus dem Pavillon.

»Am besten, ich komme gleich zur Sache«, sagte Sorgi. »Habt Ihr noch etwas mit den Flößen vor, nachdem Ihr und Eure Gefährten damit um das Riff herum zurückgekehrt seid?«

»Nein, eigentlich nicht.«

»Hättet Ihr dann etwas dagegen, wenn ich ein paar von meinen

Leuten am Strand südlich des Riffs ließe, während ich Euch und Eure Freunde nach Matherion zurückbringe?«

»Nein, ich habe nichts dagegen, Käpt'n. Warum fragt Ihr?«

»Die Flöße sind aus sehr guten Stämmen gefertigt, Meister Cluff. Nachdem Eure Armee sie benutzt hat, wieder um das Riff zu gelangen, würden sie dort nur herumliegen. Es wäre wirklich eine Schande, sie verkommen zu lassen. Da dachte ich mir, ich lasse sie von den Männern, die hierbleiben, mit Tauen zusammenbinden. Sobald ich Euch dann in Matherion abgesetzt habe, kehre ich hierher zurück, und wir schaffen die Flöße im Schlepptau zum Holzmarkt in Etalon – oder vielleicht gleich nach Matherion. Sie dürften einen guten Preis bringen.«

Sperber lachte. »Guter alter Sorgi.« Er legte dem Kapitän freundschaftlich eine Hand auf die Schulter. »Ihr laßt Euch keine gewinnversprechende Gelegenheit entgehen, nicht wahr? Also nehmt die Stämme – mit meinem Segen!«

»Ihr seid sehr großzügig, Meister Cluff.«

»Ihr seid mein Freund, Käpt'n Sorgi, und für meine Freunde tue ich gern etwas.«

»Ihr seid auch mein Freund, Meister Cluff. Wenn Ihr wieder einmal ein Schiff braucht, dann wendet Euch an mich. Ich bringe Euch überallhin, wohin Ihr auch wollt.« Als hätte er zuviel gesagt, machte Sorgi mit leicht erschrockener Miene eine Pause. »Zum halben Preis«, fügte er hinzu.

Die Ortschaft Tzada war bereits vor mehreren Jahren aufgegeben worden, und die umherstreifenden Trolle hatten die meisten Häuser zerstört. Tzada lag am Rand einer riesigen Sumpfwiese; Bhellioms Mauer ragte weit im Süden der Wiese empor. Soeben erschien die Sonne am südöstlichen Horizont, und das froststarre Gras glitzerte in den schräg einfallenden Lichtstrahlen.

»Wie groß ist diese Wiese, Majestät?« fragte Vanion die atanische Königin.

»Etwa sechs Meilen breit und mehr als zwanzig Meilen lang. Sie wird ein gutes Schlachtfeld abgeben.«

»Wir hoffen, eine Schlacht zu vermeiden, Majestät«, erinnerte Vanion.

Engessa befahl seinen Kundschaftern, genau festzustellen, wo die Trolle sich aufhielten. »Wir konnten sie von der Mauerkrone aus sehen«, erklärte er Vanion. »Seit ein paar Wochen haben sie sich tagtäglich in der Mitte der Wiese versammelt. Leider waren sie zu weit entfernt, als daß wir hätten sehen können, was sie dort trieben. Die Kundschafter werden sie für uns finden.«

»Wie sieht unser Plan aus, Freund Sperber?« erkundigte sich Kring und spielte mit seinem Säbelgriff. »Marschieren wir gegen sie und geben dann im letzten Moment ihre Götter frei?«

»Ich möchte zuvor mit den Trollgöttern reden«, warf Aphrael ein. »Wir müssen uns unbedingt noch einmal versichern, daß sie alle Bedingungen verstanden haben, die mit ihrer Freilassung verbunden sind.«

Vanion rieb sich die Wange. »Ich glaube, es wäre besser, die Trolle kommen zu uns, statt umgekehrt. Was meint Ihr, Sperber?«

»Auf jeden Fall. Wir müssen uns ein Täuschungsmanöver ausdenken, um sie hervorzulocken.« Sperber überlegte kurz. »Wie wär's, wenn wir etwa eine Meile in die Wiese vordringen, damit sie uns sehen können? Dann formieren wir uns auf die bewährte Weise: die Ritter in der Mitte, die Ataner zu beiden Seiten, und die Peloi an den Flanken. Cyrgon hat einen militärischen Verstand, und diese Formation ist älter als die Geschichte. Er wird glauben, wir treten zum Angriff an. Die Cyrgai sind ein aggressives Volk und würden uns *ihrerseits* zuerst angreifen wollen. Zwar befehligt Cyrgon diesmal Trolle und nicht seine eigenen Leute, aber ich glaube, wir können trotzdem damit rechnen, daß er das Übliche tut.«

»Das ist in diesem Fall auch angebracht.« Ulath zuckte die Schultern. »Die Trolle werden uns angreifen, sobald sie uns sehen – egal, *was* Cyrgon ihnen befiehlt. Der Gedanke, sich zu verteidigen, kommt ihnen überhaupt nicht in den Sinn. Sie betrachten uns als Futter, und ein Troll, der sich nicht von der Stelle rührt und darauf wartet, daß das Abendessen zu ihm kommt, geht für gewöhnlich hungrig zu Bett.«

»Ausgezeichnet!« sagte Vanion erfreut. »Wir bleiben in Formation und lassen sie bis auf etwa dreißig Fuß an uns herankommen. Dann geben wir die Trollgötter frei, und Cyrgon steht ganz allein dort draußen, mitten auf der Wiese!«

»Vielleicht nicht ganz allein«, wandte Sephrenia ein. »Zalasta könnte bei ihm sein. Ich hoffe es jedenfalls!«

»Grausames Geschöpf!« sagte Vanion liebevoll zu ihr.

»Lassen wir die Armee hier und spazieren zur hinteren Seite des Dorfes«, schlug Sperber vor. »Wenn wir mit den Trollgöttern sprechen, sollten wir es lieber nicht vor aller Augen tun.« Er wendete Faran und führte die Gefährten um die Häuserruinen herum zu einer kleineren Lichtung etwa eine Viertelmeile östlich.

Sperber hatte mit voller Absicht die Schatulle nicht geschlossen, nachdem Bhellion sie nach Tzada versetzt hatte. Diesmal *wollte* er, daß seine Feinde ihn orteten.

»Blaurose«, sagte er höflich, »findest du irgend etwas falsch an unserem Plan?«

»Mir erscheint er gut, Anakha«, antwortete der Stein durch Vanions Lippen. »Es wäre jedoch ratsam, die Trollgötter zu warnen, daß Cyrgon ins Altertum zurückgreifen könnte, um Verstärkung zu holen, sobald er erkennt, daß die Trolle sich nicht mehr von ihm täuschen lassen.«

»Du bist sehr weise, mein Freund«, lobte Sperber. »Wir werden es ihnen kundtun.« Er blickte Aphrael an. »Fang jetzt lieber keinen Streit an«, mahnte er. »Wir wollen versuchen, mit unseren Verbündeten auszukommen – zumindest, bis die Schlacht geschlagen ist.«

»Verlaß dich auf mich«, entgegnete sie.

»Habe ich eine andere Wahl?«

»Nein, hast du nicht. Bring jetzt die Trollgötter herbei, Sperber. Gehen wir es an! Der Tag dauert nicht ewig.«

Er murmelte irgend etwas vor sich hin.

»Ich hab' dich nicht verstanden!«

»Solltest du auch nicht!« Er hob den glühenden Edelstein. »Bitte bring sie jetzt herbei, mein Freund«, bat er. »Die Kindgöttin wird ungeduldig.«

»Das ist mir nicht entgangen, Anakha.«

Und dann standen die riesigen, blauschimmernden Erscheinungen der Trollgötter vor ihnen.

»Es ist soweit«, sagte Sperber auf trollisch. »Dies ist der Ort, an den Cyrgon eure Kinder geschafft hat. Laßt uns zusammen gegen Cyrgon vorgehen und ihm unendliche Qualen bereiten.«

»Ja!« brüllte Ghworg begeistert.

»Denkt an die Bedingungen unseres Pakts«, sagte Aphrael. »Ihr habt euch damit einverstanden erklärt, und ich nehme euch beim Wort!«

»Wir werden uns daran halten, Aphrael«, versicherte Ghworg ihr mürrisch.

»Dann wollen wir die Bedingungen wiederholen!« forderte sie die Trollgötter auf. »In Eile gegebene Versprechen vergißt man leicht. Eure Kinder werden die meinen nicht mehr fressen! Habe ich euer Wort darauf?«

»Ja«, schluchzte Ghnomb.

»Khwaj wird seine Feuer dämmen und Schlee sein Eis. Ghworg wird seinen Kindern verbieten, die meinen zu töten, und Zoka wird keiner Trollin gestatten, mehr als zwei Junge zu gebären. Bestätigt ihr euer Wort?«

»Ja, wir bestätigen es«, sagte Ghworg ungeduldig. »Und jetzt gib uns frei!«

»Einen Moment noch. Haben wir auch euer Wort, daß eure Kinder sterblich werden? Daß sie altern und sterben wie die meinen?«

Die Trollgötter heulten wütend auf. Offenbar hatten sie darauf gehofft, Aphrael hätte dieses Versprechen vergessen.

»Habe ich euer Wort?« bohrte sie mit unverkennbarer Drohung nach.

»Wir versprechen es«, sagte Schlee widerstrebend.

»Dann laß sie frei, Sperber.«

»Gleich.« Er sprach nun selbst zu den Trollgöttern. »Wir wollen Cygron Schmerz zufügen. Er soll schon den süßen Geschmack des Triumphes kosten, ehe wir ihm den Sieg entreißen. Dann ist die Niederlage sehr viel bitterer, und er wird viel stärker leiden.«

»Er spricht gut«, wandte Schlee sich an seine Mitgötter. »Laßt uns seine Worte anhören. Laßt uns erfahren, wie Cyrgon sich in Schmerzen winden wird.«

Sperber erklärte ihnen in raschen, groben Zügen den Schlachtplan. »Wenn sich eure Kinder also zehn Schritt von Aphraels Kindern entfernt befinden und Cyrgon triumphiert, erscheint ihr und entreißt ihm eure Kinder, die er euch gestohlen hat. Möge er dann voller Schmerz und Qual seine *eigenen* Kinder aus der dunklen Vergangenheit rufen, um sich auf uns zu stürzen. Ich werde ein gutes Wort bei der Kindgöttin einlegen, auf das sie dieses eine Mal gestattet, daß eure Kinder sich an denen Cyrgons gütlich tun. Ja, Cyrgon selbst wird ihre Zähne spüren, während sie das Fleisch seiner Kinder reißen und beißen!«

»Eure Worte sind gut, Anakha«, lobte Schlee. »Beinahe wärt Ihr würdig, ein Troll zu sein.«

»Ich danke euch für eure hohe Meinung«, erwiderte Sperber nach einigem Zögern.

Die Armee rückte in gleichmäßigem Trott vor. Die schräg einfallenden Strahlen der frühen Morgensonne schimmerten auf den Rüstungen der Ordensritter, die Wimpel an ihren Lanzen flatterten und die Hufe ihrer noch nicht ganz ausgebildeten Streitrosse zermalmten das kniehohe Gras der Wiese. Die Ataner stürmten zu beiden Seiten neben ihnen her, und Tikumes Peloi – wahrscheinlich die beste leichte Reiterei der Welt – bildeten die Flügel der Streitmacht. Trotz Vanions heftigem Protest hatten sich Sephrenia und Xanetia den Rittern angeschlossen, während Flöte, aus irgendeinem undurchschaubaren Grund, diesmal mit Talen ritt.

Sie waren etwa zwei Meilen hinaus auf die bereifte Wiese getrottet, als Vanion die Hand zum Halt hob. Ulath blies einen langen, durchdringenden Ton auf seinem Ogerhorn und gab auf diese Weise den Befehl weiter.

Engessa, Betuana und Kring schlossen sich den Gefährten an. »Wir kennen jetzt weitere Einzelheiten«, erklärte Betuana. »Einige unserer Kundschafter haben sich im hohen Gras versteckt und die Trolle beobachtet. Cyrgon redet eindringlich auf die Menschbestien ein. Er wird von einigen Styrikern begleitet. Meine Männer beherrschen die Sprache dieser Ungeheuer nicht und konnten deshalb nicht verstehen, was Cyrgon sagte.«

»Das ist nicht schwer zu erraten«, meinte Tynian. »Wir sind eine beachtliche Armee, und wir haben in der traditionellen Schlachtordnung Aufstellung genommen. Cyrgon glaubt, daß wir die Trolle anzugreifen beabsichtigen. Er bereitet sie auf den Kampf vor.«

»Konnten Eure Kundschafter einen oder mehrere von den Styrikern erkennen, Betuana?« fragte Sephrenia mit grimmigem Gesicht.

Die atanische Königin schüttelte den Kopf. »So nahe sind sie nicht herangekommen.«

»Zalasta ist dort, Sephrenia«, sagte Xanetia. »Ich spüre die Anwesenheit seines Geistes.«

»Könnt Ihr seine Gedanken hören, Anarae?« erkundigte sich Bevier.

»Nicht deutlich, Herr Ritter. Er ist noch nicht nahe genug.«

Vanion runzelte die Stirn. »Ich wünschte, wir hätten Gewißheit, daß unsere List Erfolg haben wird. Die Sache könnte eine böse Wendung nehmen, falls Zalasta durch Zufall unsere wahren Absichten erfährt. Haben Eure Kundschafter in etwa feststellen können, wie viele Trolle sich dort draußen befinden, Majestät?«

»Etwa fünfzehnhundert, Vanion-Hochmeister«, antwortete Betuana.

»Das ist fast die gesamte Herde«, bemerkte Ulath. »Es gibt nicht sehr viele Trolle.« Er verzog das Gesicht. »Ist auch nicht nötig. Schon ein einziger Troll wiegt bei einem Kampf eine ganze Schar von Männern auf.«

»Wären unsere Truppen überhaupt stark genug, würden wir tatsächlich eine Schlacht beabsichtigen?« fragte Tynian.

Ulath zuckte unsicher mit den Schultern. »Es wäre ausgesprochen knapp. Wir haben lediglich zwölftausend Mann. Mit so wenigen Kriegern fünfzehnhundert Trolle anzugreifen käme schon einer Verzweiflungstat gleich.«

Der Hochmeister nickte. »Unsere List ist also durchaus glaubhaft. Cyrgon und Zalasta dürften demnach keinen Grund haben, Verdacht zu schöpfen.«

Sie warteten. Die Pferde der Ritter wurden unruhig und waren von Minute zu Minute schwieriger unter Kontrolle zu halten.

Plötzlich kam eine Atanerin über die weißglitzernde Wiese herbeigelaufen. »Sie rücken vor, Betuana-Königin!« schrie sie bereits aus einer Entfernung von mindestens dreihundert Fuß.

»Dann sind sie darauf hereingefallen!« freute sich Talen.

»Wir werden sehen«, brummte Khalad. »Wir sollten den Tag nicht vor dem Abend loben.«

Die Kundschafterin erreichte die Gefährten.

»Was hast du gesehen?« fragte Betuana.

»Die Menschbestien kommen auf uns zu, Betuana-Königin«, antwortete die Frau. »Sie laufen jede für sich. Einige sind weit voraus, andere bleiben weit zurück.«

»Trolle können sich gar nicht vorstellen, als geschlossene Einheit zu kämpfen«, erklärte Ulath. »Das ist ihnen viel zu kompliziert.«

»Wer befehligt sie?« fragte Betuana.

»Etwas, das sehr groß und häßlich ist, Betuana-Königin«, berichtete die Kundschafterin. »Die Menschbestien um dieses schreckliche Wesen herum sind viel größer als jeder Ataner, aber diesem Ungeheuer reichen sie nicht einmal bis zur Körpermitte. Auch Styriker sind dabei – acht habe ich gezählt.«

»Hat einer davon Silberhaar und -bart?« fragte Sephrenia angespannt.

»Zwei. Einer ist dünn, der andere fett. Der Dünne ist ganz nahe bei der häßlichen Kreatur.«

»*Das* ist Zalasta«, sagte Sephrenia düster.

»Ich werde dir jetzt ein Versprechen abnehmen, Sephrenia«, sagte Vanion mit fester Stimme.

»Du kannst dir deine Ermahnungen an den Helm stecken, Vanion«, entgegnete sie finster, wobei sie die Hände auf seltsame Weise öffnete und schloß.

Engessa lächelte schwach. »Ihr hattet recht, Sperber-Ritter. Als wir letztes Jahr Sarsos erreichten, sagtet Ihr, Sephrenia sei zweihundert Fuß groß. Sie scheint wahrhaftig zu wachsen, wenn man sie näher kennenlernt, nicht wahr? Ich möchte jetzt nicht in Zalastas Schuhen stecken.«

»Ich auch nicht«, gestand Sperber.

»Würdest du mir wenigstens versprechen, alles genau zu überlegen, bevor du zur Tat schreitest und über Zalasta herfällst?« flehte Vanion. »Um *meinetwillen*? Mein Herz hört zu schlagen auf, wenn du in Gefahr bist.«

Sie lächelte ihn an. »Wie lieb du das sagst, Vanion. Aber ich bin nicht die einzige, die sich jetzt in Gefahr befindet!«

Und dann hörten sie es: ein dumpfes, rhythmisches Stampfen, wie vom Aufschlagen nackter Fersen von Hunderten von Fußpaaren, die sich im Gleichschritt vorwärtsbewegten, begleitet von einem viehischen Grunzen und kehligen Bellen. Dann brachen das Stampfen und Grunzen plötzlich ab, und ein grauenvoll klingendes, schrilles Geheul durchschnitt die kalte Luft.

»Kring!« rief Ulath. »Sehen wir nach!« Sofort galoppierten die beiden hinaus auf die eisige Wiese.

»Was ist das?« fragte Vanion.

»Etwas sehr, sehr Böses«, antwortete Kalten angespannt. »Wir hören dieses Heulen nicht zum erstenmal. Als wir nach Zemoch unterwegs waren, stießen wir auf einige Kreaturen, die Sephrenia die Urmenschen nannte. Verglichen mit ihnen sind die Trolle zahme Hündchen.«

»Und die Trollgötter haben keine Macht über sie«, fügte Sephrenia hinzu. »Vielleicht müssen wir uns zurückziehen.«

»Niemals!« Betuana brüllte es beinahe heraus. »Ich werde nicht mehr weglaufen – vor *gar* nichts! Keine noch so schrecklichen Ungeheuer werden mich dazu zwingen! Meine Ataner und ich werden hier sterben, wenn es sein muß!«

Ulath und Kring kamen mit verblüfften Gesichtern zurück. »Es sind ganz gewöhnliche Trolle!« berichtete Ulath. »Aber sie stampfen und grunzen und heulen auf dieselbe Weise wie damals diese Menschen aus der Urzeit.«

Flöte lachte plötzlich hell auf.

»Was ist so komisch?« fragte Talen.

»Cyrgon«, antwortete sie immer noch lachend. »Ich wußte ja, daß er dumm ist. Aber daß er *so* dumm ist, hätte ich nicht erwartet. Er kennt den Unterschied zwischen Trollen und Urmenschen nicht! Er zwingt die Trolle, sich so zu benehmen, wie es ihre Vorfahren getan haben. Aber das läßt sich mit Trollen nicht machen. Dadurch verwirrt Cyrgon sie nur. Reiten wir ihnen entgegen, Sperber. Ich möchte sehen, wie Cyrgon die Augen aus dem Kopf fallen.« Sie stieß ihre Füßchen mit den Grasflecken in die Weichen von Talens Pferd und zwang die anderen, ihr und Sperber zu folgen.

Als sie die Kuppe eines niedrigen Hügels erreichten, zügelten sie ihre Pferde. Die Trolle kamen in einer fast eine Meile breiten Front schlurfend, mit den Fersen aufstampfend und wie im Chor grunzend näher.

Eine gewaltige Gestalt, die Ghworg, dem Gott des Tötens, sehr ähnlich sah, bewegte sich mit schweren Schritten in ihrer Mitte und hieb mit einer riesigen, eisenbeschlagenen Keule auf den gefrorenen Boden.

Die monströse Gestalt war dicht von einer Gruppe weißgewandeter Styriker umgeben. Ganz deutlich konnte Sperber Zalasta zu Cyrgons Rechter sehen.

»Cyrgon!« rief Aphrael. Ihre Stimme war durchdringend, und sie benutzte eine Ausdrucksweise, aus der nur vereinzeltes Styrisch klang und die mit elenischen und tamulischen Redewendungen sowie mit Worten aus einem halben Dutzend anderer, unbekannter Sprachen durchsetzt war.

»Was ist das für eine Sprache?« fragte Betuana.

»Die Zunge der Götter«, antwortete Vanion in demselben, ein wenig hölzernen Tonfall, den seine Stimme stets annahm, wenn Bhelliom durch ihn sprach. »Die Kindgöttin verspottet Cyrgon.« Vanion fuhr ein wenig zusammen. »Es war vielleicht unklug von dir, zuzulassen, daß deine Göttin immer nur von Eleniern umgeben war, Sephrenia«, meinte Bhelliom. »Die Worte, die sie wählt, um ihre Verwünschungen und Beleidigungen auszudrücken, erscheinen mir unziemlich für sie, die doch so jung an Jahren ist.«

»Aphrael ist alles andere als jung, Blaurose!« antwortete Sephrenia.

Ein Lächeln huschte über Vanions Lippen. »Es mag dir so erscheinen, doch es kommt immer darauf an, von wo und wann man eine Sache betrachtet. Für mich ist eure scheinbar uralte Göttin kaum älter als ein Wickelkind.«

»Sei nett«, murmelte Aphrael. Dann setzte sie ihre Schimpftirade auf den inzwischen wütenden Cyrgon fort.

»Könnt Ihr jetzt Zalastas Gedanken hören, Anarae?« fragte Kalten.

»Klar und deutlich, Herr Ritter.«

»Vermutet er, daß wir etwas Unerwartetes tun werden?«

»Nein. Er vermeint, den Sieg bereits in der Hand zu haben.«

Aphrael hielt mitten in einer Verwünschung inne. »Dann wollen wir ihm diesen Triumph rauben. – Laß jetzt die Trollgötter frei, Sperber.«

»Wenn du die Güte hättest, Blaurose«, sagte Sperber höflich. »wirf deine unerwünschten Bewohner jetzt hinaus.«

»Nur zu gern, Anakha«, versicherte Bhelliom mit hörbarer Erleichterung.

Diesmal waren die Trollgötter von keiner blauen Aura umgeben. Sie erschienen abrupt und überdeutlich in all ihrer erschreckenden Häßlichkeit. Sperber unterdrückte seinen Abscheu.

»Geh zu deinen Kindern, Ghworg!« befahl Aphrael auf trollisch. »*Dein* Äußeres wurde von Cyrgon gestohlen. Also ist es dein Recht, ihn dafür zu bestrafen.«

Ghworg pflichtete ihr brüllend bei und tobte den Hügel hinunter, dicht gefolgt von anderen Trollgöttern.

Der falsche Ghworg starrte den Hang hinauf auf die grauenvolle Wirklichkeit, die da auf ihn herabstürmte. Und plötzlich stieß er einen furchtbaren Schmerzensschrei aus.

»Das ist Cyrgon, nicht wahr?« rief Kalten

»Passiert das sogar Göttern?« fragte Talen Flöte. »Bereitet es ihnen ebensoviel Schmerzen wie einem Menschen, wenn einer ihrer Zauber gebrochen wird?«

Flöte schnurrte beinahe. »Viel größere Schmerzen. Cyrgons Gehirn steht jetzt in Flammen.«

Auch die Trolle starrten auf ihre so plötzlich erschienenen Götter. Ein Riese von Troll, der unweit des sich vor Schmerzen windenden Gottes der Cyrgai stand, streckte beinahe abwesend einen Arm aus, hob einen kreischenden Styriker in die Höhe und riß ihm den Kopf ab. Dann warf er den Schädel zur Seite und begann, den noch zuckenden Körper zu verschlingen.

Die Trollgötter brüllten irgend etwas im Chor, und die Trolle warfen sich mit dem Gesicht zu Boden.

Cyrgon wand sich immer noch. Er kreischte, und die sieben übrigen Styriker brachen wie vom Blitz gefällt zusammen. Der falsche Ghworg löste sich bebend in Nichts auf, und Cyrgon erschien plötzlich als formloser Klumpen bleichen und dennoch eindringlichen Lichtes.

»Das also ist Cyrgon«, sagte Aphrael höhnisch. »Angeblich ist er sehr stolz auf seine Fähigkeit, menschliche Gestalt annehmen zu können. Aber ich glaube, dazu ist er viel zu ungeschickt. Würde er es versuchen, dann würde er den Kopf wahrscheinlich verkehrt herum aufsetzen oder beide Arme aus einer Seite des Körpers wachsen lassen, dieser hirnrissige Trampel.« Triumphierend rief sie noch einige weitere Beleidigungen.

»*Aphrael!*« Sephrenia schien ehrlich schockiert zu sein.

»Ich habe mir diese Schmähungen für diese besondere Gelegenheit aufgehoben«, entschuldigte sich die Kindgöttin. »Es war nicht beabsichtigt, daß du sie hörst.«

Cyrgons Feuer flackerte nun wild. Es loderte grell auf und schien gleich darauf beinahe zu erlöschen, um im nächsten Augenblick wieder zuckend emporzuflammen – als sichtbarer Beweis seiner zunehmenden Qual.

»Was fühlt Zalasta jetzt?« fragte Sephrenia begierig die Anarae.

»Sein Schmerz ist bereits so schrecklich, daß ich ihn nicht mehr zu beschreiben vermag«, antwortete Xanetia.

»Liebe, liebe Schwester«, jubelte Sephrenia. »Ihr macht mich glücklicher, als Ihr Euch vorstellen könnt!«

»Werdet Ihr sie je wieder bändigen können?« fragte Sperber Vanion.

»Das dürfte einige Zeit dauern«, antwortete Vanion in besorgtem Tonfall.

Die sich windende, unfertig wirkende Gestalt des flammenden Cyrgon richtete sich halb auf und fuchtelte mit einem riesigen, feurigen Arm. Etwa eine halbe Meile hinter den Trollen war plötzlich ein überwältigendes Funkeln und Glitzern zu sehen.

»Er hat seine Cyrgai gerufen!« rief Khalad. »Wir müssen etwas tun!«

»Ghworg! Schlee!« donnerte Vanion mit Bhellioms gewaltiger Stimme. »Cyrgon hat seine Kinder gerufen! Nun dürfen *eure* Kinder futtern!«

Die Trollgötter schwollen noch weiter an und erteilten ihren demütig auf dem Bauch liegenden Anhängern brüllend Befehle. Die Trolle plagten sich auf die Füße und stierten hungrig auf die näher kommenden, aus uralter Zeit beschworenen Cyrgai. Dann stürzten sie sich mit ohrenbetäubendem Brüllen auf das Festmahl, das Cyrgon ihnen so großzügig bescherte.

Ehlana war müde. Es war einer dieser anstrengenden Tage gewesen, an denen es so viel zu tun gab, daß man nichts richtig zu Ende führen konnte, ehe nicht bereits die nächste dringende Angelegenheit zu erledigen war. Ehlana hatte sich mit Mirtai, Alean und Melidere zurückgezogen, um sich zu Bett zu begeben. Danae, die Rollo an einem Bein hinter sich her zerrte, folgte ihnen und gähnte herzhaft.

»Der Kaiser war heute abend ziemlich eigenartiger Laune«, bemerkte Melidere und schloß die Tür hinter ihnen.

Ehlana setzte sich an ihre Frisierkommode. »Sarabians Nerven werden zur Zeit stark belastet. Die Zukunft des gesamten Imperiums hängt davon ab, was Sperber und die anderen bei ihren Untersuchungen im Norden erreichen. Ehe sie nicht zurück sind, weiß Sarabian nichts über den derzeitigen Stand der Dinge, und das macht ihn begreiflicherweise ziemlich nervös.«

Danae gähnte wieder und kuschelte sich in einem Sessel zusammen.

»Wo ist deine Katze?« fragte Ehlana.

»Irgendwo«, antwortete Danae schläfrig.

»Seht in meinem Bett nach, Mirtai«, bat Ehlana. »Pelzige Überraschungen mitten in der Nacht mag ich nicht besonders.«

Mirtai strich suchend über die Bettdecke; dann ließ sie sich auf die Knie nieder und blickte unter alle Möbelstücke. »Sie ist nicht zu sehen, Ehlana«, meldete sie.

»Dann such sie lieber, Danae«, wies die Königin ihre Tochter an.

»Ich bin so müde, Mutter«, wehrte Danae ab.

»Je schneller du deine Katze gefunden hast, desto eher kannst du dich schlafen legen. Wir wollen sie diesmal erwischen, *bevor* sie sich aus der Burg stiehlt. Begleitet sie, Mirtai. Nachdem ihr die Katze gefunden habt, bringt Danae zu Bett. Dann seht nach, ob Ihr Stragen oder Caalador finden könnt. Einer der beiden sollte mir noch einen Bericht über die Vorgänge in der cynesganischen Botschaft heute abend bringen. Ich hätte das gern erledigt, ehe ich mich niederlege, denn ich möchte nicht, daß sie mitten in der Nacht an meine Tür hämmern.«

Mirtai nickte. »Komm mit, Danae!«

Die Prinzessin seufzte. Sie kletterte aus dem Sessel, küßte ihre Mutter und folgte der bronzefarbenen Riesin aus dem Gemach.

Alean machte sich daran, der Königin das Haar zu bürsten. Ehlana mochte das. Es entspannte sie und bereitete ihr ein angenehmes Gefühl beinahe sinnlicher Trägheit. Sie war sehr stolz auf ihr Haar. Es war dicht und schwer und von seidigem Aschblond – eine erstaunliche blasse Farbe für die dunkelhaarigen Tamuler. Ehlana wußte, daß aller Augen sich bewundernd auf sie richteten, wann immer sie einen Raum betrat.

Die drei Frauen unterhielten sich gerade über irgend etwas Belangloses, als ein zaghaftes Klopfen an der Tür zu vernehmen war.

»O je«, murmelte Ehlana. »Seht doch bitte nach, wer es ist, Melidere.«

»Jawohl, Majestät.« Die Baroneß erhob sich, durchquerte das Schlafgemach, öffnete die Tür und sprach kurz mit den Leuten, die draußen standen. »Es sind vier Peloi, Majestät«, sagte sie. »Sie haben Neuigkeiten aus dem Norden.«

»Laßt sie ein, Melidere.« Ehlana drehte sich zur Tür um.

Der erste, der hereinkam, trug typische Peloikleidung, eng anliegend, zum Großteil aus Leder, und einen Säbel an der Seite. Das Gesicht des Burschen war sonnengebräunt; der nach Sitte der männlichen Peloi kahlgeschorene Schädel jedoch war bleich wie ein Fischbauch.

Der Mann hinter ihm hatte einen gepflegten schwarzen Bart. Sein blasses Gesicht kam Ehlana irgendwie bekannt vor.

Die letzten beiden trugen ebenfalls Peloikleidung und hatten rasierte Schädel, aber sie waren zweifellos *keine* Peloi. Bei dem ersten handelte es sich um Elron, den unreifen astelischen Poeten; der zweite – mit dicken Tränensäcken und sichtlich leicht betrunken – war Krager.

»Ah«, sagte er mit alkoholschwerer Zunge, »wie schön, Euch wiederzusehen, Majestät.«

»Wie seid Ihr hier hereingekommen, Krager?« fragte Ehlana ungehalten.

»Nichts leichter als das, Ehlana.« Er verzog das Gesicht zu einem spöttischen Grinsen. »Ihr hättet einige von Sperbers Rittern als Wache hierbehalten sollen. Ordensritter sind aufmerksamer als tamulische Soldaten. Wir haben uns als Peloi verkleidet und uns die Köpfe kahlgeschoren – und schon hat uns niemand auch nur einen zweiten Blick gegönnt. Elron hat sich das Gesicht mit seinem Umhang verhüllt, als die Baroneß die Tür öffnete – nur als Vorsichtsmaßnahme.

Aber es war fast *zu* leicht, bis zu Euch vorzudringen. Ihr kennt Elron doch, nicht wahr?«

»Ich kann mich schwach an ihn erinnern. Ihr auch, Melidere?«

»Ich glaube schon, Majestät«, antwortete das blonde Mädchen. »War er nicht dieser literarische Stümper, den wir in Astel kennenlernten?«

Elrons Gesicht wurde plötzlich weiß vor Zorn.

»Ich bin kein Sachverständiger, wenn es um Poesie geht, meine Damen.« Krager zuckte die Schultern. »Wenn Elron sagt, daß er ein Poet ist, glaube ich ihm. Darf ich den Damen Baron Parok vorstellen?« Er deutete auf den Mann, der als erster eingetreten war.

Parok machte einen Kratzfuß. Sein Gesicht war mit den durchscheinenden roten Äderchen eines Trinkers durchzogen, und seine Augen lagen hinter aufgedunsenen Tränensäcken.

Ehlana beachtete ihn nicht. »Ihr werdet hier nicht lebend davonkommen, Krager. Das ist Euch doch klar, nicht wahr?«

»Ich komme *immer* lebend davon, Ehlana.« Er grinste unverschämt. »Ich lasse bei meinen Vorbereitungen stets größte Sorgfalt walten. Jetzt möchte ich Euch mit unserem Führer bekannt machen. Das ist Scarpa.« Er wies auf den Bärtigen. »Ich bin sicher, Ihr habt von ihm gehört. Er konnte es kaum erwarten, Eure Bekanntschaft zu machen.«

»Er wird sich nicht lange daran erfreuen können. Ruft die Wachen, Melidere.«

Scarpa versperrte der Baroneß den Weg. »Eure gut gespielte Tapferkeit ist völlig fehl am Platze«, sagte er kalt und voller Verachtung zu Ehlana. »Ihr bildet Euch viel zuviel ein. All diese Kratzfüße und Verbeugungen und Majestät hier und meine Königin da sind Euch zu Kopf gestiegen und haben Euch vergessen lassen, daß Ihr nur eine Frau seid.«

»Ich glaube nicht, daß ich vom Bastardsohn einer Hure eine Lektion in Anstandsregeln brauche«, entgegnete sie.

Flüchtiger Zorn huschte über Scarpas Gesicht. »Wir vergeuden Zeit.« Seine Stimme war tief und weittragend – die Stimme eines Bühnenkünstlers –, und seine Bewegungen wirkten einstudiert. Offenbar hatte er viel Zeit vor einem großen Publikum verbracht. »Wir müssen vor dem Morgengrauen noch viele Meilen zurücklegen.«

»Ich begebe mich nirgendwohin!« erklärte Ehlana.

»Ihr geht, wohin ich es sage, und unterwegs werde ich Euch beibringen, wo Euer Platz ist!«

»Was versprecht Ihr Euch von all dem?« fragte Melidere heftig.

»Den Sieg und das Imperium.« Scarpa zuckte die Schultern. »Wir nehmen die Königin von Elenien als Geisel. Bei seiner Dummheit vergißt ihr Gemahl, daß die Welt voller Frauen ist, und eine ist nicht viel anders als die nächste. Doch törichterweise hängt er so sehr an ihr, daß er alles für ihre unbeschadete Rückkehr geben wird.«

»Seid Ihr wirklich ein solcher Idiot, daß Ihr tatsächlich glaubt, mein Gemahl würde Euch Bhelliom für mich geben?« höhnte Ehlana. »Sperber ist Anakha, Ihr Narr, und er hat Bhelliom in der Hand. Das macht ihn zu einem Gott. Er hat Azash getötet, er wird Cyrgon töten, und *ganz gewiß* wird er Euch töten! Betet zu den Göttern, daß er es schnell tut, Scarpa. Es steht in seiner Macht, Euch eine Million Jahre lang sterben zu lassen, wenn es ihm gefällt.«

»Ich bete nicht. Nur Schwächlinge verlassen sich auf Götter!«

»Ich glaube, Ihr unterschätzt Ritter Sperbers Hingabe an Euch, Ehlana«, warf Krager ein. »Er wird alles geben, damit er Euch sicher zurückbekommt.«

»Das braucht er nicht!« sagte Ehlana scharf. »Mit euch vieren werde ich selbst fertig. Bildet ihr euch wirklich ein, ihr kommt hier wieder heraus, wenn auf ein Wort von mir die gesamte Garnison heranstürmt?«

»Leider werdet Ihr kaum Gelegenheit haben, dieses Wort auszusprechen!« höhnte Scarpa. »Ihr seid ein wenig zu überheblich, Weib! Ich glaube, Ihr müßt erst die volle Bedeutung Eurer Lage erkennen.« Er drehte sich um und zeigte auf Baroneß Melidere. »Tötet sie!« befahl er auf elenisch.

»Aber ...«, protestierte der stümperhafte Poet mit dem teigigen Gesicht.

»Tötet sie!« schnaubte Scarpa. »Tut Ihr es nicht, töte ich *Euch!*«

Elron zog mit zitternder Hand seinen Degen und näherte sich der Baroneß, die ihn herausfordernd anblickte.

»Das ist keine Stricknadel, Tölpel«, verspottete Melidere ihn. »Ihr könnt den Degen ja nicht einmal richtig halten! Bleibt bei Eurem Leisten und schändet die Sprache, Elron. Ihr habt weder die Geschicklichkeit noch den Mumm, einen Menschen zu töten. Aber Ihr könnt auch Eure sogenannte Dichtkunst als Waffe einsetzen und die Leute damit zu Tode langweilen.«

»*Wie könnt Ihr es wagen!*« schrie Elron, und sein Gesicht lief tiefrot an.

»Wie kommt Ihr mit Eurer *Ode an Blau* voran, Elron?« höhnte Melidere. »Ihr könntet ein Vermögen damit machen, wenn Ihr sie als Brechmittel verkauft. Noch ehe Ihr Euren ersten Vers vorgetragen hattet, konnte ich den Brechreiz kaum noch unterdrücken.«

Elron heulte, rasend vor Wut, und versuchte, ihr seinen Degen in den Leib zu stoßen.

Ehlana hatte Sarabian oft genug beim Fechtunterricht zugeschaut, um nun zu erkennen, daß Elrons Stoß sein Ziel verfehlen würde. Die unerschrockene Baroneß lenkte den Stich mit den Händen ab, die sie in einer Geste scheinbar hilfloser Verteidigung hob, und Elrons Klinge glitt durch ihre Schulter.

Melidere keuchte und gab schmerzerfüllte Laute von sich. Sie umklammerte die Klinge mit beiden Händen und verbarg auf diese Weise die Stelle, wo sie eingedrungen war. Dann taumelte sie zurück, wodurch sie sich von der Klinge befreite. Sie krallte nach der Wunde und verteilte das herausspritzende Blut über das Mieder ihres Nachtgewands. Dann erst ließ sie sich fallen.

»Ihr Mörder!« schrillte Ehlana und eilte zu ihrer am Boden liegenden Freundin. Sie warf sich über die reglose Melidere und weinte und schluchzte in scheinbarer Trauer. »Könnt Ihr den Schmerz ertragen?« murmelte sie in einer kurzen Pause zwischen zwei Schluchzern.

»Es ist nur ein Kratzer«, log Melidere wispernd.

»Richtet Sperber aus, daß mir nichts fehlt«, wies die Königin sie flüsternd an, zog den Ring vom Finger und versteckte ihn unter Melideres Mieder. »Und ich verbiete ihm, Bhelliom herzugeben – egal, was die Kerle mir antun wollen.« Tränenüberströmt erhob sie sich. »Dafür werdet Ihr hängen, Elron!« versprach sie mit tödlich kalter Stimme. »Vielleicht lasse ich Euch auch auf dem Scheiterhaufen verbrennen – bei ganz kleinem Feuer!« Sie riß eine Decke vom Bett und zog sie über Melidere, um eine nähere Untersuchung der ›Toten‹ zu vermeiden.

»Wir gehen jetzt«, bestimmte Scarpa ungerührt. »Die andere ist ebenfalls Eure Freundin, glaube ich.« Er deutete auf die kreidebleiche Alean. »Wir nehmen sie mit. Wenn Ihr auch nur einen Mucks von Euch gebt, schneide ich ihr persönlich die Kehle durch.«

»Denkt an die Botschaft, Graf Scarpa«, erinnerte Krager ihn und zog ein zusammengefaltetes Papier aus seiner ledernen Peloijacke. »Wir müssen für Sperber ein paar nette Zeilen hinterlassen – nur damit er weiß, daß wir hier waren, um unsere Aufwartung zu machen.« Dann nahm er ein kleines Messer in die Hand. »Verzeiht, Königin Ehlana ...« Er grinste und blies ihr seinen abscheulichen Weinatem ins Gesicht. »Ich brauche einen Beweis für Sperber, daß wir Euch als Geisel halten.« Er packte eine Strähne von Ehlanas Haar und säbelte sie mit dem kleinen Messer ab. »Wir werden diese Strähne zusammen mit der Nachricht hierlassen, damit Sperber sie mit späteren Botschaften vergleichen und sich vergewissern kann, daß es sich tatsächlich um Euer Haar handelt.« Sein Grinsen wurde noch niederträchtiger. »Sollte Euch das plötzliche Bedürfnis übermannen, um Hilfe zu rufen, Ehlana, dann denkt daran, daß wir im Grunde genommen nur Euren Kopf benötigen. Wir können Haare davon ernten und brauchen den Rest gar nicht mitzunehmen, solltet Ihr uns zu große Mühe machen.«

Damit endet
die Geschichte über das leuchtende Volk,
das zweite Buch der Tamuli-Saga.

Im dritten und abschließenden Band von
David Eddings'
bewegendem Epos

DAS VERBORGENE LAND

stellen Sperber und Ehlana sich
der endgültigen Herausforderung
an einem fernen, finsteren Ort,
an dem es keine Gnade gibt.

Wie alles begann …

David Eddings

E L E N I U M

Ein Zauber liegt über dem Lande Elenien.
Eingeschlossen in unzerstörbarem Kristall wartet die junge Königin
Ehlana, befallen von einer tödlichen Krankheit,
gegen die es kein Heilmittel gibt.
Sperber, der Ritter vom Rubin, zieht aus,
das Unmögliche zu wagen, um seine Königin zu retten
und mit ihr die ganze Welt.
Seine einzige Hoffnung liegt in der Legende
von der blauen Rose, einem magischen Edelstein von unvorstell-
barer Kraft, den selbst die Götter fürchten.

Der Thron im Diamant

Der Ritter vom Rubin

Die Rose aus Saphir

Die große Roman-Trilogie
von Amerikas erfolgreichstem Fantasy-Autor
vollständig und ungekürzt in einem Band.

Aus dem Amerikanischen von Lore Straßl
1055 Seiten, gebunden mit Schutzumschlag

Gustav Lübbe Verlag

Eine phantastische Reise in das Reich der Magie

David Eddings

DIE SCHIMMERNDE STADT

Ein Schatten liegt über dem Lande Elenien.
Uralte Götter und Helden aus tiefster Vergangenheit
erwachen zum Leben.

Um dem Schrecken zu begegnen,
der ihr blühendes Reich bedroht, brechen der tapfere
Ritter Sperber und seine junge Königin Ehlana
zu einer Fahrt ins Ungewisse auf,
die sie bis an das Ende der Welt führt – in das Herz
des Abenteuers und einer Magie vom
Anbeginn der Zeit.

Am Ziel ihrer Reise liegt das sagenhafte Matherion,
genannt die schimmernde Stadt.

Das erste Buch der
Tamuli-Trilogie

Aus dem Amerikanischen von Lore Straßl
541 Seiten, gebunden mit Schutzumschlag

Gustav Lübbe Verlag

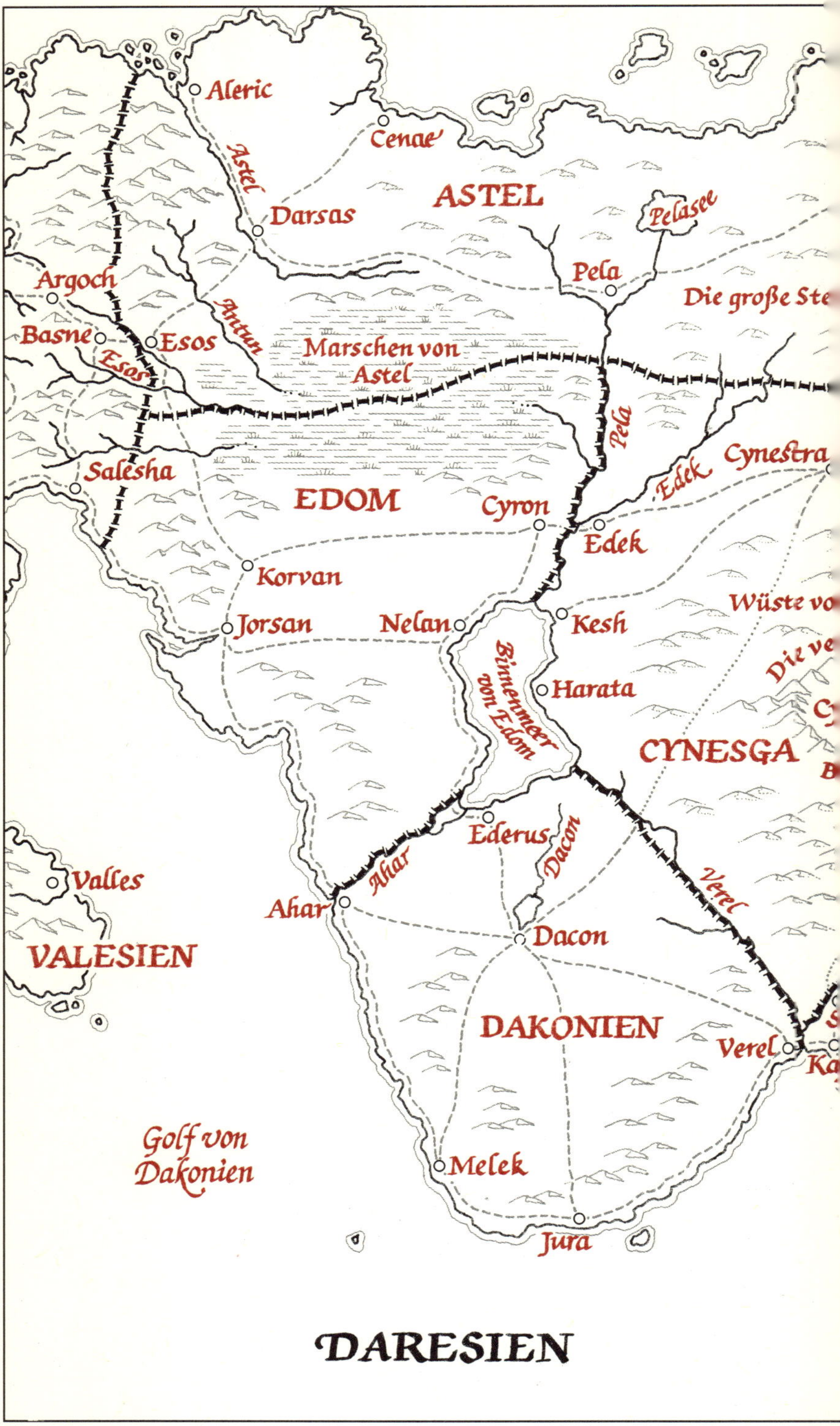
Aleric
Cenae
Astel
ASTEL
Pelasee
Darsas
Pela
Die große Ste
Argoch
Antun
Basne
Esos
Marschen von Astel
Esos
Pela
Salesha
Cynestra
Edek
EDOM
Cyron
Edek
Korvan
Wüste vo
Jorsan
Nelan
Kesh
Binnenmeer von Edom
Die ve
Harata
CYNESGA
Ederus
Dacon
Valles
Ahar
Verel
Ahar
Dacon
VALESIEN
DAKONIEN
Verel
Golf von Dakonien
Melek
Jura

DARESIEN